王維詩歌藝趣研究

熊智銳 博士　著

五南圖書出版公司 印行

自序

　　活到老，學到老，是不才取得文大中文碩士班後繼續攻讀博士班的基本動力。說來這還得感謝已故十餘年的髮妻王廷蘭老師。是她生前樹立了終身學習的標竿，她儘管臥病多日，臨終前還立志背熟《古文觀止·李陵答蘇武書》，還說要快點背，不然來不及了，最後還要我驗收。我有點不忍地問：「什麼是來不及了？要帶到墳墓裡去嗎？」內子就是金氏紀錄「台灣生最多（五個）博士子女的媽媽」。不才所以勤奮向學，盼望在垂暮之年攻讀文大中文博士學位，重要的意義是，我的確在終身學習。最感佩的是，二位論文指導教授邱師燮友與廖師一瑾，他們不厭其煩地指導我寫這篇論文，連標點符號都盡善盡美。如此傳道授業解惑的良師，不才終身難忘。聊堪自慰的是，我已效法內子全力以赴了。回憶民國八十八年間，內子與我在台中辦「社區大學」，我曾為參與社大的師生訂了十條「共同信念」，第一條：「我健康，我快樂，我勇敢！因為我肯學習！」謹以此語繼續自勉。此序。

摘要

　　學術研究基於承先啓後、繼往開來的旨趣，對前人相關的研究文獻資訊作適當綜合彙整，或補偏矯失、或闢蹊創新，成就其一己之研究成果，此或即學術研究之通路。本論文題為《王維詩歌藝趣研究》，對某些陳說如山水田園詩起自魏晉，王維、王縉手足情深，王維不死於安史之亂為貪生所患，王維崇佛禮道而遠儒，盛唐三教興衰流變，王維詩畫合流與分流等等，本論文均有異議異解，推陳出新但亦未敢標新立異。筆者嘗自詡對唐詩研析較為偏好，曾撰唐詩析賞專欄數萬言及《唐詩新品賞》一冊問世；對若干詩歌常解誤解，如〈山居秋暝〉結聯之類，亦兀自提出新解。世有「心理時空」及「物理時空」之說，基於對王維詩歌藝趣有較多涉獵，對王維詩歌領域及特徵，乃提出「生理時空」之說。所謂「生理時空」，是指王維一生活動的空間，無非鄉里、兩京、赴蜀半途而止、短期河西邊界，南抵嶺南。如此有限的活動空間，其詩歌情趣自與浪漫詩人李白者不同。此即「生理時空」的意涵。對《輞川集》二十首，多有新解新見。管見蠡測，知無不言，言必有衷。本論文自首章起，依序論述研究動機、回顧、方法與研究內容，第二章略述王維生平事略，並略探王維生存之政治、社會與文化等時空背景，以及王維所受到樂教傳統與宗教信仰的影響，第三章概述王維詩歌意象與藝趣之特徵，並深入探討王維詩歌中別具特色的輞川詩集之藝趣特徵，第四章著重探討王維邊塞詩之藝趣表現，第五章以王維所作之親情、友情詩歌為核心，觀察此類詩作之藝趣表現，

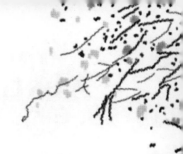

討論王維與親人、友人，乃至外國友人之間的交往互動與情誼。第六章以王維關懷當代社會民生的社會諷諭詩與歲月仕隱詩為主，探討其藝趣表現。第七章總論王維山水田園詩歌藝趣。第八章探討王維對四季變化、色彩運用、聲音描述、動靜等方面的藝術表現，第九章總結王維詩歌藝趣的思想源頭及其對後世產生的文化影響，最後在第十章提出本論文的結論。謹此摘要。

關鍵詞：詩佛、王維詩歌、生理時空、三教興衰、王維影響

Abstract

The academic research is based on the purpose of inheriting the past and the future for making appropriate comprehensive reconciliation of the relevant research literature information of the predecessors, or supplementing the bias, or opening up innovations, and achieving its own research results that is the path of academic research. This thesis is entitled "Artistic Research on Wang Wei 's Poems" for some statements such as the fields and gardens poetry from the Wei and Jin Dynasties, Wang Wei and Wang Jin's brotherhood, Wang Wei's not dying from An Lushan Rebellion for a shameful life, Wang Wei's adoring Buddhism and Taoism but far away from Confucianism, the rise and fall of the three teachings in the prosperous Tang Dynasty, the confluence and diversion of Wang Wei's poetry and painting and so on. The thesis has both objection and distinction that is to find new ways from old theories, rather putting forward a new ideal to make it a difference instead of ignorance and arbitrary. The thesis of author tried to express the preference for the study of Tang poetry. Once the author wrote tens of thousands of words in the newspaper about the Tang poetry and the book named "*A New Taste of Tang poetry*" for there is a few misunderstood for some poems, such as 'Sleeping in the Autumn Evening in the Mountains,' there was also with a new analying by himself. There is the theory of "Psychological time and space" and "Physical time and space" that is basing on more research on Wang Wei's poetry, and the field and characteristics of Wang Wei's poetry are therefore proposed on the theory of "Physiological time and space". The so-called "physical time and space" refers to the space in which Wang Wei goes around in his life, such as township, the two capitals, a halfway of Shichuan, a short-term of staying in Hexi border, or towards the south to Lingnan. Such a limited time and space, his poems is different from the romantic poet Li Bai. This is the meaning of "Physiological time and space." It is not the author's first creation. For the

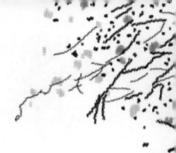

twenty poems of "Wang River Collection", there are many new solutions and insights as referring the limited observation and narrow understanding, saying everything as the author knowing, or words from the heart.

From the First Chapter, this thesis discusses the research motivation, the research review, the research methods and the research contents in order. The Second Chapter outlines Wang Wei's life affairs and explores Wang Wei's time and space background in political, social and cultural living. This Chapter links Chinese poetry and music tradition to explore Wang Wei's religious poetry, too. The Third chapter summarize the artistic characteristics of Wang Wei's poems and discusses the artistic characteristics of Wang Wei's Wang River Poems. The Fourth Chapter focuses on the artistic expression of Wang Wei's frontier poetry. The Fifth Chapter focuses on Wang Wei's poetry with family and friendship. The artistic expression of poetry discusses the interaction and friendship between Wang Wei and he loved ones, friends, and even foreign friends. The Sixth Chapter focuses on Wang Wei's social satire poems in the contemporary society and the people's livelihood, and discusses his artistic performance. The Seventh Chapter is the general theory of Wang Wei's the fun in fields and gardens poetry. The Eighth Chapter discusses Wang Wei's artistic expressions on the changes of the four seasons, the use of colors, the description of sounds, the movements and so on. And the Tenth Chapter summarizes the source of Wang Wei's poetry art and its influence on later generations. Finally, the conclusions of this paper are presented in Chapter 10.

Keywords: poet Buddha, Wang Wei's poetry, physiological time and space, the rise and fall of the Three Teachings, Wang Wei's influence.

目次

表目錄

圖目錄

第一章 緒論

　　文學藝術乃至詩歌樂舞，既爲人類文化的呈現，亦往往爲一地區、一民族或一國家的共業特徵，其中所蘊含的共同源頭爲「情」。擁有五千年悠久文化的中華民族，先聖先賢早已體會此旨，如最早詩歌總集的《詩經·序》（世稱〈詩大序〉）有云：「情動於中，而形於言；言之不足，故嗟歎之：嗟歎之不足，故永（詠）歌之；永歌之不足，不知手之舞之足之蹈之也。」[1]說明中國傳統文化藝術中的詩歌、舞蹈的創作並非無病呻吟、無的放矢之作，而是期望藉此表達人們心中的喜、怒、哀、樂、愛、惡、欲等種種情感與情緒，將蘊藏於中之「情」表現於外。由此可見，詩、歌、樂、舞，聯襟並袂，均本於人之「情」而共生共榮。詩歌樂舞聯袂興起的動因乃是基於人類唯「美」嚮「美」的情性使然。詩歌乃文學的美化，與時空情境有密切關係，「秦漢而還，多事四夷」[2]，自漢末至魏晉六朝，文化思想自由，唯美的辭賦詩歌應運而生。

　　世稱「北葩南騷」（語出韓愈〈進學解〉，北葩指《詩經》，南騷指〈離騷〉）爲我國詩歌文學最早的總集，唐代（618-907）的

---

[1] 文、行、忠、信是孔子教學的「四教」，德行、言語、政事、文學是孔子教學的「四科」，子夏屬文學科，世稱《詩·序》乃子夏作。《禮記·詩經序》（台北：藝文印書館，1993年），序文頁。

[2] 清·董誥等編：《全唐文》（北京：中華書局，1987年）卷321〈李華·弔古戰場文〉，頁3256。

詩歌則可說是詩歌發展長流中最璀璨壯闊的波瀾，其中，盛唐時期（玄宗開元元年〔713〕至代宗大曆元年〔766〕約五十年間）[3]不僅在社會、政治留下璀璨的歷史扉頁，其詩歌作品更是中國文學史上最光輝雄邁的一段流程。盛唐時期著名的三大詩人，詩佛王維（701-761）、詩仙李白（701-762）、詩聖杜甫（712-770），三人所留下的作品成爲此段流程最耀眼的舵手和領航者，其重要性不言可喻。唐代（618-907）詩歌研究向爲諸家學者所重視，相關研究討論浩瀚如繁星，討論方向多元。筆者碩士論文題爲《李白遊仙詩研究》[4]。

　　限於篇幅與能力，本論文擬繼《李白遊仙詩研究》之後，以盛唐三大詩人中之一的王維的詩歌作品爲主進行相關討論，以期今後對盛唐時期詩歌作更深入、細緻的研究。本論文《王維詩歌藝趣研究》研究的主體對象是王維（701-761），生於武則天（624-705）晚年，活躍於開元、天寶詩壇，一生起伏跌宕：早年喪父，中年喪妻又無子嗣，在官場多數時間又不甚如意，安史亂中陷於洛陽僞署，也曾外放西北邊疆，晚年最後官拜尚書右丞，負責掌管尚書省事務、糾正百官儀制，爲正四品上官階的高級文官[5]。王維的文學底蘊深厚與生命經

3　據明代高棅（1350-1423）云：「有唐三百年詩，眾體備矣，故有往體、近體、長短篇、五七言律句、絕句等制，莫不興于始、成於中、流於變，而陊之於終；至於聲律興象、文辭理致，各有品格高下之不同。略而言之，則有初唐、盛唐、中唐、晚唐之不同。詳而分之，貞觀、永徽之時，……此初唐之始制也。神龍以還，洎開元初，……此初唐之漸盛也。開元，天寶開始，則有李翰林之飄逸，杜工部之沉鬱，孟襄陽之清雅，王右丞之精緻，儲光羲之眞率，王昌齡之聲俊，高適、岑參之悲壯，李頎、常建之超凡，此盛唐之盛也。大曆貞元中，……此中唐之再盛也。下暨元和之際，……此晚唐之變也。降而開成以後，……此晚唐變態之極，而遺風餘韻猶有存者焉。」見明・高棅編：《唐詩品彙・七言律詩敘目》（上海：上海古籍出版社，1988年7月初版），頁8。

4　熊智銳：《李白遊仙詩研究》（台北：中國文化大學中國文學系碩士論文，2015年7月）。

5　唐・李林甫等撰；陳仲夫點校：《唐六典》（北京：中華書局，1992年初版

驗豐富，加上具有細膩性格及敏銳、獨特的藝術視角，型塑其豐雅清麗、引人入勝的詩歌藝趣。清人杭世駿（1696-1773）評王維云：「右丞博學多藝，雅意元譚，比物儷辭，該達三教。」[6]文學史家劉大杰稱：「王維是一個詩樂圖畫的兼長者，眞可稱爲一個多才多藝的藝術家。」[7]當代學者陳鐵民則謂：「（王維是）開元、天寶時代名望最高的一個詩人。」[8]歷代詩評家對其詩歌評價甚高。

　　本論文題爲《王維詩歌藝趣研究》，將參考相關典籍史料及王維所處的時空背景等資訊，試就王維詩歌之中所含蘊的音樂、書畫、社會諷喻等藝趣創作意涵作一管窺。

第一節　研究動機與研究回顧

　　本論文旨在探索盛唐詩人王維現存詩歌中的文學藝術性，對於王維的生平、仕宦、朋友交往、婚姻與家庭等事蹟僅作爲背景資訊，不欲長篇探論，且王維之生平、活動足跡、詩歌內涵與藝術性等主題的研究，長期爲兩岸文學研究學者所關注，相關研究汗牛充棟，不勝枚舉，在此僅簡述之。

　　三刷），卷1，頁7。唐代尚書省地位重要，既爲宰相機關又兼行政機關。嚴耕望：《唐史研究叢稿》（香港：新亞研究所，1969年10月初版），〈論唐代尚書省之職權與地位〉，頁1-102。

6　清・趙殿成：《王摩詰全集箋注》（台北：世界書局，1996年6月初版六刷），序文頁。

7　劉大杰：《中國文學發達史》（台北：台灣中華書局，1972年10月第三版），頁403。

8　陳鐵民：《新譯王維詩文集》（台北：三民書局，2009年11月初版一刷），上冊，頁33。

一、研究專書

　　觀察中文學界有關王維生平事蹟研究之專書出版數量，在上世紀八〇年代之後呈現日漸興盛之趨勢，可以略分為二大類：

（一）王維生平事蹟與活動足跡的相關研究

　　關於王維生平事蹟與活動足跡的研究成果，較早有大陸學者陳貽焮（1924-2000），他是少數在文革之前就以學術方法從事王維研究的學者，他所輯注之《王維詩選》中選輯王維的古體詩與近體詩，此外並著有數篇討論王維生平、政治思想與王維詩作內涵之文章，開啓了從盛唐詩人群體的活動、史籍記載考證與詩歌格式發展角度來探討王維與王維詩作之意義的研究角度[9]；而後張清華編纂之《王維年譜》一書，引用王維詩歌配合各種正史資料，試圖依序描繪王維一生圖像；北京大學中文系的葛曉音教授書中也討論王維山水田園詩在盛唐文壇的意義。在香港地區，有莊申先生所著的《王維研究》上集一書較早引領風氣。莊申對於王維與同時代詩人的交往互動情狀，王維行旅與王維的繪畫藝術源流與畫史地位等議題有詳細討論，而其書文末所附之〈王維年譜〉將王維詩文、生平事件與社會、文壇大事並列，隱然在社會脈絡中看到王維的詩文創作與生命歷程，唯其甚簡略，且止於上集，殊為可惜。在台灣地區，楊文雄所著的《詩佛王維研究》，對於王維生活年代與交往之詩人朋友、權貴、畫友等詩歌內容進行探討，並從王維的人格、藝文觀念與背景方面理解王維詩歌、繪畫的特色，認為「詩中有畫」是以王維詩歌為主要角度立言。

9　陳貽焮輯注：《王維詩選》（北京：人民文學出版社，1959年初版）；陳貽焮並發表王維相關論數篇，主要有發表在《文學遺產》增刊第6輯（1958年），〈王維生平事跡初探〉，頁137-148；〈王維的山水詩〉，《文學評論》第5期（1960年5月），上述二文後收錄於氏著：《唐詩論叢》（長沙：湖南人民出版社，1979年）；以及收錄於《陳貽焮文集》（北京：北京大學出版社，2010年10月初版）中之〈王維的政治生活和他的思想〉、〈論王維的詩〉二文。

九〇年代以後，王維相關研究漸盛，在研究成果部分，主要有陳鐵民的《王維新論》一書的出版，書中集結陳氏多年來以王維年譜、政治態度、三教信仰、詩文真偽與僧人交往等為主題的多篇論文，對於王維生平與詩文真偽考辨極具參考價值；另外，關於王維生平事蹟的研究，也可參見大陸學者畢寶魁與台灣學者劉維崇、蕭麗華等人之著作。台灣學者皮述民的《王維探論》一書，則將王維的生平有機地結合各種史料記載，更進一步討論，如生平事蹟：十五歲入太學之議、「少年十五二十時」開放詩風之建立，以及邊塞詩、山水田園詩等詩體、詩歌內涵的討論等議題，對王維年譜的編輯有進一步發揮；而王輝斌的《王維新考論》中以多篇運用新出史料的論文對王維的生卒年、隱居與官宦事蹟等方面提出新的論述。（以上文獻資料參見下表1）然而，限於王維正史資料的有限記載，各家說法不一，王維生平事蹟的發生時間與事件始末尚有一些爭論，本論文將在文中加以論述。

表1　王維研究專書成果一覽表（筆者概列）

作者	書名	出版項	主要內容
莊申	《王維研究·上集》	香港：萬有圖書公司，1971年4月初版	對於王維友人、親人的交往，行旅與繪畫藝術源流與畫史地位等議題有詳細討論，而其書文末所附之〈王維年譜〉是較早依時間順序編輯王維個人與詩作的年譜，頗具參考價值。
劉維崇	《王維評傳》	台北：正中書局，1972年7月初版	評價王維生平事蹟與詩文作品。

作者	書名	出版項	主要內容
陳貽焮	《唐詩論叢》	長沙：湖南人民出版社，1979年	書中輯有〈王維生平事跡初探〉、〈王維的政治生活和他的思想〉、〈王維的山水詩〉等文探討王維生平與他的山水田園詩之內涵與特色。
	《陳貽焮文集》	北京：北京大學出版社，2010年10月初版	書中集結探討漢唐文學多篇論文，其中〈王維的政治生活和他的思想〉、〈論王維的詩〉討論王維的仕宦生活及三教思想。
張清華	《王維年譜》	上海：學林出版社，1988年	書中引用王維詩歌配合各種正史資料試圖勾勒王維一生圖像。
	《王維年譜證補》	北京：文學遺產，1988年6月	對前書未盡之處進行增補與說明。
楊文雄	《詩佛王維研究》	台北：文史哲出版社，1988年初版	探討王維面對的社會環境、交往詩人等內容，並從王維的人格、藝文觀念與背景方面理解王維詩歌、繪畫的特色。
陳鐵民	《王維新論》	北京：北京師範學院出版社，1990年	探討王維年譜、政治態度、三教信仰、詩文真偽與僧人交往等主題。
葛曉音	《漢唐文學的嬗變》	北京：北京大學出版社，1990年	書中有〈王維‧神韻說‧南宗畫：兼論唐代以後中國詩畫藝術標準的演變〉一文，探討王維畫作藝術與對後世影響。

作者	書名	出版項	主要內容
葛曉音	《詩國高潮與盛唐文化》	北京：北京大學出版社，1998年	書中〈盛唐田園詩與文人的藝術特徵〉一文論及王維山水田園詩的地位、影響與藝術特徵。
	《山水田園詩派研究》	瀋陽：遼寧大學出版社，1999年	書中一節特別探討王維山水田園詩的內容與藝術特徵。
蕭麗華	《王維：道心禪悅─詩佛》	台北：幼獅出版公司，1991年	從宗教角度探討王維生平事蹟與詩文作品。
畢寶魁	《王維傳》	瀋陽：遼海出版社，1998年	探討王維生平事蹟與詩文作品。
皮述民	《王維探論》	台北：聯經出版公司，1999年8月初版	結合各種史料記載，討論生平事蹟以及邊塞詩、山水田園詩等議題，對王維年譜的編輯有進一步發揮。
褚柏思	《詩佛王摩詰傳》	台北：新文豐出版社，2001年9月初版	整理史書傳記、詩選、文選、畫論王維以詩、文、書、畫、音律五方面中有關王維的記載與評語。
王輝斌	《王維新考論》	合肥：黃山書社，2008年	運用新出史料的論文對王維的生卒年、隱居與官宦事蹟等方面提出新的論述。

（二）王維詩文集成的注譯與內涵、思想或風格之研究

　　關於王維詩文集成的研究，可以分為注譯與內涵、思想或藝術風格之研究二種，以下簡述之。

1. 王維詩文集的注譯及研究版本

　　王維詩文集成的數量與內容，歷來多有爭議（詳見下節討論），

目前常見的王維詩文集成多以清人趙殿成（1683-1734）輯校之《王摩詰全集箋注》為底本[10]，並由近代學者進行檢擇與譯注。較早有陳貽焮、張清華、鄧安生等人的選注版本，晚近則有陳鐵民等人之版本。

王維詩文集成注譯最詳盡、可靠者，首推陳鐵民的《新譯王維詩文集》上下冊，另外其在北京中華書局出版之四冊本《王維集校注》，有較完整的詩文校注內容。

表2　王維詩文集注譯的研究專書成果（筆者概列）

作者	書名	出版項	主要內容
陳貽焮	《王維詩選》	北京：人民文學出版社，1983年重印	書中摘錄並詳注王維一百五十首詩作，其中古體詩五十五首．近體詩九十五首。
張清華	《王維詩選注》	鄭州：中州古籍出版社，1985年	選詩一百五十首，加以分類校勘。
鄧安生等選譯	《王維詩選譯》	成都：巴蜀書社，1990年	精選王維詩歌如〈早朝〉、〈田家〉等，每首詩以題解、注釋、語譯的形式詮釋，較通俗化。
趙殿成	《王摩詰全集箋注》	台北：世界書局，1996年	重視詩文出處、文字校勘，旁徵博引，甚為詳盡。
王福耀	《王維詩選》	台北：遠流出版公司，2000年6月	選王維之詩約百首，並加以詳確注釋，供作閱讀、賞析。

---

10 此為本論文中引用王維詩文時之主要參考版本，本文採用世界書局1996年版。

作者	書名	出版項	主要內容
陳殊原	《王維》	北京：五洲傳播出版社，2005年10出版，2016年6月再版	作者選譯王維二十餘首詩，加以精注詳解，對於詩作內容與賞析有詳盡且獨到之見解。
陳鐵民校注	《新譯王維詩文集》	台北：三民書局，2009年11月	此本以趙殿成《王右丞集箋注》為底本，參校多種善本、史料，收錄王維詩三百七十四首，文七十篇，校勘精審深入，注釋準確且言之有據。
王志清	《王維詩選》	北京：商務印書館，2015年4月	選詩百餘首，兼顧到各種體裁、體式、風格與創作時段，關注王維詩中對生命與生存的終極意義的哲學思考，選詩加以評賞玩味，文筆靈活，注重發掘詩中的意境美與哲學意蘊的詮解。

2. 王維詩文集的內涵、思想與藝術風格

　　王維詩文中所蘊含之思想與藝術內涵的研究，可以吳啓禎一書為代表。吳啓禎在書中除討論王維生平外，更深入探討王維詩文中所呈現之色彩、聲音、季節、動植物與花等意象，探討詩人透過具體之物或形象以表達心中之情的寫作藝術成就。另有柳晟俊從清代詩學「神韻說」的角度探討王維以禪入詩的寫作特徵，並與韓國詩人對照，點出王維詩作的影響性；而王志清一書不僅探討王維詩作中之思想，更進一步分為山水、邊疆、送別等類內容，分別討論其相關內涵。又有譚朝炎從盛唐儒、道、釋三大文化融合的背景，考察王維的哲學與

美學的思想內涵與發展軌跡，並借用西方的符號學理論和海德格爾的存在主義哲學角度，探尋王維創作山水田園詩之內在主體性與審美境界。而王潤華的《王維詩學》則運用最新西方語言學理論，從文字學角度解析王維詩歌的意涵；由兩岸學者張進、侯雅文等合力編輯，北京中華書局出版的《王維資料匯編》四大冊，更全面地彙集正史、筆記、小說與詩文中王維的相關史料，可以作為王維研究的重要輔助原始資料。與本論文研究取徑最為相關者，除吳啓禎的論著外，另有日本漢學家入谷仙介在關注王維詩文內涵之餘，更重視將王維生平、詩人與當代歷史文化連結，再進一步深入討論的研究方法。蘇心一則將王維山水詩中的文人畫特質與歌舞動態和繪畫靜態的藝術特徵進一步結合，論述王維詩之藝術特質的研究成果，將上述二者的研究再進一步深入、發揚。新近則有大陸學者師長泰遺作出版，書中將其多年關注王維詩作之論文集結成冊，完整呈現王維在五律、七律、以及五、六、七言絕句等詩歌體式中所展現的情與物、情與景、動與靜以及虛實相映等等中國傳統詩歌藝趣技法的研究，從不同角度揭示王維詩歌的藝趣特徵。然除此之外，王維詩歌中之書畫藝術性尚有待申論之處，亦所在多有。

表3　王維詩文集的思想內涵研究專書成果一覽表（筆者概列）

作者	書名	出版項
柳晟俊	《王維詩研究》	台北：黎明文化事業公司，1987年7月
入谷仙介	《風呂王維》	京都：世界思想社，2000年
	《王維研究（節譯本）》	北京：中華書局，2003年
譚朝炎	《紅塵佛道覓輞川：王維的主體性詮釋》	北京：中國社會科學出版社，2004年

作者	書名	出版項
蘇心一	《王維山水詩畫美學研究》	台北：文史哲出版社，2007年
王志清	《縱衡論王維（修訂版）》	濟南：齊魯書社，2008年7月修訂再版
吳啓禎	《王維詩的意象》	台北：文史哲出版社，2009年
王潤華	《王維詩學》	香港：香港大學出版社，2009年3月
王家琪	《王維接受史：以唐宋為主》	台北：文津出版社，2012年5月
張進、侯雅文等編	《王維資料匯編》（全四冊）	北京：中華書局，2014年3月一版
胡果雄	《王維的精神世界》	北京：中國社會科學出版社，2015年7月
師長泰	《王維詩歌藝術論》	北京：上海三聯書店， 2016年

二、博碩士論文

　　二十世紀以來以王維及其詩作為研究主題的兩岸博碩士論文數量不在少數，內容各有偏好亦各有所長，主要可以分為王維詩歌中的背景與歷史定位，以及王維詩歌中的文學與藝術內涵研究兩方面。

（一）王維的背景、歷史定位與比較研究

　　二十世紀以來海峽兩岸探討王維詩歌所蘊涵的文學意義、歷史背景、宗教信仰與其他詩人的比較研究為主題的博碩士論文，浩如繁星，初步統計，以王維詩文或歷史背景為主題的博士、碩士論文在大陸地區高校約有一百多冊，台灣地區也有數十冊。與本論文研究主題較相關者有譚莊、徐賢德、金億洙、林桂香、陳素華、李淑瑜等人之著作，並有部分論文以王孟或王杜等比較異同為題。

以下謹略陳二十世紀以來海峽兩岸關於王維詩文的創作背景與歷史定位、對後世影響等主題的博士、碩士研究論文成果一覽表：

表4　王維詩文的創作背景等主題的博士研究論文成果一覽表（筆者概列）

作者	博士論文名稱	出版項
王改娣	《詩人不幸詩之幸：約翰·鄧恩與王維比較研究》	河南大學博士論文，2003年4月
楊娜	《王維畫史形象研究》	中央美術學院博士論文，2008年6月
劉黎	《王維詩歌三家注研究》	陝西師範大學博士論文，2011年5月
王家琪	《元前王維接受史研究》	中興大學中國文學系所博士論文，2012年1月
楊杰	《觀空逾境 —— 王維禪詩對宋元時期山水畫的影響》	河北師範大學博士論文，2016年5月

表5　王維詩文的創作背景等主題的碩士研究論文成果一覽表（筆者概列）

作者	碩士論文名稱	出版項
林桂香	《詩佛王維研究》	政治大學中國文學研究所碩士論文，1982年6月
謝淑容	《明代詩話論王維》	中山大學中國語文學系研究所碩士論文，2005年4月
李淑雲	《王維接受情況研究》	華東師範大學碩士論文，2006年4月
李思霈	《清代詩話論王維》	中山大學中國文學研究所碩士論文，2006年6月
譚莊	《王維研究餘瀋》	重慶師範大學碩士論文，2012年5月
楊衛麗	《王維孟浩然山水田園詩異同論》	山東大學碩士論文，2013年5月

作者	碩士論文名稱	出版項
周雪	《王維與杜牧長安詩比較研究》	四川外國語大學碩士論文，2017年5月

（二）王維詩歌中的文學藝術或思想研究

　　二十世紀以來結合佛教哲學或其他宗教哲學的相關概念，藉以對王維詩歌內容進行文學藝術比較與思想內容分析者，如胡果雄、王詠雪、陳振盛、林慧眞、朱我芯、杜昭瑩等人之論文。另有以探討王維詩文中所蘊含之文學藝術性或美學理論等爲主之論文，如吳啓禎、潘麗珠、許富居、李及文等人之研究；以及對王維詩歌中所運用的色彩、格律等問題的研究。藉由不同層次、角度的探討，可以更進一步了解王維詩歌所蘊藏的珍貴藝術內涵及其對後世的影響。

表6　王維詩文的文學藝術或思想內涵主題的研究博士論文成果一覽表
　　　（筆者概列）

作者	博士論文名稱	出版項
陳振盛	《王維的禪意世界》	中國文化大學史學研究所博士論文，2004年12月
吳啓禎	《王維詩之意象研究》	中國文化大學中國文學研究所博士論文，2006年5月
趙東麗	《王維詩歌與「詩中有畫」藝術研究》	北京語言大學博士論文，2009年6月
胡果雄	《王維的精神世界》	湖南大學博士論文，2013年2月

表7　王維詩文的文學藝術或思想內涵主題的研究碩士論文成果一覽表
　　　（筆者概列）

作者	碩士論文名稱	出版項
徐賢德	《王維詩研究》	中國文化學院中國文學研究所碩士論文，1973年1月；文津出版社，1973年5月
金億洙	《王維研究：宗教、藝術與自然之融和》	中國文化大學中國文學研究所碩士論文，1985年6月
潘麗珠	《盛唐王孟詩派美學研究》	台灣師範大學國文研究所碩士論文，1987年5月。收入《國立台灣師範大學國文研究所集刊》第32期（1988年6月），頁515-665
朱我芯	《王維詩歌的抒情藝術研究》	東海大學中國文學研究所碩士論文，1988年6月
李淑瑜	《王維輞川集中二十景之研究》	東海大學景觀學系學士論文，1989年
杜昭瑩	《王維禪詩研究》	輔仁大學中國文學研究所碩士論文，1993年6月
許富居	《論園林詩畫意境與詩意空間之塑造：以王維輞川圖為例》	逢甲大學建築及都市設計研究所碩士論文，1994年5月
王詠雪	《王維詩中禪意境之研究》	台灣大學中國文學研究所碩士論文，1998年6月
彭政德	《王維禪詩創作技巧與藝術風格之研究》	玄奘人文社會學院中國語文研究所碩士論文，2001年5月
陳健順	《王維五言律詩之研究》	中國文化大學中國文學研究所在職專班碩士論文，2005年5月
黃偉正	《王維山水詩之研究》	玄奘大學中國語文學系碩士論文，2005年6月
孫菊君	《萬曆年間郭世元摹〈郭忠恕臨王維輞川圖〉石刻拓本研究》	台灣師範大學美術學系碩士論文，2005年7月

作者	碩士論文名稱	出版項
李及文	《王維山水詩句的美學鑑賞及研究》	彰化師範大學國文學系碩士論文，2005年7月
林明慧	《王維詩鑑賞之研究》	台南大學國語文學系碩士論文，2007年6月
謝美瑩	《王維山水詩意象探析》	台灣師範大學國文學系碩士論文，2008年8月
周麗瓊	《王維山水田園詩的風格及其藝術探究》	中國文化大學中國文學研究所碩士論文，2009年8月
呂郁雯	《王維山水田園詩之草木意象研究》	台灣師範大學國文學系碩士專班碩士論文，2010年1月
留樺楨	《王維詩的色彩研究》	玄奘大學中國語文學系碩士論文，2010年6月
林慧眞	《王維的禪學思想研究》	東海大學哲學系碩士論文，2010年6月
陳素華	《王維詩文與其宗教信仰關係之探討》	玄奘大學宗教學系在職專班碩士論文，2011年6月
羅蘭	《王維自然審美觀研究》	四川師範大學碩士論文，2017年6月
魏春梅	《王維詩歌意象語言研究》	浙江工業大學碩士論文，2017年6月
都樂	《論唐山水畫家王維的美學思想對長安畫派的影響》	西安建築科技大學碩士論文，2018年2月

三、期刊論文

在王維研究的專書之外，兩岸學界相關的期刊專文、博碩士論文數量亦頗多，其中與本文研究較密切相關者，大致可分爲以下四類，即（一）王維生平事蹟的研究；（二）是王維詩歌思想、意象與詩歌藝趣技巧的研究的相關研究；（三）是王維詩文集的版本與各詩類的

討論，以及（四）對王維詩文的歷史定位與影響等研究。這些研究各自關注王維生命經驗、詩文內涵與對後世影響等不同面向，可作爲本文寫作之重要參考資訊。

（一）與王維生平事蹟相關的研究論文

　　對於王維生平事蹟進行探討的論文相當多，主要集中在生卒年、親友交往情況、宗教信仰、生活環境，以及生平事件等方面的研究。如莊申對王維與當代詩人、親友、權貴等交往詩的系列研究，胡傳安的〈《兩唐書》王維傳記的考據補正及交遊考〉，楊文雄針對王維家世與其在盛唐時期的意義進行探討，以及陳允吉則在專書中的二章探討王維與盛唐佛教禪宗與華嚴宗等宗派、僧人的互動關係。另外也有對於王維生平遭遇各事件的深入研究，如王維官職遷貶始末、隱居時間，「鬱輪袍」事件，這些研究豐富了我們對王維生平的認識與歷史定位的探索。

表8　王維生平事蹟研究論文成果一覽表（筆者概列）

作者	論文名稱	出版項
莊申	〈王維交游考〉	《大陸雜誌》第34卷第4期（1967年2月），頁7-11；《大陸雜誌》第34卷第5期（1967年3月），頁25-29；《大陸雜誌》第34卷第6期（1967年3月），頁28-32；《大陸雜誌》第34卷第7期（1967年4月），頁30-32；《大陸雜誌》第34卷第8期（1967年4月），頁27-32。後收入莊申前揭書。

作者	論文名稱	出版項
胡傳安	〈兩唐書王維傳補正〉	《文史季刊》第1卷第3期（1971年4月），頁44-51。
	〈新舊唐書王維傳斠補〉	《人文學報》第6期（1981年6月），頁171-177。
王達津	〈王維生平及其詩〉	《河北師範大學學報（哲學社會科學版）》（1982年5月），頁2-13。
姜光斗、顧啟	〈王維生卒年新證〉	《學術月刊》1983年第8期（1983年8月），頁28-29。
王從仁	〈王維五考〉	《寧夏大學學報（社會科學版）》第1期（1984年5月），頁28-34。
楊文雄	〈詩佛王維家世及其時代背景〉	《成功大學學報（人文‧社會篇）》第22卷（1987年10月），頁227-252。
史雙元	〈王維生年新說〉	《鎮江師專學報（社會科學版）》1987年第3期（1987年10月），頁65-66。
陳允吉	〈王維與華嚴宗詩僧道光〉	收入氏著：《唐詩中的佛教思想》（台北：商鼎文化出版社，1993年），頁42-53；頁55-72。
	〈王維與南北宗禪僧關係考略〉	
任士英	〈王維生卒年考議〉	《文獻》1993年第4期（1993年12月），頁72。
林仁昱	〈王維出官濟州事件考〉	《中山中文學刊》第1期（1995年6月），頁181-195。
畢寶魁	〈王維生年考辨〉	《文獻》1996年第3期（1996年7月），頁3-8。
簡恩定	〈王維「鬱輪袍」事件的象徵意義〉	《空大人文學報》第9期（2000年10月），頁19-30。

作者	論文名稱	出版項
李俊標	〈略論王維安史之亂後的心態〉	《安徽師範大學學報（人文社會科學版）》（2000年第1期），頁112-115。
傅紹良	〈張九齡罷相與王維思想的轉折再議：兼論佛儒合一的宗教觀念的政治效應〉	《四川大學學報（哲學社會科學版）》2000年第6期（2000年11月），頁77-84。
鄧喬彬	〈長安文化與王維詩〉	《文學評論》2001年第4期（2001年7月），頁101-107。
胡可先、王慶顯	〈王維與安史之亂〉	《淮陰師範學院學報（哲學社會科學版）》2002年第2期（2002年3月），頁252-257。
陳允鋒	〈論王維與唐代文藝思想發展之關係〉	《洛陽師範學院學報》（2004年1月），頁64-72。
王輝斌	〈王維與玄宗、肅宗的關係〉	《南都學壇》2007年第5期（2007年9月），頁65-69。
	〈王維「接受偽署」考評〉	《陝西教育學院學報》2007年第2期，頁35-39。
王輝斌	〈王維生卒年研究述評〉	《運城學院學報》2007年第4期（2007年8月），頁14-18。
	〈王維生卒年陳說質疑：以陳鐵民《王維生年新探》為商評的重點〉	《咸陽師範學院學報》2008年第1期（2008年1月），頁91-95。
	〈王維生卒年考實〉	《山西師大學報（社會科學版）》2018年第1期（2018年1月），頁38-44。
譚莊	〈王維卒年王說質疑：與王輝斌同志商榷〉	《唐都學刊》2009年第6期（2009年11月），頁29-32。

作者	論文名稱	出版項
王志清	〈盛唐盛世對於王維及其詩歌的造就〉	《南通大學學報（社會科學版）》2011年第3期（2011年5月），頁83-90。
胡可先	〈石刻史料與詩人王維、王縉兄弟研究述論〉	《學術界》（2016年5月），頁5-15+323。

（二）關於王維的思想、詩歌意象與藝術技巧之研究

　　關於王維的思想，尤其是宗教思想，包含道教與佛教等個人思想特質，以及王維詩文中所使用的各種文學藝術技巧等方面的研究，數量頗多。其中，王維宗教思想的研究方面，研究焦點包含許多關於王維個人與佛教僧人、佛教思想互動的歷史或哲學研究，王維詩中的佛教、道家思想、神仙思想的相關研究等不同面向，討論題材多元而豐富，也是最多學者探討的學術熱點之一。此外，有部分學者針對王維單一首詩歌或同類型詩歌的內容進行詳細解析，如〈過香積寺〉、〈出塞曲〉、《輞川集》等著名詩作。也有學者對王維集成所收錄之詩歌中的時間、色彩、動靜、譬喻與文學技巧等方面進行全面性的分析與評論，對於王維詩句的內涵解析，有助於理解王維思想、詩歌意象與藝術技巧。除此之外，也有學者對王維詩作中所隱喻的田園思想、戰爭思想等內在思想範疇進行探討。綜上所述，此類王維研究成果雖多，但多各自專注於單一面向而論。本論文則以較為整合、全面的角度，從王維個人的生命經驗中去解析他的思想、詩歌意象與藝術技巧。

表9　王維詩歌意象研究論文成果一覽表（筆者概列）

作者	論文名稱	出版項
田博元	〈王維的園林思想——從王維的園林詩談起〉	《幼獅文藝》第44卷第2期（1976年8月），頁178-183。
	〈王維禪詩的園林思想〉	《佛教文化學報》第5期（1976年10月），頁31-38。
何寄澎	〈大漠孤煙直、長河落日圓：試探王維的內心世界〉	《幼獅文藝》第46卷第5期（1977年11月），頁163-171。
張台萍	〈試探王維的安禪思想與生活〉	《中外文學》第7卷第3期（總第75期）（1978年8月），頁86-102。
陳慶煌	〈王維詩中的禪境〉	《慧炬》第182、183期合刊（1979年9月），頁12-22。
柯慶明	〈試論王維詩中常見的一些技巧和象徵〉	臺靜農先生八十壽慶論文集編輯委員會編：《臺靜農先生八十壽慶論文集》（台北：聯經出版事業公司，1981年11月），頁783-820。
李沛	〈無我無物的王維〉	《中國美術》第2期（1987年7月），頁59-61；第3期（1987年8月），頁92-94。
葉程義	〈王維老莊思想考述〉	《中華學苑》第36期（1988年4月），頁141-179。
劉萬梓	〈王維〈出塞作〉中的「重用字」〉	《國文天地》第5卷第3期（總第51期）（1989年8月），頁87-89。
趙昌平	〈從王維到皎然：貞元前後詩風演變與禪風轉化的關係〉	收入趙昌平：《趙昌平自選集》，頁300-320。原載《中國社會科學》第4期，1990年。
	〈王維與山水詩由主玄趣向主禪趣的轉化〉	收入氏著：《趙昌平自選集》（桂林：廣西師範大學出版社，1997年），頁111-130。原載《學人》，第4輯，1994年。

作者	論文名稱	出版項
陳萬成	〈讀王維「過香積寺」〉	《中外文學》第20卷第9期（總第237期）（1992年2月），頁142-151。
袁行霈	〈王維詩歌的禪意與畫意〉	《中國詩歌藝術研究》（台北：五南圖書出版公司，1994年11月初版2刷），頁197-216。
王志清	〈王維、蘇軾山水詩中詩與禪相互交替現象〉	《四川教育學院學報》第10卷第1期（1994年3月），頁35-42。
	〈王維哲學思想以儒爲體、莊禪爲用的特徵〉	《山西師院學報》2001年第2期，頁46-48。
蕭麗華	〈從禪悟的角度看王維自然詩中空寂的美感經驗〉	《文學與美學》第5集（1995年9月），頁1-39。
	〈禪與存有—— 王維輞川詩析論〉	收入李治夫主編：《佛學與文學 —— 佛教文學與藝術學術研討會論文集（文學部分）》（台北：法鼓文化事業公司，1998年12月），頁89-119。
傅正玲	〈王維詩中的出世精神〉	《中國語文》第78卷第6期（總號468）（1996年6月），頁101-104。
池永歆	〈王維田園山水詩中「禪道式」的空間觀〉	《鵝湖》第22卷第2期（總第254號）（1996年8月），頁36-42。
張岩	〈淺談王維詩的用色方法〉	《西北第二民族學院學報（哲學社會科學版）》（1998年第3期），頁36-38。
許總	〈文化與心理座標上的王維詩〉	《東南大學學報（社會科學版）》1999年第1期，頁108-114。
師長泰	〈王維七律與盛唐氣象〉	《唐都學刊》第15卷第3期（1999年7月），頁46-50。

作者	論文名稱	出版項
歐麗娟	〈王維：佛門淨土的指涉與莊禪合一的境界〉	《唐詩的樂園意識》（台北：里仁書局，2000年2月），頁295-307。
余蕙靜	〈論王維《輞川集》中的時間觀及聲情技巧〉	《中國文化大學中文學報》第5期（2000年3月），頁223-238。
王安焱	〈論王維詩中的動與靜〉	《鄭州經濟管理幹部學院學報》（2002年第1期），頁53-56。
紹明珍	〈論王維「無可無不可」說及其思想淵源〉	《學術月刊》（2003年8月），頁90-96。
蕭馳	〈如來清境禪與王維晚期山水小品〉	《漢學研究》第21卷第2期（總第43期）（2003年12月），頁139-171。
陳允鋒	〈論王維與唐代文藝思想發展之關係〉	《洛陽師範學院學報》（2004年1月），頁68-72。
吳啓禎	〈王維道家因緣探析〉	《中國文化大學中文學報》第9期（2004年3月），頁219-238。
羅賢淑	〈試論王維對田園生活的傾慕與神往〉	《中國文化大學中文學報》第9期（2004年3月），頁163-173。
范會兵	〈王維田園詩歌中空山意象的圖形：背景分離分析與研究〉	《和田師範專科學校學報》2009年第1期（2009年1月），頁68-69。
歐麗娟	〈論王維詩歌中理性觀照的人格特質與表現模式〉	《中文學報》第32期（2010年6月），頁209-254。
廖理	〈試析王維詩中的色彩詞〉	《湖北師範學院學報（哲學社會科學版）》（2012年第6期），頁6-9+21。
蕭馳	〈問津「桃源」與棲居「桃源」：盛唐隱逸詩人的空間詩學〉	《中國文哲研究集刊》第42期（2013年3月），頁1-50。

作者	論文名稱	出版項
姜曉娟	〈論王維詩歌聲音描寫特色〉	《咸陽師範學院學報2017年03期》（2017年第3期），頁95-99。
張錦輝	〈論王維禪詩的美感特質〉	《海南大學學報（人文社會科學版）》2017年第1期（2017年1月），頁50-56。
胡滿滿	〈王維繪畫中的詩意與禪趣〉	《愛尚美術》2017年第3期（2017年5月），頁72-75。

（三）王維詩文的特定詩類之詩歌藝術技巧研究與版本考證之研究

　　對王維詩文內容中的特定詩類，如山水詩、輞川詩、邊塞詩、送別詩、詠物詩、古體詩與律詩絕句等等的分類研究，以及詩集版本考證，這些相關研究在兩岸學術界的研究成果亦多，但呈現各自獨立討論，互不相干的狀態。

表10　王維詩歌藝術技巧研究論文成果一覽表（筆者概列）

作者	論文名稱	出版項
陳貽焮	〈王維的山水詩〉	《文學評論》第5期（1960年）。收入陳貽焮：《唐詩論叢》（長沙：湖南人民出版社，1980年）。
莊申	〈王維在山水畫史中地位演變的分析〉	收入氏著：《中國畫史研究續集》（台北：正中書局，1972年12月初版），頁469-498。
李正治	〈山河大地在詩佛：王維詩的特色與成就〉	《鵝湖》第1卷第6期（1975年12月），頁43-48。
林桂和	〈王維集版本考〉	《中華學苑》第28期（1983年12月），頁139-160。

作者	論文名稱	出版項
王邦雄	〈禪宗理趣與道家意境——陶淵明與王維田園詩境之比較〉	《鵝湖》第10卷第1期（總第109號）（1984年7月），頁14-16。
秉珊	〈唐王維江山霽雪圖流傳始末〉	《書畫家》第17卷第3期（總第99號）（1986年4月），頁24-37。
李再儀	〈王維及其山水詩之研究〉	《復興崗學報》第48期（1992年12月），頁193-222。
	〈王維山水詩藝術特色研究〉	《復興崗學報》第49期（1993年6月），頁209-236。
陳允吉	〈王維「終南別業」即「輞川別業」考〉	收入氏著：《唐詩中的佛教思想》（台北：商鼎文化出版社，1993年），頁73-91。
張傳峰	〈論王維的七律〉	《湖州師專學報》（1994年3月），頁38-44。
邱瑞祥	〈王維的古體詩與盛唐氣象〉	《貴州大學學報》（1995年4月），頁64-69。
衣若芬	〈談蘇軾對王維與吳道子繪畫藝術的評價及其影響〉	《國立編譯館館刊》第24卷第1期（1995年6月），頁19-38。
李文獻	〈王維「上張令公」詩略考〉	《國立僑生大學先修班學報》第3期（1995年7月），頁59-85。
羅宗濤	〈輞川集中王維、裴迪詩作異同之探討〉	政治大學中國文學系編：《中國文學史暨文學批評學術研討會論文集》（台北：政治大學中國文學系，1996年12月），頁43-66。

作者	論文名稱	出版項
皮述民	〈神遊輞川：《輞川集》二十景點析述〉	收入《王維探論》（台北：聯經出版公司，1999年8月），頁165-198。
陳必正	〈無我之境與著我之景——論王維《輞川集》與錢起《藍田溪雜詠》〉	《國文天地》第15卷第6期（總第174期）（1999年11月），頁38-41。
黃麗容	〈王維詠月詩分析〉	《中國文化大學中文學報》第6期（2001年3月），頁221-244。
莊文福	〈王維詠史詩試析〉	《通識論叢》第5期（2006年6月），頁84-110。
張毅群	〈論沈德潛對王維詩的評價——以《唐詩別裁集》為探討重心〉	《輔大中研所學刊》第24期（2010年10月），頁79-98。
陳階晉	〈同畫不同名——趙幹〈江行初雪圖〉與王維〈捕魚圖〉〉	《故宮文物月刊》第342期（2011年9月），頁46-57。
簡錦松	〈現地研究下之〈輞川圖〉、《輞川集》與輞川王維別業〉	《台大文史哲學報》第77期（2012年11月），頁115-166。
	〈王維「輞川莊」與「終南別業」現地研究〉	《中正漢學研究》第20期（2012年12月），頁45-92。

（四）王維詩文的歷史定位、影響等研究

關於王維詩文的歷史定位與影響研究，學者從對唐代文獻中的相關評述進一步勾勒，從早期如唐代宗對王維詩歌的評價，以及唐代詩選與詩評中對王維詩作的評述，到宋元明清各代文人的評價均有學者進行研究，尤以大陸學者的研究較為深入。在台灣，也有政治大學侯雅文對宋明以來的王維校注本與詩評，包含劉辰翁、李攀龍等，有較

完整的研究成果。透過這些研究，學者試圖勾勒出王維的歷史定位與
對後世的影響，相關討論有助於我們正確認識王維詩文的重要性。

表11　王維詩文的歷史定位與影響研究論文成果一覽表（筆者概列）

作者	論文名稱	出版項
孫明君	〈天下文宗名高希代：唐代宗期待視野中的王維詩歌〉	《陝西師範大學學報（哲學社會科學版）》2007年第5期（2007年），頁98-103。
王志清	〈「後王維」時代的王維接受〉	《唐都學刊》2007年第6期，頁97-102。
	〈盛唐盛世對於王維及其詩歌的造就〉	《南通大學學報（社會科學版）》2011年第3期（2011年5月），頁83-90。
王祥	〈宋人論王維述評〉	《瀋陽師範大學學報（社會科學版）》2008年第2期，頁79-85。
張進	〈宋金元王維接受研究〉	《西北大學學報（哲學社會科學版）》2010年第2期（2010年3月），頁43-48。
	〈論朱熹與王維接受〉	《徐州工程學院學報（社會科學版）》2015年第1期，頁59-65。
錢志熙	〈論王維「盛唐正宗」地位及其與漢魏六朝詩歌傳統之關係〉	《北京大學學報（哲學社會科學版）》2011年第4期（2011年7月），頁65-72。
侯雅文	〈劉辰翁校評王維詩輯佚考論〉	《國學學刊》2016年第2期（2016年6月），頁105-119+144。
	〈李攀龍「唐詩選本」選評「王維詩」析論〉	《王維研究》第六輯（北京：首都師範大學文學院，2011年5月），頁387-395。

作者	論文名稱	出版項
劉青海	〈王維詩歌與陶、謝的淵源新探〉	《求是學刊》2012年第1期（2012年1月），頁125-132。
王君莉、王輝斌	〈宋本王維集考述〉	《南都學壇》2017年第5期，頁41-46。

　　基於前人研究成果已豐，本論文將在傳統史料與前人研究之基礎上，更進一步發掘相關之新出土文獻以及社會、經濟等相關文獻，對王維的詩歌藝趣進行更全面的詮釋與解析，以期對王維其人其詩及其才藝有更深入的研究，以為後續研究奠基，並為垂老餘年自我策勵。

∘第二節∘　研究範圍

　　本論文以王維詩歌藝趣為研究範圍，基於孟子「知人論世」說[11]，擬就與王維詩歌藝趣相關之方方面面，探索其面向與意涵，包括王維事略（含生平、家世等）、王維才藝（含詩歌、音樂、書畫等）、仕途遭遇、軼聞趣事及王維所處的時空背景（含盛唐社會、政治、邊事、宗教等）。所欲探索的範圍至為遼闊多元，自非筆者所能窺其涯岸，以下僅能竭力掠其皮毛而已。

一、王維集的版本與詩文數量

　　由於唐代詩人之間流行相互饋贈詩歌或唱和，除非詩人本身有著作編輯的概念與習慣，如李白的詩作是由自己一一紀錄整理，許多

---

11 孟子語：「頌其詩，讀其書，不知其人，可乎？是以論其世也。是尚友也。」語出《孟子》（台北：藝文印書館，2011年12月初版十六刷），卷10，〈萬章下〉，頁188。

唐代詩人的詩歌流傳形式是互相傳抄，最後收錄在一些總集中，因此一些唐詩有作者妾身未明或張冠李戴的情形；再者，當時詩集的編輯並無統一的內容格式或方法、收錄的時間與方式也多受限於各種時空因素，上述這些情況也出現在王維詩集的編輯過程中，因此有關王維詩歌的數量與分類，尚無定論，研究王維的學者，每仁智互見，各有其指說。然而在唐代，王維的詩歌已經受到許多人的極大推崇，而有「朝廷左相筆，天下右丞文」之美譽，用以稱美王維與王縉兄弟分別在政治上與文壇上的成就與地位。然而，王縉爲其兄所編輯之十卷本詩文集並未流傳後世，目前所見之王維詩文集奠基於宋末元初詩人劉辰翁（1232-1297，號須溪）所編輯的六卷本《須溪先生校本唐王右丞集》，也是最早進行分類的版本，而王維的詩歌注釋本自唐宋以後，一直至明清，主要有三家：一是明代嘉靖年間顧起經（1515-1569）所編著的《類箋唐王右丞詩集》，此爲現存最早的王維詩歌注本；二是顧可久（1485-1563）《王右丞詩集注說》；三爲清代乾隆年間趙殿成（1683-1743）所編注的二十八卷本《王右丞集箋注》，此本考據最爲詳盡。

表12　歷代王維集注重要版本

年代	版本名稱	編輯／注釋者	內容	備註
唐	《王維集》	王縉編	10卷 400首	現已不存
元	《須溪先生校本唐王右丞集》	劉辰翁編校	6卷 371首	
明	《類箋唐王右丞集》	顧起經編注	10卷 詩422首， 外篇47首	附《文集》 4卷、年譜

年代	版本名稱	編輯／注釋者	內容	備註
清	《王摩詰全集箋注》	趙殿成箋注	28卷 詩479首， 文72篇	附年譜
民國	《新譯王維詩文集》	陳鐵民譯	詩374首， 文70篇	分爲編年詩 與未編年詩

（一）王縉編輯的《王維集》

　　據《舊唐書》卷一百九十〈文苑下・王維傳〉中記載，王維詩文最早爲其弟王縉在王維死後因爲皇帝代宗（762-779在位）的要求而編輯呈上，文曰：「代宗時，縉爲宰相。代宗好文，常謂縉曰：『卿之伯氏，天寶中詩名冠代，朕嘗於諸王座聞其樂章。今有多少文集，卿可進來。』縉曰：『臣兄開元中詩百千餘篇，天寶事後，十不存一。比於中外親故間相與編綴，都得四百餘篇。』翌日上之，帝優詔褒賞。」[12]本集是王維的詩文首次編輯成冊，成於唐代宗寶應二年（763），共十卷，四百餘首，然其內容現已不可考，僅知所收詩文爲王縉自親戚故友間收集，大約僅剩王維所作的十分之一，且非王維親自編纂。

（二）元人劉辰翁編校之《須溪先生校本唐王右丞集》[13]

　　劉辰翁所編校的《須溪先生校本唐王右丞集》所收詩文共六卷，

---

12 後晉・劉昫：《舊唐書》（台北：鼎文書局，1981年）卷190〈文苑下・王維傳〉，頁5053。當時王縉進呈王維詩文之奏表，與代宗嘉許詔書現仍可見，參見清・董誥等編：《全唐文》卷370〈王縉・進王維集表〉，頁3756-3757；《全唐文》，卷46，〈代宗皇帝・答王縉進王維集表詔〉，頁510。

13 侯雅文對於明清時期所刊刻不同版本的劉辰翁校評的內容進行探討，討論不同版本中的佚聞所表現出的劉氏詩觀的變化與影響。見侯雅文：〈劉辰翁校評王維詩輯佚考論〉，《國學學刊》2016年第2期，頁105-119。

依序分爲五言古詩、四言詩、七言歌體、五言律詩、七言律詩、五言排律、五言絕句、七言絕句等，共三百七十一首，收錄於《四部叢刊》集部[14]。

此即流傳至今的王維詩集之所本。

（三）明人顧起經編注《類箋王右丞集》附《文集》、年譜

明代顧起經的《類箋唐王右丞詩集附文集四卷》是現存最早的王維詩文箋校的版本，共十八卷，其中詩歌十卷，文四卷無注、外編一卷、唐諸家同詠集一卷、贈題集一卷、歷朝諸家評王右丞詩畫鈔一卷。內容將王維詩重編分類，其中「五言古詩分十一門，七言古詩分六門，五言律詩分十一門，五言排律分八門，五言絕句分七門，七言絕句分五門，各爲箋注。而以劉辰翁評散附句下，冠以本傳年譜。」[15]顧起經的注釋重點在於詩文的詞義、名物、地理、職官、史實等的考訓解釋，以及對詩歌文字的版本校勘，且在王維年譜編輯上也體現了「知人論世」的注釋特徵。相較顧可久本通過典故、史實、佛教義理等各方面的進一步詮釋，結合訓詁與義理並重，顧起經本雖也同樣援引了劉辰翁的點評，但表現出更明顯的考據學特色。此書約成於嘉靖三十四年（1555）。

（四）清人趙殿成《王摩詰全集箋注》

趙殿成，浙江仁和人。趙氏箋注本，約成於乾隆元年（1734），書中將王維詩分「古詩」及「近體詩」二類，古詩一百五十首，近體詩二百八十二首，外編四十七首，共四百七十九首，文七十二篇。全書共分二十八卷，第一至六卷爲古詩，七至十四卷爲近體詩，第十五

---

14 《四部叢刊》（上海：商務印書館，1919年，上海涵芬樓景印元刊本）。

15 見清・永瑢等編撰：《四庫全書總目提要》（上海：商務印書館，1933年）卷174〈集部二十七・別集類存目・類箋王右丞集十卷附文集四卷〉，頁3736。

卷爲外編，第十六卷至二十八卷爲文。筆者依據趙殿成本，扣除賦表、同詠詩等，重新整理如下表：

表13　王維詩歌體形數量統計表

體制	詩體	詩形	數量
古體	樂府	五言	22
		六言	
		七言	
	古詩		113
近體	絕句	五言	68
		七言	47
	律詩	五言	112
		七言	19
	排律	五言	42
		七言	0
總計			423

趙殿成本出現於清代考據學興起的時期，其內容注釋著重於嚴謹、全面且準確地訓釋詞義、史地、典章等內容，強調各種文獻證據的真實與來源，多有糾正顧起經本誤說之處。趙殿成本各卷歸類方式不一，有依年譜成詩時序歸類者，有依詩歌旨趣贈送酬答歸類者；亦有歸屬費解者；如〈九月九日憶山東兄弟〉列在第十四卷，居〈田園樂〉、〈少年行〉、〈寄河上段十六〉、〈贈裴旻將軍〉等詩之後，殊難理解。

此可見王維詩作的數量與分類，尚無定論。且趙氏所稱外編四十七首，他人亦有質疑（見後）。

（五）陳鐵民《新譯王維詩文集》

陳鐵民，1938年生，福建泉州人。陳氏在其《新譯王維詩文集》[16]中指稱，王維詩三百七十四首，文七十篇，並將詩分四類：

第一類爲歌詠從軍、邊塞及俠士的詩，多作於開元年間。主題多在寫人，如〈觀獵〉、〈少年行〉、〈從軍行〉、〈夷門歌〉、〈老將行〉、〈燕支行〉等。

第二類爲抨擊社會不合理現象、抒發內心不平及言志述懷的詩。亦多作於開元年間。主旨在撻伐權貴、封建廕襲制度。如〈濟上四賢詠〉、〈寓言〉二首其一、〈偶然作〉五首其三、〈西施詠〉等。

第三類爲表現友情、親情、閨思、宮怨、愛情者。大抵作於其生活的各時期。如〈淇上送趙仙舟〉、〈送楊少府貶郴州〉、〈送丘爲落第歸江東〉、〈哭殷遙〉、〈九月九日憶山東兄弟〉等。

第四類爲山水田園詩，主要作於天寶年間，多寫農村風光寧靜幽美和生活安閒自得。如〈新晴野望〉、〈山居秋暝〉、〈輞川別業〉、〈田園樂〉七首其三、〈漢江臨眺〉、〈終南山〉等。

如此看來，陳氏並未按照他自訂的四類，而是以寫作時間爲縱線，分王詩爲四類，再以詩歌旨趣爲橫線，串連成王維詩歌的全網路，很得體；但他譯的《王維詩文集》卻分爲「編年詩」與「未編年詩」、「文選」三大類，乃另樹一格。

（六）陳鐵民、皮述民對趙殿成〈外編〉四十七首的校正

陳鐵民認爲：清趙殿成收錄的王維詩四百二十一首，是今存王維集各本中最多最全的，但其中六十首眞僞待定。經陳氏考證，趙氏〈外編〉四十七首中，有〈東溪翫月〉等二十八首非王維作；另有

---

[16] 陳鐵民譯：《新譯王維詩文集》（台北：三民書局，2009年11月初版一刷），上冊，〈導讀〉，頁15-36。

〈贈劉藍田〉等十三首非王維作，共計四十一首[17]。

皮述民認爲：趙殿成《箋注》本所收王維詩文有很大的問題，如〈過故人莊〉應爲孟浩然作；〈外編〉中的十六首邊塞詩應刪除，其中十五首應都是王涯（約764-835）作；在十四卷之前也可能雜入他人詩作，如〈別弟妹二首〉、〈休假還舊業便使〉、〈嘆白髮〉應爲盧象作。但〈外編〉中的〈伊州歌第一疊〉應爲王維作品[18]。

綜合以上各學者所述，本論文以蒐集最爲完整的趙殿成本爲主要參考文獻，並參酌陳鐵民譯注版本作討論依據。

二、研究主題說明

現存王維詩歌雖僅有四百二十三首，但其詩歌主題包含多元，諸如成就著稱於世的山水田園詩，雄壯豪邁的邊塞詩，流露詩人眞摯情感的親情友情詩，本文均有著墨。在提出王維在不同詩類之個人詩學藝術成就同時，對於相關詩類的源流與發展，本文亦有相當之討論。

雖然如此，不才亦偶喜追根究柢，試圖探索某一事物眞相或根源，茲以山水田園詩爲例，傳統說法是啓蒙於魏晉，謝靈運是山水文學的前驅，王羲之的〈蘭亭詩〉爲山水詩的佳構，陶淵明（352？-427）更被喻爲山水田園詩的集大成者[19]。然而，若由詩作主題追根溯源，其實山水田園詩至少可上溯至東漢時的〈古詩十九首〉[20]，其中頗多首的起句都充滿山水田園之意象，如「青青河畔草，鬱鬱園中柳」，「涉江采芙蓉，蘭澤多芳草」，「庭中有奇樹，綠葉發華

---

17 陳鐵民：〈王維詩眞僞考〉，收入氏著：《王維新論》，頁259。

18 皮述民：《王維探論》（台北：聯經出版公司，1999年8月初版），頁82-89。

19 宋・洪興祖：《楚辭補注》（台北：大安出版社，2011年8月一版六刷），頁359-360。

20 梁・蕭統集，唐・李善注：《文選》（上海：上海古籍出版社，1986年8月一版）第3冊，卷29，頁1343-1451。

滋」，「青青陵上柏，磊磊澗中石」等。這些詩句中已詳細地記述了當時山水田園的風光，如果更上溯一層，在寫作年代更早的《詩經》所集詩篇中，多首亦能品味到山水田園詩的氣韻。如《詩經・國風・豳風・七月》，全詩彷彿爲農家山水田園間生活作息寫照，謹錄如下：

七月流火，九月授衣。一之日觱發，二之日栗烈。

無衣無褐，何以卒歲！三之日于耜，四之日舉趾。

同我婦子，饁彼南畝，田畯至喜。

七月流火，九月授衣。春日載陽，有鳴倉庚。

女執懿筐，遵彼微行，爰求柔桑。

春日遲遲，采蘩祁祁，女心傷悲，殆及公子同歸。

七月流火，八月萑葦。

蠶月條桑，取彼斧斨。以伐遠揚，猗彼女桑。

七月鳴鵙，八月載績。載玄載黃，我朱孔陽，爲公子裳。

四月秀葽，五月鳴蜩。八月其穫，十月隕蘀。

一之日于貉，取彼狐狸，爲公子裘。

二之日其同，載纘武功。言私其豵，獻豜于公。

五月斯螽動股，六月莎雞振羽。

七月在野，八月在宇，九月在戶，十月蟋蟀，入我床下。

穹窒熏鼠，塞向墐戶。嗟我婦子，曰爲改歲，入此室處。

六月食鬱及薁，七月亨葵及菽。八月剝棗，十月穫稻。

爲此春酒，以介眉壽。

七月食瓜，八月斷壺，九月叔苴，采茶薪樗。食我農夫。

九月築場圃，十月納禾稼。黍稷重穋，禾麻菽麥。

嗟我農夫！我稼既同，上入執宮功。

晝爾于茅，宵爾索綯，亟其乘屋，其始播百穀。

二之日鑿冰沖沖，三之日納於凌陰。

四之日其蚤，獻羔祭韭。九月肅霜，十月滌場。

朋酒斯饗，曰殺羔羊。躋彼公堂，稱彼兕觥，萬壽無疆。[21]

　　尚有其他如《詩經・國風・邶風・谷風》、《詩經・小雅・彤弓之什・鶴鳴》等，亦多描寫山水田園景象，詩作中對於鄉間的農民生活情景多有貼切而詳盡的觀察，說明山水田園甚早即成為中國文學作品主題之一，其描述內容多為農家田園之樂。除《詩經》外，形成於南方的〈離騷〉、《楚辭》為我國另一系列之古詩歌集，其中亦有描寫南方山水與農家田居之景象。《詩經》稱「北葩」，〈離騷〉、《楚辭》稱「南騷」（見韓愈〈進學解〉），〈離騷〉為屈原遭棄行吟澤畔的離憂之作，而《楚辭》多屬屈原弟子宋玉及民間或宮廷樂舞。春秋戰國時期，南方大國楚國長期居五霸七雄之一，地跨大江南北及黃淮流域，《史記・孟子荀卿列傳》稱：楚相春申君曾任荀卿為楚之蘭陵令，地方百里[22]，位於今山東台兒莊附近，足見當年楚之強大。有巍巍高山也有滾滾奔流，氣候溫暖濕潤而物產豐饒，其所孕育之詩作中含山水田園風趣者亦有數首，如《楚辭・大招》有云：

　　　　田邑千畛，人阜昌只。美冒眾流，德澤章只。

　　　　先威後文，善美明只。魂乎歸徠！賞罰當只。

　　　　名聲若日，照四海只。德譽配天，萬民理只。

　　　　北至幽陵，南交趾只。西薄羊腸，東窮海只。[23]

---

21 程俊英，蔣見元：《詩經注析》（北京：中華書局，1991年10月一版，1999年10月三刷），頁406-416。

22 漢・司馬遷撰；劉宋・裴駰集解；唐・司馬貞索隱；唐・張守節正義：《史記》（台北：鼎文書局，1981年），卷74，〈孟子荀卿列傳〉，頁2348。

23 宋・洪興祖：《楚辭補注》，頁359-360。

在《楚辭‧九辯》中也藉由染上悲傷氣息的山水景物來表現出作者哀傷愁苦的情緒，在作者的細膩描述中達到情景交融的境地：

悲哉！秋之爲氣也。蕭瑟兮，草木搖落而變衰。

憭慄兮，若在遠行。登山臨水兮，送將歸。

泬寥兮，天高而氣清；寂寥兮，收潦而水清。

憯悽增欷兮，薄寒之中人；愴怳懭悢兮，去故而就新；

坎廩兮，貧士失職而志不平；廓落兮，羈旅而無友生；

惆悵兮，而私自憐。燕翩翩其辭歸兮，蟬寂漠而無聲。

鴈廱廱而南遊兮，鵾雞啁哳而悲鳴。

獨申旦而不寐兮，哀蟋蟀之宵征。

時亹亹而過中兮，蹇淹留而無成。[24]

又如《楚辭‧九懷》[25]、《楚辭‧九歎》[26]等章，字裡行間亦不乏山水田園趣味。如此看來，歷代文學評論雖多言山水田園詩出於魏晉；若謂〈古詩十九首〉、《詩經》、《楚辭》、〈離騷〉乃其源頭傳承，似亦無不可。

在山水田園詩之外，王維的邊塞詩作品內容、表達情感之豐富，亦爲其詩作特色之一。關於邊塞風光、戰爭與戰士思鄉、戰士妻女望征夫早歸的主題，早見於《詩經》、〈離騷〉等作品集中。山水田園詩可上溯至《詩經》，其實邊塞詩亦可從《詩經》中見其蹤跡，例如《詩經‧國風‧秦風‧無衣》、《詩經‧國風‧邶風‧擊鼓》、《詩經‧小雅‧漸漸之石》等。大唐帝國武力強盛、幅員廣闊，駐守

---

24 宋‧洪興祖：《楚辭補注》，卷8，〈九辯〉，頁182-184。

25 同上注，卷15，〈蓄英〉，頁274；〈尊嘉〉，頁275。

26 同上注，卷16，〈蓄英〉，頁283-284；〈遠遊〉，頁310-311。

王維詩歌藝趣研究

邊疆的士兵、官員更是數以萬計，相關詩作多如繁星，據《全唐詩》統計，有唐一代，曾作有邊塞主題之詩人約有二百二十四人，詩作約一千四百二十五篇，略記如下表：

表14　唐代邊塞詩作者人數、詩數一覽表（筆者概計）

時期	詩人數量／人	詩作數量／首
初唐	53	250
盛唐	50	485
中唐	45	370
晚唐	76	320
總計	224	1425

　　王維所處的年代，正值唐朝國力最為強大而積極向四鄰開疆拓土，邊疆戰事不斷的時代，邊塞問題不僅是國家大事，也成為詩人們關注的焦點，而在「唐代中原王朝與周邊諸族之間確曾發生過不同規模的邊疆戰爭，因此絕大多數唐代邊塞詩，都應存在具體本事。」[27]尤其是王維青年時期本身曾親至西北邊疆，親炙邊疆風光與守邊戰士的保家衛國情懷，因此王維寫作的邊塞詩具有描寫大時代史詩的開闊氣勢，其內涵大致呈現其積極入仕、建功立業的樂觀進取心態，如〈燕支行〉、〈觀獵〉、〈出塞作〉等詩，但也有部分詩作，如〈老將行〉等記述邊疆將士一生征戰的驕傲與哀愁之詩作，又如〈送元二使安西〉中云「勸君更盡一杯酒，西出陽關無故人」[28]般，在豪邁激情的報國之心中，同時也隱含著他在仕途受挫之餘的淡淡悲涼感。（王維的邊塞詩作之討論詳見第四章）

---

27 王樹森：〈唐蕃角力與盛唐西北邊塞詩〉，《北京大學學報（哲學社會科學版）》第51卷第4期（2014年7月），頁80。

28 清‧趙殿成：《王右丞集箋注》，卷14，頁205。

在山水田園詩、邊塞詩之外，王維對於親情、友情、歲月仕隱、社會諷喻等方面，亦有相關詩作流傳，本論文在第八章、第九章將陸續探討此類詩作中所蘊含之豐富藝術價值。

本論文探討王維詩歌藝術性之餘，亦欲從個人所學挑戰傳統歷史的一些記載與文學史的討論，因此將採用更多新史料與方法以進行研究討論。

第三節 研究方法

學術研究方法品類繁夥，端視研究者需要及主客觀因素作取捨運用。通常運用的方法，約有以下數種，試略舉其意涵如次。

一、歷史研究法（Historical research）

通常是從相關的文獻典籍及史蹟遺物中，運用科學方法，鑑別其真偽及價值，繼之予以歸納統整，將相關的史料事件，以客觀的態度尋求其相關，得出合情合理的結論。以本論文第二章為例，在檢閱歷來王維詩歌藝趣的諸般文獻後，攝取王維詩歌藝趣的相關資訊即是。

二、分析研究法（Method of analysis）

一般的做法是，與綜合研究法相對待。通常為區分一事物或概念，以明示其內容，以為取捨的基準。例如本論文首先蒐羅相關文獻資產，包括古今典籍著作、當代期刊論文等，作廣泛深入的檢閱研析，並區分其價值，分門別類作箚記，繼之以分析歸納，得出可資運用的結論即是。

三、綜合研究法（Method of synthesis）

一般做法是，與分析研究法相對待。通常是將複雜的事物要素或

概念內容，加以結合整理，使成為單純統一體，備作研究主題之用。例如本研究主題為《王維詩歌藝趣研究》舉凡與此主題有關的文獻材料，包括第二章、第三章中論述王維事略、才藝、仕途、時空背景等等相關議題，本論文從正史記載、筆記小說以及其他各類相關詩文資料，廣為蒐羅、分類，檢視其表象，窺察其指涉及關聯性，備研究主題適切利用即是。

四、演繹法（Deduction）

一般概念是，與歸納法相對待。由普遍的原理，以推斷特殊的真相。例如，凡生物皆有死，人為生物，故人皆有死[29]。循此推演，本論文主角王維是人，儘管王維百般求不死，但因為王維是人，故王維有死。由於在正史兩《唐書》之外，對於王維傳記資料之直接記載不多，在第二章對王維生平事略之討論，如家庭狀況之探討即採此法，以當時其他記述較為詳盡的他人事略以為引導，演繹王維家庭的可能情狀。

五、歸納法（Induction）

一般概念是，此研究法正與演繹法相對待。由諸般特殊事例，歸納為一般性的原理。例如人、獸、草、木皆有死，亦皆有求生本能；而人、獸、草、木皆為生物，故知凡生物皆有死，亦皆有求生本能。循此推演，儘管本論文主角王維曾隱居、坐禪、求仙、問道（此皆與其詩歌藝趣有關連），但王維畢竟是人，故王維有死。在第四章、第五章有關王維詩歌意象藝術、藝術特徵等議題探討，本文檢集相近之概念、字詞，歸納王維詩文之特徵。

---

[29] 傅錫壬：《中國神話與類神話研究·何謂神話》（台北：文津出版社，2005年11月一刷），頁3-4。

六、比較法（Comparative method）

　　此種研究方法之基本作法是，取二種以上的事物，比較推量，以求其共通點與各自的特點。例如本論文主角王維以山水田園詩享譽當時與後世，他與當時著名的山水田園詩派孟浩然，在詩歌背景、意象上，有何相同與不同即是。為凸顯王維詩歌藝趣之獨特性與優越性，本論文行文常以此法將王維與唐代詩人，或王維與前人乃至後人並談。

　　實者，研究法尚不止此。而任何一樁學術研究亦不可能單純地運用某一種研究法，通常是端視研究材料性質與所欲探討的主題，靈活運用多種研究方式進行研究。況且今日自然科學昌隆，各種通訊交流舉世暢通無阻，電腦、多功能手機無往不利，各種學術資料庫使用便利，「大數據」（Big data）更有求必應，各種相關資訊琳瑯滿目，從事學術研究者較往昔便利多多。本論文研究之進行乃以上述各種研究方法之綜合運用為基礎，依據所需探討之主體靈活運用分析研究法、歷史研究法、演繹法、歸納法、比較法及電腦工具等方法，以管窺蠡測王維詩歌藝趣的終極面貌。

第四節 研究內容項目

　　本論文題為《王維詩歌藝趣研究》，首先從王維的生平、才藝與仕宦遭遇等事跡，勾勒出王維的生命軌跡與文學創作之源流，同時也對其家庭、生平事件、信仰背景等等記載稍加考證，研究內容以王維在其橫溢多姿的才藝下，其詩歌的面相、意涵、特徵如何。故主要研究項目於本緒論以下，依序約為：

　　一、王維事略，含王維之生平事蹟、才藝、仕途遭遇及軼聞趣事等方面。

二、王維時空背景，含盛唐政經、社會民風、邊事邦誼、教育文化與宗教等方面之探討，以期對王維詩歌形成之背景有更貼切的認識。

三、王維詩歌概觀，分別就王維詩歌中之輞川詩、邊塞詩、山水田園詩、親情友情詩、儒佛道心詩、歲月仕隱詩、社會諷喻詩等不同類型、內涵之詩歌進行簡述，探討王維不同類型詩歌中之藝術性。

四、王維詩歌的聲色動靜，從王維詩歌之音樂性、書畫性、季節性、自然景物性等方面，探討王維詩歌之藝術特徵。

五、總結王維詩歌的成就、價值及影響等。

本章包括研究動機與前人研究之簡略回顧，其中對山水田園詩的源頭有較多的探索，對當前各方研究王維詩歌的既有成果廣為蒐羅列舉，用作本研究的參考資源。

第二章
王維生平事蹟暨其詩歌創作背景

　　王維（701-761）為唐代（618-906）具有代表性的詩人之一，他的一生正好見證了唐王朝由極盛而陡然轉衰的過程，從他的詩作中，我們可以清楚看到盛唐積極向上、光輝燦爛的輝煌氣勢，但也有見到他對種種社會不平、悲歡離合的描寫，因此其詩文目前雖然僅存四百二十三首，數量不算多，但詩歌創作的藝術性卻在盛唐詩壇產生極大的生命力，尤其是他的山水田園詩更是一絕，其淡遠內斂的詩風享有「詩佛」之美譽；而其生平事蹟，載籍廣備，新舊《唐書》均有傳，本章基於孟子「知人論世」說[1]，對王維其人、其事及其時空環境略窺其梗概，為本論文作底蘊。

第一節　生平個性

　　詩人的詩歌創作經常受到個人的生命經驗影響，另一方面也受到詩人才性、學習的影響。王維博學多藝，雖仕宦多年但在官場上的作為與聲名似乎都不顯揚，主要是以文學成就著稱於世，如王維傳記在《舊唐書》中是列於〈文苑列傳〉，《新唐書》則是列於〈文藝列

---

[1]　孟子語：「頌其詩，讀其書，不知其人，可乎？是以論其世也。是尚友也。」語出《孟子》（台北：藝文印書館，2011年12月初版十六刷），卷10，〈萬章下〉，頁188。

傳〉中[2]，可見官方史家對於王維在文學藝術上的評價遠高於其在政治作為上的評價。以新舊《唐書》為主，概述王維生平略為：

一、姓名家世

　　王維，字摩詰，祖籍太原祁（今山西太原祁縣），出身屬河東王氏家族[3]。東漢（25-220）末年戰亂四起，各地官學普遍衰微、私學逐漸興起，到隋唐時期，這種在家庭或家族中世代傳承，內容包含完整的儒家經學知識、技藝和思想的「家學」，逐漸成為人們獲取社會、文化知識的重要途徑，透過「家學」的培養與提升，士族得以掌握、保持並延續家族的政治、經濟與文化優勢，成為社會上的主導力量[4]。王維即出生於這樣的士族家庭環境之中。

　　王維其父處廉曾官汾州（今山西汾陽縣）司馬，乃徙至蒲州（今山西永濟縣西）[5]，從地理上來說，王維家族世居現今的山西地區。在唐代，山西作為王朝的發祥地，政治、軍事象徵地位不言可喻，向

2　兩《唐書》中王維均有傳，顯見王維在唐代文壇的重要性。而兩書對於王維事蹟記載，雖詳略有別，但大致相符，唯在卒年等細節處有所出入，推論最遲在《新唐書》成書時，王維之生卒年已成爭論，詳見後晉・劉昫：《舊唐書》（台北：鼎文書局，1981年），卷190，〈文苑下・王維傳〉，頁5051-5052；宋・歐陽修，宋祁撰：《新唐書》（台北：鼎文書局，1981年），卷202，〈文藝列傳中・王維〉，頁5765。

3　《舊唐書・地理志》載，王維家族祖籍因官遷居之住所皆屬河東道。參考後晉・劉昫：《舊唐書》（台北：鼎文書局，1981年），卷39，〈地理志・十道郡國・河東道〉，頁1480-1841；1469-1475。河東太原王氏為魏晉以來之著名的世家大族，王維家族非嫡系僅為旁支，甚至是在王縉居高位後才得依附。可參考《全唐文》卷545有唐王顏貞元十七年（801）撰〈追樹十八代祖晉司空太原王公神道碑銘〉，及竹田龍兒：〈唐代士人の郡望について〉，《史學》第24卷第4號（1951年4月），頁466-493。

4　參考胡青：〈試論中國古代的家學〉，《江西教育科研》1990年第1期，頁65；張國剛：〈漢唐「家法」觀念的演變〉，《史學月刊》2005年第5期，頁5-7。

5　後晉・劉昫：《舊唐書》，卷190，〈文苑下・王維傳〉，頁5051。

來爲王朝所重視；而從經濟、交通等方面來看，亦具有重要地位[6]，轄下從蒲州（河中節度使治所）經汾州到太原（河東節度使治所）又是一條聯絡長安與河東、河北地區，乃至西北、東北邊疆地區的重要交通道路。蒲州、汾州與太原這幾個地區不僅是軍事重鎮，同時是許多官吏、使臣的往來要道，更是文化活動活絡的地區。王維的幼年、少年時期即在這種氛圍中孕育成長，在王維離家開始官宦生涯，除短暫被貶謫的時期之外，多客居於兩京。

二、生卒年

新舊《唐書》中關於王維的生年並未有明確記載，對於其卒年的記載又非一致，引起後世學者諸多論證。據《舊唐書》內容，文中僅載王維乃「乾元二年（759）七月卒」[7]，而《新唐書》則云：王維「上元初卒，年六十一」[8]，足見在宋代歐陽修（1007-1072）等人再重新編修《唐書》時，已經發現《舊唐書》中關於王維卒年的記載可能有問題，但已經無法確認王維亡故於哪一年，因此以較含糊的筆法加以記述。由《新唐書》記載王維卒於上元初（肅宗上元年號僅使用二年，即760-761），享年61歲推算，王維當生於武氏長安元年（701），卒於肅宗上元二年（761）；若採《舊唐書》記載之卒年計算，則王維生於武則天聖曆二年（西元699），卒於肅宗乾元二年（759）享年61歲。

對照兩《唐書》中王維之弟縉（？-781）的紀錄，在《舊唐書》中云：「（縉）建中二年（781）十二月卒，年八十二」[9]，《新唐

6　清・顧祖禹：《讀史方輿紀要》（台北：洪氏出版社，1987年1月初版），卷39，〈山西〉，頁1635。

7　後晉・劉昫：《舊唐書》，卷118，〈王縉傳〉，頁3416。

8　宋・歐陽修，宋祁撰：《新唐書》，卷202，〈文藝列傳中・王維〉，頁5765。

9　同註7，卷190，〈文苑下・王維傳〉，頁5051。

書》也云：「建中二年死，年八十二」[10]，即王縉約生於武則天聖曆三年（700）或久視元年（700），而卒於建中二年十二月。其記載最大問題爲：照此推算，王縉則生於維之前一年，實難徵信於眾，此間問題可能相當複雜，一者與唐代史書之編纂問題有關，除皇帝事蹟是依據相對具可靠之實錄記載之外，其餘人物記載謬誤多有[11]，二者唐代皇帝年號變動頻繁，經常在一年之中出現兩年號，這也可能影響到唐人年歲之計算。關於王維生卒年問題的相關討論學者亦各有論證[12]。

本文採趙殿成、陳鐵民之說，即王維生於長安元年（701），卒於肅宗上元二年（761），年六十一歲。

三、親人與親情

王維之父處廉，生卒年不詳，生平事蹟均付之闕如，僅知其曾任汾州司馬，現存王維詩文中未見與其父相關之詩文，姑論其父子之情淡薄[13]。母崔氏，生年不詳而卒於天寶九年（750），略知其出身

10 宋·歐陽修，宋祁撰：《新唐書》，卷145，〈王縉傳〉，頁4716。

11 相關研究甚多，最早在宋代歐陽修編纂《新唐書》時，已開始採用各種墓志碑刻等金石材料補正《舊唐書》中的人物傳記，近人亦多有新證。參見陳光崇：〈歐陽修對兩《唐書》的論證〉，《唐史論叢》第二輯（1987年），頁228-245。

12 清·趙殿成《王右丞集箋注·附年譜》。當代學者皮述民《王維探論》，陳鐵民《王維新論》等。據大陸學者譚莊在2010年的統計，關於王維生年的討論至少有五種，分別是699年（畢寶魁之說）、701年（陳鐵民）、700年（張清華之說）、692年（王從仁之說）、694或695年（王勳成等人之說），足見王維之生年爲學界研究爭點之一。參見譚莊：〈王維生平事蹟考辨〉，《南京師範大學文學院學報》第1期（2010年3月），頁104-106。另有王輝斌提出的生於武則天長壽二年（693），而卒於上元元年（760），年六十八歲之說，見王輝斌：〈王維生卒年考實〉，《山西師大學報》2018年第1期，頁38-44。各有論證，但皆無直接證據。

13 王維詩文中未見提及其父，推論其與父親親情關係淡薄，這可能與其父在其年

山東博陵縣，而博陵崔氏一族自南北朝以來，世爲望族[14]。其母長年篤信佛教，以師禮事北宗六祖神秀（606-706）之弟子大照禪師[15]（普寂，651-739）三十餘年，孀居的她的日常生活則是褐衣蔬食，持戒安禪[16]。這也是唐代墓志中常見的唐代社會中上階層婦女在夫亡後守節持家的景象[17]。維有妹弟五人，依序爲維、縉、繟、紘、紞[18]，妹一人[19]。（參見附錄一：王維家族世系表）

王維事母至孝，母生前，王維於輞川別墅置一草堂精舍、竹林果園，供母宴坐修行；母亡，維守喪哀痛幾至不起，並表奏輞川第爲寺，而後葬母於寺西，以安母靈[20]。王維與長弟縉年歲相近，同時在

幼即辭世，對父親印象淺疏有關，詳見本章第三節討論。

14 關於博陵崔氏家族的研究，可參考鄭芳：《中古世家大族博陵崔氏研究》（曲阜師範大學碩士論文，2009年）；伊沛霞（Patricia Buckley Ebrey）著，范兆飛譯：《早期中華帝國的貴族家庭：博陵崔氏個案研究》（上海：上海古籍出版社，2011年）；仇鹿鳴：〈士族研究中的問題與主義：以《早期中華帝國的貴族家庭：博陵崔氏個案研究》爲中心〉，《中華文史論叢》（2013年第4期），頁287-317+39。

15 據僧傳所載，普寂出身蒲州河東，即王維的出生地，再者，普寂爲北宗神秀之弟子，神秀示寂後皇帝下令其統領僧眾，在玄宗開元年間影響力甚大，開元二十三年，普寂受傚居於長安，當時許多貴族、官員競來禮謁，大受時人尊崇，「（開元）二十七年終于上都興唐寺。年八十九。」宋·贊寧：《宋高僧傳》，卷9，收於《大正新脩大藏經》（台北：新文豐出版社，1983年），第50冊，頁760。

16 清·董誥等編：《全唐文》，卷324，〈王維·請施莊爲寺表〉，頁3290。

17 姚平：《唐代婦女的生命歷程》（上海：上海古籍出版社，2004年），頁92-132。作者在書中引用墓志材料的內容呈現唐代婦女婚姻中的生活，在唐代寡婦在家守節、撫育子女長大成人，終生未曾再嫁的例子所在多有。

18 宋·歐陽修，宋祁撰：《新唐書》，卷72〈宰相世系表·太原王氏·河東王氏〉，頁2642。

19 雖史傳無載，從王維詩中可知其至少有一妹，並嫁與蕭氏爲妻。詳見清·趙殿成：《王摩詰全集箋注》（台北：世界書局，1996年6月初版六刷），卷13，〈山中寄諸弟妹〉，頁187；卷9，〈戲題示蕭氏外甥〉，頁122。

20 同注18，卷202，〈文藝列傳中·王維〉，頁5765。

朝爲官。王縉在盛唐文壇亦頗有盛名，與維兄弟二人始終互相扶持，王維因安史之亂受罰牢獄，王縉百般祈救，請以己官贖兄之罪，終獲解脫[21]。之後，維三遷尚書右丞；縉爲蜀州刺史，未遷；維晚年病中上書自表己有五短，縉有五長，願放棄己官，換取縉得還京師[22]。兄弟情誼，深誠可見。嗣後，縉官累至門下侍郎、中書門下平章事，位極人臣；晚年崇佛，篤信福報，揮霍無度；甚至西蕃人寇，竟令群僧講經以攘寇；政令人事不修，大曆刑政日偷；左丞韋濟（686-752）之妻李氏，濟死奔縉，縉竟以妻嬖之，實妾也；任宰相期間又縱弟妹女尼廣納財賄，貪猥如市賈[23]。如此看來，縉晚節不彰，頗辱乃兄門風。

　　除了王縉於兩《唐書》有傳以外，王維其餘弟妹之事蹟則未見於史傳。

四、才性學養

　　文學作品中的各類典故皆來自前人智慧的結晶，運用得宜可以使作品綻放獨特的光彩，產生含蓄、洗練、委婉等各種修辭作用。王維作爲盛唐三大詩人之一，其詩歌創作時運用典實現象值得學界關注[24]。現存王維詩歌數量雖不算多，但其內涵足以與李、杜等人相比

21 後晉・劉昫：《舊唐書》，卷118，〈王縉列傳〉，頁3417。

22 宋・歐陽修，宋祁撰：《新唐書》，卷202，〈文藝列傳中・王維〉，頁5765；王維當時給皇帝上書的內容，現仍保留。見清・董誥等編：《全唐文》，卷324，〈王維・責躬薦弟表〉，頁3289-3390。

23 同注21，卷118，〈王縉列傳〉，頁3416-3417。

24 許多唐詩成爲後代詩人琢磨學習的典範，這種現象大陸學者認爲：「唐代以後的詩歌出現了普遍化用唐詩的現象」這種現象又可依皎然《詩式》分爲偷語（借用前人字句比重較大且少新意者）、偷意（借用字句較少或無借用，但詩歌表現情感相類似者）和偷勢（基本上無文字借用且化用後詩歌意境更爲精妙者）三種。見沈文凡：〈唐詩接受過程中的化用現象初探〉，收入氏著：《唐詩接受史論稿》（北京：現代出版社，2014年7月一版），頁10-11。

美，藉由考察王維詩歌各類典故[25]的出處、梳理其中的典故類型與分析其用典的藝趣，探究王維對各種歷史、文學典故運用和處理的態度與方法，可以幫助我們理解王維的思想根源及傳統文化對其詩歌藝趣風格的影響，以探尋王維諸般藝趣成就的根源所以與後世產生共鳴之核心價值。

唐代宗李豫（762-779年在位）曾經公開稱讚王維為「天下文宗，位歷先朝，名高希代」[26]；弟王縉所觀察到的是「臣兄文詞立身，行之餘力，當官堅正，秉操孤直」[27]的兄長形象。明代顧起經（1515-1569）認為：「玄、肅以下詩人，其數什百語盛唐者，唯高、王、岑、孟四家為最。語四家者，唯右丞為最。其為詩也，上薄〈騷〉、《雅》，下括漢魏，博綜群籍，漁獵百氏，于史、子、《蒼》、《雅》、緯候、鈐決、內學、外家之說，苞總並統，無所不窺，尤長於佛理。故其采藻奇逸，措思沖曠，馳邁前榘，雄視名俊。」[28]顧起經明確點出王維「博綜群籍，漁獵百氏」之特質，稱讚

---

[25] 此處所謂典故或用典，參考劉勰在其《文心雕龍·事類》中所提到：「事類者，蓋文章之外，據事以類義，援古以證今者也。」見南朝梁·劉勰：《文心雕龍》（台北：師大出版中心，2012年），頁72；並見劉漢初：〈詩詞中「語典」的效用釋例〉，《台北師院學報》第1期（1988年6月），頁417-426。劉氏詳細分析兩種不同性質典故：「典故的來源在於過去的文獻，依其內涵結構略可分為兩種，凡典故本身包含一段諸如歷史、傳說、神話之類敘事性結構的，可稱之為『事典』，這一類典故如不知詳細出處，就完全不能解讀文義；另一類典故卻不然，它大體是從過去的文獻摘取其中某些語言的成分構成，有時是詩文中一個句子頗大的一部份，有時又只是文句中某一個小單位的詞語，由於它的非敘事性質，其本身即容易提供一些比較完整的意思，不必藉由追溯語源，讀者仍能解讀某一程度的意義，這種典故可以稱為『語典』」。

[26] 清·趙殿成：《王摩詰全集箋注》（台北：世界書局，1996年6月初版六刷），卷1，頁1。

[27] 清·董誥等編：《全唐文》，卷370，〈王縉·進王維集表〉，頁3756-2。

[28] 明·顧起經：〈題王右丞詩箋小引〉，收入清·趙殿成：《王摩詰全集箋注》，頁518。

其詩歌之內涵古今內外之學兼備，包羅萬象，旁及經史子集等各式傳統經典，又受到中國佛教哲學思想的啓發，因而更顯文采過人、思想深遠。這樣的評價也清楚表達王維詩歌藝趣不僅源於個人的天資聰穎，也深受傳統文化的啓發。

（一）古典文學的涵養

出身簪纓之家的王維，雖謙稱自己爲「微官」，實則出身河東世家，父曾任汾州司馬，應自幼受良好教育的薰陶。從王維詩作中可以看到中華傳統文化對王維思想的深遠影響，其中來自史書、《詩經》等諸多傳統經典的詞彙、典故，以及佛道經典等內涵，豐富詩人王維的想像世界與文學表現方式。王維在詩中不止一次地引用《詩》、《禮》典故，也在〈送高道弟耽臨淮作〉中特別稱贊耽「深明戴家《禮》，頗學毛公《詩》」；在〈送秘書晁監還日本國（並序）〉中論及日本人晁衡特地遠道來唐學《詩》、《禮》，這些例證在在彰顯他對《詩》、《禮》的重視，以及對周、秦、兩漢的詩教傳統的繼承。

從王維《詩經》用典的角度看，王維不僅熟稔《詩經》各篇章的內容與意義，更能自然、不僵化的運用於自己的詩歌創作中。王維運用《詩經》的諸多詞語轉化爲自己詩歌的意境，相關例證如下表所示：

表15　王維詩歌中《詩經》典實統計表

王維詩	《詩經》典實
〈渭川田家〉：「即此羨閒逸，悵然歌〈式微〉。」	《詩經・邶風・式微》：「式微，式微，胡不歸？」
〈贈祖三詠〉：「結交二十載，不得一日展。貧病子既深，契闊余不淺。仲秋雖未歸，暮秋以爲期。良會詎幾日，終自長相思。」	《詩經・邶風・擊鼓》：「死生契闊，與子成說。執子之手，與子偕老。」 《詩經・衛風・氓》：「將子無怒，秋以爲期。」

王維詩	《詩經》典實
〈春中田園作〉：「歸燕識故巢，舊人看新曆。臨觴忽不御，惆悵遠行客。」	《詩經・周南・卷耳》：「嗟我懷人，寘彼周行。」
〈觀別者〉：「愛子游燕趙。高堂有老親。不行無可養。行去百憂新。切切委兄弟。依依向四鄰。」	《詩經・小雅・蓼莪》：「哀哀父母，生我劬勞」，「哀哀父母，生我勞瘁。」
〈哭祖六自虛〉：「殲良昧上玄。」	《詩經・秦風・黃鳥》：「殲我良人。」
〈和僕射晉公扈從溫湯〉：「長吟吉甫頌，朝夕仰清風。」	《詩經・大雅・烝民》：「吉甫作誦，穆如清風。」
〈九月九日憶山東兄弟〉：「獨在異鄉爲異客，每逢佳節倍思親。」	《詩經・魏風・陟岵》[29]
〈春日直門下省早朝〉：「願將遲日意，同與聖恩長。」	《詩經・豳風・七月》：「春日遲遲，采蘩祁祁。」
〈送崔九興宗遊蜀〉：「出門當旅食，中路授寒衣。江漢風流地，游人何處歸。」	《詩經・豳風・七月》：「九月授衣。」《詩經・小雅・車攻》：「徒禦不驚。」
〈田家〉：「卒歲且無衣。」	《詩經・豳風・七月》：「無衣無褐，何以卒歲？」
〈偶然作〉其二：「田舍有老翁，垂白衡門裡。」	《詩經・陳風・衡門》：「衡門之下，可以棲遲。」
〈奉寄韋太守陟〉：「故人不可見，寂寞平林東。」	《詩經・小雅・車舝》：「依彼平林，有集維鷮。」

[29] 唐汝詢認爲：「摩詰作此時年十七，詞義之美，雖〈陟岵〉不能加。史以孝友稱維，不虛哉。」見明・唐汝詢編選，王振漢點校：《唐詩解》（保定：河北大學出版社，2001年7月初版），下冊，卷26，頁657。

王維詩	《詩經》典實
〈喜祖三至留宿〉：「早歲同袍者，高車何處歸。」	《詩經·秦風·無衣》：「豈曰無衣？與子同袍。」
〈奉和聖制度玄元皇帝玉像之作應制〉：「斗回迎壽酒。」	《詩經·小雅·大東》：「維北有斗，不可以挹酒漿。」

　　清代文人對王維與《詩經》的連結相當關注，諸如吳喬（1610-1694）視〈觀別者〉詩中所流露之家人情感「當置《三百篇》中，與〈蓼莪〉比美。」[30]黃培芳（1778-1859）評價〈贈祖三詠〉詩乃「四句一韻，深情遠意，綿邈無窮，置之《毛詩》中，幾不復可辨，此眞爲善學《三百》者也。」[31]而沈德潛（1673-1769）以〈九月九日憶山東兄弟〉中描述之兄弟情懷爲「〈陟岵〉詩意，誰謂唐人不近三百篇耶？」[32]王維詩歌中引用《詩經》典故的情形顯然已經普遍爲清代文人所關注。由上表可知，王維的《詩經》用典自然，多取典故之意涵而進一步自由揮灑，再創造一新的詩境，並不拘泥於原典的文字或辭彙。

　　王維詩歌深受《詩經》、《楚辭》思想、體例的影響[33]，對於《詩經》，王維主要是直取其文字蘊含之「意」，而關於《楚辭》的援引，則多取其「境」。例如王維〈山居秋暝〉尾句「王孫自可

30 清·吳喬：《圍爐詩話》，收入郭紹虞編：《清詩話續編》（上海：上海古籍出版社，1983年），卷3，頁557。

31 清·王士禛選，黃培芳評，吳退庵等輯注：《唐賢三昧集箋註》（台北：廣文書局，1968年11月），卷上，頁1。

32 清·沈德潛選注：《唐詩別裁集》（上海：上海古籍出版社，2013年8月一版），卷19，頁639-640。

33 劉青海：〈論王維詩歌與詩騷傳統的淵源關係〉，《文學遺產》2015年6期，頁69-78。

留」³⁴、〈山中送別〉：「王孫歸不歸」³⁵等，即以《楚辭・招隱士》和《楚辭・漁父》中曾出現的「王孫」、「漁父」等富含了特殊內蘊的辭彙成就其詩歌所欲塑造之「境」。以下列舉王維所採用之《楚辭》數例以類其餘：

表16　王維詩歌中《楚辭》典實統計表（筆者概計）

王維詩	《楚辭》典實
〈送友人歸山歌〉二首其一：「愧不才兮妨賢，嫌既老兮貪祿。誓解印兮相從，何詹尹兮何卜。」	《楚辭・卜居》：「世溷濁而不清，蟬翼爲重，千鈞爲輕；黃鐘毀棄，瓦釜雷鳴；讒人高張，賢士無名。吁嗟默默兮，誰知吾之廉貞！」
〈登樓歌〉：「時不可兮再得，君何爲兮偃蹇。」	《楚辭・九歌・湘君》：「時不可兮再得，聊逍遙兮容與。」
〈雙黃鵠歌送別〉：「主人臨水送將歸。」「鞍馬歸兮佳人散，悵離憂兮獨含情。」	《楚辭・九辯》：「憭栗兮若在遠行，登山臨水兮送將歸。」《楚辭・九歌・山鬼》：「思公子兮徒離憂。」
〈送綦毋潛落第還鄉〉：「行當浮桂棹，未幾拂荊扉。」	《楚辭・九歌・湘君》：「桂棹兮蘭枻，斲冰兮積雪。」
〈三月三日曲江侍宴應制〉：「畫旗搖浦漵，春服滿汀洲。」	《楚辭・九章・涉江》：「入漵浦餘儃佪兮，迷不知吾所如。」《楚辭・九歌・湘夫人》：「搴汀洲兮杜若，將以遺兮遠者。」
〈送邢桂州〉：「赭圻將赤岸，擊汰複揚舲。」	《楚辭・九章・涉江》：「乘舲船餘上沅兮，齊吳榜以擊汰。」
〈送張五諲歸宣城〉：「欲歸江淼淼，未到草萋萋。」	《楚辭・招隱士》：「王孫游兮不歸，春草生兮萋萋。」

---

34 清・趙殿成：《王摩詰全集箋注》，卷7，頁96。

35 同上注，卷13，頁196。

王維詩	《楚辭》典實
〈贈李頎〉：「文螭從赤豹，萬里方一息。」	《楚辭・九歌・山鬼》：「乘赤豹兮從文狸。」
〈藍田山石門精舍〉：「老僧四五人，逍遙蔭松柏。」	《楚辭・九歌・山鬼》：「山中人兮芳杜若，飲石泉兮蔭松柏。」
〈和僕射晉公扈從溫湯〉：「靈芝三秀紫。」	《楚辭・九歌・山鬼》：「采三秀兮於山間，石磊磊兮葛蔓蔓。」
〈和宋中丞夏日遊福賢觀天長寺寺即陳左相宅所〉：「虛空陳妓樂，衣服製虹霓。」	《楚辭・九歌・東君》：「青雲衣兮白霓裳，舉長矢兮射天狼。」
〈留別山中溫古上人兄並示舍弟縉〉：「解薜登天朝，去師偶時哲。」	《楚辭・九歌・山鬼》：「若有人兮山之阿，披薜荔兮細帶女蘿。」
〈和陳監四郎秋雨中思從弟據〉：「嫋嫋秋風動，凄凄煙雨繁。」	〈楚辭・九歌・湘夫人〉：「嫋嫋兮秋風，洞庭波兮木葉下。」
〈椒園〉：「桂尊迎帝子，杜若贈佳人。椒漿奠瑤席，欲下雲中君。」	集《九歌》中〈湘君〉、〈湘夫人〉、〈東皇太一〉、〈雲中君〉典實於一篇。
〈辛夷塢〉：「木末芙蓉花，山中發紅萼。」	〈楚辭・九歌・湘君〉：「擎芙蓉兮木末。」
〈欒家瀨〉：「颯颯秋雨中，淺淺石榴瀉。」	〈楚辭・九歌・湘君〉：「石瀨兮淺淺，飛龍兮翩翩。」

　　王維詩歌援引古典文學作品的方式並非僵硬、直接地引用典實，而是擅用當時文人所熟悉的《詩經》、《楚辭》等古典詩歌文學所蘊含之豐富精彩之語詞，藉以營造天然浩渺的空靈意境或是扣人心弦的情感胸懷。從上表可知，王維除在詩歌創作時靈活運用《楚辭》豐富的人物、動物或植物等各類語彙外，也有多首格式仿自《楚辭》書寫

形式創作的騷體詩，如：〈送友人歸山歌〉、〈雙黃鵠歌送別〉、〈贈徐中書望終南山歌〉等詩。因此，清人翁方綱（1733-1818）認為「王右丞〈送迎神曲〉諸歌，〈騷〉之匹也。」[36]視王維的騷體詩之藝術成就已經足以與《楚辭》匹敵。

（二）儒學思想的涵養

王維出身河東世家，與其弟王縉在二十歲以前就已經離家西入長安和洛陽尋求仕途的發展。王維「少年識事淺，強學干名利」[37]積極參與科舉考試，經常閱讀史書類與儒家經典等典籍，但是，他平時所思考不僅是個人的功名利祿，更有發自內心、關心社會的大情懷，表達出胸懷經世濟民的強烈願望。王維青年時期寫作的詩歌多引用史書中的征西大將李廣（？-119B.C.）、衛青（？-106B.C.）等人的事蹟，歌頌其報效國家、保疆衛國的積極進取心態。在開元二十二年（734），王維為張九齡（678-740）殷殷獻上一首干謁詩：「側聞大君子，安問黨與讎。所不賣公器，動為蒼生謀。賤子跪自陳，可為帳下不。感激有公議，曲私非所求。」[38]在詩中，王維直言他求官並非為一己之私，而是期望利天下蒼生，清晰而簡潔地表現出青年王維行道濟民的儒者志向。

盛唐文人崇尚建功邊塞的陽剛風氣，年少的王維詩歌中充滿朝氣活力與豪情壯志，諸如〈少年行〉之類詩歌，洋溢著長安少年遊俠的自信和義氣豪情，以及報國從軍而勇猛殺敵的慷慨激昂胸懷，追求自我價值實現之少年氣概。自張九齡受李林甫（683-753）構陷而罷相之後，王維出任監察御史使涼州，後為河西節度幕府判官，在這段

---

36 清‧翁方綱：《石洲詩話》，收入郭紹虞編著，富壽蓀點校：《清詩話續編》（上海：上海古籍出版社，1983年），頁1388。。

37 清‧趙殿成：《王摩詰全集箋注》，卷2，頁16。

38 同上注，卷5，頁67。

外放期間，王維以〈隴西行〉、〈涼州郊外遊望〉、〈使至塞上〉、〈涼州賽神〉等詩表現出他在邊疆所感受到、積極立功進取的儒家思想。因此，他在〈塞上曲〉中說：「平生多志氣，箭底覓封侯」[39]、〈從軍行〉中說「盡系名王頸，歸來報天子」[40]，這種忠君報國的思想也見於王維在遭逢安史之亂時，在險惡處境之下所作之〈凝碧詩〉詩。

在此同時，王維也關注到在盛唐這種追求軍功、對外爭戰不休的風潮下，所造成的社會悲歌。當他歌頌暮年老將「莫嫌舊日雲中守，猶堪一踐取功勳」[41]，一生不計個人生命、誓報祖國的忠肝義膽的同時，也見到「衛青不敗由天幸，李廣無功緣數奇」[42]的政治現實，他借用漢代名將衛青因為漢武帝姻親而獲破格拔擢，而李廣一生征戰無數卻未曾封侯之經歷，暗示當時的政府用人唯親、賞罰失據等現象，造就了老將的不平遭遇，對盛唐「尚邊功」的狂熱社會風潮提出詩人的反思與關懷。王維的此類詩歌隱含一種英氣勃發、意氣風發的雄渾氣魄，雖然歷經幾次官場跌宕起伏，但這種奮發進取、建功立業的思想卻一直縈繞著王維的詩歌。

儒家對唐代文人的思想與人格操守產生潛移默化的深度和廣度不容忽視，因此要確切領會王維詩歌蘊含的深層情感，無論是親情、友情、天地萬物還是政治作為，都須注重王維思想中儒家精神的薰陶，方能得其「大丈夫」[43]的高尚人格特質。再者，儒家以人為本，

39 清·趙殿成：《王摩詰全集箋注》，卷15，頁214。

40 同上注，卷2，頁9。

41 同上注，卷6，頁73。

42 同上注，卷6，頁72。

43 見《孟子》（台北：藝文印書館，2011年12月初版十六刷），卷10，〈滕文公下〉，頁108。文曰：「居天下之廣居，立天下之正位，行天下之大道。得志與民由之，不得志獨行其道。富貴不能淫，貧賤不能移，威武不能屈。此之謂大丈夫。」

「孝」「悌」是爲人之根本，是家庭關係的基本準則，往外擴展至社會政治層面主要的表現是「忠君愛國」與「天下爲公」。王維幼年喪父，上有寡母，下有弟妹數人，對王縉等弟妹或同宗族兄弟友悌而受時人推崇。王維侍母極孝順，母親崔氏素奉佛，因而在風光明媚又離京城不遠的藍田營造一田莊，作爲母親的日常修行居所。崔氏去世後，王維「居母喪，柴毀骨立，殆不勝喪」，[44]後又上表以輞川宅第爲寺以紀母恩。王維在〈冬筍記〉以筍爲喻，闡發孝悌之義，他說：

> 我爾身也，共被爲疏，禮庇身焉，禦侮無所。花萼煜煜，爛其盈門；兄弟怡怡，穆然映女。且孝有上和下睦之難，尊賢容眾之難，厚人薄已之難，自家刑國之難，加行之以忠信，文之以禮樂，斯其大者遠者！況承順顏色乎？況溫清枕席乎？如果，故天高聽卑，神鑒孔明。不然，筍曷爲出哉？視諸故府，則昔之人亦以孝致斯瑞也。[45]

可以看到王維在儒家治國、齊家、平天下的思想基礎下強調禮樂、忠信等概念對社會生活秩序的重要性，不僅顯示其深受儒家思想教化影響，也可以看出他強調行爲實踐的重要性。在家庭層面，王維的〈九月九日憶山東兄弟〉、〈山中示弟等〉、〈山中寄諸弟妹〉等詩行文中自然流露王維心中這種相見無期卻彼此牽掛不己的手足之情，表達出身爲長兄卻少小離家謀取功名的王維對弟妹的思念和期望，這也符合他在〈偶然作〉中所表達那種爲家人生計掛心牽絆而猶豫、不能專注於需要步步籌劃的詭譎官場之心聲。在王維生命的最後一年，他以

---

44 後晉・劉昫：《舊唐書》，卷190，〈文苑列傳・王維〉，頁5051-5052。
45 清・趙殿成：《王摩詰全集箋注》，卷19，頁262。

懇切之心寫下〈責躬薦弟表〉[46]向皇帝乞求放歸田里，以換取其弟王
縉返回京師任官的機會。這些均可歸因於儒者之齊家思想。

在政治社會層面，王維以「所不賣公器，動爲蒼生謀」[47]、「濟
人然後拂衣去，肯作徒爾一男兒」[48]等語，向世人表達出他以天下蒼
生福祉爲己任的政治思想與人生志趣，在晚年更提出「君子以布仁
施義，活國濟仁爲適意」[49]勸爲官者以國家民生爲念，爲萬民盡心盡
力。在詩文中一再展現爲官者不應結黨營私，應秉公執法，以民眾
利益爲至高利益的想法，正與儒者所追求的：「四海之內皆兄弟」[50]
（《論語‧顏淵》）以及「遠人不服，則修文德以來之。既來之，則
安之。」[51]（《論語‧季氏》）的天下一家理念不謀而合。

除了君臣、兄弟之外，王維也非常重視友情，他一生中有許多交
往密切的重要朋友，交遊甚廣，有王公卿相、社會名流，也有官吏、
平民、佛道宗教人士以及懷才不遇的士人等，如岐王、張九齡、元
二、楊長史、孟浩然、祖詠、錢起、盧象、司空曙、裴迪等，王維與
這些朋友經常寫詩彼此贈答，友情甚篤。又有贈友人詩如〈齊州送祖
三〉、〈送楊長史赴果州〉、〈送元二使安西〉、〈哭孟浩然〉等詩
歌內容均反映出王維對朋友因景而生、情景交融的真摯情誼，都是王
維詩歌作品中精彩且重要的組成部分。其中〈送元二使安西〉一詩將
朋友在寧靜青翠清晨中即將出發到荒涼塞外的不捨心情與景色巧妙結
合，詩中的「更」字，生動表現出詩人心中對摯友的多少深厚關切和

---

46 清‧董誥等編：《全唐文》，卷324，〈王維‧責躬薦弟表〉，頁3289。

47 清‧趙殿成：《王摩詰全集箋注》，卷5，頁67。

48 同上注，卷6，頁89。

49 同上注，卷18，頁260。並參考安華濤：〈三元同構的士大夫心理結構：解讀王
維〈與魏居士書〉〉，《社科縱橫》2000年第4期，頁74-76。

50 《論語》（台北：藝文印書館，2011年12月初版16刷），卷12，〈顏淵〉，頁
106。

51 同上注，卷16，〈季氏〉，頁146。

情感。

（三）佛道思想的涵養

　　受到魏晉以來《莊》、佛互解傳統的影響，唐代文壇出現許多隱逸文人，他們在道、佛思想世界中尋找慰藉心靈的智慧，能仕則仕，不得志即歸隱。王維仕宦期間半官半隱的時間居多，他所描寫自然田園風光的詩歌，在空靈澄澈的詩境之中既受到老莊自然同一思想，以及佛教空性、無我的影響很深。王維在青年時期即神往「桃源」式的生活，如作於十八歲的〈哭祖六自虛〉云：「南山俱隱逸，東洛類神仙」[52]說明其有追求隱居修道的意象；而作於十九歲的〈桃源行〉則將其嚮往遠離世俗種種紛爭與壓抑的自在、平靜世界之心情躍然於紙上。這些詩歌更近乎王維之本性。以下試舉數例王維運用《莊子》典實以類其餘：

表17　王維詩歌中《莊子》典實統計表（筆者概計）

王維詩	《莊子》典實
〈與胡居士皆病寄此詩兼示學人二首〉：「洗心詎懸解，悟道正迷津。」	《莊子·養生主》：「安時而處順，哀樂不能入也。古者謂是帝之懸解。」
〈戲贈張五弟諲三首〉：「徒然萬慮多，澹爾太虛緬。一知與物平，自顧為人淺。」 「張弟五車書」 「入鳥不相亂，見獸皆相親。」 「虛白侍衣巾」	《莊子·知北遊》：「無思無慮始知道。」 《莊子·齊物論》：「天地與我並生，而萬物與我為一。」 《莊子·天下》：「惠施多方，其書五車。」

---

52 清·趙殿成：《王摩詰全集箋注》，卷12，頁186。

王維詩	《莊子》典實
	《莊子・山木》：「辭其交遊，去其弟子，逃于大澤，衣裘褐，食杼栗，入獸不亂群，入鳥不亂行，鳥獸不惡，而況人乎。」 《莊子・人間世》：「虛室生白，吉祥止止。」
〈贈房盧氏琯〉：「守靜解天刑。」	《莊子・齊物論》：「今者吾喪我，汝知之乎？」
〈山中示弟等〉：「山林吾喪我，冠帶爾成人。」	《莊子・齊物論》：「今者吾喪我，汝知之乎？」
〈奉和聖制幸玉眞公主山莊因題石壁十韻之作應制〉：「大道今無外。」	《莊子・天下》：「至大無外，謂之大一；至小無內，謂之小一。」
〈故人張諲工詩善易卜兼能丹青草隸，頃以詩見見贈聊獲酬之〉：「時復據梧聊隱几。」	《莊子・德充符》：「倚樹而吟，據槁梧而瞑。」
〈與胡居士皆病寄此詩兼示學人二首〉其二：「無煩君喻馬，任以我爲牛。」	《莊子・天道》：「老子曰：『……昔者子呼我牛也，而謂之牛，呼我爲馬，而謂之馬。』」
〈座上走筆贈薛璩慕容損〉：「希世無高節，絕跡有卑棲。君徒視人文，吾固和天倪。緬然萬物始，及與群物齊。」	《莊子・讓王》：「原憲笑曰：『夫希世而行，比周而友……』憲不忍爲也。」 《莊子・齊物論》：「何謂和之以天倪？曰：是不是，然不然，是若果是也，則是之異乎不是也，亦無辯；然若果然也，則然之異乎不然也，亦無辯。」 《莊子・寓言》：「卮言日出，和以天倪。」 《莊子・秋水》：「萬物一齊。」

老子云：「人法地，地法天，天法道，道法自然。」（《老子‧二十五章》）重視追求人的心靈自由和人與自然的內在合一。老莊思想是王維思想的重要組成之一，深深地影響了其山水田園詩的創作。自開元初年王維先後隱於淇上、終南山與嵩山等地，此後他便經常往返於隱居地與京城之間，他曾與一些道士與道教朋友來往，對道教的神仙方術有更多認識，但對於老莊順其自然的「無為」、「自適」思想哲學則更可能來自於從小學習，相較之下有較精深的體認與影響。道家「游心於淡，合氣於漠，順物自然而無容私焉，而天下治矣」[53]（《莊子‧應帝王》）便自然成為其重要的思想內涵。王維在〈山中示弟等〉中云：「山林吾喪我，冠帶爾成人。莫學嵇康懶，且安原憲貧」表達出這種順應自然、天地萬物齊一的思想。在〈與魏居士書〉中以「可者適意，不可者不適意也」[54]一語勸人摒棄世間的各種是非、對錯、榮辱、窮達、彼此的對立與差別，以仁心為本懷，表現出老莊思想下的儒者生命觀。中晚年的王維以「虛靜」為思想核心，表現在其詩作諸如「晚年惟好靜，萬事不關心」[55]、「靜者亦何事，荊扉乘晝關」[56]、與「山中習靜觀朝槿，松下清齋折露葵」[57]等詩句，可以看出他對道家的「習靜」（坐忘）、「清齋」（心齋）等思想頗有體會。但是，也許是受到儒家重視現世生活的傳統影響，即使王維在現實生活中並沒有實踐「建功立業」理想的表現，他在詩歌中卻也少有描寫虛妄縹緲神仙世界的表現，即使充滿浪漫、神仙氣息的〈桃花源記〉也是一種對充滿爭亂、不公平事件的現實世界失望的反思；

---

53 清‧郭慶藩撰；王孝魚點校：《莊子集釋》（北京：中華書局，1995年），卷3，〈應帝王〉，頁294。

54 清‧趙殿成：《王摩詰全集箋注》，卷18，頁260。

55 同上注，卷7，頁94。

56 同上注，卷7，頁98。

57 同上注，卷10，頁146。

王維的山水田園詩所描寫的更多是盛唐中上層社會名流的社會生活，不見終年埋首田土、辛苦耕作以求溫飽的窮苦農人，而是充滿隱逸、自在的「山人」和隱士。

王維字「摩詰」，這是著名佛教居士維摩詰的漢譯名字，王維名、字的來由可能受到篤信佛教三十餘年的母親影響。這是家庭環境使然，王維自幼接觸佛學義理，而其弟王縉亦爲著名的佛教徒。從王維的現存詩文來看，他顯然在早年較關注入世生活，但在遭遇仕途挫折與中年喪妻等打擊之後，王維的詩歌逐漸表現出他對《金剛經》、《法華經》等大乘佛教經典的理解，在此同時，他與佛教僧人的交往漸多，諸如北宗禪師普寂、義福或南宗禪師神會、燕子龕禪師、瑗公等當時著名僧人，多有往來並留詩爲證，可以看出他南北宗兼修、漸悟與頓悟並重的禪宗佛學思想特色，「空」字成爲王維的常用字，在詩文中出現近百次，表現出他深受佛教「緣起性空」思想的影響。這也是王維以「無有可捨，是達有源。無空可住，是知空本。離寂非動，乘化用常」[58]語句，表現出深得超脫生死之佛教終極意旨的背景。

王維詩歌具有「以禪語入詩，以禪趣入詩，以禪法入詩」特點[59]，顯示王維深受佛教禪宗的影響，他的詩歌除善用「空」字外，有些直接引用佛教專有語詞，或轉化運用特定的佛教辭彙，有些則使用佛教的歷史、典故。筆者從中看到王維在佛教思想的深刻影響之下隱含的生命歷程與感受，如以「深林人不知，明月來相照」[60]表現詩人夜裡獨自一人彈琴長嘯，此時不爲人知亦不需人知，萬物自然而清晰地映照於心靈的感受，有如《金剛經》所言：「應無所住而生其

---

[58] 清・趙殿成：《王摩詰全集箋注》，卷25，頁348。

[59] 孫昌武：《佛教與中國文學》（上海：上海人民出版社，1988年），頁95-109。

[60] 同注58，卷13，頁194。

心」[61]的無我、無生境界；亦即王維在高僧身上所體認到的那種「一心在法要，願以無生獎」[62]（〈謁璿上人（並序）〉）的生命價值。

第二節 藝術才能

古云：「詩言志，歌永言，聲依永，律和聲」[63]，詩歌聲律自古作爲文人表達個人情感情懷之工具，其藝術技巧一向受到重視，自宋代文人畫興起之後，書畫藝術也成爲文人藝術生活的重要一環，然而如王維資質稟賦高妙，其文學藝術潛在能力由於自小接受到良好的家庭教育環境，天賦加勤奮，而能在詩、書、畫、音樂各方面發於中華傳統文化卻更才華橫溢[64]，在青少年時代即已造詣匪淺。詩歌書畫四者均擅者並非常見，因此世稱王維爲曠世天才。當代學者邱師燮友等學者稱王維爲盛唐自然詩派第一大家，並兼具書畫諸長才[65]。劉大杰稱王維才情過人[66]。清人趙殿成（1683-1743）稱王右丞博學多藝[67]。謹略採相關典籍，列陳其才藝如次。

61 姚秦・鳩摩羅什譯：《金剛般若波羅蜜經》，收入大藏經刊行會編：《大正新脩大藏經》（台北：新文豐出版社，1983年），第8冊，頁749-3。

62 清・趙殿成：《王摩詰全集箋注》，卷3，頁31。

63 《尚書正義・舜典》（台北：藝文印書館，1976年），第1冊，頁46。

64 李亮偉：〈論王維的資質稟賦與文藝才情〉，《寧波大學學報（人文科學版）》2000年3月，頁1-7。

65 邱燮友、傳錫壬、皮述民、金榮華、王忠林、黃錦鋐、左松超、應裕康等合著：《中國文學史初稿》（台北：萬卷樓圖書公司，2014年3月再版二刷），上冊，頁495-499。

66 劉大杰：《中國文學發達史》（台北：台灣中華書局，1972年10月三版），頁401-407。

67 同注62，頁1。

一、詩歌

　　世稱盛唐三大詩人，詩佛王維、詩仙李白、詩聖杜甫。劉大杰列王維爲自然詩派，文史學家多稱王維爲山水田園詩派。趙殿成集王維詩，依其目錄標示內編四百九十三首（含同詠詩），外編四十七首，陳鐵民對外編詳析，僅存一首。詩歌乃王維的第一才藝，形式上的特徵，一是諸體皆備，包括古詩、歌行、各類近體詩，五言、六言、七言、四言、三言、雜言，有形屬近體律絕，而突破格律侷限；二是內涵豐美，包括山水田園、邊塞、隱逸、佛道；三是早慧，據趙殿成所輯詩題注，王維最早在十五歲作〈過秦王墓〉，十七歲作〈九月九日憶山東兄弟〉，十八歲作〈洛陽女兒行〉等多篇，名動詩壇；四是表裡如一，詩情率眞、詩心盡善、詩辭特美，可謂集眞、善、美於一體，表面上有儒、佛、道之別，實則終身崇儒。劉大杰稱王維才情過人，詩名早著。近人楊文雄稱王維詩上承《詩》、〈騷〉，下啓宋元[68]。誠然，正是王維詩歌藝趣的象徵根基與影響。

二、音樂

　　音樂乃王維第二才藝，可以表達出各種響音，或是具有韻律、乃至可以吟唱的詩歌，也成爲王維詩歌的藝術性之一。邱師燮友謂：「詩是最富音樂性的文學，除了具有優美的境界外，還具有優美的韻律。」[69]王維的音樂才藝或有家學淵源，其祖父王冑，曾任協律郎，掌音樂歌舞[70]，王維家學淵源、耳濡目染，自受陶冶，據說其「年

---

68 楊文雄：《詩佛王維研究》（台北：文史哲出版社，1988年初版），頁173-178。

69 邱師燮友：《新譯唐詩三百首》（台北：三民書局，2014年9月六版三刷），頁487。

70 依《新唐書・宰相世系表》及《晉書》卷42-75。另據唐代律令規定，協律郎爲太常寺正八品的官員，掌管：「和六律、六呂，以辨四時之氣，八風五音之

未弱冠，文章得名，性閑音律，妙能琵琶。」[71]相關的軼聞趣事，如《太平廣記》載〈鬱輪袍〉[72]，兩《唐書》本傳載王維解〈霓裳羽衣〉圖等[73]，可以想見時人對王維音樂素養印象之深刻。

據《舊唐書》所載，王維晚年隱居輞川時，他「與道友裴迪浮舟往來，彈琴賦詩，嘯詠終日」[74]，此外，維在詩作中亦每有相關才藝的展示，如所作可歌可舞之〈扶南曲〉歌詞五首[75]，以及「絃歌在兩楹」[76]（〈贈房盧氏琯〉），「松風吹解帶，山月照彈琴」[77]（〈酬張少府〉），「獨坐幽篁裏，彈琴復長嘯」[78]（〈竹里館〉），「復值接輿醉，狂歌五柳前」[79]（〈輞川閒居贈裴秀才迪〉），「慷慨倚長劍，高歌一送君」[80]（〈送張判官赴河西〉），「東山白雲意，茲夕寄琴樽」[81]（〈冬夜寓直麟閣〉）等信手拈來之詩句，皆爲王維音樂涵養深厚之佐證。至於王維的音樂性或音響類詩歌，更所在多有，後文當加推究。

節。」參見唐・李林甫等撰；陳仲夫點校：《唐六典》（北京：中華書局，1992年），卷14，頁398；宋・歐陽修，宋祁撰：《新唐書》（台北：鼎文書局，1981年），卷48，〈百官志・太常寺〉，頁1242。

[71] 宋・李昉等編：《太平廣記》（北京：中華書局，1961年初版，1995年六刷），卷179，〈貢舉・王維〉，頁1331。

[72] 同上注，卷179，〈貢舉・王維〉，頁1331-1332。

[73] 同上注，卷211，〈畫・王維〉，頁1619。

[74] 後晉・劉昫：《舊唐書》，卷190〈文苑下・王維傳〉，頁5052。

[75] 清・趙殿成：《王摩詰全集箋注》，卷2，頁7-9。

[76] 同上注，卷2，頁18。

[77] 同上注，卷7，頁94。

[78] 同上注，卷13，頁194。

[79] 同上注，卷7，頁95。

[80] 同上注，卷8，頁105。

[81] 同上注，卷15，頁210。

第二章　王維生平事蹟暨其詩歌創作背景

三、書畫

　　唐代不但是詩的黃金時代，同時也是書法繪畫的昌盛時代。唐代山水畫繼六朝後而臻成熟，名家如吳道子（680-740）、李思訓（651-716）、李昭道（生卒不詳）、王維等畫家。人馬畫則有韓幹（706-783）畫馬；書法則出現初唐歐陽詢（557-641）的「歐體」楷書、褚遂良（596-658）的楷書、顏眞卿（709-785）豐腴雄渾的楷書「顏體」、柳公權（生卒不詳）的懸瘦筆法「柳體」、張旭（生卒不詳）、懷素（737-799）的狂草等[82]。這些書畫名家在唐代的筆記小說中載有相關的軼聞趣事，也顯示這些人物事蹟曾在唐代市井間流傳，如：張旭，杜甫稱他爲「草聖」[83]，並稱張旭曾在鄴縣（今河南臨漳西南）看過幾次公孫大娘舞劍而筆下草書變得豪盪感激[84]。另一軼聞說，畫馬名家韓幹幼時在酒店當差，某日到王維家收帳，在等候時用樹枝箸在地上畫馬，王維驚爲奇才，當即令他辭職，每年資助他二萬錢去學畫，遂成名家[85]。

　　中國的繪畫向來重視以景寫意，而不精於色彩、比例或與實景準確相仿的繪畫技巧，更重視畫面中的景物取捨、位置安排、色彩濃淡等使畫作氣韻生動的內容，尤其宋代文人畫興起以後，更加重視作畫時使畫作之景生動鮮明的氣韻。時人李肇（約八至九世紀）稱維：

---

[82] 薄年主編：《中國藝術史》（台北，聯經出版公司，2006年10月初版），頁64-75。

[83] 杜甫〈飲中八仙歌〉：「張旭三杯草聖傳，脫帽露頂王公前，揮毫落紙如雲煙。」見唐・杜甫著，清・仇兆鰲注：《杜詩詳注》（北京：中華書局，1979年10月初版，1999年5月五刷），卷2，〈飲中八仙歌〉，頁81。

[84] 唐・李肇：《唐國史補》（上海：上海古籍出版社，1979年1月新一版），卷上，頁17。

[85] 關於韓幹與王維之故事，可參見唐・段成式：《酉陽雜俎》（北京：中華書局，1931年12月一版），續集卷5，頁250-251。

「畫品妙絕，於山水平遠尤工」[86]，而《舊唐書》進一步說王維：「書畫特臻其妙，筆蹤措思，參於造化，而創意經圖，即有所缺，如山水平遠，雲峰石色，絕跡天機，非繪者之所及也。」[87]畫中之山水栩栩如生，「山水松石，蹤似具生，而風標特出」，這是在形容王維曾在長安千福寺西塔院繪製的二幅壁畫，一為楓，另一即為輞川圖，「山谷鬱盤，雲水飛動，意出塵外，怪生筆端。」[88]宋人姜少虞（生卒年不詳）亦曾云：「王維畫物，多不問四時，如畫花，往往以桃杏芙蓉蓮花同畫一景。予家所藏摩詰畫袁安臥雪圖，有雪中芭蕉，此乃得心應手，意到便成，故其理入神，迥得天意，此難可與俗論也。」[89]其遺作國立故宮博物館尚有珍藏[90]。

王維著〈畫學秘訣〉三章[91]，理論精道，徵引周密，山水、人物、雲壑、竹木、舟楫、橋梁、高下、遠近……等鉅細靡遺。並謂：

> 凡畫山水，意在筆先。丈山尺樹，寸馬分人。遠人無目，遠樹無枝。遠山無石，隱隱如眉；遠水無波，高與雲齊：此是訣也。……凡畫林木，遠者疏平，近者高密。有葉者枝嫩柔，

86 唐・李肇：《唐國史補》，卷上，頁18。
87 後晉・劉昫：《舊唐書》，卷190，〈文苑下・王維傳〉，頁5052。
88 宋・李昉等編：《太平廣記》卷211，〈畫・王維〉，頁1619。
89 宋・姜少虞編：《宋朝事實類苑》，卷50，〈書畫伎藝・雪中芭蕉〉，頁661。
90 現存王維畫作甚為珍稀，除故宮外，日本大阪美術館收藏有其「寫濟南伏生像」，美國西雅圖美術館亦見其畫作摹本。見丁義元：〈王維「寫濟南伏生像」真跡之再認識〉，《上海文博》34期（2010年4月），頁80-83；王洪偉：〈美國西雅圖美術館所藏「臨摩詰輞川圖」應為雪景山水〉，《中國美術研究》第8輯（2013年），頁88-97。
91 據趙殿成《王右丞集箋注》之附錄內容，此〈畫學秘訣〉為王維之作，但曾有學者提出懷疑，認為現存之〈畫學秘訣〉為宋代時期所編造、偽作，非王維所作。參見榮寶齋：〈《畫學秘訣》與《林泉高致》真偽考〉，《榮寶齋》2005年7月，頁239-240。

無葉者枝硬勁。松皮如鱗，柏皮纏身。生土上者，根長而莖直；生石上者，拳曲而伶仃。古木節多而半死，寒林扶疏而蕭森。有雨不分天地，不辨東西。有風無雨，只看樹枝，有雨無風，樹頭低壓。行人傘笠，漁父蓑衣。……[92]

全文識微細緻，舉凡晴雨風雲，朝霞夕暉，四季水色，四方天光，無不委委瑣瑣，不厭不煩，輾轉反覆，惟恐疏漏。文末附言：「友人求予畫，遂書之也。太原王摩詰集古堂記。」王維除山水畫外，人物畫亦是一絕。有一幅王維替好友孟浩然畫的「襄陽孟公馬上吟詩圖」，宋人葛立方《韻語陽秋》卷十四載，此圖宋時仍可見，乃王維親筆題名，並對王維的書畫有較詳細描述：「觀右丞筆跡，窮極神妙。襄陽之狀，頎而長，峭而瘦，衣白袍，靴帽重戴，乘款段馬，一童總角，提書笈負琴而從。風儀落落，凜然如生。」[93]這幅畫可謂「畫中有詩」，而有聲有色，有動有靜，有景有情，更有畫外之言，言不盡意。難能可貴的是：這幅「襄陽圖」內容非常豐富，有主僕、人馬、衣袍、靴帽、書琴，連孟襄陽的身材、神采、風儀都栩栩如生，如在眼前。如此看來，王維此生樂為「畫師」，果真得心應手、得手應心的大家。大家出手，非比尋常，這幅「襄陽圖」固可為佳話。據《宣和畫譜》所載，當時宋廷內府仍典藏王維畫作一百二十六幅，包括人物寫真如：「孟浩然寫真」一、「寫濟南伏生像」一、「十六羅漢圖」四十八；山水畫如：「山莊圖」一、「棧閣圖」七、「劍閣圖」三；奇異仙跡圖如：「異域圖」一、「維摩詰圖」二、「寫須菩提像」一等[94]。這許多圖畫寫真，很難想像樂為「畫師」的王維要花

---

92 清·趙殿成：《王摩詰全集箋注》，卷28，頁383。

93 宋·葛立方：《韻語陽秋》（北京：中華書局，1985年北京新一版），卷14，頁110。

94 岳仁譯注：《宣和畫譜》（長沙：湖南美術出版社，1999年），〈山水〉，頁212。

多少時間、要費多少心思，才有可能完成！何況他是一位詩書畫諸體兼備又兼長的大手筆、大作家！而他最樂的自我實現，卻執著於樂爲「畫師」。

　　盛唐時代書畫昌盛，王維乃將詩、書、畫結爲一體的先行者，更是南宗山水畫的領航者[95]，其山水畫法重「破墨」，刻化輪廓，筆力雄壯，描寫細緻，且畫時不問四時、不求象眞而務求其意境。南宗主頓悟，成竹在心，一揮而就。錢鍾書（1910-1998）謂大畫家得心應手，得手應心，專恃技巧，不成大家[96]，或即此意。兩《唐書》本傳都盛讚其書畫[97]。所謂王維將詩、書、畫結爲一體[98]，蘇軾（1036-1101）稱王維「詩中有畫，畫中有詩」[99]。王維自稱：「宿世謬詞

---

[95] 參考董其昌對歷代山水畫之評論：「文人之畫，自王右丞始。其後董源、僧巨然、李成、範寬，爲嫡子李龍眠，王晉卿，米南宮及虎兒，皆從董巨得來。直至元四大家。黃子久、王叔明、倪元鎭、吳仲圭，皆其正傳。吾朝文沈，則又遙接衣缽。若馬夏，及李唐、劉松年，又是李大將軍之派，非吾曹易學也。禪家有南北二宗，唐時始分畫之。南北二宗，亦唐時分也，但其人非南北耳。北宗則李司訓父子。著色山水……南宗則王摩詰始用渲淡，一變鉤斫之法，其傳爲張璪、荊關、郭忠恕、董巨、米家父子。以至元之四大家，亦如六祖之後，有馬駒、雲門、臨濟、兒孫之盛，而北宗微矣。要之摩詰所謂雲峰石跡，迥出天機，筆意縱橫，參乎造化者。東坡贊吳道子、王維畫壁，亦云：「吾於維也，無間然。」見明・董其昌撰，印曉峰點校：《畫禪室隨筆》（上海：華東師範大學出版社，2012年4月第1版）卷2，頁76。又，謂王維爲南宗山水領航者，自稱「前世應畫師」（〈偶然作〉六首之六）的他，除精於山水畫外，還寫過一篇〈畫學秘訣〉重要理論，他說：「夫畫道之中，水墨最爲上。肇自然之性，成造化之功。或咫尺之圖，寫千里之景。東西南北，宛爾目前，春夏秋冬，生於筆下。」見於清・趙殿成：《王摩詰全集箋注》，卷28，〈論畫三首・畫學秘訣〉，頁382。

[96] 錢鍾書：《談藝錄》（上海：開明書店，民國37年6月初版），頁248-249。

[97] 《舊唐書》稱：「（王維）書畫特臻其妙，……參於造化。」《新唐書》謂：「維工草隸，善畫，名盛於開元、天寶間。」

[98] 楊文雄：《詩佛王維研究》（台北：文史哲出版社，民國77年初版），頁248-249。

[99] 宋・蘇軾撰：《東坡題跋》，卷5，〈書摩詰藍田煙雨圖〉，收於北京大學哲

客，前生應畫師。不能捨餘習，偶被世人知」[100]（〈偶然作〉六首之六）。王維書法，《新唐書》稱其「工草隸」[101]，惜失傳。

第三節　仕途遭遇

史稱王維早慧，九歲即知屬辭，十五歲即遠赴長安謀仕進，或謂入太學，結識時彥權貴，並循當時風尚，投卷取賞，甚至側身優伶，應舉得逞[102]，於玄宗開元九年（721）二十一歲進士及第。早期詩作計有：十五歲〈過秦王墓〉、十六歲〈洛陽女兒行〉、十七歲〈九月九日憶山東兄弟〉、十八歲〈哭祖六自虛〉、十九歲〈桃源行〉、〈李陵詠〉、〈賦得清如玉壺冰〉、二十歲〈息夫人〉等，名動一時。進士及第後步入仕途，但他的仕途並不順暢，他的遭遇亦頗嶙峋，以下試簡述之。

一、仕途

唐代文士欲走上仕途，不同家世背景者還是可以有不同途徑的選擇，以出身中層士族家庭的普通士子來說，通常只能憑自身才學參與科舉取士，在考場上見真章，但由於唐代科考也重視考生平時作品與地位聲望，而王維由於成名早、名聲大，與京城的王公貴族交往密切，他的詩作似乎一直在權貴之間流傳，因此得到特別推薦而「應舉為解頭」[103]。

學系美學教研室編：《中國美學史資料選編》（北京：中華書局，1981年4月1版），下冊，頁37。

100 清‧趙殿成：《王摩詰全集箋注》，卷5，頁58。

101 宋‧李昉等編：《太平廣記》，卷179，〈貢舉‧王維〉，頁1331-1332。

102 同上注。

103 同上注。

　　開元九年（721）王維進士及第，是年或次年任太樂丞；同年因黃獅子案，貶濟州（今山東）司庫參軍[104]。開元十四年（726）辭官，隱嵩山，其後陸續隱終南、藍田、淇上等地。開元二十二年（734）賢相張九齡（673-740）拔擢為右拾遺，後曾赴西北邊疆為幕僚。開元二十七年（739）轉任監察御史，次年轉殿中侍御史。天寶元年（742）遷左補闕、庫部員外郎、庫部郎中。天寶九年（750），母喪，守喪二十五個月。天寶十一年（752）喪滿，任文部郎中。天寶十四年（755）任給事中。肅宗上元元年（760），任尚書右丞。次年（761）責躬薦弟，七月卒。（見附錄二：王維仕宦遷轉簡表）

二、遭遇

　　王維一生起伏多次，他雖少年中舉，但仕途卻多次遭遇重大挫折，且自幼年歷經父喪、青年痛失摯友、中年喪妻、晚年喪母且無子嗣，在情感上又曾遭多次打擊，卻也因此造就王維將豐富的情感投射於山水、友情，而漸漸看淡官途的人生態度。但從另一角度看，王維某些遭遇可能有政治因素，青少年時期的王維，奔競於諸王之門，大受岐王（李範，睿宗第四子，？-726）等人尊崇，可能因而陷入朝廷權貴之間的權力糾葛，玄宗恐其發展對自身帝位不利，遂有被除濟州及指派王維使至塞上之舉。

（一）第一次不幸遭遇

　　王維在進士及第後，知音的玄宗即任他為太樂丞，仕途起步頗亨通。太樂丞職司宮廷宴饗勝事，王維之祖父亦曾於隋代（581-618）任協律郎一職，家學淵源，本可勝任愉快，從此一帆風順；但王維甫上任即因伶人舞黃獅子而誤觸聖怒，坐貶濟州司庫參軍，負責地方的

---

[104] 後晉・劉昫：《舊唐書》，卷190，〈文苑下・王維傳〉，頁5051；宋・歐陽修，宋祁撰：《新唐書》，卷202，〈文藝列傳中・王維〉，頁5764-5765。

糧倉管理，成為九品的地方僚佐而仕途受挫，被迫離開權力中心數年，是他第一次不幸的遭遇。

此事疑點及可議處是：專職於宮廷宴舞的伶人與王維何以竟不知有此禁忌？玄宗何以如此小器因「不才明主棄」即逐孟浩然？宋代王讜（生卒年不詳）提出「王維爲大樂丞，被人嗾令舞黃獅子，坐是出官。黃獅子者，非天子不舞也，後輩慎之。」[105]認爲太樂丞乃輔佐太樂令之職位，此事極可能是受他人，及上級太樂令下達之命令而爲[106]，因此有學者認爲王維乃受到劉知幾（661-721）獲罪被貶之累或是交好岐王等政治因素之累[107]。

（二）第二次不幸遭遇

王維被貶十餘年後，蒙賢相張九齡提攜，任王維爲右拾遺[108]，仕途轉佳；旋因世稱口蜜腹劍的奸相李林甫（683-753）弄權，張九齡罷相後政壇一片抑鬱幽憤、低迷的政治氣氛，「自是朝廷之士，皆容身保位，無復直言」，[109]王維的仕途之路頓失憑藉，短時間內都沒有大展身手的可能性，這是他第二次不幸遭遇。王維處身於此境地，轉而遊走於政治漩渦中，時官時隱，奉佛修道，吟詠樂友，亦能隨性

---

105 宋·王讜撰，周勛初校證：《唐語林校證》（北京：中華書局，1987年），卷5，頁486。

106 從現存史料看，王維與岐王關係緊密，擅自舞《黃獅子》的對象可能爲岐王，且在此事爆發後，玄宗低調地貶逐太樂令劉貺，可以印證。張寧：〈王維貶官新論〉，《廣西師範大學學報（哲學社會科學版）》2013年6期，頁88-93。

107 喬象鍾、陳鐵民主編：《唐代文學史》（北京：人民文學出版社，1995年12月一版），上冊，頁323。

108 宋·歐陽修，宋祁撰：《新唐書》，卷202，〈文藝列傳中·王維〉，頁5765。

109 宋·司馬光編著；元·胡三省音註；標點資治通鑑小組校點：《資治通鑑》（北京：古籍出版社，1956年），卷214，〈唐紀·玄宗·開元二十四年〉，頁6825。

自得。（見附錄五：學者考證王維隱居原因、時間、地點一覽表）

（三）第三次不幸遭遇

開元十四年（755）安史亂起，安祿山陷潼關入長安，玄宗倉皇出走赴蜀避難，兩京淪陷，維未能及時逃出，而在京城陷落時受到拘禁乃至迫其任官，因此在肅宗收復兩京以後受到牽連，這是他第三次不幸遭遇。安史之亂是一件唐代歷史中影響深重的政治大事，對唐代社會產生巨大影響，對當時文人的思想與生活也產生種種複雜影響；而王維在被安祿山（703-757）囚禁在京城寺院期間，他雖服藥稱病，並賦詩明志[110]，但他曾經陷於賊手的事實，在平亂後仍獲罪繫獄[111]：從王維在安史之亂前中後的詩作來看，王維的生命與思想確因亂而產生變化[112]，世人亦每以此為王維終身缺憾[113]。

此事可議的是：王維亦如其他志士，初為崇儒競仕，理想是獻身社稷蒼生，而後退隱山林；視身體髮膚，受之父母，不可毀傷為孝之始；視以身殉仁為生死準據，故死有重於泰山，有輕如鴻毛。筆者私衷以為王維不死於安史亂，正是儒者大仁大勇風範。

---

110 宋・蘇軾：《東坡題跋》，卷495，〈雜錄・王維〉，頁4063-4064。

111 後晉・劉昫：《舊唐書》，卷190，〈文苑下・王維傳〉，頁5052。

112 參考胡可先等：〈王維與安史之亂〉，《淮陰師範學院學報（哲學社會科學版）》第24卷（2002年2月），頁252-257；揚軍：〈王維受偽職史實甄別〉，《鐵道師院學報（社會科學版）》1990年第2期，頁16-20；畢寶魁：〈千古沉冤應予昭雪：王維安史之亂「受偽職」考評〉，《遼寧大學學報》1998年2期，頁249-258；李俊標：〈略論王維安史之亂後的心態〉，《安徽師範大學學報（人文社會科學版）》2000年2月，頁112-115。

113 宋代理學大師朱熹（1130-1200）即云：「維以詩名開元間，遭祿山亂，陷賊中，不能死，事平復幸不誅，其人既不足言，詞雖清雅，亦萎弱少氣骨。」見宋・朱熹撰，蔣立甫校：《楚辭集注》（上海：上海古籍出版社，2001年12月一版），卷4，〈楚辭後語・山中人〉，頁261。

（四）親人相繼亡故之不幸

　　王維之父處廉，亡於何時，似難稽考，一謂王維約於開元三年（715）丁父憂，亦即王維十五歲辭家赴長安謀仕進之年；一謂父早逝，其時維尚年幼。王維父死於何時，史料中未見明確記載，固難稽考，但由於王維之下至少尚有四弟一妹，可推論而知王維四、五歲時父親尚在世。依據中國文化傳統上所依循的禮制規範，對於父母之喪的規範最為隆重，假如王維的父親死於王維年幼（假設為十歲左右）時，自當別論，如死於王維十五歲離鄉赴長安前後，而維竟無任何情緒上的悲慟反應，也未曾為父守喪，則無論如何都說不通。

　　據兩《唐書》所載，王維曾娶有一妻，開元十八年（730）或次年（731）歿（維年三十一或三十二，後未再娶）。在中年妻亡之後，王維沒有選擇唐代仕宦家族常見的娶繼室一路，而以無後鰥夫身分而終，可能原因有二：其一為王維對世俗男女情感看淡，不好此道，但這似乎又違反王維在詩作中表現出對其他親人朋友的豐沛情感；其二為王維對其妻感情深厚真摯無可取代，然而在此前提下，我們又在王維詩作中找不到對於妻子表達情感之作，殊為可怪。因目前尚無任何相關證據可繼續深究，此已成為千古之謎。

　　在王維步入中年以後，較為親近且可能一直同居共伴的唯有寡母崔氏，但其母也在天寶九年（750）逝。晚年的王維上無父母，下無妻子兒女，弟妹又因官宦或婚嫁而分散四方，唯一情感上最為親近的大弟王縉也官居在外地，這是五十歲以後的王維所遭遇的情境。以上諸事，對王維而言，均屬不幸。

（五）「奏樂圖」軼聞

　　稗官野史，集異蒐奇，連篇累牘，相襲成風，名人軼聞趣事尤多。茲僅就《唐國史補》及《舊唐書》內有記載王維「奏樂圖」事件為例，略敘王維軼聞。《太平御覽》稱：人有得《奏樂圖》者，不

知其名，知書知畫的王維熟視之，曰：「此《霓裳》第三疊第一拍也。」好事者即進樂工按之，一無差誤，咸服其精思[114]。此故事生動地描寫出王維精通樂理的情狀，僅見到有人彈奏的畫面即可以認出所奏樂曲名稱，甚至演奏的段落。此故事最早見於唐人所撰之《唐國史補》記載[115]，後亦見於《舊唐書》記載[116]，另有〈鬱輪袍〉[117]事件，可信維之音樂造詣高超，且此王維精通樂理的印象自唐代中晚期即廣爲流傳。

第四節　時空背景

　　人是環境動物，環境對個人的影響無法估量。環境在不知不覺中影響個人的社會化，既有主動追隨的作用，亦有被動依從的作用，即所謂「習染」。孔子曰：「里人爲美，擇不處仁，焉得知」[118]。孟母擇鄰三遷。老子曰：「五色使人目盲，馳騁田獵使人心發狂，難得之貨使人之行妨，五味使人之口爽，五音使人之耳聾。」[119]荀子曰：「蓬生麻中，不扶而直；白沙在涅，與之俱黑。」[120]凡此銘言懿訓，皆所以指環境對人影響之鉅。王維所處的時空環境，是盛唐時期

---

[114] 宋・李昉等編，夏劍欽等校點：《太平御覽》（石家莊：河北教育出版社，1994年7月一版），第7冊，卷750，〈工藝部・畫上〉，頁50。

[115] 唐・李肇：《唐國史補》，卷上，頁17-18。

[116] 後晉・劉昫：《舊唐書》，卷190〈文苑下・王維傳〉，頁5052。

[117] 宋・李昉等編：《太平廣記》，卷179，〈貢舉・王維〉，頁1331-1332。並見簡恩定：〈王維「鬱輪袍」事件的象徵意義〉，《空大人文學報》第9期（2000年10月），頁19-30。

[118] 《論語》（台北：藝文印書館，2011年12月初版16刷），卷4，〈里仁〉，頁36。

[119] 陳錫勇：《老子釋義・第十二章》（台北：國家出版社，2011年8月初版二刷），頁36。

[120] 李滌生：《荀子》（台北：台灣學生書局，1979年初版，1988年5刷），〈勸學篇〉，頁4。

前後，當時的時空環境，舉其概況如次。

文學史上的盛唐，時間指玄宗與代宗在位的七一六年至七六六年間，計五十年間，此時文風鼎盛，較初唐文壇更顯生氣蓬勃、內容多元而豐富。在政治和經濟方面，盛唐時期承初唐開國後，太宗、高宗開疆闢土及武氏經略積累的德澤，加上玄宗開元初期勵精圖治銳氣勃勃，大唐氣象萬千，在中國歷史上足以與秦漢比肩，坐居盛世一席。綜合言之如次。

一、盛唐政治社會

其一，大唐帝國在開國之初，在李世民（唐太宗，598-649）、魏徵（580-643）等人的治理經營下，任人唯賢，健全法制，至貞觀四年（630），社會上已形成物價低廉、夜不閉戶景象[121]。

其二，高宗（628-683）死後，武則天（624-705）即位之初即面臨來自國內官宦權貴階層的廣泛對抗，必須應對這些忠於李唐王朝的反抗[122]，如嗣聖元年（684）武則天廢黜中宗（656-710）自立為帝，柳州司馬李敬業（636-684）舉十萬兵於揚州以討亂事件，即充分揭露武則天所面臨的內在壓力[123]，因此武則天在位十五年間為培養新的政治勢力，大力招攬各方人才，尤其是武氏家族，提升文士在政壇上的地位，以科舉選拔英才，並親作殿試，推行以農為本的經濟政策，收復安西四鎮，維護絲路暢通，強化邦交及文化交流[124]。

---

121 見《資治通鑑》卷193載，貞觀四年「天下大稔，流散者咸歸鄉里，米斗不過三四錢，終歲斷死刑才二十九人。東至於海，南及五嶺，皆外戶不閉，行旅不齎糧，取給於道路焉。」宋·司馬光等編：《資治通鑑》（北京：中華書局，1976年），第13冊，卷193，〈唐紀·太宗皇帝〉，頁6085。

122 宋昌斌：《盛唐氣象：封建社會的鼎盛》（長春：長春出版社，2005年），頁123-126。

123 後晉·劉昫：《舊唐書》，卷67，〈李勣傳〉，頁2490。

124 宋·歐陽修，宋祁撰：《新唐書》，卷76，〈后妃傳·則天武皇后〉，頁

其三，唐玄宗李隆基（685-762，在位於712至756年）執政初期，知人善用，當代名士如姚崇（650-721）、宋璟（663-737）、盧懷慎（？-716）、張說（667-730）、張九齡等賢智之士相繼爲相，各展所長，仁風仁政普濟，對內防私防奸，對外以道家清靜無爲、崇尚自然精神爲潤飾，國勢鼎盛，當時詩人相攜與玄宗結緣，士風爲之丕變[125]。

由於政治修明，王維乃能從進士及第後，即步入政壇，且不乏應制酬答一類詩作，最著名的是〈暮春太師左右丞相諸公於韋氏逍遙谷宴集序〉[126]。而盛唐時期在政治穩定下，農業、手工業、商業、文化全面發展繁榮，以全國戶口人數、民生所需的米價與國家歲收而言，貞觀初年「戶不及三百萬，絹一匹易米一斗。至四年，米斗四五錢，外戶不閉者數月，馬牛被野，人行數千里不齎糧，民物蓄息，四夷降附者百二十萬人。是歲，天下斷獄，死罪者二十九人，號稱太平。」[127]開元年間則「海內富實，米斗之價錢十三，青、齊間斗纔三錢，絹一匹錢二百。道路列肆，具酒食以待行人，店有驛驢，行千里不持尺兵。天下歲入之物，租錢二百餘萬緡，粟千九百八十餘萬斛，庸、調絹七百四十萬匹，綿百八十餘萬屯，布千三十五萬餘端。」[128]從上述各方面來看，國家與人民都達到經濟富裕、社會安定的局面。

3481-3482。並參見趙文潤等：《武則天評傳》（西安：三秦出版社，1993年8月初版，2000年5月修訂），頁289-307。

[125] 參考康震：〈文學與政治之間：唐玄宗朝翰林學士論述〉，《山西大學學報（哲學社會科學版）》第30卷1期（2007年1月），頁6-12；徐賀安：〈唐玄宗朝四大政治勢力與盛唐詩壇〉，《陰山學刊》第28卷5期（2015年10月），頁31-35。

[126] 趙殿成：《王摩詰全集箋注》，卷19，頁263-264。此文已有學者進行解讀與探討，見吳相洲：〈王維〈暮春太師左右丞相諸公於韋氏逍遙谷宴集序〉箋證〉，《首都師範大學學報（社會科學版）》（2016年6期），頁95-100。

[127] 宋・歐陽修，宋祁撰：《新唐書》，卷51，〈食貨志・租庸調法〉，頁1344。

[128] 同上注，頁1346。

這樣的情況一直延續到天寶初期，此時國力鼎盛，社會上瀰漫歌舞昇平氣氛，人民豐衣足食；子弟普遍受教育，三尺童子以不言文墨爲恥，詩歌、書法、繪畫、樂舞各方面成就輝煌。

即此可見，由於社會安康，王維乃能亦官亦隱，與詩友道友活樂且閒，且有諸多率性抒情佳作。

二、盛唐邊事邦誼

七至八世紀期間，雄踞東亞的大唐王朝，雖然國家政權歷經武則天、韋后、太平公主到安史之亂，政治局勢不甚穩定，但從整體上來看，貞觀之治與開元盛世締造盛唐時期帝國境內經濟社會安定，對於四邊外族更能扶弱濟傾、懲強攘外，自開元元年（713）到天寶十四年（755）安史之亂爆發爲止，四十多年間，唐王朝與四邊民族一方面與之和談、通婚或接受進貢，一方面也對其強力進犯無懼地迎頭痛擊[129]；當時的國際交往、文化與武力正是唐帝國的雙刃，其疆域：東到大海，西到鹹海，南到南海，東北到外興安嶺。其邊事邦誼約如次。

（一）對外政策

太宗在繼位之初，曾說：「朕今所好者，惟在堯舜之道、周孔之教，以爲如鳥有翼，如魚依水，失之必死，不可暫無耳。」[130]基本上

---

[129] 盛唐時期四邊戰事不休，但同時唐王朝也以和親政策試圖緩和邊疆情勢，其中與突厥、吐蕃、之間時而和談、通婚，時而兵刃相見，具體事件可參見文末〈附錄八：《資治通鑑》所載武則天晚期至玄宗邊疆大事表〉、宋代袁樞編：《通鑑紀事本末》（北京：中華書局，1964年），卷29，唐王朝與遼東、吐蕃、突厥與契丹往來之記載，以及肖澄宇：〈關於唐代邊塞詩評價的幾個問題〉，收入西北師範學院學報編輯部及中文系編：《唐代邊塞詩研究論文選粹》（蘭州：甘肅教育出版社，1988年5月），頁30。

[130] 唐・吳兢著，駢宇騫等譯：《貞觀政要》（北京：中華書局，2009年），卷6，〈慎好〉，頁72。

他採納魏徵（508-643）提出之「偃武修文，中國既安，四夷自服」的治國建議[131]，並在幾年間達到富國強兵的效果。太宗對內專注於人才培養，大興文治，「解戎衣而開學校，飾賁帛而禮儒生」[132]，認為國家之「致安之本，惟在得人」[133]，而人才又以培育德行、學識的儒家思想為核心，在中央則立弘文館，選天下儒士於內殿「講論經義，商略政事」[134]，可說是以儒家經世治國思想為本。唐王朝實行開明政策，以懷柔羈縻方式與四鄰交往，用國力及武力，扶助弱小，懲戒強霸。隨著太宗多年在文治武功上的成就非凡，至晚年他已為自己建立一個超越前代聖王、一統華夷的統治形象，他曾對臣下說：

> 自古帝王雖平定中夏，不能服戎、狄。朕才不逮古人而成功過之……朕所以能及此者，止由五事耳。自古帝王多疾勝己者，朕見人之善，若己有之。人之行能，不能兼備，朕常棄其所短，取其所長。人主往往進賢則欲冀諸懷，退不肖則欲推諸壑，朕見賢者則敬之，不肖者則憐之，賢不肖各得其所。人主多惡正直，陰誅顯戮，無代無之，朕踐祚以來，正直之士，比肩於朝，未嘗黜責一人。自古皆貴中華，賤夷、狄，朕獨愛之如一，故其種落皆依朕如父母。此五者，朕所以成今日之功也[135]。

太宗的貞觀之治奠定了盛唐盛世來臨的基礎，他對外族的基本統治策

---

131 宋·司馬光等編：《資治通鑑》，卷193，〈唐紀·太宗皇帝〉，頁6277-6278。

132 後晉·劉昫：《舊唐書》，卷140，〈文苑傳序〉，頁5700。

133 唐·吳兢著，駢宇騫等譯：《貞觀政要》，卷3，〈擇官篇〉，頁76。

134 後晉·劉昫：《舊唐書》，卷189，〈儒學總論〉，頁4975。

135 宋·司馬光等編：《資治通鑑》，卷198，〈唐紀·太宗皇帝〉，頁6247。

略也由往後繼位的高宗、武則天部分繼承。玄宗即位後重用姚崇等大臣，史稱：「貞觀之風，一朝復振」[136]，玄宗也同時恢復了太宗的對外政策。

（二）除暴開疆

唐王朝承五胡亂華之後，國境之內有許多胡人或胡漢混血人民，皇室本身亦具有胡人血統，不論在民間或殿堂上，對於胡漢分界不再嚴守，歷任皇帝多有重用具有胡人血統、民風強悍的兵將與思想開明的文士，據《新唐書·宰相世系表》所載，在唐代三百六十九位宰相中，有十七姓三十二人，約佔十二分之一具有胡人血統。貞觀四年太宗乘突厥內亂，收編西北的強敵東突厥[137]，在降唐十萬人口中，其中有拜大將軍、將軍者，他們「布列朝廷，五品以上百餘人，殆與朝士相半，因而入居長安者近萬家」[138]並於關內道設置羈縻州安置其他降戶[139]，此外太宗相繼置北庭、安西等都護府駐守西北邊疆；之後，盤踞今新疆地區的西突厥、吐蕃等勢力長期滋擾絲路交通；武則天起，

---

136 後晉·劉昫：《舊唐書》，卷9，〈玄宗本紀〉，頁236。

137 參考賀梓城：〈唐王朝與邊疆民族和鄰國的友好關係〉，《文博》1984年1期（創刊號），頁56-60。

138 元·馬端臨：《文獻通考》（台北：台灣商務印書館，1987年），卷343，〈四裔考·突厥〉，頁2690。

139 同注136，卷62，〈李大亮傳〉，頁2388。唐太宗以大亮為西北道安撫大使以綏集降民，但李大亮以為於事無益，上疏曰：「臣聞欲綏遠者，必先安近。中國百姓，天下本根；四夷之人，猶於枝葉。擾於根本，以厚枝附，而求久安，未之有也。自古明王，化中國以信，馭夷狄以權，故春秋云：『戎狄豺狼，不可厭也；諸夏親昵，不可棄也。』自陛下君臨區宇，深根固本，人逸兵強，九州殷盛，四夷自服。今者招致突厥，雖入提封，臣愚稍覺勞費，未悟其有益也。然河西氓庶，積禦蕃夷，州縣蕭條，戶口鮮少，加因隋亂，減耗尤多。突厥未平之前，尚不安業；匈奴微弱已來，始就農畝。若即勞役，恐致妨損。以臣愚惑，請停招慰。」認為應趁機將匈奴完全降伏，可見當時對於邊疆政策紛雜之意見，但太宗為社會安定終仍以安伏降民為主。

乃以親信與胡將領軍聯手討伐突厥，並設置長期守邊的軍鎮[140]。自太宗至玄宗，西北邊疆由於戰爭不斷，因此有大量將士長期駐邊，甚至埋骨異鄉。王維詩：「大漠孤煙直，長河落日圓。蕭關逢候騎，都護在燕然。」[141]（〈使至塞上〉）在廣闊的大漠風光中隱約透露邊疆將士的思鄉情緒。安史之亂時，懷仁可汗（骨力裴羅，？-747）助唐破賊立功；盤踞東北黑龍江、松花江的靺鞨，唐朝亦冊封其領袖爲「渤海郡王」[142]。西南方的南詔王在玄宗時也冊立爲「雲南王」[143]，藉由這些封王朝晉的制度化，四邊民族與唐王朝的往來愈見密切，相互文化交流日深。

即此可見，當時王維邊塞詩名篇，多在此時空下作。

（三）遠洋邦交

唐時遠洋邦交，陸路東到朝鮮，越海達日本；經海上絲路向南轉西爲印度、波斯灣。佛教、商業交往頻繁。唐王朝並允許外邦人士任職中央，極盛時多達三千人，波斯人、伊朗人均曾位居宰相，高麗人

---

140 參考李鴻賓：〈東突厥的復興與唐朝朔方軍的設置：兼論唐朝控制北部邊地的方式及其轉化〉，《民族史研究》1999年，頁147-168；丁焱然：〈武則天當政時期與東突厥的較量〉，《乾陵文化研究》2012年，頁89-95。

141 清‧趙殿成：《王摩詰全集箋注》，卷9，頁121。

142 後晉‧劉昫：《舊唐書》，卷199，〈北狄列傳‧渤海靺鞨〉，頁5360-5362。據載自武則天時期祚榮自立爲靺鞨王，遣使通突厥，其地南與新羅相接，「地二千里，編戶十餘萬，勝兵數萬人。風俗與高麗及契丹同，頗有文字及書記。中宗即位，遣侍御史張行岌往招慰之。祚榮遣子入侍，將加冊立，會契丹與突厥連歲寇邊，使命不達。睿宗先天二年，遣郎將崔訢往冊拜祚榮爲左驍衛員外大將軍、渤海郡王，仍以其所統爲忽汗州，加授忽汗州都督，自是每歲遣使朝貢……開元七年，祚榮死，玄宗遣使弔祭，乃冊立其嫡子桂婁郡王大武藝襲父爲左驍衛大將軍、渤海郡王、忽汗州都督。」二十五年，仍冊例繼任王爲渤海郡王。

143 宋‧司馬光等編：《資治通鑑》，卷214，〈唐紀‧玄宗‧開元二十六年〉，頁6831。

曾任大將軍，安祿山是「胡兒」。日人阿倍仲麻呂（漢文名爲朝衡、晁衡，698-770）十九歲來長安，唐玄宗賜他名字爲「晁衡」。任他爲祕書監監正，從三品。職位相當國家圖書館及國家檔案館之館長，國家機密全在他手上；三十年後辭職返鄉，唐玄宗授以唐朝大使身分殊榮，李白、王維都有詩送行[144]。

即此可見，在大時空下，詩佛王維亦不乏酬送佳作。

三、盛唐文化璀璨

文化一直是中國的資產，它既有雄厚溫馨的裡子，更有璀燦繽紛的表相。周宣王（西元前827-781年在位）時期鑄造的「毛公鼎」，現珍藏在故宮博物館[145]，說明當時的冶礦業、鑄造業、政府組織、文字文學運用等，均已臻上乘。隋煬帝（569-618）開鑿以東都洛陽爲中心，北至涿郡南抵餘杭，長四千多公里，貫通中國南北的運河，造三層樓的豪華巨艇，說明當時的水利工程、造船業已極度發達。透過運河的開鑿，不僅南北方的糧食、貨物往來無礙[146]，透過人們

---

[144] 王維所作之〈送祕書晁監還日本國〉詩：「積水不可極，安知滄海東。九州何處遠，萬里若乘空。向國唯看日，歸帆但信風。鰲身映天黑，魚眼射波紅。鄉樹扶桑外，主人孤島中。別離方異域，音信若爲通。」後來李白聽說晁遭船難，作詩哀悼曰：「日本晁卿辭帝都，征帆一片遶蓬壺。明月不歸沉碧海，白雲愁色滿蒼梧。」未料晁監會獲救，輾轉又回到長安，並終老中國。王維此詩見於清·趙殿成：《王摩詰全集箋注》，卷12，頁171；李白此詩見瞿蛻園等校注：《李白集校注》（台北：里仁書局，1981年3月），下冊，卷25，〈哭晁卿衡〉，頁1503。

[145] 毛公鼎銘文研究可參考朱國藩：〈從辭彙運用角度探討毛公鼎銘文的眞僞問題〉，《中央研究院歷史語言研究集刊》第71本第2分（2000年6月），頁459-492。

[146] 參考邵金凱：〈隋煬帝開鑿大運河述論〉，《淮陰師範學院學報（哲學社會科學版）》30卷4期（2008年7月），頁514-515。作者在論文中整理隋煬帝開鑿運河的歷史與社會背景，認爲運河的開鑿是基於帝國的交通、經濟與軍事統治等需要，其觀點頗值得參考。

與貨物的南北交流，隋代南北方的文學、宗教與藝術等精神層面也進一步融合與開展，顯見精神文化與物質文化均已臻勝域。宗教乃精神文化的一部分，儒、釋、道三教傳布衍化至唐代，各領風騷，並廣播於周邊友邦，成為我中華文化精髓的重要部分。儘管如此，在我中華文化長期成長衍化下，雖曾獨領風騷於漢唐盛世，及至十九世紀西風東漸，我中華文化亦不禁缺失暴露，乃有民初五四新文學及新文化運動[147]。上推至明代，亦有一次廣義的文化更新運動，即李夢陽（1472-1529）、李攀龍（1514-1570）等領導的前、後「七子」追求恢復古典傳統所倡言的「文崇秦漢，詩必盛唐」[148]。盛唐文化融合胡漢、貫通南北，廣袤豐沛，周邊友邦多受影響：日本、新羅、高麗、吐蕃等國曾先後派留學生前來研習田制、法律、醫學、天文、曆法、三教經典等，這些留學生學成回國後，帶回唐朝的典章制度、語言文化或書籍，藉由文化的交流，加強了與周邊國家民族的友好來往，甚至有人曾留在唐朝任官。最著名的是日本留學生阿倍仲麻呂，唐玄宗賜名「晁衡」（事蹟見上節）。新羅的崔致遠，十二歲來唐求學，十八歲考中進士，曾任縣尉、侍御史等職[149]。吐蕃曾派貴族子弟來研習唐典章制度禮俗，在吐蕃統治時期，河西地區的敦煌文書中仍然保存不少唐朝的禮儀習俗，如官方派人翻譯及抄寫佛經、《孝經》，以及祀孔「釋典」之禮。

　　大唐帝國步入一空前強盛又統一的時代，在思想相對開放的社會背景下，統治者對宗教信仰亦相對加強管控。但信仰是人民生活文化

第二章　王維生平事蹟暨其詩歌創作背景

---

147 劉大杰：《中國文學發達史》，頁850-851。

148 李夢陽「倡言文必秦漢，詩必盛唐，非是者弗道」，而李攀龍也認為「文自西京，詩自天寶而下，俱無足觀」。見清・張廷玉等撰，楊家駱主編：《新校本明史并附編六種》（台北：鼎文書局，1982年），頁7348、7378。

149 《唐文拾遺》中保存多篇崔致遠的文章，可見清・陸心源：《唐文拾遺》（北京：中華書局，1987年），卷34，〈崔致遠〉，頁10756-10867。

083

的潛勢力，盛唐宗教仍生機勃勃，對知識分子及中下層民眾仍具有廣泛的吸引力；繼佛教入華後，伊斯蘭教、祆教、摩尼教、景教等亦接踵入華。在多元宗教文化思想的交互影響下，盛唐社會文化思想亦應時繽紛璀璨起來。

四、崇儒尊道禮佛

綜觀盛唐，儒、釋、道「三教」始終居重要地位，統治者基於自身偏好及政權穩固的考量，三教的排序時有變更，其盛衰亦時有位移。例如初唐時期由「道先佛後」而「兩教並存、不分先後」，武則天時期則「佛先道後」，玄宗時期則「兩教並存、道先佛後」。不過，統治者的政策和態度雖影響到宗教的發展，但三教在唐代社會已內化爲社會思潮，各自具有其一定的影響力[150]。

（一）盛唐儒學

東漢末年，原爲儒生的張道陵（34-156），以五斗米爲號召，自立爲承天旨意的「天師」，在蜀地建立與天上星宿相輝映、政教合一的正一道派，後又曾衍生多個道派，在南北朝時期道教對於文化、政治的影響力逐漸增強，再後經晉人葛洪（283-343）經營改造，逐漸形成本土宗教之主流。唐帝姓李，遂攀託老子李耳爲其族祖，道教乃乘勢興起；玄宗開元年間雖下令抑佛[151]，但對道教則相對寬容。種種主客觀因素交集下，原本尊孔禮儒的中國社會，此刻反趨冷漠衰微。實則儒、道皆學派之一，甚少宗教顏色。在此衰傾局面下，初唐至中唐間，儒者乃興起振興儒學的復古運動，初唐陳子昂（661-702）以「獨愴然而涕下」[152]（〈登幽州台歌〉）的神態率先倡導古

---

150 清・董誥等編：《全唐文》，卷677，〈白居易・三教論衡〉，頁6921-6924。

151 後晉・劉昫：《舊唐書》，卷96，〈姚崇傳〉，頁3024-3025。

152 中華書局編輯部點校：《全唐詩》（北京：中華書局，1999年1月一版），卷83，頁899。

文運動，盛唐李華（715？-766）繼以極度崇儒的實際行動繼起[153]，中唐韓愈（768-824）、柳宗元（773-819）等古文大家急起奮發，唐代儒學乃見崛起而與佛道鼎立。韓愈以孔孟傳人的姿態，高舉「文以載道」的大旗，拒斥佛老，他所謂的「道」，即儒家仁義爲本的人本思想，故云：「博愛之謂仁，行而宜之謂義，由是而之焉之謂道，足乎己無待於外之謂德。」[154]（〈原道〉）中唐憲宗篤信佛，元和十四年（819）迎佛骨於宮內供奉，百官禮拜，途爲之塞。時任刑部侍郎（同宰相）的韓愈上表勸阻，乃貶爲潮州刺史[155]，行前作〈左遷至藍關示姪孫湘〉詩自傷[156]。

　　唐代儒學，自唐太宗重文治、設國子監、建弘文館[157]、校訂五經，建立從中央到地方的官學，儒學與政治接軌，根基漸行穩固；貞觀之治，亦旭光展現。太宗本儒家重教育的傳統，於貞觀二年

153　李華，735年進士，與陳子昂、韓愈先後提倡古文運動，高文鄙武，所著〈弔古戰場文〉一篇，其中慨乎言之：「秦漢而還，多事四夷，中州耗斁，無世無之。古稱戎夏，不抗王師，文教失宣。武臣用奇，奇兵有異於仁義，王道迂闊而莫爲。」見清・董誥等編：《全唐文》，卷321，〈李華・弔古戰場文〉，頁3256。

154　清・董誥等編：《全唐文》，卷558，〈韓愈・原道〉，頁5648。

155　後晉・劉昫：《舊唐書》，卷110，〈韓愈列傳〉，頁4195-4200。關於韓愈的反佛，實有其政治與社會背景，參閱湯用彤：《韓愈與唐代士大夫之反佛》（武昌：武漢大學出版社，2008年），頁37。

156　韓愈〈左遷至藍關示姪孫湘〉詩：「一封朝奏九重天，夕貶潮州路八千。欲爲聖明除弊事，肯將衰朽惜殘年。雲橫秦嶺家安在，雪擁藍關馬不前。知汝遠來應有意，好收吾骨漳江邊。」見中華書局編輯部點校：《全唐詩》，卷344，頁3867。

157　唐代弘文館的設置見於「大唐武德初，置修文館，後改名弘文館。神龍初改爲昭文，二年，又卻爲修文，尋又爲昭文。開元七年，又詔弘文焉。儀鳳中，以館中多圖籍，未詳正，委學士校理。自垂拱以來，多大臣兼領。館中有四部書。自貞觀初，褚亮檢校館務，學士號爲「館主」，因爲故事。每令給事中一人判館事，校書二人，學生三十人。」參見《通典》，卷21，〈職官・門下省・弘文館校書〉，頁559。

（628）在國子學中設孔子廟，尊孔子爲先聖[158]，廣收天下儒生教誨之以爲國用。高宗、武后、玄宗亦頗重教育：高宗曾設算學[159]、武后親任大考口試、玄宗「天寶中，國學增置廣文館，以領詞藻之士」[160]等，種種興學措施也使儒學根基益形穩固。

士人相習崇儒，本論文主角詩佛王維亦不例外，而且他是一位言行忠實的儒者：兩《唐書‧王維傳》及相關史料稱，王維九歲知屬辭，事母至孝；友愛兄弟，舉荐其弟縉有五長、己有五短；十七歲作〈九月九日憶山東兄弟〉：「獨在異鄉爲異客，每逢佳節倍思親。遙知兄弟登高處，遍插茱萸少一人。」[161]情義感人。他所寫的〈裴僕射濟州遺愛碑〉中云：

> 夫爲政以德，必世而後仁；齊人以刑，苟免而無恥。則刑禁者難久，百年安可勝殘；德化者效遲，三載如何考績。刑以助德，猛以濟寬。……戮豪右以懲惡，一至無刑；旌孝弟以勸善，洪惟見德。然後務材訓農，通商惠工，敬教勸學，授方任能。……尊經于學校，魯風載儒；加信於兒童，齊人不詐。[162]

---

158 唐‧吳兢著，駢宇騫等譯：《貞觀政要》，卷7，〈崇儒學〉，頁187-188。「貞觀二年。詔停周公爲先聖。始立孔子廟堂於國學。稽式舊典。以仲尼爲先聖。顏子爲先師。兩邊俎豆。干戚之容。始備于茲矣。是歲大收天下儒士。賜帛給傳。令詣京師。擢以不次。布在廊廟者甚眾。學生通一大經已上。咸得署吏。國學增築學舍四百餘間。國子。太學。四門。廣文。亦增置生員。其書算各置博士。學生。以備眾藝。太宗又數幸國學。令祭酒。司業。博士講論畢。各賜以束帛。四方儒生負書而至者。蓋以千數。俄而。吐蕃及高昌。高麗。新羅等諸夷酋長。亦遣子弟請入于學。於是國學之內。鼓篋升講筵者。幾至萬人。儒學之興。古昔未有也。」

159 後晉‧劉昫：《舊唐書》，卷4，〈高宗本紀〉，頁76。

160 宋‧王讜撰，周勛初校證：《唐語林校證》，卷2，〈文學〉，頁120。

161 清‧趙殿成：《王摩詰全集箋注》，卷14，頁203。

162 同上注，卷21，頁297-306。

此碑文無異是王維崇儒的自我告白[163]。處於盛唐諸學並起的時代背景中，詩佛王維之所以身跨儒、佛、道三教，當然是大時空環境使然。

（二）盛唐佛教

佛教源出印度，東漢時期隨著絲綢之路的開拓傳入中國，並逐漸弘揚廣布，本屬外來宗教，但由於在中國流傳已久，逐漸結合部分中國傳統思想，如孝道觀、報應觀等，因而轉化形成具有中國特色的禪宗、淨土宗等中國佛教宗派；道教與儒家文化源自中國本土，屬本土文化資產的一部分，歷經魏晉南北朝長期混亂，三者相互浸潤及吸納融合，由初唐入盛唐，形成三者鼎立局面。唐高祖李淵（566-635，在位於618-626年）立國之初，曾下詔抑制佛教[164]，太宗李世民曾接納魏徵（508-643）建議，「檢校佛法，清肅非濫。」[165]但他也曾召見沙門玄琬（562-636）入宮，「為皇太子及諸王等受菩薩戒。故儲宮以下，師禮崇焉。」[166]此一措施，也可能影響高宗即位後對佛教的偏重。至貞觀晚年，玄奘（600-664）赴印度求法歸來，太宗令大臣、僧眾出城迎接，並召入宮中「廣問雪嶺以西諸國風俗，法師皆備

---

163 陳鐵民：《王維詩文集》（台北：三民書局，2009年11月初版一刷），〈裴僕射濟州遺愛碑〉，頁793-821。時下研究者以〈五佛四儒三分道、半官半隱一詩人〉為題，對王維與三教之關係作研究指出，王維的思想與行為之所以如此呈現，皆有不得不然的苦衷；就中以「四儒」言，作者以張九齡遭貶及遭安史之亂二事，王維當時的表現，正是儒家禮義廉恥之心。見劉珈珈：〈五佛四儒三分道‧半官半隱一詩人：試論王維語三教之關係〉，《江西教育學院學報》第3期（1988年），頁11-16。

164 見清‧董誥等編：《全唐文》，卷133，〈傅奕‧請除釋教疏〉，頁1347；卷3，〈高祖‧沙汰佛教詔〉，頁38。

165 見唐‧道宣：《續高僧傳》，卷24，〈智寶傳〉，收入《大正新脩大藏經》，第50冊，頁635。

166 同上注，卷22，〈玄琬傳〉，頁616。

陳所歷，若指諸掌，太宗大悅」[167]，受太宗至高禮遇[168]，後以國力修建大慈恩寺及譯經院，大力支持譯經事業，並命秘書省抄寫佛經，推行全國，甚至在辭世前感嘆與玄奘相見恨晚[169]。但從太宗親撰的〈大唐三藏聖教序〉中強調：「知惡因業墜，善以緣昇。昇墜之端，唯人所託」[170]等語看來，太宗在思想上更接受的是可與儒家會通的善惡報應之說。

唐高宗曾云：「朕逖覽緗史，詳觀道藝，福崇永劫者，其惟釋教歟」[171]，對玄奘與佛教僧人更加禮遇，在上元元年（674）下詔：「公私齋會及參集之處，道士女冠在東，僧尼在西，不需更爲先後。」[172]武則天掌權時期，由於她「幼從釋教，夙慕歸依」[173]，在

王維詩歌藝趣研究

---

[167] 清・董誥等編：《全唐文》，卷742，〈劉軻・大唐三藏大遍覺法師塔銘並序〉，頁7683。

[168] 有學者認爲唐太宗對於玄奘的接見，最早可能來自政治目的。由於玄奘有親身跨越西域遠赴印度的經驗，且與西域、印度等信仰佛教的諸國王交好，有助於太宗更清楚瞭解各國關係與情事，並不一定僅僅是基於太宗對佛教僧人的禮敬。太宗一直留意西域的情勢，是來自於他對於開疆拓土有著極大興趣與意願，在貞觀四年，李靖（571-649）平定東突厥後，「西北君長，請上號爲天可汗」。這一名號帶給太宗極大的榮耀，唐朝國威遠播。羅香林教授認爲此時的天可汗制度「與今日聯合國之作用，頗爲相似。」唐皇帝成爲多國的共同領袖。參見羅香林：〈唐代天可汗制度考〉，收入氏著：《唐代文化史》（台北：台灣商務印書館，1955年），頁54-87。

[169] 見《續高僧傳》，卷4，〈玄奘傳〉，頁456。玄奘的西行求法、歸國譯經、與太宗、高宗之交往等生平事蹟可見《大唐大慈恩寺三藏法師傳》、《舊唐書》，卷191，〈方伎列傳・僧玄奘〉，頁5108-5109。唐太宗與玄奘之交往，見冉雲華：〈玄奘大師與唐太宗及其政治理想探微〉，《華崗佛學學報》第8期（1985年），頁135-154。

[170] 《大唐大慈恩寺三藏法師傳》，卷6，頁256。

[171] 清・董誥等編：《全唐文》，卷15，〈高宗・隆國寺碑銘〉，頁179。

[172] 宋・王溥：《唐會要》（北京：中華書局，1955年初版，1990年三刷），卷49，〈尊崇道教〉，頁866。

[173] 同注167，卷97，〈三藏聖教序〉；卷239，〈武三思・大周無上孝明皇后碑銘並序〉。

這種深厚的個人身世經歷，以及佛教在以周代唐過程中所產生的助力等因素影響下，她透過大規模翻譯佛經以及禮遇諸多名僧等方式，具體表現其佛教居先的態度[174]。雖然如此，兩人對道教也未曾打壓。至中宗、睿宗則各有所好[175]，玄宗時期則偏好道教。開元前期，玄宗基於對武則天以來的政治清理，以及寺觀佔有大量土地和人口，影響國家賦役收入的雙重考慮，他在開元二年（714）以當時「天下僧尼，數盈十萬。翦刻繒綵，裝束泥人，而為厭魅，迷惑萬姓者乎」[176]為由，下令檢校天下僧尼，但對於道教則相對表現為寬容。

從政治現實言，太宗至玄宗的唐朝皇帝多是以務實的態度對待三教，三教並重並榮[177]，三教思想內化為人文底蘊，使盛唐政治輝煌，盛唐詩人亦各展天賦，在詩歌、繪畫、音樂、書法等各方面藝術大放異彩，彙歸為盛唐文化思想的榮景。本論文主角詩佛王維，正可作最具體的見證。

（三）盛唐道教

儒、道本屬學派，其後道家轉變為道教，儒家因尊孔禮孔關係，亦有走向宗教化的傾向。道教源出道家，尊老子李耳為教主，唐帝姓李，此或即道教在唐代較受寬容的潛在原因。盛唐玄宗當政，鑒於武后、韋后、太平公主先後亂政，為鞏固政權，期待宗教發揮安定社會

---

174 寇養厚：〈武則天與唐中宗的三教共存與佛先道後政策：唐代三教並行政策形成的第二階段〉，《陝西師範大學學報（哲學社會科學版）》第28卷3期（1999年9月），頁169-174。

175 李金水：〈論中宗、睿宗時期佛道政策的嬗變〉，《廈門大學學報（哲學社會科學版）》第3期（1998年），頁112-121。

176 清・董誥等編：《全唐文》，卷133，〈傅奕・請除釋教疏〉，頁1347。

177 如武則天雖以佛為先，但同時也曾下令編修《三教珠英》一書。相關記載見《新唐書》，卷104，〈張昌宗列傳〉，頁4012；《唐會要》，卷36，〈修撰〉，頁657。

作用，在具體政策上，傾向「尊儒、崇道、不抑佛」措施；但對道教則相對的較爲寬容，並利用道教樹立李唐王朝權威[178]，又用它來滿足個人長生不老欲求：與高道人士頻繁交往。

開元元年（713），玄宗「親祠玄元皇帝廟，追尊玄元皇帝；父周上御史大夫敬，追尊爲先天太皇，仍於譙郡置廟，歲餘一祀以上，準先天太后廟例。二十九年，兩京及諸州各置廟一所，並置崇玄館。」[179]開元二十至二十一年，玄宗親注《道德經》，下令每家必備一部，並下令在崇玄館教習《道德經》、《南華眞經》等國家覈定的道教經典[180]。

天寶元年（742），玄宗親祠玄元廟，以玄元皇帝爲上聖，同時冊封莊子爲南華眞人，文子爲通玄眞人，列子爲沖虛眞人，庚桑子爲洞靈眞人。並將「兩京玄元廟改爲太上玄元皇帝宮，天下準此。」[181]復將道教祭祀儀式納入國家祭典，將討論道性思想的《本際經》頒行天下道觀誦讀[182]。此一時期，玄宗爲強化帝國統治意識，乃增設廣文館；廣收儒生，並規定能通御注《老子》、《孝經》者，可直接授予官職。對道教高人如司馬承禎（647-735）、吳筠（？-778）等，更是禮遇有加。

天寶末期，玄宗愈加偏重其個人長生不老的追求，亦愈加寵信道士，道教在唐朝，特別是在盛唐，因緣際會，乃逐步奠立國家化及正統化地位。

---

178 陶志平：〈唐代道教的興盛及其政治背景〉，《西南師範大學學報（人文社會科學版）》1988年第2期，頁47-51。

179 唐·杜佑著；王文錦等點校：《通典》（北京：中華書局，1988年），卷53，〈禮典〉，頁1478。

180 宋·王溥：《唐會要》，卷50，〈尊崇道教〉，頁866。

181 同上注。

182 唐·杜佑著；王文錦等點校：《通典》，卷53，〈吉戈·老君祠先賢附·大唐〉，頁1478。

三教鼎立的盛唐，正是詩人王維所處的大時空環境。世稱三大詩人各宗一教，王維宗佛，李白宗道，杜甫宗儒。但中國傳統士子，率多本儒家精神，諸如李白雖爲道教大師司馬承禎的及門弟子，道號「青蓮居士」，而實更崇儒，其一生遭遇正是傳統儒者入仕即思出世精神，並爲實現理想而終身奔競，可爲明證[183]。

◎第五節◎　樂教傳統與宗教信仰

　　據《禮記·樂記》所載：「凡音者，生人心者也。情動於中，故形於聲。聲成文，謂之音。是故治世之音安以樂，其政和。亂世之音怨以怒，其政乖。亡國之音哀以思，其民困。」傳統中國的音樂思維重視的是音樂之中內蘊，可以經夫婦、成孝敬、厚人倫、美教化而移風俗的「情」，不僅止於抑揚頓挫、音律和諧，這種音樂觀念與西方傳統重視比例和諧、追求眞理的科學音樂觀不同，而與「中國古代的音樂以道德情感的表現作爲其核心，以體現了自然界陰陽五行自然規律的音調感染、啓悟人，從而培養身心、人己、天人和諧的『聖賢』人格」[184]有關，中國傳統音樂與詩歌的情感意蘊同樣指出孔子「興於詩、立於禮、成於樂」的「成人」教育思維[185]。論及我國樂教詩

---

183 李白二十六歲出蜀，二十七歲隱居今湖北安陸小壽山；孟少府移文對此有譏諷意。白乃借題發揮，作〈代壽山答孟少府移文書〉，自許云：「達則兼善天下，窮則獨善一身。……申管晏之談，謀帝王之術，奮其智能，願爲輔弼。使寰區大定，海縣清一，事君之道成，榮親之義畢。然後與陶朱留侯，浮五湖，戲滄州，不足爲難矣。」引文見瞿蜕園等校注：《李白集校注》（台北：里仁書局，1981年3月），下冊，卷26，〈代壽山答孟少府移文書〉，頁1525-1526。

184 徐照明：〈論先秦「樂教」發端時期的主要觀念〉，《理論月刊》2018年第12期，頁90-96。

185 孔子與樂教的關係，相關研究論文甚多，主要參考楊雷，魏長領：〈中國古代「樂教」的德育功能以及現代啓示〉，《中州學刊》1998年第4期，頁70-74；

教，首須談及的是《詩經》，它是我國第一部詩歌總集，與詩教樂教關係密切。

歷經前人考定，《詩經》係收錄西周初年（西元前十四世紀）至《春秋》（西元前六世紀）官方及民間詩歌，經孔子刪訂，今存三百零五首。世稱《詩三百》為六經之一，乃官師合一之基本教材，即所謂「詩教」的教本，故極普及。諸侯邦國之間公私交往人員都受過「詩教」，初見面時，彼此都會以誦《詩》作禮貌性的應對[186]。所以孔子說：「不學《詩》，無以言」。而以《詩》應對是否得體，是否溫柔敦厚，即是檢驗一個邦國「詩教」良否的基本共識[187]。《詩》有六義，約言之，「風」、「雅」、「頌」為其內容屬性分類，「賦」、「比」、「興」為其創作方式分類。語其來源：「風」，即採自諸侯國民俗歌謠，稱風土之音。「雅」，為周天子京畿及周遭的樂曲，稱朝廷之音。「頌」，宗廟祭祀樂曲，稱宗廟之音。各邦國均有掌音樂的「樂師」，「詩」「樂」聯袂，采詩的「行人」（男性六十或女性五十，無家累者）多向「樂師」徵集詩歌。故《詩經》乃集眾力促成的。

以上是對古老《詩經》面貌的掃描。以下將陸續就中國音樂與樂教、中國詩歌與詩教、王維音樂與仕途際遇等作探究。

徐遠和：〈中朝日「樂教」簡論〉，《哲學研究》1997年第10期，頁61-68；尹建章：〈試論孔子的樂教思想〉，《鄭州大學學報（哲學社會科學版）》1992年第4期，頁108-113+91。

[186] 《禮記・樂記》（台北：台灣開明書店，1991年），頁71-72。

[187] 此處所謂溫柔敦厚的詩教傳統，是一個自《詩經》以來傳承綿延至今的文化傳統，而且「溫柔敦厚的詩教與〈詩大序〉的融合過程，正是詩教的發展、演變的過程，這個過程不是一次性完成的，而是逐漸完成的。」見劉文忠：《溫柔敦厚與中國詩學》（上海：上海古籍出版社，2015年12月一版），〈前言〉，頁3。

一、中國音樂與樂教

　　對中國文學史稍有涉獵的人，多少會知道中國老祖宗很早就發現音樂與人們日常生活有密切關係，《詩經》為中國最早的詩歌總集，而且詩歌與樂舞連襟。《詩經》約成於西周時期（西元前十四世紀至西元前六世紀），最近考古發現河姆渡時期距今約七千年，當時的樂舞即有彈唱歌舞共鳴的現象。凡此總總，故可表明中國音樂與樂教很早就受到先民的重視。從古代教育的層面來看，音樂教育是很重要的一部分，甚至從「上古時代青少年自幼即接受音樂教育，到了周禮春官大司樂掌成均之法，以樂德、樂語、樂舞教國子，樂教更為完備，其中樂德尤受重視」[188]，顯示中國樂教傳統之悠久。而這樣的樂教精神貫通古今，被認為可以統合或補充現代教育的問題或偏失[189]。

（一）中國遠古音樂記事

　　樂自音來，其本卻源於人之心感應外物而發之情、之音，因此「樂以自然之美化感人之性靈，養成雍容和穆之氣象，所以陶冶醒情，以資滿足人欲之追求。對音樂重視，乃古代民族之普遍現象，我中華民族在這方面不過是一個典型的代表而已，尤其以教育為職志的儒家，對於樂教，更是竭力提倡。」[190]往日聞西方朋友說，中國自古罕有音樂，也比較不重視音樂教育。從某個觀點來看，也許沒錯。擁有五千年悠久豐美文化的中華大國，卻不曾出現過莫札特（Johannes Chrysostomus Wolfgangus Theophilus Mozart，1756-1791，奧地利音樂家），也未出現過華格納（Wilhelm Richard Wagner，1813-1883，德

---

188 張蕙慧：《儒家樂教思想研究》（台北：文史哲出版社，1985年6月一版），頁1。

189 崔光宙：《先秦儒家禮樂教化思想在現代教育上的涵義與實施》（台北：東吳大學中國學術著作獎助委員會，1985年7月一版），頁377-401。

190 同注188，頁1-2。

國音樂家）。但若論及音樂史和音樂教育史，卻是足以傲視寰宇的。中國第一部詩歌總集《詩經》，原本是配之管絃，可歌可頌可舞的。故《詩經·序》云：「情動於中而形於言。言之不足，故嗟嘆之；嗟嘆之不足，故永（詠）歌之；永（詠）歌之不足，不知手之舞之、足之蹈之也。」[191]中國更古老的音樂紀事是：1937年發現位於浙江省餘姚市河姆渡新石器時代的陶塤及骨哨，可追溯中國音樂萌芽於七千年前，當時的音樂文化即具有歌、舞、樂相結合的特徵[192]。

（二）西周時代的「樂師」

據《周禮·春官》記載，略謂，西周時代（西元前十四世紀起）周王廷及各諸侯國均設有「樂師」，稱「太師」，即樂官，負責奏樂、誦詩、作樂、采詩采樂的工作。孔子曾學樂於萇弘，習琴於師襄。可見樂「官」亦兼樂「師」，正是官師合一的證明，更是中國自古即重視音樂及樂教的史實。

（三）季札觀樂與孔子正聲

《春秋·左傳·襄公二十九年》（西元前544年）吳公子札至魯觀樂》[193]令人驚異的是，他對當時各邦國樂章的欣賞、分辨和批判的才智與能力。如此看來，若謂中國古代無音樂，也不重視音樂教育，似

---

[191] 台灣開明書店斷句：《斷句十三經經文·毛詩·國風·周南·關雎》（台北：台灣開明書店，1991年），頁1。

[192] 黃淑薇等編：《音樂》（台北：泰宇出版公司，民國104年6月初版二刷），頁1。

[193] 參看《左傳·襄公傳二十九年》：「吳公子札來聘……請觀於周樂，使工爲之歌〈周南〉、〈召南〉。曰：『美哉！始基之矣！猶未也。然勤而不怨矣！』爲之歌〈邶〉、〈鄘〉、〈衛〉。曰：『美哉！淵乎？憂而不困者也。吾聞衛康叔武公之德如是。是其衛風乎？』……謂叔向曰：『吾子勉之。君侈而多良，大夫皆富，政將在家。吾子好直。必思自免於難。』見《左傳·襄公二十九年》（台北：藝文印書館），頁667-673。

乎並非事實。

　　但，從公子季札觀樂這件史事看來，固然觀樂、演奏，是觀察欣賞此邦國上下音樂素養及音樂教育，藉此可了解此邦國的音樂素養是否已臻全民化境界。不過，有一事似乎頗堪思索：季札於西元前544年至魯觀樂，孔子生於西元前551年，算來季札觀樂之始，孔子尚未滿十歲。世稱孔子刪詩書、正禮樂。孔子亦自稱：「吾自衛反魯，然後樂正，〈雅〉、〈頌〉各得其所。」[194]（《論語·子罕》）印證季札觀樂的篇章、節次、樂教及評語等，似乎與孔子刪正後者無甚差異。孔子周遊列國十四年（西元前483年至西元前471年）自衛返魯，當在西元前471年，正樂當在此時或稍後，不知季札觀樂與孔子正樂此一孰先孰後問題，實耐人思索玩味。

（四）「四面楚歌」的史實

　　西元前205年，劉邦圍項羽於垓下，令漢軍齊唱楚歌，楚兵軍心動搖，以為漢軍已盡得楚地[195]。此即「四面楚歌」的史事。劉邦的漢軍多北方人，居然短時間即會唱南方項羽的楚歌，可見當時音樂教育之普及。（見《史記·項羽本紀》）

二、孔子詩教與樂教

　　先秦儒家對於音樂的本質、教育和社會功能以及音樂教育內容的認識，是其樂教思想乃至其樂教思想的重要內涵[196]。詩歌樂舞，連襟並袂。孔子知音，重樂教。尤知詩刪詩，重詩教。孔子重視樂教原因

---

194 《論語》，卷9，〈子罕〉，頁80。

195 漢·司馬遷撰；劉宋·裴駰集解；唐·司馬貞索隱；唐·張守節正義：《史記》（台北：鼎文書局，1981年），卷7，〈項羽本紀〉，頁332-334。

196 唐愛民：〈先秦儒家的樂教思想探微〉，《齊魯學刊》2000年第3期，頁114-116。

在於：樂教「最切於吾人之生命，而又與吾之體氣之轉動、身體之行為及心志言語相連之藝術，莫如音樂。故中國古代藝術中，特以樂為重。」[197]故孔子曰：「入其國，其教可知也。觀其風俗，則知其所以教。其為人也溫柔敦厚，《詩》教也；……廣博易良，《樂》教也；絜靜精微，《易》教也；恭儉莊敬，《禮》教也；屬辭比事，《春秋》教也。」（《禮記正義·經解》卷五十）古人立教，經史章旨，判然有別。

（一）孔子與音樂及樂教

孔子為中華傳統中重要的教育家，「孔子學說博大精深，音樂思想雖僅是孔子全部學問中的一部分，這一部分也就是他全部學問的根源，因為歌樂就是仁之和，仁是孔子的中心思想，由此一端即可窺見他的全面。」[198]而他的教育內容不僅包含書本知識內容，也著重身體力行，從禮、樂、射、御、書、數等各方面入手，推動純正社會的禮教樂化。孔子的樂教可分二層次來看：

其一，孔子是知音者：

子曰：詩三百，一言以蔽之，曰：「思無邪」[199]。（《詩》心正則思無邪）。

子與人歌而善，必使反之，而後和之[200]。（自強不息）。

子在齊聞韶，三月不知肉味。曰：「不圖為樂之至於斯也！」[201]（廢寢忘食）。

---

197 張蕙慧：《儒家樂教思想研究》，頁2。

198 同上註，頁42。

199 《論語》，卷2，〈為政〉，頁16。

200 同上註，卷7，〈述而〉，頁65。

201 同上註，頁61。

子語魯大師樂，曰：「樂其可知也，始作，翕如也；從之，純如也，皦如也，繹如也，以成。」[202]（知始知終）。

其二，孔子的「樂教」：

> 子食於有喪者之側，未嘗飽也。子於是日哭，則不歌。[203]（以身示教）。
>
> 子謂〈韶〉，盡美矣，又盡善也。謂〈武〉，盡美矣，未盡善也。[204]（授以分辨能力）。

子曰：「由之瑟奚爲於丘之門？」門人不敬子路。子曰：「由也升堂矣，未入於室也。」[205]此爲孔子機會教育的範例：仲由子路，屬「政事」科的勇者，也會彈瑟，孔子教學認眞，不僅不給「營養學分」，也還責子路彈瑟有辱師門，門人因此不敬子路，子路便成了「邊緣學生」。孔子敏銳善良，隨即改口道：「其實子路的瑟藝已經升堂（很高階了），再邁進一步，就進入室內了（最高階了）！」這樣的「樂教」和這樣的老師，實在貼心受用。

（二）孔子最重「詩教」，他在《論語》中的重要詩教言論如：

> 子曰：「小子！何莫學夫詩？詩，可以興，可以觀，可以群，可以怨；邇之事父，遠之事君；多識於鳥、獸、草、木之

---

202 《論語》，卷3，〈八佾〉，頁31。
203 同上注，卷7，〈述而〉，頁61。
204 同上注，卷3，〈八佾〉，頁32。
205 同上注，卷11，〈先進〉，頁98。

名。」[206]（《論語・陽貨》）

陳亢問於伯魚曰：「子亦有異聞乎？」對曰：「未也。嘗獨立，鯉趨而過庭。曰：『學詩乎？』對曰：『未也』。『不學詩，無以言！』鯉退而學詩。他日又獨立，鯉趨而過庭。曰：『學禮乎？』對曰：『未也』。『不學禮，無以立。』鯉退而學禮。聞斯二者。」陳亢退而喜曰：「問一得三。聞詩，聞禮，又聞君子之遠其子也。」[207]（《論語・季氏》）

子曰：「《關雎》，樂而不淫，哀而不傷。」[208]（《論語・八佾》）

子所雅言，《詩》、《書》、執禮，皆雅言也。[209]（《論語・述而》）

子曰：「興於《詩》，立於禮，成於樂。」[210]（《論語・泰伯》）

子謂伯魚曰：「女爲《周南》、《召南》矣乎？人而不爲《周南》、《召南》，其猶正牆面而立也與？」[211]（《論語・陽貨》）

子曰：「誦《詩》三百，授之以政，不達；使於四方，不能專對。雖多，亦奚以爲？」[212]（《論語・子路》）

---

[206] 《論語》，卷17，〈陽貨〉，頁156。
[207] 同上注，卷16，〈季氏〉，頁150。
[208] 同上注，卷3，〈八佾〉，頁30。
[209] 同上注，卷7，〈述而〉，頁62。
[210] 同上注，卷8，〈泰伯〉，頁71。
[211] 同上注，卷17，〈陽貨〉，頁156。
[212] 同上注，卷13，〈子路〉，頁116。

（三）《論語》與《詩經》：孔子視《詩經》如源頭活水，例如：

> 子貢曰：「貧而無諂，富而無驕，何如？」子曰：「可也。未若貧而樂道，富而好禮者也。」子貢曰：「《詩》云：『如切如磋！如琢如磨』，其斯之謂與？」子曰：「賜也！始可與言《詩》已矣，告諸往而知來者。」[213]（《論語·學而》）

「如切如磋，如琢如磨」者，引自《詩經·衛風·淇澳》，孔子重機會教育，因材施教，子貢貨殖，臆則屢中，很富有。孔子於此處特地點醒他，貧而樂道，富而好禮更重要，子貢舉一反三，乃大悟。

> 子擊磬於衛，有荷蕢而過孔氏之門者，曰：「有心哉，擊磬乎！」既而曰：「鄙哉，硜硜乎！莫己知也，斯已而已矣。『深則厲，淺則揭。』」子曰：「果哉！末之難矣。」[214]（《論語·憲問》）

「深則厲，淺則揭」乃《詩經·衛風·匏有苦葉》的詩句。《衛風》，十五國風之一，周武王封其弟康叔於此，地在今河北南部及河南北部。深厲，過深水則和衣而過；淺揭，遇淺水則攝衣而過，意謂識時務，量力行事。孔子引此詩句，旨在告誡弟子，那位荷蕢隱士的話，自有道理，我也不必跟他爭論。本章貴在荷蕢者引用《詩經·衛風·匏有苦葉》中的警語，亦間接證明孔子「不學《詩》無以言」的「詩教」說法是正確真實的。

---

213 《論語》，卷1，〈學而〉，頁8。
214 同上注，卷14，〈憲問〉，頁130。

子曰：「衣敝縕袍，與衣狐貉者立，而不恥者，其由也與？『不忮不求，何用不臧？』」子路終身誦之。子曰：「是道也，何足以臧？」[215]（《論語·子罕》）

子由說：這只是做人的基本道理，沒有什麼值得誇耀的。這又是一次機會教育。「不忮不求，何用不臧」是《詩經·邶風·雄雉》篇的最後二句，即「結語」，蘊含多重詩情，也結出「悔教夫婿覓封侯」的自怨自艾之意。「不忮不求」是常用語，「不忮」、「不求」都是第一人稱的「自訴」語，即：我這個人不會因他人的得意而設法加害他，也不會為自己的不得意而祈憐於人。孔子於此處引用《詩經》中這兩句話，一面稱讚子由的坦蕩風範，隨即又以「何用不臧」戒慎語來告誡他。「詩教」聖人孔子，誨人何等周備！

（四）孔子隨時引用《詩經》的章句。

子張問崇德、辨惑。子曰：「主忠信，徙義，崇德也。愛之欲其生，惡之欲其死，既欲其生，又欲其死，是惑也。『誠不以富，亦祇以異。』」[216]（《論語·顏淵》）（「誠不以富，亦祇以異」是《詩經·小雅·我行其野》篇的最後兩句。）
子夏問曰：「『巧笑倩兮，美目盼兮，素以為絢兮』。何謂也？」子曰：「繪事後素。」曰：「禮後乎？」子曰：「起予者商也，始可與言詩已矣。」[217]（《論語·八佾》）（「巧笑倩兮，美目盼兮，素以為絢兮」見於《詩經·衛風·碩人》篇。）

---

215 《論語》，卷9，〈子罕〉，頁81。
216 同上注，卷12，〈顏淵〉，頁108。
217 同上注，卷3，〈八佾〉，頁26-27。

南容三復白圭，孔子以其兄之子妻之[218]。（《論語・先進》）

（「白圭」，指《詩經・大雅・抑之》篇的詩句：「白圭之玷，尚可磨也；斯蘭之玷，不可爲也。」）

本篇旨在勉人愼言。南容，孔子弟子，每日反覆誦讀「白圭之玷」的《詩》句，勉人愼言，表示此人言行謹愼，值得信賴，孔子將其兄之女嫁給他。孔子對《詩經》章句之重視，於此可見一斑。

以上探討中國古今音樂、樂教、音樂史事及《詩》話、孔子對《詩經》的尊崇與傳承等。以下第三節，試對詩佛王維的音樂才藝與相關際遇作述究。

三、王維音樂與際遇

世稱王維爲天縱奇才，集詩作、書畫、音樂、歌舞、琴瑟琵琶等諸般才藝於一身，詩作被喻爲諸體兼備或兼長；實則其餘才藝，又何嘗不可喻爲兼備或兼長？舉凡世人共稱的「鬱輪袍」故實、「霓裳羽衣歌舞壁畫」解讀等，無不膾炙人口。王維音樂才能及興趣，乃家風際會，其祖父王郎冑，曾任隋朝「協律郎」，即歷西周（西元前十四世紀起）至唐代皆設置的「樂師」或「樂官」，唐室稱「大樂令」（或「太樂令」），「令」下設副手「丞」（王維進士及第後，即被知音的玄宗任爲「大樂丞」）。在音樂相關才藝方面，王維可謂技藝多端，琴瑟琵琶各種樂器彈奏嘯歌，載歌載舞，自樂樂群。他最享盛名的音樂詩歌，流傳千古，試選錄數則。

---

218 《論語》，卷11，〈先進〉，頁96。

（一）〈竹里館〉

獨坐幽篁裏，彈琴復長嘯。深林人不知，明月來相照。[219]

　　王維晚年官官隱隱，自得其樂，隱居輞川別業時間較多，心情也較佳；在此期間，針對所居處遊覽的二十個景點，各寫五言小詩一首；其詩酒好友裴迪均有「同詠」，彙爲《輞川集》行世。〈竹里館〉爲其中景點之一，本詩爲《輞川集》中的第十七首詩。藍田輞川位於今陝西藍田西南二十里，各景點經近代學者簡錦松實地履勘，多仍可辨識[220]。

　　本詩彷彿是一首近體五絕。其實它不合五絕格律，因爲它的第二句爲「平平仄平仄」，第四字應「仄」而「平」，不合律，故屬五古絕。這是一首藉景抒情的小詩，首句起筆：人（獨）、事（坐）、地（幽）、物（篁）、空間（裏）：一語起動全詩景象，乃《詩》「六義」的「興」筆。次句承筆，獨坐幽篁，似無息無我無事；承筆豈可放空：既彈琴，復長嘯，何等雅興多事！三句轉筆，轉得既意外（人不知而我自在自知）又意中（懸筆，爲結句「明月」留餘地）整體說來，詩佛王維此作，既充滿生機生趣，更隱含如許禪機禪趣。王維此時此處的明月，乃人格化有情意的明月，是孤獨詩人王維的知己；與李白月下獨酌時「對影成三人」、「永結無情遊，相期邈雲漢」的無情明月，是不同的。也顯示王維隱居詩每含孤獨情懷，例如〈終南別業〉云：「興來每獨往，勝事空自知」，而「偶然值林叟，談笑無還期」[221]，他的隱居孤獨感，不言可喻。這首小詩之所以不朽，實即在

---

[219] 清・趙殿成：《王摩詰全集箋注》，卷13，頁190。

[220] 見簡錦松：〈王維「輞川莊」與「終南別業」現地研究〉，《中正漢學研究》第20期（2012年12月），頁45-93。

[221] 同注219，卷3，頁28。

其語短情長，跌宕攸遠。

（二）〈送元二使安西〉

> 渭城朝雨浥輕塵，客舍青青柳色新。
> 勸君更盡一杯酒，西出陽關無故人。[222]

王維送友人元二至渭城，告別前，與元二暢飲，作此詩傳頌千古。
元二，無考。渭城，古稱陽關爲渭城，陝西咸陽縣東（咸陽即秦始
皇營造阿房宮處）出陽關即出渭城，亦即渭城爲國土邊境，送行至渭
城，友情極矣！故唐初以下，渭城已極繁榮。就史實言，唐太宗貞觀
十四年（640）平高昌，置督護府於交河（今新疆吐魯番西），則王
維送友至渭城時，渭城已屬國境內矣。〈渭城曲〉原稱〈送元二使安
西〉，即出使大唐西域四督護府之首府「安西督護府」。世稱本詩爲
「陽關三疊」，即反覆唱三遍，如何反覆，眾說紛紜。據中國大陸
學者陳秉義指出：〈渭城曲〉在唐、宋、元時期歷有諸多演變，包括
辭、曲、疊唱方式等，都變化不定，現存曲譜有四十幾種歌詞，三十
幾種傳譜，唱法更變化多端，王維〈渭城曲〉歷千載仍大受喜愛，讓
他名垂詩史與樂史[223]。邱師燮友以爲，既稱「陽關三疊」，自是在
「西出陽關無故人」句反覆三遍，斯謂知音。

　　本詩形似近體七絕，但與正體絕句格律異趣，依邱師燮友《新
譯唐詩三百首》的區分，列爲「七絕樂府」，可謂絕句第二式。即
首、次兩句平仄與三、四句平仄相同，按音律抑揚頓挫，讀來與正格
絕句無異。就當時當地的景色言，它的前兩句屬喜調；後二句始轉爲

---

222 清・趙殿成：《王摩詰全集箋注》，卷14，頁205。
223 見陳秉義：〈關於〈渭城曲〉在唐宋元時期產生和流傳的情況及其研究〉，
　　《樂府新聲》（2002年3期），頁3-10。

悲調；它的高身價卻落在悲調上。因爲這是一首不同尋常的詩，它已神采奕奕地存活在天地間千餘年！其一，從地緣看，渭城古稱陽關，在陝西咸陽境，即大唐西邊界。過此即入異域，那異域的目的地，是友人元二「使」（經戰）地「安西」（今新疆吐魯番，當時的戰地前線）[224]。就當時言，這條地緣線遠離京城，送客至此，不啻生離死別（「古來征戰幾人回？」王翰〈涼州詞〉語）何況也只能送至此。其二，就時域言，試推估，〈渭城曲〉可能寫成於安史之亂（755-763）前，理由是，王維送元二「使安西」，顯示京畿無事，元二乃能「西出」從戎；若國內有亂，戍邊將士必「東奔」京師，勤王平亂，此是就「時域」角度推估。其三，世人對本詩最感興趣的，可能還是「陽關三疊」究竟是如何疊唱法。自王維此曲一出，遂成當時送別的「流行歌」，且出現「疊唱」現象，又產生如何疊唱的問題。〈渭城曲〉出現，稍後的詩人如劉禹錫、白居易等人就發出疊唱的新調：劉禹錫〈與歌者〉詩云：「舊人唯有何戡在，更與殷勤唱〈渭城〉」。白居易〈對酒〉詩五首之一云：「相逢且莫推辭醉，聽唱〈陽關〉第四聲」。白居易自注云：「陽關第四聲，即『勸君更盡一杯酒』。」三疊究竟如何疊，自唐以後，從無定調。

　　1. 宋代蘇軾於其《東坡志林》略謂，有長者持古本〈陽關〉，其聲宛轉淒幽，不類向之所聞。第一句不疊，餘三句各疊一次，乃知唐人是如此疊唱。

　　2. 近人學者皮述民於其《王維探論》中，有各式疊唱法示例。

　　3. 邱師燮友知音獨具，略謂，依今日歌曲唱法，故意將末句疊唱數遍，加重其情意。而〈渭城曲〉詩意重在末句，將末句疊唱三

---

224 安西督護府遺址尚在，若干年前，筆者路經其地，得目睹實景，府城建在一狹長的山上，爲避風沙，採地下建築方式，地下二層，迴環宛轉，通行無阻，採光通風，似均有備。想當年，應屬很高檔的官署建築。

遍，故稱「陽關三疊」[225]。誠屬知音。此詩千古流傳，人人口誦心維，正以己感同身受，故能不朽。

本詩相關討論很多，最受世人關注的是所謂「陽關三疊」的唱法，向來仁智互見，未有定論。筆者此處試從世人甚少提到的部分略加解說。第一，「渭城」即秦時首都咸陽城，漢時改稱渭城，故地在今西安西北，時人送行之終點站。第二，陽關，故址在今敦煌西南。第三，唐貞觀年中平高昌，後置安西都護府於交河，在今新疆吐魯番西。就地理位置言，陽關已在中原外，安西更在陽關之外，在陽關可能已無故人，況且出陽關外自是更無故人了。第四，詩題稱「送元二使安西」，因元二出使任務所欲前往目的地是在更遠的安西，所以送行者關心的焦點在安西。也是本詩友情真摯的隱喻。

再者，中國自古對音樂即非常重視，西周（西元前十四世紀起）周天子朝廷和各諸侯邦國都設有專職的「樂師」，或稱「太師」，當時官師合一，「樂師」或「太師」職司音樂演奏、詠唱、創作、采集歌謠等公務，兼司音樂教學授徒的職責。孔子曾學樂於萇弘，學琴於師襄。王維可謂出生於音樂世家，其祖父王郎冑曾任隋代（581-618）的協律郎。王維自幼耳濡心會，音樂遂成為其重要才藝之一。開元九年（721）王維進士及第，知音識才的玄宗任命其為「大樂丞」，為樂師首領「大樂令」的副貳，職位相當顯赫。未料同年即因伶人舞黃獅子而觸犯聖怒，坐貶為濟州司庫參軍。此即王維音樂的負面際遇。以下略舉王維音樂負面際遇例詩一首：〈被出濟州〉。

> 微官易得罪，謫去濟州陰。執政方持法，明君無此心。
> 閭閻河潤上，井邑海雲深。縱有歸來日，多愁年鬢侵。[226]

---

225 邱燮友：《新譯唐詩三百首》，頁550-552。

226 清・趙殿成：《王摩詰全集箋注》，卷9，頁121。

這是王維被貶濟州後，委屈卻又宛轉無奈心情下寫的一首相當坦率的詩，遣辭用語有點「口號化」，不加掩飾，正展現出王維其人的本性。濟州，在今山東荏平西南，就唐代京師在長安言，可謂屬東岸沿海的偏遠地區；而司庫參軍又是地方上的雜役性工作，並非他原在中央的樂官專業職務。看他〈被出濟州〉詩首句即坦率抗顏地說：「微官易得罪」，正是直剖心臆的不平之鳴。因為他被謫並非罪有應得。他當時身分是「大樂令」的從屬，觸聖怒的罪過不應全由他承擔才對。此外，本詩詩題於《河嶽英靈集》、《全唐詩》均作〈初出濟州別城中故人〉，顯示本詩為辭別赴貶前作。

開元、天寶前期，唐玄宗是一位崇儒重賢的明君，他會作曲，會表演，還會教授樂工，深知音樂文化具有正人心、端民俗的治世功能，曾大肆建制擴張音樂設施，包括修定樂章與歌辭，強化太常寺典禮、增設教坊與梨園等；他識才，任王維為大樂丞，對王維本屬正向際遇，未料一年內即因黃獅子案坐貶濟州司庫參軍，反成了負面際遇。音樂為王維帶來負面際遇，但人生難測，音樂為王維掙得正面際遇的事例也不只一端。〈鬱輪袍〉事例即其一。據《太平廣記》略謂：王維年未弱冠，文章得名，性閑音律，妙能琵琶，遊歷權貴之間，尤為岐王所重。王維經岐王設計於某權貴公主盛宴前，演奏其自作之〈鬱輪袍〉歌曲，公主動容，又出其詩歌近作，公主大為歎賞，終獲該公主推薦，王維一試即中解頭[227]。歷來研究者對王維〈鬱輪袍〉事件的真偽，及王維人格修為有無影響及有何影響，多所爭議。筆者認為：一，故事本身可能有好事者故為加油添醋處，繪聲繪影，藉增讀者興趣。二，依唐代進士考試風氣，考生事前多以投卷之類的方式，求得有權位者的舉薦，以增加考取機會，已屬尋常，王維此

---

227 宋·李昉等編：《太平廣記》（北京：中華書局，1961年初版，1995年六刷），卷179，〈貢舉·王維〉，頁1331。

舉，亦屬常態，不足鄙夷。三，無論王維其人終身名節如何高雅，王維當年之所爲，亦無損於其爲善始善終的眞實儒者，高風亮節，永垂青史。

四、王維宗教信仰與宗教詩

大唐世紀仰承漢魏晉遺澤，而多所因革損益，在治國安民諸般設施方面，相對而言，較能採取多元、開放、寬容、接納的態度；特別是初唐開闊的「貞觀之治」，聖君賢相，相輔相成；良策遺範，既爲後世蓄集國力，更爲武周、玄宗立下治世利民榜樣；三教鼎立，各踞勝場，時有興衰起伏，信眾從其所好，詩人亦然。惟王維與眾不同，他對三教的信仰，每有更迭，頗難捉摸，其宗教詩亦恍惚難測。本節擬針對王維宗教信仰與宗教詩作探究，依序爲佛教、道教、儒家、跨教糾結。

（一）王維佛教信仰與佛教詩

自佛教傳入中國，中國詩歌與佛教思想，尤其是禪學之間，一直呈現相互影響、交匯、合流的關係，王維詩歌中的佛教思想以大乘佛法爲主，甚而有學者主張王維一生時而仕宦、時而歸隱的歷程正是反映出「禪宗入唐以後與士大夫結合後的早期典型。」[228]

---

228 蕭麗華：《唐代詩歌與禪學》（台北：東大圖書公司，1997年9月初版），頁90。

表18　王維佛教信仰與佛教詩一覽表（筆者概計）

信仰原委	重要教友交往事例	佛教詩	備註
王維母崔氏崇奉北宗禪，自706年起奉北宗大照禪師為師，其時王維未滿十歲，是其信佛之始。	王維與佛道詩友多人，如李白、李頎、孟浩然、裴迪等人交往頻繁，詩酒酬答事例，不勝枚舉。	〈飯覆釜山僧〉、〈謁璿上人（並序）〉、〈青龍寺曇壁上人兄院集并序〉、〈夏日過青龍寺謁操禪師〉、〈同崔興宗送瑗公〉、〈寄崇梵僧〉、〈過福禪師蘭若〉、〈燕子龕禪師〉、〈遊悟眞寺〉、〈遊感化寺〉、〈過香積寺〉、〈登辨覺寺〉、〈過盧員外宅看飯僧共題〉、〈留別山中溫古上人兄並示舍弟縉〉、〈投道一師蘭若宿〉、〈過乘如禪師蕭居士嵩邱蘭若〉、〈過感化寺曇興上人山院〉、〈黎拾遺昕裴迪見過秋夜對雨之作〉、〈冬晚對雪憶胡居士家〉、〈苑舍人能書梵字兼梵音皆曲盡其妙戲爲之贈〉、〈偶然作六首之三〉、〈苦熱〉、〈輞川集·宮槐陌〉、〈輞川集·鹿柴〉、〈山中寄諸弟妹〉、〈山中示弟等〉、〈嘆白髮〉、〈酬張少府〉、〈藍田山石門精舍二首〉、〈酬黎居士淅川作〉、〈胡居士臥病遺米因贈〉、〈與胡居士皆病寄此詩兼示學人二首〉、〈與蘇盧二員外期遊方丈寺而蘇不至因有是作〉。	相關資訊分別錄自宋代李昉等著《文苑英華》（北京：中華書局，1966年），陳鐵民《新譯王維詩文集》及清趙殿成《王摩詰全集箋注》等。

王維詩歌藝趣研究

參見前表得知，詩佛王維的佛教信仰，可謂自幼濡染，其來有自。後來又奉道煉丹服餌，企求長生久視，稱李頎服丹砂，「甚有好顏色」，屆時西王母會勝駕迎迓而來，頗見有仰慕意。此處一覽表概錄王維佛教詩三十首，茲選錄二首爲例詩，並加析論，藉概其餘。

其一，〈飯覆釜山僧〉

晚知清淨理，日與人群踈。將候遠山僧，先期掃弊廬。
果從雲峰裏，顧我蓬蒿居。藉草飯松屑，焚香看道書。
燃燈畫欲盡，鳴磬夜方初。一悟寂爲樂，此生閒有餘。
思歸何必深，身世猶空虛。[229]

覆釜山，山名，可能因形定名，以其山形彷彿覆釜（蓋著的鍋蓋），故名。但據清人趙殿成言，山名覆釜者，不止一處，究指何處，無可考。飯僧，施粥飯給僧人吃。王維居輞川時，亦常有此舉，此即佛家行善自有善報之意。

這是一首近體七言排律。排律重在聯聯對偶，本詩六聯十二句，有對偶精準者，如第四、五、六聯，辭彙平仄格律，皆流利雅致；但第二聯及結聯奇偶句尾字均用平聲，屬破格。大手筆不在意。這是一首純崇佛禮佛的例詩。被布施的佛僧和飯僧的施主，在此時此地，均純淨無瑕，施主與受僧，彼此似素不相識，亦素無愛憎。彼此精神上的聯結劑，只是一個「佛」字而已。值得激賞的是，施主神態心靈無比謙遜，既不以主人主體自居，反處處爲客設想，以客爲尊，連客僧居常生活言行都是他欣賞稱讚的對象，如「藉草飯松屑」（坐在草墊子上吃松花）、「鳴磬夜方初」（初更時分即按時擊磬誦經）。

---

229 清‧趙殿成：《王摩詰全集箋注》，卷3，頁30。

其二，〈遊化感寺〉

翡翠香煙合，琉璃寶地平。龍宮連棟宇，虎穴傍簷楹。

谷靜唯松響，山深無鳥聲。瓊峰當戶拆，金澗透林鳴。

郊路雲端迥，秦川雨外晴。鴈王銜果獻，鹿女踏花行。

抖擻辭貧里，歸依宿化城。繞籬生野蕨，空館發山櫻。

香飯青菰米，嘉蔬綠笋莖。誓陪清梵末，端坐學無生。[230]

「化感寺」或「感化寺」，又有「感配寺」等，一地異名。其寺址在何處，依嚴挺之（673-742，杜甫好友，嚴武之父，杜甫曾酒後失態，險遭嚴武殺害）所撰〈大智禪師碑銘〉中語[231]，其地當在京師附近的終南山。本詩詩佛王維寫景抒懷，記其遊化感寺所見所感。此處選錄，供作其佛教例詩之二。

本詩似屬一首近體五言排律，首聯起排，全詩十聯二十句，除結聯未排外，其餘九聯皆排，乃正體排律本色。本詩乃近體詩開疆闢土王維的傑作之一，試以下列幾項作析論的焦點：第一，本詩正如孔子所提示的，學詩既有興、觀、群、怨的好處，更可以「多識於鳥獸草木之名」。王維在本詩裡，除潛在的興、觀、群、怨外，他引用了多少鳥獸草木，無從精算，每句必有一至二種鳥獸草木。第二，他在遣詞用字方面靈活遷變，讓人眼花撩亂：例如應該有聲音的鳥，他反稱山深而聽不見鳥聲，單調的籬笆四周，卻以「生野蕨」頓令視覺為之一新；香飯、嘉蔬平淡的飯菜，也因為加上新鮮的青菰米和綠笋莖而增加了色（青、綠）、香、味，尤其「綠笋莖」點綴得妙。至於本詩的真旨趣，則在於乘遊化感寺的所見、所聞、所思、所想，他以主體客觀的立場，瞻望此一禮佛聖地，極目掃瞄，首先映入眼簾的是，

---

230 清·趙殿成：《王摩詰全集箋注》，卷12，頁178。

231 清·董誥等編：《全唐文》，卷280，〈嚴挺之·大智禪師碑銘並序〉，頁2842。

一大片簷牙錯落，光鮮亮麗的屋宇，望之令人歎畏；接下來是重山峻嶺下有淙淙潺潺的清泉穿山越嶺地低吟淺唱，宛轉流來又宛轉流去；更有雁王、鹿女獻果奉花之類的神秘傳說或想像，極盡禪悅佛慧，該有的都有了，不該有的也有了；而且細品全詩對動靜、聲色、明暗、遠近、高低、山水等都盡情照應周備，此亦本詩的獨特處之一。詩的結聯云：「誓陪清梵末，端坐學無生」既是他此行所見所感的最大收穫，也是他畢生禮佛的誓言或宣告。

（二）王維道教信仰與道教詩

表19　王維道教信仰與道教詩一覽表（筆者概計）

信仰原委	重要教友交往事例	道教詩	備註
王維道教信仰應始於青年時期，當時王維求宦京城，與貴族、名士交往密切，其時道教信仰蔚為風氣，尤其在玄宗以後，王維因此與道教人士熟捻，進而信仰道教。	王維曾與多位道士交往，也有數位信奉道教之詩友。詩中也見有以道教思想為喻者。 道士：焦道士、方道士、張道士、王道士等。 教友：李頎、李揖、李石、張諲、沈十四、呂逸人、尹諫議、晉公等。	〈贈東嶽焦鍊師〉、〈贈焦道士〉、〈贈李頎〉、〈送方尊師歸嵩山〉、〈送張道士歸山〉、〈送王尊師歸蜀中拜掃〉、〈李（石）處士山居〉、〈過李揖宅〉、〈沈十四拾遺新竹〉、〈過太乙觀賈生房〉、〈春日與裴迪過新昌里訪呂逸人不遇〉、〈戲贈張五弟諲三首〉、〈和尹諫議史館山池〉、〈遊李山人所居因題屋壁〉、〈輞川集·金屑泉〉、〈輞川集·椒園〉、〈奉和聖制幸玉眞公主山莊因題石壁十韻之作應制〉、〈奉和聖制慶玄元皇帝玉像之作應制〉、〈和僕射晉公扈從溫湯〉。	相關資訊錄自宋代李昉等：《文苑英華》（北京：中華書局，1966年），陳鐵民《新譯王維詩文集》及清趙殿成《王摩詰全集箋注》等。

參閱前表得知，王維的道教信仰顯與他所處的客觀大時空環境及他自己主觀因素，特別是他自己的生理時空所侷限，他的道教信仰如此，道教詩亦如此，他的實際活動空間，限於故居輞川、兩京、濟州、嶺南、蜀東（實際未入蜀），此即王維實際活動的「物理時空」範疇，這樣的時空範疇規模，當然無法與鎮日五湖四海、名山大河的浪漫詩人李白相比。他的宗教信仰與宗教詩，自亦有其獨特面貌與旨趣。他在贈好友李頎詩中，在在稱頌（也是羨慕）李頎修道服丹砂「甚有好顏色」，物以類聚，友以志合，前列表中有多位教友與道友，相引相合之下，王維於禮佛之餘，兼以崇道煉丹服餌，自不意外。表19蒐錄王維道教詩二十六首，茲選錄二首為例詩，並加析論，藉觀其餘。

其一，〈贈焦道士〉

> 海上遊三島，淮南遇八公。坐知千里外，跳向一壺中。
> 縮地朝珠闕，行天使玉童。飲人聊割酒，送客乍分風。
> 天老能行氣，吾師不養空。謝居徒雀躍，無可問鴻蒙。[232]

焦道士，即焦鍊師。此人是男是女，是人是神，是真有其人，或者可能當時包括李白在內的幾位詩人，閒來無事，相約作一次「造神」的「作文比賽」，於是各逞其如椽之筆各作詩一篇，共同塑造出這位道家奇人（神）「焦鍊師」、「焦煉師」或「焦道士」。參與本次活動者，詩佛王維本於佛道一家親的情懷，特別造作兩首，除本詩〈贈焦道士〉外，另有一首以「先生千歲餘」誇口破題的〈贈東嶽焦鍊師〉的近體五言排律，九聯十八句，合律合則。這兩首詩有一共相，即用了很多道言道語的典實，每需索解方能領會。談到誇大誇飾，當以

---

232 清・趙殿成：《王摩詰全集箋注》，卷11，頁163。

李白為最。李白筆下的焦鍊師，不但以十二聯二十四句的五排肆意揮灑，既以少見的詩內換韻方式全無束縛地揮灑成章，詩中神語仙蹤不一而足，最後竟稱：「願同西王母，下顧東方朔。紫書儻可傳，銘骨誓相學」而且還以一大段序文狀其聲勢，序文破口誇稱：「嵩丘有神人焦鍊師者，不知何許婦人也，又云生於齊梁時。」李白更以親身妝點其事說：「余訪道少室，盡登三十六峰，聞風有寄，灑翰遙贈。」[233]表示他相信確有其人，可惜他沒見到。李白、王維二人各說各話，李稱「婦人」、王稱「先生」，李稱「齊梁人」、王稱「千餘歲」。有一事頗奇異，參與此次「造神」活動者，尚有李頎、王昌齡、錢起等人，各有其詩敘事，錢起詩似不相干，惟獨王昌齡的詩值得推敲，沒人見到過焦鍊師，只有王昌齡說他見過，在〈謁焦鍊師〉一詩中：

中峰青苔壁，一點雲生時。豈意石堂裏，得逢焦鍊師。
爐香淨琴案，松影閒瑤墀。拜受長生藥，翩翻西海期。[234]

從本詩的背景看，很駁雜，大家各說各話，焦鍊師究竟有無其人？何時人？依李白的說法是「齊梁人」，齊高帝國祚二十四年（479-502），梁武帝國祚五十六年（502-558），西元558年至唐玄宗天寶元年（742），還不足二百年。這與王維所誇稱的千餘歲差太多了。王昌齡稱他曾親自見過焦鍊師，並曾「拜受長年藥」，王昌齡於開元十五年（727）進士及第，常情推斷，應是進士後見到焦的，但何以當時群賢人才滾滾，都無緣晤面，僅王昌齡有緣有幸？他所見的是人

---

233 瞿蛻園等校注：《李白集校注》，上冊，卷9，〈贈嵩山焦鍊師（並序）〉，頁655。

234 《全唐詩》，卷142，頁1440。

是神、是眞是假，詩中所言的「長年藥」是否眞實存在，若爲眞，何以王昌齡也只活到大約天寶十五年（756）？凡此駁駁雜雜，無非出自一位虛無飄杳的人（神）物（仙）焦鍊師身上而已。

　　本詩〈贈焦道士〉詩是一首六聯十二句格律公允的近體五排，聯聯平仄對偶精準，乃五言近體聖手王維的傑作之一。一韻到底。本詩〈贈焦道士〉句句用典，若不諳佛道文獻，並細加推敲理會，即很難串連體會。例如首聯「三島」、「八公」，都需稽查《神仙傳》之類的古文獻，乃能悉其原委。首聯起筆，稱頌焦道士乃神仙族類，遊過海上三山，加入八公行列。第二、三、四聯承筆，銜接起筆，落實稱頌焦道士能坐知天下事、能跳入壺中的仙界，能差遣天上玉女仙童，還能將酒杯分割爲二與人分飲，更能在送客時將江湖上的風分成方向不同的兩半。第五聯轉筆，我王維想效法你修道家的行氣之術，不必依賴養生的方法修煉自己。第五聯轉筆，我今向你致意求教，希望你能啓我朦朧。尾聯合筆。即使如此，我還是要向你致謝。這樣的心態，試看李白猶有過之：李白〈贈嵩山焦鍊師（並序）〉詩，結語云：「願同西王母，下顧東方朔。紫書儻可傳，銘骨誓相學」這是道徒「青蓮居士」的豪邁口吻。王昌齡說他曾見過焦鍊師，並曾獲贈「長生藥」。從李白的序文和詩來看，李白似乎也目睹過「其年貌可稱五六十」及「宛疑麻姑仙」的「婦人」，還想跟她學「紫書」。李頎是道教中人，曾煉丹服餌而有「好顏色」（王維〈贈李頎〉語），他的〈寄焦鍊師〉詩，有神趣仙味：

> 得道凡百歲，燒丹惟一身。悠悠孤峰頂，日見三花春。
> 白鶴翠微裡，黃精幽澗濱。始知世上客，不及山中人。
> 仙境若在夢，朝雲如可親。何由睹顏色，揮手謝風塵。[235]

---

[235] 《全唐詩》，卷132，頁1345。

王維詩歌藝趣研究

其二，〈送方尊師歸嵩山〉

> 仙官欲往九龍潭，旌節朱幡倚石龕。山壓天中半天上，
> 洞穿江底出江南。瀑布杉松常帶雨，夕陽蒼翠忽成嵐。
> 借問迎來雙白鶴，已曾衡嶽送蘇耽。[236]

這是一首多彩多姿多禪趣的道教例詩。尊師，對道士的尊稱。方尊師，無考，蓋隱居嵩山的道士。本詩即送方道士返回嵩山隱居的詩。嵩山，居五嶽之中，自古稱中嶽，在今河南登封縣北。山有三尖峰，中曰峻極，東曰太室，西曰少室。本詩崇道，詩中引用了多項文獻典實，藉以美化、神化、仙化本詩。例如「九龍潭」，在嵩山東峰太室山東巖之半，山巔諸水俱會於此，形成一峽，峽作九疊，遞相灌輸，瀑布如龍，故名。又如「蘇耽」、「雙白鶴」。蘇耽，古仙人，《太平廣記‧洞仙傳》略謂，蘇耽為古之仙人，少孤，養母至孝，其後辭母曰：兒受命為仙，未能持續養母，並涕泣曰：年將大疫，死者將半，穿一井飲水可無恙。果如所言。嗣後，天之西北隅，紫雲間有數十白鶴降於蘇耽門，皆化為少年，蘇乃跪辭其母，聳身入雲而去云云[237]。

這是一首近體七律，四聯八句，除第三句平仄拗外，餘均中規中矩。最堪激賞的是頷頸二聯，彷彿故弄文辭玄虛，雅言巧對，倏然天成。世稱王維功在近體詩格律化，於此可見一斑。本詩除第三句平仄拗，不無小疵外，堪稱擲地有聲的近體七律佳構。尤以頸聯情景俱佳。最為難得，好一個「瀑布杉松常帶雨」的山中習見的景象，常人習而不知不覺，唯獨視聽禪悅敏銳的王維，能瞬息之間，捕得住、

236 清‧趙殿成：《王摩詰全集箋注》，卷10，頁149。
237 《太平廣記》，卷13，〈神仙‧蘇仙公〉，頁92。

捉得準，並道得出。好一個「夕陽蒼翠忽成嵐」，這又是何等幻化嬌美的景象，是夕陽餘暉下閃現的一抹彩虹嗎？上一句「常帶雨」以「常」為奇為美；下一句的「忽成嵐」的「忽」字以「忽」為奇為美。這兩個尋常字，讓手腳心覺敏銳的大手筆王維唾手取來，運用得如有神助，最令人歎服。而他這首詩的主旨是送隱友還隱地，詩筆揮灑下，一是稱頌隱地景色美好，二是稱頌隱友志行高潔而選隱此地，三是言外之意，自己也心嚮往之：不啻一魚三吃，且道道色、香、味、營養俱佳。這就是它被選來作王維道教例詩之二的緣故。

（三）王維儒家信仰與儒家詩

表20　王維儒家信仰與儒家詩一覽表（筆者概計）

信仰原委	重要教友交往事例	儒家詩	備註
王維出身官宦世家，因父早逝，身為家中長子，青年時期積極仕進，有許多鼓吹濟世安邦、建功立業之詩作。然其於仕途受到三次重大挫折，中年以後詩作內容逐漸偏向隱逸避世。	王維數十年仕宦生涯，官場友人甚多，常見於王維送別之作。另王維亦重兄弟友愛之情，有多首描寫王維兄弟、堂兄弟、好友之間情誼之詩。王維在獻給張九齡的詩中，不僅表達自己有出仕之才能，也讚揚、認同張九齡的政治理念與施政。 政壇友人：張九齡、李暄陽、盧藏用、韋陟、殷遙、崔興宗、房琯、綦毋潛、苗太守、元中丞。	〈少年行四首〉、〈李陵詠〉、〈從軍行〉、〈平戎辭〉、〈塞上曲之二〉、〈老將行〉、〈燕支行〉、〈上張令公〉、〈獻始興公〉、〈寄荊州張丞相〉、〈瓜園詩〉、〈林園即事寄舍弟紞〉、〈贈從弟司庫員外絿〉、〈送從弟蕃遊淮南〉、〈送高道（適）弟耽歸臨淮作〉、〈送孟六歸襄陽〉、〈別弟縉後登青龍寺望藍田山〉、〈九月九日憶山東兄弟〉、〈山中寄諸弟妹〉、〈山中示弟〉、〈別弟縉後登青龍寺望藍田山〉、〈不遇詠〉、〈觀別者〉、〈送友人歸山歌二首之一〉、〈和尹諫議史館山池〉、	另可參照〈謝除太子中允表〉一文，有相關資訊分別錄自宋代李昉等著《文苑英華》（北京：中華書局，1966年），陳鐵民《新譯王維詩文集》及清趙殿成《王摩詰全集箋注》等。

信仰原委	重要教友交往事例	儒家詩	備註
		〈送陸員外〉、〈送李睢陽〉、〈送縉雲苗太守〉、〈送李判官赴江東〉、〈送元中丞轉運江淮〉、〈送孫二〉、〈送趙都督赴代州得青字〉、〈別綦毋潛〉、〈送鄭五赴任新都序〉、〈既蒙宥罪旋復拜官伏感聖恩竊書鄙意兼奉簡新除使君等諸公〉、〈同盧拾遺過韋給事東山別業二十韻，給事首春休沐維已陪游及乎是行亦預聞命會無車馬不果斯諾〉、〈同比部楊員外十五夜游有懷靜者季〉、〈同崔員外秋宵寓直〉、〈贈房盧氏琯〉、〈至滑州隔河望黎陽憶丁三寓〉、〈哭殷遙〉、〈酬嚴少尹〉、〈和賈舍人早朝大明宮之作〉、〈早朝〉、〈太平樂二首〉、〈冬日遊覽〉、〈被出濟州〉、〈濟上四賢詠三首〉、〈偶然作六首之五〉、〈寓言二首〉。	

從前面一覽表所呈現的種種資訊即可發現，在大唐天下的大時空環境下，三教鼎立。加上隨時多變的政治因素，三教時有興衰起伏，也是常態或自然現象，一般仕子或所謂的讀書人，多受傳統世風影響，出仕是為社稷蒼生及揚名顯親，李白〈代壽山答孟少府移文書〉最足以

代表。王維出身官宦世家，雖立身三教，但仕進期間，多有鼓舞濟世安邦，建功立業的詩作，此即儒家基本人生態度，故王維是徹始徹終的儒者。儒家有一整套人生哲學或修爲目標，即《大學》中的三綱：明德、親民、止於至善，及具體實踐的進階八目：格物、致知、誠意、正心、修身、齊家、治國、平天下[238]。王維的儒家信仰，即體現在他的人生態度和詩歌作品中。以下就修己、利群、齊家、安邦四部份略加探究王維儒家信仰態度，並選錄相關詩作以爲例詩，分別析論如次。

其一，就修己言。

修己修身，乃儒家再三強調的基本功夫，故云：「自天子以至庶人，壹是皆以修身爲本。」[239]（《大學章句》）請看純儒的王維，如何送落第的高道弟耽歸鄉，爲其鳴不平，其實正是他藉題發揮，稱述自己一向崇儒的所作所爲，如〈送高道（適）弟耽歸臨淮作〉詩云：

> 深明戴家（大小戴）《禮》（《禮記》），頗學毛公（大小毛公）《詩》（《詩經》）。
> 備知經濟道，高臥陶唐時（唐堯盛世）。[240]

高道耽，無考。落第還鄉，王維殷勤勸慰送之，並爲其鳴不平。實亦自怨自艾。節錄全詩一部分，識者一望即知，他所明的《戴禮》、《毛詩》，全是儒家經典，未見道、墨、名、法，何故？王維藉以彰顯其儒家信仰，最高的仰望的是：「備知經濟道」（以富國利民），

238 宋・朱熹著，陳俊民校編：《朱子文集》（台北：德富文教基金會出版，2000年），卷15，〈經筵講義〉，頁474-498。

239 宋・朱熹：《四書章句集注・大學章句》（北京：中華書局，1983年，2003年七刷），頁4。

240 清・趙殿成：《王摩詰全集箋注》，卷4，頁41。

「高臥陶唐時」（垂拱而治）。

其二，就利群言。

儒家時時刻刻以「群」為意，體認「群」的存在與價值，重視「群」的經營與導正，相關言論不可勝計。例如：孔子的「人之過也，各於其黨。觀過，斯知仁矣。」[241]（《論語・里仁》）；孟子的仁義禮智「四端」說[242]（《孟子・公孫丑上》）以及荀子「蓬生麻中，不扶而直；白沙在涅，與之俱黑。」[243]（〈勸學篇〉）的「習染」說；韓愈甚至指墨子「摩頂放踵」的「泛愛」為「無父無君」。儒家基於人本、人性思想，看重的是積極、符合親疏遠近有別的「博愛」及出仕任重道遠的利群，對於若王維之類的動輒隱居的行徑並不苟同。

利群善群，立己立人，乃至先憂後樂，亦儒家諄諄教人的明訓。儒者出仕從政，首重利群善群，推己及人。子貢曰：「我不欲人之加諸我也，吾亦欲無加諸人。」[244]此即儒家的人本精神，隨時隨地，「動為蒼生謀」。如〈獻始興公〉云：「側聞大君子，安問黨與讎？所不賣公器，動為蒼生謀。賤子跪自陳，可為帳下不？感激有公議，曲私非所求。」[245]始興公，即張九齡，為盛唐賢相之一，「動為蒼

---

[241] 《論語》，卷4，〈里仁〉，頁37。

[242] 孟子以仁義禮智四端，乃性善的證明，更以今人乍見孺子將入井，皆有惻隱搶救之心，是仁心的表現，證明人性是善的。其實孟子所見的是「某」，今人所表現的仁心，是經過「社會化」。亦即荀子所說的「偽」，即廣義的教育後所形成、並非人性使然。試想，一位未見過井、未見過孺子落井之類的悲慘，猶如野獸般的人，全無人類社會經驗者，見了孺子將入於井，他會油然而生惻隱搶救的仁心義舉嗎？見《孟子》（台北：藝文印書館，2011年12月初版16刷），卷3，〈公孫丑〉，頁66。

[243] 李滌生：《荀子》（台北：台灣學生書局，1979年初版，1988年5刷），〈勸學篇〉，頁4。

[244] 同注241，卷5，〈公冶長〉，頁43。

[245] 清・趙殿成：《王摩詰全集箋注》，卷5，頁67。

生謀」最足以代表儒者從政的一貫態度和使命感。正因為此，王維乃以志同道合的緣故，一再向當時有用人大權的張九齡求汲引，期使自己同樣「動為蒼生謀」的儒者理想，有攜手共進，逐步實現的機會。本詩的獨特處，第一，不卑不亢是基本態度。向人祈求，最忌阿諛諂媚，大肆吹捧對方。本詩僅以「側聞大君子」以下四句稱頌對方，而且用「側聞」作虛擬之辭：第二，求職亦須推薦自己的才能和優點，卻須恰到好處，本詩作者一面表明自己有「任智」、「守仁」的優點，但任智以誠，是自己的長處，卻也是自己的短處，言詞坦率。第三，直接表明此番是意向始興公求一席之地，但當知我絕非為了私利私慾。如此委婉陳辭，正是純儒的詩人王維本性本色的展現。

其三，就齊家言。

先秦的「家」是邦國之內的政揆，邦國興亡之權勢在「家」。宗周之末，韓、趙、魏三「家」分晉，即是其例。秦漢之後實行郡縣制，先秦的「家」不復存在。此後儒家經典如《大學·八目》中的齊家，乃是父子夫婦相聚而成的「家」。這樣的「家」全賴家的成員父慈、子孝、兄友、弟恭、夫婦和睦的倫常秩序來締造與延續。王維的親情詩文很多，最著名的是〈九月九日憶山東兄弟〉，其他如：〈山中示弟〉、〈山中寄諸弟妹〉、〈林園即事寄舍弟紞〉、〈別弟縉後登青龍寺望藍田山〉等。此乃象徵王維兄弟妹等，手足情深，時刻都在相互掛念中。茲選錄〈偶然作〉五首之三為例詩，藉觀王維手足之情，並作賞讀析論，以概其餘。

> 日夕見太行，沉吟未能去。問君何以然，世網嬰我故。
> 小妹日成長，兄弟未有娶。家貧祿既薄，儲蓄非有素。
> 幾回欲奮飛，踟躕復相顧。孫登長嘯臺，松竹有遺處。
> 相去詎幾許，故人在中路。愛染日已薄，禪寂日已固。

忽乎吾將行，寧俟歲云暮？[246]

本詩爲王維〈偶然作〉五首之三[247]，此五首應作於玄宗開元十五年
（727），作者被除濟州期滿，離開濟州，暫居淇上時作。淇上，淇
水，今河南淇河，距太行山與孫登長嘯臺甚近。本詩即作於此時此
地。其時王維年僅二十七歲，任微官，貧無積蓄，詩中坦然傾訴。

　　本詩屬五古，有以下幾項特徵：第一，遣辭用語很通俗，幾乎像
白話詩，但卻不俗氣。第二，詩的首句朗聲高呼：「日夕見太行」，
具豪邁氣勢。第二句以下，全詩只見細瑣家務事，毫不造作，令人
如見其人，如聞其聲，非常親切感人。第三，詩中躊躇反覆，將心
中的矛盾傾瀉殆盡，但最終還是迫不得已：「忽乎吾將行，寧俟歲云
暮？」第四，這是一首有關「齊家」的詩，當年二十七歲的他，乃一
家之主，妹未嫁，弟未娶，官微俸薄，自己還得離去。本詩極其意到
筆隨，不假矯飾的由衷之作。它之得以歷久如新，正是它的美點與價
值。

　　其四，就安邦言。

　　中華大國，地廣民富，經常是周邊鄰邦掠奪侵凌的對象，鄰邦
多屬文化落後的異族，史稱東夷、西戎、南蠻、北狄。古來我泱泱大
邦，對外策略通常採取寬容態度，以羈縻、懷柔、和親、扶植、濟助
等方式與其交往相處。儒家的崇高理想是「世界大同」：國內「外戶
不閉」，國際「講信修睦」。但，盛唐古文家李華（715？-766）在
其名篇〈弔古戰場文〉中，已慨乎言之：「古稱戎、夏，不抗王師。

246　清・趙殿成：《王摩詰全集箋注》，卷5，頁57。

247　〈偶然作〉原爲六首，經詩評家檢視，其六「老來懶賦詩」乃維晚年作，故排
　　除，保留五首。

文教失宣，武臣用奇。奇兵有異於仁義，王道迂闊而莫爲。」[248]作爲中國傳統核心政治思想支柱的儒家重理想，輕實踐，儒家的理想就是重和平，厭戰爭。試以王維〈送陸員外〉爲「安邦」的例詩，並作研讀析論如次。

> 郎署有伊人，居然古人風。天子顧河北，詔書隸征東。
> 拜手辭上官，緩步出南宮。九河平原外，七國薊門中。
> 陰風悲枯桑，古塞多飛蓬。萬里不見虜，蕭條胡地空。
> 無爲費中國，更欲邀奇功。遲遲前相送，握手嗟異同。
> 行當封侯歸，肯訪南山翁。[249]

陸姓員外，無考。員外，即員外郎。唐尚書省下轄吏部、戶部、禮部、兵部、刑部、工部等六部，六部各轄四司，共爲二十四司。各司管理以員外爲正，員外郎一至二人爲副，佐理司務。本詩約作於王維隱居終南山期間。天子令陸員外去顧河北及征東，地當東北的幽州、薊州，所統轄的地區至爲廣闊，以本詩第三句所稱的「河北」言，河北道，開元十五道之一，治所在魏州（今河北大名東北），轄區約含今北京市、河北省、遼寧省大部、河南、山東古黃河以北地區。本詩第四句「征東」一辭，涉及更廣，見後析論。選錄本詩爲王維「安邦」的例詩，研讀析論發現，儒家安邦重和平，尚敦睦邦誼，主推己及人。

　　本詩屬七古，全詩九聯十八句，除三、四、五聯對偶合律外，餘皆亦散亦拗，渾然如山泉宛轉，不計方位，大手筆放蕩無羈。本詩

---

[248] 清・董誥等編：《全唐文》（北京：中華書局，1987年初版），卷321，〈李華・弔古戰場文〉，頁3256。

[249] 清・趙殿成：《王摩詰全集箋注》，卷3，頁35。

爲詩人王維送友人陸員外赴東北邊地作，亦不妨視同邊塞詩。詩人王維於此詩結語云：「征西舊旌節，從此向河源」蓋不禁慨然言之，此後大唐西北邊患難免矣。可見儒者「安邦」之道，在此（和）不在彼（戰）。以〈送陸員外〉爲「安邦」的例詩，陸員外要去的地方是大唐東北地區，即幽州、薊州，去的緣由是天子要他去顧河北兼安東。詩的九、十句寫邊區的景色，陰風、古塞，一片淒涼；爲下一聯「萬里不見虜，蕭條胡地空」布局。十三、十四句是詩人王維「安邦」的核心主張，而問題卻正因爲尚武的武夫，念茲在茲地「邀奇功」。畫龍點睛的「詩眼」即在此。只此一語，詩人王維的「安邦」大計，無待辭廢矣。

（四）王維跨宗教信仰與例詩

表21　王維跨宗教信仰與宗教詩一覽表（筆者概計）

信仰分類	重要教友交往事例	宗教詩
王維的儒道信仰	王維的儒家思想中常參雜一些道教信仰成分，尤其表現在他與官場友人交往的詩。	〈送友人歸山歌〉二首之一、〈林園即事寄舍弟紞〉、〈送從弟蕃游淮南〉、〈同比部楊員外十五夜游有懷靜者季〉、〈和尹諫議史館山池〉、〈敕借岐王九成宮避暑應教〉、〈和賈舍人早朝大明宮之作〉、〈和僕射晉公扈從溫湯〉、〈哭祖六自虛〉、〈疑夢〉。
王維的佛道信仰	王維與佛教僧人往來詩句中，常以道教爲對照。	〈酬黎居士淅川作〉、〈送韋大夫東京留守〉、〈燕子龕禪師〉、〈過福禪師蘭若〉、〈春日上方即事〉、〈秋夜獨坐〉、〈黎拾遺昕裴迪見過秋夜對雨之作〉。
王維的儒佛信仰		〈偶然作〉六首之三、〈哭殷遙〉、〈苑舍人能書梵字兼梵音皆曲盡其妙戲爲之贈〉、〈輞川別業〉。

世稱王維立身三教，但仍以崇佛禮佛爲主，其詩作與人際交往，亦以與佛相關者爲多。前陳一覽表可供鑑證。但他並非篤信佛教者，他既是忠實的儒者，也是道教的嚮往者，甚至是煉丹服餌以身實踐者。他並不執著迷信。他對道友李頎服丹砂有成，甚爲讚賞，故云：「聞君餌丹砂，甚有好顏色。不知從今去，幾時生羽翼？」[250]

依前面這張一覽表可見，王維世稱詩佛，但他卻與儒、道關係密切，以下試略窺道士王維崇道慕仙的生涯點滴，佐證他對道教的夢寐與徵逐。王維生活在道教鼎盛的盛唐大時空下，一如其他士子庶眾，相率修道夢仙成風，勢所難免。尤其唐玄宗曾捏造許多老子神話，及煉丹食餌，可達成仙長生之類的囈語，王維有時亦不得不隨聲代爲張揚，例如他的〈賀神兵助取石堡城表〉、〈賀古樂器表〉，維言不由衷，但也成了王維夢道的標籤。而王維自己有時也大言不慚地在〈贈東嶽焦煉師〉詩中云：「先生千歲餘，五嶽遍曾居」。王維自己也曾與道友賈生有過學道求仙的經歷。他的〈過太乙觀賈生房〉可證。詩云：

昔余棲遯日，之子煙霞鄰。共攜松葉酒，俱簑竹皮巾。
攀林遍雲洞，採藥無冬春。謬以道門子，徵爲驂御臣。
常恐丹液就，先我紫陽賓。天促萬塗盡，哀傷百慮新。
蹟峻不容俗，才多反累眞。泣對雙泉水，還山無主人。[251]

陳鐵民認爲王維曾與賈生一起隱居學道，常與佛道人士往還[252]。道教有其參修的章法，而以成仙、長生爲誘導，途徑包括煉丹、食餌、靜

[250] 清‧趙殿成：《王摩詰全集箋注》，卷2，頁17。
[251] 同上注，卷15，頁209。
[252] 錢鍾書：《談藝錄》，上冊，頁159。

坐、辟穀等。從本詩約見，有些途徑似乎王、賈二人當年曾體驗實踐過，如煉丹、服餌、辟穀之類，且有爭先恐後的心態。其後似乎在未見靈驗下，終於放棄，旋又轉身崇佛，故云：「獨坐悲雙鬢，空堂欲二更。雨中山果落，燈下草蟲鳴。白髮終難變，黃金不可成。欲知除老病，惟有學無生。」（王維〈秋夜獨坐〉）下雨山果自落，年老黑髮自白，皆自然現象，佛云無生即無死，無死即無生。王、賈二道友知之乎？凡此皆可視為王維跨宗教信仰內心的矛盾。

其二，〈哭褚司馬〉

妄識皆心累，浮生定死媒。誰言老龍吉，未免伯牛災。
故有求仙藥，仍餘遁俗杯。山川秋樹苦，窗戶夜泉哀。
尚憶青驄去，寧知白馬來。漢臣修史記，莫蔽褚生才。[253]

這是一首王維悼念道友褚司馬的跨宗教信仰的例詩。司馬，官名。褚司馬，無考。析頌全詩，六聯十二句，形似五言排律。第三句平仄拗。王維崇佛，本詩起句「妄識皆心累」，即是弔者王維所崇奉的佛教語昭示。以下稱頌亡友褚司馬者，多屬道教用語，佛、道相斥相非，亦相利相親，此處可見。此處引孔門伯牛哭，對道家莊生的老龍吉，很自然地，彰顯非僅佛、道可以相利相親，連儒、道亦可相許相稱。最後還將曾經闡釋「六家要旨」的文史大家司馬遷（145B.C.-86B.C.）也請出來，請他不要掩蔽了亡者褚司馬的高才。跨宗教信仰的哀悼詩，情真、意善、辭美。本詩首聯第一句指出，世俗的虛妄認識都是心靈的負擔（此是「佛言」），第二句指出，虛浮搖擺的生命就是死亡的媒介（此是「道語」）。這樣的一來一往，褒貶互見，正是本詩旨趣的特徵。試品味以下各聯，每多如此。這也就是跨宗教信

---

253 清・趙殿成：《王摩詰全集箋注》，卷12，頁183。

仰的人生理念與心靈症候。

其三，〈林園即事寄舍弟紞〉

寓目一蕭散，銷憂冀俄頃。青草肅澄陂，白雲移翠嶺。
後浦通河渭，前山包鄢郢。松含風裡聲，花對池中影。
地多齊后瘧，人帶荊州癭。徒思赤筆書，詎有丹砂井。
心悲常欲絕，髮亂不能整。青簞日何長，閒門晝方靜。
頹思茅簷下，彌傷好風景。[254]

這是詩佛王維跨佛、道、儒的例詩，是耐人省思、風韻獨特的妙詩，
獨特處是它與釋、道、儒都若即若離，而原來的宗教信仰則退居第二
線。詩題中的「舍弟紞」是王維的最小弟弟。筆者疑此詩是王維心神
不安的狀況下，將他自己此刻在林園這個地方所見、所聞、所思告訴
小弟。全詩九聯十八句，近體五排形，偶有拗句，似無核心題旨，乃
王維興會之作。首聯起筆，縱目外景蕭條，引發內心憂鬱無從消思。
二、三、四聯，前後上下外景雖有可觀，不過似鏡花水月與我無關。
五聯儒者心態，人悲己悲。六聯佛、道傳聞（「赤筆書」佛，「丹
砂井」道）令人感傷。七聯我心哀痛，形骸憔悴。八聯日長不安，閉
門乃靜。九聯頹然孤立屋簷下，反覺四下風景優美，令人神傷。這首
詩是出自詩佛王維手中，令人甚難理解其真實旨趣。尤其它又與儒、
釋、道都有所牽連。而赤筆書、丹砂井無非佛道人士宣教故事而已，
本詩如須有個結語，那該是超越生死，回歸佛途之福慧雙修，乃可到
達無生無死之佛國西天聖境。

本章列述王維之生平個性、藝術才能及時空背景，包含盛唐政治
社會、邊事邦誼、文化與宗教、中國樂教詩教與王維宗教信仰等項，

---

254 清·趙殿成：《王摩詰全集箋注》，卷2，頁15。

對儒家與儒教、道家與道教有較簡明的區分，對儒家與道教的興衰背景及過程，亦有較平實的敘述。凡此種種，無不與大時空環境及政治好惡取向攸關。亦無不與詩人王維一生的生涯及詩歌藝術創作攸關。

第三章
王維詩歌意象暨藝趣

　　在相對豐美壯闊的盛唐大時空環境下，成就了空前絕後的「文必秦漢、詩必盛唐」的光輝史頁。李、王、杜三大詩人之一的王維，高居自然詩派或山水田園詩派的領航者。論現存詩歌數量，他不及李白、杜甫；論奔放豪邁，他不及李白；論格律及社稷蒼生之思，他亦不及杜甫。但王維畢竟就是王維，他的詩歌藝趣亦畢竟有其獨特之處。所謂「尺有所短，寸有所長」[1]，例如王維詩歌數量遠不及杜甫[2]；就詩歌作品整體而論，王維尤擅長五律、五絕，五律多達一百零三首，五絕五十首，且題材風格多樣，獨步一時。清人趙殿成轉引《史鑑類編》云：「王維之作，如上林春曉，芳樹微烘，百囀流鶯，宮商迭奏，黃山紫塞，漢館秦宮，芊綿偉麗於氤氳杳渺之間，眞所謂有聲畫也。非妙於丹青者，其孰能之？矧乃辭情閒暢，音調雅馴，至今人師之誦之，爲楷式焉。」[3]本章將試就王維詩歌意象與藝趣的若干面貌作隅窺。

1　宋・洪興祖：《楚辭補注》（台北：大安出版社，2011年8月一版六刷），頁273。
2　世稱七律聖手的杜甫有七律一百六十首，但作於至德二年（757）以前者僅七首；同一時期的王維，七律多達十九首，當時七律尚在初起階段，可見王維對律詩特別是七律的創作有開疆闢土作用。
3　轉引《史鑑類編》中對王維詩之評價。參看清・趙殿成箋注：《王右丞集箋注》，頁388。

◎第一節◎ 詩歌意象

在傳統詩歌中「許多特定的物象經常在詩句中出現，這些物象以其本身具體的形態在詩中呈現客觀之物的意義，但除此之外，往往還蘊藏著客觀之物以外的，出自作者之主觀性感情色彩，而充滿了豐富的暗示意味。」[4]詩歌的意象是研究詩歌的特有角度，「意」為創作者的主觀情感或意見的表達，「象」則為客觀景觀、事物、關係之描述，「究其實，意象就是文字繪的圖畫，它是浮現在我們心中的具體事物，而意象與意象之間的對比或組合，便能表達我們抽象的情思概念」[5]，因此詩歌意象專指詩人表達思想、抒發情感的「意中之象，融入詩人情思的形象」，又可以細分為象徵性、比喻性、描述性與感通性等類別[6]。以下從王維詩歌中各種描述性意象角度略作分析。

一、音樂意象

詩歌樂舞，自來即聯袂展現於人間，中國詩歌總集《詩經》即詩歌樂舞同源的古文獻之一。出土於河姆渡的新石器時代的陶塤及骨哨，可追溯中國音樂萌芽於七千年前，並可推知遠古的音樂文化即具有歌、舞、樂相結合的特徵[7]。王維出身官宦世家，家學淵源，在年少時與其弟縉即以詩文聞名於世，在投卷期間見到他嶄露琵琶樂器方面的才華，並於進士及第後首任大樂丞，足見其身懷音樂歌舞琵琶等

---

4 劉漢初：〈鞦韆與屏風：唐宋詩歌意象探論〉，《台北教育大學語文集刊》第22期（2012年7月），頁91-117，引文見頁95。

5 王萬象：〈余寶琳的中西詩學意象論〉，《台北大學中文學報》第4期（2008年3月），頁53-102，引文見頁59。

6 張榮菊：〈試論詩歌鑑賞中的意象與意境〉，《平原大學學報》第22卷第5期（2005年10月），頁61-63。

7 黃淑薇等編：《音樂》（台北：泰宇出版公司，民國104年6月初版二刷），頁1。

才藝；他的詩歌隨時展露優美的音樂意象，尤其在其山水田園詩領域內。陳鐵民稱王維是盛唐山水田園詩派的代表人物，而中國自然山水詩的發生約早於西方一千三百年[8]。在如此豐裕的背景下，王維詩歌的音樂意象與歌舞情趣，自是所在多有且美不勝收。

詩論家許總稱：王維熟精繪畫、書法、音樂、聲律、舞蹈等多種技藝，特別是音樂表現對詩境中富含的音聲特徵，構成王維詩歌的特殊意境[9]。

（一）音樂辭彙

王維對音樂聲響似亦情有獨鍾，在其四百二十三首詩歌中，運用與音樂聲響有關的辭彙者共一百五十六首，其中一詩有二種以上聲響辭彙出現者未另計。王維善於捕捉與自己審美追求相契合的景物形象，詩中多通過夕陽、明月、遠村、空山、深林、清泉、白雲、孤煙等景物，渲染出靜美之境[10]。在表現音樂聲響意象方面，他常藉動物之鳥、蟬、猿、犬、雞、浣女、漁人等，非動物之簫、翼、澗、風、雨、樹木、山林、鐘、磬、笳、泉等，將人物之情感、動作，或是景物之景致、色彩與各式各樣的音響巧妙交織，來表現他的音樂意象。很多樂音是在不同時空下悠然出現。（參見附錄六）

王維運用其靈敏細緻的觸覺、視覺、意覺，捕捉人世間乃至心理

8　陳鐵民：《新譯王維詩文集》（台北：三民書局，2009年11月初版一刷），頁34及頁37。

9　許總：《唐詩體派論・王維的詩境及其音樂繪畫之美》（台北：文津出版社，民國83年10月初版），頁324-355。

10　見陳鐵民：《新譯王維詩文集》，頁30；萬久玲：〈論王維山水詩中的動靜美〉，《鄭州大學學報（哲學社會科學版）》第41卷第4期（2008年7月），頁119-120。萬久玲進一步將王維山水詩中所描寫的「靜」分爲「無聲之靜與靜態之靜」與「有我之靜與無我之靜」，遠引佛教義理加以闡釋，可作爲解讀王維山水田園詩作內涵之參考。

時空的各種音響，化為具體的文字，隨興納入其詩歌中，信手揮灑的表達方式，多彩多姿，隨機變化，雖然必經其天才碩學運思而成，卻似質樸自然形同天籟。此即錢鍾書所謂「得心應手、得手應心」的大家[11]。

（二）人間樂音

　　王維擅長描繪人世間流動性的音樂之美，透過其詩歌中的人、事、物及詩歌中的遣辭用字抑揚頓挫，抒發其胸襟情感，亦藉此使他人的情感獲得自我感染宣洩。例如傳誦古今的〈送元二使安西〉[12] 一詩頗符合邱師燮友所稱的四度空間黃金比例的文學結構，即重點落在結句「西出陽關無故人」[13]，故三疊應落在最後一句。

　　王維詩歌中的描述人間樂音之詩句頗多，如人的談話聲、彈奏樂器聲、鳥鳴泉澗等種種音響，交織成一幅幅千變萬化又生動活潑的人間景象。以下略舉數例：

表22　王維詩歌中人間樂音統計表

例詩編號	詩作例證	音響類型	出處
1	空山不見人，但聞人語響。[14]	人聲	〈鹿柴〉
2	獨坐幽篁裏，彈琴復長嘯。[15]	琴聲	〈竹里館〉
3	松風吹解帶，山月照彈琴。[16]	風聲、琴聲	〈酬張少府〉

---

[11] 錢鍾書：《談藝錄》（上海：開明書店，民國37年6月初版），頁248-249。

[12] 清・趙殿成：《王摩詰全集箋注》（台北：世界書局，1996年6月初版六刷），卷14，頁205。

[13] 邱燮友：〈穿越時空進入四度空間的文學〉，《中國語文月刊》第692期（2010年12月），頁8-14。

[14] 清・趙殿成：《王摩詰全集箋注》，卷13，頁190。

[15] 同上注，卷13，頁194。

[16] 同上注，卷7，頁94。

例詩編號	詩作例證	音響類型	出處
4	揚州時有下江兵，蘭陵鎮前吹笛聲。 夜火人歸富春郭，秋風鶴唳石頭城。[17]	笛聲、鳥鳴	〈同崔傅答賢弟〉
5	屋上春鳩鳴，村邊杏花白。 持斧伐遠揚，荷鋤覘泉脈。[18]	鳥鳴	〈春中田園作〉
6	颯颯秋雨中，淺淺石溜瀉。 跳波自相濺，白鷺驚復下。[19]	風聲	〈欒家瀨〉
7	古木無人徑，深山何處鐘。[20]	鐘聲	〈過香積寺〉

　　王維透過人世間尋常的人、事、物之躍動，化為清新流暢的樂音，類似的詩歌頗多，未便枚舉。

（三）自然樂音

　　詩佛王維是山水田園詩派或自然詩派的領航者，他在大自然的百般生態中，體察到宇宙間生命的靜謐與活力，建構成字字珠璣的自然樂音。王維詩歌中的自然樂音，多以動靜、明暗等對比手法烘托出自然界生機勃勃又色彩鮮明的自然樂音，略舉數例如下：

---

17 清‧趙殿成：《王摩詰全集箋注》，卷6，頁80。

18 同上注，卷3，頁30。

19 同上注，卷13，頁193。

20 同上注，卷7，頁102。

表23　王維詩歌中自然樂音統計表

例詩編號	詩作例證	類型	出處
1	人閒桂花落，夜靜春山空。 月出驚山鳥，時鳴春澗中。21	鳥鳴、水聲	〈鳥鳴澗〉
2	桃紅復含宿雨，柳綠更帶春煙。 花落家僮未掃，鶯啼山客猶眠。22	鳥鳴	〈田園樂〉
3	竹喧歸浣女，蓮動下漁舟。23	竹動聲	〈山居秋暝〉
4	南山之瀑水兮，激石滈瀑似雷驚，人相對兮不聞語聲。24	瀑布聲	〈白黿渦〉
5	入春解作千般語，拂曙能先百鳥啼。 萬戶千門應覺曉，建章何必聽鳴雞。25	鳥鳴	〈聽百舌鳥〉

　　諸如〈鳥鳴澗〉中以「桂花落」之無聲動態映襯出山中月夜的空寂之景，並以「山鳥」之鳴叫聲映襯出春天來臨的熱鬧氣氛。在王維詩中，人間樂音、自然樂音，無時無地無之；共鳴切響，即成天籟。天籟是什麼樂音？莊子含混其辭，或根本就無法說清楚26。王維詩歌中的樂音，又有誰能說得清楚。

21　清・趙殿成：《王摩詰全集箋注》，卷13，頁188。

22　同上注，卷14，頁200。

23　同上注，卷7，頁96。

24　同上注，卷1，頁6。

25　同上注，卷11，頁150。

26　清・郭慶藩撰；王孝魚點校：《莊子集釋》（北京：中華書局，1995年），卷1，〈齊物論〉，頁45。

（四）音樂表達手法

　　王維詩歌樂音的表達手法亦變化多端，常見有對比、襯托、並陳等；有以視覺觸覺對偶者，如「明月松間照，清泉石上流。」[27]（〈山居秋暝〉）；有以動態靜態對比者，如「古木無人徑，深山何處鐘。」[28]（〈過香積寺〉）；有以無生無息襯托者，如「人閒桂花落，夜靜春山空。月出驚山鳥，時鳴春澗中。」[29]（〈鳥鳴澗〉）；有將人、事、時、地、物各種不同層次之音響交織而成者，如：「寒山轉蒼翠，秋水日潺湲。倚杖柴門外，臨風聽暮蟬。渡頭餘落日，墟里上孤煙。復值接輿醉，狂歌五柳前。」[30]（〈輞川閒居贈裴秀才迪〉）大手筆自是得心應手，純乎天才，不假推敲雕飾。

二、書畫意象

　　王維是一位擁有多種才藝的藝術家，天才橫溢，除詩歌享有盛名外，更兼精音樂、書畫、琴瑟等藝能。盛唐局面，政治相對開放，社會相當富裕，文化比較多元，詩風更超前啟後。多才多藝的王維，乃有大展身手並廣受推崇的開闊天空。他的書畫才藝，兩《唐書》本傳皆有記載，《新唐書》稱他「工草隸」，王維則在詩中自稱「夙世謬詞客，前生應畫師。」[31]（〈偶然作〉六首之六）

（一）南宗畫派開創者

　　王維為山水田園詩派或自然詩派的領航者，也是南宗畫派的開創者，他在山水田園詩歌中，每將自然界的色彩、線條、空間概念、客

---

27 清・趙殿成：《王摩詰全集箋注》，卷13，頁190。

28 同上注，卷7，頁102。

29 同上注，卷13，頁188。

30 同上注，卷7，頁95。

31 同上注，卷5，頁56。

觀音聲與主觀情感熔於一爐[32]，前文稱王維是將詩、書、畫結爲一體的大作家，意即在此。因此，唐代書法家竇臮在《述書賦》稱王維：「詩興入神，畫筆雄精。」[33]殷璠亦稱其：「詞秀調雅，意心理愜。在泉爲珠，著壁成繪。」[34]

　　佛教禪宗自南北朝時期達摩祖師（？-540）「一葦渡江」以來，歷經數代祖師的弘傳，到五祖已隱然成爲中國佛教的重要教派之一。慧能（638-713）與神秀（606?-706）始分南北宗，南宗慧能、北宗神秀，南宗重在頓悟，北宗重在習染。佛法轉衍爲繪圖法，竇臮因稱王維「畫筆雄精」，正是南宗畫法寫照，王維山水田園詩歌及其水墨山水畫，正是錢鍾書所稱的「得心應手，得手應心」，世稱王維爲南宗畫派的開創者，自屬允當。董其昌（1555-1636）云：禪家分南北二宗及畫分南北，皆始於唐，北宗則李思訓父子著色山水，南宗則王摩詰始用渲淡[35]；摩詰所謂雲峰石跡，迥出天機；筆意縱橫，參乎造化者。東坡讚吳道子、王維壁畫，亦云：「吾於維也無間然。」[36]時下研究者謂：「詩，是語言的藝術；畫，是色彩的藝術。」[37]或謂：詩是有聲的畫，畫是無聲的詩。詩與畫關係密切，在王維的若干詩歌中，觸目可見。

---

[32] 參閱楊天助：《王維「詩中有畫，畫中有詩」研究》（玄奘大學中國語文研究所碩士論文，2008年2月），頁9-40。

[33] 唐・竇臮：《述書賦》，收入黃賓虹、鄧實編：《美術叢書》（杭州：浙江人民美術出版社，2013年4月第一版）第四集第二輯，頁35。

[34] 唐・殷璠：《河岳英靈集注》（成都：巴蜀書社，2006年7月第一版），頁66。

[35] 清・董其昌：《容台別集》卷4〈畫旨〉，轉引自徐復觀：《中國藝術精神》（台中：東海大學出版社，1966年2月初版），〈第十章：懷繞南北宗的諸問題〉，頁388-389。

[36] 董其昌語，轉引自徐復觀：《中國藝術精神》，頁389。

[37] 夏紹碩：《古典詩詞藝術探幽》（台北：漢京文化公司，1984年版），頁207。

（二）色彩光影

　　王維視覺敏銳，觀察入微，對自然界各種物象的動靜、色彩、光影之變化、對比與情意感染，隨興捕捉入詩，獲致物我交融的美感境界[38]。筆者略計，王維詩歌中最常用的色彩，依序為白、青（綠、翠）、紅，黃、紫等顏色，而黑最少，反映王維多看重自然光線照耀下之色彩原色，較少觸及具沉重感的黑色、褐色，或是金銀等世間人較重視之色彩。王維詩作中的色彩運用甚多，略計如下表：（詳見附錄六）

表24　王維詩歌中的色彩簡表（筆者概計）

編號	色彩	數量	詩作例證	出處
1	綠（青、碧、翠蒼）	71	新秋綠芋肥 青翠拂仙壇	〈田家〉 〈沈十四拾遺新竹〉
2	白	58	孤村起白煙 心知白雲外	〈遊悟真寺〉 〈答裴迪〉
3	紅（赤、丹、彤、絳）	43	紅蓮落故衣 間柳發紅桃	〈山居即事〉 〈春園即事〉
4	黃	18	蓬卷入黃雲 雲黃知塞近	〈送張判官赴河西〉 〈隴上行〉
5	紫	6	紫梅發初徧 颯踏青驪躍紫騮	〈早春行〉 〈燕支行〉
6	其他	6	鼇身暎天黑 連天凝黛色	〈送秘書晁監還日本國〉 〈華嶽〉

---

[38] 參閱留樺禎：《王維詩的色彩研究》（玄奘大學中國語文研究所碩士論文，2010年7月），頁35-148。留樺禎將王維詩中的色彩分為有色光、無彩色、對比色與水色等，並探討具有禪學意義的「非色即色」概念，具有參考價值。

他靈活而巧妙地運用各種色彩描繪大自然的山水花鳥，如：

> 渭城朝雨浥輕塵，客舍青青柳色新。[39] （〈送元二使安西〉）
> 西嶽出浮雲，積翠在太清。連天疑黛色，百里遙青冥。
> 白日為之寒，森沉華陰城。[40] （〈華嶽〉）

王維獨特的描述手法，既聚焦於與其情意交融之一點，又綿延他處而構成一幅完整而鮮明的風景，似若一幅幅的南宗潑墨山水畫。

> 坐看蒼苔色，欲上人衣來。[41] （〈書事〉）
> 白雲迴望合，青靄入看無。[42] （〈終南山〉）

入看「無」對比遙看「有」，正是南宗山水畫的淡彩筆法。中唐詩人韓愈（768-824）也有「草色遙看近卻無」（〈初春小雨〉）的詩句。王維之畫意雖沖淡，詩卻光彩耀目，恕難一一。

（三）空間層次

　　繪畫是寫意的藝術，王維的山水田園詩歌中以精煉文字達成相似之效果，意到筆隨，詩中對景物的空間距離、遠近高低深淺層次，隨時隨處著墨，一如繪畫之透視筆法。如下表：

---

39 清·趙殿成：《王摩詰全集箋注》，卷14，頁205。
40 同上注，卷2，頁22。
41 同上注，卷15，頁213。
42 同上注，卷7，頁97。

表25　王維詩歌中空間層次描寫例表

編號	詩作例證	類型	出處
1	江流天地外，山色有無中。 郡邑浮前浦，波瀾動遠空。[43]	遠近	〈漢江臨汎〉
2	新晴原野曠，極目無氛垢。 郭門臨渡頭，村樹連溪口。 白水明田外，碧峰出山後。[44]	遠近	〈新晴野望〉
3	回看射鵰處，千里暮雲平。[45]	高低、遠近	〈觀獵〉
4	日落江湖白，潮來天地青。[46]	高低、遠近	〈送邢桂州〉
5	荒城臨古渡，落日滿秋山。 迢遞嵩高下，歸來且閉關。[47]	高低	〈歸嵩山作〉

　　王維詩筆流放，對視聽所及景物之空間層次、深淺遠近高低，隨意落筆。他是在寫詩，卻又似在繪畫。以〈漢江臨眺〉一詩為例，王維先以「江流天地外」鋪陳高遠之前景，再以「山色有無中」映照出詩人身處之近景，接著再以「郡邑浮前浦」將詩人眼光轉到稍遠的中景，最後回到「波瀾動遠空」之悠遠遠景。詩中描述之景，遠近深淺，層次分明，構成一立體空間，一如傳統山水畫之布局。詩與畫或畫與詩，兩相拍合，乃形成其獨特的詩畫共同意象。此類詩歌，近體古體所在多見。

（四）線條構圖

　　繪畫的表現方式很多，如線條、構圖、渲染、烘托、皴法等等，

---

43 清‧趙殿成：《王摩詰全集箋注》，卷8，頁117。

44 同上注，卷4，頁49。

45 同上注，卷8，頁118。

46 同上注，卷8，頁114。

47 同上注，卷7，頁96。

其中最重要的是線條和構圖，畫家藉此勾勒景物之形象，觀賞者亦藉此體認理解畫法畫意。繪畫中常見的線條有圓形、方形、直線等抽象線條，也有具體描繪事物形狀之線條，皆可見於王維詩中；而王維詩中之人與景，多經其巧妙安排，絕不出現雜亂或無用之人、物，構圖多以一核心再向外開展之形式。世人謂王維詩中有「我」，這個「我」是王維，也是欣賞王維詩畫的人人，王維與人人將自己置身於詩畫中，體悟自身與詩畫間的時空距離，乃至渾然忘我，物我兩忘。

表26　王維詩歌中線條描述例表

編號	詩作例證	類型	出處
1	大漠孤煙直，長河落日圓。[48]	直、圓	〈使至塞上〉
2	劍門忽斷蜀川開，萬井雙流滿眼來。 霧中遠樹刀州出，天際澄江巴字回。[49]	來、回	〈送崔五太守〉
3	空山新雨後，天氣晚來秋， 明月松間照，清泉石上流。 竹喧歸浣女，蓮動下漁舟， 隨意春芳歇，王孫自可留。[50]	明月、清泉 竹喧、蓮動	〈山居秋暝〉
4	隨山將萬轉，趣途無百里。[51]	隨山轉	〈青溪〉

　　從以上表格中所舉王維詩畫交融例詩，詩句中的「直」、「圓」、「開」、「來」、「出」、「回」、「明月」、「清泉」、「竹喧」、「蓮動」等辭彙，處處顯示王維在寫詩亦在繪畫，既運用線條亦運用構圖，用以完成其一幅光鮮亮麗的詩畫傑作。王維才藝天

---

48 清・趙殿成：《王摩詰全集箋注》，卷9，頁121。

49 同上注，卷6，頁85。

50 同上注，卷7，頁96。

51 同上注，卷3，頁27。

賦，乃能詩畫一體，得心應手，得手應心。

三、宗教意象

　　大唐時期儒、釋、道三教鼎立，唐代詩人率多涉足三教，王維如此，李白、孟浩然、杜甫、白居易等人亦如此，此乃當時社會風氣所致，風行而草偃。詩人與僧侶、道士等宗教人士交往頻繁，是很自然的現象。王維與佛教淵源深厚，《舊唐書・王維傳》稱：「維弟兄俱奉佛，居常蔬食，不茹葷血，晚年長齋，不衣文綵。……在京師日飯十數名僧。……妻亡不再娶，三十年孤居一室，屏絕塵累。」[52]王維與佛教的淵源可能也與他的母親長年奉行禪宗佛法教理有關，他曾在〈請施莊爲寺表〉說：「亡母故博陵縣君崔氏，師事大照禪師三十餘歲。褐衣蔬食，持戒安禪，樂住山林，志求寂靜」[53]，王維又在中年喪妻前後拜入道光禪師門下[54]，開元二十八年（740）左右，時任侍御史的王維向禪僧神會求法。據載，王維、神會及惠澄禪師等人在南陽臨湍驛「語經數日」，王維向神會問曰：「若爲修道解脫？」神會答曰：「眾生本自心淨。若更欲起心有修，即是妄心，不可得解脫。」聞言，王維驚愕表示：「曾聞大德皆未有作如此說。」認爲神會之說法「甚不可思議」[55]。由此可知，王維不僅曾親見北宗領袖人

---

52 後晉・劉昫：《舊唐書》（台北：鼎文書局，1981年），卷190，〈文苑列傳・王維〉，頁5052。

53 清・董誥等編：《全唐文》（北京：中華書局，1987年），卷324，〈王維・請施莊爲寺表〉，頁3290。據皮述民之王維年譜，王維在天寶九年（750）丁母憂，但普寂在706年已到長安洛陽弘法，在他739年去世之前的三十年之間，王維的母親崇信普寂教法，也就是說王維的母親在普寂到兩京的前幾年即成爲他的座下徒，此時王維尚不滿十歲，因此王維可說是從小就受到信仰北宗禪法的母親影響。

54 皮述民：《王維探論》（台北：聯經出版公司，1999年8月初版），頁8。

55 楊曾文編校：《神會和尚禪話錄》（北京：中華書局，1996年），頁85。

物，在此之前他也曾接觸多方的佛教「大德」。這些記載都讓我們看到王維與佛教僧侶的密切關係。

（一）佛教詩

　　王維被好友苑咸（710-758）認為「當代詩匠，又精禪理」[56]，他對於佛教義理的涵養，化為其詩作的豐富養分，尤其展現山水田園詩的作品中，因此，明末清初的文人徐增（1612-？）說：「摩詰精大雄氏之學，篇章字句皆合聖教」[57]，清代的王士禎（1634-1713）也說：「王裴輞川絕句，字字入禪」[58]。王維所留下與佛教相關的詩作約分為二類，一為描寫他到佛寺院遊歷的經驗，二為記錄他與佛教僧人或信徒交往情形：其中主要為他的探訪詩，詩中多表現被訪者的高潔與他對被訪者的傾慕，以及王維對被訪者居住環境的觀察、描寫，或者是他和朋友參與飯僧活動情形的描寫，諸如：〈夏日過青龍寺謁操禪師〉、〈謁璿上人（並序）〉、〈燕子龕禪師〉、〈胡居士臥病遺米因贈〉、〈飯覆釜山僧〉、〈過盧員外宅看飯僧共題〉等詩。關於詩文中這些佛教僧侶的身分，陳鐵民指出與王維交往的南、北禪宗僧人有神會、瑗公、道光、道一、福禪師、操禪師、燕子龕禪師等，也有未知宗派者[59]。另外，王維也藉由描寫寺院內外的山水風光，表現心中對佛教的空性與方外精神世界的追求。（見〈游化感寺〉、〈登辨覺寺〉、〈過福禪師蘭若〉、〈藍田山石門精舍二首〉等詩）

　　據筆者概計王維詩歌中的佛教詩為三十六首，依格律分，五言

---

[56]　清・趙殿成：《王摩詰全集箋注》，卷10，頁142。

[57]　清・徐增：《清詩話・而庵詩話》（上海：上海古籍出版社，1963年），頁427。

[58]　清・王士禎，張宗柟纂集，戴鴻森校點：《帶經堂詩話》（北京：人民文學出版社，1963年），卷3，頁83。

[59]　陳鐵民：〈王維與僧人的交往〉，《王維新論》，頁109-124。並可參見陳允吉：〈王維與南北宗禪僧關係考略〉，《文獻》第八輯（1981年），頁50-65。

排律形態者為十九首最多，五律形態者十一首次多。前文稱王維對律詩乃至五律有開疆闢土作用，此處似可印證。七言絕句僅一首最少。又，王維表章中的有七篇涉及佛教佛僧者[60]。

就詩藝詩趣言，每首詩都各有佛性禪趣，試舉二例：

其一：〈夏日過青龍寺謁操禪師〉

> 龍鍾一老翁，徐步謁禪宮。欲問義心義，遙知空病空。
> 山河天眼裏，世界法身中。莫怪銷炎熱，能生大地風。[61]

其二：〈過香積寺〉

> 不知香積寺，數里入雲峰。古木無人徑，深山何處鐘？
> 泉聲咽危石，日色冷青松。薄暮空潭曲，安禪制毒龍。[62]

以上所引二例詩都是五律，且為合格律的近體詩。他在此處的其他五律和五排，也多合榫合則。而禪意佛語，自然流露，此即大詩人得心應手工夫。

（二）儒、道詩

漢唐盛世，文人士子多崇儒，入仕則安社稷蒼生乃至揚名顯親，且入仕即思出世，如李白〈代壽山答孟少府移文書〉所云效范蠡、張

---

60 見諸如《全唐文》，卷324，〈為干和尚進注仁王經表〉，頁3288-3289；《全唐文》，卷324，〈為舜闍黎謝御題大通大照和尚塔額表〉，頁3289；《全唐文》，卷324，〈為僧等請上佛殿梁表〉，頁3289；《全唐文》，卷327，〈大薦福寺大德道光禪師塔銘〉，頁3312；《全唐文》，卷327，〈六祖能禪師碑銘〉，頁3313-3314。

61 清·趙殿成：《王摩詰全集箋注》，卷7，頁101。

62 同上注，卷7，頁102。

良，雲遊五湖滄洲[63]。王維出身世家大族，父祖輩均官仕宦，他應自小即受到較完整的儒家教育。因此王維自弱冠後走上仕途，雖然四十多年間仕宦之路坎坷，時仕時隱，然而他在心境上卻是到晚年才「好靜，萬事不關心」[64]（〈酬張少府〉），甚至直至病危臨終之際才真正放棄官途，足見他的生命歷程中儒家積極治國安民思想的深刻影響。王維的崇儒詩較少見，但他的儒者信念卻在諸多詩文中隱約可見，如〈裴僕射濟州遺愛碑〉、〈京兆尹張公德政碑〉，不啻是他崇儒的自我告白。他十七歲所寫的〈九月九日憶山東兄弟〉詩，情義感人，更是他重視家庭倫理的儒者心地展現。

至於王維與道教的關係，生活在道教興盛的盛唐大時空下，他不僅與信奉道教的詩人李頎（690？-754？）多有往來，也對服膺道教追求長生不死煉丹術的李頎表達崇敬嚮往的心臆，如〈贈李頎〉詩云：「聞君餌丹砂，甚有好顏色。不知從今去，幾時生羽翼。」[65]除此之外，王維也和幾位道士相互迎送、贈詩往來（見〈送張道士歸山〉、〈贈東嶽焦鍊師〉、〈送方尊師歸嵩山〉、〈贈焦道士〉等詩），藉詩表達出他內心對道教丹藥學的景仰，也間接透露出王維內心潛藏著追求長生、神仙之術、超脫世間的道教信仰。

王維早慧，年紀輕輕即中舉，然而一生官途起伏，時官時隱，亦佛亦道亦儒，正顯示他的隨遇而安，與時應變，不執著於一隅的人生態度。他之所以能逸然自得，成就其為盛唐三大詩人之一，且集詩書畫於一身，信非偶然。

---

63 瞿蛻園等校注：《李白集校注》（台北：里仁書局，1981年3月），下冊，卷26，〈代壽山答孟少府移文書〉，頁1526。

64 清‧趙殿成：《王摩詰全集箋注》，卷7，頁94。

65 同上注，卷2，頁17。

第二節　藝趣特徵

　　王維、李白、杜甫，世所公認為盛唐三大詩人，王維集詩歌、音樂、書畫諸才藝於一身，古今同讚。唐代宗李豫（762-779在位）讚王維：「天下文宗，位歷先朝，名高希代；抗行周雅，長揖楚辭；調六氣於終編，正五音於逸韻。泉飛藻思，雲散襟情，詩家者流，時論歸美。誦於人口，久鬱文房；歌以國風，宜登樂府。」[66]以帝王口吻，稱美備至，或難免有官式味道。唐人殷璠（進士及第，餘無可考）稱王維詩歌：「詞秀調雅，意新理愜；在泉成珠，著壁成繪。」[67]宋代詩文大家蘇軾（1033-1101）稱王維「詩中有畫」[68]，一語震懾古今。時下稱頌王維詩歌藝趣及闡論其詩歌特徵者，如皮述民、陳鐵民、何淑貞等人[69]，連章累牘，恕難備載。本節將綜合若干名家相關論敘，歸納王維詩歌藝趣的特徵如下：

一、淡遠與優雅

　　詩人王維的一生，嶒崚起伏，博學多藝的「天下文宗」[70]（唐代宗語）王維，輾轉優遊於儒、釋、道三教，並亦官亦隱，既見其特具的高度適應力；更可從其諸體兼備的詩歌中，品味體會到其蘊藏的諸

66　清・趙殿成：《王摩詰全集箋注》，卷1，頁1。

67　見唐・殷璠：《河岳英靈集注》（成都：巴蜀書社，2006年7月第一版），頁66。

68　宋・蘇軾撰：《東坡題跋》，卷5，〈書摩詰藍田煙雨圖〉，收於北京大學哲學系美學教研室編：《中國美學史資料選編》（北京：中華書局，1981年4月1版），下冊，頁37。

69　皮述民：《王維探論》；陳鐵民：《王維新論》；何淑貞：〈王維輞川詩的詩情畫意樂趣與禪悅〉，收入《2005年兩岸當代藝術學術研討會論文集》（台北：國立台灣藝術大學，2005年10月15日），頁69-87。

70　同註66。

般特徵。

（一）淡遠

審視王維的一生，亦如諸多中國士子，其初則積極徵逐仕進，並於徵逐時即立功成身退，浪漫悠遊五湖滄洲，如李白。因此，我等可從王維的詩歌藝趣中，品嘗到它的淡泊、平和、恬靜、幽美、靜謐、遠離人間塵囂的意趣。一似陶淵明（365？-427）所吟詠的：「結廬在人境，而無車馬喧。問君何能爾？心遠地自偏。」[71]（〈飲酒〉）陶彭澤是山水田園詩的前導者，王維繼起於後，他的山水田園詩名享當時與後世。如：〈鳥鳴澗〉

> 人閒桂花落，夜靜春山空。月出驚山鳥，時鳴春澗中。[72]

從詩歌藝趣的角度著眼，這是一首以詩人南宗畫筆揮就的山水畫，用的是白描手法；說它很自然平淡固然可以，說它以靜烘托動、以無聲反襯有聲也無不可。就詩的格律言，這是一首似近體詩的五言絕句，首句作「平平仄平仄」，不合律，屬拗體。就遣詞用字言，詩中「山」、「春」二字既重出，又都重出於同一位置，實不宜。但大詩人「得心應手、得手應心」[73]根本不計小節。又，此詩之所提示的「淡遠」特徵，是從整首詩的情趣言，寫的是尋常景物，信手拈來，自然天成，不假矯飾。「閒」是詩眼，是關鍵辭；「人」是詩人自己。淡的是「人閒」，遠的是「春山」、「春澗」，而「人閒桂花落」一語最堪玩味，試想，桂花落，是正在落，或已落地，或將要落，皆因詩人之「閒」；而春山空不空，山鳥驚不驚或為何驚？也皆

---

71 晉・陶淵明著，逯欽立校注：《陶淵明集》（北京：中華書局，1979年5月一版，2007年3月五刷），卷4，〈飲酒二十首〉之五，頁89。

72 清・趙殿成：《王摩詰全集箋注》，卷2，頁188。

73 錢鍾書：《談藝錄》（上海：開明書店，民國37年6月初版），頁248-249。

因詩人的「閒」方能遙思遐想。此所以這首詩的特徵爲「淡遠」。王維詩歌中具有淡遠特徵者，以下再舉數例：

> 獨坐幽篁裏，彈琴復長嘯。深林人不知，明月來相照。[74]
> （〈竹里館〉）
>
> 空山不見人，但聞人語響。返景入深林，復照青苔上。[75]
> （〈鹿柴〉）
>
> 風景日夕佳，與君賦新詩。澹然望遠空，如意方支頤。
> 春風動百草，蘭蕙生我籬。曖曖日暖閨，田家來致詞。
> 欣欣春還皋，澹澹水生陂。桃李雖未開，萋萼滿其枝。
> 請君理還策，敢告將農時。[76]（〈贈裴十迪〉）

具備淡遠特徵的王維詩歌，可見諸如《輞川集》等山水田園詩中，如上引〈鹿柴〉一詩，王維以畫師般的精準的眼光細細關照自然的山光水色，再從中擷取精華，或是一個瞬間、或是一幕場景，將個人心境投射入景，創作出詩歌中氣韻生動的意境與韻味。王維的山水田園詩中沒有氣勢磅礴的壯闊山水，詩人筆下只見有月夜小景、夕陽餘暉、山間小徑等等精妙而意境悠長的靈山秀水之景，其共同意象是淡泊、恬靜、平和、秀美、遠離塵寰，詩人用極其尋常的語言，描繪極其尋常的景物，抒發其個人清幽高潔的心志和意念。此類詩歌，讓讀者口誦心維，恬然自得，似亦分饗到詩人的情懷，所謂物我同理，深獲我心。

---

[74] 清・趙殿成：《王摩詰全集箋注》，卷14，頁194。

[75] 同上註，卷14，頁190。

[76] 同上註，卷2，頁22。

（二）優雅

　　以山水田園詩見長的王維，其詩歌特徵是恬然自得[77]。邱師燮友認為王維詩歌的特色有四：一為田園詩與山水詩的融合，二為詩中有畫，三為音樂感特別強烈，四為以禪入詩的新境界[78]。以上學者所提示的王維詩歌藝趣特徵，「優雅」特徵自在其中。所謂「優雅」，從用字遣辭著眼，大凡著墨清靈雅秀、辭秀調雅的詩歌，其特徵即屬「優雅」，歷來詩評家如殷璠稱王維的詩歌「詞秀調雅」，司空圖評為「澄澹精致」，呂夔評為「清婉流麗」，高棟評為「詞意雅秀」，胡應麟評為「清而秀」。總之，大家公認王維的若干詩歌於清淡之中又表現出精工秀麗的特色。[79]筆者稱之為「優雅」。

　　王維詩歌具優雅特徵者，如〈山居秋暝〉一詩所示。

　　　　空山新雨後，天氣晚來秋。明月松間照，清泉石上流。
　　　　竹喧歸浣女，蓮動下漁舟。隨意春芳歇，王孫自可留。[80]

　　從詩歌藝趣的角度著眼，這是一首五律的近體詩，全詩合律，是五言見長的詩人王維之力作。首聯扣題，時間、空間、景物、氣象，一體到位，全詩扣題精準，無一贅詞。頷聯以「明月」對「清泉」，「松間」對「石上」，採取一高一低、一明一暗、一遠一近的對偶方式，靜中含動，重在寫物寫景，予人以清新優雅的感受。頸聯以「竹喧」對「蓮動」，「歸浣女」對「下漁舟」，運用一喧一靜、一陸一水、

77　劉大杰：《中國文學發達史》，頁400-401。

78　參考邱燮友、金榮華、傅錫壬、皮述民、王思林、左松超、黃錦鋐、應裕康合著：《中國文學史初稿（增訂版）》（台北：萬卷樓圖書公司，2002年10月初版），下冊，頁498-499。

79　陳鐵民：《王維新論》，頁231。

80　清‧趙殿成：《王摩詰全集箋注》，卷7，頁96。

一女一男的對偶方式，重在寫人，寫山居者男男女女各安生理，向晚時分各自回家。全詩生動描寫山居生活恬適優雅的生態。以起、承、轉、合的筆法觀之，結論「王孫自可留」一語，正是作者王維徘徊於亦隱亦宦情境之間的祈使期盼語。而本詩也正符合劉大杰「怡然自得」與邱師燮友等「田園山水融合」的理論旨趣。

　　王維詩歌中具有優雅特徵者頗多，謹再選錄數首如次。

　　　　木末芙蓉花，山中發紅萼。
　　　　澗戶寂無人，紛紛開且落。[81]（〈辛夷塢〉）
　　　　新晴原野曠，極目無氛垢。郭門臨渡頭，村樹連溪口。
　　　　白水明田外，碧峰出山後。農月無閒人，傾家事南畝。[82]
　　　　（〈新晴野望〉）
　　　　寒山轉蒼翠，秋水日潺湲。倚杖柴門外，臨風聽暮蟬。
　　　　渡頭餘落日，墟里上孤煙。復值接輿醉，狂歌五柳前。[83]
　　　　（〈輞川閒居贈裴秀才迪〉）

優雅，閒適，自由自在，是王維詩歌的特徵之一，更是詩人人生本色的寫照。這類詩歌無論寫山寫水、寫人寫物，詩人自己均非旁觀者，而是置身其中喜樂與共者。又，〈山居秋暝〉一詩，頸聯「竹喧歸浣女，蓮動下漁舟」乃倒裝句，正句應是「竹喧浣女歸，蓮下漁舟動」，倒裝句可增加美感[84]，還有，〈山居秋暝〉詩結聯：「隨意春芳歇，王孫自可留。」通常解作春草到秋天凋零了，在外遊走的王

81　清‧趙殿成：《王摩詰全集箋注》，卷13，頁195。
82　同上注，卷4，頁49。
83　同上注，卷7，頁95。
84　倒裝句可增美感，如《藍與黑》電影主題歌「會不會你再來，要不要我再等」，若改成「你會不會再來，我要不要再等」，即大為失色。

孫，當可留在此處。筆者似覺未能切合本詩通篇結構；如改為祈使期盼語，仿〈離騷〉常以香草比附君子的辭意，意為「隨時歡迎大駕光臨，屆時閣下在好山好水風光中自可留居此地。」或較切合詩旨。

二、雄健與渾厚

雄健豪邁，是王維詩歌藝趣的又一特徵。這類詩歌的寫作背景約為少壯時期與邊塞過渡時期。詩論家有心理時空與物理時空的說法，詩是文學的而非科學的，詩人李白說：「君不見，高堂明鏡悲白髮，朝如青絲暮成雪。」[85]（李白〈將進酒〉）這是詩人的「景語」，王國維云：「所有景語皆情語。」[86]詩人口中的「景」，是他心中的「情」的轉化；何況詩不厭誇。其實，除心理時空和物理時空外，尚有「生理時空」[87]，李白之所以能經年累日漫遊五嶽百川，成就其「敏捷詩千首」[88]，是因他體力充沛與意志力、企圖心旺盛；杜甫之所以以「詩」為「史」，是因他歷經變亂，一路奔波貧病死於異鄉。王維一生行止無非京師鄉里及出使邊塞，故其詩歌中的雄健之作，時空領域亦止於此。試以其最具雄健豪邁特徵的代表作〈少年行四首〉

---

85 瞿蛻園等校注：《李白集校注》，上冊，卷3，〈將進酒〉，頁225。

86 王國維著，黃霖等導讀：《人間詞話》（上海：上海古籍出版社，2000年2月五刷），頁34。王國維云：「昔人論詩詞，有景語、情語之別。不知一切景語，皆情語也。」

87 本論文以《王維詩歌藝趣研究》為題，為對王維詩歌時空背景多一些理解，特以「生理時空」語彙，為王維獨特的時空命題。世人通稱「心理時空」、「物理時空」。所謂「生理時空」是指王維個人主觀、客觀因素下的活動空間，王維一生，活動空間有限：家鄉、京師、短時間的嶺南、赴蜀半途折回，如此而已。這樣的生理時空，當然會隨時反映在他的人生與詩作上。像李白，主觀條件夠，經年累月三山五嶽遨遊不停，此即他之所以被稱為「詩仙」及「浪漫詩人」之故，無人能望其項背。可參看頁314，附圖：王維生理時空示意圖。

88 唐・杜甫著，清・仇兆鰲注：《杜詩詳註》（北京：中華書局，1979年10月初版，1999年5月五刷），卷10，〈不見〉，頁858。

爲例。

其一：

新豐美酒斗十千，咸陽遊俠多少年。
相逢意氣爲君飲，繫馬高樓垂柳邊。

其二：

出身仕漢羽林郎，初隨驃騎戰漁陽。
孰知不向邊庭苦，縱死猶聞俠骨香。

其三：

一身能擘兩彫弧，虜騎千重只似無。
偏坐金鞍調白馬，紛紛射殺五單于。

其四：

漢家君臣歡宴終，高議雲臺論戰功。
天子臨軒賜侯印，將軍佩出明光宮。[89]

這四首組詩是七絕近體詩，在王維詩作中較少出現，寫作時空背景可
能是早年豪情高張，將當時社會上激昂向上的盛唐氣象投射在字裡行
間，對少年俠士（或自己），乃至唐王朝君民有所期待[90]。

---

[89] 清·趙殿成：《王摩詰全集箋注》，卷14，頁201。
[90] 參考陳鐵民：《新譯王維詩文集》，頁9-11，並益以己意。

在格律上，除第三首合律外，其餘三首均屬拗體。在氣象上，四詩皆雄壯豪邁，一氣呵成，不事矯飾，卻是在情景與詩人心理作適當而自然流露的誇飾。在結構旨趣上，組詩四首既契機一體，起承轉合，聯鑣並轡；意旨燦然明備，組詩各首亦各自經營縮合，自狀其雄邁聲勢。例如，就整體觀：起首寫少年遊俠爽朗雄健風貌；次首寫少年遊俠從軍，馳騁沙場，不畏邊疆征戰之苦，甚至胸懷雖死猶榮之情；三首寫遊俠藝高，殺敵至果氣概；終首寫遊俠立功，天子重賞，受賞者榮歸。整體結構綿密。

觀此組詩之第一首，起句寫「酒斗十千」，特級好酒也[91]；即新豐一地所產的美酒。新豐，有史籍出處[92]，乃以新豐之地，代指詩人心慕漢代在西域開疆拓土之情景；次言人，咸陽遊俠，「多」，似宜作「稱美」解，即最被稱美的是少年遊俠，而「遊」字既說明其心態上的自由自在，也說明其尚在龍潛，未建立功業；三句言遊俠品格風範，意氣相投即痛飲，何等雄健豪爽；結句言少年遊俠聚首狂歡於高雅處所，首尾連貫，氣勢磅礴。第二首，起句言遊俠委身從軍，承句言初戰僅至漁陽（今河北薊縣），轉句歎苦於未能出戰邊塞，合句言即使戰死於邊疆而俠骨仍流芳不朽，起承轉合，雄健豪氣干雲。第三首，起句言遊俠武藝高強，次句言遊俠視敵人千軍萬馬如無物，三句言遊俠端坐鞍馬調整弓箭，結句言遊俠一個一個射殺好幾位敵軍頭目。全詩見敵眾我寡，但敵弱我強，局勢分明，展現詩人雄健豪邁氣度。第四首，起句寫遊俠凱旋，君臣歡宴，次句寫論功受賞，三句寫

---

91 李白〈將進酒〉：「陳王昔時宴平樂，斗酒十千恣歡謔。」見瞿蛻園等校注：《李白集校注》，上冊，卷3，〈將進酒〉，頁225。

92 據《史記・高祖本記》（台北：藝文印書館，2011年8月初版五刷），卷8，「新豐」注，略謂：高祖本沛豐人，即帝位於咸陽，遷太上皇居附近之古驪邑（故城在今陝西臨潼縣東）太上皇思歸故里，高祖乃將驪邑城寺街里比照故里形式整修，並徙豐人居此，以安太上皇思鄉之情，故稱此城曰：「新豐」。

天子親賜侯印，結句寫遊俠封侯佩著將軍的儀仗離開皇宮。這是完結篇，有點平淡，但就全體四首組詩言卻堂皇穩健切體。

王維詩歌中具雄健特徵者，除〈少年行四首〉最稱代表外，謹另錄列如下。

> 單車曾出塞，報國敢邀勳。見逐張征虜，今思霍冠軍。
> 沙平連白雪，蓬卷入黃雲。慷慨倚長劍，高歌一送君。[93]
> （〈送張判官赴河西〉）
> 橫吹雜繁笳，邊風捲塞沙。還聞田司馬，更逐李輕車。
> 蒲類成秦地，莎車屬漢家。當令犬戎國，朝聘學昆邪。[94]
> （〈送宇文三赴河西充行軍司馬〉）
> 綠樹重陰蓋四鄰，青苔日厚自無塵。
> 科頭箕踞長松下，白眼看他世上人。[95]（〈與盧員外象過崔處
> 士興宗林亭〉）
> 十里一走馬，五里一揚鞭。
> 都護軍書至，匈奴圍酒泉。
> 關山正飛雪，烽戍斷無煙。[96]（〈隴西行〉）

雄健、豪邁，大手筆昂揚揮來，令人神馳意動。此即王維詩歌藝趣中雄健特徵的意象。這類詩尚多，如贈送詩中的〈送趙都督赴代州得青字〉、〈送劉司直赴安西〉、〈送梓州李使君〉、〈送邢桂州〉等。大手筆詩人王維，近體五言多合律；但也有隨興揮灑，無視規矩者。例如前〈送宇文三赴河西充行軍司馬〉一詩，形似五律，而前四

---

93 清・趙殿成：《王摩詰全集箋注》，卷8，頁105。
94 同上注，卷8，頁115。
95 同上注，卷14，頁203。
96 同上注，卷2，頁9。

句卻均作拗體：「平平仄仄平、平平仄仄平。平平平平仄，仄平仄平平。」此即大詩人、大手筆氣象，全不在意格律。

王維具雄健、渾厚特徵的詩歌，多作於少壯時期朝綱昌隆年代，特別是邊塞詩歌，在關懷社稷蒼生情操鼓舞下，當時著名的邊塞詩人如王之渙、王昌齡、王翰等，均有佳作。渾厚詩歌的特徵是，以比興寄託的筆法，表現溫柔含蓄的意象。正如孔子所謂：「入其國，其教可知也，其爲人也：溫柔敦厚，詩教也。」[97]溫柔敦厚，即渾厚的具體詮釋。就人格特質言，在盛唐大時空環境下，王維馴時養生，本即立身三教，無所執著；兼以根於敦厚溫良的儒者本性，其詩歌性多中和渾厚而不偏激操切。似純屬自然。尤其王維素重視親情、友情，自然流露之情質樸無巧飾，渾厚感人，如早期的〈九月九日憶山東兄弟〉等詩；他亦偶作有社會諷喻詩，多以此含蓄手法出之，渾厚而無厲言惡語。

例一、〈西施詠〉

豔色天下重，西施寧久微？朝爲越溪女，暮作吳宮妃。賤日豈殊眾？貴來方悟稀。邀人傅脂粉，不自著羅衣。君寵益嬌態，君憐無是非。當時浣紗伴，莫得同車歸。持謝鄰家子，效顰安可希？[98]

據傳西施爲春秋時越國美女，名鄭旦。越王勾踐爲吳王夫差所敗，勾踐爲復仇，一面臥薪嘗膽，一面獻西施給夫差，使其好色亂政，終於滅吳[99]。本詩當作於天寶十二年（753）前，意在爲懷才不

97 見《禮記》（台北：藝文印書館，1993年），卷26，頁845。
98 清·趙殿成：《王摩詰全集箋注》，卷5，頁62。
99 漢·吳平、袁康著，李步嘉：《越絕書》（上海：上海古籍出版社，1985年），卷12，〈越絕內經九術〉，頁83-84。此處並參考陳鐵民：《新譯王維詩

王維詩歌藝趣研究

遇的下層士人鳴不平，抒感慨。

就詩歌藝趣的特徵析賞，這是一首含蓄渾厚，意在言外的社會諷喻詩，諷喻的對象不僅僅是西施、效顰女、浣紗伴而已，而是遍及吳王好艷色而無是非，其實亦諷喻普世人等，宜遠色情而重是非。自古已然，孔子即曾慨歎：「已矣乎！吾未見好德如好色者也。」[100]（《論語·衛靈公》）大詩人王維出手不凡，不動聲色而擲地琳瑯，是即詩歌藝趣渾厚的特徵之一例。

例二、〈送元二使安西〉

渭城朝雨浥輕塵，客舍青青柳色新。
勸君更盡一杯酒，西出陽關無故人。[101]

此詩即〈陽關三疊〉詩，元二，生平無考。《全唐詩》作〈渭城曲〉。[102]就詩歌藝趣的角度著眼，本詩詩題《全唐詩》作〈渭城曲〉，是可以被譜曲歌唱的；所送元二，其人今已無可考；詩中之渭城即陽關，位於陝西咸陽縣東；唐太宗貞觀十四年（640）平高昌[103]，後置安西都護府於交河（今新疆吐魯番西），地在陽關外，王維稱「西出陽關無故人」，乃真情實話；送友去安西，出陽關，故人安在？行前慇懃勸飲，友情渾厚燦然在目，此詩在當時即被管絃、廣風頌，至一唱再唱三唱，稱陽關三疊。所謂「三疊」，可能有多種唱

文集》，頁9-11，並益以己意。

[100] 《論語》（台北：藝文印書館，2011年12月初版16刷），卷15，〈衛靈公〉，頁139。

[101] 清·趙殿成：《王摩詰全集箋注》，卷14，頁205。

[102] 參考陳鐵民：《新譯王維詩文集》，頁491-493，並益以己意。

[103] 後晉·劉昫：《舊唐書》（台北：鼎文書局，1981年），卷40，〈地理志·十道郡國·河西道〉，頁1647。

法[104]。當年詩人劉禹錫（772-842）、白居易（772-846）等曾有興會之作，具見此詩之震撼力[105]。邱師燮友謂，三疊即結句連唱三遍，此說最合情理[106]。

大詩人王維的渾厚詩歌，所在多見，試錄列數首，以概其餘。

張弟五車書，讀書仍隱居。染翰過草聖，賦詩輕子虛。
閉門二室下，隱居十年餘。宛是野人野，時從漁父漁。
秋風自蕭索，五柳高且疎。望此去人世，渡水向吾廬。
歲晏同攜手，只應君與予。[107]（〈戲贈張五弟諲三首〉其二）

明到衡山與洞庭，若爲秋月聽猿聲。愁看北渚三湘近，
惡說南風五兩輕。青草瘴時過夏口，白頭浪裏出湓城。
長沙不久留才子，賈誼何須弔屈平。[108]（〈送楊少府貶郴州〉）

少年十五二十時，步行奪取胡馬騎。射殺山中白額虎，肯數鄴下黃鬚兒！
一身轉戰三千里，一劍曾當百萬師。漢兵奮迅如霹靂，虜騎崩騰畏蒺藜。
衛青不敗由天幸，李廣無功緣數奇。自從棄置便衰朽，世事蹉跎成白首。

---

104 參見皮述民：《王維探論》（台北：聯經出版公司，1999年8月初版）。略謂，所謂三疊，或整首唱三遍，或每句唱三遍後再唱下一句，或末句唱三遍，或末句字數由七字、五字、三字，遞減各唱一遍，見頁151。

105 劉禹錫〈與歌者何戡〉：「舊人唯有何戡在，更與殷勤唱渭城。」白居易〈對酒五首〉之四云：「相逢且莫推辭醉，聽唱陽關第四聲。」見《全唐詩》，卷365，頁3128；卷449，頁5089。

106 邱燮友：《新譯唐詩三百首》（台北：三民書局，2014年9月六版三刷），頁552-553。

107 清・趙殿成：《王摩詰全集箋注》，卷2，頁21。

108 同上注，卷10，頁149。

昔時飛箭無全目，今日垂楊生左肘。[109]（〈老將行〉）

溫馨、敦厚、善言善語，是詩人王維的人格特質，也是他渾厚詩歌的特徵。親情、友情、社會諷喻，是這類詩歌的三種面相。前面錄列的三首渾厚風格的詩歌，亦類似此三種面相。有學者稱王維詩主雄渾，堪稱此派詩之「五言長城」[110]。

三、詩畫分流、諸體兼備

王維的詩歌藝趣特徵，整體來看有二主題，一為「詩畫分流」，一為「諸體兼備」，可以作為王維詩歌藝趣的重要特徵，解釋解析王維藝趣地位的重要角度。

（一）詩畫分流

王維得天獨厚，天縱聰慧，一身兼詩歌、音樂、書法、繪畫、琴瑟、歌舞等才藝。宋代蘇東坡稱王維「詩中有畫」、「畫中有詩」的讚語；此一讚語幾至一字千鈞、擲地琳瑯，以此，世人每誤為王維所有的詩中都有畫，所有的畫中都有詩，更以為只有王維的詩中才有畫等等。對此，專攻王維詩的當代學者皮述民有反覆申論辨解，他在〈王維「詩中有畫」的認定及其情趣〉一文中指出，天才大詩人蘇軾是在〈書摩詰藍田煙雨圖〉評論道：「味摩詰之詩，詩中有畫，觀摩詰之畫，畫中有詩。」[111]皮氏的結論是：蘇軾只是對〈藍田煙雨圖〉的讚語，不宜擴充為是蘇軾對王維詩歌的特徵語；更何況蘇軾不僅為

109 清‧趙殿成：《王摩詰全集箋注》，卷6，頁72。

110 清‧王士禎選，黃培芳評，吳退庵等輯注：《唐賢三昧集箋註》（台北：廣文書局，1968年11月），頁上之二十。

111 宋‧蘇軾：《東坡題跋》，卷5，〈書摩詰藍田煙雨圖〉，收於北京大學哲學系美學教研室編：《中國美學史資料選編》（北京：中華書局，1981年4月1版），下冊，頁37。

此稱讚王維的詩與畫,他也稱讚:「少陵翰墨無形畫,韓幹丹青不語詩。」皮氏更引證多方面論者,謂詩畫各有天地,殊難相依相輔[112]。但,古人亦有「詩是無形畫、畫是有形詩」或「畫為無聲詩、詩為有聲畫」的說法[113]。

筆者以為,詩是心理時空下的產物,詩人情性所在,肆意揮灑,不受物理時空局限,畫則難步伍其後。例如王維〈送別〉一詩進一步分析[114]:

「山中相送罷」,是過去式場景。

「日暮掩柴扉」,是現在進行式場景。

「春草明年綠」,是未來必然式場景。

「王孫歸不歸」,是未來或然式祈使期盼語。

由此看來,即使是這樣一首小時空領域下的小詩,其流動性的全景,亦非任何畫家所能著墨。故「詩中有畫、畫中有詩」並非王維詩歌藝趣的特徵之一,詩、畫分流,各領風騷,各樹一幟,皮述民說:「王維是自然詩派的一代宗師」、「又被公認為山水畫大師」[115]。他的山水田園自然詩歌,是他的生活與性情的率真寫照;他的南宗水墨山水畫,是他佛道參悟的快意描繪[116],這才是王維詩歌藝趣、詩畫分流的特徵。

王維詩歌中,每可體會到其詩、畫分流的名篇,例如〈竹里館〉:「獨坐幽篁裏,彈琴復長嘯。深林人不知,明月來相照。」[117]詩中有畫,燦然如在;但如何畫出來,實大費周章,除非以現代科

---

112 皮述民:《王維探論》,頁103-120。

113 陳鐵民:《王維新論》,頁205。

114 清・趙殿成:《王摩詰全集箋注》,卷13,頁196。

115 同注112,頁114-115。

116 蕭延恕:〈王維的山水田園詩與音樂繪畫及禪學的關聯〉,《湘潭師範學院・社會科學學報》第2期(1987年),頁16-21。

117 同注114,卷13,頁194。

技，用彩視動畫方式表現，不然，實難著墨。然而透過王維詩句中文字的安排與描繪，彈琴人的情感、山林的清幽、一輪明月的光彩炫目，躍然於眼前。這是王維的詩畫意境合一的具體展現。又如〈使至塞上〉：

> 單車欲問邊，屬國過居延。征蓬出漢塞，歸雁入胡天。
> 大漠孤煙直，長河落日圓。蕭關逢候騎，都護在燕然。[118]

本詩是世稱「奇而入理」的好詩，此處姑不研析品賞詩的藝趣特徵，僅就詩畫分流的景象言：此詩「詩中有畫」嗎？當然有，而且輝煌璀燦；可以入畫而成「畫爲無聲詩」或「畫是有形詩」嗎？請南宗山水領航的詩人王維自己來畫，他將如何著墨？詩畫分流，各領風騷，例不勝舉。

（二）諸體兼備

諸體兼備或諸體兼長，是王維詩歌藝趣的又一特徵，專攻王維的詩評家陳鐵民有諸多析論；諸體兼備或諸體兼長，也出自陳氏著作中。劉勰（465-522）《文心雕龍》對詩體、詩心有諸多精闢的論述。如：

> 太康敗德，五子咸怨；順美匡惡，其來久矣。……建安之初，五言騰躍……若夫四言正體，則雅潤爲本，五言流調，則清麗居宗；華實異用，惟才所安。[119]（《文心雕龍‧明詩》）
> 若夫艷歌婉變，怨志訣絕；淫辭在曲，正響焉生？然俗聽飛

---

118 清‧趙殿成：《王摩詰全集箋注》，卷9，頁121。
119 南朝梁‧劉勰：《文心雕龍》（台北：師大出版中心，2012年），頁11-12。

馳，職競新異；雅詠溫恭！必欠伸魚睨；奇辭切至，則拊髀雀
躍；詩聲俱鄭，自此階矣。[120]（《文心雕龍・樂府》）
魏武……雅愛詩章；文帝……妙善辭賦；陳思……下筆琳
瑯；……觀其時文，雅好慷慨，良由世積亂離，風衰俗怨，並
志深而筆長，故梗概而多氣也。[121]（《文心雕龍・時序》）

嚴羽（1191-1241）《滄浪詩話》，對詩體原委，有明確指說[122]。至
於諸體兼備或兼長的體，筆者以爲似含體形與體質二者，體形，如五
言、七言、雜言之分；體質如山水、田園、邊塞或雄健、淡遠、渾厚
之別。筆者依據趙殿成版本所載之王維詩歌計算，共計各型各類詩歌
的數量有四百二十三首，如下表所示：

表27　王維詩歌分類簡表（筆者概計）

近體	五言	絕句	68首	共222首
		律詩	112首	
		排律	42首	
	七言	絕句	47首	共66首
		律詩	19首	
古體				共135首
總計423首				

---

120 南朝梁・劉勰：《文心雕龍》，頁13-14。

121 同上注，頁86。

122 宋・嚴羽：《滄浪詩話》（北京：人民文學出版社，1961年5月初版，1989
年8月初版，1994年9月二刷），〈詩體〉，頁48。〈詩體〉云：「《風》、
《雅》、《頌》既亡，一變而爲〈離騷〉，再變而爲西漢五言，三變而爲歌行
雜體，四變而爲沈、宋律詩。五言起於李陵、蘇武，或云枚乘，七言起於漢武
《柏梁》，四言起於漢楚王傅韋孟。六言起於漢司農谷永，三言起於晉夏侯
湛，九言起於高貴鄉公。」

如果依照趙殿成在其《王摩詰全集箋注》的分類方式，是古詩一百三十五首，近體二百八十八首，總計四百二十三首（含外編）。陳鐵民在其《新譯王維詩文集》中分編年詩與未編詩二種，未注明篇數。

　　爲玩味析賞王維詩歌藝趣諸體兼備或兼長的特徵，以下各列數例。

1. 五言古詩體：〈送別〉

> 下馬飲君酒，問君何所之。
> 君言不得意，歸臥南山陲。
> 但去莫復問，白雲無盡時。[123]

這是一首五言古體詩。前二聯採一問一答方式，倍感親切溫馨。末聯出句「聞」，坊間本作「問」，在語意語彙上似較妥，如此便形成整句五字皆仄；茲依《四部叢刊》本《王右丞集》改正爲「聞」。本詩起句下馬飲酒，正合送別題旨；結句以白雲與歸臥隱者長相左右，高雅極了，何「不得意」之有？畫龍點睛，情景該備。

2. 七言古樂府體：〈桃源行〉

> 漁舟逐水愛山春，兩岸桃花夾去津。坐看紅樹不知遠，行盡青溪不見人。
> 山口潛行始隈隩，山開曠望旋平陸。遙看一處攢雲樹，近入千家散花竹。
> 樵客初傳漢姓名，居人未改秦衣服。居人共住武陵源，還從物外起田園。

---

123 清・趙殿成：《王摩詰全集箋注》，卷6，頁38。

月明松下房櫳靜，日出雲中雞犬喧。驚聞俗客爭來集，競引還家問都邑。

平明閭巷掃花開，薄暮漁樵乘水入。初因避地去人間，更聞成仙遂不還。

峽裏誰知有人事，世中遙望空雲山。不疑靈境難聞見，塵心未盡思鄉縣。

出洞無論隔山水，辭家終擬長游衍。自謂經過舊不迷，安知峰壑今來變。

當時只記入山深，青溪幾度到雲林。春來遍是桃花水，不辨仙源何處尋。[124]

這是一首「諸體兼備」或「兼長」的七言古體樂府歌行敘事抒情詩；王維同此體裁的詩尚有〈洛陽女兒行〉、〈老將行〉等篇；本詩用韻凡七轉，拗句拗對的句法很多，乃古體詩的特徵之一。《全唐詩》在本詩題下注「時年十九」。題材取自晉陶潛（？-427）〈桃花源記〉[125]寓言，但加以美化仙化，可視爲王維自幼即有出世意念。他在〈贈從弟司庫員外絿〉中說：「少年識事淺，強學干名利。徒聞躍馬年，苦無出人智。……皓然出東林，發我遺世意。」[126]此詩約作於安史之亂發生前，足見王維居常嚮往離塵出世。不過，陶淵明的〈桃花源記〉雖是小說型的寓言，卻是描寫人世間的常民生態，不論源外漁民或源內村民，皆無成仙的念頭。繼承魏晉以來的游仙傳統的中國桃花源神話被喻爲東方烏托邦，它超越了對照於現實世界的衝突、戰亂

---

124 清‧趙殿成：《王摩詰全集箋注》，卷6，頁76。

125 晉‧陶淵明著，逯欽立校注：《陶淵明集》（北京：中華書局，1979年5月一版，2007年3月五刷），卷6，〈桃花源記并詩〉，頁165-169。

126 同注124，卷2，頁16。

的理想社會，成爲積極建構出來的精神家園，從桃花源神話世界推進到一種精神世界，再進一步由歷代文人客觀描述與主觀意念創作的精神世界轉化爲共同的生活審美概念，成爲將個人思想情感與民眾共同追求統一的終極追求。更有趣的是，王維詩中起句是「漁舟」，進入源內卻變成「樵客」，隨後又合而爲一稱「漁樵」，如此一變再變，或即他的詩的語言。品味玩賞王維〈桃源行〉詩，景美、人物美、生態美，加上他的仙化，無形中平添古今讀者如許讚歎與遐想。對王維的桃源仙境思想一變再變，皮述民〈王摩詰兩變桃花源〉一文，有精密的比較與論述[127]。

這是王維詩歌藝趣特徵之一的「諸體兼備」或「兼長」的例證之一，即七古樂府歌行體。

3. 五言律詩體：〈終南別業〉

中歲頗好道，晚家南山陲。興來每獨往，勝事空自知。

行到水窮處，坐看雲起時。偶然值林叟，談笑無還期。[128]

終南山主峰在長安南。本詩約爲開元二十九年（741）後，王維自桂州返京，候任新職，短期隱居終南山之作[129]，詩中自敘隱居之樂。其實苦樂相隨，詩中「每獨往」、「空自知」、「無還期」，暗含孤獨寂寞情緒，即可想見。這是一首形似五言律體詩，實質卻平仄拗亂，不合正格。但其頷聯、頸聯對偶，故仍視爲五律。而頸聯「行到水窮

---

127 皮述民：《王維探論》，頁59-76。

128 清·趙殿成：《王摩詰全集箋注》，卷3，頁28。

129 參考陳鐵民：《新譯王維詩文集》，上冊，頁246-248，並參考陳允吉：〈王維「終南別業」即「輞川別業」考：兼與陳貽焮等同志商榷〉，《文學遺產》1985年3月，頁45-54；莫礪鋒：〈王維的「終南山」是諷刺詩嗎？〉，《古典文學知識》2016年2期（2016年3月），頁94-97。

處，坐看雲起時」，似流水對，且寓禪趣。這是王維晚年亦官亦隱的怡然自得之作，終南別業即輞川別墅；王維曾多次多處隱居，輞川是他隱居最久，也最鍾愛的地方。看他起句直書中年好道禮佛，驀然已是晚年，乃暫居於此終南山畔；好處多多，隨興隨時可以自來自往，最快意的事，唯我自知：既傲岸又自謙。即使走到山窮水盡疑無路的地方，還可以坐下來欣賞雲起雲移。更快意的事是，有時不期而遇上山間的耆老，無論識或不識，都會談談笑笑，居然忘了回家。這正如同像陶淵明〈五柳先生傳〉所言「曾不吝情去留」[130]者然。本詩層次分明，頗符起承轉合筆法。

　　這是王維詩歌藝趣特徵之一的諸體兼備或諸體兼長的例證之一，即五言律詩體。世稱王維爲五言聖手，大筆如椽，不同凡響。

4. 七言律詩體：〈積雨輞川莊作〉

> 積雨空林煙火遲，蒸藜炊黍餉東菑。漠漠水田飛白鷺，陰陰夏木囀黃鸝。
> 山中習靜觀朝槿，松下清齋折露葵。野老與人爭席罷，海鷗何事更相疑。[131]

此爲王維的山水田園詩，是一首寫景抒情、閒情雅興的七言律體詩，依近體格平起的格律，首聯爲拗對拗黏，不合律，如將一二兩句平仄互換，始合律；此詩在體形上有一特徵，即全詩四聯皆對偶，乃詩人天才展現的景象。王維隱居輞川最久，也亦官亦隱頗爲快意，詩雖字字句句寫景，實皆在抒情，此即王國維所云，所有景語皆情語[132]。

---

130 晉・陶淵明著，逯欽立校注：《陶淵明集》（北京：中華書局，1979年5月一版，2007年3月五刷），卷6，〈五柳先生傳〉，頁175。

131 清・趙殿成：《王摩詰全集箋注》，卷10，頁146。

132 王國維云：「昔人論詩詞，有景語、情語之別。不知一切景語，皆情語也。」

本詩精彩名句為「漠漠水田飛白鷺，陰陰夏木囀黃鸝」一聯，卻也是歷來爭議紛紜的一聯，世稱「水田飛白鷺、夏木囀黃鸝」本是李嘉祐（生卒不詳，天寶七年進士）的名句，王維加上「漠漠」、「陰陰」，不無竊美之嫌。又稱李嘉祐為中唐詩人，王維為盛唐詩人，故王維不可能竊美李之名句云云。筆者以為以上說法頗有爭議[133]。

　　本詩的真趣味在於，詩人謙稱自己為出世的「野老」，並以恬適清靜的心情游目身邊尋常的景物，起筆「積雨空林煙火遲」，扣題、時空俱現、民生鮮活：次句深入農家生活，親切溫馨；頷聯世稱警語，聲色動靜對偶精準雅致，並迴銜題旨，白鷺黃鸝相映成趣；頸聯以「觀朝槿」、「折露葵」，自我側身入詩，物我融為一體，亦物我兩忘；結聯以囈言囈語放空，坦然告白海鷗，大可不必疑我：起承轉合，層次彰明。海鷗相疑，乃機心典實[134]。

　　清詩評家金聖嘆對本詩別有一番評語，略謂全詩精在一「遲」字，因積雨，故炊遲。因炊遲，故餉晚。因餉晚，致農飢。「『漠漠』句，言作苦。『陰陰』句，言日長。作又苦，日又長」，然後方見作者一片惻隱之實也[135]。

　　王維詩歌藝趣特徵之一是「諸體兼備」或「兼長」，本詩為七言

---

[133] 李嘉祐生卒年不詳，唐玄宗天寶七年（748）進士及第，約卒於唐代宗大曆（766-779）末，大曆元年（766）起屬中唐，大曆十四年（779）為大曆末年，亦即他生存於中唐的時間僅十四年，從天寶七年（748）他進士及第，至大曆元年（766）屬盛唐，顯見他生存於盛唐的時間遠遠超過中唐。而他進士及第之天寶七年（748），其時王維約四十三歲。王維約長於李氏十餘歲。如此看來，究竟是誰竊美誰，又如何認定呢？

[134] 海鷗相疑，原文云：「海上之人有好漚鳥者，每旦之海上，從漚鳥游，漚鳥之至者百住而不止。其父曰：『吾聞漚鳥皆從汝游，汝取來，吾玩之。』明日之海上，漚鳥舞而不下也。」見楊柏峻：《列子集釋》（北京：中華書局，1979年10月初版，1985年3月二刷），卷2，〈黃帝篇〉，頁67-68。

[135] 金雍集：《金聖嘆選批唐詩六百首》（北京：北京出版社，1989年6月一版），頁106。

律體的例證，屬近體詩。世稱七律定型，王維與有獻替。

5. 五言絕句詩體：〈竹里館〉

> 獨坐幽篁裏，彈琴復長嘯。
> 深林人不知，明月來相照。[136]

本詩為王維居輞川期間作的《輞川詩》中第十七首詩，竹里館輞川勝景竹林深處一座房舍，王維獨居其間，明月當空之夜，吟詩、彈琴、載歌載呼嘯，自得其樂，又有明月相伴的亦詩亦畫實況。這是一首五言絕句的古絕體；王維四百二十三詩作，五言二百二十二首，世稱王維為五言聖手，名符其實。這是一首寫景抒情的小詩，寫的是他棲身輞川別業景點之一的竹里館幽雅生趣，它除了寫出當時自己的恬靜清幽外，同時也展現了王維的才藝，既彈琴，復長嘯。所謂長嘯，非僅長聲呼嘯而已，依段注《說文》解，乃是載歌載呼的意思，《說文》謂：「其嘯也謌。」[137]世稱王維詩中有畫，如此載歌載呼的情景，只恐南宗畫派大師的王維自己也很難得心應手一揮成章。

本詩起句「獨坐幽篁裏」，人、事、時、地、物，一應俱全，本詩獨坐的主角當然是詩人王維。破空直入，為全詩啟航，更為詩旨詩心著墨。次句萬籟無聲，唯我彈琴長嘯，孤高淡雅，靜中有動。三句「深林人不知」，迴銜起句「獨坐」，開啟結句機緣；結出「明月來相照」的禪言禪趣；明月無私無情亦無所偏執，而伴我陪我，夫復何所求？李白亦善體此義曰：「永結無情遊，相期邈雲漢。」[138]（李白

---

136 清·趙殿成：《王摩詰全集箋注》，卷13，頁194。

137 段注《說文解字》：嘯，欣聲也，引詩其歙也謌。清·段玉裁：《說文解字注》（台北：漢京文化公司，1980年3月初版），頁58。

138 瞿蛻園等校注：《李白集校注》，下冊，卷23，〈月下獨酌四首〉之一，頁1331。

〈月下獨酌〉）

　　本詩爲五言古絕體，是王維「諸體兼備」或「兼長」特徵的例詩之一。王維這一體裁的詩作很多。輞川別業諸詩、〈送別〉、〈相思〉等，俯拾可得。

6. 七言絕句體：〈九月九日憶山東兄弟〉

> 獨在異鄉爲異客，每逢佳節倍思親。
> 遙知兄弟登高處，遍插茱萸少一人。[139]

本詩作於詩人王維十七歲遊學於京師長安時[140]，是一首近體七言絕句，詩題下自注「時年十七」，王維每自署其早年詩作時間，世人有譏爲自我炫耀者，未必允當。作詩時間即離鄉之次年，王維人在華山以西的長安，兄弟輩居華山之東的故鄉。起句連用異鄉異客，爲全詩領航，也是所有轉折的開端，即第一轉折；次句「每逢佳節倍思親」，即平時便常思親，逢佳節則「倍」思親，乃第二轉折，「倍」字筆力萬鈞；第三句「遙知兄弟登高處」，含三轉折，一轉爲往年此日所有兄弟一起登高，二轉而今各自東西，三轉則是我今思山東兄弟，山東兄弟當亦思我；結句「遍插茱萸少一人」，乃總言山東兄弟少我一人。詩人自己由客體轉爲主體，由思兄弟轉爲被兄弟思。這許多轉折合攏起來，便自然流暢爲溫馨渾厚特徵的佳作。九月九日重陽節，插茱萸登高祈福遠禍，至今仍風行。有其來歷[141]。然本詩實

---

139 清・趙殿成：《王摩詰全集箋注》，卷14，頁203。
140 參考陳鐵民：《新譯王維詩文集》，上冊，頁5，並益以己意。
141 周處《風土記》及吳均《續齊諧記》略謂：九月九日折茱萸插頭，以避凶禦寒；費長房對桓景說，九月九月汝家當有災，宜令家人各作絳囊，盛茱萸以繫臂，急去登高飲菊花酒，即可除禍。桓景依其言，次日還家，牲畜皆亡。重陽節習俗。即始於此。見宋・李昉等編，夏劍欽等校點：《太平御覽》，第1冊，卷32，〈時序部・九月九日〉，頁279-280。

有小疵，王維爲長兄，則留在山東者只有弟妹，若改名爲「憶山東弟妹」，第三句改爲「遙知弟妹登高處」，即實情實寫。

7. 七絕樂府體：〈秋夜曲〉

桂魄初生秋露微，輕羅已薄未更衣。

銀箏夜久殷勤弄，心怯空房不忍歸。[142]

本詩爲七絕樂府體，似近體七絕格律。詩的旨趣在描寫宮女孤悽意象，起句以「桂魄」點題，桂魄即月亮，從高曠處寫景，以無情無意的初秋月夜露水不重，爲孤悽寂寞的宮女作映襯，雖僅僅七個字，卻字字精準，啓動全局脈絡。次句以景蘊情，此時雖秋夜天寒，但此怨女卻依舊穿著往日的單薄羅衣而未更換；第三句以怨女動態彈弄銀箏，雖秋夜、秋涼、羅衣未更，而猶孜孜不倦繼續彈著，此現象是「果」；第四句開始結出「因」，因爲她擔心害怕，無法忍受空房獨守的痛苦。先「果」後「因」，詩筆獨特，乃本詩妙處。

　　本章主要探討王維詩歌意象與藝趣。第一節探討王維詩歌音樂意象、書畫意象與僧道意象等，第二節進一步探討王維詩歌藝術特徵，分別爲「淡遠」與「優雅」、「雄健」與「渾厚」、「詩畫分流」與「諸體兼備」。

---

142 清．趙殿成：《王摩詰全集箋注》，卷15，頁216。

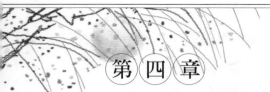

第四章
王維邊塞詩歌藝趣

　　我中華大國歷史悠久，文化豐美，幅員廣闊，自古與周邊鄰國以各種方式交往接觸，留下許多可歌可泣的史蹟，詩人感事傷懷，資爲內容豐富、形式多端、流傳久遠的邊塞詩。漢唐盛世，主客觀形勢變化多端，邊疆敵我多故，邊塞詩歌固然資源豐盛；其實有信史可考的《詩經》中，已留下許多供人謳歌慷慨的邊塞詩。

第一節　邊塞詩溯源

　　邊塞詩的內含和形體都很多元，傳統以爲邊塞詩一方面充分流露詩人邊塞生活的點滴，一方面也可能將將士情懷、邊地戰戍之事、荒僻酷寒之景，納入題材同時又流露生機勃勃、英勇自信的精神[1]；概略地說，包括邊塞風光、征戍生涯、征夫征婦怨情，弔古諷今情懷等等內容。隋唐以降，以邊塞爲主題的各體詩歌漸盛，盛唐時期國強民豐，對戰爭出現迎拒好惡風情，王維的邊塞詩即有此風格；其主題風範，上承先秦，下開中唐以後。試略爲邊塞詩溯源如次。

---

[1] 蘇珊玉：《盛唐邊塞詩的審美特質》（台北：文津出版社，2000年11月一刷），頁21。

一、邊塞詩主題

　　戰爭徭役主題的詩歌是周代以來人民社會歷史生活的重要主題之一，不論歌頌或厭惡戰爭爲題材的詩歌，都是自《詩經》以來不可忽視的一類社會詩歌，與其他如愛情詩、農事詩、宴飲詩和祭祀詩等主題相比，戰爭詩所描繪的場景多與周邊國家、人民的互動有關，經常涉及社會各個階層的生活而表現出豐富的內容。邊塞詩不僅包含戰爭、徭役等主題，更經常涉及到國家的政治、經濟、思想、民族關係與家庭關係等方面。南宋詩評家嚴羽《滄浪詩話‧詩評》中論唐詩題材時，首先提到的即邊塞（征戍詩）云：「唐人好詩，多是征戍、遷謫、行旅、離別之作，往往能感動激發人意。」[2]邊塞詩能激發人意，故稱好詩。由來通說，悲調詩歌易感人，喜調詩歌多酬答肆應，不易討喜。

二、早期的邊塞詩

（一）先秦時期

　　《詩經》中蘊藏豐富的邊塞詩多來自民間，且多爲專責「採詩」的「行人」取自戍卒之口者。例如《秦風‧無衣》：

> 豈曰無衣？與子同袍。王于興師，修我戈矛，與子同仇！
> 豈曰無衣？與子同澤。王于興師，修我矛戟，與子偕作！
> 豈曰無衣？與子同裳。王于興師，修我甲兵，與子偕行！[3]

2　宋‧嚴羽：《滄浪詩話》（北京：人民文學出版社，1961年5月初版，1983年8月三刷），〈詩評〉，頁198。

3　程俊英，蔣見元：《詩經注析》（北京：中華書局，1991年10月一版，1999年10月三刷），頁357-358。

其他如：《小雅·漸漸之石》、《國風·唐風·揚之水》、《國風·豳風·東山》、《國風·邶風·擊鼓》等。《楚辭》中的〈國殤〉是屈原悼亡為國死難戰士之作。先秦時期諸侯邦國眾多，據載春秋時代中原先後存在一百三十一大小諸侯國，但到戰國後期時，則僅存齊、楚、韓、趙、秦、魏、燕等七國[4]。春秋戰國五百五十年間（770-221 B.C.）中原諸國對內彼此征戰不休，對外與周邊四夷之間長期頻繁的征戰殺伐，社會一直處於動盪不安的歷史階段，形成了先秦時期「國之大事，在祀與戎」[5]的社會文化特徵。這種歷史背景在詩歌作品中被保留下來，廣布於《詩經》的風、雅、頌中，反映和記錄了社會不同階層民眾在烽火連天背景下的生活情狀和情感體驗，展現豐富的先秦歷史內涵，亦成為漢唐邊塞詩之濫觴。

（二）漢代（西元前202年至西元220年）

漢代以後，出現了部分的佚名「樂府」詩，其中與戰爭、邊塞主題有關的，如：〈戰城南〉、〈十五從軍行〉等。這些樂府詩的內容多半以表達戰士離鄉背井，遠赴邊疆征戰或戍守疆土的激昂衛國或愁苦思鄉之情為主，亦有記錄在邊地所見風土民情、自然風光等生活景象。這些現已不知作者的樂府詩生動而細膩地表現出底層戰士小卒的心聲。

（三）魏晉南北朝時期（220-589年）

魏晉南北朝時期，南北戰火遍地開花，人民生活凋弊，此時描寫邊疆風光與戰爭主題之詩歌數量眾多，以下試舉數例。

4　元·馬端臨：《文獻通考·封建考》（上海：上海商務印書館，1936年），頁2764。

5　《春秋左傳正義·成公十三年》（台北：藝文印書館，1993年），頁1911。

1. 建安時期

女詩人蔡琰（177？-249）的〈悲憤詩〉。曹操（155-220）的〈卻東西門行〉及〈苦寒行〉。王粲（177-217）的〈從軍行五首〉。曹植（192-232）的〈白馬篇〉。

2. 南朝宋時期

鮑照（414-466）的〈代出自薊北門行〉、〈代東武吟〉、〈代苦熱行〉、〈代陳思王白馬篇〉及〈擬行路難〉等。

3. 北周時期

庾信（513-581）的〈燕歌行〉。盧思道（531-583）的〈從軍行〉等。

三、盛唐時期古體邊塞詩人與邊塞詩

隋唐盛世，邊疆亦多事，邊塞詩應時興起，盛唐世稱邊塞詩的黃金時代。詩人聯鑣並轡，詩風飛揚振奮，邊塞詩的形體格局亦幻化多端。中晚唐後國力轉弱，邊塞詩亦轉趨消沉或懷古傷今，以邊塞詩專擅的詩人亦相對式微。時勢使然，殊難強求。試舉盛唐邊塞詩人詩作數則以例其餘。

表28　盛唐邊塞詩人與詩作

詩人姓名	詩名與數量
唐玄宗（685-762）	〈平胡〉二首。
岑參（715-770）	〈涼州館中與諸判官夜集〉、〈白雪歌送武判官歸京〉及〈走馬川行奉送出師西征〉等。
高適（702-765）	〈燕歌行〉及〈別董大二首‧其一〉。
李白（701-762）	〈關山月〉、〈塞下曲〉六首、〈戰城南〉、〈北風行〉及〈子夜吳歌‧秋歌〉等約八十餘首，或曰百首。

詩人姓名	詩名與數量
杜甫（712-770）	〈兵車行〉、〈前出塞〉九首、〈後出塞〉六首等，亦約百首。
李頎（690？-754？）	〈古從軍行〉一首等，總量亦約百首。

四、盛唐時期近體邊塞詩人與邊塞詩

盛唐詩人所作之近體邊塞詩多見以景寫情，以情狀景的表現形式，將詩人所見的邊塞風光融入詩人或豪邁激昂，或悲傷愁苦，或思念家鄉等心情，展現盛唐邊塞詩的特殊情懷。以下略舉數例，以例其餘。

王維（701-761）有邊塞詩二十八首，以〈使至塞上〉最見稱[6]。

王昌齡（698-765），有〈出塞〉：「秦時明月漢時關，萬里長征人未還。但使龍城飛將在，不教胡馬度陰山。」又有〈從軍行〉：「大漠風塵日色昏，紅旗半卷出關門。前軍夜戰洮河北，已報生擒吐谷渾。」

王之渙（695-？），有〈出塞〉：「黃河遠上白雲間，一片孤城萬仞山；羌笛何須怨楊柳，春風不度玉門關。」

王翰（生卒年不詳，睿宗景雲元年710進士），有〈涼州詞〉：「葡萄美酒夜光杯，欲飲琵琶馬上催。醉臥沙場君莫笑，古來征戰幾人回？」

---

6 清‧趙殿成：《王摩詰全集箋注》（台北：世界書局，1996年6月初版六刷），卷8，頁105。

第二節　邊塞詩的黃金時代

所謂黃金時代，即盛況空前絕後之謂。按查《全唐詩》，以邊塞為主題的詩人及詩篇數，列如下表。

表29　唐代邊塞詩人與詩作數量統計表〔筆者概計〕

分期／時間	邊塞詩人數量	邊塞詩作數量
初唐45年	53	250
盛唐52年	40	460
中唐60年	45	370
晚唐80年	76	320
總計	214	1400

世稱盛唐為邊塞詩歌的黃金時代，其時國強民富，政經文化，陸海交通，遠近敵友邦誼多故，事屬必然；邊塞詩人基於社稷蒼生，振筆寫成血肉淋漓的邊塞詩；邦誼多故，邊塞詩題材源泉滾滾，此所以成其為邊塞詩的黃金時代也。這是主因。至於士子雄心勃勃，爭欲立功異域，無非因勢乘便，即邦誼多故是「因」，邦誼無事，士子焉有雄心？試略探究所謂唐代為邊塞詩的黃金時代之理路如次。

一、國強民豐

唐代幅員廣闊，唐太宗（627-649在位）貞觀時期，其疆城南至越南，北至今俄羅斯安加拉河流域，西至今烏茲別克斯，東臨今遼闊的吉林地區，國土面積達一千萬平方公里[7]。國土廣，民生富，與

---

[7] 《舊唐書‧地理志》略謂：唐代疆域在太宗、高宗、玄宗時達鼎盛，以天寶十一年（752）為例，當時疆域西至安西府，南至日南郡，北至單于府，總面積約一千萬平方公里。見史念海：《中國疆域沿革史》（北京：商務印書館，2000年8月二刷），頁132-146。

鄰邦接觸頻繁，衝突事故在所難免，彙整《資治通鑑》史蹟，自盛唐玄宗開元元年（713）起，至唐代宗永泰元年（765），短短五十二年間，唐王朝與遠近鄰邦異族之間，戰爭衝突未曾斷過。此即邊塞詩昌盛的第一主因。（參閱附錄八）

二、生活經驗及胸襟丕變

在第一主因邦誼多變情勢下，中外接觸多，國人生活經驗及胸襟視野亦相應丕變，邊塞詩的題材、氣象即所向無際，諸如岑參（715-770）：「輪臺九月風夜吼，一川碎石大如斗，隨風滿地石亂走。」[8]（〈走馬川行奉送封大夫出師西征〉）。陳陶（894-968？）：「誓掃匈奴不顧身，五千貂錦喪胡塵。可憐無定河邊骨，猶是深閨夢裏人。」[9]（〈隴西行〉）很多邊塞詩的題材，氣象都非尋常的人、事、時、地、物及胸襟視野所具有的，如楊炯（650-693）：「烽火照西京，心中自不平。牙璋辭鳳闕，鐵騎繞龍城。雪暗凋旗畫，風多雜鼓聲。寧爲百夫長，勝作一書生。」[10]（〈從軍行〉）詩人在大時空不斷轉變下，邊塞詩作勢如潮湧，試看山水田園詩派旗手王維的〈雙黃鵠歌送別〉、〈從軍行〉、〈隴西行〉、〈隴頭吟〉、〈老將行〉等詩及李華的〈弔古戰場文〉，便會發現，邊塞詩的黃金時代是如何驀然到來的。王維邊塞詩超過三十首，夠多了；但去李白、杜甫、岑參遠甚，時勢所趨，殊非偶然。

三、邊塞詩風蔚爲社會詩風

綜觀邊塞詩作，似可體會作者是以極大的同情心和同理心，投

---

8 中華書局編輯部點校：《全唐詩》（北京：中華書局，1999年1月一版），卷199，頁2059。

9 同上注，卷746，頁8579。

10 同上注，卷50，頁615。

入在其詩作中；而此種同情心和同理心是天下人所同具的，所謂人同此心，心同此理；這也是邊塞詩成爲「好詩」（嚴羽《滄浪詩話》語），而樂爲世人諷誦的原因。詩人也樂於創作邊塞詩而蔚爲關懷社稷蒼生的社會諷喻詩人，形成詩壇詩風的自然轉變。當邊塞詩蔚爲「顯學（詩）」時，詩人相率以創作邊塞詩爲必鶩。例如王維以山水田園自然詩派聞名當時及後世，其邊塞詩約三十餘首，亦多社會諷喻氣概。杜甫以「詩史」著稱，屬社會詩家，他悲天憫人的邊塞詩約百首。浪漫詩人李白約有邊塞詩八十餘首。雖不及杜甫，但超過同時期的岑參（約百首）、高適（五十餘首）、王昌齡（三十首）等邊塞名家[11]。當邊塞詩蔚爲「顯學（詩）」時，盛唐遂成邊塞詩的黃金時代，乃勢屬必然了。

第三節　時空景象

前文提及，一般通說有心理時空與物理時空之說，所謂「生理時空」意謂王維生命六十一或六十二歲期間，其活動空間無非鄉里、京師及有限的塞外；他雖曾赴蜀，但詩作中不見蜀地名勝跡象如錦江、錦城、武侯、李白等，可能是中途而返[12]。在此生理時空下，其詩歌創作，特別是邊塞詩創作，自會受到相當程度的影響。本節基於此觀點，略分王維邊塞詩爲前、中、晚三時期作品析賞。

一、前期

學者朱光潛與黃永武都認爲，詩人的年齡歲月與其詩作色彩好

---

11 以上邊塞詩家詩作多寡，參閱郭建偉：〈唐人好詩多征戍、李白繡口半盛唐：李白邊塞詩粗論〉，《赤峰學院學報（漢文哲學社會科學版）》，頁28-29。
12 陳鐵民：《新譯王維詩文集》，上冊，導論，頁5。

惡有關聯。王維邊塞詩前期，即王維青少年時期，亦即盛唐早期及所謂邊塞詩的黃金時代。此時的大唐王朝正是盛況空前，從附錄八列表可知玄宗開元年間在西北地區連年與突厥、契丹、吐蕃等民族爭戰不休，王維前期的邊塞詩乃躬逢其盛，意氣風發的邊塞詩，可以〈少年行〉、〈隴頭吟〉、〈出塞作〉等爲代表。〈少年行〉四首組詩，歌頌少年遊俠「縱死猶聞俠骨香」、「虜騎千群只似無」，氣勢豪邁英勇。再看〈出塞作〉：

> 居延城外獵天驕，白草連山野火燒。暮雲空磧時驅馬，秋日平原好射雕。
> 護羌校尉朝乘障，破虜將軍夜渡遼。玉靶角弓珠勒馬，漢家將賜霍嫖姚。[13]

本詩作於開元二十五年（737）[14]，時王維三十七歲，以監察御史身分出使河西，名篇〈使至塞上〉：「大漠孤煙直，長河落日圓」即此時作。此即「前期」英雄豪邁氣概之作。其他類似或同含社會諷喻之邊塞詩，如〈隴西行〉、〈隴頭吟〉、〈老將行〉等，皆詩人王維青少年時期色彩光鮮亮麗之作。金聖嘆評曰：「『白草連天』，便是野火連天，先已不可向邇。……三四『暮』字，『時』字、『秋』字、『好』字，卻似一道緊急邊報然。」[15]評語有神趣。

二、中期

　　就大時空言，約當盛唐五十二年間的開元中期至天寶初期的二十

13　清・趙殿成：《王摩詰全集箋注》，卷10，頁150。

14　陳鐵民：《新譯王維詩文集》，上冊，頁183。

15　金雍集：《金聖嘆選批唐詩六百首》（北京：北京出版社，1989年6月一版），頁105。

年間；就王維生涯或王維「生理時空」言，約當他盛年的三十餘至四十餘歲間，即王維邊塞詩「中期」。此時期王維邊塞詩的特徵，除謳歌慷慨，鼓舞征戍外，每以時不我與，而興起厭戰及社會諷喻的旨趣。包括著名的〈使至塞上〉、〈送元二使安西〉及多首送別赴邊詩，如〈奉和聖制送不蒙都護兼鴻臚卿歸安西應制〉、〈送張判官赴河西〉、〈送劉司直赴安西〉、〈送宇文三赴河西充行軍司馬〉等等。以〈送趙都督赴代州得青字〉一詩為例證。

> 天官動將星，漢地柳條青。萬里鳴刁斗，三軍出井陘。
> 忘身辭鳳闕，報國取龍庭。豈學書生輩，窗間老一經。[16]

本詩最能彰顯作者王維此刻雄心壯志雖猶在，豈奈歲月不許何，惟有寄期許於被送者趙都督了。據陳鐵民《新譯王維詩文集》指稱，本詩約作於天寶元年左右，也正是王維邊塞詩的「中期」之作[17]。

三、晚期

王維邊塞詩的晚期，約當唐玄宗天寶十年（751）前後至唐肅宗上元初，王維終老（761）之十年間，安史之亂即此時期。此一時期是大唐盛世江河日下，以底於敗亡的關鍵，也是詩人王維由三教並融轉趨佛道情懷的關鍵。王維邊塞詩的晚期風貌，在客觀大時空的澎湃衝擊，與王維主觀歲月、色彩心理及「生理時空」的諸般影響下，乃自然地由前、中期的豪邁奮發，轉入平和沉穩，甚至反戰諷喻的潛意識。例如他在諸多邊塞送行詩中，情意每委曲婉轉，言不盡意，或意在言外。而這類詩多作於安史之亂前後。

---

16 清・趙殿成：《王摩詰全集箋注》，卷8，頁111。
17 陳鐵民：《新譯王維詩文集》，上冊，頁243。

例一：〈送劉司直赴安西〉

> 絕域陽關道，胡煙與塞塵。三春時有雁，萬里少行人。
> 首蓿隨天馬，蒲桃逐漢臣。當令外國懼，不敢覓和親。[18]

本詩約作於安史亂（755-763）前，王維送劉某赴安西作。安西治龜茲城（今新疆庫車），統治龜茲、焉耆、于闐、蘇勒四鎮。詩人以漢武帝採和親方式與強敵匈奴相處，終使中外互利。言外之意是，王維對劉某赴安西任司直的大任，將會扮演何種角色感到疑問。

　　由此似可領悟，王維晚期的邊塞詩，與前、中期者，大異其趣。

　　例二：〈送韋評事〉

> 欲逐將軍取右賢，沙場走馬向居延。
> 遙知漢使蕭關外，愁見孤城落日邊。[19]

本詩亦王維邊塞送別之一，亦約作於安史亂前。唐時詩人每喜用漢典實，王維亦然。前一首〈送劉司宜赴安西〉：「……蒲桃（葡萄）逐漢臣」，即然。本詩起句用漢武帝遣衛青領軍擊匈奴，獲其右賢裨王十餘人歸的史事[20]，藉此鼓吹被送的韋評事馬到功成，是送酬語。後二句的言外之意當可仁智互見；筆者解作：我（詩人）今送漢使（韋評事）到此遙遠戰地（蕭關），我惦念你閣下每逢孤城（戰地戍城）落日的時刻，會不會發愁（思鄉）；或會不會怕見孤城落日的景色！試參閱范仲淹詞[21]，當知王維晚期的邊塞詩如此著筆或如此解讀，似

---

18 清・趙殿成：《王摩詰全集箋注》，卷14，頁206。

19 同上注，卷11，頁156。

20 宋・司馬光等編：《資治通鑑》，卷19，〈漢紀・武帝・元狩四年〉，頁624。

21 宋・范仲淹〈漁家傲・秋思〉詞：「塞下秋來風景異，衡陽雁去無留意。四面

無不可。

例三：〈奉和聖製送不蒙都護兼鴻臚卿歸安西應制〉

上卿增命服，都護揚歸旆。雜虜盡朝周，諸胡皆自鄶。
鳴笳瀚海曲，按節陽關外。落日下河源，寒山靜秋塞。
萬方氛祲息，六合乾坤大。無戰是天心，天心同覆載。[22]

這是一首奉和應制的詩，奉和玄宗皇帝送不蒙都護兼鴻臚卿的重臣
赴安西邊地的應制（官式應酬）之作。經趙殿成等考證，不蒙為夫
蒙之誤，乃蕃將之姓，《通鑑》等相關文獻載，夫蒙靈詧（？-756）
於開元二十九年（741）至天寶六年（747）任安西節度使，統轄安西
四鎮，行前玄宗賦詩送他，賦詩無存，王維奉旨作本詩應和之，詩含
諷喻勸勉之意。時間約在開元末至天寶初[23]，亦值安史亂前。品味本
詩旨趣，玄宗所作無存，應制之作，瑰麗昂揚：前四聯敘事寄情，首
聯送行稱頌，次聯實事直書，均略陳誇飾；三、四聯寫途中及邊地景
色，承轉出五、六聯的意象；就此詩意旨窺探，全詩重點落在最後的
五、六聯：「萬方氛祲息，六合乾坤大（泰）。無戰是天心，天心同
覆載。」意謂都護歸旆之後，最終的景象是無戰而天下太平，此即
「天心」。「天心」的常解是皇上（玄宗）的心，如此誇大歌頌當面
的玄宗，未始不可，且屬常情；但，可能並非詩人王維言外之意，由

邊聲連角起，千嶂裡，長煙落日孤城閉。　濁酒一杯家萬里，燕然未勒歸無
計，羌管悠悠霜滿地。人不寐，將軍白髮征夫淚。」宋朝魏泰認為此詩乃「范
文正公守邊日，作漁家傲樂歌數闋，皆以『塞下秋來』為首句，頗述邊鎮之勞
苦，歐陽公嘗呼為窮塞主之詞。」見宋・魏泰撰；李裕民點校：《東軒筆錄》
（北京：中華書局，1983年一版，1997年二刷），卷13，頁123。

22 清・趙殿成：《王摩詰全集箋注》，卷14，頁206。

23 據陳鐵民考證，不蒙任職安西時間是開元二十九年（741）至天寶六年
（747）。參見陳鐵民：《新譯王維詩文集》，上冊，頁310。

衷之情。且亦非好大喜功、唯我是尊的玄宗之本色。因此，王維所謂的「天心」，乃：天無私覆，地無私載，日月無私照，六合（寰宇、上下四方）同安泰的景象。王維私衷如此，庶乎契合其晚期的邊塞詩意趣。

本第三節王維邊塞詩的時空景象，略以前期、中期、晚期，研析王維邊塞詩在客觀盛唐大時空及王維主觀生理時空下，不同時空其邊塞詩的特徵與意象。所錄列的例詩，多作於安史亂前後。變亂，人心望治，邊塞詩的黃金時代乃應運而生。

第四節　書寫藝趣

《詩·大序》云：「情動於中，而形於言。」詩人振筆作詩，必非「少年不識愁滋味」式的「強說愁」，而是迫於情感情緒的強力催發推動。王維身居三教，生性穩健成熟，他筆下的邊塞詩乃至所有的四百二十三首各類詩作，都是情境觸動下的錦繡文章，罕有無病呻吟之作。以下試選錄王維書寫情誼獨特的邊塞詩為例證，藉以管窺其面貌與旨趣。

一、深刻情感

詩人王維一如諸多詩家，頗重友情，他的送別酬答詩，量多質純，有些詩千餘年來仍膾炙人口，例如表達深刻友誼之情的〈渭城曲〉：

渭城朝雨裛輕塵，客舍青青柳色新。
勸君更盡一杯酒，西出陽關無故人。[24]

---

24 清·趙殿成：《王摩詰全集箋注》，卷14，頁205。

〈渭城曲〉千古如新，可反復多解，並與諸事關聯，它是友情詩，也是邊塞詩，它當作在安史亂前，「出」字是關鍵，「出陽關」是赴陽關之外守邊，若爲「入陽關」，則是率師返國平亂勤王，「出」陽關無故人，乃勸再盡一杯；入陽關，多故人，何須勸飲？

這是王維邊塞詩的傳世之作，歷有好評：清人王士禎稱其爲唐人七絕壓卷之作（《帶經堂詩話》卷四）；明人胡應麟稱此詩用語爲「自是口語而千載如新」[25]；李東陽云：「此辭一出，一時傳誦不足，至爲三疊歌之。」[26]所謂三疊，即反復吟唱三次。至於如何反復，歷來眾說紛紜：宋蘇軾謂第一句不疊〈東坡老林〉；今人皮述民擬出多種疊唱方式（《王維探論》）；邱師燮友稱：「詩意重點在末句，且『陽關』二字，亦在末句，將末句疊唱三遍，故獨稱爲『陽關三疊』。如在他句疊唱，則何必稱『陽關』三疊呢？」[27]旨哉斯言。本詩談助話題繁夥，詩成當時，即風傳吟唱，此爲當下時尚，好詩吟唱諷誦一日千里；薛用弱《集異記》中所載「旗亭畫壁」故事可證[28]。本詩〈渭城曲〉形成「陽關三疊」，當時即見盛況：以譏諷人一再被貶的詩人劉禹錫〈與歌者詩〉：「舊人唯有何戡在，更與殷勤唱〈渭城〉。」〈長恨歌〉作者白居易〈對酒詩〉云：「相逢且莫推辭醉，聽唱〈陽關〉第四聲。」邱師燮友列本詩爲「七絕樂府」，指出第三句孤平，以第四句「無」字救之，是爲孤平拗救[29]。初、盛唐

25 明·胡應麟：《詩藪》（上海：上海古籍出版社，1979年），外編，頁199。

26 明·李東陽：《麓堂詩話》，收入丁福保編：《歷代詩話續編》（北京：中華書局，1983年），下冊，頁1372。

27 邱燮友：《新譯唐詩三百首》（台北：三民書局，2014年9月六版三刷），頁552-553。

28 唐·薛用弱：《集異記》（台北：藝文印書館，1966年百部叢書集成影印顧元慶輯陽山顧氏文房本），卷4，頁12。

29 陳鐵民：《新譯王維詩文集》，下冊，頁550。筆者歸類此類詩爲「七絕第二式」。

是近體詩定型階段，各種體式繽紛燦爛，如王維的〈雜詩〉：「君自故鄉來，應知故鄉事。來日綺窗前，寒梅著花未？」[30]既平仄異常，復韻腳跳借，卻不失為好詩。次就體質言，本詩言簡意長，古今讚歎不輟，前文已提到。

例詩二：羈縻反復之情緒書寫的〈送岐州源長史歸〉

握手一相送，心悲安可論？秋風正蕭索，客散孟嘗門。
故驛通槐里，長亭下槿原。征西舊旌節，從此向河源。[31]

（原注：源與余同在崔常侍幕中，時常侍已故）

這是一首近體五律，頷聯、頸聯對偶工穩，起、承、轉、合節次流暢；第三句「蕭」應「仄」而「平」；結聯「旌」應「仄」而「平」，屬拗，仍不失合格律的近體五律。就詩的體質析賞。本詩情篤意切，語重心長，寄譴責諷喻於無形，歷來詩評家對本詩好評如潮[32]：明人吳喬（1611-1695）云：『秋風正蕭索，客散孟嘗門』，十字抵一篇〈別賦〉。」[33]清人黃培芳（1778-1859）云：「起便情深。」[34]所謂羈縻反復，始末是：開元二十四年（736）秋，崔希逸與吐蕃大將乞力徐訂約，各去守備，以利耕牧；其後內給事趙惠琮等欲立功，矯詔令希逸襲吐蕃，希逸被迫出兵，大破吐蕃，乃愧誨病鬱卒[35]。細按本詩之可貴處：在情眞、意善、辭美的大手筆王維的揮灑

30 清・趙殿成：《王摩詰全集箋注》，卷13，頁199。

31 同上注，卷8，頁105。

32 陳鐵民：《新譯王維詩文集》，上冊，頁207-208。

33 清・吳喬：《圍爐詩話》（清借月山房彙鈔本），卷3，頁51。

34 清・王士禎選，黃培芳評，吳退庵等輯注：《唐賢三昧集箋註》（台北：廣文書局，1968年11月），卷上，頁上之二十五。

35 後晉・劉昫：《舊唐書》，卷146，〈吐蕃列傳〉，頁5219。

書寫下，以握手、相送、心想起，頷聯以秋風蕭索、客散孟門強化情境，此二聯可謂本詩梁柱與框架；頸聯「故驛」、「長亭」點化去者之匆匆與送者之依依。結聯旨趣繁複而諷喻深沉：一是對死去的老長官崔布逸的悼念，二是對戰爭殺戮的排斥，對羈縻信守的肯定，三是對此後國政邦誼的憂慮。可謂言有盡而情未已。

二、行役與戰爭

例詩一：〈使至塞上〉

單車欲問邊，屬國過居延。征蓬出漢塞，歸雁入胡天。

大漠孤煙直，長河落日圓。蕭關逢候騎，都護在燕然。[36]

這是王維邊塞詩中的名篇，也是由來爭議多解的佳構：

其一，王維出使原委。開元二十四年（736），曾擢拔王維的賢相張九齡被李林甫構陷而罷相；次年春，河西節度副使崔希逸戰勝吐蕃，玄宗命王維以監察御史身分出使涼州，宣慰將士。此或玄宗迴護王維之計，即《老子》所謂「外其身而身存」之謂。或另有更深一層的政治意圖：青少年時期的王維與岐王交好，玄宗畏於己不利，乃藉機驅使王維出使塞上。

其二，詩中相關景物、屬國。居延，漢武帝所置之藩屬，故城在今內蒙古額濟納旗北境。歸雁入胡天或入吳天，均可，雁隨季候遷移，冬寒入吳，夏熱還胡，隨人解讀。

其三，孤煙直、落日圓，眾說紛紜：一說孤煙是烽火之煙，用曬乾的狼糞燃燒成煙，風吹不散，故「直」，又稱狼煙。（按：可疑，既已戰勝，何復舉煙？）二說，孤煙是煙沙，塞外迴風或龍捲風，

---

36 清‧趙殿成：《王摩詰全集箋注》，卷8，頁105。

風大而急，形成沙煙。（按：常見的龍捲風，罕有捲沙直上者。）三說，近人王聿鈞稱，他曾在新疆河西戈壁親見迴風或旋風吹起塵沙的奇景，並謂烽燧是遇敵警時才點燃[37]。四說，近人姚奠中在其〈唐詩札記〉中引《資治通鑑・唐紀》說，平安火不至，皇帝便害怕；唐時邊塞之地每三十里設一站，無事時早晚燃報平安，有警時不舉火，王維「大漠孤煙直」所指、日暮所燃的即是平安火[38]。（按：既是每三十里一站，何以稱「孤煙」？）五說，中國大陸學者張天健謂，孤煙是炊煙，王維所走的沙漠通道可能有綠洲；此時戰事已息，傍晚三五牧人聚集用糞火做晚餐，孤煙直上，自在情理中[39]。（按：既牧人三五聚集，舉火備餐，應不止一處一群，何以只見「孤煙」直上？）此外尚有大漠、長河究何所指？或謂長河即黃河，有謂長河即「弱水」，即額洛納河、黑河……言人人殊，莫衷一是。

　　以上爭議多屬想像，惟一可解的是，大戈壁與大沙漠之不同；2008年筆者旅遊北疆，方分辨出所謂戈壁，是「砂」（非「沙」）石混合形成的，地形起伏較固定，雜草叢生，大風捲起砂石應非「煙沙」，名邊塞詩人岑參於〈走馬川行奉送封大夫出師西征〉所描寫的似即大戈壁的風砂景象。本詩敘事、寫景、抒情，均簡潔自然，頷聯、頸聯，實景藝寫，世稱絕唱，王國維讚為「千古壯觀」[40]。

37 王聿鈞：〈說「大漠孤煙直，長河落日圓」〉，收入霍松林等選編：《唐詩探勝》（鄭州：中州古籍出版社，1987年7月一版），頁87-91。然「沙漠」與「戈壁」不同，沙漠是廣大深厚的細沙灘，隨風變形（故有「無定河」），寸草不生；戈壁是大形的「砂」和「石」混成的廣大砂灘，雜草叢生，岑參〈走馬川行奉送封大夫出師西征〉詩中誇飾的「輪臺九月風夜吼，一川碎石大如斗，隨風滿地石亂走。」即是戈壁的景象。

38 姚奠中：〈唐詩札記五則〉，收入氏著：《姚奠中論文選集》（太原：山西人民出版社，1988年7月一版），頁174-175。

39 張天健：《唐詩答疑錄》（北京：中國文聯出版社，2004年9月一版一刷），頁80-87。

40 王國維著，黃霖等導讀：《人間詞話》（上海：上海古籍出社，2000年2月五

其四，就王維整體詩作言，本詩為王維少見的格律平正之近體五律。可見王維對近體詩闢徑、探路、定型，確有貢獻。

其五，本詩特徵是，看似一路見景寫景。實景實寫；甚至將尋常到處可見的「落日圓」，加上「長河」的寫景，便新鮮活絡起來。

遣辭既直白，景色亦尋常，但一經大手筆王維之手點化，再與上句「大漠孤煙直」結合起來，即成就為有形有色，詩中有畫的千古名句，而難言難解。由來好詩多解甚至無解，詩作者只是以尋常語，說尋常景而已。再就全首詩言，「出」、「入」、「直」、「圓」四字，將整首詩串連起來，最具關鍵身價。單就「出」、「入」二字解析，「出」是詩人之出，詩人是主；「入」是歸雁之入，歸雁是主；但上下二句合觀，詩人「出漢塞」，「主」頓時變成了「客」；歸雁「入胡天」，原本是「主」的歸雁，依舊還是「主」；如此方顯示詩人此刻有落寞感。征蓬、歸雁都是實有的景物，出漢塞、入胡天都是實有的現象；此一「出」一「入」，方更覺動人心脾。又，結聯「蕭關」是詩人已走的地方，而「燕然」是都護此刻還在作戰的地方，此二地相距約五百里，是否暗含京師訊息有誤，或都護敗敵多而窮追不已，亦堪玩味。

例詩二：〈送陸員外〉

> 郎署有伊人，居然古人風。天子顧河北，詔書隸征東。
> 拜手辭上官，緩步出南宮。九河平原外，七國薊門中。
> 陰風悲枯桑，古塞多飛蓬。萬里不見虜，蕭條胡地空。
> 無為費中國，更欲邀奇功。遲遲前相送，握手嗟異同。

刷），頁12有云：「明月照積雪」、「大江流日夜」、「中天懸明月」、「長河落日圓」，此種境界，可為千古壯觀。

行當封侯歸，肯訪南山翁。[41]

本詩書寫惜戰睦鄰之情，爲五言古風；但中間十句爲五對偶聯，頗似排律。王維送陸員外赴東北邊境任職的詩，陳鐵民指稱，約作於王維隱居終南期間（約爲開元二十九年至天寶九年，即740年至750年間）[42]，詩的旨趣有別於一般送酬詩的是，王維坦然說出了他惜戰睦鄰的戰爭觀：「無爲費中國，更欲邀奇功。」此時王維年約四十至五十歲，思想已臻穩健成熟，亦即與年齒歲月有關之作。

　　本詩以歌頌始，以祈使預祝終，中間以被送者旅途景色穿插點綴，結語自謙爲「南山翁」。王維送酬詩頗多，每以如此格調成篇。「南山」自來爲詩家習用的隱居處所：如陶淵明：「採菊東籬下，悠然見南山。」[43]（〈飲酒〉）；孟浩然：「北闕休上書，南山歸敝廬。」[44]（〈歲暮歸南山〉）；王維：「君言不得意，歸臥南山陲。」[45]（〈送別〉）本詩既作於詩人王維隱居終南山時期，自稱「南山翁」，似意謂待閣下封侯榮歸時，我王維仍依然隱居如故。唐玄宗好大自是，羈縻征伐並用，本詩王維期勉陸員外「無爲費中國，更欲邀奇功」，其實是在諷喻規勸當政者唐玄宗的。

三、哀怨凄楚

　　例：〈雙黃鵠歌送別〉（時爲節度判官，在涼州作）

---

[41] 清・趙殿成：《王摩詰全集箋注》，卷3，頁35。

[42] 陳鐵民：《新譯王維詩文集》，上冊，頁265。

[43] 晉・陶淵明著，逯欽立校注：《陶淵明集》，卷4，〈飲酒二十首〉之五，頁89。

[44] 中華書局編輯部點校：《全唐詩》，卷160，頁1654。

[45] 同注41，卷3，頁38。

天路來兮雙黃鵠，雲上飛兮水上宿。撫翼和鳴整羽族。

不得已，忽分飛。家在玉京朝紫微。主人臨水送將歸。

悲笳嘹喚垂舞衣，賓欲散兮復相依。幾往返兮極浦，尚裴徊兮落暉。

岸上火兮相迎，將夜入兮邊城。鞍馬歸兮佳人散，悵離憂兮獨含情。[46]

本詩時空指涉、人事旨趣如何，眾說紛紜，寫作時間應屬詩人任職河西節度使崔希逸幕府時，至於「雙黃鵠」究為何人，二人關係為何，向無定論。若依本詩敘述之內容、情境推論，以此為征夫征婦分手訣別的哀怨詩，似亦無不可。

　　這是「諸體兼備」或「兼長」的王維，所賦的一首雜言「樂府歌行」。通說（包括陳鐵民）是一首邊地送別的憂傷詩[47]。從字裡行間欣賞，確是如此。就時空言，它被列入王維的邊塞詩，內容則屬征夫征婦訣別的哀怨詩。此詩與〈涼州賽神〉等詩，是開元二十五年（737）或二十六年（738），王維以監察御史銜命（見〈使至塞上〉詩）入河西節度使幕所作的敘事詩。依通解：起句「雙黃鵠」，暗喻為王維與被送者，隱含自我謬飾，但詩不屬謬；接下來是二者相依相撫相偎、（似情侶）忽然不得不分飛、主人送別、難分難捨、去者入邊城，留者獨含情而張離歸：如此解讀，亦合理合情。茲據研究者方步和在其〈王維《雙黃鵠歌送別》新解〉論文略謂：王維〈雙黃鵠歌〉以象徵手法寫離人，〈雙黃鵠〉是指崔希逸和王維本人，並非他的同僚[48]。方步和在同一篇論文中又稱：王維〈以黃鵠歌〉詩題，與

46 清‧趙殿成：《王摩詰全集箋注》，卷1，頁3。

47 陳鐵民：《新譯王維詩文集》，上冊，頁188。

48 方步和：〈王維《雙黃鵠歌送別》新解〉，《陰山學刊（社會科學版）》1994年第2期，頁40-42。

西漢遠嫁烏孫之細君公主所作的〈黃鵠歌〉（或稱〈悲愁歌〉）之題相關，極可能爲王維所採的典故。細君公主爲我國史書記載的最早出塞的女性。細君公主原作爲：

> 吾家嫁我兮天一方，遠托異國兮烏孫王。
> 穹廬爲室兮氈爲牆，以肉爲食兮酪爲漿。
> 居常土思兮心內傷，願爲黃鵠兮歸故鄉。[49]

細君公主之作，淒淒切切，最後願化爲黃鵠歸故鄉，哀怨感人，可惜終歸只是「單」人行。王維〈雙黃鵠歌〉原作情感殷切，似情侶相送；方步和氏指爲王維與崔希逸相送，似嫌牽強。

再看一首更古老的〈黃鵠歌〉，宋人郭茂倩（1041-1099）所編纂之《樂府詩集》有先秦陶嬰所作的〈黃鵠曲〉一首：

> 悲夫黃鵠之早寡兮，七年不雙。宛頸獨宿兮，不與眾同。
> 夜半悲鳴兮，想其故雄。天命早寡兮，獨宿何傷。
> 寡婦念北兮，泣下數行。鳴呼哀哉兮，死者不可忘。
> 飛鳴尚然兮，況於眞良。雖有賢雄兮，終不重行。[50]

這首〈黃鵠歌〉的作者陶嬰是一位守節的寡婦，能文有德，夫亡不嫁，有人想娶她，她乃賦此詩以明志。筆者以爲，如將此詩解作邊塞詩，征夫亡，征婦守節以詩明志，益發哀怨感人；如果陶嬰的〈黃鵠歌〉可解作邊塞詩，將王維〈雙黃鵠歌送別〉詩，亦解爲征夫征婦訣

---

49 漢・班固撰；唐・顏師古注；楊家駱主編：《漢書》（台北：鼎文書局，1986年），卷96，〈西域・烏孫列傳〉，頁3903。

50 見宋・郭茂倩編：《樂府詩集》（北京：中華書局，1979年11月一版，1998年二刷），卷44，〈清商曲辭・黃鵠曲〉，頁663。

別詩，似亦無不可[51]。

詩無定詁，好詩尤然。以此爲王維邊塞詩的書寫藝趣作結。

本章第一節爲「邊塞詩溯源」，略上溯至《詩經‧國風》；第二節爲「邊塞詩的黃金時代」，就時空背景探究其因果；第三節爲「王維邊塞詩的時空景象」，就早期、中期、晚期審視其轉變；第四節爲「王維邊塞詩的書寫藝趣」，分就友誼、羈縻反復、塞上行役、惜戰睦鄰及雙黃鵠歌送別等詩的書寫藝趣作析賞。並對〈雙黃鵠歌送別〉作新解。

---

51 解曰：「我二人本來像天上來的一對黃鵠鳥，自由自在、恩恩愛愛地隨意到處飛、到處宿。我們經常鼓著翅膀唱歌、彼此梳理對方的羽毛；沒想到，忽然征戍令到，要將我們拆散；我們的家本來在京師高尙的地方，我們家的主人翁，也到水邊來送行；來回送送回回，送別時悲笳聲唱唱停停，主人穿著長長的舞衣，也被悲傷的淚水滴溼了。送行的賓客要散去了，又依依不捨；我二人更是難捨難分；我送你到了很遠的水邊；天晚了，太陽下山了，我依然在暮色蒼茫中走來走去。我暗想，你若到了邊城戰地，很多人拉了鞍馬來歡迎你。只有我孤單地思念你，並祝你平安早歸。」

第五章
王維親情友情詩歌藝趣

　　詩歌是「情」的孳乳品，情動於中，乃滋生詩歌樂舞，聯襟並袂，相互提攜而生。親情友情是動物（含人類）與生俱來的基本情感，但有時亦有如戰國時楚將吳起（440-381 B.C.），母歿不臨喪，被責為「不如禽」[1]。可是，也有至孝如曾參（505-436 B.C.）者[2]。而今社會疾遽變遷下，隨機殺人、拋妻棄親甚至逆倫弒親者，各媒體每每傳播，無日無之。本章研析「王維親情友情詩歌藝趣」，將依序研析其父子、母子、夫妻、手足、親友之情誼。世人盡知王維素重親情友情，多有詩歌為證。

第一節　高堂有老親：母子情

　　綜合兩《唐書》相關文獻，由於相關記載付之闕如，王維（701-761）與其父處廉（生卒不詳）的關係始終如謎。古人哀思父母的詩文未可數計。最古老、最感人的是《詩經·小雅·蓼莪》，朱熹稱其為人民勞苦，孝子不得終養父母而作此詩；晉代王褒（513-576）以

1　參見白居易〈慈烏夜啼〉詩：「昔有吳起者，母歿喪不臨。嗟哉斯徒輩，其心不如禽。」並見漢·司馬遷撰；劉宋·裴駰集解；唐·司馬貞索隱；唐·張守節正義：《史記》（台北：鼎文書局，1981年），卷65，〈吳起列傳〉，頁2165。

2　曾參，孔子弟子，以至孝聞世。《漢書著錄》稱作孝書《曾子十八篇》，其至孝聲蹟如「齧指感心」等，世人列為「二十四孝」之一。

父死非罪，每讀《詩》至「哀哀父母，生我劬勞」時，未嘗不三復流淚，受業的學生遂廢掉此詩[3]。古今受此詩感動者大有人在，包括唐太宗在內[4]。盛唐、中唐詩人，亦不乏孝思之作，如孟郊的〈遊子吟〉[5]，白居易的〈慈烏夜啼〉等；王維至孝其母，典籍具在，僅疏離於其父至不可思議如此，或可推論王維之父確實亡於王維幼年因而致對父親印象不深、情感疏離。

母子連心，曾參母齧指而曾參（505-435 B.C.）疾歸，親情故實，留芳千古。王維事母至孝，據《新唐書・王維傳》所載：王維居母喪，毀几不坐；兄弟皆從母儀篤志奉佛，食不葷，衣不文彩；維妻喪不娶，孤居三十年；母亡，表輞川第爲寺，葬母寺西[6]。《舊唐書・王維傳》云：維事母崔氏至孝，居母喪，柴毀骨立，殆不勝喪[7]。唐肅宗乾元元年（758）冬，王維上書肅宗，請求允許將其母生前宴坐禮佛的輞川山莊，改成一座寺院，葬其母於寺旁，遂僧禪頌，以安亡母[8]。令人不禁領悟到，這才是詩佛王維的生性本色。相較其與父親之間的疏隔，何可以道里計！

至於事母至孝的王維，〈觀別者〉一詩，可視爲王維思念「高堂老親」的母親之詩，因爲其父早已亡故，高堂自是老母。

青青楊柳陌，陌上別離人。愛子游燕趙，高堂有老親。

3　張壽鏞輯：《四明叢書》（約園刊本）第一集，卷1，〈詩誦〉，頁1-1。

4　周錫復：《詩經選》（台北：源流出版社，民國71年10月初版），頁243。

5　宋・李昉等編：《文苑英華》（北京：中華書局，1966一版），卷207，〈樂府・遊子吟・孟郊〉，頁1025-2。「慈母手中線，遊子身上衣。臨行密密縫，意恐遲遲歸。誰言寸草心，報得三春暉。」

6　宋・歐陽修，宋祁撰：《新唐書》，卷202，（文藝列傳中・王維），頁5765。

7　後晉・劉昫：《舊唐書》，卷190，〈文苑列傳・王維〉，頁5051。

8　陳鐵民：《新譯王維詩文集》（台北：三民書局，2009年11月初版一刷），下冊，〈請施莊爲寺表〉，頁960。

不行無可養，行去百憂新。切切委兄弟，依依向四鄰。

都門帳飲畢，從此謝賓親。揮淚逐前侶，含悽動征輪。

車徒望不見，時時起行塵。余亦辭家久，看之淚滿巾。[9]

本詩雖是觀他人離別，但詩情纏綿悱惻，動人心弦；結語落到旁觀者
自己身上而淚滿巾。何以辭家旁觀而淚滿巾？自是為自家高堂亦寡居
無告。

第二節 空林獨與白雲期：夫妻情

　　夫妻之情，如賓如友。盛唐古文大家及著名詩人李華（715？-
779）在其名篇〈弔古戰場文〉中慨乎嘆曰：「誰無父母？提攜捧
負，畏其不壽。誰無兄弟？如手如足。誰無夫婦？如賓如友。生也何
恩？殺之何咎？」[10]夫妻當相敬如賓，是古人的期勉；關於王維的夫
妻情，茲參閱兩《唐書・王維傳》等文獻，及近人王輝斌著《唐代詩
人婚姻研究》中有關〈王維婚姻問題四說〉[11]得悉以下諸相關訊息：

一、王維妻室婚姻載入正史。

　　《舊唐書・王維傳》云：「妻亡，不再娶，三十年孤居一
室。」[12]雖僅寥寥十餘言，但在唐代宗大曆（766-771）以前的盛唐詩

9　清・趙殿成：《王摩詰全集箋注》（台北：世界書局，1996年6月初版六刷），
　　卷4，頁46。

10　清・董誥等編：《全唐文》（北京：中華書局，1987年），卷321，〈李華・弔
　　古戰場文〉，頁3256。

11　王輝斌：《唐代詩人婚姻研究》（北京：群言出版社，2004年3月一刷），頁
　　1-16。

12　後晉・劉昫：《舊唐書》，卷190，〈文苑列傳・王維〉，頁5052。

人中，其妻室婚姻能載入正史的，卻只有王維一人。妻亡，不再娶，三十年孤居一室，此說明：王維壽六十一，其妻當亡於他三十一、二歲之間，亦即開元十九、二十年（731、732）之間；且知王維僅娶此一妻。天寶九年（750）春王維丁母喪，居喪期間幾至柴毀骨立，晚年長齋，齋中無所有，僅茶鐺、藥臼、經案、繩床而已。足見他果真是一位「老而無妻」的鰥夫。

二、王維有「兒」，其「兒」為「女」。

王輝斌引經據典、有本有源提出：王維只娶一妻，此妻姓崔，王維稱崔興宗為「內弟」（見王維〈秋夜獨坐懷內弟崔興宗〉詩），王維之妻當為崔興宗之姊或從姊。但清人趙殿成認為崔興宗為王維母博陵望族崔氏的弟弟，各執一見。有趣的是：《舊唐書·王維傳》謂王維妻亡，不再娶，三十年孤居一室。當知王維僅此一妻，又據《新唐書·宰相世系表》載，王維與妻崔氏婚後不僅無子，王維的四個弟弟亦均未註明後代子嗣。但詩人祖詠（他處作咏或泳）的〈答王維留宿〉詩云：

> 四年不相見，相見復何為？握手言未畢，卻令傷別離。
> 升堂還駐馬，酌醴便呼兒。語默自相對，安用傍人知。[13]

此處即出現「兒」，而且後來從王維〈早秋山中作〉的詩中，又可理解為此「兒」實「女」，原詩云：

> 無才不敢累明時，思向東溪守故籬。不厭尚平婚嫁早，卻嫌陶令去官遲。

---

13 清·趙殿成：《王摩詰全集箋注》，卷7，頁94。

草堂蛩響臨秋急，山裏蟬聲落暮悲。寂寞柴門人不到，空林獨
與白雲期。[14]

但，王維在〈責躬薦弟表〉中卻自稱「逼近懸車，朝暮入地，闃然孤
獨，迥無子孫。弟之與臣，更相為命」[15]，既自稱「酌醴便呼兒」，
在王維詩文中又未見此「兒」夭喪的記載，則「迥無子孫」又作何
解？原來從〈早秋山中作〉一詩方知，此「兒」實「女」也。而且呼
「兒」為客人酌酒是一位年方十歲的女孩。以上是王輝斌引經據典的
說法。

　　然而，呼「兒」未必即是呼喚自己的兒子，例如李白〈將進酒〉
詩云：「呼兒將出換美酒」[16]，而這個場合是，岑夫子、丹丘生是主
人，李白是客人，但在酒酣口溜之下，客人李白忽搖身一變成了主
人，竟然放言：「主人何為言少錢，（我李白）逕須沽酒對君酌；
（好吧，把）五花馬、千金裘（不問是誰的，都拿去換酒），呼兒將
出換美酒，與爾同銷萬古愁！」此處李白所呼的「兒」，當然不是他
自己的兒子，甚至也不是岑、丹二人的兒子，只不過是信口呼現場的
某人或小廝而已。因此，將「酌醴便呼兒」即認定王維有「兒」，實
欠妥。至於當時李白等現場有無五花馬、千金裘，或是誰的五花馬、
千金裘，仍亦不在李白心目中。

　　再者，王維自稱「迥無子孫」乃世間重男輕女習俗，視「女」非
「子孫」。但他卻呼一位年方十歲的「女」為「兒」，並令此「兒」
為客人酌酒，似亦欠妥，也說不通。

　　三者，王維〈早秋山中作〉詩中有「豈厭尚平婚嫁早」一句，

---

14 清・趙殿成：《王摩詰全集箋注》，卷10，頁145。
15 清・董誥等編：《全唐文》，卷324，〈王維・責躬薦弟表〉，頁3289。
16 瞿蛻園等校注：《李白集校注》（台北：里仁書局，民國七十年三月），上
　　冊，卷3，〈將進酒〉，頁225。

就斷言王維有「兒」，而此「兒」實爲「女」，似亦稍顯武斷。此處可否解作，此語只是陪襯語，詩人王維爲了呼應下一句「卻嫌陶令去官遲」，使湊成一絕佳的對偶聯，以上一句陪襯下一句，上一句並無實質意義。上一句誇飾，使下一句更具張力。此種語彙方式，王維詩中屢見不鮮。如王維〈燕支行〉：「萬乘親推雙闕下，千官出餞五陵東。」[17]次句既誇飾，又強湊「千官」、「五陵」二辭以與上句對偶。又，尙平、向平，世人常用，大凡子女男婚女嫁，悉稱「向平願了」。

四者，王維只有呼崔興宗爲「內弟」或「弟」，因此斷定王維妻姓崔，王妻爲崔興宗之姊或從姊。趙殿成謂崔興宗是王維之母的弟弟。但按查，王維亦稱張五爲弟，見王維〈答張五弟〉及〈戲贈張五弟諲三首〉，唐時詩人相重，稱兄道弟很平常。張諲與王維詩畫之交，情同手足，他亦稱王維爲兄。

以上對王維的夫妻情分略作分析，其實，對王輝斌所稱王維有「兒」，此「兒」爲「女」，試作隅窺愚解。其實王維並不太重男輕女，他在詩中常常是「弟妹」並舉，例如〈山中寄諸弟妹〉[18]，〈偶然作六首〉之三詩中云：「小妹日成長，兄弟未有娶。」[19]同時也對其妻慇慇致歉意，「兀傲迷東西，蓑笠不能守。傾倒彊行行，酩歌歸五柳。生事不曾問，肯愧家中婦。」[20]

---

17 清・趙殿成：《王摩詰全集箋注》，卷6，頁74。
18 同上注，卷13，頁187。
19 同上注，卷5，頁57。
20 同上注，卷10，頁145。

第三節　獨在異鄉為異客：手足情

李華云：「誰無兄弟，如手如足。」[21]兄弟之親，手足之情，生死哀榮，鬩牆禦侮，二、三千年前的古人，早已委婉傾訴。例如《詩經·小雅·鹿鳴之什·常棣》，訴盡手足情誼，生死榮辱與共，雖反反覆覆，哀怨責備；但卻仍歸結云：「兄弟既翕，和樂且湛。宜爾室家，樂爾妻帑（孥）。」起句則稱：「凡今之人，莫如兄弟。」[22]這是「有」兄弟的好處。也有寫「無」兄弟的詩篇。例如《詩經·唐風·杕杜》，是寫流浪異鄉，無兄弟相助的孤單和哀傷[23]。《詩經·王風·葛藟》是寫流浪異鄉無兄弟被人排斥輕侮的悲哀[24]。

王維有四弟一妹，手足情深，兩《唐書》等相關文獻，及王維詩歌，都有跡可尋。例如：〈九月九日憶山東兄弟〉

　　獨在異鄉為異客，每逢佳節倍思親。

21　清·董誥等編：《全唐文》，卷321，〈李華·弔古戰場文〉，頁3256。

22　《詩經·小雅·鹿鳴之什·常棣》：「常棣之華，鄂不韡韡。凡今之人，莫如兄弟。死喪之威，兄弟孔懷。原隰裒矣，兄弟求矣。脊令在原，兄弟急難。每有良朋，況也永嘆。兄弟鬩于墻，外禦其務。每有良朋，烝也無戎。喪亂既平，既安且寧。雖有兄弟，不如友生？儐爾籩豆，飲酒之飫。兄弟既具，和樂且孺。妻子好合，如鼓瑟琴。兄弟既翕，和樂且湛。宜爾家室，樂爾妻帑。是究是圖，亶其然乎？」見程俊英，蔣見元：《詩經注析》（北京：中華書局，1991年10月一版，1999年10月三刷），頁447-453。

23　《詩經·唐風·杕杜》：「有杕之杜，其葉湑湑。獨行踽踽。豈無他人？不如我同父。嗟行之人，胡不比焉？人無兄弟，胡不佽焉？有杕之杜，其葉菁菁。獨行睘睘。豈無他人？不如我同姓。嗟行之人，胡不比焉？人無兄弟，胡不佽焉？」見程俊英，蔣見元：《詩經注析》，頁318-320。

24　《詩經·王風·葛藟》：「綿綿葛藟，在河之滸。終遠兄弟，謂他人父。謂他人父，亦莫我顧。綿綿葛藟，在河之涘。終遠兄弟，謂他人母。謂他人母，亦莫我有。綿綿葛藟，在河之漘。終遠兄弟，謂他人昆。謂他人昆，亦莫我聞。」見程俊英，蔣見元：《詩經注析》，頁209-211。

遙知兄弟登高處，遍插茱萸少一人。[25]

九月九日傳統風俗登高避災禦寒的一天[26]，這是王維十七歲離鄉遊學京師長安，寫給故鄉兄弟的詩，九月九日重陽節的登高、佩絳囊、折茱萸繫臂、飲菊花酒等習俗自南北朝以來在民間流傳甚廣，如《太平御覽》卷三十二所載[27]。本詩詩題謂「憶山東兄弟」，其實王維有四弟一妹，他自己是長兄，餘下的四弟一妹，詩題如可改爲「憶山東弟妹」，詩的第三句如改爲「遙知弟妹登高處」，意義上更周全。

又如：〈山中寄諸弟妹〉

山中多法侶，禪誦自爲群。城郭遙相望，惟應見白雲。[28]

本詩疑爲詩人王維隱居嵩山時，寫給弟妹者[29]。這是一首禪趣宛轉，極耐玩味的小詩，歷來詩評家如清人張謙宜（1650-1733）稱，此詩起句爲王維「身在山中，卻從山外人眼中想出，妙悟絕倫」[30]。陳鐵民指出，此詩後兩句換個角度，從身在城中的弟妹遙望山中隱居的長兄王維，表示他們正在想念長兄；當然山中的長兄也在想念他們[31]；而雙方在相望相念中，最後聚焦的是，縹緲無盡期的白雲。言外之意

25 清·趙殿成：《王摩詰全集箋注》，卷14，頁203。
26 藝文印書館編：《歲時習俗資料彙編·歲華紀麗》（台北：藝文印書館，1970年），卷3，〈秋·九月·重陽〉，頁104-106。
27 宋·李昉等奉敕編：《太平御覽》，卷32，〈時序部·九月九日〉，頁281-283。
28 同注25，卷13，頁187。
29 陳鐵民：《新譯王維詩文集》，上冊，頁151。
30 清·張謙宜：《繭齋詩談》，收入郭紹虞（1893-1984）編著，富壽蓀點校：《清詩話續編》（上海：上海古籍出版社，1983年），卷5，頁847。
31 同注29，上冊，頁5。

是，隱者自得其樂，弟妹大可安心。如此解讀析賞，詩人王維及其弟妹或會頷首一笑[32]。

從王維本詩內容來看，王維並不太重男輕女，又可見，王維諸弟妹都很博雅幽深。

三如：〈偶然作六首〉其三

> 日夕見太行，沉吟未能去。問君何以然，世網嬰我故。
> 小妹日成長，兄弟未有娶。家貧祿既薄，儲蓄非有素。
> 幾回欲奮飛，躊躇復相顧。孫登長嘯臺，松竹有遺處。
> 相去詎幾許，故人在中路。愛染日已薄，禪寂日已固。
> 忽乎吾將行，寧俟歲云暮？[33]

所謂「偶然作」，即興會之作，不加雕飾。本組詩五首，各有旨趣。其一寫一位不問世事，放浪無羈的狂士；其二寫田舍翁的純樸；其三即本詩，寫作者早欲歸隱而未能的矛盾心情；其四寫陶潛棄官任情縱酒；其五為社會諷喻詩，寫社會的不公平。

這是詩佛王維寫的另一首手足情的詩，詩題原為〈偶然作六首〉其三，其中第六首〈老來懶賦詩〉乃王維晚年作，故將其分出，詩題改為〈偶然作五首〉，本詩為五首中的第三首，寫作時間約在作者

---

32 在此，筆者試以輕鬆的對話方式，來玩賞本詩，姑稱另解。
　弟妹甲：大哥，我彷彿看到你身邊有很多坐禪修道的夥伴吧！
　王維：是啊，我們在山中坐禪誦經，彼此是同好，是自成一個族群的。你們很
　　　　想念大哥嗎？
　弟妹乙：可不是嘛，大哥你從山中遙遙朝我們城市這邊看，應該也會很想念我
　　　　們吧！
　兄弟妹同聲：是的，我們都會看到自由自在、永無休止的漫山白雲！
　以上是趣解，殊非允當。
33 清‧趙殿成：《王摩詰全集箋注》，卷5，頁57。

貶濟州期滿，離開濟州之後，即開元十五年（727）[34]，詩的旨趣顯示，作者入仕之初即遭重挫，遂生禮佛坐禪的消極意念，卻又顧念弟妹未嫁娶而矛盾難決。作詩地點應在淇（淇水，今河南淇縣境），起句破題，由「日夕見太行」一句可證此時作者居此。本詩為五古詩，前十句都用平常語彙，類似口語，既未用典，也無對偶句，像是散文，倍感親切動人。第十一句始出現「孫登長嘯臺」的典故，以魏晉時期的隱士孫登[35]長嘯為標竿，提到詩人自己早有退隱志趣。在孫登的典故之後，詩佛王維的佛性生發下，佛言禪語一線穿珠似的傾瀉而出，直抵「寧俟歲云暮」，突顯王維的手足之情之深厚。

　　值得審思的是，此時王維方值二十七歲的盛年，也就是入仕之初，即生出世之念，足見濟州一貶對他打擊之重。可喜可敬的是，立身三教的大詩人王維有如擎天鉅柱，經得起風吹雨淋，依然任性自得，官官隱隱，度過其輝煌璀璨的一生，並為世人留下詩、書、畫三絕的曠世成就。依陳鐵民對本詩的解釋，認為本詩是篤信佛理、決心隱居的禪退詩。自無不可。但筆者認為此詩屬性更可視為「親情詩」，詩人輾轉不捨，最後迫不得已毅然離去，他所戀戀不捨又不得不離去之感，乃是弟妹親情使然。無視本詩的親情意涵，亦與詩人性情不合。

---

34 陳鐵民：《新譯王維詩文集》，上冊，頁96-106。

35 唐‧房玄齡等撰：《晉書》（台北：鼎文書局，1980年），卷94，〈隱逸列傳‧孫登〉，頁2426。傳云：「孫登字公和，汲郡共人也。無家屬，於郡北山為土窟居之，夏則編草為裳，冬則被髮自覆。好讀易，撫一絃琴，見者皆親樂之。性無恚怒，人或投諸水中，欲觀其怒，登既出，便大笑。時時游人間，所經家或設衣食者，一無所辭，去皆捨棄。嘗住宜陽山，有作炭人見之，知非常人，與語，登亦不應。」

四如：〈山中示弟等〉

> 山林吾喪我，冠帶爾成人。莫學嵇康懶，且安原憲貧。
>
> 山陰多北戶，泉水在東鄰。緣合妄相有，性空無所親。
>
> 安知廣成子，不是老夫身。[36]

陳鐵民稱本詩約爲天寶末年王維居輞川時作[37]。詩旨有二，一爲期勉
諸弟既須積極進取，不要懶散得像嵇康那樣；也要安於貧窮，像孔子
弟子原憲「居魯，環堵之室，茨以生草；蓬戶不完，桑以爲樞；而甕
牖二室，褐以爲塞；上漏下溼，匡坐而弦。」[38]卻能守於道而安然自
若；二爲向諸弟解說，自己安於在山中修道禮佛，走上成仙成佛、福
慧雙修的道路。值得尋思的是，王維對諸弟的期勉雖平淡無奇，卻誠
誠懇懇，巨細無遺。對照白居易在同胞兄弟亡故後所寫的書文[39]，顯
見兄弟之情實爲古時家族情感之重要一環。王維手足情深，對弟妹既
深具愛心與責任感，更多所期許。但相對晚期的長弟王縉，可見晚節
鄙俗，頗辱王維門風。

第四節　西出陽關無故人：友情

　　盛唐乃至中、晚唐詩人，多重友情。世人每謂文人相輕，惟唐
季多見文人相重，許多友情溫馨感人的詩篇即爲佐證：李白哭友、送

36　清・趙殿成：《王摩詰全集箋注》，卷11，頁164。

37　陳鐵民：《新譯王維詩文集》，下冊，頁583。

38　清・郭慶藩撰，王孝魚點校：《莊子集釋》（北京：中華書局，1995年），卷9
　　下，〈雜篇・讓王〉，頁975-977。

39　參見清・董誥等：《全唐文》（北京：中華書局，1987年），卷679，〈白居
　　易・唐太原白氏之殤墓誌銘并序〉，頁6941；卷681，〈白居易・祭小弟文
　　文〉，頁6962；卷681，〈白居易・祭浮梁大兄文〉，頁6963。

友、贈友、寄友、別友的詩很多，如〈贈汪倫〉、〈送孟浩然之廣陵〉、〈金陵酒辭留別〉、〈哭宣城善釀紀叟〉等詩，都是膾炙人口的名篇。杜甫亦有〈春日憶李白〉、〈夢李白二首〉、〈天末懷李白〉、〈不見〉（不見李生久）等詩，而王維泛愛交友、善與人交，上至王公貴族，下至後進官員或是文人雅士，其中對他一生影響最大者，學者認為非張九齡、裴迪莫屬[40]。他的詩歌約有一半與友情有關，他經常與友人稱兄道弟，往往視異姓友人如親手足；詩友如孟浩然、裴迪、儲光羲、杜甫等，畫友如張諲、李頎、鄭虔等。〈渭城曲〉乃最具代表性的友情詩[41]。

又如：〈贈裴迪〉

> 不相見，不相見來久。日日泉水頭，常憶同攜手。
> 攜手本同心，復歎忽分衿。相憶今如此，相思深不深？[42]

王維與裴迪是同詠、同遊、琴酒同樂多年的好友和道友[43]，裴迪事蹟史傳闕如，僅全唐詩卷一二九〈裴迪小傳〉云「嘗為尚書省郎」，且曾在「天寶末，見王右丞為賊所囚於經藏院，與左丞裴迪密往還」[44]。《全唐詩》中裴迪存詩二十九首，其中二十首為與王維《輞川集》的「同詠」。本詩具多項特徵：一為它是「諸體兼備」或「兼長」的王維諸體中獨特的一體，頗似漢《樂府》的民歌；二為長短句

40 胡松濤：〈王維的朋友圈〉，《書屋》2018年1月，頁23-28。

41 清‧趙殿成：《王摩詰全集箋注》，卷14，頁205。

42 同注41，卷2，頁10。

43 潘良熾、劉孔伏：〈裴迪與王維交遊考〉，《四川文理學院學報》第20卷4期（2010年7月），頁45-49。

44 宋‧王讜撰，周勛初校證：《唐語林校證》（北京：中華書局，1987初版，1997年湖北第2刷），卷2，〈文學〉，頁122。

並用的雜言詩，全詩八句，換韻二次。三爲連用「不相見」、「攜手」的復沓或頂眞句式，增加了詩情、詩趣與詩的藝態。四爲「相見」、「相憶」、「相思」連用，不避重複，且更見其珍惜友誼的勃發。其他另有〈贈裴十迪〉、〈輞川閒居贈裴秀才迪〉、〈酌酒與裴迪〉等詩，無不懃懃懇懇。

再如：〈答張五弟〉

> 終南有茅屋，前對終南山。終年無客常閉關。終日無心常自閒。
> 不妨飲酒復垂釣，君但能來相往還。[45]

這是一首別具風味的友情詩。據稱張諲多才藝，明易象、善書畫、工詩[46]，王維集中與張諲贈答詩七首，惜張諲詩無存；本詩是〈答張五弟〉，張五即張諲，本詩之前尙有〈戲贈張五弟諲〉三首，原委是：張諲與王維曾同遊共隱於嵩山，後來張諲出仕「方豪蕩，思爲鼎食人」，二人趣味相左，〈戲贈張五弟諲〉三首似存諷喻。其實張、王二友，情誼深厚，王維尙有〈送張五歸山〉、〈送張五諲歸宣城〉等詩，無不情眞意篤。

這是一首五、七言並用的雜言古風體，詩入上平十五「刪」韻，韻腳的特色是，二、三、四句連用山、關、閒三個同韻字，有民歌趣味。詩中「終南」二字二復沓，「終」字四復沓，「無客」、「無心」二復沓。詩人王維得心應手，信筆揮灑，復沓再四，益增詩歌的流暢性與節奏感。本詩雖似民歌，卻又含蓄蘊藉，以通俗質白的語

45 清・趙殿成：《王摩詰全集箋注》，卷6，頁84。
46 傅璇琮：《唐才子傳箋校》（北京：中華書局，1987年5月一版），第1冊，卷2，頁358-361。

彙，三緘其口地，遲遲不說此「前對終南山」的茅屋主人是誰，直到結語「君但能來」方揭曉，原來詩人王維就是此茅屋的主人。

「無心」是本詩的詩眼和關鍵，「無心」即莊子〈齊物論〉所稱的物我兩忘，與天地萬物渾然一體[47]，而終日「常自閒」，自由自在。此詩的結構，正合邱師燮友「黃金比例」理論[48]，結聯才是黃金所在。

三如：〈送張判官赴河西〉

單車曾出塞，報國敢邀勳。見逐張征虜，今思霍將軍。

沙平連白雪，蓬卷入黃雲。慷慨倚長劍，高歌一送君。[49]

前文謂王維重友情，其四百首左右的詩歌，約一半與友情有關，此當與最初王維詩文集是由其弟縉收自親友間有關。在友情詩歌中，關於送酬贈答主題的友情詩最常見；送友出征、出塞、赴河西、赴安西等地的邊塞詩歌也不少。本詩送友赴河西從軍，寫作時間當在安史之亂前[50]。除本詩外，例如〈送元二使安西〉（即〈渭城曲〉）、〈送平淡然赴安西〉等，詩筆豪健，用典精準，寫景如畫，抒情真切感人。通常送別的詩歌多悲調，本詩結聯卻慷慨高歌，喜調作收，自是盛唐

---

47 清・郭慶藩撰；王孝魚點校：《莊子集釋》，卷1，〈齊物論〉，頁79。文曰：「天地與我並生，而萬物與我爲一。既已爲一矣，且得有言乎？既已謂之一矣，且得无言乎？一與言爲二，二與一爲三。自此以往，巧曆不能得，而況其凡乎！故自無適有以至於三，而況自有適有乎！無適焉，因是已。」

48 邱老師認爲繪畫或建築上常見的黃金比例美學也可以使用在詩歌美學上，例如「在詩歌的題材處理上，也可以把繪畫的題材處理，轉化到詩歌上，……在詩歌題材的處理，三分之二爲詩歌主題內容，三分之一是襯托主題的內容。」參考邱燮友：〈中國古典詩歌創作欣賞的新思維〉，《中國語文》第714期（2016年12月），頁9-10。

49 清・趙殿成：《王摩詰全集箋注》，卷8，頁105。

50 陳鐵民：《新譯王維詩文集》，上冊，頁492-493。

大時空氣象的展現。

四如：〈送秘書晁監還日本國〉

積水不可極，安知滄海東？九州何處遠，萬里若乘空。

向國惟看日，歸帆但信風。鰲身映天黑，魚眼射波紅。

鄉樹扶桑外，主人孤島中。別離方異域，音信若爲通？[51]

晁衡（即朝衡，698-770），日本留學生，原名阿倍仲麻呂，唐玄宗賜名「晁衡」，兩《唐書》中均有記載[52]，乃一傳奇性人物，據載其於玄宗開元初年來到長安，學成，任秘書監監正：「少小離家老大回」的賀知章（約659-744）曾任此職。晁衡在天寶年間返日，玄宗任他爲唐之大使臣，出使日本。後又返回長安，壽終於此。

這是一首話題多端的友情詩，試略述其時空梗概如次。

其一爲時空背景：盛唐國勢強，文化優，邦交邦誼空前開闊繁夥。前文已略述及，當時周邊友邦日本、新羅、高麗、吐蕃等國，曾先後派留學生前來研習田制、法律、醫學、天文、曆法、經典等，唐代文物制度、風俗習慣隨即普遍傳入各友邦；有些留學生還留在唐廷任官，極盛時約三千人，「晁衡」即其一。

其二爲晁衡事略：晁衡是開元五年（717）由日本派至長安的留學生，時年十九歲，玄宗賜名「晁衡」，拆解二字看，似有祝福之意。他受任爲秘書監監正，從三品。職務相當國家圖書館及國家檔案館館長，國家機密全在他手上；三十年後辭職返日，唐玄宗授以唐朝大使身分的殊榮；至此，主、客已分不清了。

---

51 清・趙殿成：《王摩詰全集箋注》，卷12，頁171。

52 宋・歐陽修，宋祁撰：《新唐書》，卷199，〈東夷日本國列傳〉，頁5341；
　　《新唐書》，卷220，〈東夷日本列傳〉，頁6209。

其三爲王維送行、李白悼唁：前錄王維〈送秘書晁監還日本國（並序）〉，即王維送行詩，王維與晁監友誼篤厚，詩前還有約六百餘字序文，亟稱晁衡此行的成就與殊榮。當時賦詩送行者，尚有唐玄宗、趙驊（？-783）等。天寶十二年（753）晁衡自揚州出發，海上遇風，李白聞訊，以爲晁衡死難，乃作悼亡詩[53]。誰知晁衡命大獲救，輾轉又回到長安，並於中唐代宗大曆五年（770）終老中國。

本詩爲詩佛王維友情詩中送日籍好友返鄉的傑作。陳鐵民稱本詩「境奇而情濃，是出色的送行之作」[54]。本詩有諸多特色，其一是，以誇飾想像的神來之筆一路寫景寄情，起筆破空突出，展現友人故鄉遙不可及，亦伏下歸程風險的罣念之情；次聯轉以友人故鄉反觀遼闊神秘的九州中國，萬里之遙，乘風亦渺不可及；於此等處設筆反觀，婉轉之妙，是本詩的第二特色。第三聯爲歸心似箭的友人，望眼故鄉日出日落，但願一路順風早日抵達；友人的期盼，也正是送行者的祝禱；此種一語雙關，是本詩的第三特色。第四聯大筆翻轉，以詩人南宗畫筆頓悟的筆法，瞬間揮灑出神鰲、神魚的無比魅力來，天黑波紅，是本詩的又一特色。接下來第五聯更點出，此刻的歸鄉友人，卻距鄉尚遠，而孤自一人卻還孤懸海島中，他固然孤單淒涼，送行者亦感同身受。如此總是一筆兩端，乃本詩的第五特色。結聯轉從別後兩地音信難通，乃本詩的最多情也是最後的特色。

這是一首較特別的友情詩，格調高雅，以直觀敘事的「賦」體起筆，以言有窮而情無終的深情作結，世稱「出色的送行之作」，可謂知言。

本章第一節爲王維的母子情，探討王維母子連心及事母至孝之相

---

[53] 李白悼晁衡詩云：「日本晁卿辭帝都，征帆一片遶蓬壺。明月不歸沉碧海，白雲愁色滿蒼梧。」見瞿蛻園等校注：《李白集校注》，下冊，卷25，〈哭晁卿衡〉，頁1503。

[54] 陳鐵民：《新譯王維詩文集》，上冊，頁407。

關記述，對照出父子之情疏；第二節為王維的夫妻情，對王維妻室載入正史及王輝斌稱王維有兒、其兒為女之說，辨證再三；第三節為王維的手足情，除引《詩經》相關篇什為證外，對王輝斌稱王維重男輕女之說，錄列王詩四首作反證；第四節王維的友情，錄列〈渭城曲〉等四詩，並以〈送秘書晁監還日本國〉一詩作結。

第六章
王維歲月仕隱與社會諷喻詩歌藝趣

　　人類已知的大自然生命世界，無不有生有死，且都有求生及延續生命的本能。韓愈（768-824）稱此種本能為「足乎己無待於外」的「德」（見韓愈〈原道〉）。生命世界有生有死，人類亦不例外。傅師錫壬稱，「人的基本質性」之一就是「人都會死亡」[1]。而且人都貪生怕死，並期求成仙不死。老子獨反其道，曰：「甚愛必大悖，藏厚必多亡。故知足不辱，知止不殆，可以長久。」[2]至聖孔子亦嘆歲月不居，如《論語・子罕》：「子在川上，曰：『逝者如斯夫！不舍晝夜。』」[3]詩佛王維〈歎白髮〉，詩聖杜甫嘆：「白頭搔更短，渾欲不勝簪！」[4]（杜甫〈春望〉）、「三吏三別」詩，可為代表；而詩仙李白更念茲在茲地浩歎曰：「君不見，黃河之水天上來，奔流到海不復回！君不見，高堂明鏡悲白髮，朝如青絲暮成雪！」[5]（李白〈將進酒〉），其名句「總為浮雲能蔽日，長安不見使人愁」[6]（李

1　傅錫壬：《中國神話與類神話研究・何謂神話》（台北：文津出版社，2005年11月一刷），頁4。

2　陳錫勇：《老子釋義・第四十四章》（台北：國家出版社，2011年8月初版二刷），頁173。

3　《論語》（台北：藝文印書館，2011年12月初版16刷），卷9，〈子罕〉，頁80。

4　唐・杜甫著，清・仇兆鰲注：《杜詩詳註》，卷4，〈春望〉，頁320。

5　瞿蛻園等校注：《李白集校注》（台北：里仁書局，1981年3月），上冊，卷3，〈將進酒〉，頁225。

6　同上注，卷21，〈登金陵鳳凰臺〉，頁1234。

白〈登金陵鳳凰台〉）可爲社會諷喻詩代表。

第一節 歲月詩歌

　　盛唐三大詩人之中，李白，武氏長安元年（701）生，代宗寶應元年（762）卒，年六十一或六十二；王維，武氏長安元年（701）生，肅宗上元二年（761）卒，年六十一；杜甫，玄宗先天元年（712）生，代宗大曆五年（770）卒，年五十八。唐代詩人能活到五、六十歲，已不易，如賀知章（約659-744）獨長壽八十六歲或稱八十八歲，實屬異數。人人都期盼長壽，因此對歲月遷移無不感嘆無奈，而形諸詩歌怨嘆者，比比皆是。但，人各有性情志趣，有的人很在意，感嘆歲月遷移的詩歌也較多，如李白；有的人不太在意，聽其自然，像王維禮佛坐禪，德慧兼修，便不太計較歲月流逝。

　　王維儘管看似不太在意歲月遷移，但審視其相關詩歌，仍有數則相關詩歌。以下略作管窺，藉資見證。

　　例一：〈歎白髮〉

　　　　我年一何長，鬢髮日已白。俛仰天地間，能爲幾時客。
　　　　悵惘故山雲，徘徊空日夕。何事與時人，東城復南陌。[7]

陳鐵民《新譯王維詩文集》錄〈歎白髮〉一首[8]，本〈五古歎白髮〉，乃《麻沙本》〈歎白髮〉二首中的第一首。本詩爲古風體，平仄拗，不計。起筆破空自驚「我年一何長」，這是《詩·六義》的

7　清·趙殿成：《王摩詰全集箋注》（台北：世界書局，1996年6月初版六刷），
　　卷5，頁69。
8　陳鐵民：《新譯王維詩文集》（台北：三民書局，2009年11月初版一刷），上
　　冊，頁477-478。

「興」體，它反喻「時何速」而「髮已白」；自此以下，悲筆直瀉：
頷聯，我在人間還能做「幾時客」？此即詩題〈悲白髮〉之所「悲」
處；頸聯，可悲的是，「故山雲」日夕徘徊於故山間，我日夕徘徊於
故山雲下。結聯，我何以不能如他人般，鎮日悠遊於「東城」、「南
陌」？此《詩‧六義》的「比」也。本詩的特徵是，以自言自語的自
敘筆法，辭彙通俗質樸，章法井然有序。

　　例二：〈歎白髮〉

　　　宿昔朱顏成暮齒，須臾白髮變垂髫。
　　　一生幾許傷心事，不向空門何處銷。9

本詩為《麻沙本》〈歎白髮〉二首中的第二首，起筆亦扣題「興」
體，亦自敘筆法，亦詞彙質樸。不同於第一首者，一為它是一首合律
的近體七絕，二為它點出禮佛向空的自求解脫法門。

　　例三：〈不遇詠〉

　　　北闕獻書寢不報，南山種田時不登。
　　　百人會中身不預，五侯門前心不能。
　　　身投河朔飲君酒，家在茂陵平安否？
　　　且共登山復臨水，莫問春風動楊柳。
　　　今人作人多自私，我心不說君應知。
　　　濟人然後拂衣去，肯作徒爾一男兒！10

這是一首歲月遷移的哀怨詩，也是王維恣意揮灑的異體詩，或近似

9　清‧趙殿成：《王摩詰全集箋注》，卷14，頁208。
10　同上注，卷6，頁89。

《樂府‧歌行》。全詩七言十四句，幾乎句句皆拗。平仄在所不計，而且前四句連用「不報」、「不登」、「不預」、「不能」。又，每四句一換韻，乃獨特之處。此外，本詩十分「口白」，比安史之亂時，他對裴迪信口所吟的「口號」[11]還淺白通俗。如此體形的詩，難免予人以支離紛雜感。但，王維是一位率性自然又有始有終的人，在臨終前，忽索筆作情理井然、與親友訣別書數幅，方捨筆而化[12]。

本詩體形既異，旨趣向即多解。陳鐵民引陳貽焮《王維詩選》略謂，詩中之「君」，是指此抒情詩主人所投靠的主人，此人當在黃河之北。陳鐵民又稱，王維曾居淇上（淇水之上，今河南北部淇河），此詩描寫一位落魄潦倒志士的遭遇情況，似即維居淇上時所反映的思想情緒[13]。詩無定解，此一異體詩自有多解，本詩共十四句，皆詩人王維自言自語之辭，試分前、中、後三段作解。前段四句，詩人自怨自艾、歲月虛擲、委屈不甘；中段六句，詩人向故友傾訴無奈又不甘；後段四句前二句並以「今人」作對照體，自信故友應知自己不屑「今人」；後二句，乃詩人率性自訊絕不辜負歲月及大好人生，有機會必助人之後拂衣去、不居功，不做一個不爭氣的男子漢。

例四：〈秋夜獨坐〉

獨坐悲雙鬢，空堂欲二更。雨中山果落，燈下草蟲鳴。
白髮終難變，黃金不可成。欲知除老病，惟有學無生。[14]

---

[11] 即〈菩提寺禁裴迪來相看說逆賊等凝碧池上作音樂供奉人等舉聲便一時淚下私成口號誦示裴迪〉，同注9，卷14，頁207。

[12] 《新唐書‧王維傳》：「（維）疾甚，（弟）縉在鳳翔，作書與別，又遣親故書數幅，停筆而化。」，《舊唐書‧王維傳》略同。

[13] 陳鐵民：《新譯王維詩文集》，上冊，頁110-111。

[14] 清‧趙殿成：《王摩詰全集箋注》，卷9，頁122。

這是一首悲歲月遷移詩，以惟有學佛方能無生無滅自遣自慰。就詩的體形言：這是一首合格律的近體五律，形體中規中矩。以「興」體啓筆，在中規中矩的體形下，時、空、情、境一應展現；頷聯、頸聯依例對偶，自然天成。頷聯：雨中／燈下，一遠一近，一動一靜；山果落／草蟲鳴，雨中遠而聞其聲，燈前近而聞其聲，皆因首聯「空堂欲二更」故。頸聯：白髮／黃金，道家稱，煉丹砂可成黃金，白髮可變黑，實皆虛妄。結聯：詩佛王維心聲：我當然也在意歲月遷移，期求除老除病，但禮佛淨心之極。

　　審思本詩體質，實兼情眞、意善、辭美，即景抒情，察微思精，頷聯「雨中山果落，燈下草蟲鳴」，誠擲地有金石聲。

　　例五：〈晚春嚴少尹與諸公見過〉

　　　　松菊荒三徑，圖書共五車。烹葵邀上客，看竹到貧家。
　　　　鵲乳先春草，鶯啼過落花。自憐黃髮暮，一倍惜年華。[15]

詩題嚴少尹即嚴武（726-765），肅宗至德二（757）年，安史之亂後長安收復，嚴武以功授京兆少尹。王維行文多淺白質樸，本詩卻句句用典，可謂特例。這是一首合格律的近體五律，風格呈現古奧藝趣。詩旨屬歲月遷移，自悲黃髮暮，倍加惜年華。首句，借陶潛〈歸去來辭〉「三徑就荒，松菊猶存」[16]典，兼具時、空意趣，振筆「興」起。次句，藉《莊子・天下》「惠施多方，其書五車」[17]典。自謂維

15 清・趙殿成：《王摩詰全集箋注》，卷7，頁100。
16 晉・陶淵明著，逯欽立校注：《陶淵明集》，卷5，〈歸去來辭〉，頁160。
17 漢・郭慶藩撰；王孝魚點校：《莊子集釋》（北京：中華書局，1995年），卷10，〈天下〉，頁1102。《莊子・天下篇》：「惠施多方，其書五車。」自稱雖「貧」（無錢），卻「不窮」（有書）。貧與窮不同。參見《史記・仲尼弟子列傳第七》，原憲與子貢交往典實，略為：子貢相魏，結駟連騎，經過貧窮

「貧」（無錢），卻不「窮」（多書）。三句，藉沈約（441-513）〈詠菰詩〉「匹彼露葵羹，可以留上客」[18]典，自謙以葵羹款待貴賓。四句，藉晉朝王徽之（338-386）盡興賞某名門主人家好竹，而不理會主人殷勤接待典，自謙貧家僅有好竹可供觀賞[19]。五、六兩句以《詩・六義》的「比」筆爲喻，採承前啓後筆法，略謂鵲鳥常趕在春草滋生之前孵育幼鳥，鶯鳥會趁秋日落花之前歌唱。結聯始直剖胸襟：我王維已垂垂老矣，自當倍加珍惜有限的晚年。就內容言，實屬感慨人生苦短，晚年自當格外珍惜的歲月遷移詩。王維此類詩歌不少，亦人情事理之所必然，至聖孔子都曾在川上悲歌，況王維乎！

　　立身三教，性頗豁達的詩佛王維，實亦未能免俗，歲月不居，人生苦短之類的悲調詩歌，篇什殊難備舉，例如：

> 世事浮雲何足問，不如高臥且加餐。[20]（〈酌酒與裴迪〉）
>
> 逝川嗟爾命，丘井嘆吾身。[21]（〈過沈居士山居哭之〉）
>
> 來者復爲誰，空悲昔人有。[22]（《輞川集・孟城坳》）
>
> 畫君年少時，如今君已老。[23]（〈崔興宗寫眞〉）
>
> 故人不可見，漢水日東流。[24]（〈哭孟浩然〉）

的同窗原憲門前，原憲攝敝衣冠見子貢，子貢恥之曰：夫子豈病乎？原憲曰：吾聞之，無財者謂之貧，學道而不能行者謂之病。若憲，貧也，非病也。子貢慚愧離去，終身以自己的失言爲恥。

18　逯欽立輯校：《先秦漢魏晉南北朝詩》（北京：中華書局，1983年），卷7，〈梁詩・沈約・詠菰詩〉，頁1659。

19　唐・房玄齡等撰：《晉書》（台北：鼎文書局，1980年），卷80，〈王徽之列傳〉，頁2103。

20　清・趙殿成：《王摩詰全集箋注》，卷10，頁144。

21　同上注，卷12，頁184。

22　同上注，卷13，頁188。

23　同上注，卷13，頁199。

24　同上注，卷13，頁200。

埋骨白雲長已矣，空餘流水向人間。[25]（〈哭殷遙〉）

日日人空老，年年春更歸。相歡在尊酒，不用惜花飛。[26]
（〈送春辭〉）

其他如〈過太乙觀賈生房〉、〈和陳監四郎秋雨中思從弟據〉、〈河
南嚴尹弟見宿弊廬訪別人賦十韻〉、〈疑夢〉、〈老將行〉、〈雪中
憶李楫〉等，不勝枚舉。

第二節 仕隱詩歌

　　本論文第二章已概述王維生平蹭蹬多艱，自入仕未幾即因黃獅
子事件遭貶，即採因循世態，隨機轉圜態度，官官隱隱，亦官亦隱。
唐玄宗對王維亦似較寬假，每召即至，每去即隱，去留仕隱，一任
自然。從王維自身來說，王維在仕途上的挫折對他的人生態度產生影
響，加上他深受三教思想的影響，以致他最終選擇亦官亦隱生活心
態的重要原因[27]，並在過程中創作多首具有隱逸思想的田園山水詩。

---

[25] 清·趙殿成：《王摩詰全集箋注》，卷14，頁208。

[26] 同上注，卷15，頁213。

[27] 筆者認同大陸學者陳鐵民的觀點，認為王維的半官半隱是一種生活心態，在
生活中呈現出來的處世態度。參見陳鐵民：〈也談王維與唐人之「亦官亦
隱」〉，《東南大學學報（哲學社會科學版）》第8卷第2期（2006年3月），
頁78-81；付興林：〈人生遭際與王維心境及詩境之關係〉，《渭南師範學院學
報》第20卷第1期（2005年1月），頁49-52。另外，有學者從唐代官制等制度層
面的相關規定分析，認為王維在淇上隱居，以及在開元末年棄官歸隱等說法，
均非事實，在此同時王維也不曾「亦官亦隱」。相關討論參見王輝斌：〈關於
王維的隱居問題〉，《周口師範學院學報》第20卷第6期（2003年11月），頁
19-22；王輝斌：〈王維「亦官亦隱」說質疑〉，《唐都學刊》2004年第1期20
卷，頁37-40；王輝斌：〈再談王維的「亦官亦隱」——與陳鐵民商榷〉，《襄
樊學院學報》第28卷第4期（2007年4月），頁37-42；霍建波：〈吏隱詩的嬗

以下參考《唐六典》[28]、及附錄二：「王維仕宦遷轉簡表」，及附錄五：「學者考證王維隱居原因、時間、地點一覽表」，錄列王維仕隱詩歌數則，試作賞析，以例其餘。

例一：〈被出濟州〉

微官易得罪，謫去濟川陰。執政方持法，明君無此心。
閭閻河潤上，井邑海雲深。縱有歸來日，多愁年鬢侵。[29]

〈被出濟州〉一詩可視為唐代貶謫文學之文學作品，因各種原因而被貶謫的文人、詩人藉由各種對貶謫地風物、人情事物的抒寫，內容通常關注於唐代士人官宦生活與官場文化，著重於表達自身的情感失落、人生的挫折與遷謫不甘等內涵，創作手法多元豐富[30]。 王維於唐玄宗開元九年（721）春進士及第，入仕為太樂丞，同年秋貶為濟州司庫參軍，本詩即離京赴貶地時作。詩題《全唐詩》作〈初出濟州別城中故人〉。濟州，唐時治所在今山東茌平西南，就京師長安言，屬邊遠地區。本詩乃詩人王維入仕未幾、即慘遭打擊的複雜心情下所寫的悲憤又無可奈何之作。起聯直透心脾，暢所欲言，且淺白通俗，語含三分豪情又含些微諷喻；這也是他仕隱關聯的第一首詩。開元十四年（726）王維貶滿離濟州，開元十六年（728）第一次隱居淇上，即淇水之上，淇水即今河南北部淇河，此亦王維第一次入仕後的第一次隱居，仕隱連袂，自與時空有關。頷聯違心替君王粉飾，為執政有司

變〉，《唐都學刊》第23卷1期（2007年1月），頁124-128。

28 唐・李林甫等撰，陳仲夫等點校：《唐六典》（北京：中華書局，1992年1月一版）。

29 清・趙殿成：《王摩詰全集箋注》，卷9，頁121。

30 周美瓊：〈唐代貶謫文人和貶謫文學〉，《九江學院學報》（2007年1月），頁84-87。

依法貶我王維，其實當今明君並無貶我之心。頸聯實景抒情：此濟州
的里巷多建在黃河沿岸河水浸潤的危險土地上；那邊的城池近海，經
常被海雲籠罩著；（這種地方我得棲身多久？）結聯（自問自答）：
即使有歸來的一天，可愁的是，那時自己年歲已老，鬢髮已白。

　　王維早慧，似早已看破人生，滲透佛理。在之前，開元三年
（715）王維十五歲（《文苑英華》作二十歲）經過驪山時，作〈過
秦皇墓〉一首，已有借題抒感之歎。

　　例二：〈過秦皇墓〉

> 古墓成蒼嶺，幽宮象紫臺。星辰七曜隔，河漢九泉開。
> 有海人寧渡，無春鴈不迴。更聞松韻切，疑是大夫哀。[31]

秦皇，固一世之雄也，而今安在哉！（借蘇軾〈前赤壁賦〉語）這就
是詩佛王維的即景興歎，滲透佛家無生無滅處。

　　例三：〈寓言〉二首其一

> 朱紱誰家子，無乃金張孫。驪駒從白馬，出入銅龍門。
> 問爾何功德，多承明主恩。鬥雞平樂館，射雉上林園。
> 曲陌車騎盛，高堂珠翠繁。奈何軒冕貴，不與布衣言！[32]

唐代有作爲的士子，或仕或隱，無不有所操持。本詩旨在諷喻當下
某些紈褲子弟，坐享恩蔭，無視蒼生疾苦。所謂「寓言」，乃言外
有所指而不欲說穿。例如本詩次句「金張」，即藉《漢書‧蓋寬饒

傳》[33]典實。詩人王維實有所指，卻隱其人姓氏，此即溫柔敦厚的詩教之旨。本詩即事即景抒情，又含蘊委婉諷喻，而諷喻的對象直指「親小人、遠賢臣」終遭致「傾頹」的「明主」（借諸葛亮〈前出師表〉語[34]。明主，實即昏君。）本詩氣勢如虹，是王維少有的社會諷喻詩，也是盛唐開元前期少見的淋漓爽朗、大快人心之作。首聯似質問那些富豪子弟，亦似詩人厲言責問對方，旋又坦率代爲作答：不必多問了，都是出自豪門似金張的紈褲子弟；即權貴的替代語[35]。第二聯指出，此等紈褲子弟，行止張狂，橫無忌憚。第三聯繼首聯，再責問爾等如此狂妄，究竟對社稷蒼生有何功德；旋又代爲作答，極其諷喻地說，多因明主（實昏君）的恩寵而已。此處即「寓言」的言外之意，未直斥君主，實詩人溫柔敦厚的手法。蓋若當政者明智，則金張朱紱之輩即無從出。第三聯、第四聯直接揭露彼等平時言行的狂態，即罪狀的宣告；亦即間接譏諷所謂「明主」的失職無能。而於結聯大聲詰問：你們爲何不屑與平民百姓說話？這種詰問，顯得多麼平淡、親切卻又嚴峻。

例四：〈終南別業〉

中歲頗好道，晚家南山陲。興來每獨往，勝事空自知。
行到水窮處，坐看雲起時。偶然值林叟，談笑無還期。[36]

本詩爲王維被貶濟州秩滿，於開元二十九年（741）歸京師，短期隱

---

33 漢・班固撰；唐・顏師古注；楊家駱主編：《漢書》（台北：鼎文書局，1986年），卷77，〈蓋寬饒列傳〉，頁3243-3248。

34 清・嚴可均輯：《全上古三代秦漢三國六朝文・全三國文》（北京：中華書局，1982年），卷58，〈蜀・諸葛亮〉，頁1369-2。

35 金張，《漢書・蓋寬饒傳》注：金，金日磾也。張，張安世；均爲漢武帝內侍，權勢高張。此處泛指權貴。

36 清・趙殿成：《王摩詰全集箋注》，卷3，頁28。

王維詩歌藝趣研究

居終南山（即華山主峰，在長安南）時作，詩爲「喜調」，即讚頌隱居之樂，清代詩品家對本詩多所推崇[37]，近人俞陛雲也說：「行至水窮，若已到盡頭，而又看雲起，見妙境之無窮。……此二句有一片化機之妙。」[38]從詩中看到王維心境與人格的雙妙之處。

本詩的眞妙處或可稱爲「詩眼」者，在於結聯的「林」字，即此刻所値的，是深山曠野不相識之叟，而非左鄰右舍之叟，且爲遊畢歸來正當「勝事空自知」的無聊關口，偶然遇到，自是喜出望外，勢必如獲知音，滔滔不絕地忘歸了。就本詩的體形看，全詩八句，貌似近體五律，但多拗句，非近體正格。詩的起句「中歲」乃詩人的自我口白，蓋此詩約成於開元二十九年（741）前後，此時詩人已四十歲左右，自稱「中歲」，乃誠實自白。至於他「頗好」的是什麼「道」，卻有待推敲。儒、釋、道三者，顯然非儒；而詩佛王維篤禮佛，偶爾也問「道」，姑以所好的是「佛」道較妥。次句「晚家南山陲」，亦是直白，此處所稱的「晚家」，四十餘歲的詩人王維自是「晚」了；此處所稱的「南山」，固然實指「終南山」；但向來詩家多以隱居處爲「南山」，如孟浩然「南山歸敝廬」（〈歲暮歸南山〉），陶潛「採菊東籬下，悠然見南山」（〈飲酒〉）。第二聯「興來每獨往，勝事空自知。」很有玩賞的餘地：詩人王維隱居終南山，姑且以他隻身獨居爲言，他隻身自由自在，高興時就獨往獨遊，這當然很悠然愜意，但得失相隨。詩人獨往獨遊，自會於耳目心神有所美感興會（勝事），很想與人分享分享，可惜知音難求，甚至連一個人影都找不到；這「空自」二字，詩中常見，多指淒清悲涼的情景，如：「映階

---

[37] 如清人馮班稱：「第三聯奇句驚人。」紀昀謂：「此詩之妙，由絢爛之極歸於平淡。」查愼行云：「五六自然，有無窮景味。」以上三則評語見於方回選評、李慶甲集評校：《瀛奎律髓彙評》（上海：上海古籍出版社，1986年），中冊，卷23，頁928-931。

[38] 俞陛雲：《詩境淺說》（北京：北京出版社，2003年3月初版二刷），頁11。

碧草『自』春色，隔葉黃鸝『空』好音」[39]（杜甫〈蜀相〉）；「閣中帝子今何在，檻外長江『空自』流。」（王勃〈滕王閣序〉）。王維寫此詩本屬「喜調」，即讚頌隱者之樂。但是否即是詩人「真心情」的流露，未便猜測；而於「勝事空自知」一語揣摩，他有時並非真的很樂。

第三聯：「行到水窮處，坐看雲起時。」世稱警策驚人的奇句；但如換個角度品味，高調一點說，詩人此刻正進入物我兩忘的美好境界；低調一點說，詩人此刻的心情，是不是也如同李白所說的「相看兩不厭，只有敬亭山」[40]（〈獨坐敬亭山〉），自我滿意而已？而且銜接末聯：「偶然值林叟，談笑無還期。」既是「偶然」不期而遇，又是不識的「林叟」，居然談笑忘歸，此時正好空自知的「勝事」有了難得的聽眾，自會談笑忘歸。由此足見詩人的隱居生涯並非純樂真樂。

例五：〈獻始興公〉

> 寧棲野樹林，寧飲澗水流。不用食粱肉，崎嶇見王侯。
> 鄙哉匹夫節，布褐將白頭。任智誠則短，守仁固其優。
> 側聞大君子，安問黨與讎。所不賣公器，動為蒼生謀。
> 賤子跪自陳，可為帳下不。感激有公議，曲私非所求。[41]

始興公，即張九齡，韶州曲江（今廣東韶關西南）人。玄宗開元二十一年（733）十二月，張九齡任同中書門下平章事，次年五月加中書令（同宰相），開元二十三年（735）三月晉封始興縣子，

---

39 唐・杜甫著，清・仇兆鰲注：《杜詩詳註》，卷9，〈蜀相〉，頁736。
40 瞿蛻園等校注：《李白集校注》，下冊，卷23，〈獨坐敬亭山〉，頁1354。
41 清・趙殿成：《王摩詰全集箋注》，卷5，頁67。

二十四年（736）被李林甫陷害罷相，二十七年（739）首進封始興縣伯，此為本詩稱九齡為「始興公」的由來[42]。本詩及〈上張令公〉詩，都是王維於開元二十二年（734）及開元二十三年（735）間，短期隱居終南山，旋被任右拾遺赴任前後，上書中書令張九齡，期其援引重用的敘事求職詩。亦即「隱」「仕」之間自求汲引晉身的書函，俾自己與張九齡為社稷蒼生謀的志趣有所展現。唐時士子類似的書函很普遍，如李白的〈與韓荊州書〉，韓愈的〈後十九日復上宰相書〉及〈後廿九日復上宰相書〉等均是，不過王維是用詩歌的形態。

　　本詩屬低姿態的祈望詩，但頗能表現不卑不亢的態勢。詩旨盼九齡汲引，懇切致意，堪稱儒者最佳風範。前三聯首先表明，自己是個有氣節重操守的人；如果投靠無門或不得其人，寧願隱棲山林，飲澗水、穿布衣，直到白頭。第四聯坦陳自己的長處是「守仁」，短處是「任智」（用智慧）較差一點，換言之，維自謙才智較差，實亦在自詡，一如李白〈與韓荊州書〉所言「（白）雖長不滿七尺，而心雄萬夫」[43]。第五、六聯推崇始興公張九齡，用人不計黨侶或寇仇，凡事皆為社稷蒼生打算。最後二聯以賤子跪陳的低姿態祈求汲引；但結尾卻說，自己並非為曲私祈求，仍待始興公以「公議」為準，不輕於「賣公器」。這樣的求職態度，誰曰不宜。

第三節　社會諷喻詩歌

　　前文嘗謂大唐盛世比肩兩漢，是邊塞詩的黃金時代，而邊塞詩的社會化，也是邊塞詩昌旺的重要動因之一。本節所欲探討的，即與邊塞詩昌旺有關的社會諷喻詩。從深廣度著眼，社會諷喻詩乃儒家先聖

---

42 參見宋・歐陽修，宋祁撰：《新唐書》卷126〈張九齡列傳〉，頁4424-4427。
43 瞿蛻園等校注：《李白集校注》，下冊，卷26，〈與韓荊州書〉，頁1539。

孔子所稱「詩教」的章本之一，而以「興、觀、群、怨」諸般形態與內涵呈現於詩史的波濤長河中。搭乘邊塞詩昌旺的黃金列車，唐代的社會諷喻詩亦風光琳瑯，名家如杜甫、高適、元結、白居易等聯彪並起；而諸體兼備、德慧兼修的詩佛王維，亦與時競馳，不遑多讓。以下謹錄列王維社會諷喻詩數首，以爲例證。

例一：〈老將行〉

少年十五二十時，步行奪取胡馬騎。射殺山中白額虎，肯數鄴下黃鬚兒。

一身轉戰三千里，一劍曾當百萬師。漢兵奮迅如霹靂，虜騎崩騰畏蒺藜。

衛青不敗由天幸，李廣無功緣數奇。自從棄置便衰朽，世事蹉跎成白首。

昔時飛箭無全目，今日垂楊生左肘。路傍時賣故侯瓜，門前學種先生柳。

茫茫古木連窮巷，寥落寒山對虛牖。誓令疏勒出飛泉，不似潁川空使酒。

賀蘭山下陣如雲，羽檄交馳日夕聞。節使三河募年少，詔書五道出將軍。

試拂鐵衣如雪色，聊持寶劍動星文。願得燕弓射大將，恥令越甲鳴吾君。

莫嫌舊日雲中守，猶堪一戰立功勳。[44]

這是一首具有濃濃邊塞氣息的社會諷喻詩。所謂社會諷喻，即是爲社

---

[44] 清・趙殿成：《王摩詰全集箋注》，卷6，頁72-73。

會上諸般不公不平現象鳴不平之謂，不平則鳴[45]。本詩顯然是替「老將」鳴不平，並涉及衛青、李廣等人；而諷喻的對象則是製造此不平者，包括人和體制等；諷喻的目的是，藉期及時及事有所端正改善，並擴大其張力與影響。

〈老將行〉為樂府題名，本詩共三十句，每十句為一段，每段一韻，韻腳隨之轉換，結構綿密清晰，委婉輾轉有序、又活潑靈動有生趣。王維善體人性人情，看似為「老將」鳴不平，其實也是藉此一抒自身塊壘，並為天下人鳴不平。本詩〈老將行〉與前一首〈隴頭吟〉中均為老將鳴不平[46]，疑此二詩均作於王維任職河西期間，此刻王維亦已近中年，故藉此一吐塊壘。本詩分三段，首段十句，自「少年十五二十時」至「李廣無功緣數奇」，以記敘文逆敘筆法，歷述老將少時英勇善戰，屢立奇功，卻引出「衛青」、「李廣」二歷史人物典實，為老將鳴不平，為第二段作伏筆。第二段自「自從棄置便衰朽」至「不似穎川空使酒」，又引出帝羿善射、召平種瓜、陶潛伴柳、疏勒飛泉、穎川使酒諸典實，為老將被棄置後悲涼生活寫照。末段自「賀蘭山下陣如雲」至「猶堪一戰立功勳」，詩人向空妄想，雲似敵人大軍入侵賀蘭山下，天子倉皇詔兵，老將試拂鐵衣，聊持寶劍，重展往日雄風，恥令越甲侮君，寄望天子莫嫌舊日老將，須知他雄風猶在，一戰仍將立功勳。如此豪邁作結，正是詩人為老將（兼為自己）鳴不平的金聲玉振、首尾一貫，並擲地有聲的佳作。

例二：〈送別〉（送綦毋潛落第還鄉）

聖代無隱者，英靈盡來歸。遂令東山客，不得顧採薇。

45 韓愈〈送孟東野序〉云：「大凡物不得其平則鳴：……是故以鳥鳴春，以雷鳴夏，以蟲鳴秋，以風鳴冬。……」。見《全唐文》，卷555，頁5613。
46 陳鐵民：《新譯王維詩文集》，上冊，頁194-201。

既至君門遠，孰云吾道非？江淮度寒食，京洛縫春衣。

置酒臨長道，同心與我違。行當浮桂棹，未幾拂荊扉。

遠樹帶行客，孤城當落暉。吾謀適不用，勿謂知音稀。[47]

附錄之一：〈送綦毋校書棄官還江東〉

明時久不達，棄置與君同。天命無怨色，人生有素風。

念君拂衣去，四海將安窮。秋天萬里淨，日暮澄江空。

清夜何悠悠，扣舷明月中。和光魚鳥際，澹爾蒹葭叢。

無庸客昭世，衰鬢日如蓬。頑疎暗人事，僻陋遠天聰。

微物縱可採，其誰爲至公。余亦從此去，歸耕爲老農。[48]

附錄之二：〈別綦毋潛〉

端笏明光宮，曆稔朝雲陛。詔看延閣書，高議平津邸。

適意偶輕人，虛心削繁禮。盛得江左風，彌工建安體。

高張多絕弦，截河有清濟。嚴冬爽群木，伊洛方清沚。

渭水冰下流，潼關雪中啓。荷蓧幾時還，塵纓待君洗。[49]

此處錄列三首王維致詩友綦毋潛的詩，是另一類型的社會諷喻詩，主旨是爲綦毋潛（及詩人自己）鳴不平。依寫作時間順序：主體詩「送落第還鄉」約作於開元九年（721）春，王維時年二十一歲[50]。在京師長安爲考進士落第的詩友綦毋潛送別返鄉。附錄之一送「棄官還江

47 清・趙殿成：《王摩詰全集箋注》，卷4，頁42。
48 同上注，卷3，頁36-37。
49 同上注，卷4，頁47-48。
50 陳鐵民：《新譯王維詩文集》，上冊，頁33。

東」詩，約作於天寶五年（746）後，綦毋潛棄秘書省校書郎（正九品上）還江東[51]。江東，世稱三國吳領地；綦毋潛為虔州（今江西贛縣，即南康）人，他棄官還江東，與落第還鄉，自是此處。附錄之二〈別綦毋潛〉，約作於天寶十四年（755）冬[52]，綦毋潛或歿於此年，此時王維年五十五歲，藉此詩一申自己不平之鳴。

本詩全詩委婉轉折，極盡勸慰鼓舞落第者的情誼，也言外之音諷喻當代（是否是聖代）及考官（是否是知音）。前四句破題，替當代加上「聖代」的冠冕，同時也肯定隱者綦毋潛棄隱晉京參與大考的勇氣；並以「英靈」稱美綦毋潛不再如伯夷、叔齊隱居東山，采薇（野菜）而食。接下來第五句以「君門遠」巧飾「落第」，第六句以「孰云吾道非」意謂落第並非「吾道非」，暗指考官昧於識才。再接下來四句，虛擬實寫返鄉者的行程與送行者的不捨；之後，循勢而下，返鄉者到家安頓起居，送行者悵望遠樹帶去了行客，留下孤城只伴著夕陽的餘暉。結句強力迴轉並非「吾道非」，也不是所有考官都昧於識才，那就振作再來吧！如此送落第者還鄉，正見詩人是一往情深、意善、辭美的大手筆。如果再銜接附錄的兩首詩，一併品味析賞，更不禁欣然發現，原來社會諷喻詩也可以這樣撰寫！

例三：〈不遇詠〉

北闕獻書寢不報，南山種田時不登。百人會中身不預，五侯門前心不能。
身投河朔飲君酒，家在茂陵平安否？且共登山復臨水，莫問春風動楊柳。
今人作人多自私，我心不說君應知。濟人然後拂衣去，肯作徒

---

[51] 陳鐵民：《新譯王維詩文集》，上冊，頁282。
[52] 同上注，上冊，頁440。

爾一男兒！[53]

這是另一類型的社會諷喻詩。詩中寄情二人，一位是諸事不遂心的倒楣者「我」，可能即是詩人王維自己，他自說自話，自我諷喻，彷彿是一位落魄失序又不甘自棄的志士，既瞧不起（不悅）多自私的今人，又自信自詡會出手助人，並不求回報（拂衣去），不會憑空做個無風采、無擔待的男子。另一位是退隱河朔與「我」情投趣合的「君」。「我」在潦倒無趣的時候，會到河朔去飲「君」酒，去相攜登山臨水，不問塵世。可笑的是，既稱「不遇」，又焉能隨心所欲，這就是自我諷喻的另一典型。

例四：〈送李睢陽〉

> 將置酒，思悲翁。使君去，出城東。麥漸漸，雉子斑。槐陰陰，到潼關。騎連連，車遲遲。心中悲，宋又遠。周間之，南淮夷。東齊兒，碎碎織練與素絲，游人賈客信難持。五穀前熟方可爲，下車閉閣君當思。天子當殿儼衣裳，太官尚食陳羽觴。彤庭散綬垂鳴璫，黃紙詔書出東廂，輕紈疊綺爛生光。宗室子弟君最賢，分憂當爲百辟先。布衣一言相爲死，何況聖主恩如天。鸞聲噦噦魯侯旗，明年上計朝京師。須憶今日斗酒別，慎勿富貴忘我爲。[54]

本詩致贈對象是李睢陽，即信安王李禕的長子李峘（？-763），《新唐書》稱他是一位「志行修立」、「性質厚，歷宦有美名」的正臣[55]。天寶十二年（753）春，玄宗下詔「補尚書十數公爲郡守」宰

---

53 清・趙殿成：《王摩詰全集箋注》，卷6，頁89。
54 同上注，卷6，頁186。
55 宋・歐陽修，宋祁撰：《新唐書》，卷80，〈李峘列傳〉，頁3584。

相是「姊妹兄弟皆列土」[56]（〈長恨歌〉語）的奸相楊國忠藉口「精簡」，凡不附己者悉下放為郡守，李峴即被下放至睢陽（今河南商丘南）[57]，知音好友王維作本詩送行。

這是一首雜言歌行體的詩，也是諸體兼備或兼長的詩佛王維創作的異體詩，近似漢樂府歌行。就社會諷喻詩的觀點言，它是一首深入政治層面，但又閃閃爍爍不予點破的政治社會諷喻詩。諷喻的領域上至皇上重臣（天子、太官），下至平民士卒（遊人、賈客、布衣）；諷喻的方式是規勸、啟迪、指引、體諒、鼓舞；目的是立竿見影、及時有效（明年上計朝京師）。以三言十五句啟航，一帆風順地以七言十七句完滿作收。句式是，三言有四句一逗，三句一逗，二句一逗者；七言有二句一逗、三句一逗者，均隨興換韻，極盡變化之能事。整體來說，本詩平仄聲律無規則：總之，是一首新的異體詩。

本詩的音律節奏琳瑯，於三言十五句直透腹地，串連起七言十七句成一緊湊的結構整體。照例以「置酒」、「思悲」作送行起點，情真意善辭美；一路下來，起筆置酒、送行、思悲，接著是送者遐想：行者行程一路所見景物、所乘車騎、所過關隘、遠入宋齊；至此，乃勸勉警惕思慮，遊人賈客不可信，五穀熟民生安方可為；接著提醒行者李峴，到目的地後，當反思行前何等光彩，此後自須以身示範，與布衣般重然諾，報效聖主的恩惠。結句是，當閣下功成名就榮歸，請勿忘掉今日在下置酒相送的友誼。它諷喻了誰？諷喻在哪裡？如何諷喻？似與一般社會諷喻詩不同：最不同的是它全不說破，且多假手正面的歌頌為負面的諷喻，可能讓被諷喻者飄飄然樂在其心中，甚至引以為榮。這就是它很「政治」的地方。例如它從「天子當殿儼衣

---

[56] 邱燮友：《新譯唐詩三百首》（台北：三民書局，2014年9月六版三刷），頁154。

[57] 後晉·劉昫：《舊唐書》，卷112，〈李峴列傳〉，頁3342-3343。

裳」起，連五句鋪陳排場，似在為行者李峴壯行色，也顯示當時府庫豐足；其實它是在暗諷隱喻，這無非是天子乃至奸相楊國忠的陰狠手法，讓被下放為郡守的被害者死心踏地地為他們赤誠效忠。而詩人王維在此處則轉以「宗室子弟君最賢，分憂當為百辟先」來鄭重提醒李峴，為社稷蒼生效命乃人臣的分內事，並引出「布衣一言相為死」的高尚風範來提升被害者李峴的人格標準，此即暗諷明譽的詩教筆法。至於「天子」是否果真「恩如天」，「明年」閣下是否真能「朝京師」，似亦均存明譽暗諷天子、太官輩，此即政治性的社會諷喻詩之處。

例五：〈送韋大夫東京留守〉

> 人外遺世慮，空端結遐心。曾是巢許淺，始知堯舜深。
> 蒼生詎有物，黃屋如喬林。上德撫神運，沖和穆宸襟。
> 雲雷康屯難，江海遂飛沉。天工寄人英，龍袞濟君臨。
> 名器苟不假，保釐固其任。素質貫方領，清景照華簪。
> 慷慨念王室，從容獻官箴。雲旗蔽三川，畫角發龍吟。
> 晨揚天漢聲，夕捲大河陰。窮人業已寧，逆虜遺之擒。
> 然後解金組，拂衣東山岑。給事黃門省，秋光正沉沉。
> 功名與身退，老病隨年侵。君子從相訪，重玄其可尋。[58]

這也是一首不同尋常的社會諷喻詩。它不同尋常處在於：五言，像是排律，有不少精準的對偶句，也用了不少典故，頗見深具承先啓後作用的五言聖手王維，似仍承襲了南北朝的詩風[59]；又，詩入下平十二

---

58 清・趙殿成：《王摩詰全集箋注》，卷4，頁44。

59 黃師水雲：〈論六朝詩歌之發展因素及其嶄新風貌〉，《中國文化大學中文學報》第13期（2006年），頁37-58。其中頁49略謂：「詩至於宋，性情漸隱，聲色大開，南朝詩歌日漸講求辭彩、駢偶、聲律，表現精緻與技巧……顏延之好

「侵」韻，全詩三十二句，韻腳十六，一韻到底；韻腳「沉」卻出現二次，是不常見的犯了用平聲韻，但上句亦為平聲字，亦屬不常見的拗，如下句韻腳為「臨」，而上句末字用「英」，下句「吟」，上句「川」，下句「陰」、上句「聲」，下句「擒」，上句「寧」；最有趣的是，此一社會諷喻詩卻偏重於自怨自艾、自我嘲諷的情趣。可見它的確不尋常。

　　本詩宜屬樂府五古，不計較平仄轉律，但隱約見有雕飾斧鑿的痕跡，韋大夫，名陟。天寶中，嘗遭奸相李林甫藉機五次貶謫，王維、崔顥等詩人常與唱和[60]。本詩即韋陟（697-671）於乾元二年（754）任東京（洛陽）留守時王維送別之作。留守，官名。唐時，天子不在長安或洛陽時，例以重臣充留守。王維有多首與韋陟唱和詩，本詩乃王維晚年（59歲）送韋任東京留守之作[61]。前云本詩偏重詩人王維自怨自艾，是很另類的社會諷喻詩，即詩人自我諷喻。看他起句二聯破題，即坦率承認自己識見心志與時遷變的過程，一如宋辛棄疾所說：「少年不識愁滋味」者然。王維說：我的思想識見與時遷移，從前我肯定巢、許之避世隱居，後來發現堯舜的勞身濟世才是值得讚頌的。一開始即坦承自己昨非今是的可笑性。此即自我諷喻的起步。每個人幾乎都有類似的經驗，但能坦率承認如王維者，實不多見。接下來隱隱諷喻是，天子只要有英才輔佐，百姓順從，便一切如同天賜。理所當然地替天行道。至於如韋大夫這樣的人英，自當竭思盡慮，表現忠於天子，因為天子也讓他百般光彩過。連邊疆異族也望風倒戈、束手就擒。而韋大夫是否會功成身退，似乎都在言外之意諷喻之列？最後歸結到自怨自艾，自我諷喻：屆時我已既老且病，韋大夫即使念舊來

用對偶與典故，好謀篇琢句。」

60　宋・歐陽修，宋祁撰：《新唐書》，卷122，〈韋陟列傳〉，頁4351-4353。
61　陳鐵民譯：《新譯王維詩文集》，下冊，頁610。

訪，我等也不可能實現往日隱居修道的夢想，正顯示詩人王維悵情無奈的情懷，亦即很另類的社會諷喻詩，頗感餘音繞樑。

　　本章主題為王維歲月仕隱與社會諷喻詩歌藝趣，計分三節討論。第一節討論王維歲月詩歌藝趣，錄列〈五古歎白髮〉等五詩作例證，解說王維對歲月流逝的感觸，並蒐羅相關論述作比對。第二節探討王維的仕隱詩歌藝趣，錄列〈被出濟州〉等五詩為例證，舉敘王維一生多次亦官亦隱的時空背景，及其與時因應的人生態度。第三節王維的社會諷喻詩歌藝趣，選錄〈老將行〉等五首諷喻各別的詩歌深入推敲，對其諷喻對象，旨趣及作者王維的自怨自艾、自我調侃等現象，一一加以窺測。

第七章
王維山水田園詩歌藝趣

　　我中華大國，自始祖黃帝軒轅氏以來，立足於亞洲北溫帶廣大腹地；廣土眾民，以農牧爲主業，居民生存繁衍，其與山水田園大自然關係至爲密切。太史公司馬遷（145B.C.-86B.C.）於其所著的《史記》中，多有相關記載。《史記・黃帝本紀》參考〈集解〉、〈索引〉、〈正義〉等史料，略謂：黃帝者，有土德之瑞，土色黃，故號黃帝，始治五氣（金、木、水、火、土），菽五種（五穀）；其足跡領土東至海（東岸沿海），西至空桐（隴右），南至江，登熊湘（長沙、岳陽一帶），北逐葷粥（匈奴），順天地之紀，時播百穀草木，淳化鳥獸蟲蛾[1]。此即中華子民與山水田園結緣之史籍明證。

　　至於山水田園詩的源流，通說爲王羲之（303-361）、陶淵明（365？-427）、謝靈運（385-433）開其端，實際溯源是《詩經》、《古詩十九首》等已多濫觴，本論文之第一章第二節已試爲溯源，茲不贅。

第一節 山居逸趣

　　詩佛王維基於崇佛近道，也基於「生理時空」有限，加上盛唐中期大環境的劇變，對他的人生態度起了很大的作用，他所以樂居輞

1　參閱漢・司馬遷：《史記》（台北：藝文印書館，民國100年8月初版五刷），第1冊，頁26-28。

川，樂於亦官亦隱或時官時隱，山居隱逸的生趣詩歌創作便成了他全體詩歌的重要成分[2]，以下試錄引此類詩歌數章，試加解讀，以爲佐證。

例一：〈淇上即事田園〉

　　屏居淇水上，東野曠無山。日隱桑柘外，河明閭井間。
　　牧童望村去，獵犬隨人還。靜者亦何事，荊扉乘晝關。[3]

本詩作於貶濟州屆滿之後，約爲開元十六年（728）[4]，意興闌珊之餘，亟欲隱居的抒情之作。淇上，今河南北部之淇河，約距太行山及孫登長嘯臺不遠。即事田園，也就是田園即景，詩人得手應心描寫眼前田園景象，藉抒胸中塊壘或期盼的意思。本詩體形雖不合近體七律規格，但頷頸二聯對偶精準，情境燦然靈動，如在目前。此爲詩人王維率性之筆。寫山居，首聯破題即交代居處空間環境，首句實寫，次句跳空指出，此處並非四面環山，不然，即顯得太封閉；故以次句東野空曠無山化解救之，出神入化，妙筆生輝。次聯，日隱桑柘／河明閭井，寫日間：明暗、高低、遠近、動靜，錯落有致，寫景如畫。蘇軾謂王維「詩中有畫」，此可鑑證。三聯，寫晚間：牧童返村／獵犬隨人：人畜、去還、和諧安詳，了無窒礙。正是山居所有，塵世所無。結聯總結山居者日常生活：生活在如此安靜的隱者（詩人自

2　參考蘇怡如：《中國山水詩表現模式之嬗變：從謝靈運到王維》（台灣大學中國文學研究所博士論文，2008年1月）；謝美瑩：《王維山水詩意象探析》（台灣師範大學國文學系碩士論文，2008年1月）。

3　清・趙殿成：《王摩詰全集箋注》（台北：世界書局，1996年6月初版六刷），卷7，頁98。

4　陳鐵民：《新譯王維詩文集》（台北：三民書局，2009年11月初版一刷），上冊，頁107。

己），草舍茅屋不待日暮，乘著白天，早早關上柴扉休息去了，反正不會有人見訪，隱者更無外出應酬，早早關門休息，此正山居者所嚮往的如神似仙生活。

例二：〈歸嵩山作〉

清川帶長薄，車馬去閒閒。流水如有意，暮禽相與還。
荒城臨古渡，落日滿秋山。迢遞嵩高下，歸來且閉關。[5]

嵩山，在今河南登封縣北，王維在開元二十二年（734）隱於嵩山，並獻〈上張令公〉詩，求其汲引。本詩即作於此時。

本詩似近體五律，但起筆平仄即拗；次聯首句亦拗；無礙其為近體五律。依「山居隱逸」旨趣言，此類詩應多「喜調」，即樂於隱居；本詩卻暗含「悲情」；可見王維此刻隱居，似非十足心甘情願。首聯純寫入山之初所見，清澈的河水圍繞著草木叢生，車馬兀自從容往返。如此起筆，頗有漫不經心、與我無關的淡然情趣。但以悲調起筆之後，詩人隨即振起筆觸：山澗的流水對我有情（一路伴我），林間的飛鳥似對我有意（向晚陪我），我回嵩山，牠們回巢。此亦一廂情願、自我慰藉的心態。三聯，畢竟事態鮮明：近處，一座荒城是一處古老渡口，很多人爭先過渡，因為遠處所見，日落西山，正是蕭殺為心之秋[6]造成滿山淒涼。結聯，百般無奈，我這位隻身跋涉於嵩山下的隱者，只得趕路回到隱居處，早點關門歇息了……如此一路寫來的隱者王維，有何隱逸樂趣？此即悲調的隱居詩歌。須知天下事往往福禍相倚（《老子》語），你選擇了隱居，其間必是苦樂兼備。不

5　清·趙殿成：《王摩詰全集箋注》，卷7，頁96。

6　宋·歐陽修：〈秋聲賦〉，收於氏著：《歐陽修全集》（台北：河洛圖書出版社，1975年3月景印初版），上冊，頁114。

過，仔細品味此詩，仍不減其雄渾一派「五言長城」[7]之氣概。

　　例三：〈山居秋暝〉

　　　　空山新雨後，天氣晚來秋。明月松間照，清泉石上流。
　　　　竹喧歸浣女，蓮動下漁舟。隨意春芳歇，王孫自可留。[8]

　　此詩似作於輞川期間，應屬《輞川集》的逸篇。秋暝，秋天傍晚，景色明暗清晰，視覺、聽覺、感覺交相映襯；宛若秋日傍晚雨後山村清新柔美的一幅山水畫，南宗山水領航者王維，詩畫分流又詩畫交融，本詩最堪玩賞。

　　本詩為雄渾一派「五言長城」又一代表作。近體五律，精準合格，這是對近體律詩有開疆關徑之功的王維純乎寫景成章的佳構。本詩亦屬好詩多解一類，陳鐵民於「蓮動下漁舟」句，解作漁船出發，而非秋夜時分漁人收工返家[9]。通解結聯「隨意春芳歇，王孫自可留」句為：任隨它春天的花草凋謝，王孫公子自可留居山中。如此譯解，似與題旨詩趣疏離。筆者在前文引〈離騷〉每以芳草喻佳人，此處似可解作，隨時歡迎大駕光臨，屆時高尚的閣下，禁不住山居化境的誘惑，自己便自然留下來不離去了。如此譯解雖嫌牽強無據，但卻與題旨詩趣較為吻合。本詩一氣寫景而似無關「情」，但依王國維「所有景語皆情語」的說法，本詩作者百般雕飾此刻此處的美景，正顯示他對山居的傾心鍾愛，亦即他「情」之嚮往寄託處，所謂情見乎辭，不亦宜乎？另從字裡行間推求，本詩首聯從空山、新雨、晚秋著墨，就當下時空破題，為全詩景物領航；頷聯承接，高處的明月，透

7　清・王士禎選，黃培芳評，吳退庵等輯注：《唐賢三昧集箋註》（台北：廣文書局，1968年11月），卷上，頁上之二十。

8　清・趙殿成：《王摩詰全集箋注》，卷7，頁98。

9　陳鐵民：《新譯王維詩文集》，上冊，頁547。

234

王維詩歌藝趣研究

射低處的松間，是無聲而有色；近處的清泉，從眼前的石上，流向自在的他方。以上爲前半部，重在寫清幽雅靜的景。下半部頸聯轉筆，寫動態的人，上句：竹林間的喧笑聲，是浣洗完畢回家的女孩們發出的，有聲也有色；下句，蓮叢下隱約滑動的，是收工返家的漁舟漁人觸動，亦有聲有色。這正是南宗畫派的大畫家王維以淡彩速寫的山水田園畫。如此佳美的山居化境，隨時歡迎大駕光臨，說不定高尚的閣下，禁不起如此佳境的誘惑，就自動留下來跟我們同享山居之樂。

　　或云，詩是無形畫，畫是無聲詩。如此看來，本詩乃是一件詩畫契合的作品，亦爲王維輞川詩名篇之一，依陳鐵民《新譯王維詩文集》對詩的語譯與研析，對頸聯的「漁舟」及結聯的「春芳歇」之詮釋，似有可議之處。若如陳說，以「漁舟」爲「出發」之意，似與全詩景色不合；浣女既係「歸」，而詩題爲「暝」，此時漁舟應是「歸」而非「出發」，即浣女既歸於暝時，漁舟亦應爲收工返家才對。再者，結聯意爲「任隨它春天花草凋謝，王孫公子自可留居山中」。寓意未免牽強。其意應爲「隨時歡迎大駕（春分）光臨，到時優雅的王孫公子說不定就會自動留下來暫居不走了。」如此解析似更合題意。又，仔細品味頸聯的筆趣，實巧妙多端，上句動的是浣女，下句動的是蓮，上句人聲喧嘩，下句蓮動聲輕，上句人在山上竹間，下句船在水上蓮間，趣味無窮。

　　例四：〈輞川閒居〉

　　　　一從歸白社，不復到青門。時倚簷前樹，遠看原上村。
　　　　青菰臨水映，白鳥向山翻。寂寞於陵子，桔槔方灌園。[10]

這又是一首隱含悲情的山居詩，它寫的是輞川閒居情景，也是在輞川

---

10 清·趙殿成：《王摩詰全集箋注》，卷7，頁98。

寫的，但未納入《輞川集》二十首之列，類似的詩作還有，如：〈酌酒與裴迪〉、〈輞川閒居贈裴秀才迪〉、〈積雨輞川莊作〉、〈戲題輞川別業〉、〈歸輞川作〉及〈春園即事〉等。王維之所以於《輞川集》二十首之外，又寫了這麼多輞川情景生涯的詩，除了他實際生活在輞川時間較久外，主要還在於他真正鍾情於此。

本詩為合格律的近體五律，頷聯、頸聯對仗工整。首聯破題起筆，就隱含酸酸楚楚的滋味，首句「歸白舍」用晉人孫處與董成典實，世稱隱居曰：「歸白舍」。次句「到青門」，青門即長安東邊三門中的南門，僅供顯官出入的門；意謂我自從隱居後，便不再經過青門了。頷聯承筆、上句，我隱居後悠閒無事，便時常倚靠著屋簷前面的樹東張西望；下句，有時也放眼遠看草原平原上的村落。頸聯轉筆，轉寫動態生機：上句，此間岸邊的茭白筍長高了，倒影映入水中；下句，一群羽毛潔白的鳥，翻飛過高山去了。結聯合筆：上句，寂寞的我有如於陵子[11]；下句，替農家汲水澆菜，即迴應首聯之酸酸楚楚滋味，雖窮困為人汲水灌園，亦不食不義之食，不居不義之居。但詩人王維於本詩所透露的心情，也不諱言他是不太心甘情願，甚至是「寂寞」得有如陳仲子般。

或云，人生不如意者十常八九，貴在珍惜一二如意者，放開八九不如意者，須知天下無十全十美的人，也無十全十美的事，隱或仕，皆如此。

例五：〈歸輞川作〉

谷口疎鐘動，漁樵稍欲稀。悠然遠山暮，獨向白雲歸。

---

[11] 於陵子，即陳仲子，其事蹟見《孟子‧滕文公下》，略謂：陳仲子乃春秋時，齊之世家，其兄戴食祿萬鐘，仲子以為不義，乃避兄離母，率妻居於陵（今山東鄒平東南），為人汲水灌園，亦不改其意志。《孟子》（台北：藝文印書館，2011年12月初版十六刷），卷6，〈滕文公下〉，頁119。

菱蔓弱難定，楊花輕易飛。東皋春草色，惆悵掩柴扉。[12]

這也是一首隱含悲情的山居詩。寫的時空是暮春傍晚，王維自己一個人回到隱居的輞川。沿途所聞，所見、所思、所感的惆悵淒涼情懷。他常居輞川，也喜居輞川，他亦不期其然地冷斥輞川。

　　這是一首合格律的近體五律，除頷聯上句平仄拗外，餘皆合律。首聯起筆，上句含空間（谷口）、時間（晚鐘）、聲音（鐘動）、低調（疏），起筆即一片低沉氣氛。下句，漁樵（山居主角），稍欲稀（銜接上句「晚」），起筆即低沉不振。頷聯承筆，上句，以遠山暮顯示詩人無所事事地，不在乎遠山已暮；下句，獨向（詩人孤單單地），白雲歸（回到冷冷清清的白雲深處）；前二聯藉「人」抒情，接著頸聯轉筆，藉「物」自我調侃：浮萍類的菱蔓柔弱無根，只好在水上任人擺布，漂浮不定；輕飄飄的楊花，只好隨風飄飄。結聯合筆，上句，「東皋春草色」，陳鐵民引《文選》潘岳〈秋興賦〉謂，皋即水邊之地[13]。晉陶淵明〈歸去來辭〉「登東皋以舒嘯」[14]，《文選》李善注：東皋，東方之水田，水田曰皋，東者取其春意[15]。後解似較妥。上句意謂，我此刻回到輞川，正是東邊水田春色燦爛的時光。下句，我卻孤孤單單地，百般無聊地，關上簡陋的門，不亦悲乎！

　　本節「山居隱逸」，依王士禎（1634-1711）編《唐賢三昧集》所載，王維類似「山居隱逸」的詩尚多，如：

---

12 清·趙殿成：《王摩詰全集箋注》，卷7，頁96。

13 陳鐵民：《新譯王維詩文集》，上冊，頁476；下冊，頁542。

14 晉·陶淵明著，逯欽立校注：《陶淵明集》，卷5，〈歸去來辭〉，頁160。

15 梁·蕭統集，唐李善注：《文選》（上海：上海古籍出版社，1986年8月一版）第3冊，卷45，頁2028。

籬中犬近吠，出屋候荊扉。[16]（〈贈劉藍田〉）

蠨蛸掛虛牖，蟋蟀鳴前除。[17]（〈贈祖三詠〉）

寥落雲外山，迢遙舟中賞。[18]（〈送宇文太守赴宣城〉）

吾弟東山時，心尚一何遠。[19]（〈戲贈張五弟〉）

落日山水好，漾舟信歸風。[20]（〈藍田山石門精舍〉）

本節所錄賞的五首「山居隱逸」詩，前三首屬「喜調」，後二首屬「悲調」，正可驗證，無論仕或隱，均難求其百喜無悲。

第二節　田園風貌

上節略窺王維的山水詩歌。本節擬隅探王維的田園詩歌風貌。或謂，王維與陶淵明均隱居、樂田園，不同的是，陶淵明有親自耕作的經驗，〈歸去來辭〉云：「或植杖而耘籽。」[21]王維為官宦人家出身，只有旁觀農家農作或同情農苦的詩作，如〈田家〉、〈渭川田家〉等。本節試錄王維田園相關詩作數首，藉探知王維對田園生涯的態度。

例一：〈田家〉

舊穀行將盡，良苗未可希。老年方愛粥，卒歲且無衣。
雀乳青苔井，雞鳴白板扉。柴車駕羸牸，草屩牧豪豨。

---

16 清・趙殿成：《王摩詰全集箋注》，卷2，頁17。
17 同上注，卷2，頁18。
18 同上注，卷3，頁36。
19 同上注，卷2，頁19。
20 同上注，卷3，頁26。
21 晉・陶淵明著，逯欽立校注：《陶淵明集》，卷5，〈歸去來辭〉，頁160。

多雨紅榴折，新秋綠芋肥。餉田桑下憩，旁舍草中歸。

住處名愚谷，何煩問是非。[22]

這是王維少見的描寫農家生活的敘事寫實詩，作年及作處均無可考。首聯起筆，詩人以旁觀者「他言」的情懷，站在田家的立場說話：現在去年收成的舊穀快要吃完了（行將盡），今年新的穀還不可靠（未可希），田家正處於青黃不接的難關。次聯承筆，（常情）老年人愛吃粥（下省略語：而今無了）；而今到歲末還無衣穿（上省略語：原本應該有的）。三聯以下連續四聯轉筆，轉以自然景物諷喻田家景象：麻雀在不當的地方孵卵，雞在不當的地方啼叫，簡陋的車子套在瘦弱的母牛身上，穿草鞋的牧童趕著肥豬去放牧，傍晚下雨石榴照樣裂開，新秋時節芋類的葉子照樣肥大。最後二聯合筆：倒數第二聯實寫送飯的農婦也累了，靠在桑樹下暫息片刻；勞苦終日的農夫終於從草地中返家。最後倒數第一聯，詩人慨然替田家說話：這個農夫所住的地方叫「愚谷」，一代一代住在這裡，從來不問人間是非。

如此結語，最能彰顯此刻王維心目中的田園風趣。

例二：〈渭川田家〉

斜光照墟落，窮巷牛羊歸。野老念牧童，倚杖候荊扉。

雉雊麥苗秀，蠶眠桑葉稀。田夫荷鋤立，相見語依依。

即此羨閒逸，悵然歌〈式微〉。[23]

渭川，即渭水，在陝西省與涇水分流，涇濁渭清，世稱涇渭分明或涇渭不分，即指此。本詩，詩佛王維描繪渭川田家生活景象及對田園生

---

22 清‧趙殿成：《王摩詰全集箋注》，卷11，頁165。
23 同上注，卷3，頁29。

態之歌頌。王維受「生理時空」局限，生活範疇多在這一帶，對耳目所見的田家生活狀態較為熟悉，寫來自是得心應手，鉅細無遺，如在眼前。本詩既非五律，亦非五排，乃詩人信手揮就的樂府五言，或故名為五言散體。詩的第一句及第三句平仄拗，第八句「依依」語法突變，均見王維不同尋常。本詩有幾項詩佛王維筆下習見的特色，一為以農家常見的自然景物，如：牛、羊、雞、鼂、麥苗、桑葉等，點化勾勒出一幅田家素描實體，既通俗，又鮮活。二為使用口語化的辭彙，似不事雕琢，而化雕琢於無形中。三為詩人實話實說，他自己很羨慕如此悠閒淡雅的田家生活，毫不掩飾。本詩的動人處亦在此。詩的末句惟一用典是〈式微〉，〈式微〉是《詩經・邶風》的篇名，乃役夫思歸的哀愁詩[24]。此處藉用其思歸之意，詩人王維此時頓然動念，也想辭官歸隱田園了。

　　陶潛有隱居耕作的實際經驗，其山水田園詩較具真實感，王維則是旁觀者，居高眺望，難免隔靴搔癢，缺真實感。

　　例三：〈田園樂〉七首

　　　　出入千門萬戶，經過北里南鄰。蹀躞鳴珂有底，崆峒散髮何
　　　　人？　　　　　　　　　　　　　　　　　　　　　　　（其一）
　　　　再見封侯萬戶，立談賜璧一雙。詎勝耦耕南畝，何如高臥東
　　　　牖？　　　　　　　　　　　　　　　　　　　　　　　（其二）
　　　　採菱渡頭風急，策杖村西日斜。杏樹壇邊漁父，桃花源裏人
　　　　家。　　　　　　　　　　　　　　　　　　　　　　　（其三）
　　　　萋萋芳草春綠，落落長松夏寒。牛羊自歸村巷，童稚不識衣

<hr>

24 程俊英，蔣見元：《詩經注析》（北京：中華書局，1991年10月一版，1999年
　　10月三刷），頁97-99。〈式微〉：「式微，式微，胡不歸？微君之故，胡為乎
　　中露！式微，式微，胡不歸？微君之躬，胡為乎泥中？」

冠。　　　　　　　　　　　　　　　　　　　　　　（其四）

山下孤煙遠村，天邊獨樹高原。一瓢顏回陋巷，五柳先生對
門。　　　　　　　　　　　　　　　　　　　　　　（其五）

桃紅復含宿雨，柳綠更帶春煙。花落家僮未掃，鶯啼山客猶
眠。　　　　　　　　　　　　　　　　　　　　　　（其六）

酌酒會臨泉水，抱琴好倚長松。南園露葵朝折，東谷黃粱夜
舂。[25]　　　　　　　　　　　　　　　　　　　　　（其七）

　　本組詩〈田園樂七首〉，詩題他處作「輞川六言」，約爲詩人王維居
輞川時作，每首詩均爲六言絕句，兩副工整的偶聯，是「諸體兼備」
或「兼長」的王維詩歌中的範例。陳鐵民稱：「此體歷來作者不多，
佳構尤少，而本詩可說是六絕中的極品。」[26]或謂六言詩相傳始於西
漢谷永（？-8 B.C.），今僅見漢末孔融（153-208）所作爲最早，唐
人劉長卿（709-785）有六言律，王維有六言絕。

　　詩題〈田園樂〉，綜觀七首雖各有主旨或各有所指，總的來說，
無非言隱居田園之樂，鄙視塵世虛名浮利。詩中多景語，少情語。惟
依王國維《人間詞話》「所有景語皆情語」之說，詩人寫景，正是他
胸臆之情的投射，審視王維此作，可爲驗證。以下略窺本組詩各章主
題或主旨：

　　其一：出入皇宮貴族門戶的達官貴人，儘管乘肥馬、衣貂裘，也
無法與住在崆峒山中的仙人相比。

　　其二：以一次遊說立獲黃金百鎰、再見獲賜上卿的虞卿[27]，豈能

25　清・趙殿成：《王摩詰全集箋注》，卷14，頁200。

26　陳鐵民譯：《新譯王維詩文集》，下冊，頁555。

27　漢・司馬遷撰；劉宋・裴駰集解；唐・司馬貞索隱；唐・張守節正義：《史
　　記》（台北：鼎文書局，1981年），卷76，〈平原君虞卿列傳〉，頁2365-
　　2370。

與共耕的長沮、桀溺或閒來高臥南窗的陶淵明相比。

其三：刻意描繪隱居田園者的高雅、閒逸生活，像那些採蓮於急風的渡頭，拄著拐杖聽雅人彈琴至太陽西下的白髮漁父，還有住在桃花源的世外人家。

其四：請看田園景色，春天有萋萋的芳草，夏天有落落寒意的長松；還有自由出入的牛羊，和不認識士大夫等人穿戴的兒童。

其五：看看田園景色與隱士生活，山下遠村炊煙繚繞，天邊高原上長了一棵高大的樹，附近巷中住著像貧苦好學的顏回（521 B.C.-481 B.C.），對門住的是像好學好飲酒的陶淵明。

其六：再看看山中美景和隱者的閒逸生活，春天豔紅的桃花上灑著昨夜的雨珠，綠色的柳林中飄繞著春天的煙霧，地上滿是落花，家僮懶得掃它，林中黃鶯鳥啼了半天，隱居者還高臥不起床。

其七：細說隱居者恬淡、幽閒的生趣。自酌自飲於泉邊，靠著長松自彈自唱，早上去南邊菜園採晨露的葵葉，夜間也可以去舂黃粱小米。一切都自由自在了無牽掛。

從以上七首〈田園樂〉詩歌研析，詩人似乎一味歌頌隱居之「得」，而無涉於其「失」，詩無信言，而多誇飾，詩佛王維與詩眾同調，故不必苛求。

例四：〈濟州過趙叟家宴〉

> 雖與人境接，閉門成隱居。道言莊叟事，儒行魯人餘。
> 深巷斜暉靜，閒門高柳疎。荷鋤修藥圃，散帙曝農書。
> 上客搖芳翰，中廚饋野蔬。夫君第高飲，景晏出林閭。[28]

依清人趙殿成《王摩詰全集箋注》所附王維年譜載，本詩約作於唐玄

---

28 清・趙殿成：《王摩詰全集箋注》，卷11，頁165。

宗開元九年（721）[29]，王維謫濟州司倉參軍時。趙叟，王維隱居之友，事蹟無考。「過」，拜訪，即王維拜訪趙叟，對隱者趙叟居處生活樂趣及趙叟對來訪之王維的稱讚。

這是一首樂府五古，詩中含訪客王維所見所思及主人趙叟對訪客的稱頌與自謙。首聯以流水句起筆，以「雖」虛起，以「成」實接。此正如山水田園詩前輩詩人陶潛「結廬在人境，而無車馬喧」[30]的句式。首聯起筆，上句虛起，下句實應，爲主人趙叟田園居處速寫一大的輪廓。接下來第二、三、四聯爲承筆，第二聯誇飾主人趙叟學貫道（莊子）儒（魯人）；展現隱居田園的趙叟非尋常輩；第三聯勾勒趙叟居處爲靜靜的深巷與宅門旁疏疏落落、高大的楊柳；第四聯上句稱趙叟親自荷鋤整理養生的藥園，下句迴應第二聯趙叟學貫道儒兼通田家農事，隨時開箱曝曬其農事之書。第五聯轉筆，上句，轉由主人趙叟稱讚客人（上客）文彩風範；下句，主人趙叟謙稱自家僅以野蔬待客。第六聯合筆，上句，主人趙叟慇懃勸客人暢飲；下句，趙叟豪爽地對客人說，夫君儘管痛痛快快的喝酒；下句，一直喝到日落時分再離開我們這個偏僻的郊野才好。

如此主客聯歡，詩筆縱橫，眞乃另類田園風趣的佳構。只可惜未觸及田園實景。

例五：〈戲贈張五弟諲三首〉

設置守黿兔，垂釣伺游鱗。此是安口腹，非關慕隱淪。
吾生好清靜，蔬食去情塵。今子方豪蕩，思爲鼎食人。
我家南山下，動息自遺身。入鳥不相亂，見獸皆相親。

---

29 清・趙殿成：《王摩詰全集箋注》，卷末，附錄，頁429。
30 晉・陶淵明著，逯欽立校注：《陶淵明集》，卷4，〈飲酒二十首〉之五，頁89。

雲霞成伴侶，虛白侍衣巾。何事須夫子，邀予谷口真。[31]

張諲，排行五，生卒年不詳[32]，與王維、李頎為詩畫好友，自稱王維為兄，王維視其為異姓手足，故呼曰張五弟，王維詩集中有與其贈答詩七首。本組詩共三首，本詩為其第三首，轉折敘事，略為稱說他與張五弟各奔所求，但願豪蕩鼎食後的張五弟有機會來訪我這位隱居的老友。

　　本詩似樂府五古，寫作時地，據學者推測，約在開元二十九年（741）作者四十一歲，自嶺南歸京以後，短期隱居終南山期間[33]。〈戲贈張五弟諲〉組詩共三首，第一首稱讚過去張諲能隱居樂道。如：「日高猶自臥，鐘動始能飯。領上髮未梳，床頭書不卷。」第二首略敘張諲隱居生活狀況，如：「閉門二室下，隱居十年餘。宛是野人野，時從漁人漁。」此處節錄的第三首，寫的是詩人自己與張諲平生志趣不同，今後各自奔競，詩人謙稱自己是為了「安口腹」，並非為了「慕隱淪」。接著略帶期勉地說，今後五弟你前程正「豪蕩」，並將走上鐘鳴鼎食之途；我則凡事靠自己操勞，與鳥獸雲霞相親。結語是，想來並沒有什麼仰賴五弟你了，但願得便時來看看我這位隱居的老友。這就是情同兄長的王維，「戲贈」異姓五弟的知心話。稱「戲贈」，意謂開開玩笑，不必當真。試審窺組詩三首的「共相」是，以隱居山水田園為時空背景委婉輾轉地，展現大詩人王維的處世交友之襟懷，令人感佩。回顧本組詩的特徵，之一是，辭淺情長，語彙樸實，很少用典。本組詩第三首，結句「谷口真」，語出《高士傳》卷中，略謂，漢成帝時，隱士鄭樸，字子真，谷口人，修道靜

31 清·趙殿成：《王摩詰全集箋注》，卷2，頁21。

32 宋·李昉等編：《文苑英華》（北京：中華書局，1966一版），卷270，〈詩·送行·朱頎〉，頁1366。

33 陳鐵民：《新譯王維詩文集》，上冊，頁246、254。

默，大將軍王鳳服其清高，禮聘不就隱去，不知所終[34]。王維用以喻自己。本詩第六聯，上下句連用，「相亂」、「相親」迭沓在所不計，乃大手筆本色。

第七章　王維山水田園詩歌藝趣

第三節　仙語仙蹤

據晚近國學大師聞一多（1899-1946）《神話與詩》中多方稽考，中國神仙說是來自西方，但並非今日的西方，而是中國版圖中的西域，他從《左傳·昭公二十年》、《墨子·節葬下篇》、《呂氏春秋·義賞篇》、《漢書·五行志》及《淮南子·道應篇》等文獻中反復推敲，結論是神仙說出自齊地，戰國初年燕齊一帶盛行神仙說，當自西方（即西域）傳來，燕齊濱海，海市蜃樓，故多幻想。仙來自死人成仙，或活人修道成仙，成仙後即不再有死，仙的生活樂趣，即在餐風飲露，漫遊於天地六合之間[35]。唐代文學昌盛，詩人說神說仙者多，李白遊仙詩最負盛名，王維的仙語仙蹤詩歌亦所在多有。以下試蒐錄其相關詩歌數則，略事引證。

例一：〈桃源行〉

> 漁舟逐水愛山春，兩岸桃花夾去津。坐看紅樹不知遠，行盡青溪不見人。

---

34 西晉·皇甫謐（215-282）：《高士傳》（台北：台灣中華書局，1967年8月，四部備要史部，中華書局據漢魏叢書本校刊），卷中，頁15。並見漢·班固撰；唐·顏師古注；楊家駱主編：《漢書》，卷72，〈王貢兩龔鮑傳〉，頁3055。「谷口有鄭子真，蜀有嚴君平，皆修身自保，非其服弗服，非其食弗食。成帝時，元舅大將軍王鳳以禮聘子真，子真遂不詘而終。」

35 聞一多：《神仙與詩·神仙考》（台北：藍燈出版公司，1975年版），頁153-180。

山口潛行始隈隩，山開曠望旋平陸。遙看一處攢雲樹，近入千家散花竹。

樵客初傳漢姓名，居人未改秦衣服。居人共住武陵源，還從物外起田園。

月明松下房櫳靜，日出雲中雞犬喧。驚聞俗客爭來集，競引還家問都邑。

平明閭巷掃花開，薄暮漁樵乘水入。初因避地去人間，更聞成仙遂不還。

峽裏誰知有人事，世中遙望空雲山。不疑靈境難聞見，塵心未盡思鄉縣。

出洞無論隔山水，辭家終擬長游衍。自謂經過舊不迷，安知峰壑今來變。

當時只記入山深，青溪幾度到雲林。春來遍是桃花水，不辨仙源何處尋。[36]

〈桃源行〉，為一首敘事抒情的樂府歌行，詩題下「時年十九」，為作者自注，世人有譏其自誇者。本詩即晉人陶淵明〈桃花源記〉一文略加粉飾的詩歌化。此詩歌化的〈桃源行〉，是皮述民《王維探論》中所稱的〈王摩詰兩變桃花源〉一文所指稱的第一變，即將陶淵明所記的避秦入居的常民處所，渲染成似幻似真的人間仙境[37]。皮述民所指稱王維又變一次桃花源，乃開元十六年（628）王維二十八歲以後潛心習禪時寓居的〈藍田山石門精舍〉一詩隱約投射其崇道慕仙思想[38]。詩中力稱其一路追蹤此道觀仙居的「精舍」，顯示他當時為欣

---

36 清・趙殿成：《王摩詰全集箋注》，卷11，頁165。

37 皮述民：《王維探論》（台北：聯經出版公司，1999年8月初版），頁48-67。

38 同上注，頁68-75。〈藍田山石門精舍〉原詩為：落日山水好，漾舟信歸風。玩奇不覺遠，因以緣源窮。遙愛雲木秀，初疑路不同。安知清流轉，偶與前山

慕醉心於道、仙世界矣！

　　本詩爲七言歌行體，乃王維就陶淵明〈桃花源記〉序之原文略作增損粉飾，皮氏並條列比對其變前變後的異同，堪稱用心良苦。吾人反復吟誦此前後二首桃源詩篇，實感佩詩佛王維立足三教而歸結於言行一致的清心寡欲，至臨終前尚款款勗勉其在世的弟、友後，方「捨筆而化」，其純正高深的性格與節操，誠令人感佩無已！

　　例二：〈贈李頎〉

> 聞君餌丹砂，甚有好顏色。不知從今去，幾時生羽翼。
> 王母翳華芝，望爾崑崙側。文螭從赤豹，萬里方一息。
> 悲哉世上人，甘此羶腥食。[39]

李頎（690？-754？）爲河南潁陽（今河南登封）一帶人，郡望爲趙郡（今河北趙縣），玄宗開元二十三年（735）進士及第。有詩集一卷流傳[40]，仕進不遂後，憤而歸，坐禪，煉丹，求長生久視，傅璇琮稱其爲盛唐人，與高適、王維等齊名，尤工於七律、七古，與王維並稱爲近體七律之開疆闢土有功詩人。明人高棅（1350-1423）《唐詩品彙》譽其七律七首「足爲萬世法程」[41]。

　　本詩爲王維較少見的仙化詩，一派仙言仙蹤，且不屬誇飾，不計

通。舍舟理輕策，果然愜所適。老僧四五人，逍遙蔭松柏。朝梵林未曙，夜禪山更寂。道心及牧童，世事問樵客。暝宿長林下，焚香臥瑤席。澗芳襲人衣，山月映石壁。再尋畏迷誤，明發更登歷。笑謝桃源人，花紅復來覿。王維詩見清・趙殿成：《王摩詰全集箋注》，卷3，頁26。

39　清・趙殿成：《王摩詰全集箋注》，卷2，頁17。

40　元・馬端臨：《文獻通考》（台北：台灣商務印書館，1987年），卷242，〈經籍考・魏至唐詩集〉，頁1913-1914。

41　明・高棅編選：《唐詩品彙・七言律詩敘目》（上海：上海古籍出版社，1988年7月初版），頁706。

用典。首句「餌丹砂」，始於晉葛洪之煉丹長生術變爲道教徒信奉之法術，以硫化汞煉成丹藥，認爲服食可成仙，其後世人信以爲眞[42]。第三句「生羽翼」，出自曹丕〈折楊柳行〉：「西山亦何高，高高殊無極。上有兩仙僮，不飲亦不食。與我一藥丸，光耀有五色。服食四五日，身體生羽翼。」[43]第四句「王母翳華芝」，語出《山海經·大荒西經》略稱，西海有大山，名曰崑崙之丘，有虎齒豹尾之人，曰西王母云云[44]。西王母是中國傳統宗教世界中一位重要的神衹，自古而今，其形象經過多次轉化[45]，本詩中王維所形容之西王母以華蓋自蔽其車，已非《山海經》中半人半獸之形象。第七句，「文螭從赤豹」，螭，古人傳說爲無角龍，此謂李頎成仙後乘文螭而行，後面有赤豹相隨，語出《楚辭·九歌·河伯》[46]。此詩的獨特處乃十分彰顯，也是「諸體兼備」或「兼長」的王維詩文的又一見證。

例三：〈過福禪師蘭若〉

巖壑轉微逕，雲林隱法堂。羽人飛奏樂，天女跪焚香。

---

[42] 葛洪的神仙思想與煉丹術，詳細之理論與實踐方法可見於其所著之《抱朴子》內外篇，並參考盧央：《葛洪評傳》（南京：南京大學出版社，2011年），頁48-49。

[43] 宋·郭茂倩編：《樂府詩集》（北京：中華書局，1979年11月一版，1998年二刷），卷37，〈相和歌辭·折楊柳行〉，頁547。

[44] 清·郝懿行：《山海經箋疏》（成都：巴蜀書社，1985年6月1版），〈大荒西經第十六〉，頁7。

[45] 西王母信仰自戰國以來的神仙信仰到東漢末年興起的道教信仰，綿延至明清時期的民間宗教信仰，西王母信仰都在其中占據重要地位。而從西王母歷史演變中可以見到此一信仰與政治社會背景、民間通俗文化和文學藝術發展的相互影響。參考杜文平：《西王母故事的文本演變及文化內涵》（南開大學博士論文，2014年）。

[46] 宋·洪興祖：《楚辭補注》（台北：大安出版社，2011年8月一版六刷），〈九歌·河伯〉，頁114。

竹外峰偏曙，藤陰水更涼。欲知禪坐久，行路長春芳。[47]

此爲詩佛王維與僧道交往的詩作之一，福禪師，《舊唐書·方伎傳》略稱：義福俗姓姜氏，潞州銅鞮（今山西）人，初住藍田化感寺，處方丈之室，未嘗出宇二十餘年，後隸京城慈恩寺，開元二十（732）或二十四（736）卒[48]。當時京城鄰近地區較爲人所知且法名稱福禪師者有西京義福禪師、京兆小福禪師、惠福等[49]，王維所探訪之禪師未知究爲何人。蘭若，佛寺之別名，餘無考[50]。本詩爲作者王維過福禪師佛寺所見所感。

本詩爲合格律的近體詩五律。王維有功於近體詩之定形，此處可見一斑。本詩格律精準，前三聯對偶工巧，乃大手筆象徵。全詩集中於過訪所見，重在視覺。結語以「行路長春芳」，沿途道路都長滿了春天的芳草，即不難推想這位禪師坐禪多久了。這一結語的「景語」，含蘊了多少「情語」。誦詩賞詩者自可品味，王國維景語皆情語之說，誠屬智言。本詩依時空進行，從過訪者的行進逐步觀察，逐步書寫，起承轉合，井然有序，仙跡仙蹤，如在目前。

---

[47] 清·趙殿成：《王摩詰全集箋注》，卷2，頁17。

[48] 後晉·劉昫：《舊唐書》，卷191，〈方伎列傳·義福〉，頁5111。「義福姓姜氏，潞州銅鞮人。初止藍田化感寺，處方丈之室，凡二十餘年，未嘗出宇之外。後隸京城慈恩寺。開元十一年，從駕往東都，途經蒲、虢二州，刺史及官吏士女，皆齎幡花迎之，所在途路充塞。以二十年卒，有制賜號大智禪師。葬於伊闕之北，送葬者數萬人。中書侍郎嚴挺之爲製碑文。」

[49] 大藏經刊行會編：《大正新脩大藏經·景德傳燈錄》（台北：新文豐出版社，1983年）第51冊，卷4，頁224。

[50] 宋·司馬光等編：《資治通鑑》，卷193，〈唐紀·武宗至道昭肅孝皇帝·會昌五年〉，頁8013。文曰：「釋氏要覽曰：蘭若者，梵言阿蘭若，唐言無諍也；四分律云，空靜處；智度經云，遠離處；大悲經云，離諸忿。……西天度地以四肘爲一弓，去村店五百弓不遠不近，以閑靜爲蘭若」。

例四：〈送張道士歸山〉

　　先生何處去，王屋訪毛君。別婦留丹訣，驅雞入白雲。

　　人間若剩住，天上復離群。當作遼城鶴，仙歌使爾聞。[51]

　　張道士，生平無考，約爲一位長時間遊於人間，與世人有廣泛交往的
道士。本詩王維寫作時間、地點均不詳。與前一首〈過福禪師蘭若〉
同形，爲合格律的近體五律，頷聯頸聯對偶工巧，以靈活的問答式
鋪陳「歸山」通路。本詩多用典：王屋，山名，在今河南濟陽、山
西陽城與桓曲縣之間[52]，王屋山因愚公移山之典而聞名，在道教世界
中，它爲人間三十六洞天之首，在唐代已經被道士視爲上好的修煉
之處，有許多道士曾在此山中修煉或傳道，著名的有司馬承禎（647-
735）、玉眞公主（690-762）等。毛君，即毛伯道，相傳爲服神丹成
仙者，修行之地即在王屋山[53]；驅雞、遼城鶴[54]，皆引傳說神仙故事
入詩以增添故事生動性，仙言仙語。點綴詩作，倍增詩的神秘仙趣。
本詩起聯稱張道士將歸山，頷聯稱歸山的目的爲修道；頸聯稱張道士

51 清·趙殿成：《王摩詰全集箋注》，卷8，頁106。

52 宋·李昉等奉勅編：《文苑英華》，卷962，〈誌·范陽盧秀才墓誌·杜牧〉，
　　頁5060-2；宋·李昉等奉勅編：《太平御覽》（北京：中華書局，1966一
　　版），卷40，〈地部·王屋山〉，頁319-1。「王屋山之洞周廻萬里名曰小有
　　清虛之天，太素眞人王君內傳曰王屋山有小天，號曰小有天，周廻一萬里，
　　三十六洞天之第一焉」；後魏·酈道元注：《水經注》（成都：巴蜀書社，
　　1985年一版），卷40，〈禹貢山水澤地在所〉，頁613。「王屋山在河東垣縣東
　　北也……昔黃帝受丹訣于是山也。」

53 明·張宇初等編：《正統道藏·眞誥》（台北：新文豐出版社，1985年一
　　版），第35冊，太玄部，卷5，〈甄命授〉，頁43-2。

54 明·張宇初等編：《正統道藏·歷世眞仙體道通鑑》（台北：新文豐出版社，
　　1985年一版），第8冊，洞眞部，卷5，〈丁令威〉，頁409-1。

臨行前對歸山與別友的矛盾；結聯稱歸山後將成仙，成仙事大，自當歸山，詩人王維殷盼張道士，成仙後要讓友人知道，乃送別詩常見的祈使期待語。

例五：〈汎前陂〉

秋空自明迥，況復遠人間。暢以沙際鶴，兼之雲外山。
澄波澹將夕，清月皓方閒。此夜任孤棹，夷猶殊未還。[55]

本詩乃詩人王維離塵索居，良夜任情遊賞於山間池塘中，渾然忘歸的佳構。就時空景物窺測，似作於輞川，可視爲《輞川集》外篇。王維置身其間，難免有入人間仙境，從容自得的快感。本詩似近體五律，實爲樂府五古，除音律多拗外，首頷二聯又強爲對仗；尤其頷聯以虛字的語助詞「暢以」、「兼之」爲對仗辭，頗受若干詩評家不直。全詩僅以平常字組成新詞彙，未用典，而無損詩的古樸雅致趣味，適爲本詩文、質兼得的美點。就整體結構言，本詩時／空，明／暗，遠／近，日／夜，人／物，雲／山。繚繞交織於其間，既無淆亂駁雜之感，復有起承轉合、層次井然有序、從容委婉之優。首聯以「秋空」之夜、明月高照，又遠離人間，爲「汎前陂」的時空作速寫素描，渲染出一片廣袤的仙景化境，起筆破題洗鍊。頷聯藉「沙際鶴」、「雲外山」客觀生態抒發主觀心情之舒暢，承筆動靜典雅。頸聯池中澄波將夕，襯映高空清月正清幽閒逸，轉筆空曠琳瑯。結聯肆意任憑我之孤舟，從容自得地雖已晚而仍不思還，合筆餘味無窮，正是詩佛王維心境意念、仙語仙蹤之坦然宣告。

汎前陂之陂，或即山明水秀的輞川敧湖，此所謂《輞川集》外篇，殊非妄言。

---

55 清・趙殿成：《王摩詰全集箋注》，卷9，頁119。

第四節 輞川勝境

　　在盛唐大時空的陶冶濡染下，一般詩人才士每多率性自任，豪情萬丈的詩仙李白如此；國破山河在，念念不忘社稷蒼生的詩聖杜甫亦如此。唯有獨坐幽篁的詩佛王維（701-761）頗異於眾：他亦官亦隱，也時官時隱；既率性自放，悠然於山水田園之間；亦委婉輾轉立足於三教之林。似無物無我，而又恣心自在。這樣的一位「天下文宗」（唐代宗李豫語）的大詩人王維，他隱居於輞川的時間最長，詩作最多，似乎也最適意愜意，代表作《輞川集》開創用一組五言詩歌分別「描繪園林各景點的傳統，而這些景點已經成為無需拒絕公眾和世俗生活變可以滿足田園恬靜心靈的處所」[56]；具有強烈的「人在圖畫中」的藝趣，詩歌中可以自然可以自然地觀察到自然圖景與人文圖景互涉，而且「人物在詩中，以景致方式寫出我人的活動狀態，以嵌入圖景之中……人物如同詩中圖構的景致之一」[57]。王維一生多次隱居。開元十四年（726），王維因舞黃獅子貶濟州秩滿，隱居在長安和洛陽附近，各有二處，共四處。約三年，並乘機經營輞川別業[58]。開元二十九年（741）春夏，王維隱居終南山（地在近長安的藍田縣），次年復出，任右拾遺。天寶九年（750），王維丁母喪，隱於輞川山莊新居，天寶十五年（756），王維五十六歲，守喪滿，值安

---

[56] 這種以五言組詩傳統成為日後詩人的仿效標的，如錢起〈藍田溪雜咏〉二十二首、皇甫冉〈山中五咏〉、韓愈〈奉和虢州劉給事使君三堂新題二十一詠〉、〈和韋開州盛山十二首〉、韋處厚〈盛山十二詩〉，見楊曉山著、文韜譯：《私人領域的變形：唐宋詩歌中的園林與玩好》（南京：江蘇人民出版社，2009年5月初版），頁12。

[57] 林淑貞：《對蹠與融攝：唐人生命情調與審美風尚》（台北：台灣學生書局，2016年1月初版），頁81。

[58] 趙王槙：〈王維隱居與其詩的關係新探〉，《社會科學》1991年第5期，頁70-76。

史之亂，此後偶有出世遠塵意念，主客觀因素下，實難遂心。

概括地說，王維生活在輞川的時間最久，亦官亦隱或時官時隱生活形態也最長最愜意。本章擬窺視王維輞川詩歌藝趣的若干面貌，試分以下數節品析之。

一、輞川履勘

輞川在哪裡？輞川的來歷如何？輞川的地理景觀又怎樣？《輞川集》又是怎麼一回事？參閱相關文獻，試略陳其梗概。

（一）輞川小史

《舊唐書・王維傳》稱王維「得宋之問藍田別墅，在輞口，輞水周於舍下，別漲竹洲花塢」[59]，《新唐書》進一步描述「別墅在輞川，地奇勝，有華子岡、欹湖、竹里館、柳浪、茱萸沜、辛夷塢，與裴迪游其中，賦詩相酬爲樂。」[60]《太平廣記》云：王維「得宋之問輞川別業，山水勝絕，今清源寺是也。」[61]王維與年長許多的宋之問（656-713），詩友之間互通財貨，古之常情，至於有無代價，不詳（有人說是「購買」，見後）。宋之問是汾州西河（今山西汾陽）或虢州弘農（今河南靈寶）人[62]，王維是太原祁（今山西祁縣）人，彼此有地緣及詩友關係，非同尋常。

---

59 後晉・劉昫：《舊唐書》（台北：鼎文書局，1981年），卷190，〈文苑下・王維傳〉，頁5052。

60 宋・歐陽修，宋祁：《新唐書》，卷202，〈文藝列傳中・王維〉，頁5765。

61 宋・李昉等編：《太平廣記》，卷198，〈文章・王維〉，頁1485。

62 兩《唐書》關於宋之問的籍貫記載不同，參見後晉・劉昫：《舊唐書》，卷190，〈文苑中・宋之問〉，頁5025；宋・歐陽修，宋祁撰：《新唐書》，卷202，〈文藝列傳中・宋之問〉，頁5750-5751。

（二）輞川地理

　　王維之輞川別墅位於藍田，自戰國（403-221B.C.）以來即有其名，在唐代屬京兆府（即雍州）所領縣邑之一，據《舊唐書·地理志》記載藍田縣的轄地唐朝初期歷經幾次變動[63]，《新唐書》云：「藍田，畿。武德二年析置白鹿縣，三年更曰寧民，又析藍田置玉山縣，貞觀三年皆省。有覆車山。有藍田關，故嶢關。有庫谷，谷有關。武德六年，寧民令顏昶引南山水入京城。永淳元年作萬全宮，弘道元年廢。」[64]在唐人李吉甫所編撰之《元和郡縣圖志》關於藍田縣的地理位置有較詳細的記載：「藍田縣，畿。東北至府八十里。本秦孝公（381-338B.C.）置。按《周禮》，『玉之美者曰球，其次為藍』，蓋以縣出美玉，故曰藍田。周閔帝割京兆之藍田又置玉山、白鹿二縣，置藍田郡，至武帝省郡復為藍田縣，屬京兆，後遂因之。」文中亦載其下轄有「縣理城」、「藍田山」、「白鹿原」、「霸水」、「思鄉城」、「藍田關」與「蕢山」等地[65]。據上所述，藍田縣是自戰國以來即立縣的古縣城，約在長安西南八十里處，在唐代縣轄地歷經多次變動，境內有山有水，且具有守衛長安的重要軍事地位。

　　輞川的地理位置與地景地貌，根據清代編輯的《藍田縣志》所載：「輞川在縣南，嶢山之口。水淪漣如車輞，故名。輞谷口即嶢山口，其地兩山對峙，川水從此北流入霸。」[66]可知輞川位於藍田縣之南，是在群山環抱中輞川流經而形成的山谷地形，屬於山水交接、水

---

63 後晉·劉昫：《舊唐書》，卷38，〈地理志〉，頁1395-1396。

64 同上注，卷37，〈地理志〉，頁962。

65 唐·李吉甫撰，賀次君點校：《元和郡縣圖志》（北京：中華書局，1983年8月一版），卷1，〈關內道〉，頁15-16。

66 清·呂懋勳等纂：《藍田縣志：附輞川志及文徵錄》（台北：成文出版社，1969年台一版），〈輞川志〉，頁781。

源豐沛之處。[67]而據實地踏勘過三次的研究者簡錦松的記述[68]：位於今陝西省藍田縣的王維「輞川別業」有兩所，一所稱「終南別業」，地在輞水切割終南山而出的谷口，是約於天寶初年王維為母親買的（未言買於何人何價）。另一所稱「輞川莊」，是母亡後再買的新居。其地有韓愈祠，海拔1309米。王維手植銀杏樹處，海拔644米。輞川二十景點，多有跡可尋。

(三)《輞川集》淺說

　　王維及其「同詠」的詩友裴迪，長相濡沫，聲應氣求，就輞川二十景點詩酒唱和的成果，彙成《輞川集》，計有王維二十首五言絕句，以及裴迪二十首唱和之作。本章就《輞川集》詩歌的音樂、色彩、動植物等藝趣，各錄列詩歌二首試加品賞；佛道藝趣錄〈辛夷塢〉等四首，意謂《輞川集》中此四首乃王維佛道詩心的體現。但頗多研究者多認為王維《輞川集》乃至王維許多詩歌多體現佛道藝趣。值得審思玩味。[69]

二、輞川詩歌的音樂藝趣

　　世稱詩是有聲畫，畫是無聲詩；而王維的詩又「詩中有畫」。王維出仕首任大樂丞，是以，王維的詩歌藝趣，在在與音樂聯袂並襟，關係匪淺。薛用弱（生卒不詳，約太和、長慶年間）《集異記》稱

67 陳鐵民：〈輞川別業遺址與王維輞川詩〉，《中國典籍與文化》1997年第4期，頁10-11。

68 簡錦松：〈王維「輞川莊」與「終南別業」現地研究〉，《中正漢學研究》第20期（2012年12月），頁45-93。

69 陳鐵民：《王維新論》（北京：北京師範學院出版社，1990年）、楊文雄《詩佛王維研究》（台北：文史哲出版社，1988年）、吳啟禎：《王維詩的意象》（台北：文津出版社，2008年）等人之著作，皆有所探討。

王維性閑音律，妙能琵琶[70]。在官隱兩棲、詩畫兼美的輞川詩歌藝趣中，試就人聲、動物聲、自然天籟聲、器物聲、混合交錯聲等，舉例析論，以概其餘。

（一）人聲
1. 〈竹里館〉

獨坐幽篁裏，彈琴復長嘯。深林人不知，明月來相照。[71]

這是一首類似近體五絕的五言古絕，乃輞川詩歌中最具音樂藝趣的人聲詩。卻也是西方人所譏稱的「無主詞」的詩[72]：是誰在此獨坐？當然是作者王維，重點在音樂聲響，是發自「人」的彈琴及長嘯。不特此也，此「時」是明月當空的深夜，此「地」是幽靜清寂的竹林深處；如此時空情境下，一位雅趣獨具的人，所操弄的琴聲與長嘯聲，其所對比的動／靜、明／暗、深／遠、物／我，該是何等情調與藝趣，豈是言語能形容。

2. 〈鹿柴〉

空山不見人，但聞人語響；返景入深林，復照青苔上。[73]

---

70 薛用弱：《集異記》，收入《景印文淵閣四庫全書》（台北：台灣商務印書館，1945年），第1042冊，《集異記》頁11云：「王維右丞，年未弱冠，文章得名，性閑音律，妙能琵琶，遊歷諸貴之間，尤為岐王之所眷重。」

71 清·趙殿成：《王摩詰全集箋注》，卷13，頁194。

72 譏中國古詩「無主詞」，是余光中先生轉述的。有人戲改賈島〈尋隱者不遇〉一詩為「有主詞」的詩：「我來松下問童子，童子言師採藥去。我師採藥此山中，此山雲深不知處。」主詞有了，中國詩趣卻沒了，不是嗎？余光中：〈中西文學之比較〉，收入氏著：《望鄉的牧神》（台北：純文學出版社，1981年），頁214-215。

73 同注71，卷13，頁190。

這也是一首貌似近體五絕的五言古絕，也是一首不見人而聞人聲的禪趣詩；不見人，是詩人之外，未見有人；人語響，是詩人未響而聞人響；纏綿繚繞，無聲而有響，無人而有人聲，詩人似置身空山之外，其實他正兀自置身於空山之中；響音來自「人」，卻非詩人，亦未見其聲之所從出。關鍵詞當然還是人聲，只是不知出自何人何處。詩的上半部繪聲，下半部繪影，繪聲繪影，生機靈動，是詩人坐享輞川此一勝景的身心曠達的寫照。「鹿柴」即「鹿寨」，可能是養鹿或鹿常出入之處。上半部寫「人境」，動而有聲；下半部寫「物境」，靜而有光。月光反照青苔，暗而實明；青苔，山居人稀，青苔乃欣欣向榮。詩人明覺，鉅細視聽無遺。

古人謂：「詩者志之所之也……情動於中而形於言，言之不足，故嗟嘆之；嗟嘆之不足，故永（詠）歌之；永歌之不足，不知手之舞之足之蹈之也。」[74]詩歌樂舞聯襟並袂，乃人群生態的本然。以上二例，為王維輞川詩歌音樂藝趣中之人聲詩篇。情為詩歌的泉源，古人卓見，固不我欺。

（二）動物聲

1.〈鳥鳴澗〉

> 人閒桂花落，夜靜春山空。月出驚山鳥，時鳴春澗中。[75]

此詩貌似近體五絕，實屬拗體五古，而遣辭用字多有不宜處，如「山」、「春」既重出，且重出在同一位置。此處姑不多論。此處重在欣賞其音樂藝趣的動物聲，即鳥聲。置身山水之間的輞川動物聲，

---

74 見《禮記‧詩經序》，十三經注疏本，（台北：藝文印書館，1993年出版），序文頁。世稱《詩經序》乃孔子文學科弟子子夏作，通稱〈詩大序〉。

75 清‧趙殿成：《王摩詰全集箋注》，卷13，頁188。

特別是鳥聲的機會應該很多；可是在王維的輞川詩歌中卻不多見。本詩前半部描繪的景色是靜而空寂，襯映出後半部的動而有聲；而此山鳥之所以鳴叫，卻是被初升的月光所「驚」；此一動的「驚」且鳴於春澗中（春澗也有聲），與起句的靜而「閒」，兩相呼應匯通，其音樂藝趣之清新柔美，正是輞川詩歌藝趣中最珍貴的動物聲的一例。

2. 〈輞川閒居贈裴秀才迪〉

> 寒山轉蒼翠，秋水日潺湲。倚杖柴門外，臨風聽暮蟬。
> 渡頭餘落日，墟里上孤煙。復值接輿醉，狂歌五柳前。[76]

　　本詩為近體五律，但起句平仄仄不合律，餘均無誤，且八句四聯，對仗工允，乃大手筆風範。本詩乃情景契合、賞心悅目的輞川山水佳作。世稱王維為五言聖手，對近體律詩的定型有開疆闢土的貢獻，本詩可為例證。

　　此處錄列本詩，旨在徵引王維輞川詩歌音樂藝趣的動物聲，本詩中的動物聲，即頷聯「臨風聽暮蟬」的蟬聲；蟬聲本屬尋常；但依王國維「所有景語皆情語」的說法，唐代詩人詠蟬，每各有所寄寓，如初唐詩人駱賓王（640-684）的〈在獄詠蟬〉，即是藉蟬訴怨的怨情詩[77]。本詩的蟬聲，是詩人王維閒居輞川，身心舒暢的向晚時分臨風聽到的暮蟬之聲，蟬聲只不過是此時此刻景象之一，與寒山蒼翠、秋水潺湲、渡頭落日、墟里孤煙等景象相映相襯，止在借景抒情而已。而蟬聲，亦止是一種動物聲而已。至於結聯「狂歌五柳前」的接輿（指裴迪），則是人聲。

---

76 清・趙殿成：《王摩詰全集箋注》，卷7，頁95。
77 駱賓王〈在獄詠蟬〉：「西陸蟬聲唱，南冠客思侵。那堪玄鬢影，來對白頭吟。露重飛難進，風多響易沉。無人信高潔，誰為表予心。」《全唐詩》卷78，〈駱賓王二〉，頁847。

在王維輞川詩歌中的音樂藝趣，前引〈竹里館〉中的琴聲，並非琴本身所發出的器物聲，它仍是人操弄的聲音。正如「竹喧歸浣女」（〈山居秋暝〉），並非竹林本身發出的聲音，而是竹林中浣女歸家的歡樂嬉笑聲。輞川詩歌中的音樂藝趣，或不止如上錄列引證者，例如〈欒家瀬〉的「颯颯秋雨中，淺淺石溜瀉」，是風雨聲。〈歆湖〉的「吹簫凌極浦」，也是人吹簫的人器合鳴聲。種種一切的聲音，都進入王維敏銳的耳目心境中。

三、色彩藝趣

詩歌與色彩的關係，一如詩歌與音樂的關係，具有多方面的意涵與旨趣；對色彩與詩歌關係有研究的學者如朱光潛指出，色彩是詩人年齡的反映，年齡大小對色彩的偏好就愈受聯想作用的影響[78]。黃永武指出，大抵詩人早年喜繁濃色系，晚年喜平實色系，色彩濃淡也是辭彩濃淡的一部分，自然受年齡的影響。至於王維輞川詩歌藝趣運用較多的色彩，有研究者指稱為青、白、翠、綠等顏色較常出現，據他統計，在《輞川集》二十首詩歌中，綠三次，白三次，青四次，翠二次[79]。《輞川集》中山水田園描寫豐富，色彩鮮豔，本節特就王維輞川詩歌中運用白色與綠色者，析論如次。（關於王維詩作中各種色彩的整理與整體討論，詳見第八章）

（一）白色

色彩學者林書堯指出，白色系的象徵是歡喜、明快、潔白、純真、清潔[80]。林文昌認為，白色表示歡喜、明快、潔白、純真、神

---

[78] 朱光潛：《文藝心理學》（台北：漢湘文化公司，2003年版），下冊，頁156-157。

[79] 黃永武：《詩與美》（台北：洪範出版社，1984年版），頁63。

[80] 龔向玲：〈幽靜的綠意：淺析王維《輞川集》中的色彩〉，《雪蓮》2015年23期，頁21-22。

聖、清楚、信仰、真誠、柔弱、空虛[81]。同時，白色也象徵安詳、恬淡、自由自在、禪悅禪心。這也正是王維雅愛輞川生涯的重要原因，是盛唐大時空陶冶下詩人王維性格孕育形成的源頭。茲錄列王維輞川詩歌白色系列者，略加研析如次。

1. 〈輞川閒居〉

> 一從歸白社，不復到青門。時倚簷前樹，遠看原上村。
> 青菰臨水映，白鳥向山翻。寂寞於陵子，桔槔方灌園。[82]

這是一首近體五律，格律精準，首、頷、頸三聯對偶，乃大詩人手筆，且遣辭用字雅意繽紛。本詩作於王維居輞川時，詩筆如畫筆，以其南宗畫派淺淡的色調，恣意刻畫輞川周邊的諸般景色，而以青白對舉，重其隱居的物境與心境[83]；起句「一從歸白社」，以「白社」典實總領全局，切合閒居題旨。結聯引於陵子汲水灌園典實[84]，迴應題旨，一氣呵成。可貴的是，詩人王維寫景抒情，質樸無華，以眼前平常的景物，信乎直書，無粉妝，無誇飾：自從隱居後，就不再如顯達般從長安東門出入了。（青門，皇城東門，專供顯達出入）。有時倚靠著簷前的樹，遊目閒眺遠處的村落；近處茭白筍的影子映入水中。白色羽毛的鳥飛過山去，我就像閒居的陳仲子，提水灌園而已。由白社，到白鳥，是以白色系列為象徵的的色彩藝趣樣本之一。

81 林書堯：《色彩概論》（台北：三民書局，1963年），頁36。

82 清‧趙殿成：《王摩詰全集箋注》，卷7，頁98。

83 林文昌：《色彩計畫》（台北：藝術圖書公司，1988年），頁84。

84 白社，洛陽里名，故址在今洛陽東。《晉書‧董京傳》：「董京……不知何郡人也，初……至洛陽，被髮而行，逍遙吟詠，常宿白社中。……後數年，遁去，莫知所之。」此後詩文中多以「白社」稱隱者所居。此處藉指輞川別業。見唐‧房玄齡等著：《晉書》（北京：中華書局，1974年11月初版），卷94，〈隱逸列傳‧董京〉，頁2426。

2.〈歸輞川作〉

> 谷口疎鐘動，漁樵稍欲稀。悠然遠山暮，獨向白雲歸。
> 菱蔓弱難定，楊花輕易飛。東皋春草色，惆悵掩柴扉。[85]

　　這又是一首近體五律詩，除頷聯「平平仄平仄」拗句外，餘均工允合律；頷頸二聯對偶清切，爲律詩本色。末句以「惆悵掩柴扉」悲調作結，看來似乎與詩人樂於歸隱山水田園之間的輞川生態有些不調，而「菱蔓弱難定，楊花輕易飛」一聯，亦似別有寄喻，這是本詩的獨特處。本詩由谷口的「靜」而無「色」，連接疎鐘的「動」而有「聲」；接下來是近鄰漁樵漸次收工返家，寫的是客體鄰人；頷聯「悠然遠山暮，獨向白雲歸」，寫的是主體詩人自己。遠山兀自向晚，詩人兀自伴著山間白雲回家：頗有悽清自傷情懷。頸聯承上轉下，藉眼前實景菱蔓（茭白筍）、楊花之弱輕，宣洩詩人脾臆之塊壘。結聯總結全局，合盤呈現詩人歲月不居，百般無奈，唯有悽愴掩蓬門而已。詩中的白色意象如「白雲」、「楊花」，乃至東皋春草色，菱蔓茭白筍色，似盡在爲白色鋪張。

　　詩佛王維對白色似有偏好，有學者研析核計，王維詩歌中使用白、素、皓、銀、雪等辭彙共一百四十四次，占總體的26.9%[86]。這可能跟他的性格、居處生態、大時空及生理時空有關係。單就輞川詩歌言，以白色系爲辭彙者尚有：

> 心知白雲外。[87]（〈答裴迪〉）

---

85 龔向玲：〈幽靜的綠意：淺析王維《輞川集》中的色彩〉，卷7，頁96。

86 呂清夫：《色名與色彩之研究》（台北：李家財發行，1994年），頁35。

87 清·趙殿成：《王摩詰全集箋注》，卷13，頁187。

山青卷白雲。[88]（〈欹湖〉）

不知棟裏雲，去作人間雨。[89]（〈文杏館〉）

跳波自相濺，白鷺驚復下。[90]（〈欒家瀨〉）

清淺白石灘，綠蒲向堪把。[91]（〈白石灘〉）

（二）綠色

地球上的植物多綠色，它們生命昌盛、居處廣闊、自我生生不息。色彩學者林文昌指出，綠色象徵繁榮、健康、活力。王維詩歌中的綠色包括綠、翠、蒼，而綠也是生物的先鋒，中唐詩文大家韓愈說：「天街小雨潤如酥，草色遙看近卻無。」（〈初春小雨〉）這種遙看「有」、近看「無」的草色，正是「綠」的天賜春色春衣。茲錄列王維輞川詩歌言及綠色系列者，略為研析如次。

1. 〈輞川別業〉

不到東山向一年，歸來纔及種春田。雨中草色綠堪染，水上桃花紅欲然。

優婁比丘經論學，傴僂丈人鄉里賢。披衣倒屣且相見，相歡笑語衡門前。[92]

此亦《輞川集》外篇，約作於王維母歿後三年，即天寶十二年（753）春，王維居母喪畢，復出為官，一年後再回到輞川，心情愉

---

88 清・趙殿成：《王摩詰全集箋注》，卷13，頁192。

89 同上注，卷13，頁189。

90 同上注，卷13，頁193。

91 同上注，卷13，頁194。

92 同上注。

悅，乃賦此詩。這是一首近體七律詩，大體上言，是合律的，頸聯平
仄拗，結聯「相見」、「相歡」，屬頂真格，頗增詩體藝趣。這是詩
人王維第一人稱的敘事詩，自敘其離開輞川別業已一年了，當然是覺
得很久了，起句情見乎辭，顯見詩人對輞川別業的依念；錄列本詩為
綠色系列的例詩，既取頷聯中的「草色綠堪染」之綠，同時亦兼取首
聯的「纔及種春田」之春色。纔及，剛好趕上；春田，綠意盎然。值
得玩賞的是，詩人於綠的喜悅之外，對紅得似火的桃花亦不忘情[93]。
詩佛王維更在此輞川別業處交代出他與僧人的交往：披衣倒屣，何等
急切歡欣；笑語衡門，何等開朗灑脫。本詩時／空、動／靜、聲／
色、僧／俗，交繞燦爛，堪稱大雅之作。

2.〈田園樂七首〉

　　　　萋萋芳草春綠，落落長松夏寒。牛羊自歸村巷，童稚不識衣
　　　　冠。（其四）
　　　　桃紅復含宿雨，柳綠更帶春煙。花落家僮未掃，鶯啼山客猶
　　　　眠。[94]（其六）

　　〈田園樂七首〉為王維居輞川作的組詩，共七首，此處摘錄具綠
色系列的〈其四〉及〈其六〉略加研析。詩體為近體六言絕句，是王
維詩中僅存的範例。六言絕的格律，審閱王維〈田園樂七首〉，最明
顯的是，每首都是四句二對偶，對偶聯平仄互易，且對偶工整，情景
雅致。至於六言有無格律及格律如何？茲無可考。

　　此處所錄王維〈田園樂七首〉其四及其六，取其為綠色系列的
例詩。就〈其四〉研析，起句「萋萋芳草春綠」，開展廣袤時空：芳

---

93 龔向玲：〈幽靜的綠意：淺析王維《輞川集》中的色彩〉，卷10，頁145。
94 清・趙殿成：《王摩詰全集箋注》，卷14，頁200。

草萋萋，春風駘蕩，極目所及，一片碧綠，何等清新愜意！接下來次句「落落長松夏寒」，松柏寒而不凋，而高大蔭森的蒼松，雖值炎夏卻仍寒意襲人；詩人心理時空下，所有景語皆情語；前後二句不但對仗工允，且使綠色藝趣愈爲濃烈。三、四兩句雖未再爲綠色涉筆，而以「牛羊自歸村巷、童稚不識衣冠」，畫龍點睛，將純樸的輞川農村景色一筆點出，恰似詩人兼畫家王維的南宗淡彩山水畫趣。詩是有聲畫，畫是有形詩，的確如此。

再看〈田園樂七首〉其六。也是以綠色系寫景融情的例詩。起句「桃紅復含宿雨」，顯然是實景實寫；又彷彿是爲次句引領。事實是，經過一夜小雨的紅色桃花，必待綠葉爲之烘托，方更顯得嬌美。是此處雖無綠字，而綠在其中；及至次句「柳綠更帶春煙」出現，那桃紅、宿雨、春煙乃更相得益彰。第三、四句：「花落家僮未掃、鶯啼山客猶眠。」是以禪悅禪心，點染詩人隱居輞川別業的物我兩忘的雅趣。而「花落」呼應「宿雨」，「鶯啼」迴顧「春煙」；山客何許人？或謂爲隱者，乃王維自道。可見輞川生涯何等曠達自在！有人認爲王維此詩可改爲五絕，即每句去掉一字，變成「桃紅含宿雨，柳綠帶春煙，花落家童掃，鶯啼山客眠。」自古文人多自擾，此處可見；「復」、「更」是加強性辭彙，省去尚無不可；「家僮未掃」與「家童掃」、「山客猶眠」與「山客眠」兩兩相悖，豈可妄改！

詩佛王維對象徵青春活力的綠色每每表現由衷的喜愛，前引例詩，可見一斑。他筆下所描繪的綠色景物，類多實景實寫，甚少誇飾，例如「雨中草色綠堪染」、「萋萋芳草春綠」，無非眼下景物的著色刻畫，絕無詩仙李白所言「高堂明鏡悲白髮，朝如青絲暮成雪」[95]（〈將進酒〉）、「白髮三千丈，緣愁似箇長」[96]（〈秋浦

---

95 瞿蛻園等校注：《李白集校注》（台北：里仁書局，民國七十年三月），上冊，卷3，〈將進酒〉，頁225。

96 同上注，上冊，卷8，〈秋浦歌十七首〉之十五，頁541。

王維詩歌藝趣研究

歌〉）的豪邁狂誇。此固然與詩人性格等主客觀因素攸關；詩人除「心理時空」外，「生理時空」也是其中重要動因；王維的生活天地無非山水田園如輞川、京師及邊塞等有限的時空。他雖曾赴蜀，似未入成都。實景實寫，正是他的詩歌藝趣之創作背景與靈泉活水。

四、動植物藝趣

　　世稱詩佛王維為自然詩派或山水田園詩派。輞川別業正居於大自然的山水田園間。其間舉目所見。無非鬱鬱蒼蒼、繽繽紛紛的各色樹木花草；側耳所聞，盡是吱吱喳喳、無休無止的蟬鳴鶯歌。熱衷山水田園的王維，處身其間，耳目心靈所及，概入輞川詩歌中。本節試錄列王維輞川詩歌的動植物藝趣詩歌數則，略加析論，藉為例證。

（一）植物
1.〈柳浪〉

　　　　分行接綺樹，倒影入清漪。不學御溝上，春風傷別離。[97]

　　本詩為合格律的近體五絕，寫的主題是輞川別業景點之一的「柳浪」，即欹湖旁的一片柳林。前二句實景實寫：起筆「分行接綺樹」，是說有一種很美好的樹，一棵連一棵地分行排列著；次句承接首句，「倒影入清漪」，是說這種美好的樹，生長在欹湖旁，它的倒影就映入清澈的欹湖裡。兩句都是實景實寫，寫的是柳的風貌，卻不見「柳」的語辭。三、四兩句虛寫，寫的皇都御溝上的柳樹，每逢春天會被送別者折柳枝以贈遠行的人；此二虛寫句，亦未見「柳」字。王維似藉欹湖的柳有所諷喻：柳的品質德性，本來應該像欹湖旁比肩

---

97 清・趙殿成：《王摩詰全集箋注》，卷13，頁193。

攜手的柳樹，丰姿飄搖地倒影映入清澈的欹湖裡，何等瀟灑自在！有些生長在御溝上的柳樹，雖寄身高雅，卻不得不任人攀折！此乃詩人自喻自負，或藉以喻世諷人？頗堪玩味。

2. 〈竹里館〉

獨坐幽篁裏，彈琴復長嘯。深林人不知，明月來相照。[98]

本詩貌似近體五絕，但第二句作「平平仄平仄」，不合律；故屬一首五古絕句。通常第一句不入韻，第二句入韻的詩，為了抑揚頓挫緣故，一、二兩句的最後一個字宜平仄相反；本詩則是均用仄聲，較不常見。詩中植物即首句裡的幽篁；幽篁，即深幽廣漠的竹林。竹德謙虛有節，為詩畫四君子（梅蘭竹菊）之一。王維〈山居秋暝〉中有「竹喧歸浣女」句；又《輞川集》第四首〈斤竹嶺〉首句「檀欒映空曲」，檀欒即竹的美貌。王維似鍾情於竹。〈竹里館〉一詩，世人口誦心惟，可謂輞川詩歌的代表作。

竹里館為輞川二十景點之一，王維晚年亦官亦隱於藍田輞川，今陝西藍田西南二十里處。《輞川集》組詩二十首即作於此。本詩前半部，起句「獨坐幽篁裏」，人／物／空間，一語呈現，其中「獨坐」象徵悠閒淡雅，「幽篁」象徵深遠空寂。詩人情懷藝趣，與時空景物燦然交融。次句「彈琴復長嘯」，彈琴，是詩人才藝的展露；長嘯，引領載呼載歌。段注《說文解字》稱「其嘯也謌」。《太平廣記》稱，王維少時即「妙能琵琶」[99]，並有〈鬱輪袍〉、〈霓裳羽衣曲·第三疊第一拍〉等趣談趣事，他的樂歌長才，自不在話下；他於獨坐幽篁而彈琴長嘯，也是情性之常。但他此刻是真的清靜愉快嗎？似乎

98 清·趙殿成：《王摩詰全集箋注》，卷13，頁194。
99 李昉等編：《太平廣記》，頁1331-1332，略謂王維「性閑音律，妙能琵琶」。

未必。何以見得？試品味本詩後半部，「深林人不知」，是說此刻幽篁深林，唯有我在；彈琴長嘯，唯有我知；情懷淒清，在所難免！還好，好在一輪明月，對我有情，此時此地，兀自眷我照我。如此解讀此詩，並窺測詩人王維的私衷，似乎尚能自圓其說。中國人對月亮特別有興趣。至於月亮究竟有情、無情，甚至濫情，隨人論說。浪漫詩仙李白在詩中詠月多達數百次，但他卻說月是無情的：「永結無情遊，相期邈雲漢。」[100]（〈月下獨酌〉）意謂，月亮和我的影子，都是無情之物；不過他所謂的「無情」，是「無機心」，無算計。與王維所言具同情心的月，是不同格調的。

　　王維的各體詩歌中，涉及動物者，筆者計一百一十首，涉及植物者，一百五十首，這可說明，世稱山水田園詩派或自然詩派旗手的王維，其「生理時空」的確是與大自然諧和的。本節錄引〈柳浪〉及〈竹里館〉二首植物類例詩，是就《輞川集》二十首中挑選出來的。但其實王維二十首輞川詩中，幾乎每一首都詠及動植物。

（二）動物

1. 〈欒家瀨〉

　　　　颯颯秋雨中，淺淺石溜瀉。跳波自相濺，白鷺驚復下。[101]

　　本詩為《輞川集》中第十三首。也是王維筆下少見的詩體，姑名之為變體或破體，也是他「諸體兼備」的一個例證。詩評家認為它是一首絕妙好詩。明人顧璘（1476-1545）評此詩云：「此境常有，人

---

100 瞿蛻園等校注：《李白集校注》，下冊，卷23，〈月下獨酌四首〉之一，頁1331。
101 清·趙殿成：《王摩詰全集箋注》，卷13，頁193。

第七章　王維山水田園詩歌藝趣

267

多不觀，惟幽人識得。」[102]近人俞陛雲（1868-1950）《詩境淺說》
云：「秋雨與石溜相雜而下，驚起瀨邊棲鷺，回翔少頃，旋復下集。
惟臨水靜觀者，能寫出水禽之性也。」[103]審視本詩的不尋常處，一是
它全詩都在寫景。二是詩人冷眼靜觀，此一瞬間即逝的幻景。三是詩
人此刻似在「獨樂」而宛然自得。選錄為動物類詩歌例詩，側重其末
句的「白鷺驚復下」一警語，也是詩評家推重的動態景象。

　　所謂同詠，並非隨聲附和，或錦上添花，而是同題異作。試就
〈欒家瀨〉詩言，王維信手揮灑，以「颯颯」、「淺淺」二疊辭形容
靜境中的動境。而起句「颯颯秋雨」中的「秋雨」，屬詩眼，有秋
雨颯颯，乃衍生出以下諸景象。裴迪「同詠」的詩，雖也是在寫眼前
景，也用了「泛泛」、「時時」兩個疊字辭，卻文從字順，不變不破
也不拗，而寫成一首扣題合拍又合格律、又有己意己趣的近體五絕。
如〈欒家瀨〉：

　　　瀨聲喧槌浦，沿步向南津。汎汎鳧鷗渡，時時欲近人。[104]

裴迪這首同詠的〈欒家瀨〉詩，尚有一項似無心又似有意的詩筆，即
全詩四句為兩副對仗聯，而且極為精練又極其自然，這是王維原作所
沒有的。所謂文章千古事，妙手偶得之。於此可見。

2. 〈木蘭柴〉

　　　秋山斂餘照，飛鳥逐前侶。彩翠時分明，夕嵐無處所。[105]

102 顧璘：《唐音評注》（保定：河北大學出版社，2006年10月初版），頁118。
103 俞陛雲：《詩境淺說》（北京：北京出版社，2003年3月初版二刷），頁122。
104 清‧趙殿成：《王摩詰全集箋注》，卷13，頁193。
105 同上注，卷13，頁190。

這又是一首異體五古詩，全詩平仄攪擾：「平平仄平仄，平仄仄平仄，仄仄平平平，仄平平仄仄。」王維不受格律牽制。本詩為《輞川集》中的第六首，也是一首寫景寄興的佳作。全詩字字句句都在寫景，而王維筆下的景，每隱約飄忽，耐人尋思玩味。錄引本詩為王維輞川詩歌的動物類第二首例詩，以其詩中有「飛鳥逐前侶」句。

審閱本詩時空景色，它是王維用素描速寫的筆法，描繪一幅秋山暮色的畫作，見景不見情，而情在其中，此即王國維「一切景語皆情語」之謂。王維此刻之情，自是閒居輞川時的觸景自得。試看他如何寫景寄情。本詩起句「秋山斂餘照」，意謂秋山默默含情，欲留難留，夕陽向晚，不得不收斂它的晚霞餘照。斂，收斂，暗含依依不捨的情趣。這個「斂」字，既像詩眼，又像畫龍點睛，將秋山活化而又人格化了。王維大筆如椽，畫山寫水，每有神來之筆。次句「飛鳥逐前侶」，秋山都人格化了，情誼翩翩的鳥族，在秋山欲暮飛返家園時，自是瞻前顧後，提攜奮飛。這個「逐」字，意謂彼此追逐：亦如那個「斂」字，有活化情境的作用。第三句「彩翠時分明」，迴轉照應起句的秋山餘照，看那滿山艷麗的秋色，明明暗暗，相互暉映。結句「夕嵐無處所」，總結秋山餘照，彩翠分明，看那晚霞暮霧，籠罩了漫山遍野，讓此刻想找個歸宿的山嵐都無處棲身。以上是詩人王維筆下的一首亦詩亦畫的〈木蘭柴〉景點氣象。木蘭是一種落葉喬木，其花大，內白外紫。其柴（寨）與斤竹嶺鄰近，是山坡上一處有柵欄的木蘭林。王維的「道友」裴迪亦有「同詠」：

蒼蒼落日時，鳥聲亂溪水。緣溪路轉深，幽興何時已？[106]

以上錄列王維輞川詩歌中動物藝趣的例詩二首，第一首〈欒家瀨〉的

---

106 清‧趙殿成：《王摩詰全集箋注》，卷13，頁191。

動物是白鷺，第二首〈木蘭柴〉的動物是飛鳥。兩首例詩裴迪都有「同詠」，聊供吟誦欣賞。就詩畫大家王維言，此二詩可謂無不詩中有畫，畫中有詩，但此二首均以寫景著稱的詩，不知王維要如何著墨成畫？此外，《輞川集》二十首詩有一共相，即都以喜調見稱，偶爾也有禪悅道心，這當然是詩人王維此刻的生態和心理反映。

五、佛道藝趣

　　世稱詩佛王維一生兼奉儒、佛、道三教。奉儒，一向爲多數讀書士子的共同理想，早慧的王維亦不例外，他十五歲（開元三年，715）離鄉至京師長安，二十一歲（開元九年，721）進士及第，此後從政用世，追求士子儒生共赴的人生理想。據兩《唐書》相關記載，約在開元二十一（733）、二十二（734）年間，時年三十三、三十四歲的王維，前後兩次獻詩於當時居相位的張九齡，均以志存匡輔自任：第一次約在開元二十二年（734）秋，〈上張令公〉詩有「致君光帝典，薦士滿公車」語[107]，雖是稱頌張九齡的話，其實暗喻王維自己亦有此懷抱；第二次約在開元二十三年（735），維作〈獻始興公〉「所不賣公器，動爲蒼生謀」語[108]，雖是頌美張九齡的話，同時亦顯示王維自己有此理想。而此種懷抱與理想，正是諸多儒者（包括王維）共同奔赴的目標。至於詩佛王維的崇佛禮佛、修道信道，世人多有討論，皮述民《王維探論》中指出，王維《輞川集》中，多有

---

107 見王維〈上張令公〉詩：「珥筆趨丹陛，垂璫上玉除。……致君光帝典，薦士滿公車。……賈生非不遇，汲黯自堪疏。學《易》思求我。言《詩》或起予。嘗從大夫後，何惜隸人餘。」見清・趙殿成：《王摩詰全集箋注》，卷12，頁182。

108 見王維〈獻始興公〉詩：「寧棲野樹林，寧飲澗水流。……所不賣公器，動爲蒼生謀。賤子跪自陳，可爲帳下不？感激有公議，曲私非所求。」見清・趙殿成：《王摩詰全集箋注》，卷5，頁67。

「以禪入詩」及反映道家思想與修肄情形[109]。本節茲錄下列例詩數首。

（一）禪趣

1. 〈辛夷塢〉

　　木末芙蓉花，山中發紅萼。澗戶寂無人，紛紛開且落。[110]

　　辛夷塢為輞川的第十八個景點，是一處山坳，山坳中有許多辛夷樹，故名辛夷塢。辛夷，亦名木筆，落葉喬木，花初出時，苞長約一點五公分，尖銳如筆頭；全開後似蓮花（即芙蓉），有桃紅色及紫色。這是王維《輞川集》中「以禪入詩」的代表作之一，頗似實景實寫而寓禪趣於中的佛化詩。詩眼或畫龍點睛處，在一個「寂」字：辛夷花開在山坳中，山坳似澗戶；澗戶非指居人處。大自然即澗戶，山巒開合亦如澗戶；此澗戶歲歲年年四大皆空，四大皆寂；而辛夷花亦千年萬世自開自落。天生萬物，各逐本性，本性即韓愈所稱「足乎己無待於外」的「德」[111]。花草樹木向陽汲水，求生繁殖，是花草樹木的本性，亦即花木之「德」。王維在本詩中所隱喻的佛趣禪思，似乎在表達一種自我開悟的佛理，萬物各逐自然，澗戶自寂自空，無視花開花落，或視而不見，或見而無感；辛夷花自開自落，亦無視有無觀賞關愛者。此即佛旨「無常無我」。何淑貞在其相關論述中云：「客觀冷靜且平和的對待無常無我，才能在生滅不息的環境中超脫。這正

---

109 王維以禪入詩，而禪的含意是智慧靜慮；而道家思想則為玄思。感謝邱教授特意提點。

110 清・趙殿成：《王摩詰全集箋注》，卷13，頁195。

111 見韓愈〈原道〉：「博愛之謂仁，行而宜之之謂義，由是而之焉之謂道，足乎己，無待於外之謂德。」見《全唐文》，卷558，頁5648。

是佛教觀察世間一切事相的根本方法。」[112]言之成理。

2.〈鹿柴〉

> 空山不見人，但聞人語響。返景入深林，復照青苔上。[113]

　　鹿柴（寨）是輞川第六個景點，顧名思意，這裡可能是養鹿或鹿類經常出入的地方。本詩寫的是此處傍晚的景觀，而寓禪趣於其間。本詩形似近體五絕，但五言聖手的詩佛王維往往得心應手，溢出格律；本詩雖四句均入律，卻失黏失對，是謂「拗絕」。本詩的禪悅佛趣，亦如前文所指，「空寂」是這首詩所描繪的景色，而寓意則是佛旨自我開悟、無常無我的境界，「空」是本詩的詩眼；但「空」而不「寂」，因雖不見人，卻又聞到「人語響」；詩佛王維言外之意是，此時此地，除我王維在，尚有人發出聲音，是「似無」，卻「實有」，是四大皆空，而我執我在。是「空山」非真空，「不見人」非無人。此中隱含了「五蘊皆空」；了無罣礙。故曰：「色即是空，空即是色。受想行識，亦復如是。」[114]唐代詩僧寒山子（生卒不詳，約玄宗至代宗人）詩云：「桃花欲經夏，風月催不待。訪覓漢時人，能無一個在。朝朝花遷落，歲歲人移改。今日揚塵處，昔時為大海。」[115]滄海桑田，有無相生，是即禪悅佛趣。

---

112 何淑貞：〈王維輞川詩的詩情畫意樂趣與禪悅〉，收入《2005年兩岸當代藝術學術研討會論文集》（台北：國立台灣藝術大學，2005年10月15日），頁68-87。

113 清‧趙殿成：《王摩詰全集箋注》，卷13，頁190。

114 錄自唐‧玄奘：《般若波羅蜜多心經》，收入大藏經刊行會編：《大正新脩大藏經》（台北：新文豐出版社，1983年），第8冊，頁484。

115 錄自侯秋東編注：《智慧詩人寒山子》（上善養齋印行，無出版時間地點），頁27。據陳慧劍考證，寒山子約生存於初唐睿宗景雲元年（710）至中唐憲宗元和年間（806-820）。

王維詩歌藝趣研究

本詩上半首爲有人無人，有聲無聲攪擾迷濛，下半首靈光乍現：
「返景入深林，復照青苔上。」向晚時分，霞光穿透深林，居然照射
到長滿青青的苔蘚上。這意味著，天無私覆，地無私載，儘管陰暗的
深林中，具有求生繁殖本能的苔蘚，依然無畏懼，無依賴地生長存活
著。佛法無邊，有緣者皆可立地成佛。此或即本詩的禪趣。〈鹿柴〉
詩裴迪「同詠」云：「日夕見寒山，便爲獨往客。不知深林事，但有
麏麌蹟。」[116]

禪趣例詩二首，均似實景素描，而以空寂深沉爲衷心訴求。言外
之意，喜調之外，正是一心向佛禮佛的詩佛王維的空靈化境。天生萬
物，各有本性本德，既各安生理，復相融相讓而不相斥。自然萬物的
存在，乃至人的存在都是各安生理，與萬物之間相互依存，相互平衡
的。花，紛紛開且落；澗戶，視而不見，或見而無動無感，無非自然
現象，說它是大慈大悲的佛旨所在，亦無不可。詩佛王維終身官官隱
隱，看似隨俗浮沉，實亦洞察物性物理，自我安頓，心安理得；「彈
琴復長嘯」也好，「浣沙明月下」也好，塵囂於我何有哉！所引〈辛
夷塢〉及〈鹿柴〉二例詩，裴迪均有「同詠」，相互參閱，心領神
會，亦誦讀《輞川集》一大樂事。以下續研析《輞川集》中的玄趣。

（二）玄趣

1.〈金屑泉〉

> 日飲金屑泉，少當千餘歲。翠鳳翔文螭，羽節朝玉帝。[117]

金屑泉是輞川山谷中的一處天然良泉，本詩爲《輞川集》中的第
十四首詩。王維以道教仙趣、誇飾口吻寫成的一首詩，王維的詩歌很

---

116 清・趙殿成：《王摩詰全集箋注》，卷13，頁190。
117 錄自唐・玄奘譯：《般若波羅蜜多心經》，卷13，頁193。

少誇飾；詩不厭誇，像詩仙李白，幾乎出口即誇。本詩也是一首異型五古，全詩平仄為：「仄仄平仄平，仄平平平仄，仄仄仄平平，仄仄平仄仄。」大詩人王維心到手到，格律在所不計。詩入去聲八「霽」韻，韻腳為：歲、帝。本詩是游身三教的王維，以崇道慕仙的遐思夢想的喜調寫下的慕仙詩。全詩所用的典實，多是仙蹤神跡，例如「翠鳳」，乃相傳為仙人所乘的神鳥。西王母乘翠鳳之輦而來，前導文虎文豹，後列雕麟紫麝。「文螭」，傳說中有花紋無角的龍。「羽節」，飾以鳥羽的仙人儀仗。早慧的王維，對仙境仙道即多遐想，例如他十九歲所寫的〈桃源行〉，即將陶淵明的人間樂土「世外桃源」[118]，改寫成似幻似真的「人間仙境」；其後，王維三十歲左右，寫〈藍田山石門精舍〉詩，再將「人間仙境」的桃花源，改寫成廣納眾生、立地成佛的佛境[119]。王維一變再變桃花源，固與客觀的大時空有關，與主觀的自我意識，乃至「生理時空」更有關，包括政壇失柱、家人物故等等。〈金屑泉〉一詩仙言連篇，十足美化藻飾詩境仙景，寫景寄情，如幻如真。依詩佛王維的幻覺幻想，金屑泉是一種仙水，如果每天喝它，至少能活千餘歲。但《老子》卻說：「天下莫柔弱於水，而攻堅強者莫之能勝。」又說：「尚善如水，水善利萬物，而又爭居眾人之所惡。」水是不會自我標榜的，老子心目中的水，顯然與金屑泉不同調[120]。《老子》為「道家」經典，哲理深厚，對「水」的詮釋，言簡意賅；王維本詩筆下的金屑泉，是他刻意仙化神化的仙水，是「道教」方士的法言法語；王維二十六歲隱居嵩山，從道士焦鍊師修道求長生，曾作〈贈焦道士〉詩：「先生千歲餘，五嶽

---

118 晉・陶淵明著，逯欽立校注：《陶淵明集》（北京：中華書局，1979年5月一版，2007年3月五刷），卷6，〈桃花源記并詩〉，頁165-169。

119 皮述民：《王維探論・王摩詰兩變桃花源》，頁59-76。

120 陳錫勇：《老子釋義》（台北：國家出版社，2011年8月初版二刷），第78章，第8章，頁176、頁28。

遍曾居。」又稱焦道士：「坐知千里外，跳向一壺中。」[121]由此看來，王維仙化神化金屑泉的神奇功能，是由來有本的。

回歸本題，〈金屑泉〉是王維筆下少有的崇道、歌頌道的玄趣十足之作，他將虛幻的仙話神語，鼓吹成真蹟實象的生態：前半部誇飾泉水的神力，後半部加成加質，藉假爲眞，大肆排場地去「朝玉帝」。也只有大詩人王維心到手到，成此佳作。錄引本詩爲玄趣之一的例詩，藉供眾賞。裴迪〈同詠〉的詩爲：

> 縈淳澹不流，金碧如可拾。迎晨含素華，獨往事朝汲。[122]

2.〈椒園〉

> 桂尊迎帝子，杜若贈佳人。椒漿奠瑤席，欲下雲中君。[123]

椒，即花椒、胡椒，烹調用的調味料。裴迪〈同詠〉云：「幸堪調鼎用。」正是此意。椒園爲輞川別業第二十個景點，本詩也是《輞川集》第二十首詩。皮述民認爲，〈金屑泉〉和〈椒園〉二詩，可說是道士的遊仙詩[124]。陳鐵民認爲〈金屑泉〉詩是王維根據當地有關傳說寫成，〈椒園〉詩則是以描寫祭神場面爲主要內容[125]。也有人認爲〈金屑泉〉與〈椒園〉二道教神仙詩，純爲得道升遐之言，與南國文學傳統乃至《楚辭・九歌》有關[126]。綜合看來，這兩首崇道慕仙的

121　清・趙殿成：《王摩詰全集箋注》，卷11，頁162。

122　同上注，卷13，頁193。

123　同上注，卷13，頁195。

124　皮述民：《王維探論》，頁197。

125　陳鐵民：《新譯王維詩文集》，下冊，頁512、頁518。

126　張紅：〈王維《輞川集》與南國文學傳統〉，《中國文化研究》2014年夏之卷，頁163-171。

詩，可能是王維旁觀道教祭神儀式的全程記事之作。說它是遊仙詩，未必貼切。像李白，終身與天神聖母交往，是浪漫的遊仙，也是他自己杜撰的神話仙語。傅師錫壬指出，神話與仙話在精神上最大的不同是，神話是積極利世的，仙話是消極逃避的[127]。由此看來，〈金屑泉〉與〈椒園〉二詩，只能算是仙話，不宜稱為神話；而詩佛王維終其一生，官官隱隱、隱隱官官，似乎也在消極逃避。

　　本詩形若近體五絕，但平仄拗變而為五古。〈金屑泉〉與〈椒園〉二詩是《輞川集》中的別裁，詩的旨趣、寫作背景，與其餘各詩皆不同，可能是南方楚人祭神歌舞時的舞曲，且與屈原的〈九歌〉關係最為密切；〈九歌〉敘言云：「〈九歌〉者，屈原之所作也。昔楚國……沅、湘之間，其俗信鬼而好祠（祀）。其祠，必作歌樂鼓舞以樂諸神。屈原……因為作〈九歌〉之曲。」[128]〈椒園〉一詩是通過椒園中生長的椒類、桂樹、杜若等植物，敘寫祭神活動的動機和歷程，詩中所用典實，多與屈原〈九歌〉有關，例如起句：「桂尊迎帝子。」桂尊，是用肉桂浸酒，盛在大酒杯中；帝子，即〈九歌〉中的湘夫人；意謂用美酒迎接湘夫人，是祭祀開始的宣示。次句：「杜若贈佳人。」杜若，味辛香的香草，〈九歌・湘君〉：「采芳洲兮杜若，將以遺兮下女。」意謂祭祀開始了，湘妃女神降臨了，獻上香草美酒以表敬意。第三句：「椒漿奠瑤席。」椒漿，花椒酒，〈九歌・東皇太一〉：「奠桂酒兮椒漿。」瑤席，珍貴的坐席；意謂祭禮安排妥當了。結句：「欲下雲中君。」雲中君，雲神豐隆也，〈九歌〉有〈雲中君〉一章；意謂祭禮安排好了，祭典已達高潮，連雲神也要

127　傅錫壬：《神話與類神話研究》（台北：國立編譯館主編，文津出版社，2005年11月一刷），頁43。
128　宋・洪興祖：《楚辭補注》（台北：大安出版社，2011年8月一版六刷），頁78。

降臨了[129]。總之，〈椒園〉是南方楚人祭神時的舞曲，以上解析比
對，似可信。裴迪〈同詠〉的詩是：「丹刺胃人衣，芳香留過客。幸
堪調鼎用，願君垂采摘。」[130]看來裴迪「同詠」，並不與王維仙言仙
語同調。

　　王維《輞川集》玄趣例詩，錄引〈金屑泉〉及〈椒園〉二首仙
化詩，試加研析。對於〈椒園〉與屈原〈九歌〉的關連，亦引證《楚
辭・九歌》章句解析比對。

　　本章探討王維山水田園詩歌藝趣，章首緒言略謂我中華始祖黃
帝軒轅氏始作五氣，始藝五穀，即與山水田園結緣。下分三節深入探
討，第一節「山居隱逸」，錄引〈淇上即事田園〉等五詩，探究王維
山居隱逸時空概況。第二節「田園風貌」，錄引〈田家〉等五詩，揭
示王維田園詩歌的諸般風貌。第三節「仙語仙蹤」，錄引〈桃源行〉
等五詩，探討王維在祈仙慕仙的重要事蹟。第四節以《輞川集》二十
首詩歌爲範疇，分別探討：輞川史地、輞川詩歌的音樂藝趣，含人
聲、動物聲，以及輞川詩歌的色彩、動植物藝趣、佛道藝趣。

---

[129] 以上詮釋所引〈九歌〉章句，見宋・洪興祖：《楚辭補注》之〈九歌章句〉，
頁78-102。

[130] 清・趙殿成：《王摩詰全集箋注》，卷13，頁195。

第八章
王維時序聲色詩歌藝趣

　　本章擬探討「王維時序、聲色及動靜詩歌藝趣」，依邱師燮友〈穿越時空進入四度空間的文學〉大作的析論，王維有關時序、聲色，乃至動靜的詩歌藝趣作品，屬於三度空間的寫實文學[1]。如陶淵明（365？-427）的〈桃花源記〉、施耐庵（1296-1372）的《西遊記》等屬於寫虛文學，即由點、線、面三度空間，乘以「時間」而成的無限大的四度空間文學[2]。儘管如此，但詩歌是心理時空文學，其時空領域無限廣袤久遠，李白有「五花馬，千金裘，呼兒將出換美酒，與爾同消萬古愁」（〈將進酒〉）的豪語，王維也有「步出城東門，試騁千里目」[3]（〈冬日遊覽〉）的狂語。而且陶潛的〈桃花源記〉雖屬寫虛，但源內源外皆常民化，雖虛亦實；王維「兩變桃花源」[4]使源內仙化，即虛上加虛。此其不同處。本章試錄列詩佛王維時序、聲色動靜詩歌數首並作析賞，以類其餘。

1　邱師燮友：〈穿越時空進入四度空間的文學〉，《中國語文》第642期（台北：中國語文月刊社，2010年12月），頁8。

2　此處所謂的「四度空間」參考邱老師云：「第四度空間是無窮大的想像空間，在文學中，凡是想像的文學，都屬於此類作品。例如神話、寓言、志怪、遊仙、虛擬、懷古、情色、玄思、禪悟、武俠等文學，都屬於第四度空間的文學。」參考邱燮友：〈中國古典詩歌創作欣賞的新思維〉，《中國語文》第714期（台北：中國語文月刊社，2016年12月），頁12。

3　清・趙殿成：《王摩詰全集箋注》（台北：世界書局，1996年6月初版六刷），卷4，頁50。

4　皮述民：《王維探論》（台北：聯經出版公司，1999年8月初版），頁77-102。

第一節　季節時序

表30　王維時序詩歌一覽表（筆者概計）

時序別	數量
春	51首
夏	5首
秋	20首
冬	8首

　　從上述「王維時序詩歌一覽表」概輯看來，王維四百二十三首各型詩歌中，約有四分之一與時序春夏秋冬有關。其中尤以與「春」有關者居多。上表所列春季詩歌五十一首，其實不含題目字數過多未便列舉入「表」者。夏、秋、冬三季亦然。其中惟一有趣的現象是，王維與其他詩家興致相似，喜「春」之作最多，其餘依序為「秋」、「冬」、「夏」，「夏」季之作最少。以下依序錄列王維四季詩歌各二則，試作析賞，以窺情趣。

　　例一：〈春中田園作〉

　　　　屋上春鳩鳴，村邊杏花白。持斧伐遠揚，荷鋤覘泉脈。
　　　　歸燕識故巢，舊人看新曆。臨觴忽不御，惆悵遠行客。[5]

此為詩人直觀白描尋常農村春色春事之作。春中即中春，春季二月，詩人側身田園，直書所見所感。似不著雕飾痕跡，實王維得心應手，唾手即成者。看他出手勾勒的春鳩鳴（韓愈〈送孟東野序〉云：「以鳥鳴春」）、杏花白等等，字字都是盛春景象。

5　清・趙殿成：《王摩詰全集箋注》，卷3，頁30。

這是一首王維見長的近體五律；首聯次句，及頸聯首句，平仄拗，不合律，均以其下一句救之。故仍屬合律。錄引本詩旨在探視詩佛王維對尋常春景、春事的觀點與感受。山水田園常民之春，與京師門第之春，自有諸多不同處。就以本詩爲例，王維起筆寫屋上、村邊，而非亭台湯池，此即可體悟王維對人間事物的察微知著處。而起筆的景物是春鳩鳴與杏花白，一動物（鳩）／一植物（杏），一聲響（鳴）／一彩色（白），一仰觀（屋上）／一俯視（村邊），如此多視角的首聯一出，常民田園的春色春景即燦然如在眼前。接下來頷聯持斧／荷鋤，進一步深入田園農事，而斧鋤與農具，正是農家春耕必備必用之物；伐遠揚（砍掉長得太長有礙農作或農事之作的樹枝），及覘泉脈（勘查春耕最關切的水源水路），更是農家興利除害的平常事。足見詩人對農事民情既觀察入微，亦點滴在目。頸聯以歸燕返故巢，暗喻農村生態寧靜；以舊人看新曆，明喻農民凡事都兢兢業業而不妄爲。結聯跳空，詩人於欣賞美化田園春情之餘，乃推近思遠，聯想到還有很多離鄉背井的人，此刻不知身在何方？苦樂如何？

由此看來，立足三教的詩佛王維，其能推己及人、先憂後樂的心態，還是比較傾向儒者的。

例二：〈酬郭給事〉

> 洞門高閣靄餘輝，桃李陰陰柳絮飛。禁裡疎鐘官舍晚，省中啼鳥吏人稀。
> 晨搖玉佩趨金殿，夕奉天書拜瑣闈。強欲從君無那老，將因臥病解朝衣。[6]

此爲詩人王維身居宮廷，禁中逢春仍碌碌終日的生活狀態，堪與前首

6　清・趙殿成：《王摩詰全集箋注》，卷10，頁13。

〈春中田園作〉對比品閱。郭給事，郭納，陳留（今河南陳留）探訪使。本詩約作於天寶十四年（755）春，其時安史亂陷陳留，王維與郭同為給事中，朝夕遑遑的生活情形。詩中也有桃李，也有啼鳥，但二者截然不同。本詩為合格律的近體七律。全詩平仄、對仗精準，是詩佛王維為近體律絕開疆闢徑有貢獻的例證之一。首聯上句「洞門高閣」，揚起宮廷重重門禁的高貴格調，「靄餘輝」，謂此重重門禁向晚猶見夕陽餘暉，自與田園農舍判然有別。下句，「桃李陰陰柳絮飛」，宮廷禁區，春色燦爛，桃紅李白柳綠，一片重門深鎖，自開自舞自謝。頷聯承筆，詩人視聽專注；上句以鐘聲之「疎」型塑禁區之冷冷清清；下句，以門下省僅有的鳥啼為襯，藉以暗示此刻官吏已是寥寥無幾。頸聯轉筆，描繪門下省官吏勞苦的生活。上句「晨搖玉佩趨金殿」，一大早搖動著身上的玉佩，踏著小碎步走上宮殿；下句「夕奉天書拜瑣闈」，傍晚接到天子下達的詔書，面向宮門拜受。結聯合筆，詩人王維向同伴郭給事訴說，上句「強欲從君無那老」，真想追隨郭君辭官歸隱，奈何我已老邁；下句「將因臥病解朝衣」，無可奈何，只得等病倒，才能解衣辭官。

此為詩佛現身傾訴的春歌，與前一首〈春中田園作〉的春歌對照吟誦，當知判然有別。本詩除首聯破題，妝點些許春色外，其餘為有半點春氣春味。

夏天例詩一：〈苦熱〉

> 赤日滿天地，火雲成山嶽。草木儘焦卷，川澤皆竭涸。
> 輕紈覺衣重，密樹苦陰薄。莞簟不可近，絺綌再三濯。
> 思出宇宙外，曠然在寥廓。長風萬里來，江海蕩煩濁。
> 卻顧身為患，始知心未覺。忽入甘露門，宛然清涼樂。[7]

---

7 清・趙殿成：《王摩詰全集箋注》，卷4，頁53。

詩題〈苦熱〉，《樂府詩集》作〈苦熱行〉，屬歌行體，哀嘆感受酷熱的痛苦。我國民諺云：「冷是窮人冷，熱是大家熱。」今日看來，未必如此。而詩佛王維立身三教，雖篤崇儒，但卻經常口不停爲佛宣傳。本詩即其一例。

全詩八聯十六句，前二聯四句爲起筆，從多個角度速寫炎夏酷熱的苦況；首句扣題一筆帶過赤日遍及大地；次句謂雲也如火般地化爲望之可怕的山嶽（以上從高處、廣處著眼）；三句，草木都燒焦彎曲了；四句，河川湖澤都乾涸了（以上從低處、近處著眼）。五至八句承筆，泛寫炎熱給人們帶來許多煩惱：五句，縱然穿很輕便的衣褲也覺很沉重；六句，縱然躲進很稠密的樹蔭下也覺得樹蔭太稀薄；七句，即使是涼蓆也不可多靠近；八句，即使穿用最單薄的蔴布製的衣服也得一洗再洗（以上從身邊衣物著眼）。九至十二句轉筆，幻想能跳出宇宙之外，不再受酷熱的煎熬：九句，幻想逃到宇宙外，十句，幻想身在宇宙外的曠闊自在；十一句，幻想長風從萬里之外吹過來；十二句，幻想連江海也不再擔心乾枯。最後四句合筆，詩佛王維最後不忘替佛教說教：結論是，回頭想想，其實只要篤信佛教，一朝進入禪定，自然就能享受身心清涼之樂。

夏天例詩二：〈納涼〉

　　喬木萬餘株，清流貫其中。前臨大川口，豁達來長風。
　　連漪涵白沙，素鮪如遊空。偃臥盤石上，翻濤沃微躬。
　　漱流復濯足，前對釣魚翁。貪餌凡幾許，徒思蓮葉東。[8]

這是另一首寫炎夏的詩，與前引〈苦熱〉所訴說的炎夏詩，雖寫的都是炎夏景色，但一熱一涼，一苦一樂，身心感受截然不同。陳鐵民在

8　清‧趙殿成：《王摩詰全集箋注》，卷4，頁54。

其《新譯王維詩文集》中指稱，此詩可能寫於赴蜀途中，並稱時間約在開元二十一年（733）前閒居長安數年內。

全詩六聯十二句，平仄聲律多拗，對偶飛揚不在意，似屬樂府五古。一聯起筆：上句，以高大眾多的萬餘株喬木向空破題（仰觀）；下句，以流瀉宛轉的清流迴旋貫穿其下溫馨繼之（俯視）。清人詩評家張謙宜（1650-1733）於其《絸齋詩談》中稱此詩：「開口如畫，已有涼意。」[9]堪稱知言。二聯三聯承筆：二聯承首聯上句，謂其地高居開闊的大川口，有來自遙遠的清風吹來，倍增涼意；三聯承首聯下句，謂此宛轉清流攜著白沙，讓背青腹白的鮋魚如在空中般的自在遨遊。四聯五聯轉筆，詩人將筆觸聚焦於自己身上，讓自己親自享受此清涼情境的恩惠：四聯，自己仰臥在一個平坦的磐石上，讓遠來的清風如波濤般吹襲在我身上；五聯，此刻的我，彷彿一位隱居者，不染塵世，以清流漱口洗腳，不遠處有一位老者正在釣魚。結聯合筆：結出詩人崇高的志趣，略謂，魚翁釣魚，非爲獲魚，只不過藉此享受釣魚的樂趣而已；那些貪食釣餌的魚，其實並非爲了貪食而上鉤，牠們不過是在蓮葉間游來游去，一時不小心，誤吞了釣餌而已。

前一首夏詩，寫的是炎夏酷熱之苦；本詩雖亦夏詩，但寫的是炎夏納涼之樂，詩人並藉此抒發自己的節操與志趣，而不著痕跡，高手如詩佛王維者，乃能得手應心，一舉數得。迴溯二夏詩，〈苦熱〉之夏與〈納涼〉之夏，其間似與「風」的作用攸關，故二詩都提及「長風」。風有長短、大小、善惡，更有「王者之風」與「庶人之風」，可堪品味[10]。

---

9 清・張謙宜：《絸齋詩談》，收入郭紹虞編著，富壽蓀點校：《清詩話續編》（上海：上海古籍出版社，1983年），卷5，頁843。

10 參見《昭明文選》卷13，楚襄王與宋玉言風：襄王稱：「快哉此風，寡人所與庶人共者邪？」宋玉對曰：「此獨大王之風耳，庶人安得而共之。」並有大王之爲「雄風」，庶人之爲「雌風」。

秋天例詩一：〈奉寄韋太守陟〉

　　　　荒城自蕭索，萬里山河空。天高秋日迥，嘹唳聞歸鴻。

　　　　寒塘映衰草，高館落疏桐。臨此歲方晏，顧景詠悲翁。

　　　　故人不可見，寂寞平陵東。[11]

韋太守陟，與王維、崔顥等才士時相唱和，後任吏部侍郎，爲奸相李
林甫所忌，凡五貶爲鍾離（今安徽鳳陽東）、再貶義陽（今河南信陽
附近）、又貶河東（今山西永濟西）等五郡太守[12]。本詩應作於天寶
四年（745）至天寶十三年（754）間。乃王維懷念被貶者之友情詩，
詩以秋景著墨，特錄引於此。全詩五聯十句，似樂府五古，平仄聲律
及對偶常態均不計。首聯起筆：上句，以荒城已然蕭條頹廢，景象凄
涼，一筆掃過，提領全局；次句，縱目四眺，非止荒城蕭索而已，大
好的萬里河山，也竟蕩然空寂，爲起筆添哀愁，亦即爲不幸一貶再貶
至五貶的好友韋太守增悲憤。而一片秋色秋容，亦如南宗畫派的山水
畫般宛然呈現。二聯、三聯承筆。二聯：上句仰視，涼秋時節，天似
乎變得更高了，太陽似乎變得更遙遠了；下句側聞，耳邊響起南飛的
歸雁凄厲的叫聲。三聯，上句俯視近處，冷凄凄的池塘掩映著殘秋的
枯草；下句側視，近處高樓旁的地面落滿了梧桐殘葉。四聯轉筆，詩
人轉身投入現場：上句謂，而今深秋歲晚；下句，我顧影哀傷，不禁
吟詠〈悲翁〉的古調來思念被貶的好友。結聯合筆，不勝哀慟，上下
句一氣呵成：奈何奈何！想見老友也見不到，只好頻頻地、孤單寂寞
地，朝著老友那個方向的一片廣大的森林看去了！吟誦本詩再三，回

第八章　王維時序聲色詩歌藝趣

---

11 清・趙殿成：《王摩詰全集箋注》，卷2，頁14-15。

12 後晉・劉昫：《舊唐書》（台北：鼎文書局，1981年），卷92，〈韋安石列
　　傳〉，頁2958-2960。

頭讀讀古文八大家之一歐陽修的〈秋聲賦〉[13]，不禁興起故友重逢的親切又複雜之感。

　　這是一首悲調的秋詩。悲秋，是常人常情常態，但並非普世皆然；中唐詩人劉禹錫，以口不擇言常常譏諷顯貴致一再下貶；他對常人悲秋也唱反調，其〈秋詞二首〉之一云：「自古逢秋悲寂寥，我言秋日勝春朝。晴空一鶴排雲上，便引詩情到碧霄。」何等高雅，事實也往往如此，並無普世準據，仁者見仁之秋，智者見智之秋。以下試錄引詩佛王維「喜秋」之詩，以與「悲秋」之詩映襯。

秋天例詩二：〈汎前陂〉

　　　秋空自明迥，況復遠人間。暢以沙際鶴，兼之雲外山。
　　　澄波澹將夕，清月皓方閒。此夜任孤棹，夷猶殊未還。[14]

陂，池塘，疑指欹湖。若然，此又是一首《輞川集》的外編詩。詩佛王維本其「興來每獨往，勝事空自知」（王維〈終山別業〉句）的習性，在一個秋月皎潔的夜裡，獨自泛舟於靜寂的前陂，竟樂而忘返，因成此詩。

　　本詩似近體五律，但起句平仄即拗，以三句拗救之，仍屬五律。頷聯以語助詞「暢以」、「兼之」為對，世人仁智互見。首聯起筆，縱筆暢言，秋高氣爽，天空本來就很清澈遼闊；何況此處又遠處山中，遠離人間。起筆即為「喜秋」定調。頷聯承筆，此遠離人間的

王維詩歌藝趣研究

---

13 歐陽修（1001-1072），宋吉州廬陵（今江西吉安）人。〈秋聲賦〉為抒情賦體，乃其名作之一。中云：「（秋）草拂之而色變，木遭之而葉脫。」「人為萬物，為物之靈。百憂感其心，萬事勞其形。……奈何以非金石之質，欲與草木而爭榮？」見宋・歐陽修：〈秋聲賦〉，收於氏著：《歐陽修全集》（台北：河洛圖書出版社，1975年3月景印初版），上冊，頁114。
14 清・趙殿成：《王摩詰全集箋注》，卷9，頁119。

勝景，俯視，沙灘有舒暢自在的鶴；仰視，更有雲霧迷濛的山。以景寄情，樂在襟懷。頸聯轉筆，詩人似在分享庶眾：此時此地的我，正置身在澄波蕩漾的傍晚時刻；更有一輪皎潔的明月為我作伴。既得地利，又得天時。結聯合筆，情景交融，這一夜，我快然自足，就任由此一葉扁舟逍遙漂流，我當然也自由自在，樂而忘返了。

　　這就是詩佛王維現身告白的「喜調」之秋。「喜調」之秋與「悲調」之秋的判別標準是：為他人塵世言秋，則悲；為自己自我抒情，則喜。

冬天例詩一：〈冬晚對雪憶胡居士家〉

　　　　寒更傳曉箭，清鏡覽衰顏。隔牖風驚竹，開門雪滿山。
　　　　灑空深巷靜，積素廣庭閑。借問袁安舍，儵然尚閉關。[15]

居士，居家奉佛之人。胡居士，無可考。本詩《文苑英華》列為王劭詩。但經多方考證，確為王維詩。依詩中「衰顏」一語，推想此詩或為王維晚年作，詩旨為雪夜懷念友人。本詩為合格律的近體五律。前三聯均採對偶，唐代詩家每有此式，如杜甫的〈春望〉、王勃的〈送杜少府之任蜀州〉。連三偶易流於形式，名家固樂為之，以彰其才。本詩連三偶，生動活潑，絕無呆滯感；而頷聯詠雪景，世稱千古諷誦的詠雪警策。首聯起筆，上句向空破題：寒夜的更鼓聲已在報曉；下句，詩人攬鏡自照，驚見自己已老。如此起筆，似與題旨欠得。頷聯承筆，上句，晚間打開窗戶，正好看到寒風吹擺搖動著竹林，下句，打開門，四顧發現，大雪已覆蓋了滿山遍野。如此承接，始見承上啟下得體。頸聯轉筆，由遠轉近，由動轉靜，上句，雪花也飄灑到空洞的深巷，深巷更加寂靜；下句，白雪更堆滿了寬廣的庭院，周遭寂靜

---

15 清・趙殿成：《王摩詰全集箋注》，卷7，頁95。

悠閒，轉出晚雪實景。結聯合筆，上句引《後漢書・袁安傳》典，袁安貧而賢，大雪天凍臥室內，人以為安已死，破門視之，問他何以不出外行乞。安回：大雪天，人人都餓，我不願去干擾別人。下句，以袁安喻胡居士，借問胡居士，是否也像袁安一樣，泰然閉門不出嗎？

全詩起承轉合，條理井然，雪景如畫，友情明備。吟詠體會，此詩屬「喜調」或「中性」之冬詩。錄引於此，藉參其餘。茲另錄「苦冬」詩一首，藉供映照。

冬天例詩二：〈冬夜書懷〉

> 冬宵寒且永，夜漏宮中發。草白靄繁霜，木衰澄清月。
> 麗服映頹顏，朱燈照華髮。漢家方尚少，顧影慚朝謁。[16]

這是詩人王維自嘆年老，仍在居官，可能在冬夜仍在宮中值宿，時空交集之下，自傷不遇之作。但於自傷之間，隱含諷喻。此為冬詩中「苦冬」之詩。這是一首近體五律，頸聯次句平仄拗，仍屬合律。本詩乃詩佛王維暮年自傷的「苦冬」的冬詩。首聯起筆，上句，扣題直書，這是一個既寒冷又漫長的冬夜。一語穿透時空情景。下句，由上句之靜，而衍生動（夜漏），由上句之無聲而生有聲（漏聲發）。滴漏聲來自宮中，為三聯「麗服」伏筆；現場景物具象化，亦生動化。頷聯承筆，承上聯景物具象化、生動化之後，進一步以南宗山水的畫筆，描繪現場景物：上句，此刻濃霜摧殘下草色變枯變白了；下句，樹木葉落了，天上明月顯得更清明了。頸聯轉筆，詩人親自上場，上句以「色」興感，看我穿著華麗的官服，卻映照著衰老的容顏；下句，以「光」興感，當我走到紅色燈光下時，卻更顯得自己已是滿頭白髮了！如此轉筆，真情真相歷歷在目。結聯合筆，上句，漢家，即

---

16 清・趙殿成：《王摩詰全集箋注》，卷5，頁65。

唐家（故爲隱諱）；此刻正是重視年輕人（暗含諷喻與自悲）；下句，顧影自慚衰老，實在未便再上朝參拜皇上。結語淒涼，此即詩人所「書」之「懷」。

第二節　聲音樂響

王維詩歌中的聲音包含人的聲音（如：歌聲、哭聲、笑聲）、動物的聲音（鳥獸、雞犬等）、樂器（器物）的聲音，及大自然的聲音，他將各種自然的與人造的聲音巧妙地融入詩歌中，因此「閱讀他的作品成爲一種多重聽覺的享受，形成多元呈現的情境與氣勢的塑造。」[17]以下試分類選錄其聲色詩歌中的名篇，作進一步的研析品味。

首就聲音類分項選錄。

一、人聲項之一，乃指發自人之發音器官之聲。

長嘯例詩一：〈竹里館〉

　　獨坐幽篁裏，彈琴復長嘯。深林人不知，明月來相照。[18]

〈竹里館〉爲《輞川集》中第十七首詩，其地應爲輞川山中竹林間的一處幽靜的房舍。起句即云時空景物：獨坐者誰？自是詩人自己；坐在何處？幽靜的竹林；做何事？一爲彈琴，二爲長嘯。有何陪伴者嗎？深林無人知；不覺得孤單寂寞嗎？時值深夜，幸有明月相照。此正是一首語言淺白，情感率眞，意旨善良的情眞、意善、辭美的好

---

17 吳啓禎：《王維詩的意象》（台北：文津出版社，2008年），頁197。
18 清・趙殿成：《王摩詰全集箋注》，卷13，頁190。

詩。長嘯，段注《說文》云：其嘯也謌。此人聲之獨特者。

長嘯例詩二：〈鹿柴〉

空山不見人，但聞人語響。返景入深林，復照青苔上。[19]

〈鹿柴〉爲《輞川集》中第五首詩。起句的景象是，山是什麼模樣？一座空蕩蕩的空山；有人嗎？沒見到；眞的嗎？不一定，因爲聽到有人的聲音；此時此地的陽光怎麼樣？陽光投射到陰暗的森林裡，又反射到山徑的青苔上。這似是一幅南宗淡彩的山水畫。

其他類似的人聲，尚有：

一、狂歌五柳前。（〈輞川閒居贈裴秀才迪〉）

二、笑謝桃源人。（〈藍田山石門精舍〉）

三、談笑無還期。（〈終南別業〉）

其二，人聲項之二，發自人與樂器共鳴之聲：

共鳴之聲例詩一：〈過香積寺〉

不知香積寺，數裡入雲峰。古木無人徑，深山何處鐘。
泉聲咽危石，日色冷青松。薄暮空潭曲，安禪制毒龍。[20]

香積寺，長安西佛寺，故址在今陝西長安。本詩，《文苑英華》作王昌齡詩，經考證確爲王維作。錄引本詩，取其頷聯：「古木無人徑，深山何處鐘。」鐘聲，即發自人與樂器共鳴之聲。詩人爲突顯深山鐘

---

19 清·趙殿成：《王摩詰全集箋注》，卷13，頁190。
20 同上注，卷7，頁102。

聲之悠揚悅耳，特以「古木無人徑」作前提，古木之山，無人跡之
地，竟然響起鐘聲，正其難得一聞處。

共鳴之聲例詩二：〈酬張少府〉

> 晚年唯好靜，萬事不關心。自顧無長策，空知返舊林。
> 松風吹解帶，山月照彈琴。君問窮通理，漁歌入浦深。[21]

少府，即縣尉；明府，即縣官。張少府，無可考。本詩約爲王維晚年
居輞川作。亦《輞川集》外編之一。錄引本詩，取其頸聯：「山月照
彈琴」。彈琴，琴聲，即發自人與樂器（琴）共鳴之聲。詩人自言自
語，亦自艾自傷，當我年老孤處此輞川山水之間時，好在，也惟有高
空的一輪明月，照映著獨自彈琴的我。王維祖傳音樂才能，舉進士後
入仕，首任大樂丞。此時此地，以明月照彈琴自娛自解，別有一番清
幽情調。

其他類似的人與樂器共鳴之聲：

一、笳悲馬嘶亂。（〈從軍行〉）
二、悲急管，思繁絃。（〈送神曲〉）

其三，人聲項之三，傳奇人物，無聲息之神人。如：〈贈東嶽焦
鍊師〉

> 先生千歲餘，五嶽遍曾居。遙識齊侯鼎，新過王母廬。
> 不能師孔墨，何事問長沮。玉管時來鳳，銅盤即釣魚。
> 竦身空裡語，明目夜中書。自有還丹術，時論太素初。

21　清・趙殿成：《王摩詰全集箋注》，卷7，頁94。

頻蒙露版詔，時降軟輪車。山靜泉逾響，松高枝轉疏。

支頤問樵客，世上復何如。[22]

焦鍊師，是否確有其人，何時何地人，言人人殊；是男是女，亦無定論。盛唐多位詩人都有與其交往的詩作，除王維外，李白有〈贈嵩山焦鍊師（並序）〉[23]，除王維、李白外，王昌齡有〈謁焦鍊師〉[24]，李頎有〈寄焦鍊師〉[25]，錢起有〈題嵩陽焦道士石壁〉[26]，又，《太平廣記》卷449引《廣異記》有記，略謂，唐開元中，有黃裙婦人阿胡，就焦鍊師修道，云云[27]。本詩指引一無聲無息卻似有其人之神趣

22 清・趙殿成：《王摩詰全集箋注》，卷11，頁162。

23 李白〈贈嵩山焦鍊師〉詩：「二室凌青天，三花含紫煙。中有蓬海客，宛疑麻姑仙。道在喧莫染，跡高想已綿。時餐金鵝蕊，屢讀青苔篇。八極恣遊憩，九垓長周旋。下瓢酌潁水，舞鶴來伊川。還歸東山上，獨拂秋霞眠。蘿月掛朝鏡，鬆風鳴夜絃。潛光隱嵩岳，鍊魄棲雲嶂。霓裳何飄颻，鳳吹轉綿邈。願同西王母，下顧東方朔。紫書儻可傳，銘骨誓相學。」其序云：「嵩山有神人焦鍊師者，不知何許婦人也。又云生於齊梁時，其年貌可稱五六十。常胎息絕穀，居少室盧，遊行若飛，倏忽萬里。世或傳其入東海，登蓬萊，竟莫能測其往也。余訪道少室，盡登三十六峰，聞風有寄，灑翰遙贈。」錄自瞿蛻園等：《李白集校注》（台北：里仁書局，民國七十年三月），上冊，頁655。

24 王昌齡〈謁焦鍊師〉詩：「中峰青苔壁，一點雲生時。豈意石堂裡，得逢焦煉師。爐香淨琴案，松影閒瑤墀。拜受長年藥，翻翻西海期。」錄自《全唐詩》卷142，頁1440。

25 李頎〈寄焦鍊師〉詩：「得道凡百歲，燒丹惟一身。悠悠孤峰頂，日見三花春。白鶴翠微裡，黃精幽澗濱。始知世上客，不及山中人。仙境若在夢，朝雲如可親。何由睹顏色，揮手謝風塵。」錄自《全唐詩》，卷132，頁1339。

26 錢起〈題嵩陽焦道士石壁〉詩：「三峰花畔碧堂懸，錦里真人此得仙。玉體纔飛西蜀雨，霓裳欲向大羅天。彩雲不散燒丹竈，白鹿時藏種玉田。幸入桃源因去世，方期丹訣一延年。」錄自《全唐詩》卷239，頁2671；唐・錢起，阮廷瑜校注：《錢起詩集校注》（台北：新文豐出版社，1996年2月初版），卷9，〈題嵩陽焦道士石壁〉，頁691。

27 據李白〈贈嵩山焦鍊師・序〉云，焦鍊師為婦人，生於齊、梁時。所謂齊、梁，即南朝之齊、梁，經查，南朝齊自西元479年起，國祚二十四年；南朝梁，

的詩。

　　王維〈贈東嶽焦鍊師〉詩，全詩九聯十八句，似近體七言排律；第十二句「時論」，第十四句「時降」，隔句頂眞，別有情趣。詩的前四句破題，勝言焦鍊師有長生不老術（李白詩序言同）；五、六句繼續誇飾焦鍊師逍遙世外，無須像孔子、墨子四處奔走（多與李白詩序言同）；七至十二句稱說她有玉管來鳳、銅盤釣魚、竦身空語、明目夜書等多種神術；十三至十四句，稱說朝廷曾多次徵召她，她都未應詔；十五、十六句轉寫景，描繪焦鍊師所居之嵩山，山清靜，顯得泉水流瀉的聲音更加悠雅；古老的松樹很高大，顯得枝椏更加稀疏。意謂此種雅緻的所在，正是如焦鍊師的高人修行長生之處。結聯妙筆寫出，遠離塵寰的焦鍊師天眞的模樣，用手支撐著下巴，問樵夫：現在人世間的情況怎麼樣呀？如此率眞的問話，正是此刻寫景與抒情的生動寫照。全詩彷如神人焦鍊師的生平寫眞。

二、動物聲。

　　王維描寫動物之聲，通常以景、物烘襯出其生動活潑之動態感，靈活不呆板。動物聲項之一：禽鳥聲，如〈鳥鳴澗〉之禽鳥聲：

　　　　人閒桂花落，夜靜春山空。月出驚山鳥，時鳴春澗中。[28]

本詩類似《輞川集》二十首之別編，乃王維訪友人皇甫岳別業「雲溪」的見聞錄與頌讚之作。其地或在長安附近。

　　本詩爲詩佛王維詩歌中，由靜而動，由無聲轉有聲的名篇之一。

　　自西元502年起，國祚五十六年；繼後爲隋，自西元589年起，國祚三十八年；至唐玄宗開元元年（713）、天寶十五年（756），共計歷時二百七十七年，依此焦鍊師已活了兩百多年，事實確有爭議。

28　清・趙殿成：《王摩詰全集箋注》，卷13，頁187。

錄引本詩，取其結句鳥鳴春澗，代表動物項之禽鳥聲。全詩的詩眼為一「閒」字，惟有「閒人」，方能慧目慧耳慧心，見到桂花落、春山空、驚山鳥、鳴春澗。妙筆是，月出會驚動夜眠中的山鳥；山鳥被驚而不時鳴叫於深山澗水間。這樣的生態景象，也只有雅人王維方能心領神會而筆之於詩了。至於睡夢中的山鳥何以月出而驚？又何以受驚而叫？那種叫聲怎樣？好聽嗎？也只有雅人王維領會得，並形諸於詩。

動物聲項之二：昆蟲聲，如〈秋夜獨坐懷內弟崔興宗〉之昆蟲聲：

> 夜靜群動息，蟪蛄聲悠悠。庭槐北風響，日夕方高秋。
> 思子整羽翰，及時當雲浮。吾生將白首，歲晏思滄州。
> 高足在旦暮，肯為南畝儔。[29]

崔興宗，王維妻之弟，王維稱讚他是一位傲世不羈的傑出之士，本詩約作於天寶九、十年（750、751）間，其時王維已五十、五十一歲；崔氏即將出仕之時。王維與崔，情同手足，相與酬答之作頗多。

本詩起筆謂「夜靜群動息」，即秋夜各種動物都安靜地休息了。此即由靜轉動，由無聲轉有聲的破題法。錄引本詩取其首聯次句有昆蟲類聲：「蟪蛄聲悠悠。」蟪蛄，一種體型較小的青紫色蟬。蟬，多在秋夜鳴叫，其聲嘹亮悅耳。王維作此詩時已五十或五十一歲，故自稱「吾生將白首」，而思退隱。乃實話實說。王維心靈清明，書寫聲音，鉅細無遺，大如雷電，小如蟪蛄，隨興取捨，無不當行。

動物聲項之三：獸類聲，如〈酬虞部蘇員外過藍田別業不見留之作〉之猿鳴：

---

29 清·趙殿成：《王摩詰全集箋注》，卷2，頁19。

王維詩歌藝趣研究

貧居依谷口，喬木帶荒村。石路枉回駕，山家誰候門。

漁舟膠凍浦，獵犬繞寒原。唯有白雲外，疏鐘聞夜猿。[30]

詩題「虞部」，為工部四司之一，主掌京城街巷種植、山澤苑圃及草木薪炭等事。藍田別業，即王維輞川別業。不見留，指蘇訪維不遇，未能停下來等候維返。詩約作於王維居藍田別業期間。

這是一首以景寓情的詩，詩為合格律的近體五律，聲韻對仗工整。錄引本詩，旨在取其為獸類聲的例詩，頸聯的「獵犬」，結聯的「夜猿」，均為詩中少見的獸類。詩作於山林中的農村，嚴冬時，王維說「我不在家，無人守門」，乃枉駕空跑一遭，這是誠摯的致歉。後二聯寫嚴冬周遭景物生態；結句最具淒涼冷漠情調，為獸類聲生色。

三、自然聲項。

雨聲：〈欒家瀨〉

颯颯秋雨聲，淺淺石溜瀉。跳波自相濺，白鷺驚復下。[31]

瀨，湍急之水。欒家瀨，可能是輞川水中急流的一段。《輞川集》共二十景，此為第十三景，詩即第十三首詩。王維與大自然常相左右，但在他四百二十三首詩歌中，卻很少見到他以大自然景物為主體的詩歌，尤其是描寫自然景物發出聲響的詩歌。本詩〈欒家瀨〉是很獨特的一首，是一首充滿聲響、動態、色相的寫景小詩。詩的主體是秋雨，很多地區是秋季多雨，例如范仲淹（989-1052）的〈岳陽樓

---

30 清・趙殿成：《王摩詰全集箋注》，卷7，頁92。
31 同上注，卷13，頁190。

記〉所寫的瀟湘地區[32]。詩佛王維筆下秋雨之聲是：以「颯颯」狀其淒涼之聲；以「淺淺」狀其水流迅急之貌；以「跳波相濺」狀其急流相擊相撞之勢；以「白鷺受驚」飛起又落下體現秋雨之總效果。此為「自然聲項」的一首例詩，歷來詩評家對本詩均有好評：明代顧璘（1476-1545）云：「此景常有，人多不觀，唯幽人識得。」[33]近世俞陛雲云：「秋雨與石溜相雜而下，驚起瀨邊棲鷺，回翔少頃，旋復下集。惟臨水靜觀者，能寫出水禽之性也。」[34]本詩獨特處，在其語景揚長，景物靈動鮮活，彷彿一段新科技攝得的外景短片。詩中惟不見人的活動，詩人僅以第三者客觀姿態，將及目所見筆之於詩。而聲色動態俱在，允稱「自然聲項」的傑作。

泉水聲：〈東溪翫月〉

月從斷山口，遙吐柴門端。萬木分空霽，流陰中夜攢。

光連虛象白，氣與風露寒。谷靜秋泉響，巖深青靄殘。

清燈入幽夢，破影抱空巒。恍惚琴窗裡，松溪曉思難。[35]

此詩出處有爭議，《文苑英華》作王維詩，《唐文粹》作王昌齡詩，但《王昌齡集》未錄此詩。《全唐詩》重見王維及王昌齡集中。故出處難定。本論文謹從陳鐵民《新譯王維詩文集》例，錄引於此。又，東溪，《水經注·潁水》略謂流經嵩山東峰，據此，本詩可能是王維隱居嵩山時作。

---

32 見范仲淹〈岳陽樓記〉：「若夫霪雨霏霏，連月不開；陰風怒號，濁浪排空；日星隱耀，山岳潛移；商旅不行，檣傾楫摧；薄暮冥冥，虎嘯猿啼。」秋雨之聲之形，耀然如見。堪稱秋雨絕唱。

33 明顧璘語，見凌濛初刊《王摩詰詩集》。

34 俞陛雲語，見《詩境淺說》。

35 清·趙殿成：《王摩詰全集箋注》，卷15，頁208。

選錄本詩是用它作為「自然聲項」泉水聲的例詩。全詩計六聯十二句，首聯破題，上句，月亮從斷了的低山口出來；下句，它從遙遠處吐射出來的光芒，投射到我家簡陋的門前。二聯，續寫月景，上句，月光下的眾多樹木如雨過天晴般的明亮，下句，半夜中流動的陰氣慢慢地聚在一起。三聯，轉寫天上：上句，月光與天上星星連成一片白；下句，陰氣帶著涼氣和露水讓人感到寒意。四聯，寫泉水：上句，寂靜的峽谷，泉水流瀉的聲音顯得特別響亮；下句，與泉水流瀉聲伴奏的是，幽深的山崖殘留的青色靄霧。五聯，寫月光與我：上句，清澈明淨的月光進入我恍惚的夢境；下句，我彷彿在風中月下擁抱著一座殘破的、光禿禿的山巒。結聯，說夢：上句，我恍恍惚惚依靠在彷彿有琴聲的窗前；下句，從窗內向窗外望著一片松林和一泓溪流，直到天明，思緒斷斷續續，想銜結在一起都很艱難。詩中以「谷靜秋泉響」一句寫泉水聲，在興來獨賞月的情境下，以「谷靜」烘托「泉響」，使泉聲倍加暢旺激越。

由大自然的種種活動造成的「自然聲項」，除「雨聲」、「泉水聲」外，尚有很多種聲響，例如雷電聲、風聲等，但經按查，王維詩筆專一描繪的大自然聲項，似很少見，詩中偶然出現類似語彙則較多，試錄列其例如次。

其一，雨聲：

長嘯春雨響。（〈自大散以往深林密竹磴道盤曲五十里至黃生嶺見黃莊川〉）

空山新雨後。（〈山居秋暝〉）

長廊春雨響。（〈謁璿上人〉）

其二，風聲：

> 松含風裡聲。（〈林園即事寄舍弟紞〉）
> 庭槐北風響。（〈秋夜獨坐懷內弟崔興宗〉）
> 細枝風響亂。（〈沈十四拾遺新竹〉）

其他自然聲項：

> 潮聲：潮聲滿富春。（〈送李判官赴江東〉）
> 落葉聲：空林落葉聲。（〈過乘如禪師蕭居士嵩邱蘭若〉）
> 瀑水似雷聲：山南瀑水兮，激石滈瀑似雷驚。（〈白黿
> 渦〉）

　　王維詩歌中所敘述的自然聲響，信手拈來，自然紛呈，足見王維留心於自然山水景物變化，觀察細膩，絲絲入扣。

第三節　繽紛色彩

　　王維為山水田園及邊塞詩的祭酒，詩中色彩繽紛，自屬必然現象，此表乃色相統計數，另有色彩詩歌題目一覽表見文末「附錄六」。本研究僅就白、綠、紅三色各選一詩試作管窺，以概其餘。

一、白色：〈白石灘〉

> 清淺白石灘，綠蒲向堪把。家住水東西，浣紗明月下。[36]

---

36 清·趙殿成：《王摩詰全集箋注》，卷13，頁188。

白石灘爲王維輞川別業二十首中的第十五景，本詩也是《輞川集》中第十五首詩。其地是輞川溪流中一處多白石的淺灘，至今該處仍多白石。

　　白色純潔乾淨，錄引〈白石灘〉一詩作「白色」象徵的例詩，頗堪玩味。試看起句即以地名兼詩題名破題，爲白色定位。次句綠蒲，類似茭白筍的一種野菜，初生時是綠色，長到手掌可握時即變成白色。三句特寫當地浣紗女孩，她們都住在白石灘水邊東西岸邊，玉腕粉面，白白淨淨，趁著天上一輪皓月，到灘水旁來洗濯白色的紗綢。如此解讀似乎並不牽強，謂爲白色例詩的代表作，殊不爲過。

二、綠色：〈沈十四拾遺新竹生讀經處同諸公之作〉

> 閒居日清靜，修竹自檀欒。嫩節留餘籜，新叢出舊闌。
> 細枝風響亂，疏影月光寒。樂府裁龍笛，漁家伐釣竿。
> 何如道門裡，青翠拂仙壇。[37]

　　拾遺，諫官名。沈十四拾遺，無可考。這是一首詠竹詩，竹，色青綠，故取本詩爲綠色例詩。竹爲我國文人歌頌的「四君子」之一，以其清高、虛心、有節操之故。蘇軾有云：無肉令人瘦，無竹令人俗。可謂知味知趣。

　　本詩計共五聯十句，類似近體小七排。首聯上下句及結聯上句平仄沖拗。這是一首詠竹詩，作年不詳。首聯起筆，以稱頌主人沈十四拾遺閒居讀書處，有美竹在旁，既破題，亦爲全詩領航。二、三聯承筆，爲美竹粉飾白描：二聯，園中新生的嫩竹，脫掉外面的筍殼，新生的幼竹使出現在舊固的圍柵裡；三聯，進一步描繪，新生竹子的細

---

37 清・趙殿成：《王摩詰全集箋注》，卷11，頁160。

枝，被風吹得亂搖動；在月光下搖動的影子像是很寒冷的樣子。四聯轉筆，詩人轉出綠竹的身份功能：掌樂歌的官府會用綠竹來製成美好的笛子；漁家會砍下綠竹作釣竿。五聯合筆，詩人正話反說：別以為「道門裡」「青翠拂仙壇」的竹子，會比主人翁沈府的竹子高貴多少：其實是差不多的。結句「青翠」一辭，才是竹子「足乎己無待於外」的「德」（韓愈〈原道〉語）。也是詩人於此處為綠竹一吐為快的總評價。

三、紅色：〈辛夷塢〉

> 木末芙蓉花，山中發紅萼。澗戶寂無人，紛紛開且落。[38]

本詩為王維《輞川集》二十首中第十八首詩，也是輞川別業中第十八個景點。辛夷，落葉喬木，花初開時，苞長約半寸，尖銳如筆頭；盛開時，如蓮花（即芙蓉），有桃紅色與紫色二種。塢，四面高，中間低谷地。此處山坳因多辛夷樹，故名辛夷塢。澗戶，或山澗中的居戶，或兩山峽谷如門戶處。

辛夷花色有桃紅及紫色二種，錄引本詩，作為紅色例詩。從詩的表相看，這似是一首純寫景物的小詩，它只是實景實寫，寫山中的辛夷花，在山中無人欣賞，或雖有人而視而不見，或雖視亦見而無動於衷，終其極，只好紛紛自開，又紛紛自落。客觀冷靜的詩人頂多對此情此景的辛夷花，或多或少有些同情憐恤而已。詩人或有言外之意，暗含諷喻，為辛夷花（及自己或天下有才之士）鳴不平。

以上王維色彩詩歌僅錄引白色、綠色、紅色例詩各一首略加探賞。王維色彩詩頗多，茲試擇錄類似的色彩詩以例其餘。

---

38 清・趙殿成：《王摩詰全集箋注》，卷13，頁188。

蒼、紫：古墓成蒼嶺，幽宮象紫台。（〈過秦皇墓〉）

白、黃：漠漠水田飛白鷺，陰陰夏木囀黃鸝。（〈積雨輞川莊作〉）

紅、綠：結實紅且綠。（〈茱萸沜〉）

第四節　動態靜態

兵家有一句「口頭禪」：「靜如泰山，動如脫兔。」從某個角度看，可算是對「靜態」、「動態」的最佳描繪。筆者按查王維四百二十三首詩歌中，多含有動態、靜態意象，前表所列，無非粗略計算，絕非準確。進一步審視，詩中對人物、景致、事物的動作或狀態的描寫，不論動態、靜態，樣貌每不相同：或動多靜少，或靜強動弱，或先動後靜，或先靜後動；少有全動無靜、或全靜無動者。以下謹選錄例詩數首，並略加品閱析賞，以見一斑。

一、偏向動態：〈別輞川別業〉

依遲動車馬，惆悵出松蘿。忍別青山去，其如綠水何。[39]

輞川別業即王維經營有二十個景點的輞川莊，王維別輞川莊時間約在天寶九年（750）母喪，維居喪二年（752）後，復出，臨別時，依依不捨而作此詩。

這是一首傾向動態的小詩，全詩字字句句充滿時空景色乃至詩人心態的流動變遷。詩體為近體五絕，首句平仄拗，仍屬合律。首句

---

[39] 清‧趙殿成：《王摩詰全集箋注》，卷13，頁196。

起筆，儘管依依不捨（依遲），無奈離去的車馬已經發動了。一語貫穿時空，破題、寫景、抒情，一筆到位，動態十足。次句承筆，儘管依依不捨，無奈車馬已動；接下來非走不可了，也只好悲傷哀痛地離開眼前最熟悉的松樹，和松樹身上爬滿的寄生草（松蘿）了。三句轉筆，詩筆靈動，轉向周遭的廣大時空：我此刻雖心不甘、情不願，但仍勉強克制自己，暫時離開眼前這座青山：青山有情，它會「不動如山」地等我回來；我回來時，也還能看到這座青山。但是，四句合筆：環繞青山的這一泓綠水就不同了，眼前流水一去不再回，它不會再看到我了，我也不會看到它了；我再回來時的流水，它不識我，我也不識它。王維弟王縉，也同詠一首〈別輞川別業〉：「山月曉仍在，林風涼不絕。殷勤如有情，惆悵令人別。」[40]

　　除青山外，其實「野芳發而幽香，佳木秀而繁陰，風霜高潔，水落而石出」的四時變遷，無不在即。（歐陽修〈醉翁亭記〉）一切景物，包括無形的時間和有形的天地，都在不停的動。動即變，蘇東坡曰：「蓋將自其變者而觀之，則天地曾不能以一瞬。」[41]王維這首〈別輞川別業〉詩，即是一首傾向於動態的詩。

二、偏向靜態：〈鹿柴〉

　　　　空山不見人，但聞人語響。返景入深林，復照青苔上。[42]

　　王維經營多年，並經常隱居的輞川別業，有二十個各領風情的景點。本詩〈鹿柴〉是其中第五個景點，本詩即第五首詩，專寫鹿柴當

---

40 《全唐詩》，第4冊，頁128-129。

41 宋·蘇軾：《蘇東坡全集》（台北：河洛圖書出版社，1975年9月初版），〈赤壁賦〉，頁268。

42 清·趙殿成：《王摩詰全集箋注》，卷13，頁188。

地的風情景觀。「鹿柴」即「鹿寨」，可能是曾經養鹿或經常有鹿出入的地方，所謂「寨」，表示這裡有柵欄或圍籬，用以與外界隔離的設施。詩中所表達的情況偏向靜態，亦非絕對靜態，而是靜中有動的景象。本詩的體形為近體拗體五絕，詩的體質，遣詞用語淺白樸直。首句起筆，即景直書，這是一座不見有人的空山；次句承筆，此山雖不見人，卻有人的聲音，此即靜中的動。三句轉筆，由地面空山，跳向高空，由上而下，轉寫陽光反射到深山的深林裡。四句合筆，詩人銳利的目光發現，反射入深林的陽光，又照射到山間的青苔上；何以有青苔？此山少有人走動之故。人跡少，踐踏少，地面乃滋生青苔。偏靜態的筆觸點到可見。

三、動態靜態融合：〈青溪〉

> 言入黃花川，每逐青溪水。隨山將萬轉，趣途無百里。
> 聲喧亂石中，色靜深松裡。漾漾汎菱荇，澄澄映葭葦。
> 我心素已閒，清川澹如此。請留盤石上，垂釣將已矣。[43]

　　王維曾在開元二十一年（733）左右無事遊蜀，青溪、黃花川，皆入蜀必經地。據趙殿成《王摩詰全集箋注》稱《一統志》謂黃花川在漢中府鳳縣東北一十里。然王維可能未竟全程，即未抵蜀中，半途而返；不然，蜀地重要景點如錦江、錦城，重要人物如李白、杜甫、蜀相諸葛亮等，竟全不見諸王維詩歌中。

　　全詩六聯十二句，前五聯十句對偶，屬近體七言排律體。首聯起筆，破題上路，「入黃花川」對「逐青溪水」，一入一逐、一黃花一青溪，似天造地設，不著人跡。三、四聯承筆，引介沿途景色，一

---

43 清・趙殿成：《王摩詰全集箋注》，卷3，頁27。

路導覽：三聯，第一承筆是第三聯，引領入山之後，首先聽到亂石中的聲音；接著看到深松林中的顏色很寧靜：此即一看一聽、一動一靜的交互融通。四聯，第二承筆是第四聯，引領欣賞水面上的動態與靜態：看那搖動的水面上漂浮著菱角和荇菜；清澈的水流中倒映著葦草的影子。這也是動中含靜、靜中含動的筆法。五聯轉筆，詩人由旁觀的客體，轉為反身的主體：我的心思一向就很閒淡，正好跟眼前的青川相互輝映。結聯合筆，請大家不要干擾我，就讓我躺躺起起、坐坐臥臥，有興趣的話，就釣釣魚，一直到終老為止。

這就是一首動態靜態交融契合的詩，多誦多讀幾遍，才能體會理解到它的真情趣。

本章計分四節探究解析：第一節為「王維時序詩歌藝趣」，分春、夏、秋、冬四季，每季選錄王維詠當季例詩二首，以一首悲調、一首喜調比對析論，以例其餘。第二節為「王維聲色詩歌藝趣」，分人聲項二項，動物聲項三項，自然聲項三項，各選例詩一至二首酌予探究解讀，以資類比。第三節「王維色彩詩歌藝趣」，選錄白、青綠色、紅色類例詩各一首作解析，以觀其餘。第四節「王維詩歌動靜藝趣」，計分偏動態、偏靜態及動靜交融三類項各選例詩一首作管窺，藉資領悟。

第九章
王維詩學的內涵與影響

　　身兼多項才藝的王維雖曾官至正四品下的尚書右丞，然而他在官場上的事蹟幾乎全都在歷史潮流中灰飛煙滅，筆者僅能從他所留下的雪泥鴻爪事跡，以及大約僅存「十分之一」的詩文作品中窺探他在詩歌藝趣上的高超成就。就王維的詩歌創作整體而言，他的成就是多方面的，他的詩歌中充滿積極進取的盛唐氣象，在沉靜中又見激昂、引人入勝的獨特的人格魅力與情操持守，都足以無愧於盛唐詩壇大家之稱譽。明末清初的文人賀裳（生卒不詳）曾說：「唐無李杜，摩詰便應首推」[1]，雖然王維相關事蹟史書記載不多，但從與王維同時或後世對於王維詩文、繪畫、音樂等方面的記載、稱頌等典籍資料相當豐富的情況看來，王維的詩作對時人與後世子孫，乃至域外中華文化所及之處，自有其在各層面的成就與影響力。本章將陸續就王維詩歌創作的思想根源、王維在中國歷代的形象與影響，以及王維的域外形象與現代影響繼續探究。

第一節　外在環境的影響因素

　　亞里斯多德說：「人是社會的動物」，說明了人普遍受到社會文

1　清・賀裳：《載酒園詩話又編》，收入郭紹虞編：《清詩話續編》（上海：上海古籍出版社，1983年），頁309。

化牽動的具體性。王維生逢社會富庶、文化多元開放的盛唐時期，激昂開闊的社會文化帶給王維深厚的時代印記，使其詩歌風格既容納了儒家的積極進取與忠孝仁悌，也包容了道家的虛靜無爲以及佛教禪宗的空性與中道等不同的思想內涵，這三種思想在王維身上和諧共存融爲一體，並在不同的人生遭際時幫助他不斷轉換具體思考內容，度過生命的難關。王維多元思想的形成，不僅來自他對儒釋道等文化思想的內在體悟與認識社會氛圍，也與外在社會等因素密切相關[2]。在唐代多元文化融合的社會環境下，王維的詩歌因而可以展現出超越世間藩籬的美感。

一、唐代經濟文明發達的影響

從經濟發展的歷史角度來看，八世紀初期的唐帝國，承續魏晉南北朝長期的分裂局面下的大小戰爭不斷摧殘與文化大融合之後，借助強大的武力完成南北的統一。從建國之初，唐朝皇帝就逐步將政治權力統一於中央，穩定的政局讓政令可以暢通全國，加上國內外陸海交通四通八達，推動中外經濟、文化的交流與發展；另一方面，藉由推行諸如「均田制」、「租庸調」、「輕徭薄賦」等有利於恢復農業社會復甦的經濟政策，在太宗時期已經出現「斗米三錢」、「稻米流脂粟米白」的富足景象[3]。繁榮的經濟成爲奠定盛唐文化高度發展的雄厚基礎。

從初唐到盛唐的百年間，歷經太宗等皇帝的勵精圖治與開疆拓

---

2 參考陳亭佑：《王維的心靈與時代》（台灣大學中國文學研究所碩士論文，2009年1月）。

3 參見杜甫詩中對盛唐往昔回憶的描述：「憶昔開元全盛日，小邑猶藏萬家室。稻米流脂粟米白，公私倉廩俱豐實。九州道路無豺虎，……」見宋・李昉等編；宋・彭叔夏辨證；清・勞格拾遺：《文苑英華》（北京：中華書局，1966年），卷350，〈謌行・雜歌・憶昔行〉，頁1800-2。

土，雖有波折，但從整體上看，人民的生活更爲富庶，士庶階級的生活壓力普遍獲得減低的情況下，各種哲學思想爭鳴、相互融合而高度發展，整個社會處於物質與思想文明高度發達、洋溢著蓬勃的朝氣之階段，這是中國歷史上罕見的興盛時期。生活在這個時期的王維，身心享有更多自由與可能性，形塑他早年追求建立不朽功業的浪漫主義與雄心壯志。據兩《唐書》記載，他的政治人生開始於少年宦遊兩都時期，當時「豪英貴人虛左以迎，寧、薛諸王待如師友」[4]、「諸王駙馬豪右貴勢之門，無不拂席迎之」[5]，之後他很快就順利「舉解頭」登進士第，風光登上長安的政治舞臺以圖建功立業。

二、盛唐文化的影響

　　盛唐大一統的歷史背景，使統治者實施開放的文化政策，對待外來的文明與文化，促成境內各民族、文化的融合，即所謂：「泰山不讓土壤，故能成其大；河海不擇紐流，故能就其深。」[6]盛唐時期上接貞觀盛世，開啓唐代最繁盛的開元、天寶時期的政治巔峰，實行開明自由進取的宗教、文化政策，開展絢爛的儒、釋、道三教齊放光芒，達到登峰造極。此一時期國家政策對三教思想視爲一種思想上的互補與文化的需求，來自政治統治的需求[7]。以孔孟爲代表的儒家主張積極入世，強調「天下有道則見，無道則隱」[8]（《論語·泰

---

[4] 宋·歐陽修，宋祁撰：《新唐書》（台北：鼎文書局，1981年），卷202，〈文藝列傳中·王維〉，頁5765。

[5] 後晉·劉昫：《舊唐書》（台北：鼎文書局，1981年），卷190，〈文苑下·王維傳〉，頁5052。

[6] 宋·鄭樵：《通志》（台北：臺灣商務印書館，1987年），卷94，〈李斯列傳〉，頁1270。

[7] 寇養厚：〈唐代三教並行政策的形成〉，《東岳論叢》1998年4期，頁75-80。

[8] 《論語》（台北：藝文印書館，2011年12月初版16刷），卷8，〈泰伯〉，頁72。

伯》）、「窮則獨善其身，達則兼善天下」[9]（《孟子·盡心》），乃爲歷代國家統治者所好，唐高祖稱「好儒臣」[10]，唐太宗也說：「朕今所好者，惟在堯舜之道、周孔之教。」[11]在道家方面，唐朝奉老子李聃爲先祖，推崇道家清淨無爲思想，「玄宗以帝王之尊，提倡道教，而且他人又擅長詩歌，必定對盛唐詩歌產生重要的影響。」[12]加上各地廣建道觀，「凡天下觀總一千六百八十七所」[13]足見道教盛行；外來的佛教歷經南北朝的「本土化」過程後，禪宗簡單易行的修行方式，易於民眾接受，而寄望來生、安於現世的思想深植人心，也受到統治者青睞，各地大規模興修寺院，甚至「窮極壯麗。以城中材木不足充費，乃奏壞曲江亭館、華清宮觀樓及百司行廨、將相沒官宅給其用，土木之役，僅逾萬億。」[14]在三教合流、相容並蓄的盛唐文化風氣浸染下，唐朝文士無可避免均受到三教思想的影響，但因個人生命際遇而有程度深淺之分。例如：「詩聖」杜甫憂國憂民的社會詩歌中，仍可發現道釋兩教留下的些微痕跡；而灑脫不羈的「詩仙」李白雖以道教爲宗，但在其吟詠的「抽刀斷水水更流，舉杯銷愁愁復愁。男兒在世不稱意，明朝舉棹還滄洲。」[15]卻也在明月清風的稱意人生之前表現出他對現實社會人生的儒家關懷與憂患意識。而王維亦

---

[9] 《孟子》（台北：藝文印書館，2011年12月初版16刷），卷13，〈盡心上〉，頁230。

[10] 後晉·劉昫：《舊唐書》，卷189上，〈儒學列傳〉，頁4939。

[11] 唐·吳兢：《貞觀政要》（台北：黎明文化事業公司，1990年），卷6，〈慎所好〉，頁169。

[12] 袁行霈：〈唐玄宗與盛唐詩壇〉，收入氏著：《盛唐詩壇研究》（北京：北京大學出版社，2012年3月一版），頁30。

[13] 唐·李林甫等撰；陳仲夫點校：《唐六典》（北京：中華書局，1992年），卷4，頁125。

[14] 同注10，卷184，〈宦官列傳·魚朝恩劉希暹賈明觀〉，頁4764。

[15] 宋·彭叔夏辨證；清·勞格拾遺：《文苑英華》，卷343，〈謌行·樓臺宮閣·陪侍郎叔華登樓歌〉，頁1771-1。

然，大曆十才子之一的耿湋（生卒不詳）曾評述其爲「儒墨兼宗道，雲泉舊結廬」[16]，可謂知音。

唐朝很重要的文化特色是來自西域、南海、日本等四面八方的各國使者、商人、僧侶與留學生所帶來文化滲透。唐朝有許多外國留學生在太學就讀[17]，其中日本人數頗可觀，據統計，從太宗貞觀四年（630）到昭宗乾寧元年（894）期間，隨十三次遣唐使入唐的留學僧和學問僧就有一百四十九人，而入唐學習的留學生就更多，例如在唐文宗開成二年（837）時就達到二百一十六人[18]。此外還有新羅人、吐蕃人等不同國家的留學生，這些人有些學成之後留在唐朝爲官，最有名的就是曾官至秘書監的王維友人晁衡、官至侍御史的崔政遠等人。這些外國人之所以可以在中國落地生根，得力於唐代對外來文明採取開明懷柔的政策[19]。例如：在唐朝律令中規定「諸沒落外蕃得還及化外人歸朝者，所有州鎮給衣食，具狀送省奏聞，化外人於寬鄉附

---

[16] 宋·彭叔夏辨證；清·勞格拾遺：《文苑英華》，卷307，〈悲悼詩·第宅·題清源寺王右丞宅陳跡〉，頁1572-2。

[17] 宋·王溥：《唐會要》（北京：中華書局，1955年初版，1990年三刷），卷36，〈附學讀書〉，頁667-668。

[18] 木宮泰彥：《日華文化交流史》（東京：富山房，1955年），頁59-161。

[19] 例如在武德五年，唐高祖提出「柔懷萬國」的睦鄰外交政策，期望與鄰國高麗建立友好關係；太宗以「自古皆貴中華，賤夷、狄，朕獨愛之如一，故其種落皆依朕如父母」的心態，成爲當時各國共推的「天可汗」；高宗繼承了太宗的精神，亦對周邊各國實行「柔服宣暢皇風，南道撫育」政策。盛唐的締造者玄宗更以「開懷納戎，張袖延狄狄。彼當愛官吏猶父母，安國家如天地。」作爲目標，這些開放的對外政策也在律令充分體現。參考北宋·王欽若等編：《冊府元龜》（北京：中華書局，1994年），卷170，〈帝王部·來遠〉，頁2050。宋·司馬光編著；元·胡三省音註；標點資治通鑑小組校點：《資治通鑑》，卷198，〈唐紀·太宗·貞觀二十一年〉，頁6243；清·董誥等編：《全唐文》（北京：中華書局，1987年），卷12，〈高宗·分立彌射爲興昔亡可汗步眞爲繼往絕可汗詔〉，頁147；卷27，〈元宗·安置降蕃詔〉，頁311。

貫安置」[20]對於曾經旅居外國或歸化的外國人給予經濟、居住上的協助，甚至有賦稅的優惠[21]，吸引更多外國人來華，一方面吸收各種外來文明，豐富自身的文化內涵，一方面也藉機將唐文化傳至外國，受影響最深的就是鄰近的新羅、日本等國。

唐朝疆域廣闊、交通便利，各地貨物、人民往來密切，隨著外國商隊而來的景教、摩尼教等宗教帶來更多貿易機會與文化思想，在相對開放的各種政策支持下，促成各項工商業的繁榮，在經濟上人民生活富庶，在思想文化上也形成兼容並蓄、積極向上的趨勢。社會上洋溢熱情積極的人生態度與樂觀進取的入世精神，將唐帝國的國勢推上強盛的巔峰，又回過頭強化人民積極樂觀的人生思維，鮮有消極遁世心態，中上層文人在各種順逆情境中不忘其豐富、超越世俗價值的精神生活。儒、釋、道三教在唐代歷史演進中逐漸成為知識分子涵養身心的三大支柱，三教思想的交融並弘，成為唐代社會文化氛圍的基本特點，深深灌注於唐人的思想文化中，亦儒、亦道、亦釋而又非儒、非道、非釋，這也常見於唐代以後中國傳統知識分子的知識結構。

在這樣的社會風氣影響下，王維一生不僅奉行儒家的仁義之道，同時亦嚮往道家清靜無為的隱逸生活，並追求佛教無我、中道的理想，三教理念在其思想中毫無窒礙的並行不悖，融為一體。正因如此，當王維在官場上遭受到舞黃獅子案牽連而貶官濟州時，或是在張九齡罷相後政治理念被摧折之際，甚至是在安史之亂中被迫降敵的恥辱中，在這些重大政治挫敗過程中他最後都能調適自己，或隱或仕，

---

20 仁井田陞著；栗勁等編譯：《唐令拾遺》（長春：長春出版社，1989年），〈戶令・沒落外蕃人化外人附貫安置・開元二十五年〉，頁146-147。

21 唐代〈賦役令〉中規定對從外國回來的人以及歸化者，都有不同年限的免除賦役的優惠：「諸沒落外蕃得還者，一年以上復三年，二年以上復四年，三年以上復五年。外蕃人投化者復十年。」唐・杜佑著；王文錦等點校：《通典》（北京：中華書局，1988年），卷6，〈食貨・賦稅・大唐〉，頁119。

或奉佛或學道，以個人的智慧靈活地突破生命困境，避免了儒家終極的「捨生取義」否定自我生命信仰的行為，反而積極追尋自我生命價值的完整性和統一性。在儒釋道三教的陶冶下，王維的生命中既有儒家思想中的進取、孝悌、忠恕，又有道家追求無為、虛靜、自適的人生態度，也保留了禪宗的空性、中道和無住的思想核心。王維在自我生命歷程中吸收三教精粹，轉化其思想上的矛盾衝突而達到水乳交融，渾然一體，自由出入三教而又融會三教，建構成自己圓融和諧的思想框架，展現在他的詩歌藝術中。

三、王維面對的盛唐官場

　　王維生於武則天執政晚年，青年時期正逢開元盛世之初，他的積極仕進表現在早年邊塞詩的豪邁雄渾之氣的建功立業思想；少年意氣風發的王維需要俸祿養家，也需要發揮才能的舞台，就算後來他在官場上接連遭受到黃獅子案、張九齡罷相等事件的壓抑，他也無法輕易一揮衣袖、掛冠求去，仍時時等待時機，謀圖東山再起的機會，因此他選擇亦官亦隱的生活就不足為奇了。王維所面對的盛唐官場文化，是一個帝國從開元盛世到安史之亂前夕，日漸腐敗、逐步沉淪，再到從戰亂廢墟中勵精圖治、試圖重新翻轉向上的起伏過程。面對這樣的官場變化，有些士大夫依然以國家民生為重，如張九齡等人；但也有人僅以個人功名利祿為要，結黨營私，置社稷黎民生計如土炭，如李林甫、楊國忠（700-756）之流。在這兩類人之間，王維偏向前者。王維以儒家建立功業為追求的人生目標，只是他欲在官場上大展鴻圖的青壯年時期，正逢奸臣當道，國家迅速向下沉淪，因此他轉而在心靈上否定現實政治困境與社會的不公不義的存在，擺脫世俗追逐名、利的慾望，創造一個充滿理想、自由與和諧的「桃花源」，反映他企圖突破現狀的積極態度。

　　青年時期的王維顯然並沒有被絢爛的盛唐官場文化迷昏心靈，

他初次登上政治舞台的同時，即以一首〈桃源行〉[22]奏響了他終生不變的生命基調，將原本陶淵明所反映的亂世之人渴望和平生活的虛構世界，轉化為現實世界中「其中往來種作，男女衣著，悉如外人」，「土地平曠，屋舍儼然，有良田美池桑竹之屬」之地[23]，一個比眼前盛世更加美好、和諧、純淨、沒有紛爭衝突的理想世界。王維的〈桃源行〉並非基於對現實社會中兵災戰亂或是衰敗凋弊生活的不滿，也非受到政治上的挫折所致。處在政治人生剛剛起步階段的青年王維，即勇敢向如此充滿自由奔放、浪漫不羈的盛世時代發出超越現狀要求的謳歌。這首詩向世人表明：一般人重視的建功封侯、飛黃騰達或名垂青史等富貴榮華，並不能滿足這位年青詩人的心靈世界。王維渴望的是在這個從六朝森嚴的門閥制度下掙脫的奔放時代，開展的另一種社會階級、經濟與文化的矛盾和衝突都消融，一個不被壓抑、束縛的自由生活。王維的〈桃源行〉正是這種浪漫主義人生追求的代表詩歌。

中年以後，王維曾因受到張九齡的賞識、提拔而意氣風發，但在擅權的李林甫取代張九齡之後，王維多次隱居，並在外人看似窘迫的貶官隱居生活中寫下「中歲頗好道，晚家南山陲。興來每獨往，勝事空自知。行至水窮處，坐看雲起時。偶然值林叟，談笑無還期。」[24]（〈終南別業〉）的千古名詩。其中「行至水窮處，坐看雲起時」一句，其在消極境遇中愈見積極精神，更是表達出「詩到極點，不過是抒寫自己的胸襟」[25]而已。

---

22 清・趙殿成：《王摩詰全集箋注》，卷6，頁76。
23 晉・陶淵明著，逯欽立校注：《陶淵明集》（北京：中華書局，1979年5月一版，2007年3月五刷），卷6，〈桃花源記并詩〉，頁165-169。
24 同注22，卷3，頁28。
25 清・徐增：《而菴詩話》，收入王夫之，丁福保：《清詩話》（上海：上海古籍出版社，1963年），頁431。

四、個人生命的體驗

　　除了儒、道、佛教等思想深刻的影響外，王維生平的各種人情交往、官場遭遇，所到之處的風土民情，以及所見到的錦繡風光，在在影響王維的見識，凡此種種，既是王維詩歌創作的泉源，也是他創作的邊界。清人王士禎（1634-1713）在論「詩以言志」時，以王維等人為例，說：「嘗試以平生出處考之，莫不各肖其為人。尚友千載者自能辨之。」[26]從這句話可以看出，詩人經歷和詩境有密切關係。

（一）王維的生理時空（可參附圖：王維生理時空示意圖，頁314）

　　從「生理」角度看，王維詩歌所隱含的背景，主要來自其一生實際經驗過的時間與空間經歷，簡單來說，即王維在整個生命過程中曾經到過之處，以及身體、五官曾經有過的各種親身體驗。王維雖出生在山西，但是除了幼年時期，大多時間是生活在兩京地區，幾次離開京城都是因為官職調動等因素，他所經之地北至涼州邊塞，南至嶺南，東至濟州，西至蜀地，各地風土民情在王維詩歌中略有蛛絲馬跡可循，可惜少有記載王維出於閒情、自發到名山大河遊山玩水之經歷。因此，整體來說，王維一生實際體驗、走過的地理空間有限，曾經親自看到、聽到、聞到、嘗到等各種事物，也有其侷限，這也反映在王維詩歌作品中。這些有限的身體體驗形成王維詩歌的生理時空，其範圍也反映在他詩作的內容上。例如，王維大量的山水田園詩與寺觀遊歷詩中，所描寫的景致、人事物多是他在兩京地區所見所聞、最熟悉的山居隱逸與田園風趣。

---

26 清‧王士禎著，張宗柟纂集，戴鴻森校點：《帶經堂詩話》（北京：人民文學出版社，2006年），頁74。

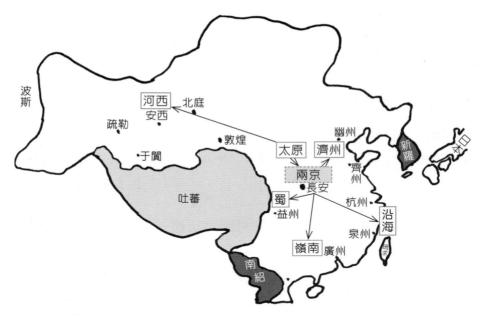

附圖　王維生理時空示意圖

（二）王維的社會交往脈絡

　　從本論文第五章「王維親情友情詩歌藝趣」與第六章「王維歲月仕隱與社會諷喻詩歌藝趣」的析論來看，王維的社會交往脈絡可以大致分爲：在家族之內，王維與母親、弟妹及崔興宗之屬等家族親人，以及在親友之外，他與裴迪、孟浩然等詩友、道士僧人之類的道友和親王將軍、長官僚屬等政壇名流貴戚等人物互動來往兩部分。受到王維一生半官半隱的影響，比起官場上的朋友，王維以許多眞摯關懷的詩句記載下他對親人朋友的深厚思念與情感，如：「獨在異鄉爲異客，每逢佳節倍思親」[27]（〈九月九日憶山東兄弟〉）、「小妹日成長，兄弟未有娶；家貧祿既薄，儲蓄非有素；幾迴欲奮飛，蹢躅復相顧。」[28]（〈偶然作〉）、「忽有愁霖唱，更陳多露言。平原思

27 清・趙殿成：《王摩詰全集箋注》，卷14，頁203。
28 同上注，卷5，頁58。

令弟，康樂謝賢昆。」[29]（〈和陳監四郎秋雨中思從弟據〉）、「城隅一分手，幾日還相見。」[30]（〈崔九弟欲往南山馬上口號與別〉）等。

此外，王維也關注社會上各種小人物的生活，如〈偶然作〉中的田舍翁「有時農事閒，斗酒呼鄰里。喧聒茅簷下，或坐或復起。短褐不爲薄，園葵固足美。動則長子孫，不曾向城市。」[31]從生活中的小行爲細細描繪出鄉野耆老的樂天知命心態，又如〈老將行〉中以兩句「一身轉戰三千里，一劍曾當百萬師」[32]將青年將士的豪情萬丈嶄露無遺；再到〈隴頭吟〉中「關西老將不勝愁，駐馬聽之雙淚流。身經大小百餘戰，麾下偏裨萬戶侯。」[33]描寫出年老戰士在積累的大小戰功中逐漸衰老的哀愁，以及〈息夫人〉中受權貴欺壓婦女的內心壓抑閨怨等等，從這些詩歌作品描寫的細膩情節與情緒波動的內容來看，王維定然與這些人都曾來往互動，才能觀察入微，留下相關詩句。

（三）從生理時空到心理時空

引人共鳴的詩歌創作，多半來自詩人的思想根源與其所處社會文化、政治背景等現實世界相結合，再藉由詩人敏銳的眼光、豐富的情感以及寫作的技巧而賦予詩歌生命。除此之外，「文學作品、作家活動與地理環境之間對應關係爲研究對象，從時間與空間結合入手，描述在特定的時間與空間範疇中產生的文學現象，研究文學作品的思想內涵與藝術成就」[34]，研究王維的詩歌亦然。王維現存的四二三首詩歌作品，是王維在不同時空、境遇下的創作，是物理時空、生理時空

---

29 清・趙殿成：《王摩詰全集箋注》，卷11，頁159。
30 同上注，卷13，頁196。
31 同上注，卷5，頁56。
32 同上注，卷6，頁72。
33 同上注，卷14，頁203。
34 李青石：《行吟在詩意時空》（西安：三秦出版社，2013年10月一版），頁8。

與心理時空結合之作，藉由對王維所處物理時空與所經歷的生理時空的進一步分析，揭露更深一層心理時空的內涵，是本文析論的主要目標。作爲官員，王維顯然是無大作爲，然而，作爲一個詩人，王維將他所歷經的表面的、複雜的乃至矛盾的物理時空與生理時空，將現實世界中的生活壓力、政治挫折與心靈煎熬等負面壓力，很成功地轉化爲和諧的、情感豐富的、寧靜的心理時空，再藉由詩歌形式清楚表達出來，這種創作風格是王維詩歌藝趣的重要特徵，也是王維詩歌引人入勝之處。

第二節 歷代王維形象與影響

　　王維及其詩歌在中國歷代的形象與評價有所起伏[35]，自最初唐代宗「天下文宗」的盛譽，宋代認爲其德行有虧，轉而關注其畫作成就，到明清時期重新審視王維詩歌作品中的超俗詩境內涵，經歷從褒獎到貶抑再到推崇的變化軌跡。本節藉由各類詩選、詩評等記載的整理與探討，進一步揭露王維在中國歷代的形象與影響。

一、王維在唐朝人心目中的形象

　　明代胡應麟（1551-1602）引用唐人的記載：「獨孤及云：沈、宋既歿，王右丞、崔司勳復崛起於開元、天寶間，殊不及李、杜。至元微之而杜始尊，李雖稍厄，亦因杜以重。至韓退之而光焰萬丈矣。豈二子亦有待哉？」[36]大致勾勒出王維和李白、杜甫在唐朝詩壇地位的變化與波動，上文可以知道，王維在盛唐開天詩壇是備受推崇和讚

---

35 王家琪：《元前王維接受史研究》（中興大學中國文學系博士論文，2012年1月）。

36 明·胡應麟：《詩藪》（上海：上海古籍出版社，1958年一版，1979年新一版），外編，頁199。

譽，奠定了王維在當時詩壇的地位。進入中唐之後，經過元稹（779-831）和韓愈（768-824）等人的大力推崇，李白（701-762）和杜甫（712-770）成為盛唐詩歌典範，這樣的評價變化主要是基於時人對於王維山水田園詩和邊塞詩的成就與地位的認同與否。生活在唐朝的王維，其早慧、擅長詩畫的形象是相當正面而備受時人推崇的，在本小節，筆者從曾與他共同生活或是交往的親友所留下的詩文作品，以及盛唐以後所編輯的多本唐人選唐詩中，探析他在唐朝人心目中的形象。

（一）家人親戚

　　王維在家人眼中的形象，最主要可以參考其弟王縉在王維亡故後上代宗的奏表中所說：「臣兄文詞立身，行之餘力，常持堅正，秉操孤貞。縱居要劇，不忘清靜。實見時輩，許以高流。至於晚年，彌加進道。端坐虛室，念茲無生。乘興為文，未嘗廢筆。」[37]從字裡行間可以看到王縉眼中的長兄形象是：詩文和人品深受時人推重，他擅於文辭，終生不輟；為官有守，不結黨營私，即便位居高官亦有守有節；其晚年愈加崇佛，但在靜坐修行時間之餘，仍會寫作詩文。王縉以簡單的幾句話仔細描繪出他心目中兼具操守的官員與佛教詩人的王維雙重形象。

　　在王維的家族親戚，與同為詩人的崔興宗（生卒不詳）往來較為密切，同朝為官的崔興宗留下幾首詩歌，諸如〈和王維敕賜百官櫻桃〉、〈留別王維〉、〈酬王維盧象見過林亭〉[38]、〈同王右丞送瑗公南歸〉[39]與王維有關，從詩文內容來看，崔興宗與王維一起參加皇宮內苑的御宴，一起送別禪師，想是兩人之間於公於私應有好交情，

---

37 清・董誥等編：《全唐文》，卷370，〈王縉・進王維集表〉，頁3756-2。
38 以上三首詩出自《全唐詩》，卷129。
39 《全唐詩》，卷207。

而從〈酬王維盧象見過林亭〉一詩，另有一組王維、王縉、裴迪與盧象的酬答詩，如下表[40]：

表31 王維、王縉、裴迪與盧象的酬答詩

作者	詩名	內容
王維	〈與盧員外象過崔處士興宗林亭〉	綠樹重陰蓋四鄰，青苔日厚自無塵。科頭箕踞長松下，白眼看他世上人。
王縉	同詠	身名不問十年餘，老大誰能更讀書。林中獨酌鄰家酒，門外時聞長者車。
裴迪	同詠	喬柯門裏自成陰，散髮牕中曾不簪。逍遙且喜從吾事，榮寵從來非我心。
盧象	同詠	映竹時聞轉轆轤，當牕只見網蜘蛛。主人非病常高臥，環堵蒙籠一老儒。
崔興宗	〈酬王摩詰過林亭〉	窮巷空林常閉關，悠然獨臥對前山。今朝忽枉嵇生駕，倒屣開門遙解顏。

　　崔興宗在回王維贈詩中，以「嵇生」喻王維，「嵇生」即嵇康（223-262），竹林七賢之一，是三國曹魏末年重要的思想家、文學家與音樂家，曾出仕而後隱居山林，是當時形象清新、藝術涵養深厚的清流文人之一[41]。在此詩，崔興宗以「嵇生」隱喻他心目中的王維也是這樣在思想、文學與音樂領域成就非凡的文人。

　　王縉與崔興宗與王維關係親近、情感深厚，對其評價多著眼於正面、肯定的角度，難免讓人懷疑是否有所偏頗，因此，接下來筆者從

---

40 清・趙殿成：《王摩詰全集箋注》，卷14，頁203-204。

41 唐・房玄齡等撰：《晉書》（台北：鼎文書局，1980年），卷49，〈嵇康列傳〉，頁1369。「康早孤，有奇才，遠邁不群。身長七尺八寸，美詞氣，有風儀，而土木形骸，不自藻飾，人以為龍章鳳姿，天質自然。恬靜寡欲，含垢匿瑕，寬簡有大量。學不師受，博覽無不該通，長好老莊。與魏宗室婚，拜中散大夫。常修養性服食之事，彈琴詠詩，自足於懷。以為神仙稟之自然，非積學所得，至於導養得理，則安期、彭祖之倫可及，乃著養生論。」

王維曾交往的多位朋友之詩文作品析論，探討王維在時人眼中的形象與成就。

（二）朋友

　　王維在詩壇聲名早著，而盛唐詩壇以山水田園詩與邊塞詩爲二大主流，王維相關詩歌的藝趣成就，也奠定他在詩壇的形象與成就。這些創作山水田園詩與邊塞詩的詩人，除王維之外，尚有孟浩然、裴迪、儲光羲、綦毋潛、丘爲、祖詠、常建、盧象、殷遙、張諲、崔興宗、薛據、高適、岑參等人，他們彼此之間經常往來，多有酬答之作，以致所作詩歌具有一些創作藝術共同點。（參見附錄三：王維的交際網絡，頁393）相對於其他盛唐詩人，王維和時人的交往互動較有限[42]，與其酬贈往來者也以山水田園詩人爲主，其中裴迪和崔興宗現存的詩歌都是與王維酬唱之作，而盧象詩常和王維詩相混淆，主要也是由於兩人詩歌風格相近、又相互往來酬答之故。當時詩名顯著、社會地位高又嚮往隱居生活的王維在這一詩人團體中可說是核心人物，他的詩具有寫景「簡樸的技巧」[43]，在平凡中產生生動、纖細

---

[42] 參見尚永亮：〈開天、元和兩大詩人群交往詩創作及其變化的定量分析〉，氏著：《唐代詩歌的多元觀照》（武漢：湖北人民出版社，2005年6月一版），頁369-383；王維與友人的具體交往情況可參見陳鐵民：〈從王維的交遊看他的志趣和政治態度〉，收於氏著：《王維新論》（北京：北京師範學院出版社，1990年9月一版；首都師範大學出版社，1992年1月二刷），頁72-108；葛曉音：《山水田園詩派研究》（瀋陽：遼寧大學出版社，1993年1月初版），第八章〈盛唐諸家山水的界劃〉；楊文雄：《詩佛王維研究》（台北：文史哲出版社，1988年2月初版），頁42-72，與日・入谷仙介：《王維研究》（北京：中華書局，2005年），第五章〈周圍的人們〉；韓・柳晟俊：《王維詩研究》（台北：黎明文化事業公司，1987年7月），頁39-44。

[43] 宇文所安著，賈晉華譯：《盛唐詩》（台北：聯經出版社，2007年1月初版），頁49-87。宇文所安對王維詩歌的觀察，總結認爲王維：「以一種極具魅力的單純簡樸風格，取代了初唐詩的稠密精巧對句。他洗淨了被他稱爲『眼界』的視覺複雜性，只留下一個充滿意義聯繫的簡單形式和要素的世界。」

又優雅的生命力，但又文辭優雅簡鍊、容易模仿。清人賀裳觀察到：「讀丘爲、祖詠詩，如坐春風中，令人心曠神怡；其人與摩詰友，詩亦相近。」[44]賀貽孫（1605-1688）稱這種王維與朋友之間相互影響的現象爲「朋友漸摩之力」，形成的原因來自於好友之間相互往來學習與彼此唱和，因此「凡與王、孟同時者，氣韻亦往往相類」[45]，這種影響可以從王維與裴迪的《輞川集》詩看出，兩人的詩歌在意境上或有深淺差別，但所欲描寫的平淡幽靜中又帶雄渾之氣的意象和平時優雅的詞語風格卻相當一致。除此之外，如儲光羲的〈答王十三維〉中之「山中人不見」與王維的「空山不見人」（〈鹿柴〉）；丘爲的〈泛若耶溪〉「草色新雨中，松聲晚秋裏」與王維〈山居秋暝〉「空山新雨後，天氣晚來秋」等詩句雙雙對照之下，可以看出這些詩人在語詞使用風格上與王維詩歌的相似性。

　　王維詩友之中，有多人亦同朝爲官，形成王維在官場上的盟友，這些朋友寫給王維的詩歌，整理如下表（筆者概計）：

表32　友人贈王維詩

朋友給王維的詩	作者	《全唐詩》
〈同王維過崔處士林亭〉	盧象	卷一百二十二
〈輞口遇雨憶終南山因獻王維〉	裴迪	卷一百二十九
〈酬王維〉	苑咸	
〈留別王維〉	丘爲	
〈答王維留宿〉	祖詠	卷一百三十一
〈藍上茅茨期王維補闕〉	儲光羲	卷一百三十九
〈同王維集青龍寺曇壁上人兄院五韻〉	王昌齡	卷一百四十二
〈酬王維春夜竹亭贈別〉	錢起	卷二百三十六

---

44 清・賀裳：《載酒園詩話又編》，收入郭紹虞編：《清詩話續編》，頁311。

45 清・賀貽孫：《詩筏》，收入郭紹虞編：《清詩話續編》，頁183。

朋友給王維的詩	作者	《全唐詩》
〈晚歸藍田，酬王維給事贈別〉	錢起	卷二百三十七
〈中書王舍人輞川舊居〉	錢起	
〈藍上茅茨期王維補闕〉	錢起	
〈故王維右丞堂前芍藥花開，淒然感懷〉	錢起	卷二百三十九
〈春日與王右丞過新昌裏訪呂逸人不遇〉	裴迪	卷一百二十九
〈解悶十二首〉之八	杜甫	卷二百三十
〈和王給事禁省梨花詠〉	皇甫冉	
〈寄王舍人竹樓〉	李嘉祐	
〈過胡居士睹王右丞遺文〉	司空曙	卷二百九十二

　　從這些詩歌的內容，可以勾勒出王維在朋友眼中的形象與影響。如苑咸〈酬王維〉稱讚王維：「為文已變當時體，入用還推閒氣賢。」[46]顯示在好友眼中，王維詩歌具有推動時代變革的動力，影響深遠。另外，在肅宗乾元元年（758），杜甫以五律〈奉贈王中允維〉稱讚「中允聲名久」[47]，在詩中也說王維在安史亂中是「一病緣明主，三年獨此心」，從王維作為與心態上為其於洛陽陷賊之事辯護，因為這件事其實是那個時代的共同悲劇，很多人的親人朋友、甚至自己都可能是當事人，因此對此事能夠產生更多寬容的同理心。維卒後五年，杜甫在另一首詩中緬懷王維，更明確地說王維是「高人王右丞」，他的詩足稱「秀句」（〈解悶十二首〉之八），這是杜甫從王維的詩歌藝術成就與政治成就兩方面的評價，表達出他對王維的雙重推崇。

---

46 中華書局編輯部點校：《全唐詩》（北京：中華書局，1999年1月一版），卷129，頁1354。

47 唐・杜甫著，清・仇兆鰲注：《杜詩詳注》（北京：中華書局，1979年10月初版，1999年5月五刷），卷9，〈奉贈王中允維〉，頁736。

王維與孟浩然二人交往的情況，在王士源所撰〈孟浩然集序〉提到王維與孟浩然有深厚友情[48]，晚唐朱景玄（841-846）《唐朝名畫錄》載王維：「嘗寫詩人襄陽孟浩然『馬上吟詩圖』，見傳於世。」[49]五代王定保（870-940）記載：

> 襄陽詩人孟浩然，開元中頗爲王右丞所知。……維待詔金鑾殿，一旦，召之商較風雅，忽遇上幸維所，浩然錯愕伏床下，維不敢隱，因之奏聞。上欣然曰：『朕素聞其人。』因得詔見。上曰：『卿將得詩來耶？』浩然奏曰：『臣偶不齎所業。』上即命吟。浩然奉詔，拜舞念詩曰：『北闕休上書，南山歸臥廬。不才明主棄，多病故人疏。』上聞之憮然曰：『朕未曾棄人，自是卿不求進，奈何反有此作！』因命放歸南山。[50]

這些記載顯示二人初識時，王維久居京城，聲名早著，是身爲希求汲引之地方詩人孟浩然難以比肩的，但後來兩人卻詩畫往來互動惺惺相惜，即使在孟浩然被貶離京後。因此，中唐的朱慶餘（生卒不詳）在〈過孟浩然舊居〉中說到：「平生誰見重？應只是王維。」[51]而錢起（710-782）以爲王維：「卑棲卻得性，每與白雲歸。徇祿仍懷橘，看山免采薇。暮禽先去馬，新月待開扉。霄漢時回首，知音

48 清・董誥：《全唐文》，卷378，〈王士源・孟浩然集序〉，頁3837。

49 唐・朱景玄：《唐朝名畫錄》收入于安瀾：《畫品叢書》（上海：上海人民美術出版社，1982年），頁80。

50 五代・王定保：《唐摭言》（上海：上海古籍出版社，1978年新一版），卷11，〈無官受黜〉，頁120-121。

51 宋・彭叔夏辨證；清・勞格拾遺：《文苑英華》，卷307，〈悲悼詩・第宅・朱慶餘・過孟浩然舊居〉，頁1573-2。

青鎖闥。」[52]（〈晚歸藍田酬王維給事贈別〉）、「老年疎世事，幽
性樂天和。酒熟思才子，溪頭望玉珂。」[53]（〈藍上茅茨期王維補
闕〉）、「誦經連谷響，吹律減雲寒。……笑向同來客，登龍此地
難。」[54]（〈中書王舍人輞川舊居〉）在錢起眼中王維是值得尊敬的
才子，具備高雅人格與過人風采，故王維亡後，他再到王維生前故
居，看到芍藥依舊花開繁盛的景象，不禁油然而起物是人非之感慨，
用詩歌表達出自己傷感，在字裡行間自然流露濃厚的仰慕之情。

　　從盛唐當代與王維交往之人的詩歌來看，王維不論詩歌作品之內
涵、技巧等方面，都是當時一時之選，也成為眾人仰望的典範。王維
詩歌中生動的寫景藝趣與精細安排的句法技巧，充分體現出盛唐詩歌
中的淡遠、優雅、雄健與渾厚之氣，他在詩人之中不僅創造風潮、引
領風潮也實踐這樣的「盛唐正音」，建構「盛唐氣象」。這也成就王
維在盛唐詩壇的實際地位。

（三）後人

　　《舊唐書》云：「維以詩名盛於開元、天寶間，昆仲宦遊兩
都，凡諸王駙馬豪右貴勢之門，無不拂席迎之，寧王、薛王待之如師
友。」[55]顯示王維詩名早在開元年間已被上流社會所接受，而在安史
之亂時，「維以凝碧詩聞於行在，肅宗嘉之。」[56]這段記載由「聞於
行在」四字而清楚點出即使王維當時人受困於京城，但他所作的詩仍
可以透過管道傳播至千里之外的肅宗耳中，足見其詩歌之受人關注程
度。這樣備受關注與推崇的情形，在王維亡故之後，開始產生變化。

---

[52] 唐・錢起，阮廷瑜校注：《錢起詩集校注》（台北：新文豐出版社，1996年2月
　　 初版），卷4，〈晚歸藍田酬王維給事贈別〉，頁305。

[53] 同上注，卷4，〈藍上茅茨期王維補闕〉，頁316。

[54] 同上注，卷8，〈中書王舍人輞川舊居〉，頁624。

[55] 後晉・劉昫：《舊唐書》（台北：鼎文書局，1981年），卷190，〈文苑下・王
　　 維傳〉，頁5052。

[56] 同上注。

唐代宗可謂王維知音，這是因為他在年少時期就曾「於諸王座聞其樂章」[57]，對王維的詩很有印象，因此他在即位後隔年，其時王維去世不久，即命其弟王縉搜集其所有遺詩編輯成冊以進獻，這是當時時空環境下形成的王維「天下文宗」與「名高希代」的巔峰評價。在此之後，杜甫以「最傳秀句寰區滿，未絕風流相國能」（〈解悶十二首〉之八）點出王維的詩歌在他身故後依然在廣泛的讀者之間持續流傳。以下將《全唐詩》所輯之中晚唐詩人與僧人緬懷王維詩、畫的詩歌列下表：

表33　中晚唐詩人緬懷王維詩（筆者概計）

詩題與內容	作者	《全唐詩》
〈贈從弟茂卿〉 王維證時符水月，杜甫狂處遺天地。流水東西岐路分，幽州迢遞舊來聞。若為向北驅疲馬，山似寒空塞似雲。	楊巨源	卷三百三十三
〈過孟浩然舊居〉 散盡詩篇本，長存道德碑。平生誰見重，應只是王維。	朱慶餘	卷五百一十五
〈和友人〉 閉門同隱士，不出動經時。靜閱王維畫，閑翻褚胤棋。	韋莊	卷六百九十六
〈觀修處士畫桃花圖歌〉 一從天寶王維死，於今始遇修夫子。能向鮫綃四幅中，丹青暗與春爭工。勾芒若見應羞殺，暈綠勻紅漸分別。	裴諧	卷七百一十五
〈寒望九峰作〉 九朵碧芙蕖，王維圖未圖。層層皆有瀑，一一合吾居。	貫休	卷八百三十三

57 後晉・劉昫：《舊唐書》，卷190，〈文苑下・王維傳〉，頁5053。

詩題與內容	作者	《全唐詩》
〈南歸舟中二首〉 春容含眾岫，雨氣泛平蕪。落日停舟望，王維未有圖。	齊己	卷八百三十八
〈寄洛下王彝訓先輩二首〉 賈島存正始，王維留格言。千篇千古在，一詠一驚魂。	齊己	卷八百三十九
〈題鄭郎中谷仰山居〉、〈江上望遠山寄鄭谷郎中〉 巉壁層層映水天，半乘岡壟半民田。王維愛甚難拋畫，支遁憐多不惜錢。巨石盡含金玉氣，亂峰深鎖棟樑煙。	齊己	卷八百四十四 卷八百四十五
〈題王右丞山水障二首〉	張祐	卷五百一十
〈過王右丞書堂二首〉	儲嗣宗	卷五百九十四
〈觀王右丞維滄洲圖歌〉	皎然	卷八百二十一

上述這些詩人未曾親見過王維，多從王維的詩歌、畫作或流傳故事中去認識王維，是片面、有選擇性的，如貞元時期的進士楊巨源認為：「王維證時符水月，杜甫狂處遺天地」[58]（〈贈從弟茂卿〉），然而，這種單一角度觀察王維詩歌的藝術特徵，並無法完整地表現王維詩歌的多樣化與不同詩歌類型的各自藝趣。

　　唐代詩歌的品詠賞味與創作，是社會上文人雅士生活常見的場景，因此有人將喜愛的詩歌編輯成冊，方便攜帶與閱讀，也屬正常。目前尚存，編輯而成的唐人選唐詩集有多本，其中有些已經散逸，雖然這些唐詩選集有選詩時各種不同考量，仍可從他們所選的詩數量，作較客觀的比較，說明王維多樣豐富的詩歌內容和藝術成就被接納的

---

[58] 宋·彭叔夏辨證；清·勞格拾遺：《文苑英華》，卷257，〈寄贈詩·楊巨源·贈從弟茂卿〉，頁1292-2。

情形[59]。將有收錄王維詩歌的四本唐詩選集列表如下：

表34 唐詩選集中的王維詩（筆者概計）

選集名	編輯者	說明	入選王維詩題
《國秀集》	苗挺章	共八十五人二百一十一首詩；時間以盛唐為主；王維七首。	〈河上送趙仙舟〉、〈初至山中〉、〈途中口號〉、〈成文學〉、〈扶南曲〉、〈息嬀怨〉、〈送殷四葬〉
《河嶽英靈集》	殷璠	共二十四人二百三十首詩，開元二年至天寶十二（714-753）為主；以王昌齡十六首為首，王維、常建十五首居次。	〈西施篇〉、〈偶然作〉、〈贈劉藍田〉、〈入山寄城中故人〉、〈淇上別趙仙舟〉、〈春閨〉、〈寄崔鄭二山人〉、〈息夫人怨〉、〈婕妤怨〉、〈漁山神女瓊智祠二首〉、〈隴頭吟〉、〈少年行〉、〈初出濟州〉、〈別城中故人〉、〈送綦毋潛落第還鄉〉
《又玄集》	韋莊	共一百四十二人二百九十七首詩；自初唐至晚唐；盛唐以杜甫為首，李白、王維次之，分別為七首、四首、四首。	〈觀獵〉、〈終南山〉、〈敕借岐王九成宮避暑應教〉、〈送秘書晁監歸日本〉
《極玄集》	姚合	共二十一人九十九首詩，大曆詩人為主，盛唐詩人僅王維三首，祖詠五首。	〈送晁監歸日本〉、〈送丘為〉、〈觀獵〉

[59] 參考張浩遜：〈從唐代接受層面看王維詩歌的歷史地位〉，《韶關學院學報（社會科學）》第62卷第10期（2005年10月），頁23-28。

在成書時間較早的《河嶽英靈集》和《國秀集》成於王維仍存活於世間的玄宗天寶年間，書中明顯突出王維的地位。《河嶽英靈集》編輯於天寶十二年（西元753年），主要收集的是唐玄宗開元二年（714）至天寶十二年（753）年間的詩歌，相當明確地視王維爲盛唐長安詩壇的第一人。作者殷璠（生卒不詳）詳細說明了選集的初衷和命名由來：「刪略群才，贊聖朝之美，爰因退跡，得遂宿心。粵若王維、王昌齡、儲光羲等二十四人，皆河岳英靈也，此集便以『河岳英靈』爲號。」[60]殷璠以王維、王昌齡（698-756）和儲光羲[61]（706-763？）三人作爲「河岳英靈」的代表人物。根據上表，王維詩選數量多，包含送別、詠史、山水田園、閨怨、俠義、軍旅、抒懷等各類題材的詩歌皆有入選，顯示對王維詩歌的接受是全方面的，不僅限於山水田園詩。《極玄集》、《國秀集》、《又玄集》也認可王維詩歌在盛唐不可忽視的地位。其中，《極玄集》選詩一百，作者二十一人，始於王維，終於戴叔倫（732-789），以大曆詩人爲主，盛唐只取王維與祖詠（699-746？）二人，意在說明後世詩風之源頭所在。王維詩歌被認爲有啓發、引領的作用，更代表盛唐詩歌的成就。而在《國秀集》中，王維詩歌入選七首[62]，在數量上位居入選詩人之第二，李白、杜甫則均未入選該集。這樣選詩結果與芮挺章強調要選擇具「雅正」之樂府詩爲標準有關，也與李白在京城活躍時間短，杜甫年紀較王維小十幾歲，其活躍時間與王維有落差等因素有關，可見李白與杜甫的詩歌在開天之際的長安詩壇尚未能引起足夠的重視。

60 唐・殷璠：《河嶽英靈集》，收入傅璇琮編：《唐人選唐詩新編》（台北：文史哲出版社，1999年二月初版），〈序言〉，頁107。

61 儲光羲生平與詩歌意涵之相互關係的討論，參考張慈婷：《儲光羲詩歌研究》（中興大學中國文學系所碩士論文，2011年1月），頁10-66。

62 唐・芮挺章：《國秀集》，收入傅璇琮編：《唐人選唐詩新編》，卷中，頁255-257。

　　盛唐時期文人的推崇也推動了後人對王維詩歌寫作題材、文字技巧與意境塑造等各方面的接受與借鑑，事實上與王維同時或往後的一些詩人，如孟浩然、裴迪、錢起等大曆十才子、姚合（781-？）、司空圖（837-908）等人，從他們的詩作中，都可以觀察到他們從王維詩中汲取的創作靈感，尤其在山水田園這一主題。例如儲光羲的〈同王十三維偶然作〉十首組詩，從詩題就明顯點出此受王維〈偶然作〉之觸發而作，又如錢起的〈藍田溪雜詠〉二十二首[63]，詩題多以地名或物名命題，實與王維《輞川集》中二十首絕句之命題方式、就景賦詩的寫作格式十分類似，應當受到王維之啓發，因此錢起「文宗右丞許以高格，右丞沒後，員外爲雄。」[64]被視爲繼承王維的詩壇領袖。從這些記載看來，在王維去世後直至唐末，他的詩歌仍然被人繼續傳唱與產生影響[65]。就影響層面看，對象包含朝廷貴冑、詩人雅士，甚至包含中下層民眾；就地理範圍來說，遠至唐帝國邊疆之地的敦煌也發現有王維詩歌的傳抄[66]，足見王維詩歌傳播之廣。

　　另外，唐人筆記小說中的一些記載也有助於吾人瞭解王維在唐人心目中的形象，也在某種程度上反映出王維在盛唐詩壇時期的成就和影響。如晚唐人范攄（生卒不詳）記錄有安史亂後，奔逃到江南的宮廷樂手李龜年（698-768）曾演唱王維所作的詩，並且引發在場者的普遍共鳴[67]。從此則記載中，可見王維詩歌才藝受人崇尚的程度。

63　唐・錢起，阮廷瑜校注：《錢起詩集校注》，卷10，〈藍田溪雜詠〉，頁752-763。

64　唐・高仲武：《中興間氣集》，收入傅璇琮：《唐人選唐詩新編》（西安：陝西人民教育出版社，1996年），頁463。

65　可參考李本紅、袁曉薇：〈「天下右丞詩」的時代：論王維在盛唐詩壇的實際地位〉，《阜陽師範學院學報（社會科學版）》148期（2012年第4期），頁61-66。

66　現藏於法國，編號P. 3619。

67　唐・范攄《雲溪友議》卷6載：「明皇幸岷山，百官皆竄辱，積屍滿中原，士族

又如在唐代小說中有一則寥寥數字的故事清楚道出王維在同輩文人所形成影響力之大，甚至造成同名者倍感壓力的情況：王維官終尚書右丞，世稱「王右丞」，普爲人知。因此另一位河南籍的王維，在他得知自己也要任職右丞官位時，爲了和大手筆王維有所區別，只能自我解嘲地說自己成了「不解作詩」的王右丞[68]。再如唐人李肇（生卒不詳）記載：「人有畫《奏樂圖》，維孰視而笑。或問其故，維曰：『此是《霓裳羽衣曲》第三疊第一拍。』好事者集樂工驗之，一無差謬。」[69]這則故事顯然被人廣爲流傳，因此在兩《唐書》中也有載。而薛用弱（生卒不詳）的《集異記》中記載詩名早著的王維因「鬱輪袍」事件而贏得公主賞識、進而登第的故事也相當著名[70]。姑且不論這則故事的人物眞實性，但在盛唐行卷投書盛行的社會風氣下[71]，這故事確實反映出兩《唐書》中上層貴族普遍對王維「年未弱冠，文章得名。性嫻音律，妙能琵琶，遊歷諸貴之間」少年得志的藝術才子形象與社會影響力。

　　從整體上來看，王維在唐代的評價，就如晚唐文人朱景玄（生卒

隨車駕。伶官……惟李龜年奔迫江潭，……龜年曾於湘中採訪使筵上唱：『紅豆生南國，秋來發幾枝。勸君多采擷，此物最相思。』又曰：『清風明月苦相思，蕩子從戎十載餘。征人去日殷勤囑，歸鴈來時數附書。』此詞皆王右丞所制，至今梨園唱焉。歌闋，合座莫不望行幸而慘然。」見唐・范攄：《稗海・雲溪友議》（明萬曆中會稽半埜堂商濬校：稗海本），卷6，頁3-4。

68 宋・王讜撰；周勛初校證：《唐語林校證》，卷5，〈補遺〉，頁486。

69 唐・李肇：《唐國史補》，卷上，頁17-18。

70 唐・薛用弱：《集異記》，收入《景印文淵閣四庫全書》（台北：台灣商務印書館，1945年），第1042冊，《集異記》頁11云：「王維右丞，年未弱冠，文章得名，性閑音律，妙能琵琶，遊歷諸貴之間，尤爲岐王之所眷重。」

71 可與《舊唐書・王維傳》的描寫作對照，據載王維死後代宗命王縉進呈王維詩文集：「代宗好文，常謂縉曰：『卿之伯氏，天寶中詩名冠代，朕嘗於諸王座聞其樂章。今有多少文集，卿可進來。』」。其中代宗所說：「嘗於諸王座聞其樂章」可證明此鬱輪袍故事並非空穴來風，而是其來有自。

不詳）所論：王維兄弟「冠絕當時」，二人分別在書法與詩歌方面有極高成就，兄弟二人有「朝廷左相筆，天下右丞詩」之美稱[72]。

二、王維在宋至明、清人心目中的形象

王維在唐代極受尊崇，到宋代以後則有較大變化。宋代偏重詩文的政治教化功能，受到「文以載道」之價值觀影響，多數文人將詩文教化社會的功能置於審美之上。所以，在宋代，王維詩歌成就與影響因爲安史之亂「受僞署」事件被打上批判的烙印。但這也不是一種整體的印象，宋代不同時期、不同詩歌選本、筆記史傳，以及不同文人傳達出對王維詩歌的不同看法。明清時期，王維詩歌已不復盛唐時人眼中的高超絕妙，他成爲盛唐眾多詩人之一，雖有個別文人如明代的梅堯臣（1002-1060）、清初的王世禎（1634-1711）等人特別推崇，但整體上來看地位已不如盛唐。以下各節將一一析論。

（一）宋代類書、文人文集中的王維

從北宋「四大書」，即《冊府元龜》、《太平御覽》、《太平廣記》與《文苑英華》中，透露出北宋官方重視古籍整理的態度，從其中也間接表現出官方對王維詩歌的態度。以記載歷代歷史事件爲主的《冊府元龜》爲例，王維生平事蹟在中被提及多次，諸如「王維事母崔氏以孝聞，闔門雍睦，爲眾所推。天寶中，爲庫部郎中，母終，茹茶柴立殆不勝喪」[73]；「王維與弟縉以詞學齊名。玄宗開元初，縉爲監察御史，天寶初，維亦爲監察御史」[74]；「王維以詩名盛於開元

---

[72] 唐・朱景玄：《唐朝名畫錄》（上海：上海人民美術出版社，1982年），頁80。

[73] 宋・王欽若等編：《冊府元龜》（北京：中華書局，1994年），卷756，〈總錄部・孝〉，頁8992。

[74] 同上注，卷771，〈總錄部・世官〉，頁9166-2。

天寶間，凡諸王駙馬豪右貴勢之家無不拂席迎之。代宗時，弟縉爲宰相，嘗謂縉曰，卿之伯氏，天寶中詩名冠代，位至尚書右丞」[75]；「王維與弟縉皆才秀，以詞學齊名，維位尚書右丞」[76]；「王維爲右丞，有俊才，博學多藝，以詩名盛于開元天寶間。書畫特臻其妙，筆蹤措思參於造化」[77]；「王維有俊才，尤工五言詩。獨步於當時，染翰之後人皆諷誦」[78]等，在《冊府元龜》中他被突出的是他的恭孝與友悌行爲，強調王維的事母至孝及手足情，此外便是王維的多才多藝，尤其是書畫與詩歌部分。

收錄上起蕭梁，下至晚唐五代兩千餘人作品的《文苑英華》，在近兩萬篇作品中約十分之九是唐人作品，詩歌一萬九首一十七首，其中王維詩一百六十一首，遠不及李白、杜甫、劉長卿、僧皎然等人，可見王維詩歌在宋初並不甚受官方重視。但在個別詩人部分，北宋初期的梅堯臣則對王維詩歌中「平淡」、「自然」、「優雅」藝趣、以及《詩》、《騷》傳統，極爲推崇，甚至有如〈擬王維偶然作〉、〈田家〉之詩作[79]。又如歐陽修（1007-1072）提出：「蓋詩者，樂之苗裔與，漢之蘇李，魏之曹劉，得其正始；宋齊而下，得其浮淫流佚；唐之時，子昂、李、杜、沈、宋、王維之徒，或得其淳古淡泊之聲，或得其舒和高暢之節，而孟郊、賈島之徒，又得其悲愁鬱堙之氣。」[80]將王維與陳子昂、李白、杜甫、宋之問等人並列，其中王維實兼長「淳古淡泊之聲」與「舒和高暢之節」，對其評價極高。

---

[75] 宋・王欽若等編：《冊府元龜》，卷777，〈總錄部・名望〉，頁9235-1。

[76] 同上注，卷783，〈總錄部・兄弟齊名〉，頁9312-2。

[77] 同上注，卷786，〈總錄部・多能〉，頁9346-1。

[78] 同上注，卷840，〈總錄部・文章〉，頁9971-2。

[79] 梅堯臣之二首詩見於宋・梅堯臣著，朱東潤編年校注：《梅堯臣編年校注》（上海：上海古籍出版社，2006年11月新一版），頁9-10、69。

[80] 宋・歐陽修：〈書梅聖俞稿後〉，收於氏著：《歐陽修全集》（台北：河洛圖書出版社，1975年3月景印初版），上冊，頁132。

宋人已特別注重王維的繪畫與音樂等才能，如北宋王讜（生卒不詳）說：「王維畫品妙絕，工水墨平遠，昭國坊庾敬休所居室壁有之。人有畫奏樂圖，維熟視而笑。或問其故，維曰：『此是霓裳羽衣曲第三迭第一拍。』好事者集樂工驗之，一無差舛。」[81]又說「王維爲大樂丞，人嗾令舞黃獅子，坐是出官。黃獅子者，非天子不舞也，後輩慎之。」[82]這些描寫豐富了王維的藝術形象，詩歌不再是主要的評價標準，也間接反映此時對王維詩歌的不夠重視。

徐復觀（1904-1982）曾指出：「詩與畫既同屬於藝術的範疇，則在基本精神上，必有其相通之處。」[83]北宋後期得力於此時文人畫興起，王維在畫壇上倍受推崇，對王維詩歌喜愛和接受的聲音逐漸增強，對王維繪畫作品的評價也上升到前所未有的高度所影響。詩歌、繪畫、音樂本是王維藝術生命不可分割的一部分，人們對其繪畫認識轉而深入，自然就推升他們對其詩歌的接受，對王維的評價從宋初的平面單一走向立體多元。對家中收藏王維畫作的沈括（1031-1095）而言：「書畫之妙，當以神會，難可以形器求也。……予家所藏摩詰畫『袁安臥雪圖』，有雪中芭蕉，此乃得心應手，意到便成，故造理入神，迴得天意，此難可以與俗人論也。」[84]沈括以「神會」、「奧理冥造」、「得心應手，意到便成」等辭彙來描述王維畫作之精巧天成，他的推崇之情溢於言表。蘇軾（1037-1101）則以一首詩

---

[81] 宋·王讜撰；周勛初校證：《唐語林校證》，卷5，〈補遺〉，頁485。

[82] 同上注，頁486。

[83] 徐復觀：《中國藝術精神》（華東師範大學出版社，2001年），頁289。

[84] 宋·沈括：《夢溪筆談》（台北：師大出版中心，2012年），卷17，〈書畫〉，頁87。沈括云：「書畫之妙，當以神會，難可以形器求也。世之觀畫者，多能指摘其間形象位置，彩色瑕疵而已，至於奧理冥造者，罕見其人。如彥遠畫評，言『王維畫物，多不問四時，如畫花往往以桃、杏、芙蓉、蓮花同畫一景。』予家所藏摩詰畫袁安臥雪圖，有雪中芭蕉，此乃得心應手，意到便成，故造理入神，迴得天意，此難可與俗人論也。」

表達對王維書畫的高妙見解：「何處訪吳畫，普門與開元。開元有東塔，摩詰留手痕。吾觀畫品中，莫如二子尊。道子實雄放，浩如海波翻。……摩詰本詩老，佩芷襲芳蓀。今觀此壁畫，亦若其詩清且敦。……吳生雖絕妙，猶以畫工論。摩詰得之於象外，有如仙翮謝籠樊。吾觀二子皆神俊，又於維也斂衽無間言。」[85]其弟蘇轍（1039-1112）也唱和道：「我非畫中師，偶亦識畫旨。……誰言王摩詰，乃過吳道子。」[86]兩人很明顯均認為王維畫與唐代知名畫家吳道子畫比較，各有所長、各領風騷，顯見對王維畫評價甚高；而蘇軾膾炙人口的「味摩詰之詩，詩中有畫；觀摩詰之畫，畫中有詩」[87]之語一出，不僅點出王維詩歌的書畫藝趣，也使王維詩在北宋後期詩壇地位逐漸上升。

北宋後期開始出現一些詩話評論，其中也有少數針對王維「氣節」質疑的言論[88]，從整體來說，北宋時期對於王維的評價仍然很

---

85 宋・蘇軾：《蘇東坡全集》（台北：河洛圖書出版社，1975年9月初版），〈鳳翔八觀・王維吳道子畫〉，頁45。

86 北京大學古文獻研究所；傅璇琮等主編：《全宋詩》（北京：北京大學出版社，1991年），卷850，〈蘇轍・和子瞻鳳翔八觀八首・王維吳道子畫〉，頁9831。

87 宋・蘇軾撰：《東坡題跋》卷5〈書摩詰藍田煙雨圖〉，收於北京大學哲學系美學教研室編：《中國美學史資料選編》（北京：中華書局，1981年4月1版），下冊，頁37。

88 據張表臣的說法：「天寶末，祿山陷西京，大搜文武朝臣及異儹樂工，不旬日得梨園弟子數百人，大宴于凝碧池。樂作，梨園舊人不覺歔欷，相對泣下，群逆露刃脅之而悲不已。有雷海清者，投器于地，西向慟哭，支解于庭，聞之者莫不傷痛。時王維被拘於菩提寺，賦詩曰：『萬戶傷心生野煙，百僚何日再朝天。秋槐葉落深宮裏，凝碧池頭奏管弦。』他日緣此詩得不死，然愧于雷海清多矣。」張表臣文中對王維道德上的要求，與宋人長期處在北方異族虎視眈眈的時代背景及心理壓力有很大關係，而這一種要求表彰氣節的觀念在南宋時期也被朱熹提出討論。引文見宋・張表臣：《珊瑚鉤詩話》，收於何文煥編訂：《歷代詩話》（台北：藝文印書館，1959年），卷3，頁283。

高。到南宋時期，對王維的成就與影響，從詩選本中對大量收錄王維詩歌，以及部分詩人對王維詩風的推崇與仿效等各方面來看，南宋時期基本上對王維仍是正面的，雖然南宋所面對社會環境迥異於盛唐，對於唐人在科舉中之結交權貴、干謁投卷等行為產生不同見解[89]，個別道學家也從「傳道明心」對王維人品及詩歌藝術價值的否定，但是並未形成全面性的王維批判，不妨礙王維詩歌藝趣在南宋文人心中的認同。如宋代文人張戒（生卒不詳，宣和六年〔1125〕進士）曾評論：「韋蘇州律詩似古，劉隨州古詩似律，大抵下李、杜、韓退之一等，便不能兼。隨州詩，韻度不能如韋蘇州之高簡，意味不能如王摩詰之勝絕……」[90]又說：「摩詰古詩能道人心中事而不露筋骨，律詩至佳，麗而老成……摩詰心淡泊，本學佛而善畫，出則陪岐、薛諸王及貴主游，歸則歷飫輞川山水，故其詩於富貴山林兩得其趣。如『興闌啼鳥換，坐久落花多』之句雖不誇服食器用，而真是富貴人口中語，非僅『笙歌歸院落，燈火下樓臺』之比也。」[91]認為王維詩中雖然充滿富貴之氣，但是其勝絕、淡泊之特徵仍是其詩歌重要的藝趣，

---

[89] 如戴埴《鼠璞》卷下引《集異錄》云：「王維文章、音律為岐王所重，時公主已薦張九皋為解頭，王令維衣錦繡、齎琵琶同詣主第。諸伶旅進。維妙年都美，主顧問，王答曰；『知音者也。』令獨奏新曲，主詢名，維曰：『《鬱輪袍》。』大奇之。王曰：『此生詞學無出其右。』維獻詩卷，主驚曰：『皆我所習，常謂古人佳作，乃子之為乎？』因令更衣升之客右。召試官至第，遣宮婢傳教，維作解頭，一舉登第。此二事無廉恥甚矣。雖得一名，何足為重，紀載以為盛事，何耶？」在唐人眼中實屬尋常、風雅的舉人故事，放在在宋代的時空看來，卻是「無廉恥」的事件，可見這種社會背景的差異造成對同一事件的不同解讀。宋・戴埴：《鼠璞》，收入嚴一萍選輯：《百川學海・原刻景印百部叢書集成》（台北：藝文印書館，1967年），第27冊，〈唐進士無恥〉，頁23-24。

[90] 宋・張戒著，陳應鸞箋注：《歲寒堂詩話箋注》（成都：四川大學出版社，1990年2月），頁81。

[91] 同上注，頁82-83。

構成其高妙藝術成就，評價甚高。

南宋時期的唐詩選本中，洪邁（1123-1202）的《萬首唐人絕句》其中五言選錄王維的五十三首詩，內補四首；七言選錄王維二十四首詩[92]。洪邁所選的五七言絕句網羅了王維絕句的多數佳作，實際上給予王維在絕句領域應有的地位。陸游（1125-1210）也直接表達對王維的推崇，他說：「余年十七八時，讀摩詰詩最熟，後遂置之者幾六十年。今年七十七，永晝無事，再取讀之，如見舊師友，恨間闊之久也。」[93]陸游從年少熟讀王維詩後，至老年的數十年間，期間雖沒有再接觸王維詩，但當他老年重讀王維之後，不由發出應該在生命中時時品味再三，不應稍棄之「恨間闊之久也」的感嘆。熟稔王維詩歌的陸游曾為王維辯解：「『水流天地外，山色有無中』，王維詩也；權德輿〈晚渡揚子江〉詩云：『遠岫有無中，片帆煙水上』，已是用維語。歐陽公長短句云『平山闌檻倚晴空，山色有無中』。詩人至是蓋三用矣。然公但以此句施於平山堂為宜，初不自謂工也。東坡先生乃云：『記取醉翁語，山色有無中』，則似謂歐陽公創為此句，何哉？」[94]此處陸游引王維之後三人相似詩句為證，為王維爭取詩歌創作源頭的正宗地位。楊萬里（1127-1206）曾云：「晚因子厚識淵明，早學蘇州得右丞。」[95]表明王維曾對楊萬里詩產生過影響，兩人詩風接近。又如曾季貍（生卒不詳）對王維也有較高的評價：「東湖言王維雪詩不可學，平生喜此詩。其詩云：『寒更催曉箭……。』」；又云：「前人詩言落花，有思致者三：王維『興闌

92 筆者據目錄之詩題計算。

93 宋·陸游：《放翁題跋·跋王右丞集》，收入明·毛晉：《津逮秘書》（崇禎申虞山毛氏汲古閣刻本），卷4，頁4-2。

94 宋·陸游：《老學庵筆記》（台北：廣文書局，1972年5月初版），卷6，頁226-227。

95 宋·楊萬里：《誠齋集》，收入《四部叢刊初編·集部》（台北：台灣商務印書館，1986年），第1冊，卷7，影印文淵閣《四庫全書》本，頁65。

啼鳥換，坐久落花多』；李嘉祐『細雨濕衣看不見，閑花落地聽無
聲』；荊公『細數落花因坐久，緩尋芳草得歸遲』。」[96]這裡的敘述
肯定了王維在特定主題的詩歌藝趣成就。南宋文人對王維詩歌的持續
品味與學習，也表現出王維詩在此時的影響。

　　當然，對於王維的詩歌也有批評的聲音，如朱熹（1130-1200）
強調「文道合一」，即詩文乃內心之道發出而成[97]，反過來說，若有
人心無道，則其詩文必亦無可道之處。從此角度可以理解朱熹對王維
的指責：「〈山中人〉者，唐尚書右丞王維之所作也。維以詩名開元
間，遭祿山亂，陷賊中，不能死，事平復幸不誅。其人既不足言，詞
雖清雅，亦萎弱少氣骨，獨此篇與《望終南》、《迎神》、《送神》
爲勝。」[98]是基於其道德思想背景，進而否定王維的藝術成就，實有
偏狹之處。因此，朱熹也不能全盤否定王維的詩歌中也具有深遠之意
蘊，值得再三品味[99]。又如張鎡（1153-1221？）提出：「杜甫〈觀安
西過兵〉詩云：『談笑無河北，心肝奉至尊。』故東坡亦云：『似聞
指揮築上郡，已覺談笑無西戎。』蓋用左太沖詠史詩『長笑激清風，
志若無東吳』也。王維云『虜騎千重只似無』句，則拙甚。」[100]張鎡

96 清‧張謙宜：《絸齋詩談》，收入郭紹虞編著，富壽蓀點校：《清詩話續編》
　　（上海：上海古籍出版社，1983年），卷5，頁847。

97 參考在朱熹〈答楊宋卿書〉：「熹聞詩者，志之所之，在心爲志，發言爲詩，
　　然則詩者，豈複有工拙哉，亦視其志之所向者高下如何耳，是以古之君子，德
　　足以求其志，必出於高明純一之地，其於詩固不學而能之。」

98 宋‧朱熹撰，蔣立甫校：《楚辭集注》（上海：上海古籍出版社，2001年12月
　　一版），卷4，〈楚辭後語‧山中人〉，頁261。

99 據載朱熹曾說：「余平生愛王摩詰詩云：『漆園非傲吏，自缺經世具。……』
　　以爲不可及，而舉以語人，領解者少。」見宋‧羅大經撰；王瑞來點校：《鶴
　　林玉露》（北京：中華書局，1983年初版，1997年二刷），卷6，〈甲編‧朱文
　　公論詩〉，頁112。

100 宋‧張鎡：《仕學規範》，收入《四庫全書珍本三輯》（台北：台灣商務印書
　　館，1972年），第6冊，卷40，頁3。

是少見以「拙甚」形容王維詩歌藝術的人。

　　曾經整理與點評王維集的劉辰翁（1232-1297），著有《須溪先生校本唐王右丞集》一書，書中對王維詩歌意蘊加以解析並大爲讚賞，從各方面點出王維詩中隱含之意，如評王維《輞川集》中的〈孟城坳〉：「復欲兩語如此俯仰曠達，不可得」、〈鹿柴〉：「無言而有畫意」、〈辛夷塢〉：「其意亦欲不著一字，漸可語禪」、〈漆園〉：「口語皆成高韻」等。此外，又如他評〈送友人歸山歌〉二首：「不用楚調，自適目前，詞少而意多。」；〈輞川閑居贈裴秀才迪〉：「類以無情之景，述無情之意，復非作者所有。」；〈山中送別〉：「今古斷腸，理不在多。」對王維詩歌藝術有更深一層的解析與評論，甚至在評〈山居秋暝〉說：「總無可點，自是好」[101]，足見劉辰翁對王維的評價之高。

　　縱觀宋人對於王維的評價，雖有個別性的差異與變化，總體而言，在宋代文人眼中，王維雖不如唐代高不可攀，其詩歌藝術成就也沒有被否定，藉由宋人對王維詩歌、繪畫的討論，王維的藝術成就與影響層面的認識越來越全面、越來越清晰。

（二）元明清時期的王維

　　元代詩學重盛唐，重視溫柔敦厚與雅淡平和，以李白、杜甫爲首，也推崇王維、柳宗元等人。方回（1227-1307）的《瀛奎律髓》選王維詩十首，其中一首應制詩，他認爲「開元天寶盛時，當陳、宋、杜、沈律詩，王、楊、盧、駱諸文人之後，有王摩詰、孟浩然、李太白、杜子美及岑參、高適之徒，並鳴於時。韋應物、劉長卿、嚴

---

101 宋・劉辰翁：《須溪先生校本唐王右丞集》，收入《須溪先生校本唐王右丞集》，收入《原式精印大本四部叢刊正編》（台北：台灣商務印書館，1979年），33冊，頁24、27-29、31。

維、秦系亦並世，而不見與李、杜相倡和。詩人至此，可謂盛矣」[102]
可見在方回眼中，王維在盛唐詩人中的定位不亞於孟、李、杜等人，
對王維的《輞川詩》認爲有「一唱三歎不可窮之妙」；楊士弘（生
卒不詳）重視唐詩雅麗清正，所著之《唐音》選王維詩十五首，認爲
「李杜爲宗也，至如子美，所尊許者楊、王、盧、駱，所推重者則
薛少保、賀知章，所贊詠者孟浩然、王維，所友善者高適、岑參，所
稱道者則季友……」[103]從整體上將王維置於李杜之下，但又提出：
「唯王維、孟浩然、岑參三家造極，王之溫厚，孟之清新，岑之典
麗，所謂圓不加規、方不加矩也。」[104]頗推尊王維詩歌中的溫柔敦厚
風範。

　　明清兩朝是大一統朝代，在皇權高漲兼又程朱理學、陽明心學
思想濃厚的時代背景下，許多文人爲了追求思想的自由，紛紛投入傳
統文學的整理、校勘工作，促使明清時期產生許多唐詩選集與評論，
也產生更多對王維律詩、絕句的分析與風格的評價[105]。明代詩壇的
基調是強調尊唐抑宋、「雅正唐音」[106]，流派眾多，主要以崇尙李
白、杜甫、王維爲核心。盛唐詩歌的趨向，據統計，明代共有各類唐
詩選集216種，超過明代以前所編唐詩選集總近三倍數目[107]，其中有

102 元‧方回選評、李慶甲集評校：《瀛奎律髓彙評》（上海：上海古籍出版社，
　　1986年），中冊，卷14，頁500-501。
103 楊士弘，張震、顧璘評注：《唐音評注》（保定：河北大學出版社，2006
　　年），頁9。
104 同上注，頁139。
105 參考查清華：《明代唐詩接受史》（上海：上海古籍出版社，2007年7月一
　　版），頁278-218。
106 陳國球：〈唐詩選本與明代復古詩論〉，《唐代文學研究》（1994年10月），
　　頁753-807。
107 見孫琴安：《唐詩選本六百種提要》（西安：陝西人民教育出版社，1987
　　年），據目錄統計。

收錄王維詩者約占四分之一[108]，書中收錄詩的數量平均起來亦較前代多。如擅詩精畫的高棅（1350-1423）為「使吟詠性情之士，觀詩以求其人，因人以知其時，因時以辯其文章之高下，詞氣之盛衰，本乎始以達其終，審其變而歸於正」[109]而撰《唐詩品彙》，書中選錄王維詩一百六十七首，在詩體上以王維為五絕正宗、七絕羽翼，實際上以王維為盛唐第三人。李攀龍（1514-1570）編選之《唐詩選》，選錄一百二十八詩人四百六十五首詩，以初、盛唐之詩歌為重、為正宗，選錄王維詩四十七首，並以其為七律最佳。潘光統（生卒不詳）編選《唐音類選》，選錄詩二千五百六十六首，其中王維詩一百零二首。鍾惺（1581-1624）、譚元春（1586-1637）主張關注詩之「性靈」，詩表達古人之種種精神情懷，在《唐詩歸》選王維詩有五十餘首，多數為後來的《唐賢三昧集》選入。張之象（1496-1577）編輯之《唐雅》一書少見地僅收錄唐代君臣酬唱之作，計一百八十五人詩二千多首，王維詩歌三十五首，內容有朝會、挽歌、宮殿、樓閣、池沼、酺宴、赦宥、祥瑞、省直等。明代這類大部頭的唐詩選編中，由於入選的詩人眾多，詩歌數量動輒千餘首，王維的詩歌雖然也被大量選錄，但除「七絕」、「五絕」等個別類目下仔細審視其收錄數量之比例，反而容易忽視王維詩歌的重要性。

明代是歷經金、元後漢人重掌政權的時代，在「恢復漢唐盛世」的復古旗號下，對盛唐王維的各類作品也有關注，從文人的詩評來看，初期多重視各詩體、韻律分析與詩歌風格歸納，中期以後則轉化為重視氣韻。盛唐時期「七古正宗，確推李白，而大家則杜甫足以當之，其下法度森嚴，抑揚悲壯，惟高、岑、王、李而已，謂之名

---

108 參考孫武軍、張進：〈明代前中期唐詩選評中的王維接受〉，《寧夏大學學報（人文社會科學版）》第33卷第5期（2011年9月），頁88。

109 明・高棅編選：《唐詩品彙・總敘》（上海：上海古籍出版社，1988年7月初版），頁4。

家也。」[110]胡應麟（1551-1602）以王維爲盛唐「眾體皆工」之「名家」[111]，尤工近體詩，因此「盛唐摩詰，中唐文房，五、六、七言絕俱工，可謂才矣。」[112]又云：「七言律以才藻論，則……盛唐當推摩詰……不但七言律也，諸體皆然，由其才特高耳」[113]鍾惺認爲：「右丞禪寂人，往往妙於情語。」[114]上述從五、六、七言絕句與七言古詩等方面肯定王維之詩學成就與影響，雖然如此，對他們而言王維已非成就最高者。鍾惺以詩歌蘊含詩人之情爲關注點，如評〈獻始興公〉云：「不讀此等詩，不知右丞胸中有激烈悲憤處。」[115]許學夷（1563-1633）在《詩源辨體》中以才力、造詣論王維，以詩句爲證認爲王維五律雄麗、渾成、精緻、閑遠自在，七律也是雄麗、秀雅、澄淨，並歸結其「意趣幽玄，妙在文字之外」[116]認爲王維五絕詩歌藝蘊幽玄，意在言外。胡震亨（1569-1645）認爲王維的古詩「其集大篇，句語俊拔，殊乏完章；小言結構清新，所少風骨。」[117]反駁《河嶽英靈集》對王維「聲律風骨兼備」之評價，而特別推崇王維五言小詩的價值與地位，顯示明人也關注到王維在五言絕句的價值。

到異族統治下的清代，一般文人對於唐宋朝文化懷有故國情懷，

---

110 孫琴安：《唐詩選本六百種提要》（西安：陝西人民教育出版社，1987），頁196。

111 明·胡應麟：《詩藪》（上海：上海古籍出版社，1979年），外編，卷4，頁184。

112 同上注，卷6，頁117。

113 清·趙殿成：《王摩詰全集箋注》，卷4，頁187。

114 明·鍾惺：《詩歸》，收入《續修四庫全書》（上海：上海古籍出版社，2002年3月），第1589冊，卷8，頁621。

115 同上注，卷8，頁623。

116 明·許學夷：《詩源辨體》（北京：人民文學出版社，1987年10月一版），卷16，頁162。

117 明·胡震亨編：《唐音癸籤》（北京：中華書局，1962年11月新一版），卷9，頁72。

對唐宋詩歌主題、體例的接受更加開放與包容。明末清初之錢謙益（1582-1664）主張詩文要本性情，導志意。他在〈跋王右丞集〉中說：「《文苑英華》載王右丞詩，多與今槧本小異。如『松下清齋折露葵』，清齋作行齋。『種松皆作老龍鮮』，作『種松皆老作龍鱗』、並以《英華》爲佳。〈送梓州李使君〉詩『山中一夜雨，樹杪百重泉』作『山中一半雨』，尤佳。蓋送行之時，言其風土，深山冥晦，晴雨相半，故曰『一半雨』……。崔顥詩『寄語西河使，知余報國心。』《英華》云『余知報國心』如俗本，則顥此句爲求知矣。如此類甚多，讀者益詳之。」[118]錢謙益從版本、文義入手，考訂詩歌異文，在此一過程中王維詩歌被重新放在時代、生活脈絡中解讀，這是前代少見的。王夫之（1619-1692）著有《古詩評選》、《唐詩評選》、《明詩評選》，而獨忽略宋朝，王夫之在《唐詩評選》中選王維詩〈答張五弟〉、〈榆林郡歌〉、〈渭川田家〉、〈終南別業〉、〈西施詠〉等二十餘首，看重王維的五言、七言律詩和五言排律，但對別具藝趣的五絕如《輞川集》均未收錄[119]。金聖嘆（1608-1661）的《貫華堂選批唐才子詩》皆選七律，其中王維十五首，以分析詩體、內容結構爲主。如點評〈積雨輞川莊作〉：「此解即〈豳風〉『饁彼南畝』句中所有一片至情至理，特當時周公不曾說出、留教先生今日說出也。蓋一家八口，人食一升，一年人三百六十升，八人共計食米二十八石八斗。除國稅婚喪在外，此項全仰今日下田苦作之人之力，更無別出可知也。」[120]這種從農村實際的經濟生活層面檢視

---

118 清・錢謙益著，清錢曾箋注，錢仲聯標點：《牧齋初學集》（上海：上海古籍出版社，1985年），頁1754。

119 清・王夫之評選，王學太校點：《唐詩評選》（北京：現代文學出版社，1997年1月一版），目錄，頁1-20。

120 金雍集：《金聖嘆選批唐詩六百首》（北京：北京出版社，1989年6月一版），頁105。

王維詩歌意蘊的方法已不得藝趣，而多論理，但亦不失爲一種獨特的析論詩歌方式。清代的王士禎出入唐宋，在晚年對王維的評價很高，所編《唐賢三昧集》以佛教「一行三昧」之「三昧」命名，特重以境界清遠淡雅、韻味自然雋永及風格含蓄蘊藉等標準衡量詩人詩作「神韻」，書中選王維一百多首詩[121]，從比例上幾乎已是王維的別集，繼承前代選本對王維的好評，翻刻重評多次，有清一代，影響很大。

特別值得再提的是：明清時期，王維的送別詩〈送元二使安西〉已經發展出三十多首不同內容和形式的「陽關曲」，都是源自於綜合王維的詩歌語言、音樂等藝趣之四句〈送元二使安西〉原曲。李東陽（1447-1516）在《懷麓堂詩話》中說道：「作詩不可以意徇辭，而須以辭達意。辭能達意，可歌可詠，則可以傳。王摩詰『陽關無故人』之句，盛唐以前所未道。此辭一出，一時傳誦不足，至爲三疊歌之。後之詠別者，千言萬語，殆不能出其意之外。必如是方可謂之達耳。」[122]唐汝詢（生卒不詳）以「唐人餞別之詩以億計，獨『陽關』擅名，非爲其真切有情乎？鑿『混沌』者皆下風也。」[123]王世禎云：「開元、天寶以來，宮掖所傳，梨園弟子所歌，旗亭所唱，邊將所進，率當時名士所爲絕句耳。故王之渙『黃河遠上』，王昌齡『昭陽日影』之句，至今豔稱之。而右丞『渭城朝雨』，流傳尤眾，好事者至譜爲〈陽關三疊〉。他如劉禹錫、張祜諸篇，尤難指數。由是言之，唐三百年以絕句擅場，即唐三百年之樂府也。」[124]顯示在明朝時

---

121 清・王士禎選，黃培芳評，吳退庵等輯注：《唐賢三昧集箋註》（台北：廣文書局，1968年11月），卷上，頁1-50。王士禎以王維爲此書第一位詩人，且入選之詩亦最多。

122 明・李東陽：《麓堂詩話》，收入丁福保編：《歷代詩話續編》（北京：中華書局，1983年），下冊，頁1372。

123 明・唐汝詢編選，王振漢點校：《唐詩解》（保定：河北大學出版社，2001年7月初版），下冊，卷26，頁658。

124 清・王士禎著，張宗柟纂集，戴鴻森校點：《帶經堂詩話》，頁74。

期，唐代絕句詩被譜上樂曲在廟堂、鄉野傳唱的風氣仍存，而王世禎的說明也證實王維的詩確實藉由音樂的助益而在民間廣為流傳、傳唱不已，甚至流傳海外，其他唐代詩人難以望其項背。

三、王維的域外形象與影響

盛唐國勢強盛、文化開放豐富，對外成為當時亞洲的文化輸出大國，中日韓越四國在地理上彼此接壤，交往源遠流長，在近代以前形成了一種具有文化、審美共同性的漢字文化圈，其中璀璨耀眼的唐詩更是日本、韓國與越南等國文人、貴族爭相學習模仿的對象，加上王維在盛唐享有盛名，其詩作亦自然隨著使臣、商人傳播出去，為人熟知且在各國產生影響。唐代日韓的遣唐使與留學生等不僅在華留下一些詩篇，也將這樣的詩歌傳統帶回國[125]。

（一）王維對日本的影響

在唐朝，日本天皇曾派遣多次使臣來朝，人數多達數千人，有部分使臣留在唐朝學習漢文、典章制度，甚至留在唐朝為官，最著名的就是與王維、李白、儲光義等人為友的晁衡。另外一部份使臣則是將唐朝書籍、文物等帶回日本，產生影響，例如日本平安朝的平成天皇曾作漢詩〈詠殿前梅花〉，詩云：「發艷將桃亂，傳芳與桂欺」應是受到王維與丘為〈同詠左掖梨花詩〉：「冷豔卻欺雪，餘香乍入衣」的啟發，可見平安時期王維的詩歌已在日本流傳。江戶時代前期松尾芭蕉（1644-1694）的俳句創作常與王維詩歌藝趣對照[126]，廣瀨淡窗

---

125 參考沈文凡：〈日韓遣唐使、留學生、學問僧在唐代的詩歌創作〉，《唐詩接受史論稿》（北京：現代出版社，2014年7月初版），頁188-212。

126 例如：周建萍：〈意趣幽玄、靜寂餘韻：王維山水詩與松尾芭蕉的俳句之比較〉，《唐都學刊》2006年6期（2006年11月），頁57-60；周建萍：〈王維山水詩與松尾芭蕉俳句之比較：以禪道思想影響為中心〉，《徐州工程學院學報（社會科學版）》24卷6期（2009年11月），頁32-36；朱賽利：〈松尾芭蕉俳

（1782-1856）推崇唐代詩風，亦曾特別以王維「西出陽關無故人」等作為絕句韻腳佳句之力，說明他對王維詩歌之熟稔[127]，可見王維詩歌在日本產生的影響。到江戶後期受到王維詩歌影響的日本文人更多，不僅表現在繪畫、俳句或散文的影響上；例如著名的《輞川圖》現已無存而在日本聖福寺藏有宋代摹本，《江千雪霽圖》則具說亦收藏於日本藏家手中，也有深受王維詩歌、思想影響的漢詩詩人如：菊池海莊（1799- 1881）[128]。

（二）王維對朝鮮的影響

朝鮮在新羅及高麗王朝時期與唐王朝的政治、文化關係十分密切，派遣使臣、留學生往來不斷，在十五世紀現代韓文文字發明之前，朝鮮文人一直使用漢字寫詩作文，深受唐代文學影響。例如在此時期有一首無名氏所著〈渭城〉，詩云：「渭城朝雨，柳色新。勸君飲此一杯酒，西出陽關，不見故人！」[129]其內容明顯仿自王維〈送元二使安西〉一詩，而在內容略微刪減，並在誦詠方式略作更動而已。高麗時期的文人作品中，如林惟政（生卒不詳）詩集中曾引用王維〈送元二使安西〉中「勸君更盡一杯酒」[130]等七首詩、李奎報在文

句中的色彩意識探究：兼與王維比較〉，《產業與科技論壇》10卷8期（2011年4月），頁145-147；朱賽利：〈松尾芭蕉俳句與王維山水詩的審美意識比較〉，《紹興文理學院學報（哲學社會科學）》32卷4期（2012年7月），頁49-52；邱文婷：〈王維和松尾芭蕉禪詩的比較分析〉，《現代語文（學術綜合版）》（2015年8月），頁61-63；齊笑：〈松尾芭蕉俳句和王維山水詩意境之比較〉，《皖西學院學報》32卷6期（2016年12月），頁118-122。

127 廣瀨淡窗：《淡窗詩話》（東京：博聞社，1883年），卷下，頁18-20。

128 參考熊瑤：《江戶后期漢詩人菊池海莊對王維詩歌的接受》（上海師範大學碩士論文，2018年5月）。馬歌東：〈試論日本漢詩對王維三言絕句幽玄風格之受容〉，《人文雜志》（1995年5月）。

129 王麗娜：〈王維詩歌在海外〉，《唐都學刊》1991年第4期，頁9。

130 清·趙殿成：《王摩詰全集箋注》，卷14，頁205。

集中闡述他對王維的形象與影響，還有李齊賢（1287-1367）多首詩作，均表現出高麗文人受到王維詩歌不一的影響[131]。到歷經戰亂之後的李朝時期，社會安定而民生富足，盛唐詩風再起，出現三位刻意效仿唐詩的「三唐詩人」，即白光勳（1537-1582）、崔慶昌（1538-1582）與李達（生卒不詳），其中李達據說可以背誦王維等盛唐十二詩人的全部詩作，對王維詩歌極推崇，也深受其影響。又有如金時習（1435-1493）的詩：「自少無關意，而今愜素心。種花蓮竹塢，蒔藥避棠陰。苔蘚人蹤少，琴書樹影深。從來樗散質，更與病侵尋。」詩中蘊涵禪意禪趣，被學者認為得到「王維詩之真傳」[132]；十七世紀的朝鮮文人金萬重（1637-1692）所作長篇小說〈九雲夢〉[133]，即仿自王維逸聞而作。曾出使到中國的申緯（1769-1845）被學者認為：「天縱之才，具有詩書畫三絕，堪與盛唐王維相媲美」[134]。申緯崇敬王維，曾經仿作不少王維詩，諸如仿王維〈魚山神女歌〉作〈冠嶽迎送神辭〉，同時亦仿王維《輞川集》組詩作《象山》四十詠，以及以五絕歌頌朝鮮的自然風景[135]。

---

[131] 參考金昌慶：〈高麗文人對王維詩的接受〉，《徐州工程學院學報（社會科學版）》第30卷第3期（2015年5月），頁50-59。另外，也發現有朝鮮文人學習或模仿王維詩歌中的語句但卻遠不及王維詩之藝趣，如李晬光（1563-1628）所說：「王維詩『拔劍已斷天驕臂，歸鞍共飲月氏頭。』山谷用之曰：『幄中已斷匈奴臂，軍前更飲月氏頭。』只換『幄中』『軍前』四字，而優劣判矣。山谷詩又曰：『歸鞍懸月氏』則尤不成語矣。」見李晬光：《芝峰類說》，收入鄺健行等選編：《韓國詩話中論中國詩資料選粹》（北京：中華書局，2002年7月一版），頁72-72。

[132] 柳晟俊：《王維詩比較研究》（北京：京華出版社，1999年），頁203。

[133] 韋旭昇：《朝鮮文學史》（北京：北京大學出版社，1986年），頁291-298。

[134] 廣瀨淡窗：《淡窗詩話》，頁2。

[135] 王志清：〈東亞三國文化語境下的王維接受〉，《中國比較文學》2012年第1期（總86期），頁212-122。

（三）王維對越南的影響

越南古稱安南，唐高宗曾設安南都護府，管轄及今越南北部地區，並推行各種文化教化活動，使唐文化傳入越南[136]。「在越南，漢詩不僅是越南成文文學的發端，在越南封建社會八百多年的歷史時期一直被作爲高雅文學而受到尊崇。」[137]越南漢詩在十五世紀以前頗有漢唐之風，受到科舉考試「詩用唐律，賦用古體」的影響，寫作上呈現獨尊近體，重視七律的特點[138]；到十五世紀以後，則轉向宋詩。越南文人范廷琥（1768-1832）曾云：「我國李詩古奧，陳詩精艷清遠，各極其長，殆猶中國之有漢唐者也。若夫二胡以降，太寶以前，則猶得陳之餘緒，而體裁氣魄，日趨於下。及光順至於延成，則趨步宋人。李、陳之詩，至此爲之一變。」[139]顯見唐詩歌對越南漢文詩的影響。王維作爲盛唐三大詩人之一，亦對越南漢詩產生某種程度的影響[140]。

四、近代東西方外文翻譯中的王維詩

盛唐王維詩歌在中國流傳四百二十三首，在海外，不論古今，少見有全集譯本，多以選集翻譯形式流傳，據大陸學者王麗娜考查，1862年法國漢學家曾經翻譯《唐詩》選集，其中以王維爲盛唐赫赫有

---

136 朱達鈞：〈唐代對安南文教風俗之漢化〉，《中興史學》2000年第1期，頁31-60。

137 參考沈文凡：〈越南十世紀到二十世紀對唐代絕句的移植與發展〉，《唐詩接受史論稿》，頁213。

138 簡錦松：〈越南莫朝詩人阮秉謙《白雲庵詩集》現地研究〉，《中國文哲研究集刊》第43期（2013年），頁71-81。

139 范廷琥：《雨中隨筆》，收入孫遜等編：《越南漢文小說集成》（上海：上海古籍出版社，2010年），第16冊，卷下，頁246。

140 武氏明鳳：《中國王維與越南玄光之禪詩研究》（元智大學中國語文學系碩士論文，2011年1月）。

名，「完善的詩歌語言至今仍被中國人看作無法超越的典範……王維、李白和杜甫一直堅定地執掌著最高名望的權杖。沒有一個新的流派出來能把他們趕下寶座。」[141]使王維詩歌在西方漢學界開始展露光芒，其後王維詩歌被譯爲英、德、意、葡、奧地利、瑞典、俄國、匈牙利等多國語言，也影響到二十世紀初期美國詩人新詩運動（1912-1922）的寫作藝趣，形成西方漢學界對王維詩歌主題思想、藝術技巧等方面研討成風[142]。

第三節　詩歌藝趣的現代展現

　　出生於傑出詩人輩出、詩歌黃金時代的王維，他的成就與影響如眾多耀眼鑽石中的一顆珍珠，在璀璨光芒環繞下安靜的綻放專屬於它的光芒，讓人無法容忽視的。王維現存詩歌作品，就數量言，難以與李白、杜甫相較，但是他的詩歌內涵豐富多元、藝術成就之高已充分展現在他的詩歌流傳與接受情況。從整體上看，唐宋時期歷代文人雅士對王維的詩歌、書畫、音樂等才藝都有評價，基本上多數是正面的。王維在盛唐詩壇具有崇高的地位與影響力，從王維詩的選錄、王維與詩人的交往、史傳與文學著作的評說，都可看出他是當時長安詩壇的核心人物，無論高居廟堂的帝王臣子、以長安爲主要舞台的詩人，還是具有特定文學評論角度的詩選家，都對王維有非常高的評價。到了中晚唐，王維的詩歌依然受到時人一定的重視，從錢起、朱餘慶等人依然不斷重訪王維故居、重讀王維詩歌等記載，可以得到確

---

[141] Marquis d'Hervey de Saint-Denys, *Poésies de l'époque des T'ang. Étude sur l'art poétique en Chine (Poems of the Tang Dynasty)* (Paris: Amyot , 1862).書中翻譯多首王維詩歌。

[142] 參考胡旻：《王維研究的多元路徑及英譯本評述》（屏東大學中國語文學系碩士論文，2016年7月），頁27-30。

認。宋代的文人開始出現對王維評價出現不同調，同時也促發更多人重視王維的繪畫作品，使得對王維藝術成就的認識更加全面化。

然而，文學作品的成就與影響，不僅表現在文學作品的數量與內涵品質，更表現在時人與後世對其作品的接受與傳誦。時至今日，王維詩歌藝趣仍對中國社會文化產生許多影響。略分爲以下二點探討：

一、王維詩歌藝趣的實體展現

當前文學家進行詩歌藝趣的研究探討，除了傳統學者對文字審美與思想意涵的探討之外，越來越多研究嘗試從不同層次與角度，諸如心理意識、社會結構、地理空間結構等方面研究中國傳統詩歌藝趣。詩歌藝趣的研究展開更多層次、觸角的探索，將較爲理論、或關注文字意義的探討，轉而關注到詩歌藝趣具體展現在人們生活中的情況，例如，有學者從王維的《輞川集》中蘊含的友情及愁情兩方面的情感意識進行分析，進一步結合王維「詩畫融合」的創作特點，轉而爲對輞川詩集之意境空間營造的藝術進行探討[143]，也有從文字意涵延伸爲圖像視覺創作層次的研究[144]。兼又自1978年中國改革開放以來，經濟建設的快速發展，中國政府開始關注到傳統文化保存與發揚的問題，在王維曾經眞實生活過的陝西省藍田縣輞川地區，地方政府與學者攜手合作，試圖藉由學術研究進而重現歷史或文學場景中的茅舍、竹館、小亭等建築，最終達到豐富當地旅遊觀光資源的成效，例如在遼寧大連有一名爲「山居秋暝」的民宿。這種將學術研究與觀光、旅遊的推動結合的學術研究方式，在王維詩歌研究已經成爲一條新路徑，例如已故的大陸學者師長泰即參照《輞川集》、《輞川圖》等資料，

---

143 于振生：〈論《輞川集》中的情感意識與空間意識〉，《合肥學院學報（社會科學版）》第32卷2期（2015年3月），頁54-57。

144 廖素芳：《王維之詩詞衍義與圖像研究：以視覺創作爲例》（樹德科技大學應用設計研究所碩士論文，2012年1月），頁29-34。

對照古今，從詩歌中輞川景點的實際探勘與恢復，更深刻體會出王維透過自己獨特眼光重新安排詩歌的藝趣空間，著有二篇與打造輞川景區相關的論文[145]。「竹里館」是王維詩歌中相當受人讚賞的一首，該詩所蘊含的詩歌藝趣不僅爲人廣知，亦再現代社會中借鑒與化用，如位於台北市松山區民生東路三段靜巷內，以品茗饗客爲主的私房小餐館「竹里館」，優雅嫻靜的用餐空間顯得與世隔絕；在桃園中壢區中正路的建案亦以「竹里館」爲社區名，即中央文學竹里館豪宅農舍。除此之外，在南京、西安、四川重慶、雲南昆明翠湖畔等地均有名爲「竹里館」之仿古餐廳興建，這些餐廳的建築別有風趣，例如南京的竹里館餐廳共有三層，面對主要街道，內部裝潢運用傳統民間建築工藝，以竹形態構成的線條隱喻人們謙虛的內心，一樓的座位區，是一個個被竹子的環繞下形成獨立空間，設計有其獨特之處[146]。又如原本位於台南大學附近、2018年4月遷至健康三街的鹿柴咖啡，亦是台南地區相當具有人文氣息的咖啡館，店主人的命名緣由亦取自王維詩歌意象。這些建築發想取自王維詩歌之意象，足見王維詩歌藝趣在現代實體建築上的具體化展現。

二、王維詩歌藝趣對當代文藝活動的影響

王維詩歌內涵多元、意蘊深遠，足以成爲現代文藝創作之思想靈泉，激發現代文藝作家創作，例如現代戲劇、樂曲、小說的創作。源自王維〈送元二使安西〉的〈渭城曲〉，最初是一首搭配詩詞意境的琴歌，譜成古琴曲和歌而唱。但在1978年，中國著名的作曲家黎英海

---

145 師長泰：〈論《輞川集》及藍田輞川風景區的特色〉，《人文雜志》1993第5期，頁119-123+33；師長泰：〈論《輞川集》及藍田輞川風景區的建設〉，《唐代文學研究》1994年，頁849-863；並可參考陳鐵民：〈輞川別業遺址與王維輞川詩〉，《中國典籍與文化》1997年4期，頁10-11。

146 潘冉：〈悠悠風韻：竹里館〉，《室內設計與裝修》（2016年9月），頁56-59。

已嘗試將深具中國傳統音樂特徵的古琴音色融入西式鋼琴曲中，而將傳統的〈渭城曲〉改編爲鋼琴獨奏曲，重新賦予這首古琴曲清新雅致的新意境[147]。又有歌唱家姜嘉鏘將此首歌曲重新演繹，更爲貼近王維原詩哀而不傷，柔而不弱的意境，另一方面也運用張弛變化、豐富潤飾的表現手段，展現出中國古典詩詞歌曲在現代歌曲演唱的藝術特色[148]。此外，王維的〈相思〉一詩之藝趣亦成爲多首歌曲的主要創作泉源，如古曲（Arr Holun Mak）作曲，由香港歌星陳浩德所演唱的〈紅荳相思：秋月〉；顧嘉輝作曲、張德蘭演唱之〈紅豆相思〉，以及大陸歌星童麗所演唱的〈紅豆生南國〉等，均江王維詩歌內涵與藝趣融入現代歌曲之中。

在音樂領域之外，近來大陸蓬勃發展的網路小說文學作品中，亦出現多位以王維詩歌藝趣爲筆名或書名的作家與作品，如一筆名爲「辛夷塢」的作者，筆觸細膩、描寫深刻的她創作多篇暢銷小說，其中一部小說甚至在2013年被改編拍成電影[149]。另有一位以王維〈觀獵〉詩中「雪盡馬蹄輕」一詞爲筆名之網路小說作者，已發表數冊動輒百萬字以上的長篇網路小說，較受歡迎的有玄幻小說《宅門逃妾》；此外，還有一位名爲雪凝冰寒的作者，所創作的是名爲「雪盡馬蹄輕」、內容涉及邊疆生活的古代小說。在小說之外，還有一些中國文學作家的新詩創作內容也顯現出受到王維詩歌藝趣之影響，如以「西出陽關」、「竹里館」爲題創作散文與現代詩的邵純、沈建基、

---

147 李虻、朱容樂：〈鋼琴曲《陽關三疊》賞析〉，《琴童》（2016年11月），頁24-26。

148 仇海平：〈琴心琴韻、古色古香：姜嘉鏘演唱的古代歌曲《陽關三疊》評析〉，《中央音樂學院學報》2007年1期（2007年2月），頁13-15。

149 商建輝：〈參考時光的背後：讀辛夷塢的《我在回憶裡等你》〉，《出版廣角》2011卷1期（2011年1月），頁64-64；黃國玲：〈網路小說到熱門電影的嬗變：電影「致我們終將逝去的青春」的二次創作〉，《東南傳播》2013卷8期（2013年8月），頁111-113。

陳廣德、劉新圈等人的作品[150]，在創作主題上明顯受到王維詩歌藝趣影響。又如當代著名文學家余光中（1928-2017）對於唐詩特別嚮往與尊崇，對於王維的詩歌有深刻的感受，創作有〈空山不見人〉、〈大漠孤煙直〉等新詩作品，均取材自王維詩歌之特定意象再引申出自己的獨特體驗或感受，唐詩今讀，別有風韻[151]；而另一位認為應該將王維的人生和他的詩合一起解讀的文學作家，琹涵，進一步將王維詩歌藝趣很巧妙、貼切地與自身生命經驗、體會結合，將王維的詩歌灌注在自己的生命體驗中，從現代文人的詮釋角度，將王維詩歌活靈活現地重生在自己建構的文學世界，展開出不同層次的文學藝趣解讀[152]，也將王維詩歌藝趣內化為現代文學世界的一部份。

　　本章從王維詩歌的流傳層面探討其影響力。王維的詩歌自少年時期已經在長安上流權貴世界中流傳，並且曾經對他自己仕途產生直接的正面效果，其中的一些樂府詩甚至編成樂曲廣為流傳，擴大被接受的社會層面。從王維去世後歷經宋、元、明、清，乃至域外中國，直到現代，他的詩歌藉由不斷被選入各種詩集，重新詮釋，有些成為詩人創作的思想泉源，有些成為創作模仿的典範，甚至具體化為樂曲、文學作品或建築概念等，持續在不同層面傳播與影響。[153]這種被人廣為接受的情況，在唐代詩人中，大約只有李白、杜甫、白居易等詩人得以比肩。

---

150 邵純：《林則徐西出陽關》（上海：上海人民出版社，2008年）；沈建基：〈西出陽關（組詩）〉，《文學港》2015年5月，頁100-101；陳廣德：〈西出陽關（組詩）〉，《綠風》2014年3月，頁62-64；劉新圈：〈西出陽關（外十一首）〉，《音樂天地（音樂創作版）》（2016年1月），頁27-29；黃恩鵬：〈竹里館（外一章）〉，《詩潮》2007年5期，頁72。

151 余光中：《太陽點名》（台北：九歌出版社，2015年6月出版），頁165-166、168-169、198。

152 琹涵：《慢讀王維》（台北：爾雅出版社，2016年7月），頁7，36-38。

153 關於王維詩歌在現代文學、建築等方面的具體轉化等相關內容，於論文口試時承蒙黃水雲教授細心提示後新增與修改，特此說明並致謝。

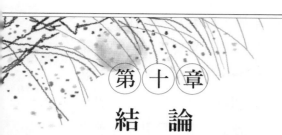

第十章

結 論

　　王維天縱異材，爲盛唐三大詩人之一，世稱其諸體兼備又諸體兼長。筆者析論王維詩歌藝趣的各種面貌，本論文異論異解，提出王維詩歌具「生理時空」之說，並歸結眞實的王維本色有三，一爲立身三教的忠誠儒者，二爲力求仕進的志士仁人，三爲重親情、友情、物情的平常人。析言之，就忠誠儒者言，他雖涉身三教，綜觀他的行止風範，始終是一位忠實的儒者。儒者一本以仁爲本的襟懷，一生雖際遇跌宕，卻委蛇肆應至死猶勸勉親友行善利人，始捨筆而化。次就志士仁人言，爲求仕進而一展利國利民抱負，一再上書張九齡，稱頌張相「動爲蒼生謀」，而坦言自己「跪求」非爲一己之私，乃是爲求利天下蒼生，爲行道濟民，正是儒家志士仁人的寫照。再次就其爲「平常人」言，親情、友情、物情，乃人之常情，王維〈九月九日憶山東兄弟〉是其親情的代表作，〈渭城曲〉陽關三疊是其友情的千古絕唱。〈輞川別業〉物我同情連心，即是物情象徵。本論文共十章，謹採納各方研究成果，助成本論文《王維詩歌藝趣研究》，試對詩佛王維現存四百二十三首各類詩歌作選擇性的研讀與析論。

一、王維音樂才藝與際遇

　　在王維事蹟概觀研究方面，兩《唐書》王維本傳雖有若干矛盾，但大致述及王維生卒年歲、父母、音樂、書畫等事略。王維，字摩詰，祖籍太原祁，生於武周長安元年（701），卒於肅宗上元二年

（761）。祖父冑，父處廉，母博陵崔氏望族，兄弟五人，妹一人。
世稱李白、王維、杜甫爲盛唐三大詩人，王維詩歌被譽爲「諸體兼備
復兼長」，或稱王維詩歌上承《詩》、〈騷〉，下啓宋元。王維家學
淵源，其祖父曾任隋之協律郎，王維「年未弱冠，文章得名，性閑音
律，妙得琵琶。」據載，王維解「霓裳羽衣圖」一事，足見其音樂才
藝廣受世人肯定。他的詩作中，亦頗多與音樂相關之佳作，如〈竹里
館〉等。《舊唐書》謂：「（王維）書畫特臻其妙」爲南宗山水畫派
之先導，世傳「雪中芭蕉」，稱美一時。王維且精通理論，所著〈畫
學秘訣〉徵引周密，鉅細靡遺。一生作畫一百二十六幅，樂器彈唱，
載歌載舞，長嘯低吟，王維是集詩、書、畫、音樂於一身的奇才。
王維十五歲辭家赴長安，結識時彥權貴，爲仕途闢道，卻又因與諸
王交往過密，唐玄宗擔心諸兄王結黨奪位，此後王維際遇跌宕多變，
隱情似即在此。王維進士及第後，任大樂丞，旋即因黃獅子事件除爲
濟州司庫參軍，此爲首次不幸際遇。王維後蒙賢相張九齡提攜，任右
拾遺，其後張九齡罷相，王維頓失憑依，即第二次不幸際遇。安史之
亂起，王維陷寇，迫任僞職，是第三次不幸際遇。王維在仕途上可說
不斷受到打擊。從家庭環境方面來看，王維父親早逝，但相關資料過
於稀少，卒年無考。王維年三十一或三十二，妻亡未再娶，亦無子
嗣。天寶九年母崔氏歿，弟妹各在一方，至此，王維形同無依無靠的
鰥夫，可謂一生不斷受到各種內外挫折。王維軼聞趣事例頗多，如王
維應試前，經岐王李範設計，於某公主宴前，王維扮伶工，奏「鬱輪
袍」曲，公主激賞乃薦王維應試爲解頭；又有人得「奏樂圖」者，不
知其名。王維熟視之曰：「此『霓裳羽衣』第三疊第一拍也。」經樂
工按之，一無差誤。王維見圖知音，盛名益彰；另外尚有資助韓幹習
畫馬成名家、畫石飛至高麗至憲宗時被送回等故事流傳。

二、盛唐文化與王維詩歌藝趣

　　王維一生約當「盛唐」時期，由於承續了貞觀之治奠定的殷實政經基礎，以及武則天親策貢士、親臨殿試、設武舉、設安定北疆的北庭都護府等新制，開天初期社會上一片朝氣勃勃、國家、人民均富裕安康的景象。唐太宗對內推崇儒家經世治國思想，對外實行開明懷柔政策，雖或時起戰火，但基本上與四方邦國均維持一定互動邦誼，不主動挑釁掀起爭端，視華夷爲一家，以保國安民爲基本要務，因此國內各大城市中多有外族人民經商、移居，甚至有外族後裔得以在朝位居高官，乃至爲相。唐代三百六十九位宰相中，有十七姓三十二人具有胡人血統。隋唐胡人移居京師者日眾。華夏文化乃至文學詩歌等亦與時俱變。開元、天寶初期，玄宗兢兢業業，經營天下，人民衣食豐足，子弟普遍受教育，三歲童子以不言文墨爲恥。在此一時期，唐王朝的遠洋邦交，東至朝鮮、日本，南至印度、波斯灣等，與東亞、南亞等鄰近各國的經濟、文化交往密切。

　　盛唐文化豐富多元，最突出當屬儒釋道三教思想文化。儒家始自孔子。本爲儒學，後以普世尊孔，形成本土宗教之一。秦漢以下，儒學教育盛行，學子普遍接受儒家基本教育。在唐代，儒者陳子昂、李華、韓愈、柳宗元等人相繼先後提倡復古運動，王維亦受浸潤，其孝母、友愛兄弟、爲官濟世等事蹟，史有明文。王維實爲忠誠儒者。道教源自老莊思想，唐時奉爲國教，王維青年時期即見道教長生、成仙思想端倪，後交往焦道士等道友，訪道並曾煉丹、服餌，但最終是一無所獲。佛教源出印度，東漢末年傳入中國後，歷經南北朝時期各種本土化的發展，逐漸演變爲中國化的佛教，在中國各地廣爲傳播甚至再傳至日本、韓國、越南等鄰國友邦。王維母親篤信禪宗佛教，王維耳濡目染受其影響，畢生崇佛，佛友佛行不可勝數。

　　王維的宗教詩亦多爲引人入勝之作。王維孝母、友愛弟妹、臨終前還親筆勸勉親友後，始捨筆而化，多有儒友儒詩。道教本道家，

以老子爲開創者，《道德經》爲理論根源，衍化爲道教，遂成本土宗教。王維青年時期即存道教長生、成仙念頭。十九歲作〈桃源行〉，將陶潛的〈桃花源記〉仙化，已現其端。〈贈李頎〉，李頎服丹砂「甚有好顏色」，王維祝他早日成仙。〈送張道士歸山〉，詩人與道士親切問答後，張道士對詩人說：我如成仙後，一定會唱仙歌給你聽。〈汎前陂〉，詩人於明月秋夜，獨自泛舟遊於山間池塘裡，渾然忘歸。佛教源出印度，東漢時傳入我國。入鄉隨俗，受我國儒、道本土宗教影響，逐漸演變成中國化的大乘佛教，再廣傳周邊友邦。王母崔氏，自706年起奉北宗大照禪師爲師，維耳濡目染下，自幼禮佛，心領神會，故畢生崇佛。王維曾作〈過福禪師蘭若〉詩，佛寺隱於雲林深處，禪師坐禪甚久，看他座前的人行道長出芳草來便知。王維亦曾訪道、煉丹、服餌，後來發現一切非眞，又回到佛壇。其實，盛唐時期詩人文士佛道交往不分彼此，王維與李白、李頎、孟浩然、裴迪等詩酒交歡，不勝枚舉，與僧人、道士、庶眾、弟妹等亦頻相往來。

據筆者觀察，王維的詩歌充滿各類藝趣，如運用人聲（歌聲、奏樂聲）、動物聲（禽鳥、昆蟲、獸類等聲音）、自然聲（水聲、風聲、雨聲）等，以聲音變化表現出生動、活潑的詩歌藝趣。王維四百二十三首詩歌中，運用與聲響有關的辭彙二百餘首，詩中常出現的景物：夕陽、明月、遠村、空山、深林、清泉、白雲、孤煙等。再者，王維詩歌中亦常使用各種色彩、光影表現出繪色藝趣，如綠色出現七十五次；白色出現五十八次；紅色出現四十三次；黃色出現十八次；紫色出現六次等。此外，王維亦擅長在詩中營造出深淺、遠近、高低等空間層次，以及直、圓等線條構圖的繪畫技巧，藉由空間的轉換、或各種線條表達，以一景爲核心向外開展來表現詩中有畫之詩歌藝趣。再者，王維詩歌中使用諸如：視覺與觸覺、動態與靜態、有聲與無聲等對比手法，兩兩相互映襯出王維詩歌藝趣的深度與廣度。

王維詩歌藝趣的特徵總結有四項，一是表現淡然、平和、恬靜、

幽美、靜謐，遠離人間塵囂景象的淡遠特徵，如：〈鳥鳴澗〉。二是表現出「詞秀調雅」、「清婉流麗」等修辭雅緻的優雅特徵，如：〈山居秋暝〉（末聯筆者有別解）。三是歌頌少年、英雄氣概，以豪邁、慷慨激昂、邊疆征戰景色、歷史英雄人物之類的辭彙表現出來的雄健特徵如：〈少年行〉四首其二。四是在儒家詩教溫柔敦厚特質影響下，藉由描寫親情、友情或社會諷喻等表現出的渾厚特徵，如〈送元二使安西〉、〈西施詠〉。從整體上觀察王維詩歌，蘇東坡曾於〈書摩詰藍田煙雨圖〉稱王維「詩中有畫，畫中有詩」，然而「彈琴復長嘯」一語如何畫？〈送別〉五言絕句小詩，流動性如何畫？尚有可議之處。再者，詩評家陳鐵民在其《新譯王維詩文集》中有詳實評敘王維之詩諸體兼備或兼長淺說。實則，有唐一代，從一言到多言、到雜言，從古體到近體，是許多詩人的共同寫作特徵，「兼備」、「兼長」、「兼善」並非只有王維一人。

三、王維各類詩歌之藝趣

王維輞川詩歌之內涵，可從王維自宋之問處得藍田別墅等背景資料談起。其地產玉，故稱藍田，自戰國以來即立縣，縣城在長安西南八十里處；輞川，地奇勝，有華子岡……等二十景點，他與裴迪暇時游賞其間，每一景點各賦五言絕句一首，名曰《輞川集》。本論文略述輞川史地與華子岡景點，這些景點目前仍可供人尋幽探勝。王維在輞川詩歌中表現出包含來自人聲、動物聲的音樂藝趣，如：〈竹里館〉、〈輞川閑居贈裴秀才迪〉；運用白、綠等顏色構建的色彩藝趣，如：〈歸輞川作〉、〈輞川別業〉；描述各種動植物外觀特質等動植物藝趣，如：〈柳浪〉、〈欒家瀨〉；以及頌揚佛教思想與神仙世界的佛道藝趣，如：〈辛夷塢〉、〈金屑泉〉。

邊塞詩的起源最早可以追溯至《詩經·國風》與《楚辭》等先秦詩歌傳統，在秦漢至隋唐時期，邊疆多事，社會上不斷有各種主題

的邊塞詩作出現。盛唐可謂邊塞詩的黃金時代，此時國富民強，遠近邦誼交往密切，或敵或友。盛唐詩人胸襟遼闊，基於關懷社會蒼生、題材豐富，以及士子爭欲立功異域等因素創作敘述周邊風土民情、戰爭百態的邊塞詩。據筆者統計，盛唐五十二年，曾作邊塞詩的詩人有四十，詩作四百六十首，創作數量為唐代各期最多。邊塞詩感動人心，樂於接受諷頌，詩人乃樂於創作具有社會諷喻功能的邊塞詩。王維在他六十一年的生命中實際走過的地方有限，其活動空間限於鄉里、京師、有限的塞外及嶺南，赴蜀未盡全程，此即王維的「生理時空」，當然會影響他邊塞詩作創作的內涵。王維的邊塞詩早期洋溢著意氣風發之情，中期除仍慷慨高歌、鼓舞征戰戍邊之外，詩中已興起社會諷喻氣息，乃至時不我予的感慨，如〈使至塞外〉、〈送元二使安西〉、〈送陸判官赴河西〉等詩。王維晚年及安史之亂時期的邊塞詩作，情意委婉含蓄，或意在言外，如〈奉和聖製奉和聖製送不蒙都護兼鴻臚卿歸安西應制〉。王維邊塞詩之書寫，具有表現深切友誼、羈縻反覆、塞上行役與惜戰睦鄰、難分難捨等藝趣。其中，〈雙黃鵠歌送別（時為節度判官，在涼州作）〉。通解這是一首送別詩，隱指送別雙方親密無間，亦有「斷袖癖」（同性戀）送別說，或稱雙黃鵠是指崔希逸與王維本人，因其時王維為節度使幕僚。筆者多方引證後，認為此乃征夫出征、征婦送別的訣別詩。

王維的親情詩歌包含父子、母子、夫妻、手足等不同對象，表現出父子情疏、母子手足情深且事母孝、夫妻義重，妻亡不再娶，無子女，孤居三十年等不同情感。王維的友情詩歌的數量在現存詩作歌中，占有重要地位，詩中表達出對眾多友人的深厚情感，如：〈送元二使安西〉、〈贈裴迪〉、〈送秘書晁監還日本國（並序）〉、〈送陸判官赴河西〉等。

王維的歲月詩歌有以「興」體直抒情意，以禮佛自求解脫乃不二法門的。〈歎白髮〉，有自怨自艾、抒發歲月不居諸事不順之怨嘆悲

調，王維最後仍在〈不遇詠〉自詡絕不辜負歲月，有機會必當助人後拂袖而去不居功。王維的仕隱詩歌如〈被出濟州〉為出仕之初即遇挫折，被貶濟州自抒情懷之作，自怨卻委稱：此非當權長官加予我的懲戒。又如〈寓言〉二首其一：「朱紱誰家子」諷喻紈綺子弟，兼諷喻「明主」實為不事教養惡少的「昏君」。本詩氣勢如虹，為盛唐少見的大快人心之作。王維社會諷喻詩有為老將鳴不平，也有為朋友和自己鳴不平之作。〈老將行〉先敘述老將少年時勇武卻未受到封賞，再敘老將被棄後生活，末段十句，詩人妄想敵軍來攻，天子招，老將應徵，仍將立功而返。為老將，亦為詩人自己，乃至為天下人鳴不平。被諷喻者正是造成此不平之人。

　　王維的山水田園詩歌寫景而喻情，其中有描寫景物如畫、結語清靜羨人的〈淇上田園即事〉，也有集視覺、聽覺、感覺於瞬息間，詩、書、畫、音樂兼長之作的〈山居秋暝〉，真可謂美不勝收。〈渭川田家〉，情趣尤為真切。〈濟州過趙叟家宴〉、〈戲贈張五弟〉二首其三，滿紙道心禪趣。

四、王維詩歌藝趣成就與影響

　　王維非同凡響的詩作藝術成就，來自其思想根源，包含：古典文學中《詩經》、《楚辭》的涵養與影響；史書與孔、孟、《論語》等儒家思想的影響，如〈獻始興公〉、〈少年行〉等；以及道家與佛教思想的影響。除此之外，王維亦受到唐代經濟文明發達與盛唐多元文化百花齊放的影響。在此同時，王維一生宦海浮沉，面對的盛唐官場亦對其思想造成影響。這些內外在因素成為王維詩作的養分，在王維個人的生命體驗中，將王維的生理時空與社會交往脈絡交織在一起，從生理時空到心理時空化做一篇篇詩作。在王維蘊含豐富生命體驗的詩作形塑出他的形象，從王維生前到死後、從最親近的家人朋友到後人、從唐代到民國、從中國到域外，他的形象歷有更迭、褒貶不一，

如：天寶年間編成的《國秀集》及《河嶽英靈集》，視王維爲盛唐詩壇第一人，而宋代文儒則對王維詩歌褒貶互見，明代梅堯臣、清初王世禛對王維甚推崇。日本江戶時代的廣瀨淡窻曾推王維是他最喜歡七位大詩人之一。又如在李朝時期刻意仿效唐詩寫作的「三唐詩人」中的李達會背誦王維等十二位詩人的全部詩作。自1862年，法國漢學家稱，王維、李白、杜甫一直握著權杖，無人動搖其地位，而選譯王維部分詩作。王維詩歌開始在西方漢學界展露光芒。其後王維詩歌被譯爲英、德、意、葡、奧地利、瑞典、俄國、匈牙利等多國語言。二十世紀初，美國詩人發起新詩運動，形成西方漢學界對王維詩歌研討成風。在現代中國文學、社會生活中，仍可見王維詩歌藝趣之影響，故自王維詩歌的內涵、流傳層面及影響力、接受度等層面來看，王維詩歌具有極高之藝術成就。

五、小結

王維詩歌四百二十三首，內容豐富，意蘊深遠，筆者結合當前研究成果與相關古籍文獻的記載，析論其中別具特色之詩歌。但研究過程中始終困擾筆者的是：吳季札北上觀樂，與孔子自衛返魯，然後樂正，雅頌各得其所，到底有何關連？西元前五四四年江南吳人季札赴魯北多國「觀樂」，對各邦演奏之樂歌，多有中肯的稱讚與批判。孔子生於西元前五五一年，其時孔子年尚不滿十歲，但孔子自稱：「吾自衛反魯，然後樂正，雅頌各得其所」（《論語・子罕》）孔子周遊列國十四年（西元前471年至西元前483年）返魯約在此時，「正樂」應在此後，不知季札「觀樂」與孔子「正樂」或「樂正」，孰爲先後及有何關連？此乃筆者所不解者。再者，目前學界多重視王維在山水田園詩與邊塞詩之成就與影響，這與其爲盛唐詩主流有關，然王維詩歌內涵包羅多元，其他如從友情詩中繼續探討王維在盛唐詩壇的交往網絡之地位、安史之亂對王維等盛唐官員生活的影響，或從王維詩歌

中出現的動植物探討盛唐生態環境等社會生活、環境議題，皆爲未來可以繼續探索之相關議題。這些研究均須結合其他詩人作品或典籍記載來討論，本論文以王維詩歌藝趣之內涵爲主要探討議題，唐詩多采多姿，加我數年，當繼續探討。

引用文獻

一、古籍

1. 《尚書》，台北：藝文印書館，1976年。

2. 《禮記》，台北：藝文印書館，1993年。

3. 《左傳》，台北：藝文印書館，1993年。

4. 《論語》，台北：藝文印書館，2011年12月初版16刷。

5. 《孟子》，台北：藝文印書館，2011年12月初版16刷。

6. （漢）司馬遷撰；（劉宋）裴駰集解；（唐）司馬貞索隱；
   （唐）張守節正義：《史記》，台北：鼎文書局，1981年。

7. （漢）吳平、袁康著，李步嘉校釋：《越絕書校釋》，上海：上
   海古籍出版社，1985年。

8. （漢）班固撰；（唐）顏師古注；楊家駱主編：《漢書》，台
   北：鼎文書局，1986年。

9. （梁）劉勰：《文心雕龍》，台北：師大出版中心，2012年。

10. （梁）蕭統集，（唐）李善注：《文選》，上海：上海古籍出版
    社，1986年8月一版。

11. （姚秦）鳩摩羅什譯：《金剛般若波羅蜜經》，收入大藏經刊行
    會編：《大正新脩大藏經》，台北：新文豐出版社，1983年，第8
    冊。

12. （後魏）酈道元注：《水經注》，成都：巴蜀書社，1985年一
    版。

13. （晉）皇甫謐：《高士傳》，台北：台灣中華書局，1967年8月，

四部備要史部，中華書局據漢魏叢書本校刊。

14. （晉）陶淵明著，逯欽立校注：《陶淵明集》，北京：中華書局，1979年5月一版，2007年3月五刷。

15. （唐）朱景玄：《唐朝名畫錄》收入于安瀾：《畫品叢書》，上海：上海人民美術出版社，1982年。

16. （唐）玄奘譯：《般若波羅蜜多心經》，收於《大正新脩大藏經》，台北：新文豐出版社，1983年，第8冊。

17. （唐）吳兢著，駢宇騫等譯：《貞觀政要》，北京：中華書局，2009年。

18. （唐）李白撰，瞿蛻園等校注：《李白集校注》，台北：里仁書局，1981年3月。

19. （唐）李吉甫撰，賀次君點校：《元和郡縣圖志》，北京：中華書局，1983年8月一版。

20. （唐）李林甫等撰；陳仲夫點校：《唐六典》，北京：中華書局，1992年初版三刷。

21. （唐）李肇：《唐國史補》，上海：上海古籍出版社，1979年1月新一版。

22. （唐）杜佑著；王文錦等點校：《通典》，北京：中華書局，1988年。

23. （唐）杜甫著，（清）仇兆鰲注：《杜詩詳注》，北京：中華書局，1979年10月初版，1999年5月五刷。

24. （唐）房玄齡等撰：《晉書》，台北：鼎文書局，1980年。

25. （唐）芮挺章：《國秀集》，收入傅璇琮編：《唐人選唐詩新編》，台北：文史哲出版社，1999年二月初版。

26. （唐）段成式：《酉陽雜俎》，北京：中華書局，1931年12月第一版。

27. （唐）薛用弱：《集異記》，台北：藝文印書館，1966年百部叢書集成影印顧元慶輯陽山顧氏文房本。

28. （唐）范攄：《稗海・雲溪友議》，明萬曆中會稽半埜堂商濬校：稗海本。

29. （唐）殷璠：《河嶽英靈集》，收入傅璇琮編：《唐人選唐詩新編》，台北：文史哲出版社，1999年二月初版。

30. （唐）高仲武：《中興間氣集》，收入傅璇琮：《唐人選唐詩新編》，西安：陝西人民教育出版社，1996年。

31. （唐）道宣：《續高僧傳》，收入《大正新脩大藏經》，台北：新文豐出版社，1983年，第50冊。

32. （唐）錢起，阮廷瑜校注：《錢起詩集校注》，台北：新文豐出版社，1996年2月初版。

33. （唐）竇臮：《述書賦》，收入黃賓虹、鄧實編：《美術叢書》，杭州：浙江人民美術出版社，2013年4月第一版，第四集第二輯。

34. （後晉）劉昫：《舊唐書》，台北：鼎文書局，1981年。

35. （五代）王定保：《唐摭言》，上海：上海古籍出版社，1978年新一版。

36. （宋）王欽若等編：《冊府元龜》，北京：中華書局，1994年。

37. （宋）王溥：《唐會要》，北京：中華書局，1955年初版，1990年三刷。

38. （宋）王讜撰；周勛初校證：《唐語林校證》，北京：中華書局，1987年初版，1997年二刷。

39. （宋）司馬光編著；（元）胡三省音註；標點資治通鑑小組校點：《資治通鑑》，北京：古籍出版社，1956年。

40. （宋）朱熹：《四書章句集注》，北京：中華書局，1983年。

41. （宋）朱熹，陳俊民校編：《朱子文集》，台北：德富文教基金會出版，2000年。

42. （宋）朱熹，蔣立甫校：《楚辭集注》，上海：上海古籍出版社，2001年12月一版。

43. （宋）李昉等編，（宋）彭叔夏辨證，（清）勞格拾遺：《文苑英華》，北京：中華書局，1966年。

44. （宋）李昉，夏劍欽等校點：《太平御覽》，石家莊：河北教育出版社，1994年7月一版。

45. （宋）李昉：《太平廣記》，北京：中華書局，1961年初版，1995年六刷。

46. （宋）沈括：《夢溪筆談》，台北：師大出版中心，2012年。

47. （宋）洪興祖：《楚辭補注》，台北：大安出版社，2011年8月一版六刷。

48. （宋）袁樞編：《通鑑紀事本末》，北京：中華書局，1964年。

49. （宋）葛立方：《韻語陽秋》，北京：中華書局，1985年北京新一版。

50. （宋）張戒著，陳應鸞箋注：《歲寒堂詩話箋注》，成都：四川大學出版社，1990年2月一版。

51. （宋）張表臣：《珊瑚鉤詩話》，收於何文煥編訂：《歷代詩話》，台北：藝文印書館，1959年。

52. （宋）張鎡：《仕學規範》，收入《四庫全書珍本三輯》，台北：台灣商務印書館，1972年。

53. （宋）梅堯臣著，朱東潤編年校注：《梅堯臣編年校注》，上海：上海古籍出版社，2006年11月新一版。

54. （宋）郭茂倩編：《樂府詩集》，北京：中華書局，1979年11月一版，1998年二刷。

55. （宋）陸游：《老學庵筆記》，台北：廣文書局，1972年5月初版。

56. （宋）陸游：《放翁題跋》，收入明·毛晉：《津逮秘書》，明崇禎申虞山毛氏汲古閣刻本。

57. （宋）楊萬里：《誠齋集》，收入《四部叢刊初編·集部》，台北：台灣商務印書館，1986年，第1冊。

58. （宋）劉辰翁：《須溪先生校本唐王右丞集》，收入《原式精印大本四部叢刊正編》，台北：台灣商務印書館，1979年。

59. （宋）歐陽修，宋祁撰；楊家駱主編：《新唐書》，台北：鼎文書局，1981年。

60. （宋）歐陽修：《歐陽修全集》，台北：河洛圖書出版社，1975年3月景印初版。

61. （宋）鄭樵：《通志》，台北：台灣商務印書館，1987年。

62. （宋）戴埴：《鼠璞》，收入嚴一萍選輯：《百川學海・原刻景印百部叢書集成》，台北：藝文印書館，1967年，第27冊。

63. （宋）魏泰撰；李裕民點校：《東軒筆錄》，北京：中華書局，1983年一版，1997年二刷。

64. （宋）羅大經撰；王瑞來點校：《鶴林玉露》，北京：中華書局，1983年初版，1997年二刷。

65. （宋）贊寧：《宋高僧傳》，收於《大正新脩大藏經》，台北：新文豐出版社，1983年，第50冊。

66. （宋）嚴羽：《滄浪詩話》，北京：人民文學出版社，1989年8月初版，1994年9月二刷。

67. （宋）蘇軾：《蘇東坡全集》，台北：河洛圖書出版社，1975年9月初版。

68. （元）方回選評、李慶甲集評校：《瀛奎律髓彙評》，上海：上海古籍出版社，1986年。

69. （元）楊士弘，（明）張震、顧璘評注：《唐音評注》，保定：河北大學出版社，2006年。

70. （元）馬端臨：《文獻通考》，台北：台灣商務印書館，1987年。

71. （明）李東陽：《麓堂詩話》，收入丁福保編：《歷代詩話續

編》，北京：中華書局，1983年。

72. （明）胡震亨編：《唐音癸籤》，北京：中華書局，1962年11月新一版。

73. （明）胡應麟：《詩藪》，上海：上海古籍出版社，1958年一版，1979年新一版。

74. （明）唐汝詢編選，王振漢點校：《唐詩解》，保定：河北大學出版社，2001年7月初版。

75. （明）高棅編選：《唐詩品彙》，上海：上海古籍出版社，1988年7月初版。

76. （明）張宇初等編：《正統道藏‧眞誥》，台北：新文豐出版社，1985年一版。

77. （明）張宇初等編：《正統道藏‧歷世眞仙體道通鑑》，台北：新文豐出版社，1985年一版。

78. （明）許學夷：《詩源辨體》，北京：人民文學出版社，1987年10月一版。

79. （明）董其昌撰，印曉峰點校：《畫禪室隨筆》，上海：華東師範大學出版社，2012年4月第一版。

80. （明）鍾惺：《詩歸》，收入《續修四庫全書》，上海：上海古籍出版社，2002年3月，第1589冊。

81. （清）王士禎著，張宗柟纂集，戴鴻森校點：《帶經堂詩話》，北京：人民文學出版社，2006年。

82. （清）王士禎選，黃培芳評，吳退庵等輯注：《唐賢三昧集箋

註》，台北：廣文書局，1968年11月。

83. （清）王夫之評選，王學太校點：《唐詩評選》，北京：現代文學出版社，1997年1月一版。

84. （清）永瑢等編撰：《四庫全書總目提要》，上海：商務印書館，1933年。

85. （清）吳喬：《圍爐詩話》，收入郭紹虞編：《清詩話續編》，上海：上海古籍出版社，1983年。

86. （清）呂懋勛等纂：《藍田縣志：附輞川志及文徵錄》，台北：成文出版社，1969年台一版。

87. （清）沈德潛選注：《唐詩別裁集》，上海：上海古籍出版社，2013年8月一版。

88. （清）徐增：《而菴詩話》，收入王夫之，丁福保：《清詩話》，上海：上海古籍出版社，1963年。

89. （清）段玉裁注：《說文解字注》，台北：漢京文化公司，1980年3月初版。

90. （清）翁方綱：《石洲詩話》，收入郭紹虞編著，富壽蓀點校：《清詩話續編》，上海：上海古籍出版社，1983年。

91. （清）郝懿行：《山海經箋疏》，成都：巴蜀書社，1985年6月一版。

92. （清）張廷玉等撰，楊家駱主編：《新校本明史并附編六種》，台北：鼎文書局，1982年。

93. （清）張謙宜：《絸齋詩談》，收入郭紹虞編，富壽蓀點校：

《清詩話續編》，上海：上海古籍出版社，1983年。

94. （清）郭慶藩撰；王孝魚點校：《莊子集釋》，北京：中華書局，1995年。

95. （清）陸心源：《唐文拾遺》，北京：中華書局，1987年。

96. （清）賀貽孫：《詩筏》，收入郭紹虞編：《清詩話續編》，上海：上海古籍出版社，1983年。

97. （清）賀裳：《載酒園詩話又編》，收入郭紹虞編：《清詩話續編》，上海：上海古籍出版社，1983年。

98. （清）董誥等編：《全唐文》，北京：中華書局，1987年。

99. （清）趙殿成：《王摩詰全集箋注》，台北：世界書局，1996年6月初版六刷。

100. （清）錢謙益著，（清）錢曾箋注，錢仲聯標點：《牧齋初學集》，上海：上海古籍出版社，1985年。

101. （清）顧祖禹：《讀史方輿紀要》，台北：洪氏出版社，1987年1月初版。

102. （清）嚴可均輯：《全上古三代秦漢三國六朝文》，北京：中華書局，1982年。

二、專書（依作者姓氏筆畫數排序）

1. 入谷仙介：《王維研究》，北京：中華書局，2005年。

2. 仁井田陞著；栗勁等編譯：《唐令拾遺》，長春：長春出版社，

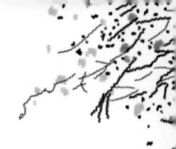

1989年。

3. 木宮泰彥：《日華文化交流史》，東京：富山房，1955年。

4. 王家琪：《王維接受史：以唐宋爲主》，台北：文津出版社，2012年5月初版一刷。

5. 王國維著，黃霖等導讀：《人間詞話》，上海：上海古籍出版社，2000年2月五刷。

6. 王輝斌：《唐代詩人婚姻研究》，北京：群言出版社，2004年3月一刷。

7. 史念海：《中國疆域沿革史》，北京：商務印書館，2000年8月二刷。

8. 皮述民：《王維探論》，台北：聯經出版公司，1999年8月初版。

9. 伊沛霞（Patricia Buckley Ebrey）著，范兆飛譯：《早期中華帝國的貴族家庭：博陵崔氏個案研究》，上海：上海古籍出版社，2011年。

10. 宇文所安著，賈晉華譯：《盛唐詩》，台北：聯經出版公司，2007年1月初版。

11. 朱光潛：《文藝心理學》，台北：漢湘文化公司，2003年版。

12. 余光中：《太陽點名》，台北：九歌出版社，2015年6月初版。

13. 余光中：《望鄉的牧神》，台北：純文學出版社，1981年。

14. 吳啓禎：《王維詩的意象》，台北：文津出版社，2008年。

15. 呂清夫：《色名與色彩之研究》，台北：李家財發行，1994年版。

16. 宋昌斌：《盛唐氣象：封建社會的鼎盛》，長春：長春出版社，2005年。

17. 李青石：《行吟在詩意時空》，西安：三秦出版社，2013年10月一版。

18. 李滌生：《荀子》，台北：台灣學生書局，1979年初版，1988年5刷。

19. 沈文凡：《唐詩接受史論稿》，北京：現代出版社，2014年7月一版。

20. 周錫復：《詩經選》，台北：源流出版社，1982年10月初版。

21. 尚永亮：《唐代詩歌的多元觀照》，武漢：湖北人民出版社，2005年6月一版。

22. 岳仁譯注：《宣和畫譜》，長沙：湖南美術出版社，1999年。

23. 林文昌：《色彩計畫》，台北：藝術圖書公司，1988年。

24. 林書堯：《色彩概論》，台北：三民書局，1963年。

25. 林淑貞：《對蹠與融攝：唐人生命情調與審美風尚》，台北：台灣學生書局，2016年1月初版。

26. 邱燮友、金榮華、傅錫壬、皮述民、王思林、左松超、黃錦鋐、應裕康合著：《中國文學史初稿（增訂版）》上、下冊，台北：萬卷樓圖書公司，2002年10月初版。

27. 邱燮友：《新譯唐詩三百首》，台北：三民書局，2014年9月六版三刷。

28. 邵純：《林則徐西出陽關》，上海：上海人民出版社，2008年。

29. 金雍集：《金聖嘆選批唐詩六百首》，北京：北京出版社，1989年6月一版。

30. 侯秋東編注：《智慧詩人寒山子》，上善養齋印行，無出版時間地點。

31. 俞陛雲：《詩境淺說》，北京：北京出版社，2003年3月初版二刷。

32. 姚平：《唐代婦女的生命歷程》，上海：上海古籍出版社，2004年。

33. 姚奠中：《姚奠中論文選集》，太原：山西人民出版社，1988年7月一版。

34. 查清華：《明代唐詩接受史》，上海：上海古籍出版社，2007年7月一版。

35. 柳晟俊：《王維詩研究》，台北：黎明文化事業公司，1987年7月。

36. 范廷琥：《雨中隨筆》，收入孫遜等編：《越南漢文小說集成》，上海：上海古籍出版社，2010年。

37. 韋旭昇：《朝鮮文學史》，北京：北京大學出版社，1986年。

38. 夏紹碩：《古典詩詞藝術探幽》，台北：漢京文化公司，1984年版。

39. 孫昌武：《佛教與中國文學》，上海：上海人民出版社，1988年。

40. 孫琴安：《唐詩選本六百種提要》，西安：陝西人民教育出版

社，1987年。

41. 徐復觀：《中國藝術精神》，台中：東海大學出版社，1966年二月初版。

42. 袁行霈：《盛唐詩壇研究》，北京：北京大學出版社，2012年3月一版。

43. 崔光宙：《先秦儒家禮樂教化思想在現代教育上的涵義與實施》，台北：東吳大學中國學術著作獎助委員會，1985年7月一版。

44. 張天健：《唐詩答疑錄》，北京：中國文聯出版社，2004年9月一版一刷。

45. 張清華：《王維年譜》，北京：中華書局，1992年1月一版。

46. 張蕙慧：《儒家樂教思想研究》，台北：文史哲出版社，1985年6月一版。

47. 莊申：《王維研究》，香港：萬有圖書公司，1971年10月初版。

48. 許總：《唐詩體派論》，台北：文津出版社，1994年10月初版。

49. 陳貽焮：《唐詩論叢》，長沙：湖南人民出版社，1979年。

50. 陳貽焮：《陳貽焮文集》，北京：北京大學出版社，2010年10月初版。

51. 陳錫勇：《老子釋義》，台北：國家出版社，2011年8月初版二刷。

52. 陳鐵民：《王維新論》，北京：北京師範學院出版社，1990年。

53. 陳鐵民：《新譯王維詩文集》，台北：三民書局，2009年11月初

版一刷。

54. 傅璇琮：《唐才子傳箋校》，北京：中華書局，1987年5月一版。

55. 傅錫壬：《中國神話與類神話研究》，台北：文津出版社，2005年11月一刷。

56. 喬象鍾、陳鐵民主編：《唐代文學史》，北京：人民文學出版社，1995年12月一版。

57. 湯用彤：《韓愈與唐代士大夫之反佛》，武昌：武漢大學出版社，2008年。

58. 栞涵：《慢讀王維》，台北：爾雅出版社，2016年7月。

59. 程俊英，蔣見元：《詩經注析》，北京：中華書局，1991年10月一版，1999年10月三刷。

60. 逯欽立輯校：《先秦漢魏晉南北朝詩》，北京：中華書局，1983年。

61. 黃永武：《詩與美》，台北：洪範出版社，1984年版。

62. 黃淑薇等編：《音樂》，台北：泰宇出版公司，2015年6月初版二刷。

63. 楊文雄：《詩佛王維研究》，台北：文史哲出版社，1988年初版。

64. 楊柏峻：《列子集釋》，北京：中華書局，1979年10月初版，1985年3月二刷。

65. 楊曾文編校：《神會和尚禪話錄》，北京：中華書局，1996年。

66. 楊曉山著、文韜譯：《私人領域的變形：唐宋詩歌中的園林與玩

好》，南京：江蘇人民出版社，2009年5月初版。

67. 葛曉音：《山水田園詩派研究》，瀋陽：遼寧大學出版社，1993年1月初版。

68. 聞一多：《神仙與詩》，台北：藍燈出版公司，1975年版。

69. 趙文潤等：《武則天評傳》，西安：三秦出版社，1993年8月初版，2000年5月修訂。

70. 劉大杰：《中國文學發達史》，台北：台灣中華書局，1972年10月三版。

71. 劉文忠：《溫柔敦厚與中國詩學》，上海：上海古籍出版社，2015年12月一版。

72. 廣瀨淡窗：《淡窗詩話》，東京：博聞社，1883年。

73. 盧央：《葛洪評傳》，南京：南京大學出版社，2011年。

74. 蕭麗華：《唐代詩歌與禪學》，台北：東大圖書公司，1997年9月初版。

75. 霍松林等選編：《唐詩探勝》，鄭州：中州古籍出版社，1987年7月一版。

76. 薄年主編：《中國藝術史》，台北，聯經出版公司，2006年10月初版。

77. 鄺健行等選編：《韓國詩話中論中國詩資料選粹》，北京：中華書局，2002年7月一版。

78. 羅香林：《唐代文化史》，台北：台灣商務印書館，1955年。

79. 嚴耕望：《唐史研究叢稿》，香港：新亞研究所，1969年10月初

版。

80. 蘇珊玉：《盛唐邊塞詩的審美特質》，台北：文津出版社，2000年11月一刷。

81. 中華書局編輯部點校：《全唐詩》，北京：中華書局，1999年1月一版。

82. 北京大學古文獻研究所編校：《全宋詩》，北京：北京大學出版社，1991年。

83. 北京大學哲學系美學教研室編：《中國美學史資料選編》，北京：中華書局，1981年4月一版。

84. 藝文印書館編：《歲時習俗資料彙編·歲華紀麗》，台北：藝文印書館，1970年。

85. Marquis d'Hervey de Saint-Denys, *Poésies de l'époque des T'ang. Étude sur l'art poétique en Chine* (*Poems of the Tang Dynasty*)，Paris: Amyot，1862.

三、博士論文

1. 于海峰：《漢魏晉南北朝邊塞樂府詩研究》，北京大學博士論文，2012年5月。

2. 王家琪：《元前王維接受史研究》，中興大學中國文學系博士論文，2012年1月。

3. 佘正松：《中國邊塞詩史論（先秦至隋唐）》，四川大學博士論

文，2005年3月。

4. 杜文平：《西王母故事的文本演變及文化內涵》，南開大學博士論文，2014年。

5. 吳啓禎：《王維詩之意象研究》，中國文化大學中國文學研究所博士論文，2006年。

6. 陳振盛：《王維的禪意世界》，中國文化大學史學研究所博士論文，2004年。

7. 蘇怡如：《中國山水詩表現模式之嬗變：從謝靈運到王維》，台灣大學中國文學研究所博士論文，2008年1月。

四、碩士論文

1. 李思霈：《清代詩話論王維》，中山大學中國文學系研究所碩士論文，2006年7月。

2. 周麗瓊：《王維山水田園詩的風格及其藝術探究》，中國文化大學中國文學系碩士論文，2009年。

3. 武氏明鳳：《中國王維與越南玄光之禪詩研究》，元智大學中國語文學系碩士論文，2011年1月。

4. 胡旻：《王維研究的多元路徑及英譯本評述》，屏東大學中國語文學系碩士論文，2016年7月。

5. 留樺禎：《王維詩的色彩研究》，玄奘大學中國語文研究所碩士論文，2010年7月。

6. 張慈婷：《儲光羲詩歌研究》，中興大學中國文學系所碩士論文，2011年1月。

7. 陳亭佑：《王維的心靈與時代》，台灣大學中國文學研究所碩士論文，2009年1月。

8. 陳健順：《王維五言律詩之研究》，中國文化大學中國文學系碩士在職專班碩士論文，2005年。

9. 楊天助：《王維「詩中有畫，畫中有詩」研究》，玄奘大學中文研究所碩士論文，2008年2月。

10. 廖素芳：《王維之詩詞衍義與圖像研究：以視覺創作為例》，樹德科技大學應用設計研究所碩士論文，2012年1月。

11. 熊智銳：《李白遊仙詩研究》，中國文化大學中國文學系碩士論文，2015年7月。

12. 熊瑤：《江戶后期漢詩人菊池海莊對王維詩歌的接受》，上海師範大學碩士論文，2018年5月。

13. 鄭芳：《中古世家大族博陵崔氏研究》，曲阜師範大學碩士論文，2009年。

14. 謝美瑩：《王維山水詩意象探析》，台灣師範大學國文學系碩士論文，2008年1月。

15. 謝淑：《明代詩話論王維》，中山大學中國語文學系研究所碩士論文，2005年。

16. 蘇心一：《王維山水詩畫美學研究》，中國文化大學中國文學系碩士論文，2007年7月。

五、期刊論文

1. 丁羲元:〈王維「寫濟南伏生像」真跡之再認識〉,《上海文博》第34期（2010年4月）,頁80-83。

2. 丁恣然:〈武則天當政時期與東突厥的較量〉,《乾陵文化研究》2012年,頁89-95。

3. 于振生:〈論《輞川集》中的情感意識與空間意識〉,《合肥學院學報（社會科學版）》第32卷2期（2015年3月）,頁54-57。

4. 王麗娜:〈王維詩歌在海外〉,《唐都學刊》1991年第4期,頁8-15。

5. 王志清:〈東亞三國文化語境下的王維接受〉,《中國比較文學》2012年第1期（總86期）,頁212-122。

6. 王洪偉:〈美國西雅圖美術館所藏「臨摩詰輞川圖」應為雪景山水〉,《中國美術研究》第8輯（2013年）,頁88-97。

7. 王樹森:〈唐蕃角力與盛唐西北邊塞詩〉,《北京大學學報（哲學社會科學版）》第51卷第4期（2014年7月）,頁80-82。

8. 王萬象:〈余寶琳的中西詩學意象論〉,《台北大學中文學報》第4期（2008年3月）,頁53-102。

9. 王輝斌:〈王維生卒年考實〉,《山西師大學報》2018年第1期,頁38-44。

10. 王輝斌:〈王維「亦官亦隱」說質疑〉,《唐都學刊》2004年第1期20卷,頁37-40。

11. 王輝斌：〈再談王維的「亦官亦隱」：與陳鐵民商榷〉，《襄樊學院學報》第28卷第4期（2007年4月），頁37-42。

12. 王輝斌：〈關於王維的隱居問題〉，《周口師範學院學報》第20卷第6期（2003年11月），頁19-22。

13. 方步知：〈王維《雙黃鵠歌送別》新解〉，《陰山學刊（社會科學版）》1994年第2期，頁40-42。

14. 仇海平：〈琴心琴韻、古色古香：姜嘉鏘演唱的古代歌曲《陽關三疊》評析〉，《中央音樂學院學報》，2007年1期（2007年2月），頁13-15。

15. 仇鹿鳴：〈士族研究中的問題與主義：以《早期中華帝國的貴族家庭：博陵崔氏個案研究》為中心〉，《中華文史論叢》2013年第4期，頁287-317+39。

16. 尹建章：〈試論孔子的樂教思想〉，《鄭州大學學報（哲學社會科學版）》1992年第4期，頁108-113+91。

17. 付興林：〈人生遭際與王維心境及詩境之關係〉，《渭南師範學院學報》第20卷第1期（2005年1月），頁49-52。

18. 冉雲華：〈玄奘大師與唐太宗及其政治理想探微〉，《華崗佛學學報》第8期（1985年），頁135-154。

19. 竹田龍兒：〈唐代士人の郡望について〉，《史學》第24卷第4號（1951年4月），頁466-493。

20. 朱達鈞：〈唐代對安南文教風俗之漢化〉，《中興史學》2000年第1期，頁31-60。

21. 朱國藩：〈從辭彙運用角度探討毛公鼎銘文的眞僞問題〉，《中央研究院歷史語言研究集刊》第71本第2分（2000年6月），頁459-492。

22. 朱賽利：〈松尾芭蕉俳句中的色彩意識探究：兼與王維比較〉，《產業與科技論壇》第10卷8期（2011年4月），頁145-147。

23. 朱賽利：〈松尾芭蕉俳句與王維山水詩的審美意識比較〉，《紹興文理學院學報（哲學社會科學）》第32卷4期（2012年7月），頁49-52。

24. 安華濤：〈三元同構的士大夫心理結構：解讀王維〈與魏居士書〉〉，《社科縱橫》2000年第4期，頁74-76。

25. 蕭澄宇：〈關於唐代邊塞詩評價的幾個問題〉，收入西北師範學院學報編輯部及中文系編：《唐代邊塞詩研究論文選粹》，蘭州：甘肅教育出版社，1988年5月。

26. 李金水：〈論中宗、睿宗時期佛道政策的嬗變〉，《廈門大學學報（哲學社會科學版）》第3期（1998年），頁112-121。

27. 李亮偉：〈論王維的資質稟賦與文藝才情〉，《寧波大學學報（人文科學版）》2000年3月，頁1-7。

28. 李虻、朱容樂：〈鋼琴曲《陽關三疊》賞析〉，《琴童》2016年11月，頁24-26。

29. 李鴻賓：〈東突厥的復興與唐朝朔方軍的設置：兼論唐朝控制北部邊地的方式及其轉化〉，《民族史研究》1999年，頁147-168。

30. 李俊標：〈略論王維安史之亂後的心態〉，《安徽師範大學學報

（人文社會科學版）》2000年2月，頁112-115。

31. 李本紅、袁曉薇：〈「天下右丞詩」的時代：論王維在盛唐詩壇的實際地位〉，《阜陽師範學院學報（社會科學版）》第148期（2012年第4期），頁61-66。

32. 何淑貞：〈王維輞川詩的詩情畫意樂趣與禪悅〉，收入《2005年兩岸當代藝術學術研討會論文集》，台北：國立台灣藝術大學，2005年10月15日，頁68-87。

33. 邵金凱：〈隋煬帝開鑿大運河述論〉，《淮陰師範學院學報（哲學社會科學版）》30卷4期（2008年7月），頁514-515。

34. 邱燮友：〈穿越時空進入四度空間的文學〉，《中國語文月刊》第692期（2010年12月），頁8-14。

35. 邱燮友：〈中國古典詩歌創作欣賞的新思維〉，《中國語文》第714期（2016年12月），頁9-12。

36. 邱文婷：〈王維和松尾芭蕉禪詩的比較分析〉，《現代語文（學術綜合版）》2015年8月，頁61-63。

37. 郭建偉：〈唐人好詩多征戍、李白繡口半盛唐：李白邊塞詩粗論〉，《赤峰學院學報（漢文哲學社會科學版）》第28卷6期（2007年12月），頁28-29。

38. 沈建基：〈西出陽關（組詩）〉，《文學港》2015年5月，頁100-101。

39. 吳相洲：〈王維〈暮春太師左右丞相諸公於韋氏逍遙谷宴集序〉箋證〉，《首都師範大學學報（社會科學版）》2016年6期，頁

95-100。

40. 周美瓊：〈唐代貶謫文人和貶謫文學〉，《九江學院學報》2007年1月，頁84-87。

41. 周建萍：〈意趣幽玄、靜寂餘韻：王維山水詩與松尾芭蕉的俳句之比較〉，《唐都學刊》2006年6期（2006年11月），頁57-60。

42. 周建萍：〈王維山水詩與松尾芭蕉俳句之比較：以禪道思想影響為中心〉，《徐州工程學院學報（社會科學版）》24卷6期（2009年11月），頁32-36。

43. 徐照明：〈論先秦「樂教」發端時期的主要觀念〉，《理論月刊》2018年12期，頁90-96。

44. 徐遠和：〈中朝日「樂教」簡論〉，《哲學研究》1997年第10期，頁61-68。

45. 金昌慶：〈高麗文人對王維詩的接受〉，《徐州工程學院學報（社會科學版）》第30卷第3期（2015年5月），頁50-59。

46. 胡松濤：〈王維的朋友圈〉，《書屋》2018年1月，頁23-28。

47. 胡青：〈試論中國古代的家學〉，《江西教育科研》1990年第1期，頁65。

48. 胡可先等：〈王維與安史之亂〉，《淮陰師範學院學報（哲學社會科學版）》第24卷（2002年2月），頁252-257。

49. 唐愛民：〈先秦儒家的樂教思想探微〉，《齊魯學刊》2000年第3期，頁114-116。

50. 師長泰：〈論《輞川集》及藍田輞川風景區的建設〉，《唐代文

學研究》1994年10月，頁849-863。

51. 師長泰：〈論《輞川集》及藍田輞川風景區的特色〉，《人文雜誌》1993第5期，頁119-123+33。

52. 馬歌東：〈試論日本漢詩對王維三言絕句幽玄風格之受容〉，《人文雜誌》（1995年5月）。

53. 商建輝：〈參考時光的背後：讀辛夷塢的《我在回憶裡等你》〉，《出版廣角》2011卷1期（2011年1月），頁64-64。

54. 張榮菊：〈試論詩歌鑑賞中的意象與意境〉，《平原大學學報》第22卷第5期（2005年10月），頁61-63。

55. 莫礪鋒：〈王維的「終南山」是諷刺詩嗎？〉，《古典文學知識》2016年2期（2016年3月），頁94-97。

56. 侯雅文：〈劉辰翁校評王維詩輯佚考論〉，《國學學刊》2016年第2期，頁105-119。

57. 陳貽焮：〈王維生平事跡初探〉，《文學遺產》增刊第6輯（1958年），頁137-148。

58. 陳貽焮：〈王維的山水詩〉，《文學評論》第5期（1960年5月），頁3-10。

59. 陳允吉：〈王維與南北宗禪僧關係考略〉，《文獻》第八輯（1981年），頁50-65。

60. 陳允吉：〈王維「終南別業」即「輞川別業」考：兼與陳貽焮等同志商榷〉，《文學遺產》1985年3月，頁45-54。

61. 陳光崇：〈歐陽修對兩《唐書》的論證〉，《唐史論叢》第二輯

（1987年），頁228-245。

62. 陳廣德：〈西出陽關（組詩）〉，《綠風》2014年3月，頁62-64。

63. 陳國球：〈唐詩選本與明代復古詩論〉，《唐代文學研究》1994年10月，頁753-807。

64. 陳鐵民：〈也談王維與唐人之「亦官亦隱」〉，《東南大學學報（哲學社會科學版）》第8卷第2期（2006年3月），頁78-81。

65. 陳鐵民：〈輞川別業遺址與王維輞川詩〉，《中國典籍與文化》1997年第4期，頁10-11。

66. 陳秉義：〈關於〈渭城曲〉在唐宋元時期產生和流傳的情況及其研究〉，《樂府新聲》2002年3期，頁3-10。

67. 孫武軍、張進：〈明代前中期唐詩選評中的王維接受〉，《寧夏大學學報（人文社會科學版）》第33卷5期（2011年9月），頁87-90。

68. 徐賀安：〈唐玄宗朝四大政治勢力與盛唐詩壇〉，《陰山學刊》第28卷5期（2015年10月），頁31-35。

69. 黃恩鵬：〈竹里館（外一章）〉，《詩潮》2007年第5期，頁72。

70. 黃國玲：〈網路小說到熱門電影的嬗變：電影「致我們終將逝去的青春」的二次創作〉，《東南傳播》2013卷8期（2013年8月），頁111-113。

71. 寇養厚：〈唐代三教並行政策的形成〉，《東岳論叢》1998年4期，頁75-80。

72. 寇養厚：〈武則天與唐中宗的三教共存與佛先道後政策：唐代三教並行政策形成的第二階段〉，《陝西師範大學學報（哲學社會科學版）》第28卷3期（1999年9月），頁169-174。

73. 畢寶魁：〈千古沉冤應予昭雪：王維安史之亂「受僞職」考評〉，《遼寧大學學報》1998年2期，頁249-258。

74. 張浩遜：〈從唐代接受層面看王維詩歌的歷史地位〉，《韶關學院學報（社會科學）》第62卷第10期（2005年10月），頁23-28。

75. 張國剛：〈漢唐「家法」觀念的演變〉，《史學月刊》2005年第5期，頁5-7。

76. 張寧：〈王維貶官新論〉，《廣西師範大學學報（哲學社會科學版）》2013年6期，頁88-93。

77. 張紅：〈王維《輞川集》與南國文學傳統〉，《中國文化研究》2014年夏之卷，頁163-171。

78. 黃水雲：〈論六朝詩歌之發展因素及其嶄新風貌〉，《中國文化大學中文學報》第13期（2006年），頁37-58。

79. 楊雷、魏長領：〈中國古代「樂教」的德育功能以及現代啟示〉，《中州學刊》1998年第4期，頁70-74。

80. 榮寶齋：〈《畫學秘訣》與《林泉高致》眞僞考〉，《榮寶齋》2005年7月，頁239-240。

81. 康震：〈文學與政治之間：唐玄宗朝翰林學士論述〉，《山西大學學報（哲學社會科學版）》第30卷1期（2007年1月），頁6-12。

82. 賀梓城：〈唐王朝與邊疆民族和鄰國的友好關係〉，《文博》1984年1期（創刊號），頁56-60。

83. 揚軍：〈王維受偽職史實甄別〉，《鐵道師院學報（社會科學版）》1990年第2期，頁16-20。

84. 萬久玲：〈論王維山水詩中的動靜美〉，《鄭州大學學報（哲學社會科學版）》第41卷第4期（2008年7月），頁119-120。

85. 趙王楨：〈王維隱居與其詩的關係新探〉，《社會科學》1991年第5期，頁70-76。

86. 劉珈珈：〈五佛四儒三分道‧半官半隱一詩人：試論王維語三教之關係〉，《江西教育學院學報》第3期1988年，頁11-16。

87. 劉青海：〈論王維詩歌與詩騷傳統的淵源關係〉，《文學遺產》2015年6期，頁69-78。

88. 劉新圈：〈西出陽關（外十一首）〉，《音樂天地（音樂創作版）》2016年1月，頁27-29。

89. 劉漢初：〈秋千與屏風：唐宋詩歌意象探論〉，《台北教育大學語文集刊》第22期（2012年7月），頁91-117。

90. 劉漢初：〈詩詞中「語典」的效用釋例〉，《台北師院學報》第1期（1988年6月），頁417-426。

91. 齊笑：〈松尾芭蕉俳句和王維山水詩意境之比較〉，《皖西學院學報》第32卷6期（2016年12月），頁118-122。

92. 蕭延恕：〈王維的山水田園詩與音樂繪畫及禪學的關聯〉，《湘潭師範學院（社會科學學報）》第2期（1987年），頁16-21。

93. 潘冉：〈悠悠風韻：竹里館〉，《室內設計與裝修》2016年9月，頁56-59。

94. 潘良熾、劉孔伏：〈裴迪與王維交遊考〉，《四川文理學院學報》第20卷4期（2010年7月），頁45-49。

95. 霍建波：〈吏隱詩的嬗變〉，《唐都學刊》第23卷1期（2007年1月），頁124-128。

96. 簡恩定：〈王維「鬱輪袍」事件的象徵意義〉，《空大人文學報》第9期（2000年10月），頁19-30。

97. 簡錦松：〈王維「輞川莊」與「終南別業」現地研究〉，《中正漢學研究》第20期（2012年12月），頁45-93。

98. 簡錦松：〈越南莫朝詩人阮秉謙《白雲庵詩集》現地研究〉，《中國文哲研究集刊》第43期（2013年），頁71-81。

99. 譚莊：〈王維生平事蹟考辨〉，《南京師範大學文學院學報》第1期（2010年3月），頁104-106。

100. 譚朝炎：〈王維「凝碧詩」考辨〉，《重慶社會科學》2005年6期，頁51-54。

101. 龔向玲：〈幽靜的綠意：淺析王維《輞川集》中的色彩〉，《雪蓮》2015年第23期，頁21-22。

附錄一：王維家族世系表[1]

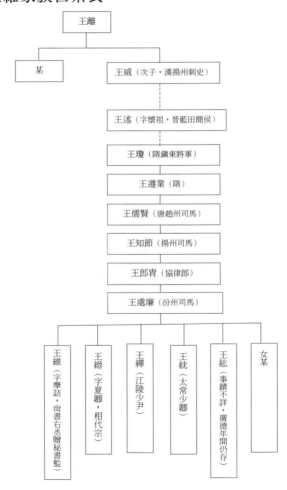

1　參考宋・歐陽修，宋祁撰：《新唐書》（台北：鼎文書局，1981年），卷72，
　　〈宰相世系表〉，頁2642；張清華：《王維年譜》（北京：中華書局，1992年1
　　月1版），頁1。

附錄二：王維仕宦遷轉簡表（筆者摘錄）

王維任職官名		官品	任官期間	官品與職掌出處
太常寺太樂署	太樂丞	從八品下	721	《唐六典》[2]，卷14，頁389。
	司倉參軍事	從八品下	721-726	《唐六典》，卷30，頁746-747。
中書省	右拾遺	從八品上	735-737	《唐六典》，卷9，頁277。
門下省	左補闕	從七品上		《唐六典》，卷8，頁247-248。
	中書舍人	正五品上		《唐六典》，卷9，頁275-276。
御史臺	監察御史	正八品上	737-740	《唐六典》，卷13，頁381。
	殿中侍御史	從七品上	740-750	《唐六典》，卷13，頁381。
尚書兵部	庫部員外郎	從六品上		《唐六典》，卷5，頁164。
	庫部郎中	從五品上		《唐六典》，卷5，頁164。

---

2 唐・李林甫等撰；陳仲夫等點校：《唐六典》（北京：中華書局，1992年1月1版）。

王維任職官名		官品	任官期間	官品與職掌出處
吏部／文部	郎中	從五品上	752-755	《唐六典》，卷2，頁29。
太子三師三少詹事府左春坊	太子中允太子左庶子	正五品下	758-760	《唐六典》，卷26，頁663-664。
門下省	給事中	正五品上		《唐六典》，卷8，頁239，244-245。
中書省	中書舍人	正五品上		《唐六典》，卷9，頁275-276。
尚書都省	右丞	正四品下	760	《唐六典》，卷1，頁5。

附錄三：王維的交際網絡[3]

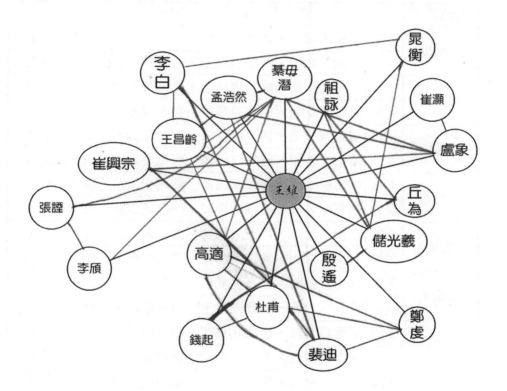

3　參考莊申：《王維研究》（香港：萬有圖書公司，1971年），上集，頁14。

附錄四：王維與裴迪《輞川集》同詠詩作40首[4]

詩名	作者	內容
〈孟城坳〉	王維	新家孟城口，古木餘衰柳。來者復爲誰，空悲昔人有。
	裴迪	結廬古城下，時登古城上。古城非疇昔，今人自來往。
〈華子岡〉	王維	飛鳥去不窮，連山復秋色。上下華子岡，惆悵情何極。
	裴迪	落日松風起，還家草露稀。雲光侵履跡，山翠拂人衣。
〈文杏館〉	王維	文杏裁爲梁，香茅結爲宇。不知棟裏雲，去作人間雨。
	裴迪	迢迢文杏館，躋攀日已屢。南嶺與北湖，前看復迴顧。
〈斤竹嶺〉	王維	檀欒映空曲，青翠漾漣漪。暗入商山路，樵人不可知。
	裴迪	明流紆且直，綠篠密復深。一徑通山路，行歌望舊岑。
〈鹿柴〉	王維	空山不見人，但聞人語響。返景入深林，復照青苔上。
	裴迪	日夕見寒山，便爲獨往客。不知松林事，但有麏麚蹟。
〈木蘭柴〉	王維	秋山斂餘照，飛鳥逐前侶。彩翠時分明，夕嵐無處所。
	裴迪	蒼蒼落日時，鳥聲亂溪水。緣溪路轉深，幽興何時已。
〈茱萸片〉	王維	結實紅且綠，復如花更開。山中倘留客，置此茱萸杯。
	裴迪	飄香亂椒桂，布葉間檀欒。雲日雖迴照，森沉猶自寒。
〈宮槐陌〉	王維	仄逕蔭宮槐，幽陰多綠苔。應門但迎掃，畏有山僧來。
	裴迪	門南宮槐陌，是向欹湖道。秋來山雨多，落葉無人掃。
〈南垞〉	王維	輕舟南垞去，北垞淼難即。隔浦望人家，遙遙不相識。
	裴迪	孤舟信風泊，南垞湖水岸。落日下崦嵫，清波殊淼漫。

4　參考清・趙殿成：《王摩詰全集箋注》，卷13，頁189-195。

詩名	作者	內容
〈欹湖〉	王維	吹簫凌極浦，日暮送夫君。湖上一迴首，山青卷白雲。
	裴迪	空闊湖水廣，青熒天色同。艤舟一長嘯，四面來清風。
〈柳浪〉	王維	分行接綺樹，倒影入清漪。不學御溝上，春風傷別離。
	裴迪	映池同一色，逐吹散如絲。結陰既得地，何謝陶家時。
〈欒家瀨〉	王維	日飲金屑泉，少當千餘歲。翠鳳翔文螭，羽節朝玉帝。
	裴迪	縈淳澹不流，金碧如可拾。迎晨含素華，獨往事朝汲。
〈白石灘〉	王維	清淺白石灘，綠蒲向堪把。家住水東西，浣紗明月下。
	裴迪	跂石復臨水，弄波情未極。日下川上寒，浮雲淡無色。
〈北垞〉	王維	北垞湖水北，雜樹映朱欄。逶迤南川水，明滅青林端。
	裴迪	南山北垞下，結宇臨欹湖。每欲採樵去，扁舟出菰蒲。
〈竹里館〉	王維	獨坐幽篁裏，彈琴復長嘯。深林人不知，明月來相照。
	裴迪	來過竹里館，日與道相親。出入惟山鳥，幽深無世人。
〈辛夷塢〉	王維	木末芙蓉花，山中發紅萼。澗戶寂無人，紛紛開且落。
	裴迪	綠堤春草合，王孫自留翫。況有辛夷花，色與芙蓉亂。
〈漆園〉	王維	古人非傲吏，自闕經世務。偶寄一微官，婆娑數枝樹。
	裴迪	好閑早成性，果此諧宿諾。今日漆園遊，還同莊叟樂。
〈椒園〉	王維	桂尊迎帝子，杜若贈佳人。椒漿奠瑤席，欲下雲中君。
	裴迪	丹刺胃人衣，芳香留過客。幸堪調鼎用，願君垂採摘。

附錄五：學者考證王維隱居原因、時間、地點一覽表

隱居地點	隱居時間	隱居原因	出處
嵩山	開元二十一（733）或二十二年？	約在王維貶官濟州後，到回長安任右拾遺前。	陳貽焮：〈王維生平事蹟初探〉，《唐詩論叢》
終南山	約開元二十八（740）或二十九年到天寶三年（744）	開元二十五年張九齡貶荊州，秋天王維出塞任職，二十八或二十九年知南選後，王維與裴迪隱居終南山。	
藍田別墅／藍田山居	開元二十八或二十九年到天寶七年之間	母居之。天寶七年母亡。	
輞川	天寶十五年以前（安史亂前）	天寶十五年陷安祿山之手被囚，在乾元元年復官前不可能回輞川，在乾元至上元二年亡故，均在長安任官，也不可能長居輞川。	
淇山	開元十五年官淇上，十六年棄官疑隱於淇上	開元十四年離開濟州後，十五年官淇上，十六年棄官隱於淇上。	
嵩山		開元二十二年五月，以裴耀卿為侍中，張九齡為中書令，李林甫為禮部尚書、同中書門下三品。	

隱居地點	隱居時間	隱居原因	出處
嵩山	開元二十二年（734），閑居長安，秋赴洛陽，獻詩張九齡，旋隱嵩山。開元二十三年（735）春，春仍隱嵩山，尋拜右拾遺，至洛陽就任。	開元二十三年張九齡加金紫光祿大夫，累封始興伯。王維得張九齡引薦，授爲右拾遺。 開元二十四年十一月，張九齡罷知政事，以李林甫兼中書令，王維在十月返長安。開元二十五年張九齡貶荊州長史。王維秋赴河西節度使幕爲監察御史兼節度判官。二十六年五月崔希逸改任何南尹，王維自河西還長安。	陳鐵民〈也談王維與唐人之「亦官亦隱」〉；〈王維生平五事考辨〉，《王維新論》；〈談王維的隱逸〉；〈王維年譜〉
終南山	開元二十九年（741）——天寶九年（750）	開元二十八年任殿中侍卸史知南選，至襄陽、桂州、郢州、嶺南等地。二十九年自嶺南返回長安，約在此年開始隱居終南山。天寶三年，在長安官左補闕，始營川別業。（王維半官半隱時期）天寶九年一或二月丁母憂，返輞川守制。 天寶十一年，十一月，李林甫卒，楊國忠繼任右相，兼文部尚書。王維此年回任文部郎中。（正五品上）	

隱居地點	隱居時間	隱居原因	出處
嵩山東溪	約開元八至二十三年（720-735）	父親亡故後，在蒲州無顯親可依，與弟王縉搬到洛陽、嵩山宦游。此時玄宗多居住在洛陽。王維雖多次離開嵩山，到長安求仕、外出交友遊歷或濟州任官等，但應家居於嵩山。	張清華〈王維年譜證補〉
終南山	開元二十九年以後～	開元二十八年張九齡、孟浩然相繼去世，王維政途受挫。	
輞川		治熱情無以為繼，在知南選回京後，秋天即開始居於終南別業，因不願與李林甫之類當權者同流合汙，開始「半官半隱」、「亦官亦隱」的仕途生活。	
嵩山	開元十四年（726）下半年至十六年（728）	自開元十或十一年在濟州任司倉參軍，結識裴耀清。開元十四年裴離開濟州，下半年辭官隱於嵩山。	皮述民《王維述論》
淇水	開元十五年（727）？	〈淇上即事田園〉確實說了「屏居淇水上」的話，可能確曾隱居一段時間。淇水在河南北部，離長安不遠，故二十歲以後，或有隱居淇上之時。至官於淇上，尚難證實。	

隱居地點	隱居時間	隱居原因	出處
藍田南山終南山	開元十四（726）年至十五年	開元十四年四月，岐王李範死；儲光羲、崔國輔、綦毋潛及第，但綦毋任官後又棄官歸江東，王維亦與儲光羲隱居於終南。 開元十六年或即開始經營輞川。	王達津〈王維的生平與詩〉
嵩山	開元十七年（729）	玄宗多住東都。王維亦往東都，隱嵩山。開元十八年返長安。	
輞川	開元十八至二十二年	王維非消極隱居，詩中透露希望有人援引，以進官場。王維的隱居終南與輞川，主要是自濟州歸來到開元二十一年之間。	
輞川	天寶元年以後	畏懼李林甫，想退居輞川，但實際上仍歷任官職。天寶十一年李林甫亡，又受到楊國忠排濟，思想轉向消極。	

附錄六：王維詩歌中聲色描述統計表（筆者概計）

總類	分類	數量	詩名
聲音	人聲	75	〈雙黃鵠歌送別〉、〈三月三日曲江侍宴應制〉、〈大同殿生玉芝龍池上有慶雲百官共覩聖恩便賜宴樂敢書即事〉、〈山中寄諸弟妹〉、〈瓜園詩〉、〈田園樂七首之七〉、〈同比部楊員外十五夜游有懷靜者季〉、〈同崔員外秋宵寓直〉、〈同崔傅答賢弟〉、〈少年行四首之四〉、〈早入滎陽界〉、〈早朝〉、〈早朝大明宮呈兩省僚友賈至〉、〈羽林騎閨人〉、〈李陵詠〉、〈和陳監四郎秋雨中思從弟據〉、〈和賈舍人早朝大明宮之作〉、〈和僕射晉公扈從溫湯〉、〈奉和楊駙馬六郎秋夜即事〉、〈奉和聖製十五夜燃燈繼以酺宴應制〉、〈奉和聖製上巳於望春亭觀禊飲應制〉、〈奉和聖製送不蒙都護兼鴻臚卿歸安西應制〉、〈青溪〉、〈待儲光羲不至〉、〈故西河郡杜太守輓歌三首之三〉、〈故南陽夫人樊氏輓歌二首之二〉、〈春日直門下省早朝〉、〈哭祖六自虛〉、〈恭懿太子輓歌五首〉、〈班婕妤三首〉、〈送宇文三赴河西克行軍司馬〉、〈送宇文太守赴宣城〉、〈送李太守赴上洛〉、〈送李睢陽〉、〈送邢桂州〉、〈送康太守〉、〈送張判官赴河西〉、〈偶然作六首〉、〈從岐王夜讌衛家山池應教〉、〈從軍行〉、〈敕借岐王九成宮避暑應教〉、〈晦日游大理韋卿城南別業四首〉、〈涼州賽神〉、〈魚山神女祠歌二首：迎神曲〉、〈魚山神女祠歌二首：送神曲〉、〈渭川田家〉、〈登辨覺寺〉、〈菩提寺禁裴迪來相看說

總類	分類	數量	詩名
聲音			逆賊等凝碧池上作音樂供奉人等舉聲便一時淚下私成口號誦示裴迪〉、〈飯覆釜山僧〉、〈過乘如禪師蕭居士嵩邱蘭若〉、〈過崔駙馬山池〉、〈達奚侍郎夫人寇氏輓詞二首〉、〈酬比部楊員外暮宿琴臺朝躋書閣率爾見贈之作〉、〈酬張少府〉、〈酬郭給事〉、〈與盧象集朱家〉、〈輞川別業〉、〈輞川閑居贈裴秀才迪〉、〈輞川集之竹里館〉、〈輞川集之鹿柴〉、〈輞川集之敧湖〉、〈燕支行〉、〈濟州過趙叟家宴〉、〈歸輞川作〉、〈藍田山石門精舍〉、〈贈房盧氏琯〉、〈隴頭吟〉、〈靈雲池送從弟〉、〈觀獵〉
	動物聲	59	〈早秋山中作〉、〈早朝〉、〈桃源行〉、〈從軍行〉、〈酬諸公見過〉、〈丁寓田家有贈〉、〈冬日遊覽〉、〈左掖梨花〉、〈瓜園詩〉、〈田家〉、〈田園樂七首之六〉、〈同盧拾遺過韋給事東山別業二十韻，給事首春休沐維已陪游及乎是行亦預聞命會無車馬不果斯諾〉、〈早朝大明宮呈兩省僚友賈至〉、〈李處士山居〉、〈奉寄韋太守陟〉、〈青雀歌〉、〈青龍寺曇壁上人兄院集〉、〈故西河郡杜太守輓歌三首之二〉、〈既蒙宥罪旋復拜官伏感聖恩竊書鄙意兼奉簡新除使君等諸公〉、〈春中田園作〉、〈春日直門下省早朝〉、〈春夜竹亭贈錢少府歸藍田〉、〈秋夜獨坐〉、〈秋夜獨坐懷內弟崔興宗〉、〈韋侍郎山居〉、〈哭殷遙〉、〈送方城韋明府〉、〈送徐郎中〉、〈送崔五太守〉、〈送張五諲歸宣城〉、〈送張道士歸山〉、〈送梓州李使

總類	分類	數量	詩名
聲音			君〉、〈送賀遂員外外甥〉、〈送楊少府貶彬州〉、〈送楊長史赴果州〉、〈宿鄭州〉、〈寄崇梵僧〉、〈從岐王過楊氏別業應教〉、〈晚春嚴少尹與諸公見過〉、〈晦日游大理韋卿城南別業〉、〈寒食汜上作〉、〈黃甫岳雲谿雜題五首之一鳥鳴澗〉、〈黃雀癡〉、〈遊感化寺〉、〈過李楫宅〉、〈過沈居士山居哭之〉、〈過感化寺曇興上人山院〉、〈酬郭給事〉、〈酬虞部蘇員外過藍田別業不見留之作〉、〈聞裴秀才迪吟詩因戲贈〉、〈輞川閒居贈裴秀才迪〉、〈黎拾遺昕裴迪見過秋夜對雨之作〉、〈曉行巴峽〉、〈積雨輞川莊作〉、〈戲贈張五弟諲〉、〈雜詩三首之三〉、〈贈祖三詠〉、〈聽百舌鳥〉、〈聽宮鶯〉
	自然聲	22	〈山居秋暝〉、〈冬晚對雪憶胡居士家〉、〈白黿渦〉、〈同盧拾遺過韋給事東山別業二十韻，給事首春休沐維已陪游及乎是行亦預聞命會無車馬不果斯諾〉、〈自大散以往深林密竹磴道盤曲四五十里至黃牛嶺見黃花川〉、〈投道一師蘭若宿〉、〈沈十四拾遺新竹〉、〈奉和聖製幸玉眞公主山莊因題石壁十韻之作應制〉、〈奉和聖製登降聖觀與宰臣等同望應制〉、〈林園即事寄舍弟紞〉、〈青溪〉、〈秋夜獨坐〉、〈哭褚司馬〉、〈送李判官赴江東〉、〈敕借岐王九成宮避暑應教〉、〈遊悟眞寺〉、〈遊感化寺〉、〈過沈居士山居哭之〉、〈過香積寺〉、〈過乘如禪師蕭居士嵩邱蘭若〉、〈燕子龕禪師〉、〈贈東嶽焦鍊師〉

總類	分類	數量	詩名
顏色	白	58	〈山中寄諸弟妹〉、〈少年行四首之三〉、〈出塞作〉、〈白黿渦〉、〈同崔興宗送瑗公〉、〈早秋山中作〉、〈春中田園作〉、〈秋夜獨坐〉、〈秋夜獨坐懷內弟崔興宗〉、〈留別邱為〉、〈納涼〉、〈送李太守赴上洛〉、〈送邱為落第歸江東〉、〈送崔五太守〉、〈送權二〉、〈答裴迪〉、〈遊李山人所居因題屋壁〉、〈酬虞部蘇員外過藍田別業不見留之作〉、〈酬嚴少尹徐舍人見過不遇〉、〈歎白髮〉、〈輞川集之欒家瀨〉、〈黎拾遺昕裴迪見過秋夜對雨之作〉、〈歸輞川作〉、〈贈吳官〉、〈獻始興公〉、〈多夜書懷〉、〈奉和聖製幸玉眞公主山莊因題石壁十韻之作應制〉、〈燕子龕禪師〉、〈酌酒與裴迪〉、〈恭懿太子輓歌五首之二〉、〈留別錢起〉、〈終南山〉、〈輞川閑居〉、〈自大散以往深林密竹磴道盤曲四五十里至黃牛嶺見黃花川〉、〈春園即事〉、〈老將行〉、〈送張判官赴河西〉、〈積雨輞川莊作〉、〈故西河郡杜太守輓歌三首之一〉、〈新晴晚望〉、〈輞川集之白石灘〉、〈和宋中丞夏日遊福賢觀天長寺寺即陳左相宅所〉、〈送張道士歸山〉、〈同崔傅答賢弟〉、〈送楊少府貶彬州〉、〈送嚴秀才還蜀〉、〈送王尊師歸蜀中拜掃〉、〈酬比部楊員外暮宿琴臺朝躋書閣率爾見贈之作〉、〈輞川集之欹湖〉、〈寒食城東即事〉、〈遊悟眞寺〉、〈贈韋穆十八〉、〈田家〉、〈瓜園詩〉、〈林園即事寄舍弟紞〉、〈寓言二首〉、〈送方尊師歸嵩山〉、〈華嶽〉、〈哭殷遙〉

總類	分類	數量	詩名
顏色	綠青碧翠	71	〈上張令公〉、〈山居即事〉、〈冬日遊覽〉、〈瓜園詩〉、〈田家〉、〈田園樂七首之六〉、〈田園樂七首之四〉、〈同崔傅答賢弟〉、〈早春行〉、〈早朝大明宮呈兩省僚友賈至〉、〈羽林騎閨人〉、〈自大散以往深林密竹磴道盤曲四五十里至黃牛嶺見黃花川〉、〈別輞川別業〉、〈沈十四拾遺新竹〉、〈和太常韋主簿五郎溫湯寓目〉、〈和賈舍人早朝大明宮之作〉、〈奉和聖製上巳於望春亭觀禊飲應制〉、〈奉和聖製御春明樓臨右相園亭賦樂賢詩應制〉、〈林園即事寄舍弟紞〉、〈河南嚴尹弟見宿弊廬訪別人賦十韻〉、〈青雀歌〉、〈青溪〉、〈春日與裴迪過新昌里訪呂逸人不遇〉、〈洛陽女兒行〉、〈哭殷遙〉、〈恭懿太子輓歌五首之二〉、〈桃源行〉、〈留別錢起〉、〈送元二使安西〉、〈送方尊師歸嵩山〉、〈送王尊師歸蜀中拜掃〉、〈送別〉、〈送李太守赴上洛〉、〈送邢桂州〉、〈送楊少府貶彬州〉、〈送趙都督赴代州得青字〉、〈送嚴秀才還蜀〉、〈敕借岐王九成宮避暑應教〉、〈敕賜百官櫻桃〉、〈終南山〉、〈寒食氾上作〉、〈寒食城東即事〉、〈登河北城樓作〉、〈華嶽〉、〈黃甫岳雲谿雜題五首之五萍池〉、〈黃雀癡〉、〈新秦郡松樹歌〉、〈新晴晚望〉、〈榆林郡歌〉、〈遊悟眞寺〉、〈過香積寺〉、〈過秦皇墓〉、〈過盧員外宅看飯僧共題〉、〈酬比部楊員外暮宿琴臺朝躋書閣率爾見贈之作〉、〈與盧

總類	分類	數量	詩名
顏色			員外象過崔處士興宗林亭〉、〈輞川別業〉、〈輞川閑居〉、〈輞川集之斤竹嶺〉、〈輞川集之北垞〉、〈輞川集之白石灘〉、〈輞川集之金屑泉〉、〈輞川集之宮槐陌〉、〈輞川集之茱萸沜〉、〈輞川集之鹿柴〉、〈輞川集之欹湖〉、〈燕支行〉、〈戲贈張五弟諲三首〉、〈贈房盧氏琯〉、〈贈韋穆十八〉、〈贈從弟司庫員外絿〉、〈觀別者〉
	紅赤丹彤絳	43	〈送張道士歸山〉、〈上張令公〉、〈敕借岐王九成宮避暑應教〉、〈冬夜書懷〉、〈奉和聖製幸玉眞公主山莊因題石壁十韻之作應制〉、〈燕子龕禪師〉、〈酌酒與裴迪〉、〈春園即事〉、〈和宋中丞夏日遊福賢觀天長寺寺即陳左相宅所〉、〈山茱萸〉、〈晦日游大理韋卿城南別業四首〉、〈寓言二首〉、〈歎白髮〉、〈輞川集之北垞〉、〈敕賜百官櫻桃〉、〈洛陽女兒行〉、〈送方尊師歸嵩山〉、〈送李太守赴上洛〉、〈送李睢陽〉、〈封太守〉、〈苦熱〉、〈送邢桂州〉、〈紅牡丹〉、〈黃甫岳雲谿雜題五首之二蓮花塢〉、〈黃甫岳雲谿雜題五首之三鸕鷀堰〉、〈輞川集之辛夷塢〉、〈藍田山石門精舍〉、〈桃源行〉、〈田家〉、〈田園樂七首之六〉、〈輞川集之茱萸沜〉、〈和僕射晉公扈從溫湯〉、〈瓜園詩〉、〈林園即事寄舍弟紘〉、〈和太常韋主簿五郎溫湯寓目〉、〈河南嚴尹弟見宿弊廬訪別人賦十韻〉、〈冬日遊覽〉、〈早春行〉、〈和賈舍人早朝大明宮之作〉、〈送康太守〉、

總類	分類	數量	詩名
顏色			〈送秘書晁監還日本國〉、〈山居即事〉、〈輞川別業〉、〈遊悟眞寺〉
	紫	6	〈燕支行〉、〈和僕射晉公扈從溫湯〉、〈春日直門下省早朝〉、〈早春行〉、〈早朝大明宮呈兩省僚友賈至〉、〈過秦皇墓〉
	黃	18	〈老將行〉、〈送張判官赴河西〉、〈積雨輞川莊作〉、〈送李睢陽〉、〈瓜園詩〉、〈春日直門下省早朝〉、〈早春行〉、〈左掖梨花〉、〈奉和聖製從蓬萊向興慶閣道中留春雨中春望之作應制〉、〈送平淡然判官〉、〈送魏郡李太守赴任〉、〈晚春嚴少尹與諸公見過〉、〈雙黃鵠歌送別〉、〈送康太守〉、〈青溪〉、〈黃雀癡〉、〈榆林郡歌〉、〈送李太守赴上洛〉
	其他	6	〈故西河郡杜太守輓歌三首之一〉（黑）、〈和宋中丞夏日遊福賢觀天長寺寺即陳左相宅所〉（墨）、〈送秘書晁監還日本國〉（黑）、〈崔濮陽兄季重前山興〉（黛）、〈華嶽〉（黛金）、〈河南嚴尹弟見宿弊廬訪別人賦十韻〉（黑）

附錄七：王維詩歌動靜統計一覽表（筆者概計）

分類	數量	詩名
動靜兼具	212	〈送友人歸山歌二首〉、〈酬諸公見過〉、〈扶南曲歌詞五首〉、〈早春行〉、〈瓜園詩〉、〈和使君五郎西樓望遠思歸〉、〈酬黎居士淅川作〉、〈奉寄韋太守陟〉、〈林園即事寄舍弟紘〉、〈座上走筆贈薛璩慕容損〉、〈同盧拾遺過韋給事東山別業二十韻，給事首春休沐維已陪游及乎是行亦預聞命會無車馬不果斯諾〉、〈贈李頎〉、〈贈房盧氏琯〉、〈贈祖三詠〉、〈春夜竹亭贈錢少府歸藍田〉、〈戲贈張五弟諲三首〉、〈至滑州隔河望黎陽憶丁三寓〉、〈秋夜獨坐懷內弟崔興宗〉、〈贈裴十迪〉、〈華嶽〉、〈胡居士臥病遺米因贈〉、〈與胡居士皆病寄此詩兼示學人二首〉、〈藍田山石門精舍〉、〈青溪〉、〈崔濮陽兄季重前山興〉、〈李處士山居〉、〈韋侍郎山居〉、〈渭川田家〉、〈春中田園作〉、〈過李楫宅〉、〈謁璿上人〉、〈送康太守〉、〈送宇文太守赴宣城〉、〈齊州送祖三〉、〈送從弟蕃游淮南〉、〈送權二〉、〈送高道弟耽歸臨淮作〉、〈送別〉、〈送張舍人佐江州同薛璩十韻〉、〈送韋大夫東京留守〉、〈資聖寺送甘二〉、〈觀別者〉、〈別弟縉後登青龍寺望藍田山〉、〈晦日游大理韋卿城南別業四首〉、〈冬日遊覽〉、〈自大散以往深林密竹磴道盤曲四五十里至黃牛嶺見黃花川〉、〈早入滎陽界〉、〈宿鄭州〉、〈苦熱〉、〈納涼〉、〈濟上四賢詠三首〉、〈偶然作六首〉、〈西施詠〉、〈李陵詠〉、〈燕子龕禪師〉、〈冬夜書懷〉、〈早朝〉、〈寓言二首〉、〈雜詩〉、〈哭殷遙〉、〈新秦郡松樹歌〉、〈青雀歌〉、〈隴頭吟〉、〈老將行〉、〈燕支行〉、〈桃源行〉、〈洛陽女兒

分類	數量	詩名
動靜兼具		行〉、〈黃雀癡〉、〈榆林郡歌〉、〈寄崇梵僧〉、〈同崔傳答賢弟〉、〈同比部楊員外十五夜游有懷靜者季〉、〈故人張諲工詩善易卜兼能丹青草隸頃以詩見贈聊獲酬之〉、〈答張五弟〉、〈贈吳官〉、〈雪中憶李楫〉、〈送崔五太守〉、〈寒食城東即事〉、〈不遇詠〉、〈從岐王夜讌衛家山池應教〉、〈奉和楊駙馬六郎秋夜即事〉、〈酬虞部蘇員外過藍田別業不見留之作〉、〈酬比部楊員外暮宿琴臺朝躋書閣率爾見贈之作〉、〈喜祖三至留宿〉、〈輞川閒居贈裴秀才迪〉、〈冬晚對雪憶胡居士家〉、〈山居秋暝〉、〈歸嵩山作〉、〈山居即事〉、〈終南山〉、〈輞川閑居〉、〈春園即事〉、〈淇上即事田園〉、〈晚春嚴少尹與諸公見過〉、〈鄭果州相過〉、〈過香積寺〉、〈封太守〉、〈送嚴秀才還蜀〉、〈送張判官赴河西〉、〈送邱為往唐州〉、〈送崔興宗〉、〈送劉司直赴安西〉、〈送梓州李使君〉、〈送張五諲歸宣城〉、〈送賀遂員外外甥〉、〈送宇文三赴河西克行軍司馬〉、〈漢江臨汎〉、〈登辨覺寺〉、〈涼州郊外遊望〉、〈春日上方即事〉、〈千塔主人〉、〈使至塞上〉、〈晚春閨思〉、〈秋夜獨坐〉、〈待儲光羲不至〉、〈聽宮鶯〉、〈早朝〉、〈和賈舍人早朝大明宮之作〉、〈和太常韋主簿五郎溫湯寓目〉、〈酬郭給事〉、〈酌酒與裴迪〉、〈輞川別業〉、〈積雨輞川莊作〉、〈春日與裴迪過新昌里訪呂逸人不遇〉、〈送方尊師歸嵩山〉、〈出塞作〉、〈聽百舌鳥〉、〈奉和聖製慶元元皇帝玉像之作應制〉、〈和僕射晉公扈從溫湯〉、〈沈十四拾遺新竹〉、〈贈東嶽焦鍊師〉、〈投道一師蘭若

分類	數量	詩名
動靜兼具		宿〉、〈山中示弟等〉、〈田家〉、〈過盧員外宅看飯僧共題〉、〈濟州過趙叟家宴〉、〈青龍寺曇壁上人兄院集〉、〈春過賀遂員外藥園〉、〈河南嚴尹弟見宿弊廬訪別人賦十韻〉、〈送徐郎中〉、〈送李太守赴上洛〉、〈遊悟眞寺〉、〈賦得清如玉壺冰〉、〈哭褚司馬〉、〈過沈居士山居哭之〉、〈答裴迪〉、〈黃甫岳雲谿雜題五首〉、〈輞川集二十首并序〉、〈送別〉、〈崔九弟欲往南山馬上口號與別〉、〈班婕妤三首〉、〈雜詩三首〉、〈哭孟浩然〉、〈田園樂七首〉、〈九月九日憶山東兄弟〉、〈與盧員外象過崔處士興宗林亭〉、〈送元二使安西〉、〈寒食汜上作〉、〈劇嘲史寶〉、〈菩提寺禁裴迪來相看說逆賊等凝碧池上作音樂供奉人等舉聲便一時淚下私成口號誦示裴迪〉、〈涼州賽神〉、〈哭殷遙〉、〈歎白髮〉
以動爲主	76	〈登樓歌〉、〈雙黃鵠歌送別〉、〈贈徐中書望終南山歌〉、〈魚山神女祠歌二首：迎神曲〉、〈魚山神女祠歌二首：送神曲〉、〈白黿渦〉、〈從軍行〉、〈隴西行〉、〈贈裴迪〉、〈贈從弟司庫員外絿〉、〈終南別業〉、〈丁寓田家有贈〉、〈飯覆釜山僧〉、〈送魏郡李太守赴任〉、〈奉送六舅歸陸渾〉、〈留別邱爲〉、〈送別〉、〈送張五歸山〉、〈送縉雲苗太守〉、〈留別山中溫古上人兄並示舍弟縉〉、〈渡河到清河作〉、〈羽林騎閨人〉、〈獻始興公〉、〈夷門歌〉、〈問寇校書雙溪〉、〈送李睢陽〉、〈從岐王過楊氏別業應教〉、〈酬嚴少尹徐舍人見過不遇〉、〈酬慕容上〉、〈酬張少府〉、〈酬賀四贈葛巾之作〉、〈寄荊州張丞相〉、〈歸輞川作〉、〈與盧象集朱家〉、

分類	數量	詩名
以動為主		〈過感化寺曇興上人山院〉、〈送歧州源長史歸〉、〈送崔九興宗遊蜀〉、〈送方城韋明府〉、〈送李員外賢郎〉、〈送邢桂州〉、〈送崔三往密州觀省〉、〈觀獵〉、〈汎前陂〉、〈被出濟州〉、〈大同殿生玉芝龍池上有慶雲百官共覩聖恩便賜宴樂敢書即事〉、〈敕賜百官櫻桃〉、〈敕借岐王九成宮避暑應教〉、〈早秋山中作〉、〈過乘如禪師蕭居士嵩邱蘭若〉、〈送楊少府貶彬州〉、〈三月三日曲江侍宴應制〉、〈贈焦道士〉、〈送熊九赴任長安〉、〈遊感化寺〉、〈與蘇盧二員外期遊方丈寺而蘇不至因有是作〉、〈曉行巴峽〉、〈春日直門下省早朝〉、〈上張令公〉、〈聞裴秀才迪吟詩因戲贈〉、〈贈韋穆十八〉、〈臨高臺送黎拾遺〉、〈別輞川別業〉、〈左掖梨花〉、〈口號又示裴迪〉、〈崔興宗寫眞〉、〈山茱萸〉、〈少年行四首〉、〈戲題盤石〉、〈酬王摩詰過林亭崔興宗〉、〈送別〉、〈送韋評事〉、〈靈雲池送從弟〉、〈送沈子福歸江東〉
以靜為主	19	〈送友人歸山歌二首〉、〈送陸員外〉、〈送綦毋校書棄官還江東〉、〈別綦毋潛〉、〈新晴晚望〉、〈奉和聖製賜史供奉曲江宴應制〉、〈和尹諫議史館山池〉、〈同崔員外秋宵寓直〉、〈過福禪師蘭若〉、〈同崔興宗送瑗公〉、〈送孫秀才〉、〈送友人南歸〉、〈登河北城樓作〉、〈登裴迪秀才小臺作〉、〈奉和聖製從蓬萊向興慶閣道中留春雨中春望之作應制〉、〈紅牡丹〉、〈贈裴旻將軍〉〈戲題輞川別業〉、〈奉和聖制天長節賜宰臣歌應制〉

附錄八：《資治通鑑》所載武則天晚期至玄宗邊疆大事表[5]

帝王	年代	邊疆戰事與經營事蹟
武則天	聖曆元年（698）	狄仁傑討突厥。
	久視元年（700）	以西突厥竭可汗鎮碎葉。平契丹餘黨。與突厥戰爭不斷。
	長安元年（701）	突厥來犯，郭元振爲涼州都督、隴右諸軍大使。元振始於北境磧中置白亭軍，控其衝要，拓州境千五百里，自是寇不復至城下。
	長安二年（702）	突厥入寇，吐蕃九月求和。
	長安三年（703）	四月，吐蕃請求和親。
	長安四年（704）	正月，冊拜右武衛將軍阿史那懷道爲西突厥十姓可汗。
中宗	神龍二年（706）	吐蕃入寇。
	景龍元年（707）	正月吐蕃入寇，敗之。三月，吐蕃入貢。四月，以金城公主妻吐蕃贊普。 十月，張仁愿大破突厥。
	景龍二年（708）	三月突厥降。自是突厥不敢渡山畋牧，減鎮兵數萬人。 十一月突厥再犯。
	景龍三年（709）	七月，突厥請降。

---

[5] 參考宋·司馬光等編：《資治通鑑》卷206〈唐紀·則天順聖皇后〉至卷218〈唐紀·肅宗皇帝〉，頁6535-6992。

帝王	年代	邊疆戰事與經營事蹟
睿宗	景雲元年（710）	正月，送金城公主適吐蕃。 置河西節度、支度、營田等使，領涼、甘、肅、伊、瓜、沙、西七州。
	景雲二年（711）	正月，突厥遣使請和。
	先天元年（712）	十月，沙陀金山遣使入貢，十一月突厥再犯。
玄宗	開元元年（713）	吐蕃遣其大臣來求和。
	開元二年（714）	二月，西突厥來歸。十一月，突厥來降。吐蕃來犯。十二月置隴右節度大使。置幽州節度、經略、鎮守大使，領幽、易、平、檀、嬀、燕六州。
	開元三年（715）	七月，西南蠻寇邊；討突厥。
	開元四年（716）	二月，松州都督孫仁獻襲擊吐蕃於城下，大破之。七月，吐蕃復請和。
	開元五年（717）	十一月，契丹王李失活入朝。
	開元六年（718）	正月，突厥請和。十一月，吐蕃奉表請和。
	開元七年（719）	置劍南節度使，領益、彭等二十五州。
	開元八年（720）	十一月，突厥寇甘、涼等州。
	開元九年（721）	正月，突厥求和。十二月，置朔方節度使。
	開元十年（722）	二月，以張說兼知朔方軍節度使。以燕邵公主，妻契丹王。

帝王	年代	邊疆戰事與經營事蹟
玄宗	開元十二年（724）	七月，突厥可汗遣其臣求婚。
	開元十四年（726）	黑水靺鞨遣使入見；上以其國為黑水州，仍為置長史以鎮之。
	開元十五年（727）	正月，涼州都督王君㚟破吐蕃於青海之西。 九月，吐蕃攻陷瓜州，閏月，吐蕃圍安西城，安西副大都護趙頤貞擊破之。 十二月，以吐蕃為邊患，令隴右道及諸軍團兵五萬六千人，河西道及諸軍團兵四萬人又徵關中兵萬人集臨洮，朔方兵萬人集會州防秋，至冬初，無寇而罷；伺虜入寇，互出兵腹背擊之。
	開元十六年（728）	正月，安西副大都護趙頤貞敗吐蕃于曲子城。 七月，吐蕃寇瓜州；都督張守珪擊走之。河西節度使蕭嵩等大破吐蕃。
	開元十七年（729）	二月，破西南蠻。攻吐蕃石堡城。
	開元十八年（730）	吐蕃遣使求和。
	開元二十年（732）	二月，大破奚、契丹，俘斬甚眾。
	開元二十一年（733）	正月，發兵討勃海王。

帝王	年代	邊疆戰事與經營事蹟
玄宗	開元二十二年（734）	六月，大破契丹。
	開元二十五年（737）	二月，破契丹、吐蕃。
	開元二十七年（739）	八月，攻碎葉城，引兵突入怛邏斯城，擒黑姓可汗爾微，遂入拽曳建城，取交河公主，悉收散髮之民數萬以與拔汗那王，威震西陲。
	開元二十八年（740）	三月，破安戎城，盡殺吐蕃將卒。八月，破奚、契丹。十一月，金城公主薨；吐蕃告喪，且請和，上不許。
	開元二十九年（741）	六月，吐蕃四十萬眾入寇，擊破之。七月，平突厥內亂。
	天寶元年（742）	正月，以安祿山為平盧節度使。
	天寶二年（743）	正月，安祿山入朝；上寵待甚厚，謁見無時。
	天寶四年（745）	正月，突厥帥眾來降。於是北邊晏然，烽燧無警矣。三月，以靜樂公主嫁契丹王李懷節；宜芳公主嫁奚王李延寵。
	天寶六年（747）	八月，高仙芝虜小勃律王及吐蕃公主而還。十月，以仙芝為安西四鎮節度使。十一月，以哥舒翰判西平太守，充隴右節度使。
	天寶八年（749）	六月，隴右節度使哥舒翰攻拔吐蕃石堡城。

帝王	年代	邊疆戰事與經營事蹟
玄宗	天寶九年（750）	四月，賜安祿山爵東平郡王。（唐將帥封王自此始。）
	天寶十年（751）	四月，討南詔蠻，大敗，士卒死者六萬人，楊國忠掩其敗狀，仍敘其戰功。大食攻唐軍，仙芝大敗，三萬士卒死亡略盡，所餘纔數千人。
	天寶十一年（752）	三月，安祿山發蕃、漢步騎二十萬擊契丹。 六月，楊國忠奏吐蕃兵六十萬救南詔，劍南兵擊破於雲南。
	天寶十四年（755）	四月，安祿山破奚、契丹。十一月，安祿山反，陷河北諸郡。十二月，祿山陷東京。顏真卿郭子儀等募兵抵抗。
	天寶十五年／至德元年（756）	正月，安祿山自稱大燕帝於東京，改元聖武。 八月，回紇可汗、吐蕃贊普相繼遣使請助國討賊。南詔乘亂而起。

附錄九：王維詩歌分類總表

編號	分類一	分類二	例詩
1	親情友情詩	母子詩	〈觀別者〉
		夫妻情	〈偶然作六首〉之四、〈早春行〉、〈晚春閨思〉、〈閨人春思〉、〈早秋山中作〉、〈羽林騎閨人〉、〈雜詩〉等
		手足情	〈九月九日憶山東兄弟〉、〈山中寄諸弟妹〉、〈偶然作六首〉之三、〈山中示弟等〉、〈別弟縉後登青龍寺望藍田山〉、〈別弟妹〉二首、〈靈雲池送從弟〉、〈林園即事寄舍弟紘〉、〈贈從弟司庫員外絿〉、〈送從弟蕃游淮南〉、〈和陳監四郎秋雨中思從弟據〉等
		友情	〈哭祖六自虛〉、〈贈祖三詠〉、〈河南嚴尹弟見宿弊廬訪別人賦十韻〉、〈別綦毋潛〉、〈哭殷遙〉、〈送權二〉、〈贈吳官〉、〈送邱為落第歸江東〉、〈答張五弟〉、〈戲贈張五弟諲〉、〈送張五歸山〉、〈送張五諲歸宣城〉、〈贈裴十迪〉、〈送張判官赴河西〉、〈輞川閑居贈裴秀才迪〉、〈贈裴迪〉、〈酌酒與裴迪〉、〈送元二使安西〉、〈送平淡然赴安西〉、〈送秘書晁監還日本國〉等
2	歲月仕隱詩	歲月詩歌	〈歎白髮〉、〈不遇詠〉、〈秋夜獨坐〉、〈晚春嚴少尹與諸公見過〉、〈過太乙觀賈生房〉、〈和陳監四郎秋雨中思從弟據〉、〈酌酒與裴迪〉、〈過沈居士山居哭之〉、〈孟城坳〉、〈崔興宗寫真〉、〈哭孟浩然〉、〈哭殷

編號	分類一	分類二	例詩
2			遙〉、〈送春辭〉、〈失題〉、〈河南嚴尹弟見宿弊廬訪別人賦十韻〉、〈疑夢〉、〈老將行〉、〈雪中憶李楫〉
		仕隱詩歌	一、仕宦詩 （一）追求仕宦 〈少年行四首〉、〈太平樂二首〉、〈塞上曲二首〉、〈塞下曲二首〉、〈平戎辭二首〉、〈隴頭吟〉、〈從軍行〉、〈過秦皇墓〉 （二）官宦生活 〈奉和聖制天長節賜宰臣歌應制〉、〈同盧拾遺過韋給事東山別業二十韻，給事首春休沐維已陪游及乎是行亦預聞命會無車馬不果斯諾〉、〈從岐王過楊氏別業應教〉、〈從岐王夜讌衛家山池應教〉、〈敕借岐王九成宮避暑應教〉、〈和賈舍人早朝大明宮之作〉、〈和尹諫議史館山池〉、〈早朝大明宮呈兩省僚友賈至〉、〈和太常韋主簿五郎溫湯寓目〉、〈同崔員外秋宵寓直〉、〈奉和楊駙馬六郎秋夜即事〉、〈酬比部楊員外暮宿琴臺朝躋書閣率爾見贈之作〉、〈酬嚴少尹徐舍人見過不遇〉、〈慕容承攜素饌見過〉、〈酬慕容上〉、〈酬賀四贈葛巾之作〉、〈早朝〉、〈奉和聖製從蓬萊向興慶閣道中留春雨中春望之作應制〉、〈大同殿生玉芝龍池上有慶雲百官共覩聖恩便賜宴樂敢書即事〉、〈敕賜百官櫻桃〉、〈和僕射晉公扈從溫湯〉、〈奉和聖制

編號	分類一	分類二	例詩
2			十五夜然燈繼以酺宴應制〉、〈奉和聖制上巳於望春亭觀褉飲應制〉、〈奉和聖制重陽節宰臣及群官上壽應制〉、〈冬日遊覽〉 （三）對官宦生活之反思 〈贈從弟司庫員外絿〉、〈送從弟蕃游淮南〉、〈濟上四賢詠〉、〈寓言二首〉、〈獻始興公〉、〈上張令公〉、〈不遇詠〉、〈送張判官赴河西〉、〈漆園〉、〈留別山中溫古上人兄並示舍弟縉〉、〈別弟縉後登青龍寺望藍田山〉、〈被出濟州〉、〈寓言〉二首之一、〈終南別業〉、〈獻始興公〉 二、隱居詩 （一）贈送隱居友人或落第、貶官友人之詩 〈口號又示裴迪〉、〈酬張少府〉、〈送孟六歸襄陽〉、〈輞川閒居贈裴秀才迪〉、〈酬諸公見過〉、〈贈房盧氏琯〉、〈送李睢陽〉、〈春夜竹亭贈錢少府歸藍田〉、〈戲贈張五弟諲三首〉、〈贈裴十迪〉、〈李（石）處士山居〉、〈韋侍郎山居〉、〈丁寓田家有贈〉、〈送綦毋校（秘）書棄官還江東〉、〈送綦毋潛落第還鄉〉、〈送張舍人佐江州同薛璩十韻〉、〈送韋大夫東京留守〉、〈資聖寺送甘二〉、〈問寇校書雙溪〉、〈同比部楊員外十五夜游有懷靜者季〉、〈送陸員外〉、〈送權二〉

編號	分類一	分類二	例詩
2			（二）王維自己隱居生活或對隱居生活嚮往之描寫 〈終南別業〉、〈田園樂七首〉之二〈田園樂七首〉之五〈田園樂七首〉之七〈山居秋暝〉、〈歸嵩山作〉、〈歸輞川作〉、〈瓜園詩〉（並序）〈春中田園作〉、〈晦日游大理韋卿城南別業四首〉、〈休假還舊業便使〉、〈山居即事〉、〈輞川閑居〉、〈輞川別業〉、〈早秋山中作〉、〈積雨輞川莊作〉、〈山中示弟等〉、〈偶然作六首〉之二〈偶然作六首〉之四〈偶然作六首〉之五〈濟州過趙叟家宴〉、〈答裴迪〉、〈山中寄諸弟妹〉
		社會諷喻詩	〈老將行〉、〈送別〉（送綦毋潛落第還鄉）、〈不遇詠〉、〈送李睢陽〉、〈送韋大夫東京留守〉、〈崔濮陽兄季重前山興〉、〈送魏郡李太守赴任〉、〈濟上四賢詠三首〉、〈送從弟蕃游淮南〉、〈偶然作〉六首之四、〈偶然作〉六首之五、〈寓言〉二首、〈息夫人〉、〈洛陽女兒行〉、〈過沈居士山居哭之〉、〈少年行〉四首之二、〈閨人贈遠〉五首之二、〈塞下曲〉二首
3	山水田園詩	山居田園	〈田園樂七首〉、〈冬晚對雪憶胡居士家〉、〈山居秋暝〉、〈濟州過趙叟家宴〉、〈歸嵩山作〉、〈歸輞川作〉、〈韋給事山居〉、〈山居即事〉、〈丁寓田家有贈〉、〈渭川田家〉、

編號	分類一	分類二	例詩
3			〈新晴晚（野）望〉、〈送友人歸山歌二首〉、〈白黿渦（雜言走筆）〉、〈林園即事寄舍弟紞〉、〈戲贈張五弟諲〉三首之一、〈贈裴十迪〉、〈春中田園作〉、〈奉送六舅歸陸渾〉、〈早入滎陽界〉、〈偶然作〉六首之二、〈酬虞部蘇員外過藍田別業不見留之作〉、〈寄荊州張丞相〉、〈輞川閒居贈裴秀才迪〉、〈春園即事〉、〈淇上即事田園〉、〈晚春嚴少尹與諸公見過〉、〈送孫秀才〉、〈千塔主人〉、〈輞川別業〉、〈早秋山中作〉、〈積雨輞川莊作〉、〈田家〉、〈別輞川別業〉、〈戲題輞川別業〉、〈贈房盧氏琯〉、〈至滑州隔河望黎陽憶丁三寓〉、〈華嶽〉、〈青溪〉、〈崔濮陽兄季重前山興〉、〈送魏郡李太守赴任〉、〈送康太守〉、〈送綦毋校（秘）書棄官還江東〉、〈送從弟蕃游淮南〉、〈自大散以往深林密竹磴道盤曲四五十里至黃牛嶺見黃花川〉、〈渡河到清河作〉、〈榆林郡歌〉、〈同崔傅答賢弟〉、〈送崔五太守〉、〈寒食城東即事〉、〈過香積寺〉、〈送嚴秀才還蜀〉、〈送友人南歸〉、〈送賀遂員外外甥〉、〈送孫二〉、〈送崔三往密州覲省〉、〈漢江臨汎〉、〈汎前陂〉、〈登河北城樓作〉、〈登裴迪秀才小臺作〉、〈送楊少府貶郴州〉、〈河南嚴尹弟見宿弊廬訪別人賦十韻〉、〈送徐郎中〉、〈送李太守赴上洛〉、

編號	分類一	分類二	例詩
3			〈曉行巴峽〉、〈過沈居士山居哭之〉、〈與盧員外象過崔處士興宗林亭〉、〈寒食汜上作〉、〈瓜園詩（並序）〉、〈韋侍郎山居〉、〈別綦毋潛〉、〈晦日游大理韋卿城南別業四首〉、〈送邱爲往唐州〉、〈送崔興宗〉、〈送方城韋明府〉、〈送張五諲歸宣城〉、〈送邢桂州〉、〈東溪翫月〉、〈淮陰夜宿二首〉、〈送梓州李使君〉、〈下京口埭夜行〉、〈山行遇雨〉、〈夜到潤州〉、〈輞口遇雨憶終南山因獻絕句裴迪〉、〈山中〉、〈終南山〉等
		仙語仙蹤	〈桃源行〉、〈春日上方即事〉、〈春日與裴迪過新昌里訪呂逸人不遇〉、〈送方尊師歸嵩山〉、〈和宋中丞夏日遊福賢觀天長寺〉、〈答裴迪〉、〈賦得秋日懸清光〉、〈李（石）處士山居〉等
		輞川勝境	《輞川集》二十首、〈輞川閒居〉、〈酌酒與裴迪〉、〈輞川閒居贈裴秀才迪〉、〈積雨輞川莊作〉、〈戲題輞川別業〉、〈歸輞川作〉及〈春園即事〉等
4	時序聲色動靜詩	時序	春：51首（〈春中田園作〉、〈酬郭給事〉、〈春日上方即事〉、〈春日與裴迪過新昌里訪呂逸人不遇〉等） 夏：5首（〈苦熱〉、〈納涼〉、〈和宋中丞夏日遊福賢觀天長寺〉）

編號	分類一	分類二	例詩
4			秋：20首（〈奉寄韋太守陟〉、〈賦得秋日懸清光〉、〈汎前陂〉） 冬：8首（〈冬晚對雪憶胡居士家〉、〈冬夜書懷〉）
		聲音	人聲： 動物聲： 音樂聲： （參考附錄六）
		色彩	白： 綠： 紅： 其他： （參考附錄六）
		動靜	動態： 靜態： 動靜皆具： （參考附錄七）
5	宗教詩	佛	〈飯覆釜山僧〉、〈謁璿上人並序〉、〈青龍寺曇壁上人兄院集并序〉、〈夏日過青龍寺謁操禪師〉、〈同崔興宗送瑗公〉、〈寄崇梵僧〉、〈過福禪師蘭若〉、〈燕子龕禪師〉、〈遊悟眞寺〉、〈遊感化寺〉、〈過香積寺〉、〈登辨覺寺〉、〈過盧員外宅看飯僧共題〉、〈留別山中溫古上人兄並示舍弟縉〉、〈投道一師蘭若宿〉、〈過乘如禪師蕭居士嵩邱蘭

編號	分類一	分類二	例詩
5			若〉、〈過感化寺曇興上人山院〉、〈黎拾遺昕裴迪見過秋夜對雨之作〉、〈冬晚對雪憶胡居士家〉、〈苑舍人能書梵字兼梵音皆曲盡其妙戲爲之贈〉、〈偶然作六首之三〉、〈苦熱〉、〈輞川集·宮槐陌〉、〈輞川集·鹿柴〉、〈山中寄諸弟妹〉、〈山中示弟等〉、〈嘆白髮〉、〈酬張少府〉、〈藍田山石門精舍二首〉、〈酬黎居士淅川作〉、〈胡居士臥病遺米因贈〉、〈與胡居士皆病寄此詩兼示學人二首〉、〈與蘇盧二員外期遊方丈寺而蘇不至因有是作〉
		道	〈贈東嶽焦鍊師〉、〈贈焦道士〉、〈贈李頎〉、〈送方尊師歸嵩山〉、〈送張道士歸山〉、〈送王尊師歸蜀中拜掃〉、〈李（石）處士山居〉、〈過李揖宅〉、〈沈十四拾遺新竹〉、〈過太乙觀賈生房〉、〈春日與裴迪過新昌里訪呂逸人不遇〉、〈戲贈張五弟諲三首〉、〈和尹諫議史館山池〉、〈遊李山人所居因題屋壁〉、〈輞川集·金屑泉〉、〈輞川集·椒園〉、〈奉和聖制幸玉眞公主山莊因題石壁十韻之作應制〉、〈奉和聖制慶玄元皇帝玉像之作應制〉、〈和僕射晉公扈從溫湯〉
		儒	〈少年行四首〉、〈李陵詠〉、〈從軍行〉、〈平戎辭〉、〈塞上曲之二〉、〈老將行〉、〈燕支行〉、〈上張令公〉、〈獻始興公〉、〈寄荊州張丞相〉、〈瓜園詩〉、〈林園即事

編號	分類一	分類二	例詩
5			寄舍弟紞〉、〈贈從弟司庫員外絿〉、〈送從弟蕃遊淮南〉、〈送高道（適）弟耽歸臨淮作〉、〈送孟六歸襄陽〉、〈別弟縉後登青龍寺望藍田山〉、〈九月九日憶山東兄弟〉、〈山中寄諸弟妹〉、〈山中示弟〉、〈別弟縉後登青龍寺望藍田山〉、〈不遇詠〉、〈觀別者〉、〈送友人歸山歌二首之一〉、〈和尹諫議史館山池〉、〈送陸員外〉、〈送李睢陽〉、〈送縉雲苗太守〉、〈送李判官赴江東〉、〈送元中丞轉運江淮〉、〈送孫二〉、〈送趙都督赴代州得青字〉、〈別綦毋潛〉、〈送鄭五赴任新都序〉、〈既蒙宥罪旋復拜官伏感聖恩竊書鄙意兼奉簡新除使君等諸公〉、〈同盧拾遺過韋給事東山別業二十韻，給事首春休沐維已陪游及乎是行亦預聞命會無車馬不果斯諾〉、〈同比部楊員外十五夜游有懷靜者季〉、〈同崔員外秋宵寓直〉、〈贈房盧氏琯〉、〈至滑州隔河望黎陽憶丁三寓〉、〈哭殷遙〉、〈酬嚴少尹〉、〈和賈舍人早朝大明宮之作〉、〈早朝〉、〈太平樂二首〉、〈冬日遊覽〉、〈被出濟州〉、〈濟上四賢詠三首〉、〈偶然作六首之五〉、〈寓言二首〉
		跨宗教	儒道信仰：〈送友人歸山歌〉二首之一、〈林園即事寄舍弟紞〉、〈送從弟蕃游淮南〉、〈同比部楊員外十五夜游有懷靜者季〉、〈和尹諫議史館山池〉、〈敕借岐王九

編號	分類一	分類二	例詩
5			成宮避暑應教〉、〈和賈舍人早朝大明宮之作〉、〈和僕射晉公扈從溫湯〉、〈哭祖六自虛〉、〈疑夢〉 佛道信仰：〈酬黎居士淅川作〉、〈送韋大夫東京留守〉、〈燕子龕禪師〉、〈過福禪師蘭若〉、〈春日上方即事〉、〈秋夜獨坐〉、〈黎拾遺昕裴迪見過秋夜對雨之作〉 儒佛信仰：〈偶然作〉六首之三、〈哭殷遙〉、〈苑舍人能書梵字兼梵音皆曲盡其妙戲為之贈〉、〈輞川別業〉

尾聲

一切都是緣·半私密的告白

　　從頭說起：家父譜名熊禮周，號文彬，讀書不多，僅會記帳；家母趙代平，不識字，卻會用樹枝在地上寫「天」、「人」、「山」、「水」幾個字，要我和弟妹認。家鄉河南商城關廟鄉蜜蜂窪一處小山莊，家中僅有一套舊版的《唐詩三百首》，家父雖不知書中說什麼，當時我也識字不多，讀錯也不知道，父親只管叫我大聲讀就是了。直到初中、高中繼續讀，才慢慢發現古人作的詩是很有趣的。接著自己也開始試作打油詩了。到台灣後，在興大讀中文系夜間部，明允中老師抬舉我，偶爾要我跟他以詩酬答。民國一百年，我被好友王文欽拉著報考文大碩專班，居然錄取了。在此之前，興趣所致，常在報刊寫一些唐詩專欄，讀文大期間，我在內湖社大開「唐詩欣賞與習作指導」班，後來將授課綱要整理成一本三十萬字的《唐詩新品賞》，並承邱師燮友惠序，及黃師水雲引介，由文津出版公司發行。我的文大碩專論文題目是《李白遊仙詩研究》。此番博士論文題為「王維詩歌藝趣研究」，承蒙邱師燮友及廖師一瑾惠允任論文指導教授，在二位業師苦苦開導斧正下，希望也能跨過學位關隘。在攻讀學分及寫作論文期間，除膝下

五子女的不斷關懷，替我用電腦查資料，訂正錯誤的張梅雅、呂敏華、鄭玉琳及高然四位小姐助我最多，還有在舍下為我忙東忙西的劉文英小姐和印尼籍的Nova小姐等，都是我的好幫手，在此一併致謝！回頭看來，我這大半輩子不是都在跟唐詩糾結絞擾嗎？請問：這不是緣分，怎樣才是緣分？是謂〈尾聲〉。

　　敬請高明不吝指導！

筆記頁

國家圖書館出版品預行編目資料

王維詩歌藝趣研究／熊智銳著. —— 初版.
—— 臺北市：五南，2020.08
　面；　公分
ISBN 978-986-522-138-6（平裝）

1.(唐)王維　2.唐詩　3.詩評

851.4415　　　　　　　　　　109010330

4X25

王維詩歌藝趣研究

作　　　者 — 熊智銳（336.9）

發 行 人 — 楊榮川

總 經 理 — 楊士清

總 編 輯 — 楊秀麗

副總編輯 — 黃文瓊

責任編輯 — 吳雨潔

封面設計 — 王麗娟

美術設計 — 吳佳臻

出 版 者 — 五南圖書出版股份有限公司

地　　　址：106台北市大安區和平東路二段339號4樓

電　　　話：(02)2705-5066　　傳　　真：(02)2706-6100

網　　　址：http://www.wunan.com.tw

電子郵件：wunan@wunan.com.tw

劃撥帳號：01068953

戶　　　名：五南圖書出版股份有限公司

法律顧問　林勝安律師事務所　林勝安律師

出版日期　2020年8月初版一刷

定　　　價　新臺幣560元